Von John Knittel sind als
Heyne-Taschenbücher erschienen:

Via Mala · Band 01/6674
Arietta · Band 01/6934

JOHN KNITTEL

ABD-EL-KADER

Roman aus dem marokkanischen Atlas

WILHELM HEYNE VERLAG
MÜNCHEN

HEYNE ALLGEMEINE REIHE
Nr. 01/7634

Eine Erklärung der arabischen Wörter
befindet sich am Schluß des Buches

Genehmigte, ungekürzte Taschenbuchausgabe

Printed in Germany 1988
Umschlagfotos: Bildagentur Mauritius/Thonig, Mittenwald;
Archiv Dr. Karkosch, Gilching
Umschlaggestaltung: Atelier Ingrid Schütz, München
Gesamtherstellung: Elsnerdruck, Berlin

ISBN 3-453-00799-9

Erster Teil

UNBEKANNTES GEBIET

1

Eine Schwadron des fünften afrikanischen Chasseur-Regimentes war auf dem Marsch. Sie hatte Bordj Oued-Kjar bei Tagesanbruch verlassen und ritt um die Mittagsstunde in die einzige Straße des Dörfchens Mreier ein. Dieses Dörfchen lag an der Heerstraße, die sich wie eine graue Schlange vom Atlas des Maghreb zu Tal krümmte und in weiten Windungen bis an den südlichen Horizont kroch, wo sie in das grenzenlose Becken der Sahara versank. Vor noch kaum zehn Jahren war diese Heerstraße ein gefährlicher Maultierpfad gewesen, über den die kriegerischen Stämme des Tafilalet, die Doui-Menia und die Ait-Hammou, ihre Handelswaren und ihre Herden nach den Palmengärten und kleinen Marktstädten des Nordens beförderten. Jetzt aber mußten sie nicht mehr die steilen Berghänge erklettern und die Flußbetten durchqueren. Jetzt mußten sie nicht mehr ihre Lämmer und Kamele am Rande schwindelnder Abstürze entlanggeleiten. Jetzt konnten sie ihre Karawanen über stahlgegürtete und betondurchmauerte Brücken führen. Man hatte Tunnels in das Gestein gesprengt, und die gefürchteten Frühlingsfluten der Oueds verwüsteten nicht mehr das ganze Land, sondern lagen freundlich eingebettet in Kanälen, die der Ingenieur ihnen vorgezeichnet hatte. Das war das Werk europäischer Zivilisation. Für das Land kehrten die Zeiten des Pontifex Maximus zurück, des Kaisers von Rom, jenes menschlichen Symbols der Macht, dem vom Atlantik bis zum Euphrat alles unterworfen war. Eine neue Erfindung aber, deren Kompliziertheit alles von den alten Römern Ersonnene übertraf, war hinzugekommen, um das moderne

Verkehrssystem noch gründlicher und besser zu gestalten. Diese neue Erfindung waren zwei blanke Kupferdrähte an kleinen, weißen Porzellankegeln, und diese Kegel staken in hohen Pfosten, die sich in regelmäßigen Abständen aneinanderreihten und treulich der einsamen Straße folgten, Kilometer um Kilometer, bis südwärts hinein in die Tiefen der Wüste. Auf diesen gebrechlichen Drähten beruhte zu einem großen Teil der zivilisierte Herrschaftsapparat, und in dieser Gegend der Welt hatte Frankreich das Geschäft des Herrschens in die starken und gewandten Hände seiner Soldaten gelegt. Leutnant Alphonse de Breusac machte mit seinem Trupp in Mreier halt. Er gab den Befehl zum Absitzen, und sechzig müde Chasseurs d'Afrique schwangen ihre Beine über die Flanken der grauen Araberhengste, sanken zu Boden und hüllten sich in ihre Burnusse. Nach einiger Zeit erhielten sie Order, sich auf den Dorfplatz zu begeben, wo sich ein Brunnen befand. Dort im Staube schlugen sie ihr Lager auf.

Diese berittene Abteilung war in die Berge abkommandiert worden, um als Patrouille bis zum Bordj-Mshounsh vorzustoßen, denn es war gemeldet worden, daß General Vicomte de Sonloup, Höchstkommandierender im Südterritorium (ehemals Offizier bei den Spahis), begleitet von seiner Tochter, zu Besuch nach dem Süden kommen wolle, um Oued-Tmanaya, Beni-Tsouf und die weiter südlich, dicht an der algerisch-marokkanischen Grenze gelegenen Oasen zu inspizieren.

Diese Vorsichtsmaßregel erwies sich als notwendig, weil das Südkommando von dem Oberhaupt eines erst kürzlich unterworfenen Stammes, der nun anscheinend sehr bemüht war, dem Sieger seinen guten Willen zu beweisen, Nachricht erhalten hatte, daß der abtrünnige Abd-el-Kader, ‚Le Roux', wie ihn die Stämme des Atlas ehrfürchtig nannten, mit einer mächtigen Schar todesmutiger Kämpfer aus dem Norden herabgestiegen sei und zwei Dörfer in den Bergen von Mshounsh geplündert habe; die Einwohner, die Widerstand leisteten, seien niedergemetzelt und ihre Herden davongetrieben worden.

‚Le Roux' war als ein furchtloser Mann bekannt und galt als erbitterter Feind sowohl der Franzosen als auch der Spanier. Es umgab ihn ein Geheimnis. Anscheinend hatte ihn noch nie ein Europäer zu Gesicht bekommen. Bekannt war, daß er zu den Parteigängern Mohammed-Ben-Abd-el-Krim-el-Khatabis gehörte und daß er nach Abd-el-Krims Niederlage eine Schar von Berbern und Arabern um sich versammelt hatte. Sonst aber wußte man sehr wenig von ihm. Mord, Raub, Brandstiftung, Erpressung, alle nur erdenklichen Verbrechen hatten ‚Le Roux' und seine Bande begangen, aber die Opfer waren immer nur jene Stämme gewesen, die mit Frankreich befreundet waren. Leutnant de Breusac zog in Mreier Erkundigungen ein. Am Tage zuvor waren zwei Vorposten angekommen. Aber sie hatten von ‚Le Roux' nichts gesehen und gehört. Die Araber des Dorfes hockten friedlich lächelnd und schwatzend vor den Häusern. Ihre kleinen Läden waren geöffnet. Sie zeigten keinerlei Furcht oder Unruhe.

Plötzlich trat aus einer Gruppe von vier Männern ein hochgewachsener Kerl hervor. Vom Kopf bis zum Fuß in eine schwere, dunkelgraue Kamelhaar-Djebirah gehüllt, schritt er auf den Platz hinaus, machte sich an einen der Chasseurs heran und begann mit ihm zu plaudern. Wohin sie denn wollten, fragte er den Chasseur freundlich, und ob er ihm nicht einen Laib frisch gebackenen Brotes mitgeben dürfe, da sie weiter im Norden sicherlich nicht viel zu essen bekämen. Sie zögen nach Bordj-Mshounsh, erwiderte der Chasseur; das Brot solle er für sich behalten. In der Armee brauche keiner zu hungern.

„Eine Zigarette?"

Ja, eine Zigarette, die würde er nehmen. Wo sie herkämen, erkundigte sich der hochgewachsene Mann in der Kamelhaar-Djebirah.

„Aus Oued-Tmanaya."

Ob da unten nicht sehr viel Militär sei?

„Ja", sagte der Soldat und strich sich seinen kleinen schwarzen Schnurrbart. „Zwei Regimenter Senegalesen, ein Bataillon der

Fremdenlegion, ein Spahiregiment und die Chasseurs. Das Fünfte", fügte er stolz hinzu.

Nachdem der hochgewachsene Mann den Segen Gottes auf den Soldaten herabgewünscht hatte, schritt er davon und verschwand.

Nach zweistündiger Rast kam Befehl aufzusitzen.

Noch vor Einbruch der Nacht kamen die Chasseurs zu einer öden Karawanserei. Ein niedriges, vierstöckiges Gebäude, aus strategischen Gründen etwas hoch gelegen, mit einem großen Hof, der von dicken, mit Schießscharten versehenen Mauern umgeben war. Es wirkte recht grimmig und drohend, und eine starke Besatzung hätte das ganze breite, wüste Tal mit den auf allen Seiten emporschießenden kahlen Felswänden von hier aus beherrschen können.

Die Soldaten ritten, einer nach dem andern, durch das Tor. Rast erwartete sie. Erst die Gäule, dann die Menschen.

Der dem Trupp beigegebene Telefonist schloß seinen Apparat an die Überlandleitung an, und Leutnant de Breusac meldete dem Hauptquartier seine Ankunft. Eine Stunde später erhielt die Gruppe den telefonischen Befehl, nicht weiter nach Norden vorzurücken, sondern bei Tagesanbruch in ihr Standquartier nach Oued-Tmanaya zurückzukehren. Der General habe seine Absicht geändert und wolle erst in einer Woche nach dem Süden kommen.

2

Am nächsten Tage rasten drei Autos in südlicher Richtung über diese selbe Straße, ein Panhard und zwei Renaults. Der Panhard fuhr voraus. In ihm saßen zwei Stabsoffiziere und neben dem Chauffeur eine Ordonnanz. In dem zweiten Wagen saßen ein General und eine Dame und neben dem Chauffeur ein Offizier. Im letzten Wagen fuhren drei Offiziere von niederem Rang. Die Autos hielten des Staubes wegen einen Abstand von einigen Kilometern voneinander und fuhren in ziemlich raschem Tempo die bergige Straße entlang.

„Wenn alles gutgeht", sagte der General zu dem jungen Mädchen an seiner Seite, „sind wir vor Sonnenuntergang in Beni-Tsouf."

„Hoffentlich haben wir keine Panne", erwiderte sie mit matter Stimme, „stelle dir vor – in dieser Gegend liegenzubleiben!"

„Ja, es ist wirklich eine recht wüste Gegend, und wüst sind die Menschen, die hier leben. Du darfst dich rühmen, vielleicht die erste Europäerin zu sein, die durch diese Einöde fährt. Eine Vorläuferin der vielen, die hoffentlich noch kommen werden, wenn einmal Friede und Ordnung dauernd gesichert sind."

Er wandte sich ab. Seine Blicke wanderten zu den zackigen Umrissen einer im Süden liegenden Bergkette.

Renées blaue Augen mit den dunklen Wimpern blickten nach einer andern Richtung, wo ihr geliebtes Frankreich lag, und ein Seufzer entrang sich ihrer Brust. Die Fahrt fing an, ermüdend zu werden. Afrika war ein so ungeheures Land. Die Berge, die Täler und die Ebenen wiederholten sich unablässig. Ja, sogar die Formen dieser ausgedörrten, öden Gipfel schienen einander zu gleichen, schienen alle von derselben Hand geformt. Renée betrachtete den Rücken des Chauffeurs, betrachtete den sonnengebräunten Hals des Adjutanten, der vor ihr saß. Auch diese Männer schienen in ihren Entschlüssen, ihren Bemühungen, ihren Gefühlen einander zu gleichen.

Trotz ihrer Jugend sah Renée nicht allzu glücklich aus. Ihre Schönheit war von jener Art, die sehr oft mit einer gewissen grüblerischen Veranlagung Hand in Hand geht. Ihre Augen erinnerten an die eines verträumten kleinen Jungen; andererseits aber schienen ihre hohe, reine Stirn und das energische Kinn auf ein ungewöhnliches Maß von Festigkeit und Entschlußkraft hinzudeuten.

Die Regierung hatte General de Sonloup den hohen Rang eines Großoffiziers der Ehrenlegion verliehen. Maréchal F. de T. war eigens aus Paris nach Rabat gekommen, um ihm den ‚Grand Cordon' zu überbringen. Es war eine sehr prächtige Feier gewesen: Kavallerie und Infanterie, die regimenterweise mit flatternden Fahnen vorbeimarschierten, die wilde, aufrüttelnde Musik der Chausseurs d'Afrique, die tollen Reiterkünste der Spahis und ein großes Essen mit nachfolgendem Tanz im Palais des Residenten.

Renée hatte viele junge Offiziere kennengelernt, die alle von ihrer Schönheit bezaubert waren. Aber Renée war keine leicht zu erobernde Festung. Sehr zum Mißvergnügen ihrer Familie hatte sie in den letzten paar Jahren mehrere vorteilhafte Heiraten ausgeschlagen. Die Ehe ihrer nicht sehr glücklich verheirateten Schwester Madeleine hatte ihr viel zu denken gegeben, und so war sie fest entschlossen, ihr eigenes Leben mit Klugheit und Umsicht zu gestalten. Zum hundertsten Male starrte Renée geistesabwesend die Rücken der Männer an, die vor ihr im Wagen saßen. Sie erinnerte sich an den Marquis de Breusac, einen sehnigen Kavallerieoffizier bei den Chasseurs, mit einem gutrassigen, etwas englischen Gesicht, den sie in Rabat kennengelernt hatte. Einen Tanz hatte sie mit ihm getanzt. Er war außerordentlich zurückhaltend, fast schüchtern gewesen. Ihr Vater hatte ihm nach soldatischer Manier einen tüchtigen Klaps auf den Rücken versetzt: „Hallo, de Breusac! Ich höre, man hat Sie mit dem ‚Fünften' nach Oued-Tmanaya beordert. Meine alte Gegend. Hoffe, Sie in ein paar Wochen dort unten zu sehen. Ich komme mit Renée hin. Sie ist, wie Sie wissen, in Afrika zur Welt gekommen. Spricht Arabisch. Nettes Mädel. Tanzen Sie mal mit ihr." Renée war jede Bewegung des jungen de Breusac im Gedächtnis geblieben. Unmöglich, diesen freimütigen Ausdruck, dieses schüchterne, letzte Adieu zu vergessen. Und wieder seufzte sie ein wenig.

„Papa", sagte sie einen Augenblick später, „ich kann mir nichts Wilderes und Faszinierenderes vorstellen als diese Berge. Wie können denn überhaupt unsere Truppen in einem solchen Lande kämpfen! Nirgends Brunnen, kein Gras, keine Bäume. Nichts als Steine."

Aber General de Sonloup hatte die Augen wie im Halbschlummer geschlossen. Er hatte ein merkwürdiges Gesicht: eine kräftige, gebogene Nase mit sehr nervösen Nüstern, einen kurzen, eisengrauen Schnurrbart und Spitzbart und die hohlen Wangen des alten Soldaten. Das Sonderbarste in diesem Gesicht war der Mund. Ein sehr energischer Mund; aber die Lippen waren im linken Mundwinkel etwas nach unten verzerrt und wie zu einem beständigen Lächeln erstarrt. In seiner Jugend war das einer seiner besonderen Reize gewesen. Mit der Zeit aber prägte diese Eigentümlichkeit sich immer stärker aus, und jetzt hatte es fast den Anschein, als lächle er über alles in höhnischem Spott, als mache er sich mit dem verzerrten Winkel seines Mundes unablässig über die Welt und über die Menschen lustig. In seinem Vaterhaus in Burgund hing ein Bild seines Großvaters, eines ‚Maréchal de France', das den gleichen Ausdruck, die gleiche Eigentümlichkeit aufwies. Man erzählte sich in der Familie, einer der Vorfahren der Sonloups sei an Starrkrampf gestorben, und als seine Frau, die gerade ein Kind erwartete, ihn auf dem Totenbett gesehen habe, sei sie über das sardonische Lächeln auf seinem Gesicht so erschrocken gewesen, daß ihr Kind, ein Knabe, mit einer ähnlichen Verzerrung zur Welt gekommen sei.

Zu Mittag stoppten die drei Wagen in Bordj-Mshounsh, und die ganze Gesellschaft hielt neben dem Brunnen ein Picknick ab.

Eine kleine Abteilung von Senegalesen, unter dem Kommando eines französischen Korporals, hatte dort ihr Lager aufgeschlagen, und die Ordonnanz des Obersten ging hinüber, um Erkundigungen einzuholen. General de Sonloup kannte das Land bis weit in den Süden hinein sehr gut. Vor fünfunddreißig Jahren hatte er dort unten als Leutnant bei den Spahis gekämpft und hatte über zwei Jahre unter den Doui-Menia an den Grenzen der Wüste gelebt.

Die Ordonnanz kam und meldete, daß man nichts von irgendwelchen Banden an der Straße nach Mreier gehört habe und daß alles in Ordnung sei.

Doch bevor die Autos losfuhren, ermahnte der General seine Leute, auf der Hut zu sein, auf jeden Eingeborenen, der versuchen würde, einen der Wagen anzuhalten, sofort und ohne Warnung zu schießen. Die Fahrer sollten die höchste Geschwindigkeit einschalten, denn er wußte aus Erfahrung, daß in dieser Gegend zahlreiche zweifelhafte Elemente lebten. Als er sah, daß seine Befehle Renée ein wenig erschreckten, tätschelte er ihr besänftigend die Hand. „Ich habe angeordnet, daß uns einige Chasseurs entgegenkommen", sagte er. „Wir brauchen uns also keine Sorge zu machen. Sechzig Chasseurs genügen, um zweihundert Araber in Schach zu halten, und außerdem gibt es in diesem Distrikt keine so starken Rebellentrupps. Ich nehme an, daß wir unserer Kavallerie sehr bald begegnen werden."

„Kommt es dir nicht verdächtig vor, daß sie in Bordj-Mshounsh nicht aufgetaucht sind?"

Er schüttelte den Kopf.

„Kein bißchen. Ich kenne meine Chasseurs."

„Ist das die berühmte Rote Straße, auf der wir uns jetzt befinden?"

„Nein. Noch nicht." Er lehnte sich tief in den Sitz zurück und schloß die Augen. „Diese Sonne ist schrecklich", sagte er. „Sie macht mich müde."

Renée zog ihren malvenfarbigen Schleier über das Gesicht und blickte die Straße entlang, die in breiten Krümmungen bergan stieg; hoch über ihnen sauste der Panhard dahin, eine Staubwolke hinter sich herziehend; tief unter ihnen folgte der andere große Renault.

Als sie nach einer Weile einen Bergpaß erreichten, wanderte Renées Blick nach der anderen Seite über eine ausgestorbene Landschaft zwischen öden, flachen, sonnenversengten Bergen, und die Wasser des Oued-Ziz liefen im Zickzack wie eine silberne Schlange durch das Gestein. Nirgends eine Pflanze. Das flache Tal erinnerte, von dieser Höhe aus gesehen, an die millionenfach vergrößerte Haut eines riesigen Tieres, und der Gedanke, daß sie nun durch die Falten dieser Haut hindurchkriechen sollten, erfüllte ihr Herz mit Entsetzen.

„Ist dies das Rote Tal?“ fragte sie ihren Vater.

„Nein“, erwiderte er, öffnete die Augen und schloß sie wieder.

Aber es war dennoch das sogenannte Rote Tal, weil die Ait-Hammou in den letzten fünfzig Jahren immer wieder die friedlichen Wanderer aus dem Süden und Norden, welche diese Straße als Handelsweg benützten, überfallen und niedergemetzelt hatten. Es war das Tal der Morde. ‚Warum soll ich sie ängstlich machen?‘ dachte der General. ‚Unsere Truppen haben die Banden in ihre Bergwildnis zurückgejagt, und ich habe einen Friedensvertrag mit den Häuptern der Doui-Menia geschlossen. Jetzt sind sie unsere treuen Untertanen und schützen die Flanken unserer Verbindungsstraßen. In der nächsten Karawanserei werden wir voraussichtlich unsere Chasseurs treffen. Die Gegend ist kaum mehr gefährlich, und sobald ich erst einmal meinen Plan der Vereinheitlichung des militärischen Kommandos über die südliche algerisch-marokkanische Grenzzone ausgearbeitet und bei der Regierung durchgesetzt habe, wird man hier so sicher reisen wie in Burgund oder der Provence. Dann ist Frankreich für ewige Zeiten in Marokko fest verankert, und falls die Stämme Widerstand leisten sollten, nun, ich verstehe es, mit widerspenstigen Stämmen umzugehen.‘

De Sonloup kannte nur drei Verwaltungsprinzipien: eine starke Hand, einen eisernen Körper und einen rücksichtslosen Kopf. ‚Der echte Soldat darf nicht an den Frieden glauben‘, sagte er sich. ‚Der Friede darf für den Soldaten nicht mehr bedeuten als ein Waffenstillstand. Friede ist eine zeitweilige Vereinbarung, in der man sich verpflichtet, den Feind seines Landes nicht zu bekämpfen. (Es gibt immer solche Feinde.) Der Friede soll den Zivilisten Zeit geben, Atem zu schöpfen und neue Soldaten zu produzieren, die an die Stelle jener rücken, die gefallen oder zu alt geworden sind, um es im Felde auszuhalten.‘ De Sonloup war ein

Soldat der alten Schule, ein Soldat aus einer Soldatenfamilie. Seinen Namen umgab eine magische Aureole. Er war der Löwe der Sahara gewesen, und jetzt nannte man ihn den ‚Tiger des Rifs'.

Während der große Renault die gekrümmte Bergstraße entlangsauste, wanderten de Sonloups Gedanken voraus nach Beni-Tsouf mit seinen Palmengärten und seinen erfrischenden Winden, die vom Atlas herunterwehten! Jetzt gab es dort Baracken und ein Militärspital. Zu seiner Zeit, vor fünfunddreißig Jahren, hatte es so etwas nicht gegeben. Sonderbar, daß immer, wenn er an Beni-Tsouf dachte, sich sein Gewissen ein wenig zu regen begann. Damals war er ein junger Leutnant und marschierte mit seinem Regiment nach Beni-Tsouf, wo eine Reisegesellschaft französischer Forscher ermordet worden war. Eine gute Gelegenheit für das Militär, einzugreifen und Ordnung zu schaffen. Getreu ihrem soldatischen Prinzip, das, was sie in Ordnung gebracht hatten, sich auch zu sichern, hatten sie Beni-Tsouf behalten. Seit damals stand es unter französischem Einfluß.

De Sonloup erinnerte sich, wie schrecklich mühsam damals der endlose Vormarsch nach dem Süden gewesen war; im Vergleich dazu war diese Autofahrt ein wahrer Luxus. Damals hatte es keine Straßen gegeben, keine Brücken, keinen Telegrafen, und sie hatten sich den Weg erkämpfen müssen von Douar[1] zu Douar, die Berber in die Berge vor sich herjagend, immer weiter südwärts, der Sahara zu. Er rief sich die Stunde ins Gedächtnis zurück, als nach dreitägigem Kampf Oued-Tmanaya eingenommen worden war. Es war ein schreckliches Gemetzel gewesen. Die Leichen der Männer, Weiber und Kinder, der Pferde und Kamele hatten in den Straßen der Stadt umhergelegen und die Luft und das Wasser in den Gärten der Oase verpestet. Zweitausend wütende Legionäre, die nach den Soldaten kamen, hatten die Oase geplündert; aber Mohammed-Ben-Sliman, der große arabische Führer, der vom Propheten abzustammen behauptete wie die meisten dieser Stammeshäupter, wenn sie zur Macht gelangen, war mit über dreitausend Mann zu Pferde nach der befestigten

Stadt im Gebiete der Oase von Beni-Tsouf, die weiter südwärts lag, entkommen; hinter ihm der französische Kommandant, der wegen seiner künstlerischen Neigungen ,L'Artiste' genannt wurde, ihm dicht auf den Fersen. Er verfolgte den Abkömmling des Propheten mit dem festen Entschluß, ihn und alle Stämme unter seinem Banner auszurotten. Er hatte Sidi Sliman in Beni-Tsouf eingeholt und sein Quartier auf einem Hügel aufgeschlagen, der die Palmengärten überragte. Dort vor seinem Zelt hatte er einige seiner besten Bilder gemalt. Zweieinhalb Monate lang hatte ,L'Artiste' eine gemächliche Belagerung aufrechterhalten. Wie oft hatte er im Schatten seines Zeltes gestanden und mit bewunderndem Blick die langen Reihen der Kavallerie und Infanterie betrachtet, wie sie über die Ebene marschierten oder langsam die Hänge der benachbarten Hammada-Berge emporkletterten und sich in den blauen und purpurnen Farben des Horizonts verloren. Ab und zu hatte es kleine Scharmützel und Ausfallversuche gegeben. Aber jedesmal waren die Araber schändlich geschlagen und in ihre Festung zurückgejagt worden. Für sie war der Krieg eine Art lebensgefährlicher Fantasia[2], für die französischen Soldaten eine grimmige Wissenschaft.

De Sonloup erinnerte sich an den Morgen, da Mohammed-Ben-Sliman seinen ältesten Sohn und einen seiner Verbündeten von der südöstlichen Grenze von Algier herübergeschickt hatte, um sich nach den Bedingungen eines ehrenhaften Friedens zu erkundigen. ,L'Artiste' hatte die Unterhändler festlich bewirtet, sie den ganzen Tag in seinem Hauptquartier festgehalten, sie porträtiert und schließlich jedem von ihnen eine Flasche voll Wasser gegeben, die sie Mohammed-Ben-Sliman überbringen sollten. „Sage dem Abkömmling des Propheten, daß wir hier sind, um zu strafen, nicht um zu verzeihen", hatte er mit sanftem Lächeln gesagt, während er sich seinen langen Bart strich.

Seine Worte hatten die hungrigen Araber in der befestigten Stadt zur Raserei getrieben. Das Geheul ihrer Weiber war über die niedrigen Dächer der Stadt emporgestiegen. In Scharen waren sie in die Moscheen und auf die Plätze geströmt. Sie hatten den ‚Djehâd' verkündet und ihre Toten über die Mauern geworfen wie Vögel den Unrat aus ihren Nestern. ‚L'Artiste' hatte zu alldem gelächelt. De Sonloup hatte ‚L'Artiste' immer für einen etwas sonderbaren, genial veranlagten Menschen gehalten, der mehr Phantasie besaß, als für den Beruf eines Soldaten nötig ist. Mit erstaunlich geringen Verlusten französischerseits hatte der Mann es fertiggebracht, diesen Grenzkrieg zu beenden. De Sonloup konnte sich noch immer nicht eines leisen Schauers erwehren, wenn er an diesen letzten blutigen Tag zurückdachte.

Eines Morgens in aller Frühe ertönte das Signalhorn. Die Spahis, unter denen auch er sich befand, bestiegen ihre Pferde. Es galt, die Stadt im Sturm zu nehmen. Schlachtenlärm erhob sich. Salve um Salve ertönte. Ein Heulen und Tosen war aus der Stadt emporgestiegen. Dann hatte plötzlich das Wort ‚Razzia' die Runde gemacht. ‚Razzia!' Jeder Soldat hatte es wiederholt: ‚Razzia!' Magisches Wort, das wertvolles Silber verkündet, juwelenbesetzte Waffen, Teppiche, Zelte, silberne Armbänder und Fußspangen, Ohrringe, die man hier und dort den Weibern wegnimmt, und die Weiber gleich mit dazu! Und die Beute, die am nächsten Tag versteigert wird! Es war das alte Recht der Spahis, plündern zu dürfen. Jeder, vom Obersten bis hinunter zu dem gemeinen Soldaten, erhielt seinen angemessenen Teil, genug, um für einen Monat ein reicher Mann zu sein.

Die Legionäre waren von Westen her in die Stadt eingedrungen; bald darauf hatten die Osttore sich geöffnet, und eine zahlreiche Menge von Kriegern, untermischt mit Weibern und Kindern, die alle ihre Bündel schleppten, war ins Freie geströmt, ziellos, ohne zu wissen, wohin sie wollten; einige hatten versucht, sich in den Palmengärten zu verstecken, vielleicht, um sich dort zu sammeln und Widerstand zu leisten. Dann verkündeten die Rufe der Legionäre, daß die ganze Stadt in ihren Händen sei. De Sonloup erinnerte sich, wie sein Pferd plötzlich zu zittern begonnen hatte, gerade in dem Augenblick, bevor der Befehl zum Angriff kam. Sechshundert geschliffene Säbel waren zischend aus den Scheiden geflogen. Ein Hornruf. Und unter wildem Hurra der Reiter waren die zitternden Pferde losgeprescht, die Augen verdreht, so daß man das Weiße sah.

In langer, loser Reihe hatte die Kavallerie die Flüchtenden umzingelt; damit hatte die Ausrottung des Stammes begonnen. De Sonloup erinnerte sich an den ersten, den sein Säbel traf. Ein Stoß, eine Drehung des Handgelenkes, ein rasches Hochzucken des Ellbogens. Ein weit aufgerissener Mund hatte vor ihm geklafft, und er hatte einen Seufzer gehört. Im nächsten Augenblick abermals ein Stoß, abermals ein Ruck. Es war alles so leicht gewesen, wie wenn man ein Messer in Butter stößt. Menschliches Fleisch ist ein sehr weicher Stoff. Er hatte kein Verlangen gespürt, jemanden umzubringen, und hatte es dennoch getan. Zu seiner Linken und zu seiner Rechten hatten sie alle dasselbe getan wie er! Befehl! Sein Hengst war toll geworden, hatte sich auf den Hinterbeinen aufgebäumt und nach den Lebenden und Toten ausgeschlagen. Überall Blut! Sein Säbel war ganz warm geworden, der Griff widerlich klebrig. Und dann war es wie ein Wahnsinn über ihn gekommen. Er hatte Blutspritzer von seinen Lippen geleckt, hatte sich das Araberblut aus den Augen gewischt. Ihm war zumute gewesen wie einem Betrunkenen. Er hatte sich wie in einem heißen Bade von Schweiß und Blut gefühlt, während unter ihm sein Hengst schäumte und schnaubte. Dann war er weitergaloppiert. Eine wilde, satanische Freude hatte ihn gepackt. Er erinnerte sich noch, wie er das zufällige Metzeln satt bekommen und damit begonnen hatte, sich seine Opfer auszusuchen, sie mit geschickten, berechneten Sätzen zu überraschen. Da war ein alter Mann gewesen, der seine Hände kläglich zum Himmel erhob. Er war geradeswegs auf ihn losgaloppiert. Ein Stoß durch den Hals und heraus mit dem Stahl, und der alte Mann war hingefallen, mit seinem letzten Seufzer die Franzosen verfluchend. Das Blut war unter ihm weggelaufen wie Wasser aus einem Hahn, an den ein Junge die Finger hält, um ihn spritzen zu lassen. Dann war da ein junger Bursche vor ihm hergelaufen, um sich zu verstecken. „Warte nur! Warte, mein Kind! Ich kann fast dein Herz sehen!" Und er hatte ihn erwischt. Ein Stoß in den magern Rücken, eine Drehung des Handgelenkes und heraus mit dem Stahl! Und so war es weitergegangen, bis sie auf der andern Seite der Palmengärten in die Wüste gekommen waren, trunken, schäumend, tobend, toll von der Qual schrecklichen Gelächters. Hinter ihnen lag ein Wald voll Todesseufzer.

Einige vierzig Spahis waren an diesem Tage gefallen und über hundert verwundet worden, aber auf seiten des Gegners war nicht ein einziger kampffähiger Mann übriggeblieben.

„Jetzt werden wir ein Weilchen Ruhe haben", hatte ‚L'Artiste' sehr trocken bemerkt und dann spöttisch hinzugefügt: „Messieurs, hier beginnt die Zivilisation." – –

„Schläfst du?" fragte Renée und nahm ihres Vaters Hand. General de Sonloup öffnete die Augen und sah etwas erschreckt seine Tochter an. „Nein, warum?"

„Wie wüst die Gegend wird! Wie eine leergebrannte Hölle!"

„Nichts hat sich verändert, seit ich das letztemal hier war", sagte er. „Jetzt, da ich sie wiedersehe, kommt es mir ziemlich absurd vor, in diesem Zusammenhang von Zivilisation zu reden."

„Warum also versucht man überhaupt, dieses Land zu zivilisieren?"

Er gähnte müde und hielt die Hand vor den Mund.

„Schlafe, mon cher papa", sagte sie mit leichtem Spott. „Für dich gibt es nichts Neues mehr."

Er schloß die Augen, lächelte mit seinem linken Mundwinkel und kehrte zu seinen Erinnerungen zurück. Nach dem Ende jenes Grenzkrieges war er in Oued-Tmanaya geblieben. Ein gewisser Major Perret hatte das Kommando über die Garnison von Beni-Tsouf übernommen; dieser hatte in den drei Jahren seines Dienstes sehr viel gebaut, das gute Werk der Befriedung durchgeführt und mit den Stämmen, denen die Lust zum Rebellieren vergangen war, feste Verträge abgeschlossen. Er selbst war zwei Jahre lang in Oued-Tmanaya geblieben. Noch immer stand ihm das kleine weiße Haus in dem Palmengarten, das er bewohnt hatte, lebhaft vor Augen; und dieses wunderbare Alleinsein. Kein Weißer war in der Nähe und er unumschränkter Herr des Distriktes, völlig dem verborgenen Zauber seiner Einsamkeit unter den Palmen hingegeben. Dann war da eine Frau gewesen, besser gesagt ein Mädchen, ungefähr siebzehn oder achtzehn Jahre alt, namens Fatima, die bei ihm gelebt hatte. ‚Une petite sauvage', aber von edler Herkunft, die Tochter eines der toten Fürsten der Doui-Menia. Ein schüchternes, gazellenartiges Wesen mit großen, brennenden, dunklen Augen und komischen kleinen Gewohnheiten, die zum Teil sehr reizend, zum Teil sehr abstoßend waren. Aber sie war sehr liebevoll, wenn auch sehr launisch gewesen. Er erinnerte sich noch, wie er ihr bei einem mosambikischen Hausierer ein paar hübsche Seidenstoffe und Armbänder gekauft und ihr ein wenig Französisch beigebracht hatte. Sie hatte viel Scharfsinn bewiesen, sehr viel angeborene Klugheit, aber auch eine gewisse Verschlagenheit. Als sie ihm einen kleinen Jungen geschenkt hatte, ein hübsches Kind mit bläulichweißen Augen, war er sich seltsam verwirrt und etwas dumm vorgekommen.

Eine sonderbare Wärme durchströmte das Herz des Generals, als er sich alle diese Dinge ins Gedächtnis zurückrief, und er verhielt sich sehr still, damit nicht seine Tochter ihn in seinen Gedanken an jenes Mädchen und ihr Kind störte. Er hätte gerne gewußt, was aus ihr geworden war. ‚Là! Ein Abenteuer, wie es jeder einmal erlebt. – Weiter nichts!' beruhigte sich General de Sonloup. Wozu sich Vorwürfe machen in bezug auf diese kleine Fatima? Sie hatte von ihm ein schönes Kind und fünftausend Francs bekommen. War es seine Schuld, daß er plötzlich nach St. Louis am Senegal abkommandiert worden war? Befehl! Oft hatte er an den kleinen Jungen gedacht und sich gefragt, wo er jetzt wohl sein mochte, falls er noch am Leben war. Er hatte sich immer einen legitimen Sohn gewünscht; aber er hatte kein Glück gehabt. Zwei Töchter, weiter nichts, und ihre Mutter war schon vor Jahren gestorben. Eine seiner Töchter, Madeleine, war seinem Glauben nach glücklich verheiratet und hatte ihr Heim in Paris, die andere, die kleine, war jetzt bei ihm. Einige der jungen Offiziere hatten sich Hals über Kopf in sie verliebt; doch keiner von ihnen hatte Geld. Da war nun dieser junge Kerl, de Breusac, der Chasseur. ‚Reizender Kerl!' dachte de Sonloup, ‚und sieht sehr gut aus; dazu ausgezeichnete, vermögende Familie.' Er hätte gern gewußt, ob Renée mit dem Chasseur nur ‚herumspiele' oder ob sie ein ehrliches Interesse für ihn empfinde. Auf jeden Fall würden sie kein häßliches Paar abgeben, und er konnte de Breusac sehr leicht in seiner Karriere ein bißchen ‚weiterhelfen'. Trotz seiner Neugierde wollte er Renée nicht fragen, wie sie über den jungen Mann denke. Sein Stolz verbot ihm, derartige Regungen zuzugeben. Er hatte sich angewöhnt, andern Menschen kühl gegenüberzustehen und nur selten ein Interesse für sie zu verraten. Er war ein einsamer Mann, hatte sich im Einsamsein geübt und war der Meinung, alle großen Soldaten müßten einsam sein, sie dürften weder viel Liebe verschenken, noch den Wunsch haben, von andern viel Liebe zu erhalten, um jederzeit für jenen letzten opfervollen Augenblick im Leben des Soldaten bereit zu sein, da aus den feindlichen Reihen der Tod kommt.

De Sonloup blickte auf und begegnete den Blicken seiner Tochter. Er merkte sofort, daß sie ihn schon seit einiger Zeit angesehen hatte, und es fiel ihm auf, daß sie bedrückt, ängstlich und unruhig aussah.

„Nun, nun!" sagte er lächelnd. „Was ist los?"

„Ich weiß es nicht!" sagte sie und drückte ihm die Hand. „Wahrscheinlich ist meine Angst sehr dumm. Vor uns und hinter uns ist ein Wagen; aber ich habe trotzdem ein Gefühl, als wäre niemand in der Nähe, als wären wir in dieser Wildnis verloren!"

„Deine Phantasie, ma petite! Wir können nicht mehr als hundertfünfzig Kilometer von Oued-Tmanaya entfernt sein. Noch etwa zwei Stunden, und du wirst unter den schönsten Palmen sein, die du je gesehen hast; dazu erwartet dich ein sehr nettes

Quartier. Ein Bad und etwas Ruhe, und du wirst dich prächtig fühlen. Und ich ebenfalls."

Sie atmete schwer und warf einen ängstlichen Blick auf den Geschwindigkeitsmesser.

„Voyons! Voyons! Die Tochter eines Soldaten darf nicht so ängstlich sein."

Plötzlich schlug sie beide Hände vors Gesicht und schauderte zusammen.

„Soll ich Henri Befehl geben, anzuhalten und auf den hinteren Wagen zu warten?" fragte er ein wenig verärgert.

„Nein! Nein! Nicht stehenbleiben! Schnell weiterfahren. Je schneller wir aus diesem schrecklichen Tal hinauskommen, desto besser! Oh, ich habe keine Angst; es ist etwas ganz anderes als Angst! Ich weiß nicht, was es ist, aber es ist schrecklich!"

De Sonloup wandte sich ihr zu.

„Bergfieber, Renée, Bergfieber."

In diesem Augenblick bog der Wagen um eine scharfe Krümmung der Straße. Die Flanke des Berges schob sich hier wie eine riesige rote Tatze vor. In kurzer Entfernung vor ihnen stand mitten auf der Straße der Panhard. Der Chauffeur des Generals zog die Bremse, aber noch bevor das Auto stand, waren sie von einem Schwarm in schwere Kamelhaar-Djebirahs gehüllter Männer umringt. Renée wurde leichenblaß und zerrte ihren Vater auf den Sitz zurück. Der Ordonnanzoffizier sprang auf, zog die Pistole, feuerte und schoß den ersten nieder, der in den Wagen klettern wollte; ihn traf augenblicklich eine Kugel durch den Kopf. Dann knallte abermals ein Schuß, und der Oberkörper des Chauffeurs sank langsam nach vorn über das Lenkrad.

General de Sonloup gab aus seiner Pistole einige rasche Schüsse auf die Männer ab, die auf ihn eindrangen. Einer von ihnen fiel, aber ein halbes Dutzend anderer griff ihn im Wagen an, und nach einem kurzen, heftigen Handgemenge zerrten sie ihn heraus, banden ihm die Arme mit einem Strick an den Leib und trugen ihn an den Straßenrand. Renée hatte die Pistole ihres Vaters gepackt, aber noch bevor sie sie gebrauchen konnte, wurde sie von vier Männern überwältigt, aus dem Wagen gehoben und gefesselt.

„Festbleiben, Mädel!" rief der General. „Festbleiben. Der dritte Wagen kommt noch!"

Aber er wußte sofort, daß es keine Hoffnung mehr gab.

„Bist du verletzt?" rief Renée.

„Nein, aber den armen Saunier haben diese Hunde erschossen." Und er fing an, die Chasseurs zu verfluchen, die ihnen nicht entgegengeritten waren.

„Chasseurs sehr weit weg. Chasseurs zurückgekehrt nach Beni-Tsouf!" sagte einer der Leute, die neben dem General standen, mit einem unheimlichen Lächeln.

„Abwarten, mein lieber Freund!" brummte der General ihn an, und sein linker Mundwinkel verzerrte sich zu einem Lächeln voll satanischer Wut.

Zwei Männer knebelten ihn brutal. Aber sie konnten seine Augen nicht knebeln. Die funkelten wie Stahl, in feierlicher Entschlossenheit. Er sah, wie drei Araber mit seiner Tochter rangen, bemüht, ihr ein Tuch über den Mund zu binden, und er war stolz auf ihre Kraft. Wie eine Löwin wand und sträubte sie sich, um ihren Griffen zu entrinnen. Allmählich aber ließ ihre Kraft nach, und sie sank mit blassem Gesicht gegen einen Felsblock. Als sie sich nach ihrem Vater umdrehte, begann er in dem riesigen Burnus, den sie ihm übergeworfen und wie eine Zwangsjacke verschnürt hatten, zu zappeln. Plötzlich hörte er das Hupensignal des Renault, und im nächsten Augenblick sah er den Wagen um die Ecke sausen. Der Chauffeur zog die Bremse scharf an, und der Wagen schlitterte über die halbe Straßenmitte, bevor er zum Stehen kam. De Sonloup sah vier ergrimmte, brave Jungen ohne Zögern aufspringen, die Pistolen ziehen und sofort Feuer geben. Drei der verfluchten Banditen erwischten sie noch, bevor sie selber, von Kugeln gespickt, zusammensanken.

Der General erstickte fast vor Wut. Als er den ersten Wagen, den Panhard, näher betrachtete, sah er im Fond drei Tote liegen und einen vierten auf der Straße, wie ein Schaf mit abgeschnittenem Kopf. Tränen traten ihm in die Augen, und ein ungeheures Gefühl der Einsamkeit erfüllte seine Seele; dieses war die schwärzeste Stunde seines Lebens. Und seine eigene Tochter mußte das alles mit ansehen, wurde in diese scheußliche Sache hineingezogen. Der Gedanke an ihr mögliches Schicksal machte ihn toll. Er mußte sie erschießen, sie bei der erstbesten Gelegenheit umbringen. Sonst würden diese Banditen ...

‚Banditen?' fragte er sich unwillkürlich. ‚Sie müssen acht Mann verloren haben. Wir waren sechzehn, und jetzt sind wir nur noch zwei. Wir haben also vierzehn verloren. Sie aber hatten den Vorteil des Angriffs! Sie hatten diese Falle sorgfältig vorbereitet. Nicht das gewöhnliche Scharfschießen aus der Ferne! Kein totes Kamel, das den Weg versperrt! Ein Auto hätte über ein totes Kamel hinwegspringen können. Das wußten sie, diese Teufel! Nein, sie haben die Telefondrähte durchgeschnitten, haben einen meterbreiten Graben über die Straße gezogen, und jetzt tragen sie meine Leute zusammen – bessere Soldaten sind noch nie aus dem schönen Frankreich gekommen –, nehmen ihnen ihr Hab und Gut, ihre Pistolen, ihre Uhren, ihr Geld, ihre Röcke und Stiefel ab und verscharren sie in demselben Graben, mit dem sie unsere Wagen angehalten haben, während sie sich ihrer eigenen Toten annehmen und sie auf den Rücken der Maultiere laden.'

Hilflos mußte er zusehen, wie sie die Leichen braver Franzosen nacheinander in den Graben warfen, den sie vorher ausgehoben hatten, und sie mit Geröll und Steinen zudeckten. In keiner der vielen Schlachten seines Lebens war ihm so schwer, so bitter ums Herz gewesen. In ohnmächtiger Wut biß er in das muffige Tuch, das sie ihm vor den Mund gebunden hatten. Warum hatte nicht auch ihn eine Kugel getroffen? Warum mußte er, der Veteran, der Chef des Stabes, am Leben bleiben, um Meldung zu machen? Warum war gerade sein Leben diesen Mördern wertvoll? Mit einem Gefühl tödlicher Verzweiflung blickte er zu seiner Tochter hinüber. Ihre Augen waren geschlossen, und Tränen sickerten über ihre Wangen. Ein Schluchzen zerriß ihre Brust.

De Sonloup schloß die Augen und betete für die Seelen seiner abgeschiedenen Freunde; als er wieder zu Renée hinüberschaute, hatte sie ihren Kopf ihm zugewandt, und in ihren Augen war eine tiefe, innerliche Ruhe. Er warf ihr einen ermutigenden Blick zu. Sie verstand ihn.

Inzwischen begannen die Mörder ganz gemächlich die Wagen zu plündern. Sie nahmen die Werkzeugkästen ab, entfernten sachgemäß und sorgfältig die Batterien, leerten das Öl und das Benzin in Kannen, schraubten die Lampen los, nahmen die Reifen ab, rissen die Sitze heraus, die Uhren und alles, was abzumontieren war. Als die Autos völlig ausgeschlachtet waren, schoben sie sie rücklings die Straße entlang an den Rand einer Schlucht und schleuderten sie dann in die Tiefe. Drei Mann sammelten unterdessen die Waffen der Toten ein und legten sie in einen Maultierkorb. Dann führten sie eine lange Kette kräftiger Maultiere herbei, und ohne daß man irgendein besonderes Kommando gehört hätte, stellten sie sich in einer Reihe auf und begannen ihre Beute auf den Rücken der Tiere zu verladen.

Ein hochgewachsener Mann in einem Burnus aus grauem Kamelhaar, die Kapuze tief in die Augen gezogen, trat an den General heran. „Stehen Sie auf, General!" sagte er kurz.

Aber de Sonloup konnte sich nicht bewegen.

Der hochgewachsene Mann richtete mit großer Würde ein paar Worte an die Leute, die den General bewachten. Daraufhin entfernten sie den Knebel aus seinem Munde und stellten ihn auf die Füße. So stand er nun da, stumm, hart, zornig und wortlos. Er blickte in die Richtung Renées und sah, wie sie von drei Männern auf ein Maultier gehoben wurde; ihre Arme waren so fest gebunden, daß je ein Mann zu beiden Seiten des Maultieres sie stützen mußte, damit sie nicht hinunterfiel. Sie schien sich in ihr Schicksal gefügt zu haben. Niemand belästigte sie. Sie sah sich nach ihrem Vater um; ein junger Bursche mit edelgeformten, dunklen

Zügen entfernte das Tuch von ihrem Mund und redete sie an.

„Mademoiselle braucht keine Angst zu haben."

Sie schauderte zusammen, angeekelt durch den Geruch des Tuches, das man ihr über den Mund gebunden hatte, und spuckte aus.

„Wie kannst du es wagen, meine Sprache zu benützen, Hundesohn!" murmelte sie mit blitzenden Augen.

Der Bursche versetzte dem Maultier einen harten Schlag und lächelte ernst.

Als de Sonloup ein Maultier bestieg, war seine Tochter, umringt von einer Eskorte, schon ein ziemliches Stück voraus. Man führte ihn in die Richtung auf die Berge zu, vor ihm und hinter ihm trottete ein langer Zug von Maultieren. Er sprach kein Wort. Es war, als habe ein schreckliches Geschick ihm die Lippen versiegelt. Bald ließen sie die Straße weit hinter sich und trotteten einen schmalen Baumpfad entlang, der in mächtigem Zickzack bergan führte. Nach dreistündigem Ritt erreichten sie einen breiten Sattel zwischen zwei völlig kahlen Bergen und stiegen dann in ein neues Tal hinab, das noch öder, noch wüster und drohender war als das soeben verlassene.

Nach einer Stunde erreichte die lange Marschkolonne die Talsohle und zog, ohne anzuhalten, weiter. Die Sonne war hinter den Bergketten verschwunden; die wilden Gipfel loderten für eine kleine Weile in grellroten Gluten auf, während tiefblaue Schatten wie große Tücher sich in die Abgründe wälzten. Langsam sank eine düstere Finsternis herab. Kurze Zeit später kamen sie in ein schmales, von senkrechten schwarzen Felswänden umschlossenes Seitental, und dort wurde haltgemacht. Binnen weniger Minuten schoß ein primitives Lager empor. Die Maultiere wurden zusammengetrieben, sorgfältig an den Hinterbeinen gefesselt, und jedes erhielt eine Ration getrockneter Kräuter. Kleine Feuer aus dürren Ästen und Zweigen wurden angezündet, um die sich die Männer in Gruppen hockten.

Renée, die Beine von Schmerzen gelähmt, fiel zu Boden, als man sie von ihrem Maultier hob. Sie blieb dort liegen, wo sie hingefallen war, den Kopf gegen einen Stein gelehnt; schließlich wurde ihr körperliches Mißbehagen so unerträglich, daß sie einen Schrei ausstieß. Zwei Männer kamen zu ihr. Bebend vor Wut verlangte sie, daß man ihr die Stricke abnehme, mit denen man sie gefesselt hatte. Die beiden wechselten ein paar Worte miteinander und verschwanden dann.

Wenige Minuten später erschien ein hochgewachsener, hagerer Mann.

„Was wollen Sie?" fragte er.

„Nimm mir diese Stricke ab! Sofort!" zischte sie ihn an.

„Armer Araber bewegt nicht die Arme und geht nicht zu Fuß, wenn Franzosen ihn fangen."

„Rohling!" schrie sie. „Wirst du mich sofort befreien!"

„Unmöglich", brummte er.

Durch die wachsende Dunkelheit sah sie plötzlich einen untersetzten, stämmigen Mann herankommen. Er hatte die Kapuze über seine Rezza[3] gezogen, so daß man sein Gesicht kaum erkennen konnte, und die beiden Ärmel seines Burnus baumelten lose und leer an den Seiten herab. In einiger Entfernung blieb er stehen und betrachtete Renée und den Mann neben ihr. „Youseff!" Seine Stimme klang gedämpft, als spreche er durch einen Schleier, und der also Angeredete drehte sich rasch um und ging zu ihm hin. Der breitschultrige Mann sprach ein paar arabische Worte, worauf Youseff sich ihr näherte und mit einem Messerhieb den Knoten, der den Strick zusammenhielt, zerschnitt. Mit einer Gebärde des Abscheus schlüpfte sie sofort aus dem Burnus, in den man sie gesteckt hatte, und erhob sich auf ihre zitternden Beine. Sie tat ein paar Schritte auf den Fremden zu und drohte ihm mit der Faust.

„Ihr seid Banditen! Ihr werdet mir dafür mit euren Köpfen büßen!"

„Verzeihung, Mademoiselle", sagte der Fremde mit einer sanften, überzeugenden Stimme, „Monsieur le Général ist um Ihre Sicherheit besorgt. Sie können zu ihm gehen, wenn Sie wollen."

Renée war sehr erstaunt, den Mann ein kultiviertes Französisch reden und die Worte tadellos aussprechen zu hören; ein Gefühl beruhigender Zuversicht, zumindest einen Menschen gefunden zu haben, der sie verstand, überkam sie.

„Qui es-tu, toi?" fragte sie ihn mit lauter Stimme, in der grenzenlose Verachtung lag.

Sie duzte ihn, wie alle Franzosen, wenn sie mit Angehörigen der niederen Klasse in Afrika sprechen. Er stand regungslos da wie ein Turm. Und sie schüttelte abermals die Faust.

„Laß dir's gesagt sein, und sag es diesen Mördern weiter, daß der Arm der Gerechtigkeit euch alle erreichen wird!"

„Mademoiselle", erwiderte er, ohne daß seine Stimme sich auch nur im mindesten veränderte, „wir sind bereit, die Gerechtigkeit mit offenen Armen zu empfangen. Bis dahin werden unsere Flinten geladen bleiben."

Ihre Blicke versuchten, die Dunkelheit zu durchdringen.

„Wer bist du, Mann?" fragte sie achselzuckend.

„Mademoiselle", sagte er, „ich bin kein Mann. Ich bin ein Werkzeug"; damit kehrte er ihr den Rücken und schritt langsam zu einem der Lagerfeuer davon.

Wie ein gehetztes Tier blickte sie ihm nach. Die Berge begannen ihren kalten Nachthauch auszusenden, der auf sie eindrang und sie zittern machte. Ein wilder Durst brannte in ihrer Kehle.

„Wo ist der General?" fragte sie Youseff.

„Kommen Sie", sagte er.

Geräuschlos glitt er voran in seinen improvisierten Schuhen, die anscheinend aus den Resten eines Gummischlauches angefertigt waren, während seine Knöchel und Beine mit den Fetzen eines Kamelhaartuches umwickelt und mit Lederstreifen verschnürt waren. Wenige Sekunden später sah sie ihren Vater an einem kleinen Feuer sitzen, den Rücken mit einem riesigen Sack zugedeckt. Sein Gesicht war hager und hohl, seine Augen, in denen Wut und Verzweiflung standen, starrten in die Flammen.

„Papa!"

Er blickte auf und machte den vergeblichen Versuch, sich zu erheben. Der Mann, der mit einer Flinte und aufgepflanztem Bajonett hinter ihm stand, drückte ihn hinab, und der General, dessen Kraft offenbar völlig erschöpft war, kollerte auf die Seite und richtete sich nur mühsam wieder zu einer sitzenden Stellung auf. Renée lief rasch zu ihm hin, kniete neben ihn nieder und legte den Arm um seinen Hals. Er bewegte den Kopf nicht, sondern starrte regungslos in das Feuer. Plötzlich holte er tief Atem und sah sie an.

„Arme Renée – was wird mit dir geschehen?"

„Ah! Hab' keine Angst um mich. Ich fürchte mich vor nichts."

Sie warf den blonden Kopf zurück, setzte sich und erzählte ihm, daß sie einen Mann getroffen habe, der sehr gut Französisch spreche.

„Es muß einer ihrer Führer sein", sagte sie, „ein untersetzter, breitgebauter Kerl. Ich fragte ihn, wer er sei, und er antwortete ‚ein Werkzeug'."

De Sonloup runzelte die Stirn und starrte weiter in das Feuer.

„Ich weiß noch nicht, in wessen Händen wir sind", murmelte er; „diese Burschen reden sehr wenig; aber mir scheint, es sind eine Menge Rif-Kabylen unter ihnen, denn ihre Flinten sind französische und spanische Modelle, die sie im Rif erbeutet haben müssen. Ich habe auch ein paar Leute aus dem Ait-Hammou-Stamm bemerkt. Man erkennt sie an der Art, ihre Turbane zu binden, und ihr Burnusstoff ist mit schwarzem Ziegenhaar durchwebt. Diese Kerle haben unter sich eine straffe Organisation, eine Art blinder Disziplin, die mich das Schlimmste befürchten läßt."

„Was glaubst du, wo sie uns hinbringen werden?"

Er zuckte die Achseln. „Ich kenne diese Gegend nicht."

„Aber sie müssen doch irgendeinen Grund haben, uns davonzuschleppen!"

„Das alte Spiel – Lösegeld."

„Nun, die Regierung wird bezahlen. Ein Mann wie du, Papa ..."

„Das ist es ja gerade!" unterbrach er sie. „Ah, ma petite Renée, ich hoffe, daß diesmal die Regierung nicht einen Sou bezahlen wird. Ich hoffe, daß sie es für klüger hält, Truppen zu schicken. Hier handelt es sich um anderes als um unser Leben. Diese Kerls haben aus dem Straßenraub ein richtiges Gewerbe gemacht, und ihnen muß endlich einmal das Handwerk gelegt werden."

De Sonloups Stimme klang trüb und zitterte ein wenig; er strich sich den Kinnbart, und auch seine Hand zitterte, nicht aus Furcht, sondern vor Müdigkeit und Schmerzen. „Wenn unsere Leute diese Grube auf der Roten Straße mit den Leichen Sauniers, Morels, Jacques-Maires, Turands und all der andern braven Jungen finden, dann wird es in ganz Nordafrika nicht einen Spahi, nicht einen Chasseur, nicht einen Zuaven geben, der auch nur eine Nacht lang ruhig schlafen kann, bevor diese Söhne Frankreichs gerächt sind. Vielleicht hat das Schicksal das alles so angeordnet, um die Politiker in der Heimat aufzurütteln, damit ihr Horizont erweitert wird und sie höhere Ideale als die ihrer jämmerlichen Parteien begreifen lernen. Ich habe das Gefühl, als stünden wir beide im Angelpunkt unserer ganzen Kolonialpolitik. Frankreich muß durch uns seine zivilisatorischen Bestrebungen verwirklichen und kann und wird uns nicht im Stich lassen. Sollte jedoch Frankreich diesen Barbaren das für uns geforderte Lösegeld bezahlen, so werde ich meinem Lande nicht länger dienen. Verstehst du mich, Renée?"

„Ja, Papa."

Er musterte sie von oben bis unten. Seine Blicke hafteten auf ihrem Gesicht, als versuche er, ihre innersten Gedanken zu lesen.

„Mädel", sagte er mit fast unnatürlicher Ruhe, „vielleicht wäre es für dich besser gewesen, wenn sie dich ermordet hätten. So könntest du jetzt in jener Grube in den Armen deiner Landsleute schlafen."

Sie blickte ins Feuer.

„Papa, es ist nicht das erstemal, daß die Not aus einer Frau einen Soldaten macht."

„Ja, ja", murmelte er. „Aber du kannst nicht ein Mädchen in einen Mann verwandeln. Die Ait-Hammou sind blutdürstige, fanatische Moslems, und die Berber sind nicht viel besser!"

Eine Zeitlang hatte der untersetzte, breitschultrige Mann in der Kapuze hinter ihnen gestanden und zugehört; nun entfernte er sich sehr langsam, tief in Gedanken versunken. Bald darauf erschien ein Mann mit einem Korb, in dem sich ein paar steinharte Brotschnitten und einige Zwiebeln befanden; dazu brachte er einen irdenen, mit kaltem Wasser gefüllten Krug. Das alles stellte er vor die Gefangenen hin, lud sie mit würdiger Gebärde zum Essen ein und verschwand.

General de Sonloup kostete das Wasser. Er fand es gut und bot es seiner Tochter an. Während sie einen Schluck davon trank, sah sie ihm verzweifelt in die Augen. Brot und Zwiebeln und Wasser! Wäre das alles nicht passiert, so würden sie jetzt in Beni-Tsouf bei Tisch sitzen, und sie würde de Breusac wiedergesehen haben. Mit erschreckender Klarheit kam ihr plötzlich zum Bewußtsein, daß sie von jetzt an auf alle die Annehmlichkeiten ihres bisherigen Lebens verzichten müßte. Sie vermißte plötzlich ihr Handtäschchen, ihren Spiegel, ihren Kamm, ihren Puder. Sie vermißte ihre Handschuhe, ihren Mantel und hundert andere kleine Dinge, die für eine Frau das zivilisierte Leben bedeuten. Vor ihr öffnete sich die Aussicht auf ein trübes, jeden Behagens bares Dasein voller Entbehrungen. Ein Grauen packte sie. Es war kalt, und sie zitterte in ihrem leichten Kleide.

„Papa", flüsterte sie, „ich habe nichts Warmes bei mir! Überhaupt nichts!"

Sofort aber bereute sie, das gesagt zu haben.

„Komm näher", sagte er. „Nimm die Hälfte von dieser stinkenden Decke. Komm dicht zu mir, Kleines; ich werde meinen Arm um dich legen. Denke an unsere braven Jungens, sie frieren noch mehr als wir."

Sie rückte näher an ihren Vater, und er zog sie dicht zu sich heran. Gemeinsam duckten sie sich unter den Sack. Er tätschelte sie sanft und kaute zerstreut an einem kleinen Büschel seines grauen Bartes.

„Versuche zu schlafen!" murmelte er. „Ich bin nun für dich Vater und Mutter, Bruder und Schwester und Freund. Ich werde wach bleiben und dich beschützen. Ich bin ein alter Feldsoldat. Wir werden sicher bei Tagesanbruch weiterziehen, du mußt dich also ausruhen. Ich brauche nicht viel Schlaf. Nimm dir vor, Kleines, alles, was kommt, gleichgültig hinzunehmen."

Er schwieg einen Augenblick und zog dann mit seiner freien Hand ein paar Zigaretten für sie beide aus der Tasche; in Ermangelung von Streichhölzern zündeten sie sie mit einem brennenden Stück Holz aus dem Lagerfeuer an.

Dann nahm er den Sack von seinem Rücken und breitete ihn über Renées Schultern.

„Eine nette kleine Schlappe für den Löwen der Sahara!" brummte er. „Der Löwe der Sahara in einem Käfig gefangen!"

„Vielleicht", flüsterte sie, „vielleicht können wir fliehen."

Er lächelte grimmig.

„Ihre Flinten sind französische Modelle. Und wohin sollten wir uns wenden, selbst wenn es uns gelänge zu fliehen? Vor ihren Kugeln davonlaufen? Ich bin zu alt, um, wie ein roter Indianer, hundert Meilen weit zu rennen, und du bist ein Mädel, dazu ein hübsches Mädel! Immer war ich stolz auf deine Jugend, deine Kraft und deine Schönheit, heute aber wollte ich, du wärest häßlich wie eine Kröte."

Renée lachte; ein lautes, schrilles Lachen, das durch das ganze Lager zu hören war. Innerlich graute ihm davor. Aber er sagte: „Dein Lachen kam im rechten Augenblick."

3

Vier Tage dauerte der Marsch der Räuber in das chaotische Gebirge.

Von Müdigkeit gefoltert und fast besinnungslos ritten General de Sonloup und seine Tochter auf ihren Maultieren dahin, umgeben von einer Eskorte stummer, wild blickender Araber.

Es gab keine Straßen, keine gebahnten Wege, nur die schwachen Umrisse schmaler Pfade, die einander nach allen Richtungen schnitten. Die Berge waren kahler Fels mit dunklen, zackigen Gipfeln, ihre steilen Wände funkelten wie poliertes Metall, und ab und zu erblickte man plötzlich durch eine Senke eine glitzernde, schneebedeckte Bergspitze.

Die Maultiere wurden fast senkrechte Hänge emporgezogen und kletterten so steile Klippen hinab, daß die Reiter sich flach auf den Rücken der Tiere legen mußten. Sehr oft stolperten die stämmigen Tiere, und jedesmal, wenn sie ihre Hufe auf diese tödlich schmalen Pfade niedersetzen mußten, zögerten sie.

Regentropfen begannen zu fallen. Scheinbar aus dem Nichts kam eine ungeheure schwarze Wolke heran und zerbarst über ihren Köpfen. Ein eiskalter Sprühregen peitschte ein paar Minuten lang ihre Gesichter, und plötzlich war der Himmel wieder klar. Die Sonne brannte auf sie herab, ihre durchnäßten Kleider dampften. Die Haut an ihren Händen und auf ihren Gesichtern sprang auf.

Hinter dem General schritt der hochgewachsene alte Youseff. Er wollte nicht reiten, sondern zog es vor, zu Fuß dahinzutrotten, denn von frühester Jugend an war er durch die Wüste und über die Berge gewandert. Seine Beine waren hart wie Stein und bestanden fast nur aus Sehnen und dünnen, langen Muskeln.

„Wohin bringt ihr uns?“ fragte ihn der General wohl zum hundertstenmal.

„Mut, General, Mut!“ Das war alles, was der alte Kaid erwiderte.

„Mut – hol's der Teufel! Das ist so ziemlich alles, was ich habe!" brummte de Sonloup mit verzerrten Lippen und einem tiefen Seufzer. „Wer ist der Anführer eurer Mörderbande?" – Schweigen.

Renée biß die Zähne zusammen und richtete sich straff in die Höhe, um ihren Vater nicht merken zu lassen, was für Qualen sie litt. Alle Knochen im Leibe taten ihr weh. Sie hatte um Erlaubnis gebeten, zu Fuß gehen zu dürfen. Man hatte sie gehen lassen, bis die Absätze von ihren feinen Schuhen abbrachen und die scharfen Kanten der Steine ihr ins Fleisch schnitten.

„Wenn sie uns schon wegschleppen, um ein Lösegeld zu erpressen, wie du sagst – warum um Himmels willen behandeln sie uns dann nicht ein wenig rücksichtsvoller!" jammerte sie.

„Liebes Kind", lautete ihres Vaters Antwort, „sie erwarten von uns, daß wir genauso abgehärtet sind wie sie. Aber wir sind es leider nicht."

Unablässig schaute Renée nach dem untersetzten, breitschultrigen Manne aus, der Französisch sprach, ohne ihn je zu entdekken. Einer kam ihr vor wie der andere. Wenn es unter den Leuten auch Stammeshäupter gab, so unterschieden sie sich durch keinerlei äußere Kennzeichen von den andern. Und doch gab es Häuptlinge unter ihnen, das wußte sie. Auch Kaid Youseff gehörte zu ihnen, wie sie und ihr Vater herausbekommen hatten. Aber Kaid Youseff, obwohl die Männer zuweilen, wenn sie an ihm vorüberkamen, seine schmutzige Djebirah küßten, war seinem Aussehen nach nichts als ein sehniger alter Mann, und seine einzigen Kennzeichen waren ein runder grauer Bart und zwei mürrisch-feierliche, von Runzeln umgebene Augen.

Als der vierte Tag sich seinem Ende zuneigte, trat der Alte zu dem General und sagte: „Morgen!"

De Sonloup begriff, daß sie am nächsten Tag irgendwo eintreffen würden.

„Morgen werden wir also nach Hause kommen, du alter Hundesohn, wie?"

Youseff schnalzte mit der Zunge. „Tz! Tz!“ Hundesohn klang ihm sehr, sehr schrecklich in den Ohren, und nur einer mächtigen Disziplin war es zuzuschreiben, daß er nicht ein scharfes Messer zog und dem General die Kehle durchschnitt. Er preßte die Lippen zusammen und lächelte den General finster an.

„Morgen! Morgen!“

Der Abend kam heran, und die kleine Schar machte auf einem Berghang halt. Renée erschauerte bei dem Gedanken, noch eine Nacht im Freien verbringen zu müssen. Sie fühlte sich von oben bis unten mit Schmutz bedeckt, fühlte das Brennen zahlreicher Wunden und schmerzhafter Stellen an ihrem Körper. Die Unmöglichkeit, ihre Gedanken klar aneinanderzureihen, erfüllte sie mit der unheimlichen Angst, sie könne irrsinnig werden. Als sie ihren Vater vom Rücken des Maultieres in die Arme seiner Eskorte sinken sah, bleich, mit rotumränderten Augen und zuckendem Gesicht, konnte sie nicht einmal einen Laut über die Lippen bringen. Sie sah ihn auf die Erde kollern, sich langsam aufsetzen und unzusammenhängende Worte vor sich hin murmeln, sah, wie er langsam seine Augen auf sie richtete, und hörte ihn rufen:

„Morgen! Mut!“

Dann überfiel sie ein Zittern, und sie sank zu Boden.

Eine Zeitlang verharrte sie in einem Zustand halber Bewußtlosigkeit. Plötzlich hatte sie das Gefühl, als stütze jemand ihren Kopf. Mühsam öffnete sie die Augen und gewahrte zu ihrem Entsetzen ein Feuer, grellrote Flammen, und dunkle Gestalten, dicht am Feuer hockend.

„Bitte, trinken Sie das“, hörte sie dicht neben sich eine weiche, überredende Männerstimme. „Das wird Ihnen guttun. Es ist Kognak, den jemand aus Ihrer Gesellschaft bei sich hatte.“

Sie nippte an dem Kognak; er rann wie Feuer durch ihre Kehle. Nun sah sie die obere Hälfte eines Gesichts: zwei traurige hellblaue Augen; das Unterteil des Gesichtes blieb hinter einem weißen Schleier verborgen.

„Sie haben Fieber", fuhr die Stimme fort. „Es ist heute nacht sehr kalt. Vor drei Nächten sah ich Sie die Hülle, die Ihnen Youseff-Mohammed gegeben hatte, mit Abscheu beiseite werfen. Es war ein ehrbarer Burnus, von sanfter Frauenhand gewebt. Ich fürchte, Sie haben jetzt unter den Folgen Ihrer unklugen Handlungsweise zu leiden."

Sie fühlte, wie ihr Kopf wieder auf die Erde gebettet wurde und daß der Mann sich aufrichtete. Ein paar Augenblicke lang stand er ganz still da, dann nahm er seine Kamelhaar-Djebirah ab, beugte sich über sie und deckte sie sorgsam zu, wickelte ihr die Beine ein und schob die Kapuze über ihren Kopf. Dann schritt er auf das Feuer zu und setzte sich zwischen die andern.

Eine angenehme Wärme durchströmte Renée. Binnen wenigen Augenblicken fühlte sie sich behaglich und geborgen wie an der Brust eines lieben, alten Freundes. Dann schlief sie ein.

Am nächsten Tage überschritten sie eine letzte Bergkette; zu ihren Füßen lag ein riesiges grünes Tal inmitten einer weiten Ebene. Die Berghänge waren jetzt dicht bewaldet. Tief unten in weiter Ferne zeichnete sich ein weißer Fleck in dem Grün der Landschaft ab – anscheinend eine Stadt. Auf dem Kamm eines Hügels, der inmitten des in blaßgoldene Farben eingehüllten Tales lag, unterschied Renée zunächst einen nebligen Streifen, dann sprühten Funkenstrahlen von dem glitzernden Metall der Dächer auf, und sie sah undeutlich die ambrafarbenen Schatten der Umwallung.

Der Zug machte halt. Große Schaf- und Ziegenherden weideten auf den grünen, buschbestandenen Hängen. Etliche mit Flinten bewaffnete Hirten kamen aus verschiedenen Richtungen herangelaufen. Sie sah, wie der untersetzte, breitschultrige Mann ein paar Schritte vortrat, um diese Männer zu empfangen, sah, wie die Hirten vor ihm niederfielen, mit ehrfürchtigen Händen seine Kleider berührten und ihm die Knie küßten. Nun wußte sie endlich, daß er das Oberhaupt all dieser Männer war. – Ein wenig später kam auch ihr Vater fluchend herangeritten.

„Weißt du jetzt, wer das ist?" fragte er. „Le Roux! Einer der Anhänger des seligen Krim; eben nannten einige dieser Kerle seinen Namen. Ich erinnere mich, ihn früher schon einmal gehört zu haben. Da drunten liegt dieses Hornissennest Chechrell. Bin neugierig, wie lange meine Zuaven und Spahis brauchen werden, um es zu finden!"

Mit dem scharfen, gehetzten Blick eines verwundeten Raubvogels blickte de Sonloup in das Tal hinab.

Einer der Hirten brachte Le Roux ein neugeborenes Lamm; es blökte kläglich, und er nahm es auf den Arm und streichelte es sanft. Der Anblick dieses Mörderhäuptlings, wie er ein Lamm liebkoste, berührte Renée seltsam und jagte ihr einen Schauer über den Rücken. Oder war es ein Schauer des Entzückens? Sie wußte es selber nicht, aber die beiden Extreme faszinierten sie auf unerklärliche Weise. Sie fühlte, wie ihr Herz rascher schlug.

„Das ist der Mann, der sich als Werkzeug bezeichnet hat", murmelte sie vor sich hin, und in ihrer Erinnerung tauchten wieder diese zwei hellblauen Augen voll abgründiger Trauer auf – unwirklich und traumhaft.

Träumte sie auch jetzt noch, oder waren das wirklich Reiter, die auf sie zugaloppiert kamen? Es schienen ihr Hunderte zu sein. Es war, als ob der Berghang erzitterte, als sie näher kamen und jäh vor Le Roux anhielten. Er trat ein paar Schritte vor, immer noch das Lamm auf den Armen. Sie stellten sich in langer Reihe auf, saßen ab, und einer von ihnen führte einen milchweißen Hengst mit langer, krauser Mähne und seidigem Schweif, der fast den Erdboden berührte, herbei. Als der Hengst Le Roux erblickte, spitzte er die Ohren und stieß ein feuriges Wiehern aus. Renée sah, wie Le Roux das Lamm seinem Hirten zurückgab, sich behend in den Sattel schwang und nach vorn an die Spitze des Zuges ritt.

„Das ist ernster, als ich anfangs dachte", sagte de Sonloup kopfschüttelnd.

Einen Augenblick später packten einige Leute ihn und seine Tochter, fesselten ihnen die Hände auf dem Rücken und banden ihnen schwarze Tücher vor die Augen. Die Reiterschar setzte sich in Bewegung – über ihren Köpfen flatterte eine grüne Fahne mit silbernem Stern.

Zweiter Teil

PROTEKTORAT

1

Nur wenige der tiefen grünen Täler, der öden Djebels, der ragenden, schneebedeckten Bergketten, der reißenden Flüsse und der ungeheuren Wüstenebenen, über die sich Le Roux' Herrschaft erstreckte, sind jemals richtig auf einer Karte verzeichnet worden. Sehr wenig weiß man bisher von dem rauhen Bergvolk uralten Stammes, das dort seit vielen Jahrhunderten in seinen Douars, seinen Kasbas und seinen Zelten lebt. Es sind zumeist Hirten und Bauern, welche die wichtigsten Nahrungsmittel einem harten, unfreundlichen Boden abringen müssen. Das Klima ist ebenso kräftig und wild wie das Land, das sie bewohnen. Oft werden ihre mageren Ernten durch Überschwemmungen zerstört oder von der Sonne verbrannt; oft werden ihre Herden durch Hunger und Krankheit nahezu vernichtet und ihre leeren Eingeweide von Seuchen gefoltert. So also, stets auf der Hut gegen die Überfälle der Natur, ist jeder von ihnen, sei er Schäfer, Bauer, Handwerker, Kaufmann oder Edelmann, ein geborener Krieger. Sie leben in dem argwöhnischen Dunkel der reinen Überlieferung des Islams. Aber obgleich eine gemeinsame Religion und ein gemeinsamer Aberglaube ihr Herz verbindet, obgleich in ihren Adern das Blut der Männer fließt, die einstmals fast ganz Westeuropa und das afrikanisch-römische Reich erobert hatten, besteht unter ihnen nur ein sehr geringer politischer Zusammenhang, und einen nationalen Geist in modernem Sinne gibt es bei ihnen nicht. Jeder Stamm hat sein eigenes Gebiet, seinen Adel und seine Häuptlinge. Einige ihrer großen Herren haben riesige Besitzungen und regieren völlig souverän über ihr Gebiet und über ihre

Untertanen. Andere wieder leben in kläglicher Armut, und um ihren persönlichen Stolz, um die Würde ihrer Familie aufrechtzuerhalten, bilden sie sich ein, daß sie ungeheure Landstriche, zahllose Herden ihr eigen nennen. Unaufhörlich zanken sie sich untereinander. Berg und Tal und Ebene sind einander feind. Es gab Zeiten, da die Berber, die auf ihren hohen Felsen in kaktusumhegten Dörfern wohnen, von Hunger gepeinigt wurden; damals richteten sie ihre wilden Blicke auf die Bewohner des Tieflandes, ihre glücklicheren Brüder. Sie träumten sogar davon, den feenhaften Süden zu erobern, die reichen Oasen, die sie noch nie gesehen hatten, wo, wie sie glaubten, die faulen, trägen Araber sich unter den hochragenden Palmen auf dem Rücken liegend herumlümmelten und die honigsüßen Datteln von einem Tag zum andern reiften. Sie flüsterten einander die Kunde von Schafen mit dicker, weißer, sonngebleichter Wolle zu, von fetten Ziegen, die zweimal soviel Milch geben wie die ihren, und von Kamelen in solcher Zahl, daß der Diebstahl eines Kamels von dem Kadi nicht einmal bestraft werde. Und dann kam der Tag, da diese wilde, harte Schar der Bergbewohner sich die alten Flinten auf den Rükken schnallte, sich unter der Führerschaft eines redegewandten, abenteuerlustigen Häuptlings zusammenrottete und in die Täler, in die Städte und Palmengärten hinabzusteigen begann, um mit List und Gewalt das Erbe Adams zu stehlen, das die Natur in ihrer verblüffenden, ungerechten Art so ungleichmäßig unter ihre Kinder verteilt hatte. Sehr oft kehrten sie nicht mehr in ihre Douars zurück, und ihre Weiber und Töchter gingen zu benachbarten Stämmen, um sich dort zu verdingen oder nach neuen Männern Umschau zu halten.

Die Kasba von Chechrell war eine riesige Festung, die wahrscheinlich aus dem zwölften Jahrhundert (aus den Zeiten der Muwahhadi-Dynastie) stammte. Obgleich sie in ihrem Stil an die Berberschlösser in Spanien erinnerte, besaß sie nichts von den schönen architektonischen Zieraten dieser Meisterwerke der Baukunst. Ihre zahlreichen großen Hallen und Höfe waren kahl, ihre riesigen, zinnengekrönten Mauern unregelmäßig, die Ornamente an den Türen roh ausgeführt. Die Säulen waren nie geglättet worden, und allem fehlte hier jene Erhabenheit des Denkens und jenes tiefe Lebensgefühl, die im allgemeinen die Schöpfungen der alten arabischen Baumeister kennzeichnen. Wenn überhaupt jemals diese gewaltige Masse von roh behauenen Steinen mit ihren neunundzwanzig Türmen (zwanzig viereckigen und neun achtekkigen) ein freudiges Schauspiel mit angesehen hatte, so mußte das eine Freude sehr ernsthafter Art gewesen sein.

Rund um die Kasba lag die Stadt der einundzwanzig Tore. Die Häuser drängten sich im Schatten der massigen Wälle und Mauern zusammen wie die Küken unter den schützenden Flügeln der Henne.

Vor knapp drei Jahren hatte es in Chechrell eine Hungersnot gegeben. Nur wenige Menschen hatte man sich durch die schmalen, krummen Straßen, die bergan und bergab über die Hügel führten, dahinschleppen sehen. Gespenstergleich waren ihre Gesichter in den dunklen, schmalen Gassen aufgetaucht, und zu guter Letzt waren auch noch die Astet-Melradi aus dem Süden gekommen und hatten die Stadt gründlich ausgeplündert. Die Männer von Chechrell waren mit ihren Familien auf die nördlichen Hänge des Djebel-Sarro geflüchtet, zu den Astet-Seddrati, mit denen viele von ihnen durch Blutsbande verknüpft waren. Youseff, der betagte Kaid von Chechrell, der mit seinen Weibern und Töchtern in der Kasba hungerte, war machtlos. Seine Stadt war eine Stadt des Untergangs geworden. Der Fluch des Propheten hatte sich auf ihre Dächer herabgesenkt.

Dann war eines Tages Le Roux mit einigen hundert Berbern aus dem Rif erschienen. Von Ait-Amar waren sie gekommen, über einen fast viertausend Meter hohen Bergpaß, durch ewigen Schnee, mit Hunderten von Pferden und mehr als tausend mit modernen Kriegswaffen beladenen Maultieren, nachdem sie weiter oben im Norden die Franzosen erfolgreich abgeschüttelt hatten.

Le Roux hatte von der großen Zitadelle zwischen den unbezwinglichen Bergkämmen des Hohen Atlas gehört. Als er dann von einem benachbarten Hügel her die fluchbeladene Stadt erblickte, rief er seine Häuptlinge zusammen.

„Seht! Dort liegt die Perle des Atlas. Allah schenkte sie mir. Ich nehme sie."

Ein paar Stunden später befand sich die Stadt in seinen Händen, und Si Youseff hatte ihm den Lehnseid geschworen.

Le Roux' erste Tat war ein Akt der Gerechtigkeit gewesen. Er hatte einen Strafzug gegen die südlichen Stämme der Astet-Melradi unternommen. Wie ein Adler war er auf ihre Dörfer und Kasbas hinabgestoßen, hatte ihre Kaids und Edlen gefangengenommen. Über hundert Köpfe waren in den Staub gerollt. Wohin er auch gekommen war, hatte er Schrecken verbreitet, und um weiteren Strafen zu entgehen, waren die Männer der Stämme auf Knie und Stirn vor ihm niedergefallen und hatten sich ihm unterworfen. Le Roux hatte ihnen seine Bedingungen bekanntgegeben. Er hatte ihnen befohlen, jedes Stück Beute wieder auszuliefern und persönlich nach Chechrell zurückzubringen, in dasselbe Haus, aus dem sie es gestohlen hatten. Er hatte ihnen eine Strafzahlung von dreitausend Schafen, zweihundert Maultieren, hundert Eselinnen auferlegt und eine Harka[4] von tausend Kriegern nach Chechrell beordert. Diese Männer mußten seither in seinem Dienste körperliche Arbeit verrichten, die Mauern der Stadt und die Kasba ausbessern und Straßen bauen.

Le Roux hatte sich am Anblick der Astet-Melradi belustigt, wie sie scharenweise, die Maultiere und Kamele mit der Beute beladen, die sie aus Chechrell geraubt hatten, in die Stadt zurückmarschierten. Und während sie das Lob des weisen und barmherzigen Gottes sangen, hatte jeder von ihnen mit religiöser Sorgfalt seine zu Unrecht erworbenen Güter dem rechtmäßigen Besitzer zu seiner nicht geringen Freude zurückerstattet. Mit bemerkenswerter Energie hatte Le Roux die Lage gemeistert. Seit er der Retter Chechrells geworden war, hatte er sich selbst zum Pascha erhoben. Binnen zwei Monaten war seine Autorität eine unumschränkte geworden. Er beherrschte Chechrell und die Täler von den Wüstengebieten von Bou-Teboul bis zum Djebel-Sarro. Hunderte von Douars und Bergnestern, Dutzende kleiner Marktstädte begannen vor seiner eisernen Faust zu zittern.

Seine Khalifas fielen über die Stämme her, forderten von ihnen Schafe, Maultiere, Menschen und Korn, und die Kaids wagten nicht, die Forderungen abzuweisen, aus Angst, es könnte ihnen mit Gewalt viel mehr weggenommen werden, als Le Roux zuerst gefordert hatte. Einer der südlichen Stammesherren aber, der ehrwürdige Si Ibrahim-el-Hadj, der die Forderungen Le Roux' entschlossen abgelehnt hatte, war trotz seines hohen Alters und seines hohen Ranges in Ketten nach Chechrell geschleppt und in den finstern Tiefen der Kasba sorgfältig verwahrt worden.

2

Le Roux hatte seine Herrschaft weit über die Gegend von Chechrell hinausgetragen, und sein Ruhm war bis tief in den Süden vorgedrungen. Von der unbezwingbaren Dünensperre des Großen Erg bis zu den Lagunen der atlantischen Küste, wo der Oued-Dra seine geheimnisvollen Wasser in den Ozean speit, kannte jeder Sohn des Islams den Namen Abd-el-Kader-Ben-Sliman, den Namen des rothaarigen Sohnes jenes großen Sliman, des Abkömmlings des Propheten, dessen Familie eine Generation früher ganz allein gegen die Franzosen gekämpft hatte.

Die Würdenträger und Edlen des Atlas horchten auf. Noch war die Niederlage Abd-el-Krims im Rif unvergessen. Kluge, alte Muselmanen schüttelten müde den Kopf. Warum dieser neue Geist des Aufruhrs, der aus dem Norden kam? Was ging der Norden sie an? Im Norden saß der Moulay, der Sultan, Abkömmling des Propheten, Kalif aller guten Marokkaner, und solange er für ihr Seelenheil sorgte und keine Beamten schickte, um Steuern einzutreiben oder sich in ihre patriarchalische Herrschaft einzumischen, war ihnen alles andere einerlei. Sie kümmerten sich um ihre eigenen Angelegenheiten, um ihre Fehden, um ihre Berge.

Die heiligen Städte Marrakesch, Moulay Idriss und Fez lagen für sie in weiter, weiter Ferne, und mühsam waren die Wege, die dorthin führten. Nur ganz selten unternahmen einige große Herren eine Pilgerfahrt, um mit weitaufgerissenen Augen die heiligen Trophäen zu besuchen, sich in dem heiligen Wasser die Füße und die Knöchel und die Arme von den Ellbogen abwärts zu waschen und über die unheiligen Laster der Städte in Empörung zu geraten. Für gewöhnlich hatte dann der Sultan Gelegenheit, sich vor ihnen sehr gnädig zu gebärden. Die stolzen Granden bestiegen ihre schabrackengeschmückten Pferde; ihre Banner flatterten im Winde; ihre halbwilden Gefolgsleute und stummen Sklaven umringten sie in dichter Schar. Und so betrachteten sie den Sultan, wie er in vollem Gepränge mit seinen Vezieren an ihnen vorüberritt, während der kaiserliche Sonnenschirm hinter ihm hergetragen wurde, oder aber, wie es in den letzten Jahren öfters geschah, Seine Majestät fuhr ganz einfach an den langen Reihen der aus allen Teilen des Landes versammelten Edelleute in einem weißlackierten Wagen vorüber, der von ganz allein fuhr und hinten Rauch von sich gab. Diese Reisen nach dem Norden fanden nur einmal oder allenfalls zweimal im Leben eines südlichen Stammesfürsten statt; danach brach er seine Zelte ab und trug sie in seine Berge, sein Tal oder seine Ebene zurück, doppelt argwöhnisch gegen die fremde Außenwelt und das Herz voll böser Ahnung, daß während seiner Abwesenheit zu Hause allerlei geschehen sei. Denn er hatte immer irgendwelche Feinde zu fürchten, und wenn er keinen lebenden Feind hatte, so gab es die bösen Geister oder Dämonen. Boshafte, wollüstige Schatten waren stets auf dem Sprunge, das Weibervolk zu verführen, während der Mann in die Fremde zog.

Sehr viele Familien dieser eifersüchtigen, fanatischen, hochmütigen Granden lagen seit Jahrhunderten miteinander im Streit.

Sie führten ewige Vernichtungskriege aus keinem andern Grunde, als weil sie ihnen von ihren Vätern mitsamt den Ländern, den Herden, den Maultieren, den Weibern und ihrem Schmuck als ein Teil des Familienerbes übergeben worden waren.

Als sie hörten, daß der Sohn des Arabers Sliman sich zum Pascha von Chechrell proklamiert und sogar der rebellische Teil der Doui-Menia sich unter seine Fahne geschart hatte, wurden sie nachdenklich.

Si Ali-Ahmouch, das Oberhaupt jener mächtigen alten Familie, die seit Jahrhunderten das ungeheure Gebiet des Djebels zwischen Tikirt und Tazenakht beherrschte, deren Einfluß sich sowohl über den ganzen Bereich der Wassertäler zwischen dem Großen und dem Kleinen Atlas als auch über die südlicher gelegenen Wüstengebiete erstreckte, versuchte, sozusagen auf zwei Stühlen zu sitzen. Er haßte den europäischen Sultan und war gegen die Franzosen, die unter der Maske der Sultansmacht immer näher an sein Gebiet heranrückten. In seiner Jugend hatte er Sliman kennengelernt. Sie hatten einmal ihren Freundschaftsbund besiegelt und einander auf den Mund geküßt. Slimans Sohn aber, diesem Abd-el-Kader mit seinem französischen Spitznamen, traute er nicht recht. Aus Angst, in Ketten davongeschleppt zu werden wie Si Ibrahim, beschloß er, bevor er gegen Le Roux Partei ergriff, erst einmal die Lage zu sondieren. So schickte er seinen ältesten Sohn, Ali-el-Aziz, den Schönen, mit Sklaven, Gefolgsmannen und wertvollen Geschenken nach Chechrell zu dem neuen Pascha. Tag für Tag wartete Si Ali auf die Rückkehr seines schönen Sohnes aus Chechrell. Tag für Tag saß er mit untergeschlagenen Beinen unter dem Gewölbe seiner Kasba, umringt von seinen zahlreichen Freunden und Vasallen. Er trank viele hundert Glas von mit Pfefferminz gewürztem süßem Tee, und viele hundert Male ritt er auf seinem großen, schwarzen, seidigglatten Maultier, den purpurnen Teppich zusammengerollt unter dem Arm, frommen Sinnes zur Moschee; aber Aziz, der Schöne, kehrte nicht zurück.

Eines Tages kam durch das Bett des steilen Oued eine Reiterschar den Pfad entlanggekrochen. Es waren fünf Männer auf weißen Pferden mit vielen Gefolgsleuten, Maultieren und Zelten. Einer der fünf, ein hochgewachsener Mann mit breitem Gesicht und tiefliegenden, glitzernden Augen, umrahmt von einem dichten, wohlgepflegten Bart, offenbar ein Mann von vornehmer Abstammung, stellte sich dem alten Si Ali als Khalifa des Paschas von Chechrell vor. Mit Tränen in den Augen küßte der alte Edelmann den Khalifa auf die Schultern und öffnete ihm weit die Tore seines Hauses. Seine Lippen zitterten, während sein Herz danach bangte, das Schicksal seines Sohnes zu erfahren, aber er stellte keine Fragen. Königlich bewirtete er den hungrigen Gesandten, um dessen Mundwinkel ein grimmiges Lächeln spielte. Und von oben her, durch die dicken, schweren, hölzernen Mousharabiehs, schimmerten die ängstlichen Augen der Frauen des Harems. Kein Wort wurde über Si Aziz gesprochen.

Als das Mahl zu Ende war, zog sich der Khalifa seine Schuhe aus und legte sich der Länge nach auf einen Teppich. Schweißtropfen standen ihm auf der Stirne, und er rülpste, denn er hatte sich nach der beschwerlichen Reise ordentlich den Bauch gefüllt. Dann zischte er einem seiner Adjutanten einen kurzen Befehl zu. Si Ali-Ahmouch wurde unverzüglich hereingerufen. Mit eigenen Händen begann der alte Mann den Tee für den Boten Le Roux' zu bereiten. Der Khalifa setzte sich höflich auf, zog aus der Tasche einen Brief und begann ihn vorzulesen:

Möge der Beistand Gottes mit Ali-Ahmouch dem Mächtigen sein! Möge Gott seine Macht dauern lassen und das herrliche Schicksal seiner Familie segnen. Wir befehlen ihm hiermit, sich ohne Verzug in unsere Stadt Chechrell zu begeben, und wir versprechen ihm bei unserer Ehre sicheres Geleit und einen würdigen Empfang. Wenn unser Befehl mißachtet würde, wären wir gezwungen, uns Gehorsam zu verschaffen.

Salaams usw.

Abd-el-Kader-Ben-Sliman.

Der Khalifa reichte Si Ali den mit einem großen Siegel versehenen Brief. Si Ali nahm den Brief und empfahl sich. Er beriet sich mit seiner Familie und rief die Edlen seines Stammes auf seinem Hofe zusammen. Sie schäumten vor Ärger und Wut, forderten lärmend die Köpfe des Khalifas und seiner sämtlichen Begleiter. Aber der alte Si Ali zog sich in die Einsamkeit zurück und hielt mit sich selber Rat. Nach fünf Tagen beschloß er, mit einer Harka von hundert Kriegern nach Chechrell zu reisen. Wohlversorgt für die lange, beschwerliche Reise, machten der alte Fürst Ali und seine Krieger, begleitet von den Gesandten Le Roux', sich nach der Tarouni-Wüste auf den Weg. Sie mußten sich das Durchzugsrecht durch die benachbarten Gaue mit teurem Geld erkaufen, und das Feilschen und Handeln mit den Kaids kostete sie viele Wochen. Schließlich aber langten sie unversehrt vor den Toren von Chechrell an.

3

Le Roux gehörte zu jenen Männern, wie sie die Weltgeschichte in ihren Krisen und Schicksalsstunden zuweilen hervorbringt, um sich ihrer als Werkzeuge zu bedienen, wenn einer Rasse Untergang und Zerstörung drohen. Mit eiserner Gewalt greifen sie ein in das Rad der Geschichte und bringen es, oftmals dicht am Rande des Abgrundes, zum Stehen oder stürzen durch den Willen des Schicksals kopfüber in die Tiefe.

Er verkörperte in sich den Genius seiner Rasse, die Macht der Jahrhunderte und den Instinkt des hochentwickelten Tieres. Von raschem Denken und schnellem Entschluß, begabt mit einer seltsam umsichtigen Einbildungskraft und einer unbezähmbaren Willensstärke, besaß er die wesentlichen Eigenschaften und Charakterzüge eines Führers; zudem hob ihn sein unfehlbares Organisationstalent hoch über seine Umgebung hinaus.

Im Herzen eines fast unzugänglichen Gebirges legte Le Roux den Grundstein zu einem neuen Staat.

Nachdem er sich die benachbarten Stämme unterworfen hatte, hielt er Ausschau nach mächtigen und klugen Männern, die sich an der Durchführung seiner ständig wachsenden geheimen Pläne beteiligen würden. Es dauerte nicht lange, so hatte er sie gefunden, und sein Name und seine Persönlichkeit wirkten wie ein Magnet, der alles Eiserne und Stählerne zu sich heranzieht.

Da war Si Mohammed-el-Hadj, ein Greis von mehr als siebzig Jahren, aber noch voller Kraft und Heiterkeit. Sein Rücken war noch so gerade wie der Stamm einer Dattelpalme, sein kupferbraunes, runzliges, vom Wetter gegerbtes Antlitz, umrahmt von einem kurzen, weichen, weißen Bart, hatte einen unwiderstehlichen, zwingenden Reiz. In ganz Marokko war er bekannt; in jedem Winkel der heiligen Erde hatte er bereits versucht, Aufstände anzuzetteln. Er sprach Berberisch, Arabisch und Chleuh, kannte das heilige Buch auswendig und hatte die erlesensten Manieren. Immer wieder war er den Beamten des Maghzen[5] entwischt, und die Franzosen hatten ihn von der Küste bis in die Wüste gehetzt. Stets aber war Si Mohammed, der gewöhnlich in makellos weißen Gewändern ging, seinen Verfolgern entronnen, war verschwunden wie ein Wölkchen hinter einem Berggipfel.

Le Roux hatte ihn während des Rifkrieges kennengelernt. Nachdem er sich in Chechrell niedergelassen hatte, schickte er Boten nach ihm aus und fand ihn auf jene geheimnisvolle Weise, durch die in diesem Erdenwinkel, wo es keine Zeitungen gibt, Menschen gefunden werden. Si Mohammed war dem Ruf des Paschas von Chechrell gefolgt, und einige Wochen später wurde er der Leiter von Le Roux' Nachrichtendienst; denn seine Kenntnisse des Landes waren einzigartig.

Nachdem Abd-el-Kader dem Kaid Youseff die verhungernde Stadt abgenommen hatte, war er so klug gewesen, dem alten Granden keine allzu harten Bedingungen zu stellen, die ihn, sobald einmal die Stadt wieder in Blüte stand, zu einer Rebellion hätten verleiten können. Während er sich zum Pascha proklamierte, verlieh er dem sehnigen alten Berber den Titel eines Ober-

Moquaddem von Chechrell, mit dem verschiedene neue Vorrechte sowie die Verantwortung für alle jene Fragen, die das Wohl der Stadt und ihre ungeheure Bedeutung als Markt betrafen, verbunden waren. Seit in Chechrell Sicherheit und Ordnung herrschten, kamen die Stämme von nah und fern, um ihre Waren auszutauschen, und Reichtum strömte in die Stadt. Sogar aus dem Norden, aus den erst kürzlich unterworfenen Gebieten, kamen die Männer der Stämme, und ihre Mißachtung politischer Grenzen verursachte den französischen Behörden schweres Kopfzerbrechen. Aber keiner dieser ‚europafreundlichen' Männer aus den nördlichen Stämmen verließ Chechrell ohne ein grimmiges Gefühl der Scham über seine Unterwerfung unter eine Fremdherrschaft.

Si Abd-el-Krim(-Ben-Tazi), der treue Adjutant Le Roux', der Seite an Seite mit den Berbern im Rif gefochten hatte, führte die Rifkrieger, die Le Roux' Leibwache bildeten, war Gouverneur der Kasba und brachte alle Eignungen mit für diesen Posten. Er war groß, gut gewachsen wie ein Athlet und vereinigte so in seiner Erscheinung Eleganz und Stärke. Seine Stimme war laut und tief, sein Blick streng, seine Haltung gebieterisch und seine Gebärde herrisch. Das Profil seines fast weißen Gesichtes war von römischem Schnitt, das Kinn, mit seinem kleinen, dunklen Spitzbart, stand etwas vor, die Haare auf seiner Oberlippe waren dünn und seidig. Aus seinem ganzen Benehmen sprach wilde Kraft, und alle, die nicht von gleichem Range und von gleicher Herkunft waren wie er, näherten sich ihm nur in zitternder Scheu. Dieser Nachkomme eines großen Korsaren verwaltete das Arsenal, etliche zwanzigtausend moderne Flinten, Maschinengewehre, leichte Artillerie und Unmengen von Kriegsmaterial, die den Franzosen und Spaniern am Rif abgenommen worden waren. Er befehligte auch die Harkas der Melradi, die die Kasba und die Stadtmauern ausbesserten; und die großen Magazine mit den Feldfrüchten und Ölen, die Le Roux angesammelt hatte, unterstanden gleichfalls seiner Obhut.

Hassan-el-Kebir, Moquaddem der Beni-Atta, eines großen Stammes, dessen Gau einige der fruchtbarsten Landstriche südlich von Djebel-Kisane umfaßte, hatte Le Roux den Treueid geschworen. Obgleich er aus einer mächtigen Adelsfamilie stammte, die sehr reich war und deren Einfluß sich weit über ihr eigenes Gebiet hinaus erstreckte, war er dem faszinierenden Einfluß Le Roux' zum Opfer gefallen. Dieser hatte ihm klugerweise das Amt des Schatzmeisters anvertraut. Si Hassan-el-Kebir trug einen braunen Bart, der seine Lippen frei ließ. In seinem hochmütigen, festen Blick lag eine tiefe Ironie. Seine Haltung war ernst, seine Höflichkeit mit Verachtung und einer gewissen Unverschämtheit gemischt. Er stammte aus einer Familie, die sich jahrhundertelang in der Kunst geübt hatte, Pflichterfüllung zu fordern und Ungehorsam zu bestrafen.

Le Roux kannte diesen jungen Edelmann seit seiner Jugend. Sie hatten einander in Fez kennengelernt, wo sie beide an der heiligen Universität studiert hatten, und dort, neben den schäumenden Springbrunnen in den köstlichen Höfen, unter den Kristallleuchtern in den stillen Sälen hatten sie viele gemeinsame Ideale gefunden, und die Oulemas hatten ihnen die Gesetze Gottes und die Gesetze der Menschen erklärt.

Le Roux kannte sein Volk. Sein Genie erfaßte sehr rasch die Tatsache, daß die Marokkaner, wie immer auch ihr endgültiges Schicksal sich gestalten mochte, nicht zu bewegen sein würden, sich einem nach modernen Methoden schmeckenden Regime zu unterwerfen. Abd-el-Krim hatte sich schwer geschadet, indem er seine Herrschaft über das Rif nach europäischen Ideen organisierte. Den Begriff der Republik konnte kein Stamm auch nur im entferntesten begreifen. Sich von Vertretern regieren zu lassen, wäre ihnen wie eine Verschwörung gegen das Volk erschienen. Der Marokkaner beugte sich der Herrschaft eines Tyrannen, eines Herrn, mochte sie noch so hart sein, aber er rebellierte instinktiv gegen die Herrschaft der vielen. Trotz seiner Minister hielt Le Roux die Zügel der Regierung fest in der Hand. Sein

Wort war unumschränktes Gesetz. Die Sache, zu deren Werkzeug er sich gemacht hatte, verlangte von ihm, aus Stämmen eine Nation zu schaffen, und diesem einen Gedanken diente er ohne Rücksicht auf irgendwelche Hindernisse.

Noch eine Person darf nicht unerwähnt bleiben: Omar-el-Aziz, ein sehr gelehrter und heiliger Mann, der zweimal in Mekka gewesen war. Er war noch ziemlich jung; seine hohe, breite Stirn wölbte sich mächtig unter dem grünen Turban. In seinen eingesunkenen Augen blitzte ein tiefes, religiöses Feuer; zuweilen jedoch lag in ihnen ein boshaftes Funkeln.

Omar erfüllte die Funktionen eines Kultusministers. Seine Hauptaufgabe war die Erhaltung der Moscheen und der einheimischen Kunstwerke, alle Handwerker und Gelehrten, die sich nur auftreiben ließen, nach Chechrell zu holen, die Schriften und Manuskripte zu sammeln und für das unwissende Volk eine Geschichte des Landes zu schreiben. Le Roux wußte, daß es unmöglich sei, ohne eine elementare Bildung die Stämme zu einer Nation zusammenzuschmieden. Omar-el-Aziz war der Hofmeister des kleinen Prinzen Mohammed, des Sohnes Le Roux'. Dieser Umstand machte ihn zu einer wichtigen Person; denn er ‚lebte im Hause' des Pascha, in der Kasba. Die vielen halbwilden Vasallen Le Roux', die weder lesen noch schreiben konnten, kamen sehr oft zu ihm, um durch seine Fürsprache bei dem Nachkommen des Propheten irgendein kleines Vorrecht zu ergattern. Omar, von Natur aus schlau, intrigant, hochbegabt, von einer tiefen Kenntnis des menschlichen Charakters, war vielleicht der einzige, der die vielen Pläne seines Herrn durchschaute. Auch in seiner Seele brannte das Feuer eines weitherzigen Nationalismus, als ihn die eigennützigen Vasallen Le Roux' je hätten begreifen können. Er wußte, wenn der Pascha von Chechrell mordete, sengte, dem Erdboden gleichmachte, wenn er raubte, erpreßte und folterte, so geschah alles nur, weil es der großen Sache Marokkos und des Islams von Nutzen war. Er und Mohammed waren Le Roux' intimste Berater; beide arm und besitzlos, standen sie an der Spitze von

Le Roux' Geheimorganisation, überwachten die zahllosen Individuen, die über das ganze Land in allen wichtigen Städten der Atlaskette als Spione vertreten waren. Sie kontrollierten das Spionieren, Bespitzeln, Rekognoszieren, Stehlen, Plündern, Schwindeln, Feilschen, Kaufen, Verhandeln, Versprechen und Agitieren, das unablässig im Gange war. Und sie waren die einzigen, die um Le Roux' großes Geheimnis wußten: daß es ihm an genügend Munition für alle die Flinten und Kriegswaffen fehlte und daß seine Mittel nicht ausreichten, um Munition zu kaufen.

4

Le Roux' bis an die Zähne bewaffnete Leibwache war in verschiedenen Teilen der Kasba einquartiert. Unter Tags konnte man ihre Gestalten auf den Mauern auf und ab schreiten sehen; ihre Bajonette glitzerten, ihre Gürtel waren mit Patronen gefüllt, als seien die Kugeln so zahlreich wie die Oliven an den Bäumen. Ab und zu sah man einen geschorenen Kopf mit einem Haarbüschel, der wie eine Quaste herabbaumelte, über die Zinnen eines der großen Türme emportauchen, vielleicht war es der Kopf eines Offiziers von der ‚Garde', und dann sah man diese Männer durch ein starkes, modernes Fernglas nach allen Seiten Ausschau halten. Auch der einsamste Wanderer am Horizont konnte ihren Blicken nicht entgehen.

Tag für Tag näherten sich endlose Karawanen der Stadt Chechrel, schwerbeladene Maultiere und Esel, von bewaffneten Männern begleitet, und dann sah man sie wieder fortziehen, um ihre Last erleichtert und unbeschwert, aber wohin sie zogen, wußte man nicht. Von den alten Befestigungen, die in regelmäßigen Abständen längs des Tales aufragten, zuckten Feuersignale. Jede der feudalen Burgen wimmelte von Menschen; rings um ihre Mauern wurden Schützengräben gezogen und Stacheldraht gespannt. Einige dieser Gräben liefen über die Olivenfelder und reichten bis weit in die Berge hinauf. An anderen Orten wieder verbreiterten große Trupps die Straßen, die zur Stadt führten, und pflasterten sie mit Steinen.

Nach Osten zu wurde das Gelände chaotisch. Dort gab es Hunderte von grünen Hügelchen, etliche waren kahl, und die Schafe grasten auf ihnen, andere wieder waren mit Olivenbäumen und Kaktushecken bewachsen, die tief in ihren Spalten wurzelten. In den köstlichen Olivenwäldern sah man eine Zeltstadt; Zelte, schwarz und wie Kamelrücken geformt, Zelte, groß und rund, grau und gelb, die Tücher mit primitiven Ornamenten bestickt. Zwischen diesen Zelten standen schöne Pferde mit goldverzierten, bunten Ledersätteln und seidenen Decken; ungeduldig stampften sie die Erde, hoben ab und zu ihre kleinen dichtbehaarten Köpfe in die Luft, rollten die Augen und stießen ein scharfes, wildes Wiehern aus. Eine Schar von Gefolgsleuten, Kriegern und Sklaven bewegte sich zwischen den Zelten, und aus ihren dunklen Tiefen schimmerte das blanke Metall der Messingtabletts und Samoware, die auf bunten Teppichen standen; hie und da ertönten die gedämpften Stimmen tiefverschleierter, blasser Frauen oder das Schreien eines Kindes. Das war das Lager der edlen ‚Fürsten' des Atlas, die von weit her gekommen waren, um den Pascha zu besuchen. Einige von ihnen waren aus eigenem Antrieb erschienen, um Privilegien zu ergattern und einen Treueschwur abzulegen, andere wieder, wie zum Beispiel den ehrwürdigen Si Ali-Ahmouch, hatte nur der ängstliche Wunsch hierhergetrieben, die Befreiung ihrer Söhne und Verwandten zu fordern, die Le Roux als Geiseln gefangenhielt. Nur sehr wenige aus ihrer Mitte waren bisher mit Le Roux in persönliche Berührung gekommen, aber sie genossen seine weitherzige Gastfreundschaft und durften sich in der Stadt und im Stadtgebiet frei bewegen. Nur an den Grenzen der Militärzonen vertraten ihnen die Schildwachen den Weg, die, entgegen der Sitte, den Würdenträgern nicht den Saum des Gewandes küßten, sondern völlig still standen, auf die französische oder spanische Flinte gelehnt, den rasierten Kopf mit der

Guettaia[6] zur Seite gewandt. Des Abends versammelten sich die Granden in ihren verschiedenen Zelten, bewirteten einander und sprachen mit schlecht verhohlener Neugier über die Ereignisse des Tages. Wer das Gefühl hatte, daß sein Stolz durch Le Roux beleidigt worden sei, gab sich große Mühe, den Mund zu halten, aber wer das Gefühl hatte, daß seine persönliche Unabhängigkeit auf dem Spiele stehe, sprach mit glühender Wärme von dem Pascha. Und einige wenige, die im Begriff standen, einen Vertrag mit ihm zu schließen, drängten die anderen, sich der heiligen Sache anzuschließen und treue Verbündete und Brüder des rothaarigen Sohnes von Sliman zu werden.

In einem riesigen Gemach unter einem der großen Mitteltürme hauste in fast völliger Finsternis General de Sonloup. Wenn er an einer etwas vorspringenden, schlüpfrigen Kante der Mauern emporkletterte, konnte er sich gerade weit genug hinaufziehen, um durch ein schmales Loch das Geäst eines Feigenbaumes zu erspähen. Viele Tage hintereinander blickte er mit rotumränderten Augen hinaus, an dem dicken, verrosteten Gitter festgeklammert, und nagte an seinem Barthaar, bis ihm die Unterlippe aufsprang. Niemand störte seinen Frieden außer einem stummen Berber mit geschlitzten Augen und spitzen Backenknochen, die dem Kerl fast die Haut durchbohrten; dieser Berber brachte ihm seine Ration kalten, halbverdorbenen Essens und einen Krug mit Wasser. De Sonloups Gedanken waren sehr düster geworden. Sein Selbstvertrauen, seine Autorität und sein Mut ähnelten gewissermaßen seiner Uniform, die ganz zerfetzt und beschmutzt war und von Tag zu Tag immer stärker einzuschrumpfen schien. Des Nachts sank er auf eine Matratze nieder und hatte einen harten Kampf mit dem Ungeziefer zu bestehen, während er dem lärmenden kriegerischen Getöse lauschte, das die Berber auf dem Hofe vollführten. Ihre Schreie glichen dem Gesumm der großen Insekten, welche ihn umschwärmten, ihre Flöten waren wie das Surren blutdürstiger Moskitos, und ihre Tamtams schlugen einen wilden Rhythmus zum fiebrigen Pochen des Blutes in seinen Schläfen.

Nutzlos jeder Versuch, diesen stummen Berber, der das Essen brachte, noch einmal anzureden! Er mochte ein Führer sein oder ein Teufel. Was lag daran? Auch er, der General, war ein Führer, ein großer Führer, und deshalb konnte er nie seine Würde verlieren. Mochte er voller Läuse und Flöhe sein, aber er war doch jemand. Wo nur seine französischen Soldaten blieben? Viele Male in dieser grauenhaften Einsamkeit zuckte sein linker Mundwinkel und verzerrte sich höhnisch. Ja, es waren bittere Stunden, aber Frankreichs Soldaten würden sicherlich kommen. Sein Blut sagte ihm, daß sie kommen würden, ganze Regimenter. Sein Puls war wie der donnernde Tritt eines marschierenden Heeres. ‚Sie werden kommen! Sie werden kommen!'

Und hatte er nicht irgendwo an diesem schrecklichen Ort eine Tochter? Renée, das kleine Mädchen, das blauäugige, zarte Kind? ‚Möge die Heilige Jungfrau sie beschützen!' Wenn eines Vaters Gebet für sein Kind im Himmel vernommen wird, wenn eines Vaters verwundetes Herz das Mitleid Gottes erwecken kann, dann steht freilich alles gut um den christlichen Glauben. Ein hübsches weißes Mädchen unter tausend wilden Berbern! Schließlich, nach vielen Tagen, kreischte ganz plötzlich das mittelalterliche Eisenschloß an der schweren Tür. Ein Sklave stieß die Tür auf. Ein breiter Lichtschein fiel die paar Stufen herab und erhellte den Raum. Etliche Ratten huschten von einer Eßschale davon, die auf der Erde stand, und unmittelbar nachher ertönten zahlreiche Schritte. Sie hielten oben an den Stufen inne, und nur zwei Füße stiegen herab. Ein hochgewachsener Mann mit einem kurzen weißen Bart und würdigem Antlitz trat rasch herein – Si Mohammed-el-Hadj.

Der General lehnte sich mit dem Ellbogen gegen die vorspringende Mauerkante, leichenblaß, mit wild wucherndem Bart, das Haar zerzaust, die Hände mit Schmutz bedeckt. Ohne eine Miene zu verziehen, empfing er den Eindringling, musterte ihn mit kaltem Blick von oben bis unten und wußte sogleich, daß er einen marokkanischen Granden vor sich hatte. Si Mohammed begrüßte den General sehr liebenswürdig, gab durch ein Lächeln des Bedauerns, das er mit einer graziösen Geste und einer eindrucksvollen Verbeugung begleitete, zu verstehen, daß er einen Mann begrüßte, der ihm gesellschaftlich ebenbürtig sei, wenn auch von minderer Rasse.

Ohne Zeit zu verlieren, erklärte er in gebrochenem Französisch, daß Seine Exzellenz, der Pascha, ihn geschickt habe, um den General zu sich zu bitten. De Sonloup betrachtete ihn finster. Er glaubte diesen Typus des Marokkaners zu kennen, diese Männer voller Stolz und Schlauheit; und er redete ihn in verächtlichem Tone auf arabisch an:

„Alte Kanaille! Seit wann nimmt ein französischer General von seinen Untergebenen Befehle entgegen? Geh zu deinem Pascha und sage ihm, er soll zu mir kommen, wenn er mit mir sprechen will. Und vergiß nicht zu erwähnen, daß er seine besten Kleider anziehen muß. Sag ihm, er soll sich das Gesicht waschen und sich die Läuse aus dem Bart kämmen!"

Ein mörderischer Ausdruck trat in Si Mohammeds Augen, verschwand aber sehr rasch, und sein Blick wurde lauernd, verschleiert, falsch. Er äffte den Gruß eines französischen Offiziers nach und entfernte sich.

Die Stunden verstrichen, aber niemand kam. ‚Vielleicht ist jetzt endlich der Augenblick nahe, da mir die Feinde den Tod bereiten. Möge er kommen. Mein Tod kann für Frankreich mehr bedeuten als das Verschwinden eines ganzen Regimentes, vielleicht sogar den dauernden Besitz Marokkos. Frankreich muß und wird einen letzten Versuch machen, meinen Tod zu rächen.'

Besessen von dem Gedanken an den Tod, zog er seinen Waffenrock aus, breitete ihn auf die Erde und klopfte ihn mit den Fäusten, um den Staub zu entfernen. Mit seinem Taschentuch und etwas Speichel säuberte er die Reihen der Ehrenzeichen, die an das blaue Tuch geheftet waren. Schließlich zog er den Waffenrock wieder an, und während er in dem finstern Keller auf und ab spazierte, hatte er plötzlich das Gefühl, als verwandle das Tuch sich in einen eisernen Panzer, der seinen Körper aufrecht hielt; ihm war, als umringten ihn seine geliebten Soldaten. ‚Courage, courage, notre Général. Et encore du courage!'

5

Wieder knirschte das Schloß. Die Tür wurde von außen aufgerissen, und langsam betrat Le Roux den Raum. Sein Kopf war mit blendendweißem Musselin umwickelt. Seine weißwollene Djebirah war fleckenlos, an den Füßen trug er gelbe Sandalen von feinstem Leder. Sein Kinn und sein roter Bart waren verschleiert, und nur sein Mund und die Oberlippe lagen bloß. Anscheinend war er zuerst ein wenig verwirrt, denn er tastete mit den Händen in den weiten Falten seines Gewandes umher. Dann aber, während er ein paar Schritte näher kam, verschränkte er die Arme vor der Brust und murmelte die religiöse Grußformel. De Sonloup lehnte sich wieder mit dem Ellbogen gegen die Wand. Er sah die fast unnatürlich blauen Augen, unnatürlich, weil sie gerade in einem solchen Gesicht saßen, und ein paar Sekunden lang drangen seine forschenden Blicke tief in sie ein. Aber er wußte sofort, daß es unmöglich sei, zu dieser Seele vorzudringen. Nichts stand in diesen Augen als eine Traurigkeit, von der alles abzuprallen schien wie Kugeln von einer stählernen Wand. Le Roux sprach französisch. Hoffentlich, sagte er, sei der General mit der Sauberkeit seiner Person zufrieden, er habe für diese Zusammenkunft sogar seinen Bart parfümiert. De Sonloup überhörte diese höhnische Bemerkung und lächelte nur ein bitteres Lächeln. Sein linker Mundwinkel verzerrte sich, sank herab und zuckte dann nach oben. Im gleichen Augenblick umspielte den Mund Le Roux' dieselbe Grimasse, und der General, in der Meinung, der Pascha äffe ihn nach, fühlte, wie ihm das Blut zu Kopfe stieg. Ein paar Sekunden lang standen sie da und grinsten einander sozusagen an. Dann gelang es dem General mit einer gewaltsamen Anstrengung, seine Lippen zu beherrschen. „Was wünschen Sie, Pascha?" fragte er mit harter, ruhiger Stimme.

„Ich muß Monsieur le Général die Mitteilung machen, daß er in Zukunft meinen Befehlen augenblicklich zu gehorchen hat."

„Bisher war es meine Aufgabe, Untergebenen Befehle zu erteilen."

„Eh bien! Sie müssen jetzt umlernen. Ich rate dem General, die Befehle seines vermeintlichen Untergebenen entgegenzunehmen, da sonst ein Untergebener ihn zum Gehorsam zwingen wird."

Ein wildes Leuchten stand in seinen Augen: seine Blicke schienen den General zu durchbohren. De Sonloup fühlte in ihnen eine verborgene dynamische Kraft, eine wunderbar beherrschte Wildheit, die alle seine Gedanken an Frankreich und an seine Soldaten auslöschte. Er richtete sich auf, stemmte die Fäuste in die Hüften und fragte:

„Wo ist meine Tochter?"

Le Roux starrte ihn an, kalt, grausam, regungslos. Große Ziffern, große Summen Geldes schossen ihm durch den Kopf; vor seinem inneren Auge entrollte sich die Vision einer riesigen Karawane, mit Hunderten und aber Hunderten von Kisten, die alle mit Patronen und Geschossen gefüllt waren.

„Mademoiselle", sagte er leise, „geht es gut."

„Wo ist sie?"

De Sonloup ballte die Fäuste.

„Sie ist dort, wo eine Frau hingehört."

„Ich muß sie sehen! Jetzt! Sofort!"

Le Roux betrachtete den schönen Ring an seiner Hand, den er vom Finger eines im Rif gefallenen spanischen Edelmannes geschnitten hatte.

„Ihre Tochter ist hartköpfig wie ein Maultier, aber sie hat sehr weiche, sehr weiße Arme."

De Sonloup fuhr zusammen wie unter einem Faustschlag und drehte Le Roux den Rücken. Seine Schultern zuckten scharf empor. Er knirschte mit den Zähnen. Ein Zittern lief durch seine Glieder. Er biß sich auf die Lippen, und plötzlich machte er ein paar Schritte auf die Wand zu, warf die Hände empor und schrie mit lauter Stimme:

„Wer will noch behaupten, daß wir zivilisierten Franzosen nicht das Recht haben, mit solch einem Volke bis zum Äußersten zu verfahren? Kanaille!"

Le Roux verbarg seine Gedanken unter einem Blick voll tiefer Traurigkeit. Als er zu sprechen begann, klang seine Stimme sehr leise und bescheiden.

„Das habe ich oft genug gehört. Ich habe das als kleiner Junge gehört. Ich habe es in Oran an den französischen Schulen gehört, die ich besuchte. Dort waren französische Knaben, kleine Bengel, die Söhne kleiner Beamter und ähnlicher Niemande, die wie das Ungeziefer an unserer heiligen Erde schmarotzten. Sie lachten über Abd-el-Kader, den Sohn Slimans, den Araber aus der Wüste. Sie gaben mir meinen Namen: Le Roux – der Rote. Und sie sollen noch vor Le Roux erzittern!"

Die Haltung des Generals veränderte sich jäh, als er hörte, daß Le Roux eine französische Schule besucht hatte; dieser erriet die Gedanken des Generals und winkte ab.

„Bemühen Sie sich nicht, an die Gefühle zu appellieren, die ich von euch Franzosen gelernt habe", sagte er. „Es wäre zwecklos. An euren Händen klebt viel zuviel Araberblut, als daß irgendein guter Araber wünschen könnte, euch die Hand zu reichen." Er hielt inne, fuhr dann aber fort:

„Nun, Sie sind ein alter marokkanischer Soldat. Jeder von uns kennt Ihren Namen. Sie aber kennen die Sitten unseres Landes, und Sie müssen nun einmal in Ihrem Leben gehorchen lernen, statt zu befehlen. Wir sind in Marokko; Sie befinden sich in Chechrell inmitten unserer Berge, in völliger Sicherheit. Ich würde die Armee bedauern, die den Versuch machen würde, Sie hier herauszuholen. Wir haben viele Tausende von Flinten, und daß wir erfolgreich mit ihnen umzugehen verstehen, das wissen

Sie genau; so genau, daß Sie niemals die wirkliche Zahl Ihrer Toten im Rif veröffentlicht haben! Gott hat es gewollt, daß Sie und Ihre Tochter in meine Hände gerieten. Sie sind ein sehr geachteter und für Frankreich wertvoller Mann. Der Preis beträgt zwanzig Millionen Francs. Sie sollen mir helfen, die Bedingungen festzulegen. Zu diesem Zwecke werden Sie Papier und Tinte erhalten; wir werden jeden Brief, den Sie an den Generalresidenten zu schreiben wünschen, sofort befördern. Sie mögen lächeln über das scheinbar sehr hohe Lösegeld für einen einzigen Franzosen. Ihre Gefangenschaft kann noch sehr lange dauern, aber sie kann ebensogut bald ein Ende haben. Zwanzig Millionen fallen noch immer nicht so schwer ins Gewicht wie ein Krieg im Atlas."

Le Roux schnalzte mit den Fingern. Es klang wie Peitschenknall. Ein Ausdruck wilder, dämonischer Grausamkeit zuckte in seinen Augen auf. „Mon Général", sagte er, verbeugte sich, machte kehrt und schritt zur Tür, die ihm von geheimnisvollen, unsichtbaren Händen geöffnet wurde.

6

Nachdem Le Roux seinen Gefangenen verlassen hatte, schritt er durch einen Hof, begleitet von einer kleinen Schar von Männern, unter denen sich Si Mohammed, der Gelehrte Omar und Abd-el-Ali, ein Bruder Le Roux', ein Mann mit dunkler Hautfarbe, Adlernase und düsterem Blick, befanden. Die Stunde des Gebetes war vorüber, die kalte Nachtluft strömte in die Mauern der Kasba herab.

Le Roux war tief in Gedanken versunken, und niemand wagte ein Wort an ihn zu richten. Plötzlich drehte er sich um und entließ seine Begleiter mit einer Handbewegung. Die Männer blieben stehen, legten die Hand aufs Herz, und der Pascha schritt davon. Langsam durchquerte er einen offenen Platz und ging sodann eine Stiege hinauf, die an der Seite einer hohen Mauer emporführte. Als er die Zinne erreicht hatte, schaute er hinunter, die Männer waren verschwunden. Mit gesenktem Kopf schritt er an den Hunderten von Schießscharten vorbei, hoch oben zwischen den Türmen, die in Finsternis versanken. Unter ihm hingelagert war die Stadt, deren Tausende von flachen Dächern riesigen Stufen glichen, die in das tiefgelegene Tal hinunterführten. Eine dunkelhäutige Schildwache näherte sich ihm, rief zitternd den Segen Allahs auf ihn herab und versuchte, seine Hand zu erhaschen, um sie zu küssen. Le Roux zog seine Hand rasch zurück und erwiderte den Gruß des Mannes mit ein paar Worten.

Dann schritt er weiter, über einige schmale, steile Stiegen hinauf und hinunter, bis er zu einer kleinen Turmpforte kam. Dort klopfte er dreimal mit seinem spanischen Siegelring an die feste Tür, die ihm von innen her durch einen Negersklaven geöffnet wurde, der sogleich auf das Gesicht niederfiel, um den Herrn vorüberzulassen.

Le Roux schritt weiter und kam an eine Stelle, wo die Mauer sich zu einer Plattform verbreiterte. Tief unter ihm, in Dunkelheit gehüllt, lag ein rechteckiger Garten mit geraden, gepflasterten Pfaden, Bäumen und Blumen. Der Abendstern spiegelte sich in den runden Becken der Springbrunnen. Schließlich blieb er stehen, lehnte sich gegen die Zinne und blickte ins Land hinaus. Der Lärm der Stadt drang an sein Ohr, scharfer Essensgeruch, vermischt mit säuerlichem Holzgeruch, hing in der Luft; unten im Tal schimmerten die Lichter der Befestigungen, lohten die Lagerfeuer der Edlen, die er gezwungen hatte, aus allen Gegenden des Atlas hierherzukommen. Blitzschnell, fast unbewußt, gab er sich in dieser einzigen Sekunde Rechenschaft über sich und die große Aufgabe, die er sich gestellt hatte und zu der er sich berufen fühlte, er, der Auserwählte Allahs.

Seine Gedanken wanderten zurück in das Tafilalet, das Land seiner Kindheit, zu all den lieblichen Oasen, die noch nicht in seiner Gewalt waren. Immer wieder hatte seine Mutter ihn gedrängt, das Land seiner Väter zurückzuerobern.

Hatten einmal die Franzosen ihren Halt in Beni-Tsouf und Oued-Tmanaya verloren, so blieb ihnen nichts anderes übrig, als nach dem Norden zurückzukehren, und die Sahara würde ihm gehören. In Gedanken entwarf er einen Kriegszug. Sein Bruder Abd-el-Ali war kein Dummkopf, aber ihm fehlte die Erfahrung eines Heerführers. Wie aber, wenn er ihm Mohammed-el-Hadj mitgab samt seiner Harka von kriegslüsternen Männern, die nur darauf brannten, sich zu schlagen? Le Roux wußte, er war stark genug, jeden beliebigen Stamm zu züchtigen, aber war er es auch den Franzosen gegenüber, die wohlverschanzt in ihren Festungen saßen? Diese Verräter, diese Sultane, hatten die Freiheit ihres Volkes durch schändliche Verträge an die Roumi verkauft, um sich ein bequemes Dasein zu sichern. Le Roux' Mund verzerrte sich zu einem unheimlichen Grinsen. Seine Blicke wanderten über die Hügel und Berggipfel. Er kannte den internationalen Vertrag von Algeciras auswendig. Nach der ersten Zeile: ‚Im Namen des allmächtigen Gottes!' folgten acht Artikel, die das Waffentragen untersagten, die dem freien Araber verboten, sich gegen einen Eindringling zu wehren. Und eine Staatsbank, Steuern, Zölle, öffentliche Arbeiten und andere europäische Übel waren durch diesen Vertrag begründet worden, um ein Volk an der Erfüllung seines eigenen Schicksals zu hindern. Er aber würde im Namen Gottes kämpfen, um des Reiches Freiheit und Unabhängigkeit zurückzugewinnen.

Mochte Le Roux, wenn es sich um einen Feind handelte, noch so grausam und brutal sein, so mangelte es ihm doch nicht an edleren Gefühlen, wenn er es mit einer Frau zu tun hatte. Er kannte die vielen Lügen, die man in Europa über die barbarische Art der Männer seines Volkes gegenüber weißen Frauen verbreitete, Geschichten, die seinen Rassenstolz aufs tiefste verletzten. Bisher war ihm noch nie ein Fall zu Ohren gekommen, daß ein edelgeborener Araber sich unritterlich gegen eine fremdrassige Frau benommen hätte; meist war er ihnen gegenüber sogar noch zurückhaltender als gegen die Frauen seines eigenen Blutes. Dagegen hatte er als kleiner Junge mit Entsetzen seiner Mutter von den Taten der Weißen erzählen hören. Die Erinnerung an diese Schandtaten hatte sich tief in seine Seele eingegraben und dort das Feuer der Rache entzündet. Kaum ein Tag war vergangen, an dem seine Mutter nicht die Flamme in ihm aufs neue geschürt hätte. Jahre tiefer, seelischer Leiden, Jahre nie gestillten, mühsam zurückgedämmten Hungers nach Rache und Freiheit hatten dem jungen Abd-el-Kader das eiserne Gesetz der Selbstbeherrschung aufgezwungen. Das Leben hatte ihn gelehrt, die Verwirklichung seiner großen Ideale über die Befriedigung bloßer persönlicher Leidenschaften zu setzen, und ihn zu einem nachdenklichen, ernsten Menschen gemacht.

Nun war durch einen meisterhaften Handstreich der General in seine Hände gefallen und damit die Möglichkeit gegeben, Geld zu bekommen. Die gänzlich unerwartete Gefangennahme der Tochter des Generals war für ihn wie eine Gabe des Himmels, denn er wußte, daß dadurch seine Chancen stiegen. Aus dem Ton der französischen Zeitung, die er erhalten hatte, ersah er, was ihre Anwesenheit in der Kasba für seine Pläne bedeutete. Es bereitete ihm ein grausames Vergnügen, ganz Frankreich und die ‚zivilisierte' Welt über seine Tat aufheulen zu hören. Die Frage war jetzt: Würden sie zwanzig Millionen zahlen oder aber einen Feldzug vorziehen, der sich zu einem Krieg entwickeln konnte?

7

Ein schwerer Fieberanfall hatte Renée niedergeworfen. Der Gewaltmarsch über die Berge, die kalten Nächte, die ewigen Sorgen um ihren Vater, die Trauer um ihre ermordeten Landsleute und die Angst vor der Zukunft waren für ihre zarte Konstitution zuviel gewesen. Viele Tage lang lag sie auf einem Diwan in einer dunklen Nische, halb bewußtlos, ohne wahrzunehmen, was um sie her vorging, während Bilder von Mord und Gefahr ihren fiebernden Geist quälten. Sie erkletterte steile Berge und hörte die Kugeln um ihren Kopf pfeifen. Sie tauchte in das bodenlose Meer hinab und geriet unter die Leichen der Ertrunkenen. Sie trat in ein Kellergewölbe und sah, wie ihr Vater von wilden Barbaren gefoltert wurde. Sie kam in ihren Fieberträumen nach Paris und lief wie von Sinnen durch das Haus ihrer Schwester, während eine Schar von Mauren eine große Kanone in Stellung brachte, um das Haus in Trümmer zu schießen.

Die ganze Zeit über wurde sie von einer dunklen Furcht um ihr persönliches Schicksal gequält. Aber es geschah ihr nichts. Nach ein paar Tagen begann sie ihre Umgebung deutlicher zu erfassen. Sie sah, daß sie von Frauen umgeben war, und das tröstete sie. Frauen pflegten sie. Eines Tages hatte das Fieber ausgetobt; sie versank in tiefen Schlaf und erwachte in Schweiß gebadet. Sie fühlte sich wohler, viel wohler. Ihr Geist war klar, und sie betrachtete neugierig die Wände, die mit rosaroten Papierrosen und grünen Papierketten geschmückt waren.

Eine alte Frau trat ein. Sie trug eine langes, schwarzseidenes Gewand und war unverschleiert. Sie setzte sich auf eine kleine Matte an der andern Seite des kahlen Raumes, so lautlos, daß es schien, als versänke ihr Unterkörper gespenstisch in die Erde. Ihre dünnen, welken Arme schoben sich aus den weiten Falten ihres Gewandes hervor. Sie verschränkte die Arme, die spitzen Ellbogen ruhten in den Handflächen, und ihr magerer Hals schien noch länger zu werden, als sie den Kopf reckte, um das junge Mädchen zu betrachten. Ihr strenger, verblühter Mund war fest geschlossen; in ihren kohlschwarzen, eingesunkenen Augen schien jeder Lebensfunke erloschen. Und während sie so dasaß, zuckte nicht eine ihrer tausend Runzeln; ohne das hörbare Pfeifen ihres Atems hätte man sie für einen Leichnam halten können. ‚Eine Hexe', dachte Renée. Aber es war Fatima-Bent-Hassan-Abdullah-el-Hadj-el-Kabir, die vor einem Menschenalter einmal sehr hübsch gewesen sein mochte. Eine halbe Stunde verging, eine Stunde, aber weder Renée noch Fatima sprachen ein Wort.

Schließlich konnte Renée ihre stumme Nähe nicht länger ertragen.

„Was werdet ihr mit mir machen?"

Keine Antwort! Renée wußte nicht einmal, ob die Alte sie verstanden habe. Sie hatte in dem algerischen Arabisch gesprochen, das sie als Kind gelernt hatte.

„Bist du ein Holzklotz? Mach mit mir, was du willst, aber sag mir, wo mein Vater ist."

Sie setzte sich auf; die beschmutzte Spitze ihres seidenen Hemdes glitt von ihren Schultern, als sie flehend ihre weißen Arme nach Fatima ausstreckte.

„Hab Mitleid mit mir!"

Fatima lächelte fast unmerklich.

„Wer bist du?" rief Renée.

„Ich bin seine Mutter!" murmelte die Alte.

„Wessen Mutter?"

„Abd-el-Kaders Mutter."

„Mein Gott!" murmelte Renée. „Was kann ich von seiner Mutter erwarten?" Erschöpft sank sie auf ihr Bett zurück. Langsam erhob sich die Alte und verließ mit einem tiefen Seufzer den Raum.

Allein geblieben, blickte Renée durch die dunklen Mousharabiehs des Fensters. Dichte schwarze Wolken hingen am Himmel, ein kalter Wind heulte um die tausend Ecken der Kasba.

8

Am nächsten Tage brachte eine Negersklavin ihr eine Messingschale voll frischer Milch; sie trank, stand auf, warf die Bettdecke über die Schultern und schlich sich, an der Wand eine Stütze suchend, aus der Nische hinaus. Sie kam auf einen langen Korridor und schritt bis zu einer schweren, mit großen rostigen Eisenriegeln versehenen Tür, die versperrt war. Von unbezähmbarer Sehnsucht nach Freiheit erfaßt, rüttelte sie an der Tür und schlug mit der Faust gegen die Riegel.

Eine Frau mit tätowierter Stirn und nackten Füßen öffnete, und Renée sah vor sich einen kleinen, von niedrigen Arkaden umgebenen Hof, in dessen Mitte ein riesiger Neger mit rasiertem Schädel, schwitzenden Schultern und mächtigen Muskeln stand. Mit seinen großen Füßen trampelte er auf einem Haufen in Seifenwasser eingeweichter Wäsche herum und begleitete seine Bewegungen mit einem schrillen, krampfhaften Geheul, während das Wasser in funkelnden Strahlen unter seinen Beinen hervorspritzte. Bei dem barbarischen Anblick dieses Eunuchen überfiel Renée ein Schauder, und sie zog sich rasch zurück, zur großen Erleichterung der Sklavin.

Langsam kehrte sie um und ging bis an das andere Ende des Korridors. In der Luft hing ein Duft von gewürztem Essen und Holzrauch. Darauf kam sie zu einem Torbogen und sah vor sich einen halbgedeckten Hof, in dessen einer Ecke, dicht zusammengedrängt, einige Frauen saßen, die sich mit leiser Stimme unterhielten. Als sie Renée erblickten, schnalzten sie mit der Zunge gegen die weißen Zähne, um ihr Erstaunen auszudrücken.

„Gesegnet sei der Name Mohammeds!" rief eine von ihnen. Sie hatte eine so helle, melodische Stimme, daß ihre Worte wie Gesang klangen, und war von auffallender Schönheit. Über ihrem bronzefarbenen Gesicht mit den roten Wangen, in ihren dunkelgeschminkten, durch Antimon vergrößerten, metallisch schimmernden Augen lag ein seltsamer Glanz. Ihrem Hals und den Schultern nach zu schließen, mußte sie schlank und groß sein. Mit einer raschen Bewegung erhob sie sich und schlüpfte mit den Füßen in goldgeschmückte Pantoffeln. Ihre Blicke verrieten eine geheime Feindseligkeit, gemischt mit einer unverhohlenen, fast kindlichen Neugier. Renée begriff sofort, daß sie das Weib eines reichen Arabers vor sich hatte.

Sie war nicht zum ersten Male in einem Harem. In Algier und Tunis hatte sie eine Anzahl vornehmer Araberinnen kennengelernt und gehörte daher durchaus nicht zu jenen unwissenden jungen Damen, die das bloße Wort Harem verblüfft oder erschreckt; im Gegenteil, der Harem und der Anblick der Frauen erfüllte sie mit neuem Mut. Die schöne Frau, die sich erhoben hatte, hieß Halima(-Bent-Omar-Mohammed) und stammte aus einer der ältesten Familien des Landes, die an dem traumhaften Wasserlauf der Oued-Ziz große Besitzungen hatte.

Halima kam näher. Sie ging sehr langsam. Ihre Sandalen klopften rhythmisch gegen den Boden, und ihre Hüften schwangen in wiegender Bewegung hin und her. Sie musterte Renée von oben bis unten und schien etwas zu kauen. Die Spangen an ihren Handgelenken und Knöcheln klirrten leise, während sie die Fremde wie eine Katze umschlich. Renée verfolgte jede ihrer Bewegungen, als erwarte sie einen Angriff; schließlich jedoch blieben sie beide stehen und blickten einander in die Augen. Wütend über Halimas Unverschämtheit, fuhr Renée sie an:

„Ich möchte wissen, wo mein Vater, der General, ist!"

Halima fuhr fort zu kauen und antwortete nicht. Zwei von den Weibern und ein junges, sehr schönes Mädchen begannen miteinander zu flüstern und zu kichern.

Plötzlich kam die Alte, Fatima, ein paar Stufen herunter, betrachtete zornig die Szene, stieß einen Schwall heftiger Worte hervor und ging dann, unaufhörlich schimpfend, auf Halima los. Renée verstand das Arabische soweit, um herauszuhören, daß die Alte Halima erklärte, sie habe kein Recht, die Befehle ihres Gatten zu mißachten; denn Abd-el-Kader habe befohlen, die ‚Roumia'[7] wie einen Gast zu behandeln. Während Halima sich langsam in ihren Winkel zurückzog, noch aufreizender mit den Hüften schaukelnd als zuvor, humpelte Fatima auf Renée zu und fragte, was sie wünsche.

Renée erwiderte, sie wolle Nachricht von ihrem Vater haben. Fatimas Antwort, sie könne ihr keine geben, war in so freundlichem Tone gehalten, daß ihre Worte auf Renée fast tröstend wirkten.

„Wenn Abd-el-Kader sagt, daß wir dich gut behandeln sollen, so mußt du hierherkommen und dich zu uns setzen!" rief Halima plötzlich, worauf Fatima abermals einen Schwall von Worten in den Winkel des Zimmers sandte. „Laß das Kind der Roumi allein. Sie sieht krank aus! Sie ist schmutzig. Wo ist Sharifa? Sharifa soll ihr ein Bad machen!"

Der Gedanke an ein Bad war für Renée wie ein Strahl vom Himmel.

Sharifa, eine ältliche Sklavin, mehrere Bündel schmutziger Wäsche unter dem Arm, kam herbei. Ihre eingeschrumpfte Gestalt war von bunten Stricken, die ihren Körper, ihre Kleider und ihr Leben zusammenzuhalten schienen, umschnürt. Mit scharfer, vorwurfsvoller Stimme schwatzte sie lange über das Waschen, über die Seife und über das Holz. Schließlich aber zog sie sich zurück, um den Dampf und das heiße Wasser zu bereiten.

Als Renée durch den großen Saal schritt, fühlte sie, wie die Blicke der Frauen sie verfolgten, während sie durch einen Torbogen auf einen offenen Hof hinausschlüpfte, wo ein Springbrunnen frisches, helles Wasser spie; aber obwohl sie durstig war, trank sie nicht, aus Angst vor dem unbekannten Wasser. Dann betrat sie einen Bogengang und schaute durch eines der kleinen, schwervergitterten Fenster hinaus. Tief unten erstreckte sich meilenweit ein breites, grünes Tal; gegen Norden ragten dichte Wälder und dahinter schneebedeckte Berggipfel empor. In der Ferne schimmerte, halb in weiße Wolken gehüllt, ein blasser Gletscher. Der Gedanke an den nahen Winter ließ sie innerlich zusammenschauern. Unruhig, das blasse Gesicht sorgenvoll, setzte sie ihre Entdeckungsreise fort. Sie ging ein paar Stufen hinunter. Durch einen entfernten Torbogen blickte sie in einen großen Garten, der von riesigen, am oberen Rande mit Schießscharten versehenen Mauern umgeben war: Im Garten grünten Bäume, blühten Blumen und plätscherten Springbrunnen, was ihr unter andern Umständen vielleicht sehr reizvoll erschienen wäre. Dann wandte sie sich nach rechts und kam zu einer breiten Türöffnung, die zu einem Balkon führte. Schwere schwarze Mousharabiehs waren an der Balustrade des Balkons angebracht, durch deren Gitterwerk man in der Tiefe eine riesige, mit Marmor gepflasterte Halle gewahrte. In der Mitte sprudelte ein Springbrunnen, und an den vier Seiten waren tiefe Nischen. Längs der Wände standen kissenbeladene Ruhebetten. Von der hohen Decke herab hingen riesige Laternen und Kristalleuchter. Den Schmuck der Wände bildeten Inschriften aus dem Koran, daneben eine Reihe billiger europäischer Uhren, deren Zeiger stillstanden und verschiedene Stunden anzeigten. Abd-el-Kader schien die Vorliebe der meisten marokkanischen Granden für Uhren zu teilen.

Fröstelnd wandte sie sich von dem Anblick dieser barbarisch kalten Dinge ab und sah sich einem großen, schlanken, ungefähr vierzehnjährigen Mädchen gegenüber. Es war ein reizendes, braunhäutiges Kind, aber seine schimmernde Haut wurde von einem grellen Rot übertönt, das seine Wangen, seine Nase, seine Fingerspitzen bedeckte. Die zahlreichen langen Flechten seines Haares waren mit Henna gefärbt, ebenso die Finger- und Fußnägel. Ein halb unverschämtes, halb liebenswürdiges Lächeln entblößte seine weißen Zähne; die kleinen nackten Füße staken in silberbestickten Sandalen, eine Hand ruhte auf den zartgeformten, schalenförmigen Brüsten, die andere hing lose an der Seite herab. Eine plötzliche, seltsame Sympathie beschlich Renée, während sie dieses schöne Kind betrachtete.

„Wie heißt du?" fragte sie.

„Aisha."

„Bist du eine Sklavin?"

Aisha machte eine entsetzte Miene und schnalzte mit der Zunge gegen die Zähne.

„Ich bin die Tochter des Paschas!"

„Seine einzige Tochter?"

Wieder zeigte sich Aisha entsetzt.

„Wie viele seid ihr?"

„Sieben."

Renée riß die Augen auf. Aisha sagte: „Acht", und noch bevor Renée ihr Erstaunen äußern konnte, ging Aisha auf drei herab.

„Hast du einen Mann?" fragte Aisha.

Renée schüttelte den Kopf. Aisha war sichtlich erstaunt.

„Sind alle Töchter der Roumi wie du?"

Renée lächelte.

„Du bist ein komisches kleines Ding."

„Sind alle so angezogen wie du?"

Aisha bekam keine Antwort. Nachdenklich blickte sie in Renées blaue Augen und bewegte ihre geschmeidigen, mit einem schmalen, goldgestickten Gürtel geschmückten Lenden. Ihre kleinen Nasenflügel weiteten sich.

„Roumia", fragte sie, „ist es wahr, daß die Roumiafrauen mit ihrem Mann in einem Bett schlafen?"

Renée legte die Hand auf Aishas Schultern.

„Ist es wahr, daß euren Männern eine Frau genügt?"

„Das möchte ich selber wissen", murmelte Renée für sich. „Frage nicht soviel! Die Töchter der Roumi richten niemals solche Fragen an eine Frau."

Aber Aisha gab sich nicht zufrieden.

„Wie viele Kinder hast du?"

„Ich habe keine Kinder!" rief Renée lächelnd, zog Aisha zu sich heran und küßte sie.

Eine gehässige Feindseligkeit loderte in des Mädchens Augen auf.

„Du bist eine Roumi!" rief sie erbost, drehte sich blitzschnell um und lief davon.

Renée folgte ihr, konnte sie aber nicht einholen. Sie sah, wie sie durch den Bogengang jagte, wobei sie die Pantoffeln verlor und atemlos in ihr Zimmer stürmte, wo ihre Mutter und die anderen Weiber saßen, wobei sie aus voller Kehle schrie:

„Die Roumia ist wie ein Mann! Die Roumia hat mich geküßt!"

Helles Gelächter und fröhliches Kreischen erfüllte die Luft. Nur Fatima saß regungslos in einer Ecke und starrte über Zuhras

Kopf hinweg Renée an, die den Blick der Alten kaum ertragen konnte. Le Roux' Mutter war von einer geheimnisvollen, abgründig rätselhaften Atmosphäre umgeben, die einen merklichen Abstand zwischen ihr und den jüngeren Weibern schuf.

Sie aßen gerade, tauchten ihre mit Henna gefärbten Finger in große Schüsseln voll dampfenden Essens, leckten sich die Finger ab und schmatzten mit den Lippen. Halimas wunderschöne Stimme stieg und fiel, sie plauderte und lachte.

Die schwarze Zuhra tauchte eine Kupferschale in das Essen, füllte sie mit den Händen an, schlurfte durch den Raum und reichte die Schale Renée, die sie nahm und neben sich stellte. Denn obwohl sie hungrig war, wollte sie doch vor dem Bad nichts essen, nach dem sie ein so unsagbares Verlangen verspürte. Jetzt hörte sie, wie Halima von einem General sprach, und hielt den Atem an, um kein Wort zu verlieren. Von wunderbaren Gewändern sprach Halima, von den entzückenden Seiden, die Abd-el-Kader kaufen würde, sobald die Roumiregierung das Geld für die Befreiung ihres großen Häuptlings und seiner Tochter bezahlt hatte. Abd-el-Kader würde ihnen die schönsten Juwelen schenken, die arabische Frauen je besessen hätten, er würde sie aus dieser abscheulichen, kalten Bergstadt wieder in ihr Heimatland zurückführen, an den Oued-Ziz, in die Gärten der Wüste, und er würde dort für sie ein großes weißes Haus bauen. Sie würden auf schönen Betten schlafen, auf dicken Teppichen gehen und jeden Tag frische, süße Datteln essen. Abd-el-Kader würde sich zum Sultan ernennen, und alles Land von diesen Bergen bis zum Oued-Ziz würde ihm gehören.

Halima erhob sich; wie ein Schatten wuchs sie aus der Erde empor, lautlos, fast majestätisch. Sie schritt auf und ab, mit schaukelnden Hüften, leckte sich die Finger, einen nach dem andern, sauber und stimmte dann einen näselnden Gesang an. Es klang wie eine wunderliche Klage. Sie bat Allah, ihren Gatten zu schützen, ihre Kinder zu segnen, die Ernte reich und Abd-el-Kaders Liebe zu ihr noch reicher zu machen. Asma und Zuhra wiederholten die Anrufungen der Lieblingsfrau mit feierlicher Stimme; unaufhörlich ging Halima hin und her.

„Möge Allah Abd-el-Kader helfen, alle Roumi in ihrem Lande zu zerschlagen, möge der weise und allgütige Gott ihn zu einem großen, unbesieglichen Emir unter den Stämmen machen. Möge Allah ihren Leib öffnen und Abd-el-Kader noch mehr männliche Sprossen schenken, und möge Allah ihren einzigen Sohn Mohammed schützen, Abd-el-Kaders bestes Kind."

Mit leisen Stimmen sangen die Weiber Halimas Worte nach. Sogar die kleine Aisha hatte zu essen aufgehört und wiederholte die Worte ihrer Mutter mit feierlich kaltem Blick. Nur Fatima saß unbeweglich da, und es war, als verwandelten sich die Runzeln geheimnisvoll wie dunkle Opale. Halima blieb vor Renée stehen und musterte sie von oben bis unten.

„Roumia!" sagte sie mit tiefer Stimme, geheimnisvoll lächelnd.

Renée fühlte, dies war der richtige Augenblick.

„Eine Roumia weiß, was Dankbarkeit ist", sagte sie. „Ich bin euch für alle eure Freundlichkeit dankbar. Ihr möget mich hassen, soviel ihr wollt; wir Roumi aber sind weder hier, um euch zu hassen, noch um die Männer und Weiber eures Landes niederzumetzeln. Wir sind hergekommen, um euch Frieden, Freiheit und Glück zu bringen. Wenn eure Männer unsere Hand ergreifen würden, statt unschuldige Soldaten, die nur ihre Pflicht tun, zu töten und zu erschlagen, würde bald alles gut sein, und ihr könntet in euren weißen Häusern am Oued-Ziz wohnen und die allerbesten Datteln von der Welt essen."

„Roumia!" rief Halima. „Wer hat angefangen? Wer war zuerst hier?"

Sie zog verächtlich die Achseln hoch, und eine hoheitsvolle, fast verletzende Würde strahlte von ihr aus.

Langsam ging sie zu einer Kiste in die Ecke, öffnete sie, holte einen schön mit Gold und Perlen bestickten Kriegermantel aus dunkelbraunem Samt, ein krummes Schwert in einer mit Silber und Juwelen eingelegten Scheide, zwei vergoldete Sporen und ein Pferdegeschirr von grünem Leder hervor. Dann trat sie auf Renée zu und zeigte ihr den Mantel.

„Gesegnet sei sein Andenken!" sagte sie.

Die Weiber wiederholten ihre Worte.

„Sieh, Roumia, das Blut Omar-Mohammed-el-Sherifs!"

Sie steckte die Hand durch ein Loch in dem Mantel.

„Kann eine Tochter ihren Vater vergessen? Er wurde in Cheraga mit meinen beiden Brüdern in einer Schlacht gegen die Roumi getötet. Manch ein blutgetränkter Mantel liegt in den Kasbas der Berge verborgen. Viel Blut muß weggewischt werden!"

Halima legte die kostbare Last wieder in die Kiste zurück. Nun öffnete endlich auch Fatima die Lippen. Mit einer dünnen, dürren, schnarrenden Stimme begann sie:

„In Freuden und unter Gärten sollen jene wohnen, die Gott gefürchtet haben, schwelgend in allem, was ihr Herr ihnen beschert hat; vor den Qualen des höllischen Feuers hat ihr Herr sie bewahrt. Im Namen Allahs, des Mitleidigen, des Barmherzigen."

Alle wiederholten den letzten Satz. Renée lauschte dem Klang ihrer Stimmen, der sich an den Säulen brach und geheimnisvoll in dem äußeren Hof verhallte. Ihr früheres Leben schien in einer unbestimmten Ferne zu versinken, während eine seltsame Sympathie für diese Heidinnen ihr Herz erfüllte. In ihr Zimmer zurückgekehrt, sank sie vor dem Diwan nieder und vergrub das Gesicht in beide Hände.

9

Einige Tage lebte Renée ihr sonderbar neues Leben unter diesen Weibern. Sie waren ewig um sie besorgt und schienen ständig Angst zu haben, daß ihr etwas zustoßen könne. Als sich nichts ereignete, was ein Licht auf die dunklen Ereignisse geworfen hätte, wurde sie ungeduldig.

Schließlich erklärte sie Halima, in Gegenwart der anderen Weiber, in kategorischem Ton, sie müsse den Pascha sprechen. Die Weiber waren wie erschlagen. Wie? Die Roumia fordert eine Unterredung mit Abd-el-Kader? Die schönen Geschöpfe mit den geschminkten Augen, den scharlachroten Wangen, in rote, gelbe und weiße Seide gekleidet, gekreuzte Schnüre über der Brust und über den Schultern, Beine und Arme mit Gold und Juwelen behängt, die von Feinden erbeutet waren, riefen im Chor:

„Warte nur, Roumia! Es kommt noch der Augenblick, wo Abd-el-Kader dich wird köpfen lassen!"

Renée ging in den Garten hinaus zu ihrem Lieblingsplatz, wo sie allein sein konnte. Dort saß sie zuweilen, an einen Olivenbaum gelehnt, die Augen voll Trauer, und betrachtete die Rosenbüsche, die über die Torbögen hingen oder aus dem üppigen, an den massigen Wänden und Zinnen emporkletternden Weingerank hervorsproßten. Finken und Meisen hüpften zwischen den Zweigen umher, große schwarze Schwalben schwirrten durch die Luft, und ihre schrillen Stimmen hallten von den Mauern wider. In ihrer Gefängniseinsamkeit erinnerte sie sich an die Worte ihres soldatischen Vaters: ‚Das Schicksal hat dich über die anderen Frauen deines Landes hinausgehoben. Deine Leiden werden in dem goldenen Ehrenbuch verzeichnet sein, das jeder gute Franzose in seinem Hause und in seinem Herzen hat.' Ihr Pariser Leben mit all seinen Verlockungen und Versuchungen schien in eine ferne Vergangenheit zu entschwinden. Wunderlich seltsam und verschlungen erschienen ihr die Pfade des Schicksals.

Eines Abends saß sie so im Garten. Die Luft war warm und sehr trocken, durchtränkt von Blumenduft. Die kalte Jahreszeit rückte keineswegs sehr schnell heran, obgleich im Mittleren Atlas und auf den riesigen Ebenen des Nordens bereits die schweren Regengüsse fielen. Plötzlich wurde sie durch eine Männerstimme aus ihren Träumen gerissen; sich forschend umsehend, gewahrte sie in geringer Entfernung eine mittelgroße, schneeweiß gekleidete Gestalt einen Gartenweg entlangkommen. Der Fremde führte einen kleinen Jungen an der Hand, der gleichfalls weiß gekleidet war und auf dem Kopf eine runde, mit goldenen Zechinen bedeckte Mütze trug. Renée wußte sogleich, daß dies Le Roux und der kleine Junge sein Sohn sein müsse, denn jedem anderen Mann war der Zutritt in diesen Garten verwehrt. Im ersten Augenblick wollte sie aufspringen und davonlaufen, blieb aber trotzdem sitzen, in der Hoffnung, daß er sie nicht bemerken würde. Durch eine Lücke zwischen zwei Orangenbäumen konnte sie den kleinen Jungen deutlich erblicken, und sie meinte, in ihrem ganzen Leben noch nie ein so entzückendes Kind gesehen zu haben. Seine Gestalt und sein Kopf waren wunderschön geformt, sein Gesicht schmal und versonnen, die Augen hellblau funkelnd. Ungeduldig riß er sich von seinem Vater los, pflückte eine Orange von einem Baum und legte sie auf den Rand des Springbrunnens. Dann trat er etwa zehn Schritte zurück, holte aus seinem Gürtel unter einer seidenen Djebirah einen Wurfspeer hervor, zielte und schleuderte ihn nach der Orange, die von der Waffe durchbohrt in das Becken fiel. Le Roux beugte sich nieder, und Renée sah, wie er den Knaben küßte. Alle Liebe und Zärtlichkeit der Welt schienen in diesem Kuß aufgehäuft, und als er sich abwandte, als wolle er sich von einer tiefen, quälenden Erregung befreien, erschütterte der Ausdruck seines Gesichts Renée zutiefst. Mohammed legte den einen Arm um den Hals seines Vaters und versuchte sich emporzuziehen. Le Roux biß die Zähne zusammen und stieß einen leisen Schmerzensschrei aus. Der Kleine erschrak, ließ seinen Vater los, und seine Unterlippe zitterte, als wolle er in Weinen ausbrechen. Le Roux streichelte begütigend den Kopf seines Sohnes; dann löste er den weißen Musselin von seinem Kopf und dem unteren Teil seines Gesichtes. Renée erblickte den kurzen, seidigen, roten Bart und bemerkte zusammenschaudernd unter dem linken Backenknochen eine große, unverheilte Wunde, die durch Mohammeds jähe Bewegung aufgerissen worden war und nun blutete. Le Roux tauchte ein Stück Musselin ins Wasser, wusch sie und trocknete sie aus, brachte seine Kopfbedeckung wieder in Ordnung und verhüllte sorgsam den unteren Teil seines Gesichts. Dann setzte er sich müde auf einen Steinsockel neben dem Springbrunnen und nahm seinen Jungen zwischen die Knie. Renée hörte, wie er Fragen an den Knaben aus der Geschichte Marokkos, dem Koran, der Arithmetik und Geographie stellte, die der kleine Mohammed mit ernstem Blick beantwortete. Le Roux legte den Arm um die Schultern seines Sohnes und schaute ihm mit einem Blick in die Augen, der Renées Herz rührte und ihr die Szene mit dem kleinen Schaf und dem Berghirten ins Gedächtnis zurückrief.

„Mohammed", sagte er mit seiner sonderbaren leisen, zwingenden Stimme, „du hast für dein Alter viel gelernt. Als ich so alt war wie du, da lebte ich fern von Oued-Tmanaya. Dein Großvater schickte mich nach Oran zu einem Onkel, der war Kaufmann. Er ist jetzt schon lange tot. Ich besuchte die Schulen der Roumi. Sie unterrichteten mich viele Jahre lang, bis ich fast zu einem Manne herangewachsen war. Ich übertraf alle an Wissen, aber sie wollten mich nicht an die erste Stelle rücken lassen, die kam nur einem Roumi zu, nicht einem Araber. Sie versuchten aus mir einen Franzosen zu machen; oft wurde ich von den Roumiknaben verprügelt, und wenn ich zurückschlug, bestraften mich die Roumilehrer. Die Roumi beschimpften uns Araber als Diebe, Räuber und Hundesöhne. Ein Roumilehrer sagte einmal zu mir vor zwanzig Roumiknaben, wir Araber seien ein barbarisches, unkultiviertes und abergläubisches Volk; wir müßten lernen, unsere Instinkte zu bezähmen, müßten gute Franzosen werden und Frankreich als unser Vaterland betrachten. Und ihre kleinen Kolonisten, die uns unter dem Schutze der Kanonen unser Land stehlen, behandeln den Araber noch schlimmer. Für sie ist der Araber nichts als ein schmutziges Tier, dem man einen Fußtritt gibt, ein fauler, diebischer Hund! Ich ließ sie reden und verlor meinen Stolz nicht. Ich bewahrte ihn in meinem Herzen für den Tag der Rache auf."

Le Roux betrachtete seinen Sohn mit seltsam kaltem Blick. „Eines Tages wirst du selber zu den Roumi gehen und vieles von ihnen lernen. Ihre Wissenschaft übertrifft die unsere. Zuerst aber werden wir einen großen Krieg gegen sie führen. Wir dürfen nicht ruhen, bevor nicht Frankreich und Spanien aus unserem Lande vertrieben sind, sonst werden die Ungläubigen sich unseres Landes und aller seiner Schätze bemächtigen, und wir werden in eine ferne Kolonie verschickt, wo wir unsere Tage in Kummer und Armut verbringen müssen. Einst aber wird der Tag für die Gläubigen kommen, da Indien unsere rechte Flanke, die Türkei, Arabien und Ägypten die Mitte und wir die linke Flanke sein werden. Der geeinte Islam wird seine Bedrücker von sich abschütteln. Dann werden wir genügend Menschen und Material besitzen, um die heuchlerischen Roumi mit ihren eigenen Methoden zu bekämpfen. Allah wird uns zum Siege über unsere Feinde verhelfen. Vergiß nie die Worte, die ich dir jetzt sage: Geh wach durchs Land, sei voller Mut und fürchte keinen Menschen. Das Leben ist nur ein kurzer Schritt zur ewigen Seligkeit. Dein Wert ist dir eingeprägt. Nichts kann hinzugefügt, nichts davon genommen werden. Vertraue keinem die Worte deines Vaters an, verschließe sie in deinem Herzen!"

„Wenn ich einmal tot bin", hörte sie ihn weiter sagen, „wird deine Arbeit beginnen. Vergiß nicht, daß nie ein einzelner imstande sein wird, das heilige Feuer brennend zu erhalten. Er kann nur sein Teil tun. Ich tue das meine, und du wirst das deine tun. Verstehst du mich?"

Mohammed blickte in seines Vaters Schoß und nickte. Le Roux stand auf. Mit einem leisen, zufriedenen Brummen nahm er Mohammed bei der Hand und schritt langsam auf die Arkaden zu. Renée schlich sich nach der entgegengesetzten Richtung davon.

10

Kurze Zeit später kehrte Le Roux in den Garten zurück. Er war allein. Langsam ging er den mittleren Weg entlang, blieb dann neben der Fontäne stehen und sah sich nach allen Seiten um. Als er

Renée, die, wie unter einem seltsamen Bann, sich nicht von der Stelle rührte, gewahrte, schritt er auf sie zu und begrüßte sie mit jener unnachahmlichen Würde, die nur ein arabischer Edelmann in so vollendeter Weise beherrscht. Trotzdem merkte Renée bald, daß sich unter seiner Liebenswürdigkeit eine innere Unruhe verbarg. Sie ergriff das Wort:

„Monsieur", sagte sie eisig, „wie können Sie es wagen, nach den Verbrechen, die Sie begangen haben, mir in die Augen zu sehen? Sie sprechen Französisch wie ein Franzose. Sie haben unsere Schulen besucht! Und dennoch sind Sie trotz allem ein Barbar geblieben."

Ihr Angriff schien nicht den geringsten Eindruck auf ihn zu machen.

„Warum haben Sie mich von meinem Vater getrennt?" fragte sie zornig. „War das nötig?"

Er schien verwirrt.

„Ich hatte nie erwartet, Mademoiselle bei dem General zu finden. Mademoiselle hätten zu Hause bleiben sollen."

„Aber Sie betrachten mich doch als eine Art Gottesgeschenk."

„Aus politischen Gründen, ja."

Etwas in seiner Stimme ärgerte die Frau in ihr.

„Wo ist mein Vater?"

„Der General befindet sich in der Kasba und ist gut aufgehoben."

Renée erschauerte, und plötzlich hatte sie, ihr selbst unerklärbar, unvermittelt das rätselhafte Gefühl, als habe sie dieses Gesicht vor ihr schon oft gesehen, als kenne sie es sehr gut.

„Ich finde es unnötig grausam, mich von ihm zu trennen" sagte sie erblassend. „Sie foltern uns nur!"

„Ich habe nicht die Absicht, Sie zu foltern", sagte er und ließ langsam eine Schnur winziger schwarzer Perlen durch die Finger gleiten. „Meine Verantwortung würde weit größer sein, wenn ich Sie beide frei herumlaufen ließe, denn ich versichere Ihnen, meine Leute von Chechrell lieben die Franzosen nicht."

„Was tut es, ob man auch uns umbringt oder leben läßt", rief sie, „nachdem ihr vierzehn unschuldige Soldaten niedergemetzelt habt!"

„Niedermetzeln?" sagte er und ordnete den Musselin über seinem Bart. „Ich nenne das Gerechtigkeit. Ich führe Krieg gegen die Soldaten Frankreichs, die, bis an die Zähne bewaffnet, in mein Land eindringen und daher die Folgen auf sich nehmen müssen. In dem Augenblick, wo Frankreich sich zurückzieht und seine Soldaten abruft, bin ich zum Frieden bereit. Aber keinen Riffrieden; ich werde nie in einen Vertrag willigen, der meinem Lande nicht das Recht der Autonomie gibt."

Er lächelte ein leises Lächeln. Wieder überlief Renée ein Schauer. Wann nur hatte sie diesen Mann schon einmal gesehen? Auch Le Roux war innerlich seltsam verwirrt. Er fühlte einen jener Anfälle von Weichheit, gegen die er seit seiner Knabenzeit ankämpfen mußte. Eine unerklärliche Sehnsucht, von einem Mitmenschen voll verstanden zu werden! Von wem aber? Von dieser Französin etwa, die ihn einen Mörder nannte und von der ihn ein unüberbrückbarer Abgrund trennte? Nein, einsam, von niemand, außer seiner Mutter, verstanden, würde er seinen Weg weitergehen.

„Ich hätte Sie früher aufsuchen sollen", begann er, „aber ich hatte nicht einen einzigen freien Augenblick. Für niemanden. Meine Mutter, die gütigste Frau der Welt, wird auch weiterhin für Sie sorgen, bis der Tag kommt, da Sie und der General zu Ihrem Volke zurückkehren können. Ich hoffe, er ist nicht allzu fern."

Seine dichten roten Brauen zogen sich finster zusammen, und Renée sich selbst überlassend, schritt er in die Arkaden zurück.

Eine schreckliche Mutlosigkeit überkam sie und drückte ihre Lebensgeister nieder. Sie lehnte sich an die Mauer, und ein Strom von Tränen stürzte aus ihren Augen. Zorn und Mitleid schüttelten sie, und die Zukunft stieg finster und drohend wie diese Mauern vor ihr auf.

Endlich gelang es ihr, sich zu fassen, und sie schickte sich an, in ihre Kammer zurückzukehren; als sie jedoch die Stufen zu der inneren Halle hinaufstieg, sah sie Le Roux im Kreise seiner Familie sitzen. Fatima hatte ihren Platz neben ihm, Aisha und Mohammed saßen ihm mit untergeschlagenen Beinen gegenüber. Halima und Zuhra schlossen den Kreis. Die Frauen schienen keine Mühe gespart zu haben, sich anziehend zu machen; aber Halima war die schönste unter ihnen. Sie, die Mutter seiner Kinder, zumindest der beiden, die Renée kennengelernt hatte, trug eine kostbare Kopfbedeckung, und ihre langen, schlanken Finger waren mit den weißen Fingern Le Roux' verschlungen. Er sprach zu ihnen allen mit einer leisen, fast apathischen Stimme, und ihre Blicke hingen an ihm in stummer, frommer Unterwürfigkeit. Nur Fatima saß teilnahmslos da. Ihr pergamentenes Antlitz war unbeweglich. Renée zog sich sogleich wieder zurück und überquerte den Hof, um auf einem anderen Weg in ihre Kammer zu gelangen. Sie stieg abermals ein paar Stufen hinauf und kam in einen Raum, dessen tiefliegende Fenster durch dicke Gitter geschützt waren. Ein Bett stand darin und ein paar Kupferschalen, und an einer der Wände hing eine vergrößerte Photographie, welche Le Roux, neben einem Araberpferd stehend, quer über den Rücken eine altmodische, silberbeschlagene Steinschloßflinte, darstellte. Renée vermutete, daß dies Fatimas Zimmer sei, und schritt rasch hindurch bis zu einer schweren, halb offenstehenden Tür, die in ein hohes Gemach führte, in dessen einer Ecke sie eine teppichbelegte Matratze gewahrte. Bücher lagen geöffnet umher, die Wände waren mit Generalstabskarten und handgezeichneten, arabisch beschriebenen Kartenskizzen bedeckt. Eine spartanische Einfachheit kennzeichnete diesen Raum, der kaum das Notwendigste an Bequemlichkeit enthielt. An schwarzen Haken hingen verschiedene männliche Bekleidungsstücke, von dicken, schmutzigen Kamelhaarburnussen an bis zu den feinsten schneeweißen wollenen Djebirahs und Musselingewändern. Neben dem Bett hingen zwei Pistolen in ledernem Futteral. Nachdenklich und betroffen von dem seltsamen, widerspruchsvollen Privatleben dieses Menschen, in das sie einen Einblick erhalten hatte, kehrte Renée um.

Nach einigem Umherirren in ihrer Kammer angekommen, hörte sie pötzlich Stimmen. Sharifa erschien, begleitet von einem hochgewachsenen schwarzen Eunuchen, der vor Renée einen Koffer, ein Toilettenköfferchen, einen Mantel und einen Fotoapparat ablud. Erschrocken blickte sie auf und erkannte ihr Gepäck. Einen Augenblick lang war ihr zumute, als wären ihre besten Freunde zu ihr zurückgekehrt, und sie stieß einen Freudenschrei aus. Mit bebenden Händen öffnete sie das Gepäck und fing an auszupacken. Nichts fehlte, außer ihrer Börse und einem großen gelben Briefumschlag, den ihr Vater ihr im Augenblick der Abfahrt zur Aufbewahrung übergeben hatte, da sein Gepäck bereits im Auto verstaut war.

Zum erstenmal seit vielen Tagen fand sie Trost und Vergessen in der Beschäftigung mit sich selber und ihrer Toilette, mit den tausend Kleinigkeiten, welche die Zivilisation eigens für die kultivierte Frau ersonnen hat.

11

Eines Morgens in aller Frühe erschien vor dem General der Gouverneur der Kasba, der elegante Si Abd-el-Krim-Ben-Tazi. Mit hochmütigen Blicken maß er den alten Franzosen, während er ihm mitteilte, daß er vom Pascha Befehl habe, ihn in ein neues Quartier zu schaffen.

„Eh bien, bon!" sagte der General kurz.

Mit einem Gemisch von Erleichterung und ohnmächtiger Wut verließ de Sonloup seine abscheuliche Klause. Obwohl es ihn Mühe kostete, gelang es ihm, seine feste, aufrechte Haltung zu bewahren, während man ihn auf einen Hof führte. Seine blutunterlaufenen Augen blinzelten in das helle Tageslicht; er sah strenger und schrecklicher aus denn je und glich mehr einem Sterbenden als einem Lebenden. Umringt von einer Eskorte grimmig blickender Krieger, an deren Flinten blankpolierte Bajonette saßen, wurde de Sonloup über einige Höfe, unter tiefgewölbten Torbögen hindurch treppauf, treppab geführt, bis er schließlich an ein offenes Tor kam. Mit vollendeter Höflichkeit bat ihn der Gouverneur, hier einzutreten.

Der General stieg ein paar Stufen hinauf und kam in eine kleine, gewölbte Halle mit einem niedrigen Diwan und einem kleinen Messingtisch, auf dem sich Schreibmaterial, eine Messingschale und ein Messingkrug mit frischem Wasser befanden. Durch ein tiefes, schmales Fenster fielen ein paar Sonnenstrahlen herein. Er konnte ein zufriedenes Brummen nicht unterdrücken. Zu Si Abd-el-Krim bemerkte er spöttisch, er, als vornehmer Herr und Kenner der französischen Küche, würde sicher seinen Wunsch nach etwas weniger barbarischer Kost begreifen. Was ihn beträfe, so hätte er nichts dagegen, wenn die Köche der Kasba ihm ab und zu ein paar kleine Stücke von gebratenem Agneau de lait oder einige Tajins[8] oder ein bißchen Tam schicken würden, Berbergerichte, die selbst ein Franzose durchaus nicht verschmähe. Das prachtvolle Räuberantlitz des Gouverneurs blieb undurchdringlich. Er zupfte mit seinen Fingerspitzen an seinem Bart und erwiderte, er wisse die große Ehre, den General als Gast in der Kasba zu haben, durchaus zu schätzen und würde, obgleich der General Kriegsgefangener sei, alles tun, was in seinen geringen Kräften liege, um ihm den Aufenthalt recht bequem zu machen. Er würde mit dem Pascha wegen des Essens sprechen und bis zum Eintreffen des Bescheids den General aus seinem eigenen Haushalt verpflegen. Hochmütig und höflich, wie er gekommen war, entfernte er sich.

Seit Le Roux ihn besucht hatte, und das schien schon Wochen her zu sein, hatte de Sonloup außer dem stummen Berber mit den geschlitzten Augen keinen Menschen zu Gesicht bekommen. Nichts auf der Welt hätte ihn veranlassen können, von dem ‚Pascha' einen Gefallen zu erbitten, und so hatte er beschlossen, den Dingen ihren Lauf zu lassen. Er wußte, daß die Chasseurs oder irgendeine andere Patrouille das Verbrechen auf der Roten Straße vielleicht noch am selben Tage, an dem es begangen worden war, entdeckt haben mußten. Da sich aber in all diesen Wochen nichts ereignet hatte, nahm er an, daß große Schwierigkeiten zu überwinden waren! Wahrscheinlich scharten sich jetzt die abgefallenen Stämme, vielleicht unter der Führung Le Roux', zusammen, denn ein gefangener französischer General mußte sein Ansehen unter den Stämmen zweifellos beträchtlich erhöhen. Trotz aller Leiden und Entbehrungen hatte de Sonloup das Gefühl, daß mit jedem Tage, den er in der Kasba verbrachte, die Befreiung näherrückte. Das größte Hindernis bildete augenblicklich die Jahreszeit. Der Winter nahte heran, und damit wurde das Land für militärische Operationen so gut wie unzugänglich. Es hieß also, sich in Geduld zu fassen; denn die Vergeltung würde nicht ausbleiben, und was Renée betraf, nun in Gottes Namen. Renée war trotz ihrer Jugend kein Dummkopf und würde sich der Lage gewachsen zeigen. De Sonloup setzte in seine Tochter das gleiche grimmige Vertrauen wie in sich selber und in die Soldaten Frankreichs.

Nach nicht allzu langer Zeit öffnete sich die Tür, und ein Berber brachte eine große Schüssel mit dampfendem Cous-Cous[9] herein, stellte sie vor ihn hin und zog sich zurück. De Sonloup riß sofort die Schüssel an sich, nahm sie zwischen die Knie und begann mit wölfischer Gier seine erste richtige Mahlzeit seit vielen Wochen zu verschlingen. Endlich war sein Hunger gestillt, und er konnte die Lage von einem anderen Gesichtspunkt als dem eines Verhungernden erwägen.

Er hob die paar Blätter bläulichweißen, billigen Schreibpapiers auf, besah nachdenklich das kleine Fläschchen mit violetter Tinte und die Feder und erwog Le Roux' Vorschlag, an den Generalresidenten zu schreiben und zwanzig Millionen anzufordern. Lächerlich! Kinder sind sie alle, diese Araber und Berber, Kinder mit kindischen Begriffen! Zwischen den Papierbogen lagen einige Ausschnitte aus französischen Zeitungen. Er hob sie auf und begann zu lesen.

‚. . . Das französische Volk, zumindest jene Schichten, die für uns das wirkliche Volk darstellen, wünschen keine neue territoriale Erweiterung des ungeheuren französischen Kolonialbesitzes. Die Militaristen und die Kolonialpartei wollen uns abermals durch ihren Ehrgeiz in neue Gefahren stürzen. Ist es nicht gleich, ob unsere Grenzen am Fuße des Atlas liegen, oder ob wir sie weiter nach Süden in die Sahara vorschieben? . . .‘

Ein zweiter Ausschnitt lautete:

‚. . . Die Regierung weiß, daß jeder Gedanke an einen Krieg oder Gewaltanwendung das französische Volk mit Abscheu erfüllt. Unsere Bauern verlangen nichts weiter, als in Frieden leben und ihren Boden bestellen zu dürfen. Nun hat es den Anschein, als sollte dieser Zwischenfall in Marokko einen neuen Feldzug heraufbeschwören. Noch mehr Menschen! Noch mehr Geld! Noch mehr Söhne ihren Müttern entreißen! Noch mehr Steuern! Noch mehr Blut! Und das alles für ein paar unfruchtbare Wüstenstriche, für einige ferne afrikanische Berggipfel! . . .‘

De Sonloup begriff sehr schnell, was diese Ausschnitte bedeuten sollten! Eine dritte sorgfältig ausgeschnittene Notiz besagte:

‚. . . Das Drama von Bordj-Mshounsh hat wie eine Bombe eingeschlagen. So unglaublich es erscheinen mag, dicht vor unseren Toren herrscht noch immer Unsicherheit.‘

Ein großer Teil der darauffolgenden Zeilen war sorgfältig durchgestrichen. Dann ging es weiter:

‚. . . Das Ereignis wurde von der Rednertribüne aus den Volksvertretern mitgeteilt. Der Kammerpräsident schwang mit einer großartigen Gebärde die Glocke und bemerkte ruhig, ohne die mindeste Erregung: Messieurs! Der Kriegsminister hat einen General beauftragt, an Ort und Stelle eine offizielle Untersuchung durchzuführen.'

De Sonloup glaubte, den Druck der ‚Action' zu erkennen. Der letzte Ausschnitt lautete:

„... Die Operationen, die notwendig sind, um mit diesen wilden Stämmen fertig zu werden, sind kostspielig, langwierig und erfordern große Opfer sowohl an Menschenleben wie an Material.'

Diese paar Zeitungsausschnitte erfüllten de Sonloup mit tiefer Erregung. Sie entrollten vor seinem inneren Auge die ganze Lage mit all ihren Konsequenzen. Wie kindisch von Le Roux, ihm nur diese Ausschnitte zu geben! Warum nicht die ganzen Zeitungen? Meinte er etwa, diese paar Zeilen würden einen französischen General beeindrucken? Als ob er sein Frankreich nicht kenne! Kinderei!

Das einzige, was de Sonloup interessierte, war die Meldung, daß ein General aus Paris entsendet worden sei, um im Auftrage des Kriegsministeriums eine Untersuchung durchzuführen. De Sonloup überlegte, wen sie wohl für diese Aufgabe ausgesucht hätten. Namen tauchten in seinem Gedächtnis auf; doch bei jedem hatte er irgendwelche fachmännischen Bedenken.

Je länger er über diesen Schritt der Regierung nachdachte, desto unangemessener fand er ihn. Wahrscheinlich hatte einer dieser dreckigen Außenseiter von der ‚Linken' die Regierung mit unangenehmen Fragen über Marokko belästigt. Warum denn einen General aus Paris schicken? Es gab in Afrika mindestens ein Dutzend befähigter Generale, die durchaus geeignet waren, diese Aufgabe durchzuführen!

De Sonloup wurde ärgerlich. ‚Wieder dieses demokratische Regime! Wieder diese sozialistischen Fettwänste an der Arbeit! Hol's der Teufel. Vierzehn Soldaten sind ermordet worden und ein General und eine französische Frau gefangen! Warum dieses langsame Vorgehen? Gibt es denn keine Herren mehr in Frankreich? Warum dieses ewige Katzbuckeln vor den verweichlichten Sozialisten? Mögen sie doch ihre Weltanschauung ihren eigenen Kreisen vorsetzen! Laßt sie sich hinter den internationalen Ohren kratzen und überlegen, wie sie am besten ihre eigene Klasse in die Höhe bringen! Laßt sie ihre Fabriken modernisieren, Bäder und Waschräume für ihre Arbeiter bauen! Laßt sie Frankreich demokratisieren, bis die Minister ihre Kabinettssitzungen im Café de la Paix abhalten! Laßt sie sogar das Vermögen der Kapitalisten beschneiden, wenn ihnen das eine Befriedigung gewährt! Aber warum um Himmels willen läßt man sie mitreden, wenn es sich um das Schicksal des Reiches handelt? Das Wohl Frankreichs muß in den Händen jener liegen, die durch ihre Geburt dazu berufen sind, ihr Land zu schützen, die gewillt sind, für ihr Land zu kämpfen, zu hungern, zu verlausen, zu sterben! Frankreich muß in erster Linie seinen Soldaten gehören. Warum müssen diese unter der Vormundschaft der Politiker stehen? Besitzen sie nicht selbst genügend Hirn und organisatorische Fähigkeiten, um ein Land regieren zu können? Wer hat denn Frankreich großgemacht, wenn nicht seine Soldaten?'

Aus dieser Stimmung heraus verfaßte de Sonloup einen Brief an den Generalresidenten in Rabat, einen der wenigen langen Briefe, die er in seinem Leben geschrieben hatte.

Ich habe die Ehre, Eurer Exzellenz mitzuteilen, daß ich und meine Tochter Gefangene in den Händen Abd-el-Kader-Ben-Slimans sind, und daß wir uns gegenwärtig in der Kasba von Chechrell befinden. Dieser arabische Kaid ist in unserem Bureau des Renseignements des Affaires Indigènes unter dem Namen Le Roux bekannt. Unsere Position liegt ungefähr zweihundert Kilometer östlich von Bordj-Mshounsh. Oberst Puidoux kennt wahrscheinlich diese Gegend, da er vor zwölf Jahren eine topographische Expedition geleitet hat.

Nachdem Le Roux meine Stabsoffiziere und meine Begleitmannschaft, die ich mit der tiefsten Hochachtung für ihre Tapferkeit zu erwähnen die

Ehre habe, ermordet hat, stellt er sich auf den Standpunkt, er sei berechtigt, für unsere Freilassung eine Summe von zwanzig Millionen Francs zu fordern, und ist naiv genug, mir vorzuschlagen, ich möge persönlich in seinem Namen die Verhandlungen eröffnen.

Ich brauche Eure Exzellenz wohl kaum daran zu erinnern, daß ich im aktiven Dienst stehe und daß meine Tochter das Kind eines französischen Generals ist. In meiner Eigenschaft als Höchstkommandierender des südlichen Territoriums gebe ich den französischen Vertretern der Regierung den Rat, keinen Augenblick lang diese unverschämte Forderung in Erwägung zu ziehen. Gleichgültig, welche Tatsachen die Untersuchung, die Eure Exzellenz zweifellos eingeleitet hat, zutage fördern wird, bin ich überzeugt, daß keinem der meinem Kommando unterstellten Offiziere irgendeine Schuld vorzuwerfen ist. Die Verantwortung liegt ausschließlich bei mir selber. Jedermann weiß, daß auch die schlauesten Füchse manchmal in Fallen enden, die sie ihr ganzes Leben lang sorgfältig zu vermeiden wußten. Wir haben aus den letzten blutigen fünfundzwanzig Jahren noch immer nicht genügend gelernt.

Im ersten Jahre unserer Besitzergreifung kamen die Doui-Menia-Stämme, deren Pflanzungen und Palmengärten sich in unseren Händen befanden, zu uns und erklärten, sie könnten ohne ihr Land ebensowenig leben wie ein Säugling ohne die Milch seiner Mutter. Sie wurden gezwungen, einen Vertrag zu schließen mit der Vereinbarung, sie könnten auf ihre Besitzungen zurückkehren, falls sie sich bereit erklärten, ihre Verpflichtungen treu zu erfüllen und unsere Verbindungswege nach dem Tafilalet zu sichern. Dabei herrschte natürlich das stillschweigende Übereinkommen, daß wir ihnen die nötigen Mittel zu unserer wirksamen Unterstützung in die Hand geben würden. Ihre Kaids bekamen die Genehmigung, kleine Harkas auszuheben, die wir mit veralteten Gewehren ausrüsteten; wir statteten sie mit kleinen Vorrechten über die Nachbarstämme aus, weil ihre Zugehörigkeit zu der französischen Einflußzone ihnen ein erhöhtes Prestige verlieh. Wir willigten sogar ein, sie in Anerkennung ihres guten Willens nicht als tribus soumises *zu bezeichnen und zu behandeln. Diesen Vertrag hielten sie einige Jahre hindurch mit einer Ehrlichkeit ein, wie man sie selten bei diesen wilden Stämmen des Südens findet. Inzwischen aber hat sich die Lage, die einige Jahre für uns günstig war, offensichtlich geändert. Die Doui-Menia wurden wegen ihrer Unterwerfung von ihren Nachbarn als Verräter angesehen, wurden jahrelang verachtet und belästigt und von den Märkten ausgeschlossen. Unseren letzten Meldungen nach halten sie den Vertrag nicht mehr und tragen sich mit der Absicht, sich mit den unbotmäßigen Stämmen zu vereinigen. Wieweit der Einfall Le Roux' in den Atlas die Doui-Menia beeinflußt hat, entzieht sich meiner Kenntnis. Zweifellos wird der Umstand, daß er einen französischen General gefangen hat, das Prestige dieses Banditen sehr erhöhen.*

Ich frage Eure Exzellenz als Kenner der marokkanischen Angelegenheiten, ob es vernünftig ist, nach vierzigjährigen Opfern in diesem Lande zwar sieben Achtel der Bevölkerung in der Gewalt zu haben und sie zu zivilisieren, jedoch zuzusehen, wie das restliche Achtel eine beständige Gefahr für die Zukunft und die Sicherheit der ungeheuren Mehrzahl bildet?

Eine Verstärkung des südlichen Kommandos um acht Bataillone würde genügen, um uns in diesen Gegenden den Respekt zu sichern, der uns als einer großen zivilisatorischen Nation zukommt, die Grenze unseres Vormarsches nach unserem Belieben festzusetzen und den Stämmen die Bedingungen der Unterwerfung zu diktieren.

Ich habe die Ehre, die Aufmerksamkeit Eurer Exzellenz auf meinen letzten Bericht an den Kriegsminister zu richten, in welchem ich den Operationsplan ausführlich dargelegt habe. Wir müssen die Pflanzungen und Palmengärten besetzen und rings um uns eine Zone schaffen. Sollten die Stämme Widerstand leisten, so haben wir die Mittel in der Hand, ihre Besuche auf den Märkten, ihre Dattelernten, den Gebrauch ihrer Viehweiden und Brunnen zu unterbinden. Wir müssen durchhalten, müssen den hartnäckigen Widerstand der Stämme brechen, müssen das, was wir vor vielen Jahren mit so großen Opfern begonnen haben, zum Abschluß bringen. Es wäre nutzlos, auf alte Methoden zurückzugreifen; kein Sichfestsetzen in langen, lockeren Festungsketten, in kleinen Forts, in denen die kleinen Garnisonen vor lauter Nichtstun langsam verfaulen. Heutzutage ist die einzige wirkliche Macht die bewegliche Macht.

Ich habe die feste Überzeugung, daß mein provisorischer Nachfolger, ausgestattet mit den nötigen Vollmachten, durchaus imstande sein wird, die vorliegenden Aufgaben zu bewältigen; mein und meiner Tochter Schicksal spielt dabei keine Rolle und ist für die französische Politik völlig bedeutungslos.

12

Es war ein heiliger Freitag. Le Roux ging zu der Moulay Sliman[10], die ihr blasses, ziegelgedecktes Minarett mit dem grünen Dach inmitten der niedrigen, flachen Häuser der Medina zum Himmel emporreckt. An diesem Tage bestieg er mit all dem hergebrachten Prunk, den der Anlaß erforderte, die Kanzel.

Unter ihm drängte sich eine schweigende Menschenmasse. Die Augen in den strengen Gesichtern blickten aufwärts, ihre Leiber waren in makellos weiße Gewänder gehüllt. Hier und dort sah man ein wenig Grün, das waren Hadschis[11]. Sie hatten ihre Füße, ihre Hände und Gesichter in dem heiligen Springbrunnen gewaschen. Auch Le Roux' Staatsdiener und eine Anzahl von Edelleuten aus der Stadt selber waren zugegen. Nicht ein einziger Mann aus dem Lager der Edlen fehlte, nicht einmal Si Ali-Ahmouch, der in der vergeblichen Hoffnung erschienen war, seinen Sohn, Ali-el-Aziz, den Schönen, zu sehen. Männer aus den benachbarten Gauen waren da, die nach Chechrell gekommen waren, um hier Handel zu treiben, ferner die Kaufleute der Souks, die Handwerker, die Krieger, die Wasserträger, die Schulmeister, die Betrüger und die heiligen Männer der Straße. Seidene Banner hingen in langen, bunten Reihen über den fünf Uhren, von denen nur eine tickte. Und dort, in lautloser Stille, las ihnen Le Roux aus dem heiligen Buch vor und hielt ihnen eine Predigt. Alle Worte vermeidend, die den Zorn in ihren wilden Seelen entfachen konnten, sagte er, der gebildete Pascha, diesen Männern, daß sie arbeiten müßten. Er zertrümmerte den Wahlspruch des Arabers: ‚Besser sitzen als stehen, besser liegen als sitzen.' Solange er ihr Herr sei, sagte er, würden sie arbeiten, ja dreimal soviel arbeiten müssen wie bisher. Wenn sie ein freies und geeintes Volk sein wollten, ein Volk mit einem eigenen Schicksal, müßten sie ein Zeitalter des Wohlstandes herbeiführen. Sie könnten das auf friedliche Weise erreichen, denn er sei da, und er habe die Macht, sie zu schützen. Er würde nicht gestatten, daß Stämme, die Gott zu Brüdern gemacht habe, Krieg miteinander führen und sich mit Gewalt nehmen, was ihnen von Rechts wegen nicht gehört. Er sprach über die Verwaltung des Gerichtswesens und setzte einen Tag fest, an dem sämtliche Kaids, Richter, Scheiks und wirklich heiligen Männer sich in Chechrell versammeln sollten, um gemeinsam mit ihm zu beraten. Sie sollten dann einen Gerichtshof ernennen, der jedem Mann, wer er auch sei, Recht sprechen und jeden Überläufer bestrafen würde, einerlei, wie vornehm und mächtig er sei. Schließlich sagte er noch ein paar Worte über ihr Verhalten gegenüber unfreundlichen Stämmen und gegenüber den Feinden. „Niemand darf ohne mein Wissen und ohne meine Zustimmung seine Nachbarn bekriegen. Die Befugnis zu strafen liegt ausschließlich in meinen Händen. Wer einen Streit hat, muß den Streit vor mich bringen, und ich werde ihn schlichten, und ihr alle sollt euch merken, daß ich alles, was ich tue, nur im Interesse aller tue, und es wird keinen unter euch geben, den ich mehr begünstige als den anderen." Nachdem er ihnen befohlen hatte, geduldigen Herzens zu sein, schoß Le Roux mit den Worten des heiligen Buches:

„Allah verbietet dir nicht, mit Güte und Gerechtigkeit jene zu behandeln, die dich nicht deines Glaubens wegen bekriegt oder dich aus deiner Heimat vertrieben haben: Allah liebt die Gerechten. Aber Allah verbietet dir, Freundschaft mit jenen zu halten, die dich deines Glaubens wegen bekriegt und dich aus deiner Heimat vertrieben und sich an die Seite deiner Feinde gestellt haben. Und wer immer mit diesen Freundschaft schließt, tut unrecht."

Unter tiefem Schweigen stieg er von der Kanzel herab. Die Blicke der Menge hingen an ihm. Er schien sie nicht zu beachten. In äußerst bescheidener Haltung, die traurigen Augen vor sich auf die Erde gerichtet, den langen Rosenkranz in der Hand, während seine Lippen murmelten: „Allah-el-Akbar!", schritt er zu dem Haupttor der Moschee, wo eine Schar von Gefolgsleuten und Sklaven auf ihn wartete und ein schönes schwarzes Maultier mit einem grünsamtenen Sattel bereitgehalten wurde.

Innerlich war Le Roux nervös. Er wußte, daß er sehr deutlich gesprochen, daß er vielleicht manchen der stolzen Herren, die ihre Unabhängigkeit so eifersüchtig wahrten und die er vor den Toren der Stadt warten ließ, während er ihre Verwandten als Geiseln gefangenhielt, tödlich beleidigt hatte.

Kaum hatte er die Schwelle der Moschee überschritten, als ein tausendfältiges Getrappel nackter Füße erscholl. Ohne sich Zeit zu lassen, ihre Belghas[12] anzuziehen, kamen die Männer aus der Moschee hervorgestürzt; sie vergaßen, daß der Straßenkot ihre Beine bespritzte, und begannen Le Roux zu umschwärmen. „Mehdi! Mehdi!"[13] murmelten sie, und ihre Augen strömten vor Liebe und Ergebenheit über, während sie vorwärts drängten. Unzählige Hände griffen nach Le Roux' Djebirah und küßten sie voller Ehrfurcht. „Mehdi! Mehdi!"

So groß war das Gedränge, daß der Pascha sein Maultier nicht besteigen konnte. Der Sklave, der auf der Straße kniete, um seinem Meister den Rücken hinzuhalten, wurde zwischen die Beine des Maultieres gestoßen. Das ganze Gefolge wurde von der Menschenmasse, die aus der Moschee hervorströmte und die schmale Straße erfüllte, zur Seite gerissen. Mit einer Bescheidenheit, die lauten Beifall hervorrief, schritt Le Roux durch die Stadt zur Kasba. Immer mehr Menschen umdrängten ihn. Manches Gesicht kannte er und nannte es mit Namen, viele aber hatte er noch nie gesehen. Auf den flachen Dächern der Häuser erschienen zahlreiche Weiber, stimmten ihr wildes Geschrei an, schnalzten mit den Zungen und schlugen sich gegen die Hüften. Ein Feuer ergriff die Stadt, als hätte ein Dämon sie plötzlich überfallen und in Brand gesteckt. Tausende von Menschen riefen den Namen ihres Paschas und begannen rhythmisch zu singen: „Allah-el-Akbar.“ Immer neue Gesichter drängten sich heran, zitternde Lippen berührten seine Djebirah. Augen füllten sich mit Tränen. Seelen, in denen er einen seltsamen Hunger nach einem besseren Leben wachgerufen hatte, starrten ihn inbrünstig an, und in diesem Augenblick fühlte er, daß Allah ihn auserwählt habe, die Gläubigen zum Ruhme zu führen.

Eine ungeheure Menge versammelte sich auf dem Platz vor der Kasba. Vor dem offenen, von achteckigen Türmen flankierten Torweg stand eine Reihe gesattelter und aufgezäumter Pferde, deren jedes ein Diener am Zügel hielt, und ein Stückchen abseits stand eine kleine Schar von Männern, an ihrer Spitze der hochbetagte Si Ali-Ahmouch. Sein Chleuh-Banner flatterte im Winde. Als Le Roux sich dem Tore näherte, trat Si Ali vor. Tränen standen in seinen alten, eingesunkenen Augen, und er murmelte: „Abd-el-Kader! Abd-el-Kader!“

Le Roux blieb stehen und heftete einen forschenden Blick auf den alten Stammeshäuptling der Chleuh.

„Sohn des Sliman“, sagte der alte Mann, „Allah liebt jene, die gerecht handeln. Wahrlich, wer dir Treue schwört, schwört Allah Treue, denn die Hand Allahs ist über deinem Haupt. Wer immer dir seinen Schwur bricht, wird ihn auch Allah brechen. Mögest du meinen geliebten Sohn nach deinem Gewissen behandeln. Es kann nicht sein, daß der Sohn Slimans dem Andenken seines Vaters untreu ist, seines Vaters, der immer noch als ein Bruder in meinem Herzen und in meiner Erinnerung lebt. Ich entbiete dir Frieden an diesem Tage im Namen Allahs, des Weisen und Barmherzigen.“

Der alte Mann war im Begriff, sich tief vor Le Roux zu verbeugen; doch dieser verhinderte es, trat näher an ihn heran, und die beiden Männer öffneten ihre Arme und umarmten einander. Im Innern jedoch hielt der Pascha den Chleuh für einen hinterlistigen Menschen und beschloß, ihn erst auf die Probe zu stellen. „Ali“, sagte er, „sende mir eine Harka von zweitausend bewaffneten Männern, und dein Sohn wird zu dir zurückkehren.“

Si Ali seufzte. Die Gestalt seines Nachbarn, des mächtigen Paschas von Telouet, stieg drohend vor ihm auf. Er fühlte sich zwischen zwei Feinde eingezwängt und bat, man möge ihm Zeit lassen, Le Roux' jüngste Forderung zu erwägen; dieser lächelte unmerklich. Er bat Si Ali, an diesem Abend sein Gast zu sein, und schritt weiter. Ali-el-Aziz, sagte er sich im stillen, würde sein Gefangener bleiben müssen.

Si Ali fühlte, daß seine Lage ernst zu werden begann, bestieg sein Pferd und kehrte mit gebeugtem Rücken, den Kopf mit einer weißen Kapuze verhüllt, voll geheimer Wut in sein Lager zurück. Ein schwerwiegender Entschluß wurde von ihm verlangt.

Le Roux aber, während er langsamen Schrittes durch den gewölbten Torweg zwischen den beiden Türmen ging, überlegte ganz ruhig, ob es nicht einen heilsamen Einfluß auf die halsstarrigen Führer der Chleuh haben könnte, wenn er dem einen oder anderen vor versammeltem Volke den Kopf abschlagen ließe.

13

An diesem Abend fand im Saale der Krieger eine große Versammlung statt; viele der Kaids, die zum Festmahl kamen, konnten sich vor Erstaunen kaum fassen, als sie die riesigen Leuchter erblickten, die mit ihren Hunderten von dicken Kerzen ein warmes Licht auf die Reihen niedriger, mit Seide bezogener Diwans längs der Wände und in den Nischen warfen.

Si Ali-Ahmouch erschien mit sechs männlichen Mitgliedern seiner Familie. Auf ihren schönen Chleuhgesichtern lag ein finsterer, sorgenvoller Ausdruck, wie in Erwartung von etwas Schrecklichem. Si Ali hatte am selben Nachmittag einen Boten an den Pascha von Telouet gesandt und ihn gebeten, sogleich nach Marrakesch zu ziehen und Hadj-el-Glaoui über Le Roux' Kriegsrüstungen zu unterrichten.

Der Bote war jedoch von einem bewaffneten Schäfer erwischt

worden, und niemand wußte, was seither mit ihm geschehen war. Als er nun Le Roux' Minister auf die Schultern küßte, zitterten seine schmalen weißen Hände. In seinem Herzen saß eine tiefe Angst.

Allmählich füllte sich der Saal, und die Männer setzten sich gruppenweise nieder. Le Roux kam sehr spät und brachte gegen die Sitte seinen kleinen Sohn mit. Mit unendlich bescheidener Miene, die rechte Hand auf dem Herzen, durchschritt er die Halle. Seine melancholischen Blicke wanderten langsam von Gesicht zu Gesicht, seine Lippen murmelten Worte der Begrüßung. Sobald er sich seiner Sandalen entledigt und die nackten Füße unter sich gekreuzt hatte, erhob sich bald dieser, bald jener unter den zahlreichen versammelten Männern, trat zu ihm heran, beugte sich nieder und küßte ihn.

Die Weiber standen hoch auf dem Balkon hinter der schwarzen Mousharabieh und blickten auf das Schauspiel hinab; auch Renée befand sich unter ihnen. Sie sah Halima und Zuhra miteinander flüstern und Bemerkungen über die Männer austauschen. Die kleine Aisha stand ein wenig abseits an das hölzerne Gitter gelehnt und verschlang mit ihren weit aufgerissenen schwarzen Augen den Anblick dieser vielen Männer. Die etwas dickliche Asma stützte ihr rundes Gesicht in beide Hände und trommelte sich mit ihren beringten Fingern gegen die Schläfen. Noch nie hatte Renée diese Frauen in einer so heimlichen, heftigen Erregung gesehen, ihr ganzes Inneres schien zu beben. Wie Blitze schimmerte das feuchte Leuchten ihrer Zähne in der Dunkelheit, ihre Nasenflügel waren aufgebläht, ihre Bewegungen fahrig; eine Art Hysterie hatte sie alle gepackt. Halima erschien noch erregter als die anderen. Renée war diese Frau stets ein Rätsel geblieben. Ewig lag der Name Abd-el-Kader auf Halimas Lippen, unaufhörlich erinnerte sie die anderen an ihre Pflicht gegenüber ihrem Herrn und Gebieter, und dennoch konnte Renée das Gefühl nicht loswerden, daß Halima ihren Mann nicht wirklich liebe. Obwohl sie unter diesen Weibern lebte, war es ihr bisher noch nicht gelungen, ihr geheimnisvolles Wesen zu ergründen. Eines aber wußte sie: daß alle ihre Gedanken nur um Männer und Liebe kreisten. Sie schienen nichts zu kennen als den erotischen Trieb, und eben gerade das machte vielleicht ihren besonderen Reiz aus, dem man sich nicht entziehen konnte. Alle Hilfsmittel des schlauen Weibchens standen ihnen zu Gebote. Den größten Teil des Tages waren sie beisammen, saßen, lagen umher oder spazierten auf einer großen flachen Terrasse zwischen den Mauern, hoch über der Stadt, auf und ab. Oder aber Halima und ein paar der Nebenfrauen zogen ihre schönsten Seidengewänder an, banden sich ihre Schleier fester über das Gesicht, ließen einen schmalen Schlitz offen, durch den sie nur gerade hindurchschauen konnten, und machten sich, umringt von Sklavinnen, wie heilige Priesterinnen auf den Weg, um die Stadt zu besuchen. Des Nachts aber senkte sich ein unbestimmtes Geheimnis auf die Säle, die dämmerigen Winkel, die Arkaden, den Garten und die Terrassen herab und umschloß alles mit undurchdringlicher Stille.

Gerade jetzt beobachtete Renée Halima, deren ganzer Körper vor Erregung zu zittern schien, während ihre Augen auf die Männer hinabblickten. Sie folgte den Blicken Halimas, die zweifellos nicht auf ihren Mann gerichtet waren, sondern auf einen neben ihm sitzenden, hünenhaften Menschen mit edlem Profil in Kriegstracht. Sobald Halima sich beobachtet fühlte, veränderte sich ihre Miene, ihr Mund verzog sich zu einem etwas dummen Lächeln, und sie tat, als lächle sie ihrem Manne zu. Dann hob sie ihren Schleier auf und wickelte ihn um ihr Gesicht bis dicht unter die Augen, wobei sie vermied, Renée anzusehen. Aisha wußte noch nichts von so geschulter Heuchelei und war weniger vorsichtig als ihre Mutter. Ihre kleinen Hände umschlossen ein Amulett, von dem sie Renée erzählt hatte, daß es sieben Dattelkerne enthalte, sieben Blätter von sieben Fruchtbäumen. Nachts lege sie es unter ihre Matratze, damit ihr zukünftiger Mann stets leidenschaftlich in sie verliebt sei. Jetzt schütze dieses Amulett sie vor dem bösen Blick, der die jungen Mädchen während der Entwicklungszeit ständig verfolge und sie unfruchtbar werden lasse. Oft hatten Aishas Verderbtheit, ihre obszönen Worte und Gebärden Renées Gefühle verletzt. Heute abend aber empfand sie das Benehmen dieses Kindes keineswegs als abstoßend, sondern hatte das Gefühl, als übertrage sich ein Fluidum auf sie. Mit leisem Erschrecken spürte sie plötzlich das Weib in sich.

Etwas abseits von ihnen saß Fatima auf einem Diwan, gerade hoch genug, um das Schauspiel in der Tiefe des Saales verfolgen zu können. In dem trüben Licht wirkte ihr unverschleiertes Profil hart und klar. Die niedrige Stirn, die schmale, leicht gebogene Nase, die eingekniffenen Lippen und das kleine, vorstehende Kinn schienen wie eine stumme Drohung, wie der Schatten dunkler, kommender Ereignisse. Sie hatte Abd-el-Kader gebeten, ihr den Roumi-General zu zeigen, natürlich nur aus der Ferne, um sich ein Bild von ihm machen zu können. Er konnte seiner Mutter nichts abschlagen. Sie, die stets die Führerin seines Schicksals gewesen war, liebte er mit einer Achtung, einer Beständigkeit und einer Zärtlichkeit, wie sie nur ein Araber seiner Mutter entgegenbringen kann. Nun betrachtete Fatima von ihrem erhöhten Sitz aus Abd-el-Kaders Weib und hörte sie aufgeregt mit ihren Gefährtinnen flüstern. Sie musterte das französische Mädchen, das gegen ihren Willen den Weg zu ihrem Herzen gefunden hatte; sah, wie verloren sie sich fühlte und wie traurig sie war. Inmitten dieser Jugend empfand sie voller Bitterkeit ihr Alter; nichts war ihr geblieben als die Macht, welche sie auf ihren Sohn ausübte.

Ein unheimliches Entsetzen überkam sie plötzlich, ein Gefühl, als würde ihr geliebter Sohn sich eines Tages gegen sie wenden und sie verfluchen. So schrecklich packte sie diese Angst, daß sie zu zittern begann, aufstand, den Balkon verließ und in ihre einsame Kammer zurückkehrte, unaufhörlich Gebete vor sich hin murmelnd.

14

Die Sklaven trugen die Überreste der reichlichen Mahlzeit ab. Tauben und Hühner, mit Ei, Rosinen und Oliven zubereitet; langsam verschwanden die Skelette Dutzender gebratener Lämmer und die zerstörten Cous-Cous-Pyramiden. Es war die Stunde des Tees, der Honigkuchen und des Mandelteiges.

Die Gäste lehnten sich auf ihre Ellbogen zurück, tauchten ihre Finger in die Schalen mit Rosenwasser, die herumgereicht wurden, und versanken in nachdenkliches Schweigen. Diese Menschenrasse, die an die homerischen Götter erinnerte, brauchte weder Alkohol noch Nikotin, um in einen Rauschzustand der Sinne zu geraten.

Le Roux, den Bart in weißen Musselin gehüllt, hing seinen Gedanken nach; ein wenig zurückgelehnt, ließ er langsam die schlichten kleinen Gebetsperlen, eine nach der anderen, durch seine Finger gleiten. Niemand, der ihn so sah, hätte in ihm einen Mann vermutet, der sich jeden Augenblick in den Sattel schwingen konnte, um, gefolgt von seinen Berbern und neugeschaffenen Harkas, mit unglaublicher Schnelligkeit wie ein erzürnter Gott über einen fernen Stamm, der sich seiner Macht nicht unterwerfen wollte, herzufallen.

Oft, während er redete oder scheinbar einem anderen voll tiefen Interesses zuhörte, wanderten seine Gedanken über die unermeßlichen Gebiete, die er sich lehnspflichtig gemacht hatte, oder er überlegte, welche Nachrichten ihm die Rekkas bringen würden, die jeden Tag zu Dutzenden aus allen Gegenden des Landes nach Chechrell kamen.

An diesem Abend herrschte eine spannungsgeladene Unruhe unter den Gästen wie vor etwas Drohendem. Aus Le Roux' Zügen leuchtete eine tiefe innere Erregung. Plötzlich gab er den in dichter Schar unter dem Torbogen versammelten Sklaven und Gefolgsleuten ein Zeichen, und ein herrlich gewachsener Jüngling trat in den Saal. Jeder Muskel seiner bronzenen athletischen

Beine vibrierte. Stolz trug er seinen rasierten Kopf; sein dunkles, kühnes Adlergesicht und seine Zähne blitzten im Licht. Die eine Seite seines Körpers war mit dem Fell eines wilden Schafes, die andere mit einem Leopardenfell bedeckt, und in dem Strick um seine Lenden stak ein riesiger Dolch.

Er trat auf Le Roux zu, fiel auf Knie und Hände nieder und küßte Le Roux' Knie. Dieser streichelte ihn sanft, sprach ein paar aufmunternde Worte zu ihm und forderte ihn auf, sich zu erheben. Der junge Mensch stand auf und schritt den ganzen Saal ab. Alle Blicke folgten ihm erwartungsvoll, denn Ali-el-Bahel, der Nomadenhirt, war im ganzen Lande als Dichter berühmt.

Renée sah, wie die Weiber plötzlich in wilde Aufregung gerieten. Sie schaute hinab und erblickte den Hirten, der gerade seine wundervollen Arme ausstreckte und mit einer klaren, tönenden Männerstimme, die Renée in ihren Bann schlug, zu sprechen begann:

„Wir lieben unsere Berge, in denen wir geboren sind. Sie haben uns von Kindheit auf genährt.

Wir lieben unsere Abgründe, unsere tausend Täler, unsere grünen Olivenhaine, die die Koûbas unserer Heiligen und die schlichten Gräber unserer Vorfahren bergen.

Wir lieben die Sonne, die ihre Strahlen in die finstersten Schluchten und Wälder wirft, wo die Eule im Geäst der Eiche sitzt und der Leopard unter ihren Wurzeln kauert. Wir lieben den Wind, der von den Gletschern herabfährt und unser heißes Blut kühlt.

Wir lieben die Oueds, die in ihrem unzugänglichen Bett herabstürzen, die durch die schmalen Täler brausen, die durch die Engpässe schäumen, die die Palmen im Süden bewässern. Der Oued mahnt uns, daß Arbeit zu tun ist, und des Nachts singen seine Wasser uns in den Schlaf.

Wir sind wie die Angetrauten des Gebirges. Das Gebirge ist unsere erste Liebe.

Wir lieben unsere Väter, kühne Krieger, die unsere Mütter

raubten und vor den Augen ihrer erschreckten Eltern vergewaltigten.

Wir sind im Lärm der Schlachten gezeugt, denn unsere Väter kämpften unaufhörlich um ihr Leben und um ihren Besitz.

Wir lieben unsere Mütter, die uns an ihren süßen Brüsten in den Schlaf wiegten, die alten Lieder der Berge singend; die uns auf ihren Rücken schnallten und uns leichten Fußes über das Gestein zu den Brunnen trugen.

Wir lieben das Wasser, das von der Goulah, die sie auf ihren Schultern trugen, über unsere Köpfe tröpfelte.

Wir liebten unser warmes Gefängnis so nahe bei unseren Müttern.

Wir liebten es, uns in das kalte, schäumende Wasser der Oueds zu stürzen. Nackt standen wir da und rangen zuerst miteinander zwischen den Felsen.

Wir liebten die erste Ziegenherde, die wir zu den Grenzen des ewigen Schnees hinaufführten.

Wir liebten das erste Mädchen, das wir Wasser vom Brunnen holen sahen, und wir liebten es, von unserem ersten Frauenraub zu träumen.

Wir liebten es, dem jungen, schönen Weib beim Sammeln der Zweige in den Wäldern zu helfen, und ah, wie wir liebten ... zum erstenmal ..."

Ali-el-Bahel hielt lächelnd inne. Ein tiefes, summendes Lachen erfüllte den Saal, und selbst Le Roux lächelte ernst. Renée konnte ihre Blicke nicht von dem Hirten abwenden. Seine schönen Bewegungen schienen sie zu beruhigen, seine klaren, naiven Worte schlugen sie in ihren Bann, und eine dumpfe Mattigkeit lullte sie ein. Vergessen überkam sie; zum ersten Male fühlte sie sich unmittelbar in Berührung mit dem neuen Leben, zum ersten Male nahm sie an diesem Leben restlos teil.

„Wie wir unsere Berge lieben!" fuhr Ali-el-Bahel fort, den Refrain anstimmend. „Wie wir unsere Häuser und Moscheen lieben! Wie wir die Drohungen unserer Väter lieben, wie wir die sanfte Stimme unserer Mutter lieben, wenn sie sich in wildes Wutgeheul wandelt! Welche Freude, wenn man uns schlägt!

Wie wir zwei gute Mahlzeiten am Tage lieben, wenn wir sie bekommen, und guten Schlaf! Wie wir es lieben, von einem Flintenschuß aufgerüttelt zu werden und in den Krieg zu ziehen! Wie wir es lieben, mit wenigem zufrieden zu sein, und froh, mehr zu bekommen! Auf! Auf! Söhne des Gebirges, kämpft um das Leben, um eure Berge und für Allah!"

Ali-el-Bahel drehte sich Le Roux zu und setzte sich neben den Pascha, der ein Stück Mandelkuchen nahm und es Ali-el-Bahel in den Mund steckte.

„Mein Sohn", sagte er warm, „du dienst deinem Lande gut, da du es beständig den Männern in Erinnerung bringst!"

Er drehte sich um, und mit veränderter, harter Stimme sprach er:

„Abd-el-Krim, jetzt ist der Augenblick da. Laß Si Ali-Ahmouch die Frucht auftischen, die er sich selber gesät hat!"

Renée, die von oben her diese Szene mit tiefem Interesse beobachtete, sah den Gouverneur aufstehen und langsam den Saal verlassen. Le Roux plauderte wieder mit dem Hirten in liebenswürdiger Weise und schien sich über die lebhaften und gewandten Antworten des jungen Menschen zu amüsieren.

Bald darauf sah sie einige Sklaven eine große, mit einem spitzen Korb zugedeckte Platte hereintragen und sie vor Ali-Ahmouch und seinen Kreis hinstellen. Ein Sklave nahm die Hülle weg – – – auf der Platte lag ein menschliches Haupt. Der alte Grande und seine Leute sprangen auf.

„Ali! Ali!" rief er, und sechs Stimmen wiederholten entsetzt den Namen.

Totenstille senkte sich über den Saal herab. Dann sprach Le Roux.

„Si Ali", sagte er mit seiner stillen, verschleierten Stimme, „ich weiß, daß du über reichen Besitz verfügst und es schwer findest, deinen Besitz dem von Allah geheiligten Werk zu weihen; deine

Freunde haben sich unter den Schutz der Roumis gestellt und von ihnen Kriegsmaterial erhalten, um gegen mich zu kämpfen. Heute hast du mich gebeten, nach meinem Gewissen mit dir zu verfahren. Wer an mich glaubt, muß an Allah glauben, wer mir Treue schwört, schwört Allah Treue. Du sagtest es selbst. Ich gebe dir den Kopf deines Sohnes zurück als ein Zeichen meines Vertrauens zu deinem Herzen."

Si Ali stand schweigend da und starrte den Kopf auf der Schüssel an. Einer seiner Söhne riß sich die Djebirah vom Leibe und deckte den Kopf zu. Si Ali-Ahmouch hob seine zitternden Arme empor, sein blasses Greisengesicht zuckte, während er sprach:

„Er, dessen Mutter die Ungerechtigkeit ist, glaubt er, daß er den rechten Weg geht? Er, der an öffentlichen Orten von Gerechtigkeit redet und nicht davor zurückschreckt, ein Vaterherz tödlich zu verwunden, geht er den rechten Weg? Wer nach echter Größe sucht, findet sie in Allah und nicht in den leeren Worten, mit denen man die Herzen unwissender Leute umgarnt. Sohn des Sliman, Sohn des großen, ehrenhaften Arabers, dessen Andenken frisch wie eine Blume in meinem Herzen lebt, ich verfluche dich! Möge dein Land zur Wüste werden, mögest du von der Hand deiner Feinde fallen und nicht einen einzigen Freund finden, der die Hand zu deinem Schutze erhebt! Im Namen Allahs, ich verfluche dich für ewige Zeiten!"

Einer seiner Söhne wickelte den Kopf ein und nahm ihn unter den Arm. Stumm, mit zitternden Knien und bebenden Lippen, die alten Augen voller Tränen, verließ Si Ali-Ahmouch-el-Salam das Fest, begleitet von den Männern aus seiner Familie.

Le Roux verfolgte sie mit seinem Blick, seine Augen waren hart und unbarmherzig wie blauer Kristall. Schließlich beugte er sich zu Si Mohammed und Si Omar.

„Stellt noch heute abend eine Harka zusammen. Zieht in die Gebiete Si Alis und macht ihre Kasbas dem Erdboden gleich. Verschont die Greise, die alten Weiber und die Kinder, aber nehmt ihnen alle ihre Habe weg und alle Frauen brauchbaren Alters . . .

Das soll meine Antwort an Si Ali-Ahmouch und den Pascha von Telouet sein. Bei seiner Heimkehr soll er die Wüste vorfinden, die er mir gewünscht hat."

15

Als wolle sie einem quälenden Grauen entrinnen, stieg Renée die steile Treppe zu der Terrasse empor, von wo aus an schönen Tagen die Frauen des Harems auf die Stadt und das umliegende Land hinabzublicken pflegten. Sie lag an einer der höchsten Stellen der Kasba, und sooft die Frauen sich dort versammelten, durfte kein Mann die Türme betreten, welche die Terrasse überragten.

Renée starrte zwischen den Zinnen in die Nacht hinaus. Die Sterne leuchteten wie Laternen, grün, gelb, blau und weiß; unbekümmert und gefühllos zogen sie ihre ewige Bahn. Sie war an die Erde gekettet, inmitten der hohen, schrecklichen Berge, zwischen den tiefen Schluchten in den Olivenhainen und den geheimnisvollen Wäldern. Sie war eine Gefangene unter einem fremden Volk, dessen seltsame Sitten und Lebensbegriffe eine stärkere Kluft zwischen ihnen bildeten als alle diese Berge, Täler und Ebenen, die sie von ihren Freunden trennten.

Zu ihren Füßen brannten auf einem weiten, offenen Platz Dutzende kleiner Feuer, um die Bewaffnete in Gruppen plaudernd und essend herumsaßen. Hunderte von Pferden und Maultieren standen gezäumt und gesattelt längs der Mauer und stampften die Erde. Hunde umschlichen mit emporgereckten Schnauzen die Feuer, etliche Katzen huschten mit phosphoreszierenden Augen durch die Schatten hin und her. Eine große weiße Eule schwebte von einem der Türme herab und glitt mit lautlosen Flügelschlägen über den Platz. Alle Geräusche waren gedämpft, als drücke das Gewicht der Nacht sie nieder.

Langsam ging Renée auf der Terrasse auf und ab. Sie überlegte, ob nun Frankreich wirklich gegen dieses Volk Krieg führen würde, und fragte sich, wann und wie. Sie fröstelte in der Nachtluft. Während ihrer ganzen Jugend hatte sie ewig vom Kriege reden hören, und der Gedanke, daß um ihret- und ihres Vaters willen viele Menschenleben, vielleicht Tausende, zugrunde gehen sollten, erfüllte ihr Herz mit Angst und Schrecken. Inbrünstig betete sie zu Gott, er möge das verhindern und alles zum Besten wenden.

Als sie in der äußersten Ecke der Terrasse umkehrte und zurückschaute, sah sie eine Gestalt herankommen: Le Roux! Von Angst geschüttelt, blieb sie stehen und hielt den Atem an. Er ging sehr langsam, tief in Gedanken versunken, und hatte sie offenbar nicht bemerkt. Erst beim Näherkommen blickte er auf und erkannte Renée. Mit unendlicher Höflichkeit verbeugte er sich vor ihr und wollte sich eben mit einer entschuldigenden Bemerkung entfernen, als sie gegen ihren Willen plötzlich sagte:

„Bon soir!"

Mit verletzender Kälte erwiderte er ihren Gruß.

„Si Abd-el-Kader", redete sie ihn an, „ich fände es sehr ritterlich, wenn Sie es über sich bringen könnten, mir Nachricht von meinem Vater zu geben."

„Ihrem Vater geht es gut. Haben Sie sich über irgend etwas zu beklagen, Mademoiselle?"

„Ich?" stotterte sie.

Sie schüttelte nervös den Kopf.

„Meine Mutter liebt Sie sehr", sagte er wie jemand, der ein Geheimnis preisgibt. „Sie sind der erste Europäer, von dem sie je mit so viel Freundlichkeit gesprochen hat."

„Ich weiß ihre Freundlichkeit zu schätzen", sagte Renée. „Aber ich bedaure, daß nicht auch Sie ein wenig davon besitzen."

„Mademoiselle", erwiderte er, „das Leben ist sehr kurz, es läßt uns kaum Zeit, Worte in Taten umzusetzen. Und es würde sehr viel Zeit kosten, wenn ich Ihnen meine Haltung erklären wollte."

Sie sah sein verschleiertes Lächeln, Lichter in seinen Augen und trat einen Schritt zurück.

„Ich erwarte von einem Feinde kein Verständnis", sagte er bitter.

„Ich war nicht Ihr Feind, als ich in dieses Land kam. Wenn Sie mich dazu gemacht haben, so tragen nur Sie selber und Ihre empörende Handlungsweise die Schuld."

„Mademoiselle braucht einigen geschichtlichen Unterricht", sagte er, „Mademoiselle müßte die Tatsachen kennen, bevor sie ihre Ansichten äußert."

„Ansichten! Was kümmern mich Ansichten", stieß Renée hervor. „Ich kann nur sagen, was ich empfinde. Was kümmert mich die Geschichte! Warum morden Sie unschuldige Menschen und gebärden sich dabei wie ein Gott? Warum müssen Sie all diese unschuldigen Araber irreführen und der Zivilisation noch mehr entfremden? Sie handeln im Namen Allahs. Ist Allah nicht Gott? Gestattet er dieses Gemetzel? Wenn das Ihr Begriff von Regierung ist, Si Abd-el-Kader, dann haben wir Franzosen alles Recht, hierherzukommen und dieses arme Volk aus Ihrer Tyrannei zu befreien! Und wir werden kommen; seien Sie davon überzeugt."

„Das weiß ich", sagte er mit finsterem Spott, „und eben deshalb rottet sich unser Volk zusammen! Deshalb verschanzen wir unsere Städte. Wie lange ihr jedoch hierbleiben werdet, das hängt von unseren Flinten ab. Bis dahin dürsten wir nach Freiheit wie nach Wasser und Liebe."

„Liebe!" sagte sie leise und verächtlich.

Le Roux richtete sich auf und musterte sie mit beherrschter Strenge.

„Hat Frankreich die Beherrscher seiner Kolonialländer nicht stets großmütig behandelt?" sagte Renée. „Nimmt unsere Zivilisation den Eingeborenen das Land weg oder treibt sie sie davon? Haben wir nicht immer versucht, Ihr Volk zur Mitarbeit an der Entwicklung Ihres reichen Landes zu bewegen? Haben wir nicht immer eure alten Einrichtungen, eure religiösen Anschauungen, euer Familienleben respektiert? Ja, wir haben euch noch nicht einmal gezwungen, die Sklaverei abzuschaffen! Ich bin überzeugt, daß unsere Methoden des Rechtswesens und der Verwaltung besser sind als die eurigen. Algier, Tunis und das nördliche Marokko haben es bewiesen!"

Le Roux lächelte.

„Sie sprechen so, wie eine brave kleine französische Schullehrerin zu den kleinen arabischen Schulkindern sprechen mag!"

Renée fühlte, wie ihr das Blut zu Kopfe stieg.

„Eine brave französische Schullehrerin könnte Sie vieles lehren!"

„Davon bin ich überzeugt, aber sie könnte mich nichts über mein Land lehren."

„Pah! Was ist denn Ihr Land?"

„Eine Gegend auf der Landkarte namens Marokko. Zwei Systeme stehen einander dort gegenüber. Ein Jammer, daß ihr Franzosen soviel Interesse für dieses Land zeigt und sowenig wirkliche Kenntnis von ihm habt, obgleich die Schönheit unseres Landes euch manchmal zu Dichtern und Künstlern gemacht hat! Auch Ihnen, Roumia, scheint die bloße Tatsache, daß Ihre Soldaten hier sind, genügende Erklärung für alles, was uns widerfährt; aber Sie geben sich nicht die kleinste Mühe, unsere Sache zu verstehen, und machen sich mitschuldig an einem großen Verbrechen. Ich will Ihnen also sagen, daß ein paar Jahre vor Ihrer Geburt sich Engländer, Franzosen und Spanier wie die Raubvögel auf Marokko stürzten. Das war während der Regierungszeit des schwachen und hörigen Sultans Moulay-Abd-el-Aziz, der auf einem vergoldeten Zweirad umherfuhr und europäische Artisten in seinen Palast holte, den bis dahin kein Ungläubiger hatte betreten dürfen. Aus Frankreich, England und Spanien kamen Gesandte, die es sich zur Aufgabe machten, ihn zugrunde zu richten, die seine exzentrische Art, seine halb untergrabene Macht über sein Volk, seine Schwäche auszunutzen wußten. Seine Laster waren gleichsam politische Trümpfe in den Händen der europäischen

Regierungen. Das war Marokko! Die Stämme in Aufruhr, der Sultan verschuldet. Er kaufte sich Galakutschen aus Gold, einen goldenen Fotoapparat, spielte Tennis und Polo auf dem Zweirad, und ich weiß nicht, was alles noch. Stammeskriege unterwühlten sein Land. Es war Zeit, daß eine zivilisierte Macht sich einmischte und die Sache in die Hand nahm. Wer sollte dieses arme Marokko vor dem Untergang retten? Natürlich jene, die als erste zur Stelle waren, die Franzosen! Eine Nation von Dieben, die, wenn es sich um den Raub einer wertvollen Kolonie handelt, nur noch hinter England zurücksteht. Und nachher? Der Sultan war bankrott. Die Veziere kauften die Ernten auf, noch bevor sie auf den Markt kamen, und verkauften sie zu Hungerpreisen an die Städte. Das Volk war unterdrückt! Die alte Geschichte wirkt immer noch wie alte Wunden auf das ‚kultivierte' europäische Gewissen! Weg mit diesem Abd-el-Aziz, setzen wir seinen Bruder Moulay Hafid auf den Thron und sehen wir zu, was er tun wird. Natürlich wußten sie sehr genau, daß Moulay Hafid noch schlimmer war. Aber sie ließen ihn regieren, bis die Stämme ihn in seinem eigenen Palast belagerten. Endlich! Das ist der richtige Augenblick, die Macht des Sultans wiederherzustellen! Moulay Hafid ruft uns zu Hilfe! Nun – französische Truppen kamen aus Rabat und Casablanca, um den Sultan zu befreien, und das Ende war der Vertrag über das Protektorat. Die Ungläubigen sind gute Geschäftsleute, und auch in unserem Lande gibt es Verräter.

Und dann – – Moulay Hafids Stellung unter seinem Volke wird unmöglich. Es haßt ihn. Er hat es an die Ungläubigen verkauft. Er geht nach Rabat und beginnt mit den Franzosen um seine Zukunft zu feilschen. Er denkt nur an seine Bequemlichkeit. Sie bieten ihm vierzigtausend Pfund. Er nimmt sie, dankt ab, verbrennt seinen kaiserlichen Sonnenschirm und macht eine Vergnügungsreise nach Frankreich."

„Das alles mußte geschehen um der Zukunft Ihres Landes willen!" sagte Renée.

Le Roux winkte ab.

„Eine große Zukunft! Vielleicht; aber wir haben eine größere Vergangenheit, als sie je die Zukunft bringen kann. Und die Gegenwart, das bin ich!"

Seine Stimme kam ihr plötzlich seltsam bekannt vor. Ihr Klang, dieser gedämpfte und leise Klang, im Verein mit dieser charakteristischen Armbewegung, beunruhigte sie in geheimnisvoller Weise.

„Es gibt nicht einen Mann unter meinem Kommando, ja nicht einmal einen Hirten, Betrüger oder Bettler im ganzen Atlas, der diese Tatsache nicht kennt", fuhr er fort. „Ich erziehe mein Volk, ich erzähle ihm seine Geschichte. Ich pflanze den Samen der Zukunft in die Männer meines Volkes, damit das Wissen und das Feuer sie nicht verlassen, wenn ich einmal sterbe. Von meinen Feinden habe ich gelernt, wie man das macht. Ich wäre ein Narr, Ihnen gegenüber behaupten zu wollen, daß ihr Wissen dem unseren nicht überlegen sei, aber ich wäre ein noch größerer Narr, wenn ich meinem Volke sagen würde, daß es ihm überlegen ist.

Einst liebte ich die europäischen Frauen, deren Haltung mir und meiner Rasse gegenüber so ganz anders war als die ihrer Männer, aber die Ereignisse haben jeden Rest von Sympathie für Ihr Volk aus meinem Herzen getilgt. Wegen eines einzigen Franzosen, der vor mehr als dreißig Jahren in Marrakesch getötet wurde, hat man unser Stammesgebiet überfallen und meine Familie aus ihrer Heimat vertrieben. Seit damals leben wir als Nomaden, teils hier, teils in der Sahara. Ich war noch ein kleiner Knabe, als man uns auswies. Einige Zeit später werden in Casablanca ein paar europäische Arbeiter von Angehörigen der Chleuh-Stämme ermordet; sofort kommen Frankreichs Schiffe und bombardieren die Stadt zwei Tage hintereinander. Nicht ein einziges Haus bleibt ganz, haufenweise liegen die Leichen der Männer, Weiber und Kinder, der Hunde, Kamele und Pferde umher, und als schließlich alles still ist, werden dreitausend Franzosen ausgeschifft. Mit Musik und flatternder Trikolore marschieren sie durch die Trümmer. Wiederum, ein wenig später, wird ein französischer Leutnant getötet; als Vergeltungsmaßnahme besetzen die Franzosen das ganze Gebiet. Immer das gleiche Prinzip. Das geringste Verbrechen von unserer Seite dient als Vorwand, um eine ganz unverhältnismäßig hohe Strafe über uns zu verhängen und sich durch Waffengewalt ein sogenanntes Prestige zu verschaffen.

Wir kennen angeblich nichts als Brutalität geht aber diese Brutalität von euch aus, so nennt ihr sie Gerechtigkeit. Ihr sprecht voll Stolz von Milde und Gnade uns gegenüber, von den wunderbaren Dingen, die ihr für die Eingeborenen tut. Seht, was das für ein Land war, bevor wir kamen! Seht es euch jetzt an! Seht, was wir geleistet haben an Spitälern, Straßen, Eisenbahnen, Hotels, Marktplätzen, Fabriken, Elektrizität! Wer benützt denn unsere Spitäler, wir oder eure eigenen Kranken? Wessen Autos fahren auf unseren Straßen, die doch in erster Linie für eure Soldaten da sind? Die Araber und Berber müssen auf euren Eisenbahnen zusammengepfercht wie das Vieh reisen; denn sie sind arm und schmutzig. In euren eleganten Hotels sind Araber und Berber die niedrigsten Knechte, die man beiseite stößt, wenn sie für den halben Lohn nicht doppelt soviel arbeiten wie der Roumi. Einst, Mademoiselle, werden Sie wieder frei sein; vielleicht nehmen Sie sich dann die Mühe, unsere Städte nochmals zu besuchen. Denken Sie bei ihrem Anblick daran, daß man sie uns mit Waffengewalt abgenommen und Frauen und Kinder bombardiert hat, um das Land zu ‚befreien'. Studieren Sie sorgfältig die ‚technischen Errungenschaften' und den ‚wissenschaftlichen Fortschritt', dieses Werk Ihres Volkes und seine Folgen für uns. Wohin Sie auch kommen, werden Sie finden, daß die neuen Städte auf den Trümmern unserer alten, die jahrhundertelang uns gehört haben, emporgewachsen sind, und damit zugleich eure Bars und Restaurants, eines neben dem anderen, mit ihren Tausenden von schimmernden Giftflaschen auf den Regalen. Sie werden riesige Garagen sehen, Luxusgeschäfte und die Frauen Ihres Volkes, die unverhüllten Gesichtes durch die Straßen gehen. Sehen Sie sich die Denkmäler an, die man euren gefallenen Soldaten errichtet hat, und fragen Sie sich, ob es der Mühe wert war, ihr Leben für eine solche Zivilisation zu opfern."

Le Roux hatte mit einer so leidenschaftlichen Überzeugung, einer so zwingenden Kraft gesprochen, daß Renée ihr fast unterlag. Bisher hatte sie die schwierige Frage der Kolonisierung stets nur aus ihrem eigenen Lager erörtern können, ohne die Gesichtspunkte der anderen Partei zu kennen oder auch nur an sie zu denken. In ganz Marokko hätte es keinen fähigeren Anwalt der heiligen Sache geben können als Le Roux, der sich vorgenommen hatte, Frankreich mit seinen wohlgeführten Regimentern die Stirn zu bieten.

Sie blickte ihm fest in die Augen. „Schade, daß ein großer Mensch wie Sie seinen Einfluß und seine Fähigkeiten nicht benützt, um Frankreich bei seinem Versuch, dieses Land zu zivilisieren, zu unterstützen. Ich glaube, Frankreich würde sich sehr erkenntlich zeigen."

Le Roux lächelte.

„Vor drei Tagen kam ein Rekka aus Taza mit einem Brief, der die Unterschrift des Großveziers des Sultans trug und in dem fast ganz dasselbe stand. Man forderte mich auf, nach Rabat zu kommen, um mit mir die vielen Fragen und Beschwerden der Atlasstämme zu erörtern. Der Anfang eines neuen Systems französischer Politik!"

„Und werden Sie nach Rabat gehen?"

„Ich ziehe es vor, dem Sultan tausend Chleuhköpfe zu schikken, statt meinen eigenen Kopf in seine Hände zu liefern."

„Es sieht fast so aus, als fänden Sie ein Vergnügen daran, Menschen hinzumorden", sagte Renée. „Ist das nicht der großen Ideale, zu denen Sie sich bekennen, unwürdig?"

„Hinrichtungen, Mord, Krieg, Notzucht und Plünderung, das alles hat mitgeholfen und war möglicherweise sogar nötig, um den Grundstein zur Macht Europas zu legen. Wir Araber sind auch nur Menschen und vielleicht ein wenig naturnäher als die

Europäer." Le Roux wandte sein Gesicht zur Seite und blickte auf die Stadt und den Festungshof hinab. Eine Kavalkade war soeben angekommen. Mehrere hundert Krieger stiegen von ihren Pferden und stellten sich in langer, stummer Reihe auf. Mit ruhiger Gebärde, in der etwas zwingend Herrisches lag, streckte er den Arm aus und wies auf seine antretenden ‚Regimenter'.

„Nicht alle diese stolzen Chleuhfürsten sind falsch", sagte er; „Aziz-el-Djebboul ist mir so treu wie ein Bruder. Aber Si Ali-Ahmouch und seinesgleichen sind leisetreterische Verräter an der heiligen Sache und ziehen die Schutzherrschaft eines europäisierten Sultans der Freiheit und Größe des Islams vor. Stolz auf ihr Bändchen der Ehrenlegion, zappelnd vor Freude, wenn der Generalgouverneur sie in ihren Palästen besucht! Die heilige Stadt Marrakesch haben sie zu einer Touristenstadt für die Ungläubigen herabsinken lassen, haben Flinten und Munition angenommen, um gegen meine Verbündeten Krieg zu führen. Finden Sie es ehrlich und anständig, Mademoiselle, einen Mann gegen die Brüder seiner eigenen Rasse zu bewaffnen, wie es Ihr Volk von Anfang an getan hat? Diesmal aber werde ich ihnen eine Lehre erteilen, die sie nie vergessen werden. Die schönen Gärten und Palmenhaine des Oued-Dra speisen alle meine Märkte mit ihren Früchten; aber nach Westen zu, bis weit in die Berge hinein, wird noch vor diesem Frühling jede Kasba, jede Stadt und jedes Dorf in Trümmer sinken."

„Sind Sie denn davon überzeugt, daß die Regierung Ihrer Sache gegenüber, die Sie verfechten, nicht gerecht sein wird? Müssen Sie durchaus Krieg führen und Menschen morden?"

„Sie sind bezaubernd, Mademoiselle."

Er drehte sich um und sah sie scharf an; langsam, ganz langsam wich die unnahbare Kälte von ihm. Es schien Renée, als käme seine innerste Seele, die sich wie ein erschreckter Vogel in den Zweigen eines Baumes verborgen hatte, langsam hervor und öffne sich ihr in dem dunklen Verlangen, Teilnahme zu finden, Verständnis und vielleicht auch Achtung. Und plötzlich stieg in ihr der Wunsch auf, diesen scheuen kleinen Vogel festzuhalten, bevor er wieder in die Finsternis zurückkehrte.

„Si Abd-el-Kader! Sie haben mich Ihren Feind genannt. Ich glaube aber, wir können Freunde werden. Ich bin nur eine Frau, noch dazu eine sehr unerfahrene und wahrscheinlich ganz anders als alle Frauen, die Sie kennen."

„Ich bin ein Araber", sagte er und blickte auf.

„Um so mehr Grund für Sie anzuhören, was eine europäische Frau zu sagen hat. Trotz allem, was Sie uns angetan haben, spreche ich zu Ihnen aufrichtig und ehrlich. Bei unserer ersten Begegnung haben Sie sich als Werkzeug bezeichnet. Ein Werkzeug aber kann auf gute und schlechte Art verwendet werden; die Ihrige ist schlecht, denn sie führt zu völliger Vernichtung. Nicht nur andere Menschen gehen daran zugrunde, sondern auch Sie selbst, und das ist schade, denn Sie sind ein Mann von außerordentlicher Begabung und Fähigkeit. Wenn Sie Ihr Herz einem freundlicheren Lichte öffnen würden, statt Ihre Kraft und Ihr Leben in diesem dämonischen Feuer zu verbrennen, könnte alles wieder gut werden.

Sie wollen einen Staat errichten. Warum aber müssen Sie dazu Tausende in den Tod schicken?"

Sie hatte unter der Gewalt einer tiefen Erregung gesprochen, die sich in ihren feuchtschimmernden Augen widerspiegelte. Le Roux blickte auf den Ziegelboden nieder; seine dichten roten Brauen zuckten, während er sich automatisch den Musselin um sein Kinn zurechtschob. Seine Wunde schmerzte ihn. Dann sprach er sehr leise, mit einer Sanftheit, die Renée zutiefst ergriff:

„Es würde mir sehr viel Freude machen, aus Freundschaft etwas für Sie zu tun. Fordern Sie, Mademoiselle!"

Entgeistert sah sie ihn an. Sie wußte, daß seine Worte ernst gemeint waren. Kein arabischer Edelmann gibt so sein Wort, um es dann nicht zu halten. Die ganze Welt lag vor ihr ausgebreitet, die Rückkehr ins Leben, in die Freiheit, vielleicht auch in die Liebe.

Es galt, keine Sekunde zu verlieren. Aber einen Augenblick lang versagte ihr die Sprache.

„Fordern Sie!“ sagte er noch einmal und hatte fast Angst vor dem, was sie fordern könnte.

Sie trat näher an ihn heran.

„Was immer ich fordern würde, ich würde es nicht um meinetwillen, sondern um Ihretwillen verlangen!“

Sie schluckte und blickte zur Seite.

„Sie sind sehr edelmütig. Wenn Gott will, werde ich mein eigenes Volk und nicht meine Feinde glücklich machen“, murmelte er und ging davon.

Renée stand regungslos da; als seine weiße Gestalt in dem tiefen Schatten versunken war, setzte sie sich in eine Schießscharte und weinte verzweifelt in qualvoller Einsamkeit.

16

Das Tor der Kasba stand die ganze Nacht offen. Eine wogende Masse von Menschen und Tieren erfüllte den riesigen Hof. In kurzen Abständen strömten immer neue Harkas herein, angeführt von ihren Offizieren.

Einige der Oberbefehlshaber Le Roux' galoppierten auf schnaubenden Hengsten mitten durch die Menge, ohne sich um das Leben und die gesunden Glieder der Leute zu scheren, und schrien ihre Befehle in den Lärm.

Le Roux verließ die Frauenterrasse durch eine Turmpforte, die keiner außer ihm durchschreiten durfte. Halbnackte, stumme Sklaven warfen sich vor ihm nieder, und am Fuße einer steilen Treppe umringte ihn eine Leibwache von acht fackeltragenden Kriegern. Ein Sklave reichte ihm einen dicken, wollenen Burnus, den er sich über den Kopf zog; und die schweren Falten des Gewandes über die Schultern werfend, ging er zu den versammelten Harkas.

Mohammed-el-Hadj war bereits da. Ohne eine Spur von Müdigkeit stieg der siebzigjährige Edelmann aus dem Sattel und umarmte den Pascha zärtlich wie einen Sohn, obwohl sie erst vor kurzem beim Festmahl nebeneinander gesessen hatten. Langsam gingen sie über den weiten Hof, die Fackelträger voran. In der Ferne erblickten sie ein riesiges, flammendes Becken, in das Sklaven unablässig dürres Holz warfen. Funken flogen hoch über die Mauern empor und knallten wie Feuerwerk in der Luft. Rund um diesen Ofen kauerten in engen Reihen, dicht zusammengedrängt, Hunderte von Weibern. Die bunten Seidentücher auf ihren Köpfen schimmerten im Feuerschein. Nach der Musik eines Tamburins und einer schrillen Pfeife klatschten sie rhythmisch in die Hände. Ungefähr ein Dutzend von ihnen tanzte einen Zehentanz, den Bauch ein wenig vorgestreckt, die Augen geschlossen. Die Hüften zitterten fast unmerklich. Ab und zu zuckten sie mit dem Kopf. Das Feuer beleuchtete grell ihre breiten, gelblichen, seltsam tätowierten Gesichter, die blauen Striche an Stelle der Augenbrauen, die geschminkten Wangen und schweren silbernen Ohrringe. Alle trugen sie die gleiche Tätowierung, den gleichen Schmuck, selbst ihre Bewegungen waren nach dem Takt geregelt. Le Roux betrachtete sie eine Zeitlang.

„Mohammed", fragte er dann, „sind es genug?"

„Dreihundertfünfzehn", erwiderte Mohammed, „Chechrell wird es schwer haben, wenn sie alle weg sind."

„Nun, so mögen die Männer in der Medina den Wert der Enthaltsamkeit kennenlernen."

„Kinder Gottes! Gott ist groß!" riefen die Tänzerinnen mit näselnder Stimme. „Allah-el-Akbar!"

Und der Chor der Freudenmädchen wiederholte die Worte. Selbst über diesen Weibern, die mit den Harkas in den Krieg ziehen sollten, lag der alles beherrschende Geist des Islams.

Le Roux selbst hatte diese Anordnungen getroffen, denn er wußte sehr wohl, daß ohne Weiber seine Krieger bei seinen Vasallen und Untertanen viel Unfug anrichten würden. Außerdem würden sie ihren Weibern, die sie zurückgelassen hatten, leichter treu bleiben und nicht so viele neue Ehen eingehen.

Als die Weiber Le Roux erblickten, stimmten sie sofort ihr schrilles Freudengeheul an. Eine von ihnen sprang auf, eilte auf ihn zu und küßte seine Knie. Er streichelte freundlich ihren Kopf.

„Dief Allah!“ sagte er. „Ich bin Gottes Gast. Es gibt nur einen Gott, der Gott ist, und Mohammed ist sein Prophet.“ Mochten auch diese Weiber nicht zu den anständigen Menschen gehören, so waren sie dennoch nach den Worten des Propheten ‚Kinder Gottes‘, und wenn sie dieses Leben führten, so war das Gottes Wille. Sie waren nicht verantwortlich für das Schicksal, das die Engel den noch Ungeborenen auf ihre Stirne geschrieben hatten. Deshalb überschreitet nie ein Mann die Schwelle ihrer Klausen ohne das ‚Dief Allah!‘, und nie lacht er, wenn auf ihren Brüsten, ihren Bäuchen und ihren Schenkeln Verse aus dem heiligen Buche tätowiert sind. Das Paradies ist ihnen nach dem Tode nicht verloren, so steht es in dem Buche, das das Dogma der unbegrenzten Träume enthält, die Logik eines Visionärs, dessen Religion an die Grenzen des Frevels streift.

Le Roux schickte das Geschöpf, das sich flehend vor ihm krümmte und seinen Gruß ernst genommen hatte, zu den anderen Weibern zurück. Er lächelte sonderbar. Sie tat ihm leid. Seit er im Rifkrieg dreimal schwer verwundet worden war, bedeuteten ihm die Frauen nur mehr wenig. Sie waren für ihn nur noch die Mütter der Kinder, die ersten Diener des Staates. Langsam schritt er über den Hof weiter in die Dunkelheit hinein.

Le Roux hielt eine letzte Beratung ab. Unterführer versammelten sich in einem der Säle, und die mit der Führung dieses Krieges Betrauten standen in der ersten Reihe. Si Mohammed, der Generalissimus, stand neben ihm. Die Beratung war von kurzer Dauer. Er wiederholte seine diktatorischen Befehle an Si Mohammed, gab Anweisungen über die Truppenverteilungen, sprach von ihrer zahlenmäßigen Überlegenheit und daß Allah von Anfang bis

Ende mit ihnen sein werde, weil ihre Sache eine große und gerechte sei.

So eröffnete Le Roux seinen tödlichen Kampf gegen die Glaoui, die mächtigen Potentaten des westlichen Atlas, weil sein Stolz nicht geringer war als der ihre, weil sie seine Macht nicht anerkennen und weil sie nicht verstehen wollten, was ihnen selber nützlich sei. Er wußte, er konnte seinen Staat nicht aufbauen, solange diese Chleuhfürsten ihn an der westlichen Flanke ständig bedrohten. Sie auszurotten, bevor sie Zeit hatten, ihre Kräfte zu sammeln und die Franzosen ihnen mit Rat und Tat zu Hilfe kommen konnten, mußte sein erstes Ziel sein.

Noch vor Tagesanbruch machten die Krieger sich marschfertig. Ein Fieber hatte alle gepackt, vom Häuptling bis zum Maultiertreiber hinab. Pferde wieherten und stampften, Hunde heulten, und die Schafe, die mit den Harkas mitgetrieben werden sollten, blökten jämmerlich. Die Maultiere sträubten sich gegen ihre Last; ihre wilden Bisse und Tritte rissen das Fleisch von Armen und Beinen. Die rostigen Nägel der Packsättel verursachten den Männern große klaffende Wunden. Lange vor Beginn der Schlacht wurde reichliches Blut vergossen, was nicht hinderte, daß lautes, fröhliches Lachen die Luft erfüllte.

Schließlich brach die erste Harka auf: Männer in einfachen Hemden, einen Ziegenschlauch um die Schultern geschnallt, andere wieder in dicke Kamelhaarmäntel gehüllt, die Flinten waagerecht über dem Nacken und einigen Proviant in den weiten Falten ihres Gewandes verstaut. All diese Hunderte und aber Hunderte von Männern marschierten in schmalem Zuge durch das Tor, und Le Roux stand auf einem Mauerwall und betrachtete das Schauspiel. Hinter den Fußsoldaten folgten drei französische Fünfundsiebzigergeschütze mit Munitionswagen, jedes von acht stämmigen Maultieren gezogen. Dann kamen die Reiter; ihre langen, weichen, weißen Mäntel und ihre Fahnen, an der Spitze Le Roux' Banner, grün mit drei silbernen Sternen, flatterten im Morgenwind.

Si Mohammed ritt schaukelnd vorbei auf einem großen, weißen Pferd, dessen Adern und Muskeln die Haut zu zersprengen schienen, und neben ihm ritt auf einem ebenso schönen Pferd ein Jüngling von kaum zwanzig Jahren, der Si Mohammed bis ins kleinste ähnlich sah. Als Le Roux die beiden erblickte, war ihm seltsam traurig zumute, und er wünschte, sein eigener kleiner Mohammed wäre alt genug, um schon in die Schlacht zu reiten. Als Si Abd-el-Krim(-Ben-Tazi), der Gouverneur der Kasba, durch das Tor ritt, blickte er zu ihm auf. Unwandelbare Ergebenheit sprach aus seinen Zügen. Le Roux legte die Hand aufs Herz und verbeugte sich vor diesem Manne, der mit ihm in so vielen Schlachten im Rif gekämpft, der einige der tapfersten Männer der ersten Familie des Landes unter den Granaten und Bomben der Franzosen und Spanier hatte fallen sehen; keine noch so große Entfernung konnte sie je trennen, immer würden ihre Herzen eng beieinander bleiben als Bande ewiger Freundschaft, und beider Lippen murmelten jetzt die gleichen Worte: ‚Der Segen des Propheten sei mit dir, im Namen Allahs, des Allbarmherzigen und Weisen.'

Lange Zeit stand Le Roux und blickte in seltsam weicher Stimmung der Staubwolke nach, die sich langsam nach der Ebene hin bewegte. Die ersten Strahlen der Sonne zuckten über die Zinnen des Tizi Amtrous[14] empor und warfen ein Sprühfeuer über die Stadt und die kleinen Festungen im Tal. Eine riesige Karawane brach auf, um den Spuren der Krieger zu folgen; Scharen von Menschen erfüllten die Straßen, und ihre Stimmen stiegen zu den Dächern empor, wo immer noch in bunter Menge die aufgeregten Weiber versammelt waren, hustend und spuckend, denn ihre Kehlen waren von dem vielen Abschiedsgeschrei ausgetrocknet.

Ein Sklave, ein hochgewachsener, pechschwarzer Bursche, näherte sich Le Roux und breitete einen kleinen purpurroten Teppich vor seinem Herrn aus; dieser wandte sein Antlitz nach Osten. Seine Augen verschleierten sich. Sein Gesicht wurde hager, die seltsame, kosmische Macht des Jenseits bemächtigte sich seiner. Wie ein Kind sank er in die Knie und murmelte:

„Allah-el-Akbar!"

17

Die Jahreszeit war für Le Roux günstig. Auf den ungeheuren Ebenen, die sich zwischen dem Rif und dem Atlas von der atlantischen Küste bis an den Maghreb erstreckten, hatten die Regengüsse eingesetzt, die das Land für eine große Armee unzugänglich machten. Das sich meilenweit erstreckende Gebirge mit seinen eisbedeckten Gipfeln und Gletschern war in Wolken gehüllt. Ungeheure Wasserfluten, Schneestürme und schwere Gewitter fegten über das Land hin. Die Betten der Oueds waren hoch angeschwollen. Dicke, gelbe Wasser schäumten in das Bled hinab. Chechrell aber hatte eine sehr geschützte Lage. Die Wüstengebiete im Süden brachten viel Trockenheit. Obwohl das Land sehr kahl war und sich an Fruchtbarkeit mit dem Norden nicht messen konnte, trotz der zuweilen herrschenden bitteren Kälte, wurde doch die Erdoberfläche nie so unwegsam und schlecht, daß sie Mann oder Tier gehindert hätte, sich längs der alten Weggeleise, die wie Adern das ganze Gebiet zwischen dem Tafilalet und dem Oued-Dra durchzogen, fortzubewegen.

So hatte Le Roux noch einen zweiten Vorteil für sich: Beweglichkeit. Diesen Vorteil auszunützen, ihn taktisch und politisch zu seinen Gunsten einzusetzen, war eines seiner wichtigsten Ziele.

Er war ein eifriger Zeitungsleser, und obgleich die Zeitungen, die die Rekkas ihm brachten, immer schon drei bis vier Wochen alt waren, genügten sie, um ihm ein recht klares Bild von der Lage seiner Feinde zu geben. Mit äußerster Sorgfalt verfolgte er die Debatten über Marokko im Palais Bourbon und die Nachrichten, die vom Quai d'Orsay in die Presse durchsickerten. Nachdenklich las er die Auszüge über die Sitzungen des Völkerbundes, die Debatten über die Minderheitenfrage und die Abrüstungsverhandlungen, und oft genug entlockte ihm die Uneinigkeit Europas ein ironisches Lächeln. Momentan wollte er von Europa nichts anderes als Munition. Noch wußte er nicht, welche Schritte die Regierung zur Befreiung des Generals zu unternehmen gedachte. Würde sie mit ihm verhandeln, eine bestimmte Summe bezahlen oder zu militärischen Maßnahmen greifen? Die Meinungen in Paris waren geteilt, und die Boulevards verwünschten das ganze Marokkoabenteuer; nur die Rechtspresse blies in das Horn der ‚belle France insultée'.

Das erste Lebenszeichen aus dem gegnerischen Lager war jener mit einem gewaltigen Siegel versehene Brief des Großveziers, der Abd-el-Kader-Ben-Sliman nach Rabat einlud, ein Ergebnis vieler geheimer Machenschaften, über die Le Roux genau unterrichtet war. Das übliche Verfahren. Der Sultan, dieser arme kleine Sündenbock, sollte zuerst versuchen, für die Franzosen die Kastanien aus dem Feuer zu holen. Man hatte nicht gewagt, einen der Khalifas Seiner Majestät mit dem Brief zu Le Roux zu schicken, denn kein Khalifa des Sultans würde lebendig aus dem südlichen Atlas zurückkehren. Die Stammesangehörigen hätten ihm den Kopf abgeschlagen und ihn auf einen Grenzpfahl gespießt.

Le Roux wußte ebenso wie der verbannte Riffführer Abd-el-Krim, daß der Sultan und der Maghzen nur die Kulissen auf dem marokkanischen Theater waren, ein notwendiges Requisit für das Drama, das unter dem Titel ‚Protektorat' zwischen den Eingeborenen und den Franzosen spielte. Le Roux schaltete den marionettenhaften Sultan von vornherein aus seinen Berechnungen aus und zog es vor, seinen Streit direkt vor die Tore Frankreichs zu tragen.

Und so war sein Krieg gegen Hadj-el-Glaoui und den Pascha von Telouet zwar nicht unwichtig, aber immerhin von nebensächlicher Bedeutung. Hatte er einmal diese Fürsten in die Knie gezwungen, so würde seine Macht sich verhundertfachen. Sein Reich würde danach vom Westen her unangreifbar sein, und die

Franzosen würden es schwerlich wagen, diesen Chleuh-Häuptlingen nochmals Waffen gegen ihn zu liefern.

Le Roux träumte von seinem neuen Reich südlich des Atlas. Ein Land mit natürlichen Grenzen, ein Bund der Stämme, zu einem Volk verschmolzen, das Herandämmern einer neuen Ära des Islams. Der Araber in ihm sehnte sich nach den urväterlichen Palmengärten des Tafilalet; er lechzte danach, seine Familie, seine geliebte Mutter wieder in die verlorene Heimat des Südens, nach Beni-Tsouf, zurückzuführen, an die silbernen Wasser des Oued-Ziz, in die grünen, von Blüten strotzenden Gärten zwischen den goldenen Sandbergen – zurück in das verlorene Reich der Familie Sliman.

18

Fatima machte sich für den Tag zurecht. Zuhra stand mit einem riesigen Messingbecken und einem Krug voll mit Rosenduft parfümierten Wassers vor ihr. Sie rieb ein Stück Seife zwischen den Fingern, und Zuhra goß ihr das Wasser über die Hände. Dann wusch sie ihre Füße, worauf eine komplizierte Ankleidezeremonie begann. Zehn verschiedene Schichten eines feinen Leinengewebes umhüllten die Greisin, die an diesem Tage offenbar besonders vornehm aussehen wollte. Nachdem Zuhra sich entfernt hatte, betrachtete sie mit einem seltsamen Ausdruck ihr altes, verrunzeltes Gesicht lange Zeit im Spiegel, und Mitleid mit sich selbst überkam sie. Das Weib Fatima war völlig nutzlos geworden. Als Mutter von neun Kindern, von denen sechs tot waren, hatte sie ihren Daseinszweck erfüllt. Aber das alles bedeutete wenig im Vergleich zu der Tatsache, daß er ihr Sohn war, er, Abd-el-Kader. Fatima dachte an diesem Morgen an den Oued-Ziz und an die Palmengärten von Tmanaya und Beni-Tsouf im Süden. Wie ein langvergessener Traum stürmte die Vergangenheit auf sie ein, unbestimmte Erinnerungen, gute und schlechte, und ließen sie tief in der Seele erschauern. Verlorenen Blickes betrachtete sie ihre Knöchel und Handgelenke. „Die lieblichsten Glieder", murmelte sie. „Du bist wie eine Gazelle." Und ein weißes, lächelndes Gesicht tauchte vor ihr auf, ein Gesicht, das immer lächelte, in Ärger und Wut, in Liebe und Leidenschaft, ein Gesicht, das mit einem Lächeln entschwunden war, und das sie ebenso heftig verflucht hatte, wie sie es einst geliebt. Ein Képi mit Halbmond und silberner Schnur. ‚Gott schütze dich, kleine Fatima.' Ein junger Mann im Burnus, der sich in den Sattel schwingt, ein kurzer Galopp und – Staub.

Bitternis stieg in ihr auf; sie fühlte sich verraten als Mutter und Liebende, nichts war ihr geblieben als eine ungeheure Einsamkeit. Abd-el-Kader war ihr Sohn. Sie hatte ihn zum Oulema getragen, um ihn beschneiden zu lassen, und der Kadi hatte hundert Fragen an sie gerichtet. Aber, wo ist die Mutter, die nicht hundertundeine Lüge zu erzählen weiß, wenn es sich darum handelt, ihr Kind zu retten?

„Im Namen Allahs, wer ist der Vater des Kindes?"

„Ben Sliman, der gestorben ist; ich habe seit dem großen Gemetzel mit seinen Frauen in Taony in der Wüste gelebt. Im Namen Allahs, habe Mitleid mit mir, denn ich werde Mohammed, den jüngeren Bruder des Kaid, heiraten."

„Zeugen?"

„Ja, fünfzehn, Mehdi!"

Fatima erinnerte sich, wie Mohammed-Ben-Sliman sie samt dem angeblichen Kind seines Bruders zu sich in seine schwarzen Zelte nahm, zu deren Herrin sie in kurzer Zeit emporgestiegen war. Die ‚anderen' waren ihre Sklavinnen, und Abd-el-Kaders Zukunft war gesichert.

Mit zorniger Stimme rief Fatima Zuhra zurück; die Zeremonie des Ankleidens wurde fortgesetzt. Ringe, Armbänder, Ohrgehänge, Halsbänder, Knöchelspangen wurden angelegt, und schließlich hüllte sie sich in einen riesigen weißen Haik aus handgewobener Seide, der nur an den Augen einen schmalen Schlitz offenließ, schlüpfte mit den nackten Füßen in gestickte Belgahs und schickte Zuhra mit einer Handbewegung weg.

Also festlich gekleidet, verließ sie ihr Zimmer und durchschritt einen Gang, bis sie an eine Tür kam. Dort setzte sie sich mit untergeschlagenen Beinen auf einen Teppich. Stundenlang wartete sie. Ihr Kopf begann leicht zu zittern, ihre Finger, von der Farbe ausgedörrter Datteln, zeichneten mechanisch Kreise auf den Teppich.

Schließlich ging die Tür auf, und Abd-el-Kader trat ein. Sie schlug den Schleier zur Seite, während er sich neben ihr niederließ, sich zu ihr wandte, den Arm um ihre Schultern legte, sie an sich zog und zärtlich küßte.

Mit unendlicher Sanftheit streichelte sie sein Gesicht.

„Oom", sagte er, „der Roumi-General wartet auf dem Hof. Willst du mitkommen?"

„Würde es nicht klüger sein, wenn niemand anderes dabei wäre?" fragte sie. „Damit nicht andere Männer deine Mutter sehen."

Er nahm ihre Hände und hielt sie in den seinen wie ein Liebender.

„Die kleine Oom wird verborgen sein. Niemand wird etwas sehen und hören. Aber ich will, daß die kleine Oom zuhört und mir ihren Rat gibt, denn die Lage ist sehr schwierig und gefahrvoll."

„Gefahrvoll?"

Ihr alter Rücken straffte sich.

„Gefahrvoll insofern, als sehr viel von der Haltung des Roumi abhängt. Ich habe ihm zweimal durch Si Mohammed befehlen lassen, seiner Regierung zu schreiben, sie möge einen Offizier schicken, um die Frage des Lösegeldes mit mir zu erörtern. Jedesmal hat der Roumi sich geweigert."

„Er ist sehr halsstarrig."

„Sehr, man nannte ihn nicht umsonst den Tiger des Rif. Komm, kleine Oom, du sollst ihn sehen."

Abd-el-Kader wollte seiner Mutter beim Aufstehen behilflich

sein; aber sie schob seine Hand fast ärgerlich beiseite. Da lächelte er. Auch sie lächelte, ein sehr schüchternes Lächeln, und küßte ihn. Dann zog sie mit viel Würde ihren Schleier vors Gesicht und folgte ihrem Sohne. Le Roux führte sie ein paar Stufen hinunter durch einen Saal, über einige Höfe in ein großes Gemach, in dem sie mit geheimer Verwunderung einen großen Tisch mit Papieren, einer Schreibmaschine, Tinte, Federn und Bleistiften erblickte. An den Wänden hing eine Unmenge Landkarten und Geländeskizzen, die aus politischen Gründen alle mehr oder weniger ungenau und daher von Le Roux und seinen Mitarbeitern mehr oder weniger korrigiert worden waren.

Le Roux wies seiner Mutter einen Platz auf einem Teppich in einer dunklen Ecke an und verbarg sie hinter einem schwarzen Holzschirm, durch dessen Gitterwerk sie hindurchschauen konnte, ohne selbst gesehen zu werden. Sodann klatschte er in die Hände, und wie aus den Wänden hervorgezaubert, erschienen ein paar Männer, um seine Befehle entgegenzunehmen.

19

Als der Roumi sich zufällig der Ecke zuwandte, wo Fatima verborgen war, und sie sein blasses Gesicht, seine Augen und seinen Mund sah, reckte sie den Hals. Ihr Herz begann wild zu pochen; krampfhaft umklammerte sie den hölzernen Wandschirm, steckte ihre Finger wie Krallen durch das Gitter und preßte ihr Gesicht dicht an die Stäbe. So hatte sie sich also doch nicht geirrt, als sie an dem Roumi-Mädchen eine Ähnlichkeit mit ihm zu entdecken glaubte? De Sonloup! Aber war das noch derselbe Sonloup? Er trug den Kopf nicht mehr so hoch aufgerichtet, und ein dichter, struppiger Bart umrahmte sein Gesicht. Aber das Lächeln! Das Lächeln war da, sogar noch deutlicher ausgeprägt als an jenem Tage des Gemetzels in der Wüste. Fatima erinnerte sich plötzlich, wie sie und einige andere Mädchen von Entsetzen gepackt durch die engen Straßen von Beni-Tsouf gerannt waren. Überall knallten die Flinten. Kugeln pfiffen durch die Luft. Sie stolperte über die Leichen der Gefallenen. Blutbespritzte Reiter schwangen sich von den Rücken ihrer Gäule und stürzten auf einige Weiber los; tollgewordene Fußsoldaten rissen kleine Mädchen aus den Armen ihrer Mütter und schleppten sie in die Häuser. Einer dieser Soldaten kam hinter ihr hergelaufen. Wie der Wind jagte sie vor ihm davon; doch er verfolgte sie und sah, daß sie ihm nicht entrinnen konnte. Sie lehnte sich mit dem Rücken gegen die Wand. Sie schrie. Er kam näher. Er war mit Dreck beschmiert, von Blut und Schweiß verkrustet, bespien. Er roch nach dem Moschus der Weiber und nach der Säure des Weins. Seine Hände umklammerten eine Flinte. Sein Kopf stieß raubvogelgleich aus dem Kragen hervor. Verzweifelt verhüllte sie ihr Gesicht und flehte um Mitleid. Umsonst! Er packte sie beim Hals. Sie beginnt sich zu wehren. Dann ein Hufgeklapper. Ein Roumi-Reiter in rotem Burnus auf einem bis an den Bauch mit Blut bespritzten Schimmel kommt in vollem Galopp das Gäßchen herauf. Ein paar scharfe Worte. Der Infanterist läßt sie los. Fluchend stolpert er davon. Der Reiter springt aus dem Sattel und faßt die kleine Fatima unter das Kinn. Er lächelt. Sie weint. Er streichelt ihre Wangen und spricht freundlich auf sie ein.

‚Komm!' sagt er und drückt sie an sich. Jetzt erzählt sie ihm, sie sei eine Prostituierte und leide an einer Krankheit. Regungslos steht er da und blickt ihr in die Augen. Da bereut sie diese Lügen. Er schaut sie sehr lange an. Sie fühlt, wie ihr das Blut in die Wangen steigt, und blickt zur Seite. ‚Kif-Kif!' sagt er. ‚Schadet nichts. Du wirst brav werden und mich lieben.' Dann nimmt er sie auf sein Pferd und – führt sie weit weg von der Stelle des Gemetzels. Er liebt sie wild und schrecklich.

Fatimas Lippen bewegten sich mechanisch und murmelten halbvergessene Worte. Die Vergangenheit schlug sie in ihren Zauberbann. Er würde sie nicht mehr erkennen, dieser Roumi! Unmöglich!

„O Männer!“ flüsterte sie, während sie die Augen schloß. „Wie seid ihr doch so ganz unsere Geschöpfe, von den ersten Lebenskeimen an bis zum Tode! Gott ist barmherzig und weise.“ Forschend betrachtete sie de Sonloups Profil.

Er war es, ‚Shack!‘ wie sie ihn zu nennen pflegte. Ein jäher Schmerz durchzuckte ihren alten Leib, und ein Zittern überfiel sie. Einen Augenblick lang glaubte sie ohnmächtig zu werden.

Unterdessen standen Abd-el-Kader und de Sonloup einander gegenüber. Fatima schlug gerade noch rechtzeitig die Hand vor den Mund, um einen Aufschrei der Verwunderung zu ersticken. Sie sah den Sohn im Vater.

Le Roux sprach arabisch, damit seine Mutter ihn verstehe. Er bot de Sonloup einen abgenutzten, erbärmlich vergoldeten Louis-Seize-Stuhl, der weiß Gott wie nach Chechrell gekommen war, zum Niedersitzen an. Diese glatte Höflichkeit reizte de Sonloup aufs äußerste, aber er setzte sich dennoch.

„Eh bien, mon vieux“, fragte Le Roux höhnisch, „hat die Regierung die zwanzig Millionen geschickt?“

Dabei zog er seine Djebirah fester um die Schulter und zupfte an der grünseidenen aufgerollten Schärpe, die von seiner Hüfte bis an die Knie hinabhing und nach arabischer Sitte das Abzeichen eines Paschas war.

„Là!“ sagte er kurz.

„Vielleicht wird der Generalgouverneur bezahlen, wenn Sie noch ein wenig länger warten.“

„Wir haben Geduld!“

„Wir auch“, brummte de Sonloup, „selbst wenn die Ratten uns unsere Nahrung wegfressen und das Ungeziefer uns unser Blut aussaugt.“

Keine Antwort! Der General trommelte auf der Stuhllehne, spitzte die Lippen und versuchte einen Marsch zu pfeifen, während sein Blick über die Wände mit ihren Landkarten und Skizzen glitt.

„Héhé! Das erinnert mich an mein Stabsquartier.“

Ein unbestimmtes Gefühl des Elends, über das er sich keine Rechenschaft geben konnte, beschlich Le Roux. Es war einer jener seltsamen Augenblicke, wo ihm angesichts der ungeheuren Weite des Lebens alles menschliche Bemühen fruchtlos und nichtig erschien, wo er sich versucht fühlte, in weite Fernen zu flüchten, ganz allein zu sein und sich in sich selbst zu begraben.

„Mon vieux", hörte er de Sonloup in vertraulichem Tone sagen, „was gedenken Sie denn nun mit mir zu machen?"

Le Roux riß sich mit einem Ruck zusammen, und die ganze Wildheit seines Charakters loderte in ihm auf. Er ging auf de Sonloup zu und spuckte ihm verächtlich ins Gesicht. „Ich werde dich noch zwingen, um Gnade zu betteln, wie ein verirrtes Lamm nach seiner Mutter blökt. Ich werde dich noch zwingen, mit deinem eigenen Blut an den Generalresidenten zu schreiben, du ungläubiger Hund!"

Fatima sah das Tier in ihrem Sohne erwachen, sah, wie er zum Sprung ansetzte, um sich auf den Roumi zu stürzen. Sie wußte, daß er in einem jener Wutanfälle, wie sie ihn manchmal packten, durchaus fähig war, den Mann zu töten.

„Abd-el-Kader!" zischte sie durch ihren Schleier.

Wie ein Pferd, das ein grausames Gebiß mitten im wilden Galopp zum Stehen bringt, fuhr Le Roux herum. Mit gerunzelten Brauen kehrte er an seinen Tisch zurück, packte de Sonloups Brief an den Generalresidenten, riß ihn in Stücke und warf die Stücke auf den Boden.

Mit heiserer Stimme, in der noch immer die Wut nachklang, rief er nach einem Wächter und befahl ihm, den Rabaoui-Hund abzuführen.

„Er soll in den Kerker, eiserne Ketten um den Hals, und dort soll er hungern, bis er sich selber anbeißt. Binnen einer Woche wird er bereit sein, mir zu helfen."

Zitternd und verfallen schritt Fatima auf ihren Sohn zu. Sie ging sehr langsam, wie eine uralte Frau. Ihr Atem kam mit einem trockenen Rasseln aus ihrer Kehle.

Das Wissen, die Gewißheit brannten in ihr. Ein einziges Wort, und sie war verloren und mit ihr Abd-el-Kader. Was würde er tun, wenn er das Geheimnis kannte? Sie töten? Es könnte Schlimmeres geschehen; er hatte genug von den Roumis in sich, um jederzeit ein Roumi werden zu können. Wie, wenn Abd-el-Kader stolz darauf wäre, der Sohn des Rabaoui-Generals zu sein? Ihre Knie zitterten bei dem Gedanken, und sie bedeutete ihrem Sohne mit einer Handbewegung, er möge sie in den Harem zurückbegleiten.

„Kleine Oom", sagte er leise. „Sprich! Du hast ihn jetzt gesehen. Sein Kopf ist härter als ein Dattelkern. Er will den Brief nicht schreiben, um das Geld herbeizuschaffen!"

Fatima konnte nicht verstehen, warum ein Brief durchaus notwendig wäre.

„Warte keinen Tag länger", sagte sie, „sondern schicke sofort den Rabaoui und seine Tochter zu den Franzosen zurück."

Le Roux schüttelte müde den Kopf.

„Oom! Ich werde ihn in den Kerker schicken, bis sein Wille gebrochen ist."

Sobald Fatima wieder in der vertrauten Umgebung ihrer Wohnung war, wurde sie gesprächiger.

„Abd-el-Kader, mein geliebter Sohn, den Mohammed erleuchtet hat, lausche der Weisheit deiner Mutter. Wahrlich wie eine Rose aus einem Baum, so bist du aus mir hervorgewachsen und hast den Lebenssaft deiner Mutter getrunken wie keiner deiner Brüder. Du bist die schönste aller meiner Rosen. Mit meinem Leben habe ich dein Leben behütet, solange du ein kleines Kind warst, und jedes Opfer, das ich dir brachte, war mir ein süßes Glück, denn in dir habe ich den großen neuen Führer erkannt, den Eroberer der verlorenen Lande von Sherif-Ben-Sliman. Der Name, den ich dir gab, sollte deine Seele befeuern und dich beständig an den großen Amir-Abd-el-Kader, den König des Maghreb und echten Sohn Mohammeds, erinnern. Du warst noch ein Kind, da fand ich in dir die Sanftheit der Taube und die

Wildheit des Löwen. Ich habe dich in deiner Jugend zu deinem Onkel, dem Kaufmann in Oran, geschickt. Ich habe dich auf die Schulen der Roumi geschickt, nicht damit du die Sitten der Ungläubigen lernst, nicht damit du ihr Freund wirst, sondern damit du die Art unserer Feinde begreifst, ihre Sprache und ihre Gewohnheiten kennenlernst, um in den Schlachten deines Lebens nicht unwissend und blind, sondern stark und mit ihrem eigenen Wissen bewaffnet gegen sie zu kämpfen. Erinnerst du dich an die Jahre, die du fern von mir weiltest? Weißt du, wie ich im fernen Süden auf jede Nachricht von dir gewartet habe, und wie ich dann, wenn die Briefe kamen und Scheich Abdullah der Schwarze sie mir vorlas, vor Freude weinte? Oftmals auch, meine geliebte Rose, habe ich vor Furcht geweint, weil ich nicht wußte, ob es nicht trotz all meiner Lehren den Roumi gelingen würde, dein Herz zu verwandeln, es mir und deinen Brüdern zu entwenden!"
Fatima hustete. Während sie in die großen blauen Augensterne blickte, in denen sie wie in einem Spiegel die Gefühle Abd-el-Kaders las, verengten die ihrigen sich, und ein Leuchten wie von Juwelen glitzerte darin.

„Du bist dem Blute Sherif-Ben-Slimans treu geblieben, treu den großen Männern unserer Familie. Du hast in vielen Schlachten gegen die Roumi gekämpft, und jetzt bist du ein mächtiger Fürst geworden, der die Herzen der Menschen kennt. Höre also auf das Herz deiner Mutter, wenn es zu dir spricht. Auch der Rabaoui-General ist ein großer Fürst. Sein ganzes Leben hat er gegen uns gekämpft und ist doch mit dem Leben davongekommen. Gott hat ihn bisher noch nicht zugrunde gehen lassen. Versuche also nicht, dich an die Stelle Allahs zu setzen und das Leben des Roumi gegen den Willen Gottes zu verkürzen. Denn er wird sterben, wenn du ihn in den Kerker wirfst. Er ist krank. Er ist kein Jüngling mehr, sondern ein betagter, von Kummer gebeugter Mann. Gib ihm gerechte Freiheit, soviel Freiheit, wie er braucht, um dir dankbar zu sein, und sicherlich wird er an dem Tage, da er mit seiner Tochter zu den Roumi zurückkehrt, seinem Volk die

Großmut seines Feindes Abd-el-Kader preisen und sich weigern, noch länger gegen seinen großmütigen Feind zu kämpfen. In ihren Beratungen wird er zu deinen Gunsten sprechen, und wenn es Allahs Wille ist, daß uns alle eines Tages das Unglück ereilt, wird der Rabaoui-General sich nicht mit Haß, sondern mit Güte an dich erinnern und verhindern, daß die Roumi uns abermals verfolgen."

„Oom", sagte Le Roux, gerührt durch die scheinbare Einfalt seiner Mutter, „wäre diese staatsmännische und politische Angelegenheit eine Sache, die nur uns beide angeht, so würde ich den General niemals gefangenhalten, sondern ihn in aller Freundlichkeit als ein Opfer des Schicksals betrachten und ebenso gütig zu ihm sein, wie du es zu seiner Tochter bist. Aber wir Araber führen nicht Krieg gegen Weiber und unschuldige Niemande. Alles, was in uns heilig ist, befiehlt uns, gegen die Diebe unserer heimatlichen Erde zu kämpfen. Ich brauche die Mittel zu starken Abwehrmaßnahmen gegen das fortschreitende und planvolle Eindringen der Franzosen. Wenn ich für die Freilassung des Generals eine große Summe verlange, so handelt es sich nicht um Silber und Gold, sondern um Brot; Brot für Millionen, das nicht in Sklaverei, sondern in Freiheit verzehrt werden soll. Es soll den Roumi nicht gelingen, mit ihrer Fülle von Kriegsmaterial und Kriegsmaschinen unser Land zu besetzen, ohne daß ich mich bis zum äußersten gewehrt hätte."

Le Roux biß knirschend die Zähne zusammen.

„Oom", sagte er leise, „vergiß die Schmerzen unseres Feindes; ich selbst fühle mich sehr schwach und habe auch Schmerzen."

Er hielt sich das Kinn und legte die Hand an die Hüfte.

„Aber ich habe dem kleinen Mohammed einen Spazierritt in den Wald mit Ali-el-Bahel, dem Hirten, versprochen, und ich muß mein Versprechen halten."

Seine Augen leuchteten in väterlicher Freude auf.

„Oom! Eines Tages wird er Amir sein, König des Tafilalet und Beherrscher eines großen Reichs."

„Inschallah!"

Fatima blickte zu Boden und verbarg ihre Gedanken vor ihrem Sohn.

20

Eines Tages kam eine Rekka aus dem nördlichen Tafilalet und mit ihr zwei Edelleute, die Si Taibi-Ibrahim, Kebir der Ait-Hammou, gesandt hatte. Sie brachten ernste Nachricht. Ein starker französischer Posten war bis Ait-Asir am Oued-Ziz vorgestoßen. Ait-Asir war ein wichtiger strategischer Punkt im Osten, und die Anwesenheit der Franzosen in dieser Gegend bereitete Le Roux sehr ernste Sorgen; denn er sah, daß seine Truppenverschiebungen im Süden und seine Verbindungswege mit den Doui-Menia unmittelbar bedroht waren. Das französische Kontingent setzte sich, wie berichtet wurde, aus einem Regiment von Senegalschützen, unterworfenen Stammeskriegern aus dem Norden und einigen Hilfstruppen unter dem Kommando französischer Offiziere zusammen. Le Roux schickte die beiden Würdenträger mit einem Brief an ihren Kebir, in dem er zweitausend Krieger verlangte, zurück. Dann bereitete er unverzüglich einen Streifzug vor. Er ließ nur eine kleine Schar von Berbern unter einem verläßlichen Befehlshaber zurück und machte sich mit vierhundert Berittenen auf den Weg.

In Begleitung seiner mit modernen Gewehren ausgerüsteten Kavallerie durchquerte er das hochgelegene Wüstengebiet von Teboul längs der Karawanenstraße in das Tafilalet. Er entschied sich für diese Route, da die Jahreszeit den Übergang durch die Berge, besonders mit Pferden, sehr gefährlich und beschwerlich machte. Sein plötzliches Erscheinen in den zahlreichen Dörfern erregte anfängliche Bestürzung; denn die einfachen Männer der Stämme sahen in ihm nicht nur ihren Befreier, sondern auch einen strafenden Sendboten Gottes. Die Nachricht von seinem Vormarsch eilte ihm auf unsichtbaren Schwingen voraus, und überall wurde er mit Jubel begrüßt. Die Edlen der Stämme standen in frischgewaschenem Leinen vor den Dörfern und warteten auf Abd-el-Kader-Ben-Sliman. Sobald sein Pferd den Grenzsaum ihrer Städte und Dörfer überschritt, schlachteten sie fette Schafe, und die Menschen umdrängten ihn und küßten sein Gewand. Ein kriegerischer Wahnsinn kam über sie, während die Reiterschar vorüberzog. Väter und Söhne stürzten bewaffnet, schmalen Proviant in ihren ledernen Beuteln, aus ihren Hütten hervor und stolperten wie Betrunkene hinter Abd-el-Kaders Berittenen einher. Mit unglaublicher Schnelligkeit erreichte Le Roux Erfoud am Oued-Ziz. Umringt von Tausenden und aber Tausenden (der Ait-Atta), hielt er dort seinen triumphierenden Einzug. Tränen traten ihm in die Augen, als er das einstige Land Sherif-Ben-Slimans erblickte. Das Blut seiner Mutter durchpulste sein Herz, als die schönen Palmen sich grüßend vor ihm neigten.

Er ging in die Moschee. Nach dort einsam verbrachter Nacht erhob er sich, rief die Stammeshäupter zusammen, bestieg die Kanzel und sprach eine Stunde lang zu ihnen von einer planmäßigen Offensive gegen die französischen Vorposten und einer Strafexpedition in das Gebiet der Stämme, die sich zu einem Teil den Roumi unterworfen hatten. Die Edlen waren sehr schweigsam. Schließlich erhob sich ein finster blickender, schwarzbärtiger Mann mit einer blauen Brille und näherte sich Le Roux.

„Pascha“, sagte er mit einem tiefen Gurgeln in der Stimme, „woher nimmst du die Befugnis, über Gesetz und Krieg in Marokko zu bestimmen? Bin ich nicht der Khalifa des Sultans, des Vaters aller guten Marokkaner? Du bist ein Verräter und tätest gut daran, diesen Boden sofort zu verlassen und in deinen Gau zurückzukehren, anderenfalls könnte deine Anwesenheit dich in blutiges Unheil stürzen.“

Le Roux blickte verwundert von einem Gesicht zum anderen. Die Männer standen regungslos, schwiegen und atmeten schwer. Le Roux verließ die Moschee. Gelassen bestieg er sein Pferd, den Rücken eines Sklaven benutzend, der auf Händen und Knien vor ihm im Staube lag. Umringt von fünfzig Reitern ritt er zu seinen Zelten.

Eine Stunde später brachten einige seiner Berber unter lautem Gelächter den Khalifa des Sultans herbeigeschleppt. Le Roux ließ ihm den Kopf abschlagen und ihn an dem Hals eines Esels befestigen. Die blaue Brille band er selber dem Esel auf die Stirne. Dann brannten sie den Esel mit einem glühendheißen Eisen unter dem Schweif. Das Tier, rasend vor Schmerz, stürmte ausschlagend und hüpfend davon. Es galoppierte durch die Straßen und über die Plätze der Dörfer. Hinterdrein wälzte sich eine riesige Menschenmenge, brüllend vor Lachen. Die Edlen kamen zu Le Roux' Zelten und schworen ihm Treue. Er bewirtete und beschenkte sie und verteilte unter sie einen Sack mit Juwelen, die er drei Jahre zuvor den Haskoura, seinen jetzigen Verbündeten, weggenommen hatte.

Am nächsten Tag erschien Si Taibi-Ibrahim(-el-Sala aus der Kasba Bariana) inmitten einer dichtgedrängten Kriegerschar. Fünfzehn Berittene zogen mit seinem Banner voran. Le Roux empfing sie stehend vor seinem Zelt. Si Taibi war über hundert Jahre alt. Das Alter hatte seinen Rücken gebeugt, und seine Enkel und Urenkel halfen ihm vom Pferde. Als er sich dem Sohne Slimans näherte, belebten sich seine patriarchalischen, würdevollen Züge. Le Roux ging ihm langsam entgegen. Als sie einander gegenüberstanden, blickten sie auf und sahen einander lange an, als wollte jeder des anderen geheimste Gedanken erraten. Dann kam die Begrüßung der Sitte gemäß, die Anrufung Gottes und der brüderliche Willkommen im Namen des Propheten. Sie küßten einander auf den Mund, denn sie waren von verwandtem Blut und hatten den verwickelten Stammbaum, der sie zu Gliedern der gleichen Familie machte, nicht vergessen. Ohne ihre Begleitung traten sie ins Zelt und setzten sich auf einen Teppich nieder. Sie richteten einer an den anderen Dutzende von Fragen, wie es der Familie gehe, nannten hundert Namen, sogar die der Frauen, und riefen auf jeden Namen den Segen Allahs herab.

Abd-el-Ali, Le Roux' um mehrere Jahre jüngerer Bruder, kam herein, küßte Si Taibi, beugte sich auch zu Le Roux herab und küßte ihn auf die Schultern; dann setzte er sich vor einen Teekessel aus Messing und begann schweigend den Tee zu bereiten. Si Taibi sprach über die jüngsten Ereignisse. Sehr langsam und etwas nervös berichtete er vom Vormarsch der Franzosen. Dann schüttelte er müde den Kopf, denn er fürchtete, die Ermordung des Khalifas des Sultans könne böse Folgen nach sich ziehen, da der Sultan den Tod seines Gesandten zweifellos rächen würde.

Le Roux beruhigte ihn mit der Erklärung, der Sultan sei nur noch ein Lakai der Rabaoui.

„Mein Sohn", erwiderte Si Taibi, „deine Worte sind klug und sie klingen stärker als deine Jahre. Dein Ruhm ist groß, deine Macht unwiderstehlich. Ich habe in der Kasba (Bariana) die Krieger versammelt, die du gefordert hast. Aber sie wollen nicht unter dem Befehl eines Fremden in den Krieg ziehen. Ich selbst bin ein zu alter Mann, und sie haben daher meinen ältesten Sohn Ibrahim zu ihrem Führer gewählt."

Le Roux dachte einen Augenblick nach.

„Du wirst ihm mitteilen, daß er unter meinem Kommando steht", sagte er kurz.

Si Taibi schien innerlich zusammenzuzucken, aber er beugte sich vor und neigte den Kopf.

„So sei es."

Le Roux blickte unbarmherzig in des alten Mannes Augen. Was galt ihm eines Granden Familienstolz, wenn es um den Stolz des ganzen Volkes ging? Dieser alte Stammesfürst würde nie verstehen, daß es in einem Kriege nur einen Führer und in einem Staate nur ein Oberhaupt geben darf. Aber die Jüngeren würden ihn sehr bald begreifen, würden einsehen, daß in dem künftigen Kampf um die Freiheit jeder Kampf auf eigene Faust nutzlos wäre. Gegen einen einheitlichen Feind gab es nur ein einheitliches Vorgehen.

Si Taibi und Le Roux versanken in tiefes Schweigen, während

Abd-el-Ali ihnen den mit Pfefferminz gewürzten und mit Rosenwasser zubereiteten Tee in kleinen geblümten Gläsern kredenzte.

Der Greis zog sich in sich zurück. In das bittere Gefühl verletzten Familienstolzes in seinem Herzen mischte sich zugleich ein dunkles Gefühl der Sicherheit und die Gewißheit, daß seine Familie auch weiterhin unter dem Schutze des Paschas ihre Freiheit und ihren Besitz genießen würde.

Unterdessen hing Le Roux seinen Gedanken nach. Er trank den Tee in kleinen, heftigen Schlucken und starrte geistesabwesend vor sich hin. Im Geiste setzte er den Zeitpunkt fest, zu dem er sämtliche Stammesfürsten des Südens in Chechrell versammeln und dort durch einen Bund der Stämme die neue Ära des Islams begründen würde. Alles kommt zu seiner Zeit! Allah läßt seine Kinder nicht im Stich!

21

Am Fuße des Djebel Aiachi, des großen Schneegipfels, der wie ein Altar zwischen den chaotischen Bergen emporragt, entspringt der Oued-Ziz. Mit gewaltiger Kraft stürmt der jugendliche Fluß durch die wilden Schluchten und Felsenrinnen, durch die Täler dem offenen Lande zu. Dutzende kleiner Ksours[15] unter windgepeitschten Palmen, Tausende von Männern, Weibern und Kindern trinken Leben aus diesem stürmischen Sohn des Atlas. Ein Stück weiter südlich fließt der Oued durch einen riesigen Wüstenstrich, und dort nimmt er ein gesetztes Wesen an, holt nachdenklich Atem, bevor er in das tiefgelegene Tal des Tafilalet eintritt. Er braucht mehrere Tage, um die weitausgedehnten Palmengärten zu durchströmen, die sich wie ein kleines Ägypten an seinen beiden Ufern erstrecken. Reichtum und Glück bringt er der Bevölkerung. Die kühlen Winde, die ihn begleiten, geben selbst im heißesten Sommer den alten Leuten frische Kraft. Die

Stürme der westlichen Berberwüsten fegen auf die Oasen des Tafilalet herab, aber die Oasen, tief in die Erde eingebettet, sind wohlgeschützt, und die Sandwolken gleiten über die Wipfel ihrer Palmen hinweg und stürmen nach Osten in die schwarze Hammada davon, wo sie sich in einer Bergwildnis flacher Gipfel verlieren, die glatt und blank poliert sind wie Tische. Dort sieht man sie finster-gespenstische Säulen bilden, die Himmel und Erde miteinander zu verbinden scheinen und wie Derwische wirbeln und tanzen, bis sie schließlich vor Müdigkeit zerbersten. Tagelang bleibt ihr Perlmutterglanz am Himmel hängen und umgibt die Sonne mit einem opalisierenden Ring. Glücklich ist der Nil, denn nach seiner langen, langen Reise vermählt er sich mit seinem eigenen Element. Das Schicksal des Oued-Ziz aber ist dunkel. Nachdem er die letzten verkümmerten Bäume der südlichsten Oase hinter sich gelassen hat, strömt er nach der Wüste zu von dannen, in hoffnungslosem Zickzack in die Tiefe der Sahara, in das ungeheure Becken der Dürre und des Grauens. Dort, fern im Süden, findet er seinen einsamen, mühseligen Tod. Das Schicksal des Oued-Ziz ist das Schicksal der meisten Flüsse südlich des Atlas.

Le Roux fühlte sich in diesem Klima wie neugeboren. Für den Augenblick war er sogar von jeglichen Schmerzen befreit. Kraftvoll saß er auf seinem Streitroß und ritt mit seinen Reitern gen Norden. Die Harkas sollten sich auf einer Ebene bei Douira versammeln. Während sein Gaul mit dem stämmigen Hals und dem kleinen, feinen Kopf munter dahintrabte und sich ab und zu umsah, dachte Le Roux an seine Mutter, an Halima, an Aisha, an den kleinen Mohammed und an die verschiedenen Frauen seines Harems. Eines Tages, wenn das große Werk vollendet war, würde er sie alle hierherführen. Diese Luft würde die kränkliche Oom noch viele Jahre am Leben erhalten. An Halima dachte er zum erstenmal seit vielen Monaten mit einer leisen Sehnsucht. Ihre Schönheit und Anmut waren seinen Sinnen immer gegenwärtig. Jetzt, da er von ihr getrennt war, umwob ihn der Zauber ihrer Person mit einem brennenden Verlangen. Er fragte sich, ob sie ihm wohl den zweiten Sohn schenken würde, den sie gleich ihm so sehr ersehnte, nachdem von ihren fünf Kindern nur zwei am Leben geblieben waren. Ab und zu schob Le Roux die Hand in die Falten seines Gewandes, um einen Talisman zu berühren, den sie ihm beim Abschied um den Hals gehängt hatte. Es war ein winziger dreieckiger Lederbeutel, der ein mit Blut durchtränktes Stück Leinwand enthielt: das Blut ihrer Jungfernhaut, denn es hieß, kein Mann könne seiner Frau untreu werden, solange er diesen Zauber um den Hals trägt. Le Roux lächelte in sich hinein. Seine Augen waren träumerisch verschleiert. Er dachte an seinen Sohn mit so inniger Vaterliebe, daß ihm die Tränen in die Augen traten. Der kleine Junge war voller Klugheit und Anmut und hatte von Omar vieles gelernt. Er kannte den Koran, und die Oulemas priesen seine Klugheit. Nun lehrte ihn Ali-el-Bahel, der Dichterhirt, die Künste des Jägers, die Geheimnisse der Falkenjagd und wie man eine Slughi[16] auf die Fährte eines wilden Tieres setzt. Während Le Roux sich an all das erinnerte, begann er Gebete zu murmeln. Allah möge während seiner Abwesenheit die Menschen, die er liebte, beschützen, damit keine Missetäter, kein böser Geist ihnen etwas zuleide tue. Er war abergläubisch. Er wußte, daß es viele Dinge gibt, die man weder sehen, noch riechen, noch hören, noch tasten, noch schmecken kann. Aber er hatte kein großes Zutrauen zu magischen Künsten, die das Böse abwenden sollten. Sein Verstand weigerte sich, an Hexerei und Zauberkraft zu glauben, und so zog er es vor, seine Zuflucht nur bei Gott zu suchen. Gott war ihm Geheimnis genug.

Die Vernichtung der in Ait-Asir stationierten französischen ‚groupe mobile', die er im Namen Gottes vollbrachte, war eines seiner kleinen Meisterstücke. Da diese Tat sein Ansehen unter den Stämmen hundertfach gesteigert und seinen Namen im ganze Lande berühmt gemacht hat, muß hier berichtet werden, wie sie geschah. Keine Armee der Welt ist den Anforderungen des Kolonialkrieges besser gewachsen als die französische. Ihre

Truppen, mögen sie von schwarzer oder weißer Hautfarbe sein, Senegalneger, Spahis, Araber oder Fremdenlegionäre deutscher, polnischer, schweizerischer, italienischer oder amerikanischer Herkunft, einerlei, wie bunt das Militärkommando sie durcheinandergewürfelt hat, sind bis zum letzten Mann für ihr grausames Geschäft ganz besonders vorgebildet. Den islamitischen Freiheitskämpfern in den wilden Schlupfwinkeln des Atlas stellt man ein Menschenmaterial von zähester Art entgegen. Als Einzelperson sind diese Soldaten zum größten Teil verkrachte Existenzen, die nach Abenteuern, nach Vergessen aus sind und zuweilen auch den Versuch machen wollen, sich in der zivilisierten Gesellschaft, aus der sie flüchteten oder vertrieben wurden, wieder eine Stellung zu erobern. Die Senegalneger bilden eine besondere Einheit und stellen unter den übrigen Truppen eine Ausnahme dar. Diese gutmütigen Kinder des brennenden Südens, bescheiden, leicht zu disziplinieren, dickköpfig und zugleich weichherzig, die man ihrer von vielen Gefahren bedrohten Wiege entrissen und in ein Leben versetzt hat, das ihnen als Entgelt für ihre Dienste Kleidung, Nahrung und einen Sou pro Tag gewährt, diese bläulichschwarzen Riesen, die nie an den Tod denken und immer, was auch geschehen mag, lächelnd ihre weißen Zähne und ihre violetten Gaumen zeigen, bilden einen wesentlichen, billigen und mächtigen Teil des französischen Militärapparates.

Außerdem wiegt Negerblut leichter als Franzosenblut. Wenn man zu all diesen soldatischen Vorzügen nun noch eine Fülle von modernem Kriegsmaterial, modernen militärischen Hilfsmitteln und so weiter hinzufügt, wenn man bedenkt, daß dieser mächtige Apparat von erstklassigen, bewährten Offizieren kontrolliert wird, so muß es einem lächerlich erscheinen, wenn ein Araber zum Angriff gegen sie vorgeht. Gerade das aber hatte Le Roux getan. Und er gedachte es abermals zu tun.

Die Franzosen hatten unmittelbar nach der teilweisen Unterwerfung der Ait-Hadidou ihre ‚groupe mobile' in Ait-Asir einquartiert. Nach diesem Erfolg, der nur wenige Menschenleben gekostet hatte, fühlten sie sich nun in ihrem befestigten Lager ziemlich sicher. Eine arabische Goum[17] und eine Abteilung Spahis hatten die Gegend gründlich gesäubert. Nach Erörterung der Lage erhielt die ‚groupe mobile' den Befehl, an ihrem Standort zu bleiben, nachdem sie alle notwendigen Vorsichtsmaßregeln getroffen und das Lager befestigt hatte.

Ait-Asir und die Kasba lagen an einem kahlen, von der Sonne ausgedörrten Berghang. Wie riesenhafte Mauern überragten die Felsen das Fort. Der Kaid, ein unwissender, aber sehr würdevoller Herr, sah voller Bestürzung die fremden Soldaten mit ihren Pferden, Flinten, Panzerautos und Stacheldrähten über die ganze flache Talsohle hinweg eine Zeltstadt errichten und Gräben ziehen. Weiber und Kinder versteckten sich sogleich in die dunkelsten Winkel ihrer Häuser und Hütten, und die Hirten trieben ihre Herden meilenweit weg in die unzugängliche Bergwildnis. Der Kaid überreichte dem Kommandanten ein im ganzen gebratenes Schaf, lud die Offiziere zum Tee ein und eröffnete ihnen mit unendlicher Vorsicht, daß er nicht gewillt sei, sie zu unterstützen. Sie behandelten ihn sehr verächtlich und bedrohten ihn, bis er scheinbar anderen Sinnes wurde.

Unterdessen verbrachte Le Roux mehrere Tage mit einer gründlichen Rekognoszierung. Er schickte eine höchst unschuldig ausehende kleine Karawane von lauter ortsansässigen Männern nach Ait-Asir, um Erkundigungen anzustellen. Nach kurzer Frist kehrten sie mit wertvollen Nachrichten zurück. Le Roux teilte nun seine Harkas in kleine Tabors ein, jeder unter einem besonderen Befehlshaber, während er selber mit seinen Berbern nach Norden ritt, Ait-Asir in weitem Bogen umgehend. Den zweiundsiebzig Jahre alten Si Ibrahim(-Ben-Taibi) ließ er mit seiner Truppe in einem wilden, öden Tal zwischen Bordj-Mshounsh und Ait-Asir zurück.

Nach einem zweitägigen Marsch durch das Gebirge näherte sich Le Roux wieder der Straße. Er wartete einen Tag, um Si Ibrahim(-Ben-Taibi) Zeit zu lassen, eine gleichzeitige Bewegung in der Richtung auf Ait-Asir durchzuführen, stets aber in gehörigem Abstand von der Straße und vom Tal.

Eine Rekka, fast nackt und atemlos, erschien mit der Meldung, daß Si Ibrahim bereit sei. Daraufhin ging es in Eilmärschen die Straße hinab, bis der Oued und die große Betonbrücke erreicht waren, die von einem Generalgouverneur unter salbungsvollen Zeremonien eingeweiht und dann als eine der letzten Errungenschaften der Zivilisation in Marokko auf Tausenden von Photographien wiedergegeben worden war. Le Roux ließ diese Brücke in die Luft sprengen, die Telefonleitungen auf einer Strecke von mehreren Kilometern durchschneiden. Dann kehrte er in die Berge zurück.

Einen Tag später kam eine französische Abteilung das Tal herauf, um nachzusehen, warum das Telefon nicht funktionierte. Die Ait-Hammou überfielen den Trupp aus dem Hinterhalt mit ihren alten Hinterladern; doch ihre selbstgegossenen Kugeln rissen große Lücken in die französischen Reihen, und der Offizier, der sie befehligt hatte, fiel. Mit einem grimmigen, höhnischen Lächeln betrachtete Le Roux das schmale, blasse Gesicht mit dem forsch gezwirbelten Schnurrbart.

Am nächsten Tage begann der gemeinsame konzentrische Vormarsch auf das Biwak von Ait-Asir. Von all den Bergeshöhen her, die das Tal beherrschten, schlichen die Krieger sich heran, dreitausend an der Zahl. In dem grellen Sonnenlicht konnte man von den Halfabüscheln und den Felsblöcken, die das Gelände bedeckten, ihre Gestalten nicht unterscheiden. Der Lagerkommandant wurde niedergeknallt, während er gerade am Saum des Lagers einen kleinen Morgenritt unternahm. Die Hörner bliesen Alarm.

Drei Tage lang dauerte der Kampf. Die ‚groupe mobile' hatte es mit keinem sichtbaren Feind zu tun. Von allen Seiten regnete es Geschosse, nicht selbstgegossene, sondern in der Fabrik erzeugte. Kaum eines verfehlte sein Ziel. Nach vier Tagen war keiner mehr übrig, der das Band der Ehrenlegion hätte empfangen können. Ein Flugzeug, das den Atlas überflogen und das Wolkenmeer durchstoßen hatte, beobachtete das Gelände aus der Höhe. Verstärkungen waren unterwegs, aber Le Roux war bereits weitergezogen, um seinen Rachefeldzug gegen die Ait-Hadidou durchzuführen, ein Fest des Niedermetzelns und der Plünderung, mit einem Gran Gerechtigkeit vermischt. So rächte er sich an den Ait-Hadidou, die vor nicht allzu langer Zeit in stummen, langen Reihen, entwaffnet und ohne zu erröten, vor hoch auf arabischen Pferden thronenden französischen Offizieren gestanden hatten, um sich zu unterwerfen.

22

Mit unbarmherziger Energie trug Le Roux die Kriegsfackel weiter. Binnen zwei Wochen hatte er das Land bis an die algerische Grenze durchrast, den franzosenfreundlichen Stämmen gewaltige Verluste zugefügt und eine ungeheuer reiche Beute gesammelt, die er durch Karawanen nach dem Tafilalet und nach Chechrell befördern ließ. Rot leuchtete des Nachts der Himmel über seiner Fährte.

Schließlich kam er in das Gebiet der Doui-Menia. Die Versuchung, die Franzosen in ihrem Nest in Colomb-Bechar anzugreifen, war groß. Aber er widerstand seinem ersten Impuls und dem Siegestaumel seiner Unterbefehlshaber und stieß nicht über die algerische Grenze hinaus. Statt dessen kehrte er in höchster Eile nach dem Tafilalet zurück. Von dort schickte er Botschafter an Hassan-el-Temga von den Doui-Menia und forderte diesen mächtigen Stammesfürsten auf, sich der großen Sache anzuschließen, denn nur so würden er und sein Stamm der Bestrafung durch Allahs mächtigsten Sendboten auf Erden, Abd-el-Kader-Ben-Sliman, entgehen.

Rekkas kamen aus Chechrell und brachten Nachricht von den Vorbereitungen für die Offensive gegen die Chleuh. Alles ging planmäßig und in größter Ruhe vonstatten.

Gesetz und Ordnung herrschten in Chechrell. Im Lager Si Ali-Ahmouchs hatte es eine kleine Revolte gegeben, die jedoch nach traditioneller Weise durch ein allgemeines Gemetzel unterdrückt worden war.

Die kleine Oom schickte ihrem Sohn einige Rosen aus dem Garten und den Segen Allahs.

Mit grenzenloser Befriedigung sah Le Roux seinen Apparat in Gang kommen. Der Schlag, den er dem französischen Ansehen versetzt hatte, widerhallte durch alle Täler und über alle Ebenen wie das Gepolter der zusammenbrechenden Brücke. Seine eigenen Verluste waren im Vergleich zu den Verlusten des Feindes unbeträchtlich. Andererseits hatte er reiche Beute gemacht, und eine Unmenge wertvollen Kriegsmaterials, besonders Flinten, Maschinengewehre und Munition waren ihm in die Hände gefallen. Ja, Gott stand auf seiner Seite. Die Roumi-Soldaten kämpften um ihr Dasein, die Roumi-Offiziere um ihre Beförderung. Er aber und sein Volk kämpften für Allah. Am Tage der Wiedervereinigung bestieg Le Roux die Kanzel. Eine ungeheure Menschenmasse hatte sich versammelt, um ihn zitternden Herzens anzuhören. Für sie war er hinfort nicht nur ein Mehdi, sondern der Befehlshaber aller Gläubigen. Ihr Leben, ihr Eigentum lagen in seiner Hand. Er war wie ein echter Sultan. Sie begannen in seinem Namen Gebete zu sprechen, und nachdem er sie ermahnt hatte, geduldig zu bleiben, ihr tägliches Leben mit neuem Eifer, mit neuer Hoffnung weiterzuführen und für das allgemeine Wohl zu arbeiten, öffnete er das silberbeschlagene heilige Buch und las Stellen aus dem ‚Sieg' vor, die Worte des Propheten ohne jede Bescheidenheit auf sich selber anwendend:

„Die Araber, die nicht mit dir zu Felde gezogen sind, werden zu dir sagen: ‚Wir sind mit unserem Eigentum und unseren Familien gebunden, daher bitte du für uns um Gnade!' Sie sprechen mit ihrer Zunge, was nicht in ihrem Herzen ist. Und du sollst ihnen die Worte erwidern, die beim Propheten geschrieben stehen: ‚Wie kann ich um euretwillen Macht über Gott haben?' Ihr sollt mit ihnen kämpfen, oder sie sollen sich zum Islam bekennen. Wenn ihr gehorcht, wird Gott euch reichlich belohnen, aber wenn ihr euch abwendet, wie ihr euch schon einmal abgewendet habt, wird er euch mit schlimmer Strenge züchtigen. Denn Gott ist mächtig und weise."

Und Le Roux schloß inbrünstig die Augen: „O Herr Gott! Gib uns nicht den Ungläubigen preis, um uns zu prüfen, und verzeihe uns! Du bist der Mächtige, der Weise." Hunderte und aber Hunderte von Stimmen wiederholten diesen letzten Satz. Ein leises, tiefes, drohendes Summen erfüllte das Gotteshaus. Der alles beherrschende fromme Atem des Islams war zugegen, jene Macht, die jeden Gedanken, jede Tat, möge sie noch so geringfügig und unwichtig sein, mit dem Lichte göttlicher Billigung oder Verwerfung bescheint. Ob ein Mensch ißt oder trinkt, ob er wandert oder schläft, ob er sich aufmacht, um seine Herden zu hüten oder um sein täglich Brot zu feilschen, ob er in die Schlacht zieht, ob er Schule hält oder Waren verkauft, ob er geboren wird, heiratet oder stirbt, einerlei, was er auch tut oder was ihm angetan wird, immer ist Gott gegenwärtig. Ob er Glück oder Unglück hat, ob er Sklave oder Herr ist, Bettler oder König, Heiliger oder Soldat, immer und ewig umgibt ihn Gott mit seiner Allmacht und gestaltet für ihn sein unabänderliches Schicksal. Nie schlummert die Glut seines Glaubens. Selbst zu nächtlicher Stunde schwebt die mahnende Stimme hoch über Stadt und Dorf, überall, wo einige Gläubige versammelt sind, und die Luft erklingt wie eine Silberschale: ‚Kommt zum Gebet, Kinder Gottes! Gott ist groß!' Das ist der Islam, ist Frömmigkeit.

Durch die Gewißheit, daß sie nicht von dieser Welt sind und nicht ewig hier unten bleiben werden, stehen sie dem Leben mit einer gewissen Resignation gegenüber. Ihre Bedürfnisse sind gering. Der Körper braucht so wenig zum Leben, und dieses wenige haben sie auf das kleinste mögliche Maß herabgedrückt.

In ihren Haß gegen die Ungläubigen mischt sich ein großer Teil Mitleid. Sie lächeln über die tausend Bedürfnisse des Roumi, über seine eingebildeten Leiden, über seine unersättliche Gier nach ewig neuem Vergnügen, über seine hemmungslosen Gelüste nach Nervenkitzel, nach Alkohol und nach Rauschmitteln aller Art. Sie empfinden einen tiefen Abscheu vor der heuchlerischen Moral des Europäers. Sie kennen die Verlogenheit, die Künstlichkeit und Verkehrtheit der Roumi-Gesetze. In ihren Augen widerspricht die europäische Bildung dem Willen Gottes, und infolgedessen erscheint ihnen alles, was aus Europa kommt, nichtig und lasterhaft.

Ihr Leben ist ein Kommen und Wandern und Gehen. Nüchtern gehen sie ihre Wege mit einer Handvoll Datteln und einem Stück Brot, und wenn sie auch nur eine Matte im Winkel eines Zeltes zum Schlafen haben, murmeln immer noch ihre Lippen ein Dankgebet an Gott den Allmächtigen.

Die Männer des Tell, die Männer des Bled, die Männer der Wüste, mögen sie Diener, Sklaven oder Söhne mächtiger Familien sein, alle sind sie durch einen natürlichen Sozialismus von elementarem, gewaltigem Ausmaß miteinander verbunden, und ihr Staat hat sich jahrhundertelang ohne die geringste Veränderung behauptet, während die Roumi, die darauf aus sind, sie zu unterdrücken, in ihren zivilisierten Staaten alle möglichen Regierungsformen ohne viel Erfolg ausprobiert haben und mit dem Experimentieren noch immer nicht fertig sind.

Niemand wußte, wo Le Roux sein verhältnismäßig ungeheures Wissen erworben hatte. Seine Vergangenheit war für alle ein Geheimnis. Seine Anhänger glaubten, er sei von Allah inspiriert. Und er war der letzte, der daran gezweifelt hätte.

23

Es war um die Mitte des Winters. Die Erde war schwarz und der Himmel mit gewaltigen Wolkenmassen bedeckt, riesigen Wasserbehältern, die über die Berge dahinrollten und ihren Inhalt ergossen. Der Oued wälzte sich tosend durch die Schluchten, die Luft war unfreundlich, kalt und frostig. Alle Lebewesen froren bis ins Mark hinein.

Die Mauern der Kasba waren schwarz und feucht. Ein alle Säle und Höfe durchdringender säuerlicher Gestank ging von ihnen aus. Der Erdboden in und außerhalb von Chechrell roch faulig. Die Weiber hockten den ganzen Tag vor riesigen glühenden Kohlenbecken und sprachen mit Sehnsuchtsseufzern vom warmen, schönen Süden. Le Roux war immer noch fort, und in seiner Abwesenheit verstrichen die Tage in strenger Eintönigkeit. Es war, als habe ohne ihn die Stadt keine Seele mehr.

Eines Tages, nach langen, öden und finsteren Wochen, ging die Sonne wieder an einem hellen Himmel auf. Sie warf ihren Feuerschein über die drohenden Wälle, die wie eine chinesische Mauer an den Hügelketten auf und ab kletterten, über die zahllosen Häuserterrassen und die funkelnd grünen Dächer der Moscheen. Binnen kurzem war das graue Grabesdunkel einer scheinbar langsam verendenden Stadt wie verwandelt, und es war, als würde ein grauer Schleier von ihren Dächern weggezogen. Das Tal und die Bergeshänge begannen zu dampfen. Lange weiße Nebelschlangen krochen über die ungeheure Landschaft hin und her. Die alten Leute sagten jetzt, der Winter sei zu Ende. Zuerst blickten sie nordwärts zu den Zinnen des schneebedeckten Atlas empor und dann nach Süden zu den tiefblauen, weichen Umrissen des Imiter; ja, der Frühling war da. Der Wind war umgesprungen. In der Luft hing eine wahrhaft balsamische Wärme. Nach ein paar sonnigen Tagen war in dieser Gegend der Winter vergessen, und während im Norden noch immer die Stürme mit unverminderter Heftigkeit tobten, erfüllten in Chechrell und seiner nächsten Umgebung die Düfte blühender Rosen die Luft.

Renée aber fand in der neuen Helle und Schönheit keinen Trost. Eine tiefe Traurigkeit hatte sie gepackt, und ihr Gesicht war von fast durchscheinender Blässe. Ihre Augenlider waren erschlafft, und an ihrem abgezehrten Körper waren nur noch die

Brüste fest und rund geblieben, als seien sie Gefäße voller Bitterkeit und Kummer. Sie hatte das Gefühl, als wäre sie mit einem Schlage uralt geworden, als läge ihr früheres Leben hinter ihr begraben – – irgendwo am Wegesrand, wie die tapferen französischen Soldaten an der Roten Straße. Nie würde ihr altes Ich sich wieder erheben. Und während sie bisher ihr tragisches Erlebnis für einen Zufall, einen Unglücksfall gehalten hatte, glaubte sie jetzt an eine Fügung Gottes. In diesem neuen Lichte gesehen, bekam ihr Leben einen eigentümlichen Sinn. Ihre wenigen Kleider waren fast aufgebraucht, und aus Angst, eines Tages ohne Kleider dazustehen, hatte sie Sit-el-Koll (die Herrin über alles), Fatima, gebeten, ihr etwas zum Anziehen zu verschaffen. Dann hatte sie einen richtigen Handel durchgeführt und einige ihrer Toilettengegenstände gegen arabische Gewänder aus Leinen, Seide, Wolle eingetauscht; und Zuhra hatte ihr gezeigt, wie diese Gewänder zu tragen seien, nur bei Halima hatte sie keinerlei Unterstützung gefunden, denn die Lieblingsfrau hatte sich noch immer nicht mit Renées Anwesenheit ausgesöhnt, sondern betrachtete sie als Eindringling, der gekommen war, um ihren Frieden zu stören und den Haushalt aus dem Gleichgewicht zu bringen. Und die kleine Aisha war nicht besser als ihre Mutter. Im übrigen fühlte Renée sich von ihrer Umgebung noch immer durch einen unüberbrückbaren Abgrund getrennt, obwohl sie einen ziemlich tiefen Einblick in das geheimnisvolle Leben ihrer neuen Gefährtinnen gewonnen hatte. In den langen Stunden, da die Weiber rings um das Feuer hockten und ihre dunklen, mit Ringen bedeckten Hände, ihre mit klirrenden Spangen behangenen Beine an die Glut des Wärmebeckens hielten, hatte sie in ihrer Mitte gesessen, ebenso gekleidet wie sie, und versucht, der Einsamkeit, die sie wie ein Gespenst verfolgte, zu entrinnen, die Melancholie zu verscheuchen, die sich wie eine schwarze Wolke auf sie herabgesenkt hatte. Sie hatte angefangen, ihnen von ihrem Leben in den Städten Nordafrikas, in Burgund und Paris zu erzählen, hatte von ihrer Familie und sogar von ihren eigenen Sorgen mit einer so ehrlichen Schlichtheit gesprochen, daß sie manchmal glaubte, die Herzen dieser Frauen könnten sich ihr nicht mehr länger verschließen. Sie hatten aufmerksam zugehört, hatten die unpassendsten und verwirrendsten Fragen an sie gerichtet, mit den Lippen geschnalzt und voller Staunen die Zunge herausgestreckt. Kaum aber war Renée wieder allein, fühlte sie instinktiv, daß sie für jene eine völlig nebensächliche Angelegenheit sei. Nur in einer Hinsicht blickten sie zu ihr auf; sie war für sie die Verkörperung einer für sie unerreichbaren Freiheit, wie sie nur dem Manne gestattet ist. Ja, zuweilen glaubte Renée, in ihren Augen eine stumme Bitte um Mitleid zu lesen.

In diesen ersten Tagen des Frühlings gerieten die Haremsfrauen in eine seltsame Erregung. Es war, als hätte die Sonne mit ihren magischen Strahlen sie zu neuem Leben erweckt. Die alte Frau, die sich während Le Roux' Abwesenheit wie eine Tyrannin benommen hatte, ließ in ihrer beständigen Wachsamkeit nach. Ihre dürre, schnarrende, immer vorwurfsvolle und tadelnde Stimme war weniger oft zu hören. Manchmal verließ sie sogar das Haus, um irgendeinen geheimnisvollen Gang zu machen, unbekümmert darum, was Halima, Aisha, Zuhra, Asma und alle die Diener und Sklaven trieben. Halimas Reden wurden von Tag zu Tag lasziver; sie kannte keinerlei Zurückhaltung mehr; kaum ein Wort verließ ihre Lippen, das nicht eine verschleierte oder offene Anspielung auf Dinge war, die mit Liebe zu tun hatten. Renée staunte über die Geschicklichkeit, mit der Halimas lüsterne Art sich zu äußern wußte, und fand es völlig zwecklos, den schlauen Künsten dieses schönen Geschöpfes ihre eigene Sittsamkeit gegenüberzustellen.

Eines Abends kletterte sie die steilen Stufen zu der Terrasse empor, und da sah sie Halima und Zuhra Arm in Arm mit wollüstig schaukelnden Hüften auf und ab gehen. Ihre Augen und Zähne blitzten, ihre Stimmen klangen schrill vor Begierde. Renée beobachtete sie ein paar Minuten lang, ohne von ihnen gesehen zu werden.

Sie gingen an die Balustrade, und während sie sich über die steinerne Brüstung beugten, schienen ihre Körper noch länger und geschmeidiger zu werden. Dann zogen sie ihre Schleier ein wenig beiseite und begannen in eine Gruppe von Männern hinunterzuspucken, die im Schatten der Mauer auf dem Hofe beisammensaßen. Sobald die Männer emporblickten, verhüllten sie teilweise das Gesicht, aber statt sich zurückzuziehen, begannen sie mit den Männern eine obszöne Unterhaltung, reizten sie mit verliebten Anträgen und sagten ihnen, sie müßten Eunuchen sein, sonst würden sie an der Wand hinaufklettern. Sie winkten den Männern mit liebkosenden Gebärden und überschütteten sie zugleich mit Verachtung und Gelächter. Ihr girrendes Lachen, ihr keuchender Atem, ihre zuckenden Lippen, ihre vielsagenden Gebärden brachten Renée plötzlich in Wut. Der Gedanke an Le Roux stieg schmerzhaft in ihr auf. Sie hustete geräuschvoll, schritt weiter auf die Terrasse hinauf und gab sich ein möglichst unbefangenes Aussehen. Halima aber mißtraute Renées unschuldiger Miene. Langsam, mit schaukelnden Hüften, einen kalten, schamlosen Blick in den Augen, ging sie auf Renée zu; in jähe Wut ausbrechend, befahl sie ihr mit einem Schwall gemeiner Schimpfworte, die Terrasse zu verlassen. Einen Augenblick lang war auch Renée voller Zorn; sie hatte schon den Mund geöffnet, um Halima an ihre Pflichten gegen ihren Gatten zu erinnern, als ihr noch rechtzeitig einfiel, wie völlig unmöglich ihre Stellung hinterher sein würde, so zog sie sich schweigend zurück und ging hinunter in den Garten.

Dort begann sie über sich selbst nachzudenken, wobei sie feststellte, daß ihre Empörung weit weniger ihrer eigenen Person als dem abwesenden Le Roux galt und daß sie sich in seiner Seele verletzt fühlte. Sonderbar, wie oft sie an ihn dachte! Oft, wenn die Kasba von seinen Heldentaten widerhallte, meinte sie, ihn vor sich zu sehen, wie er auf seinem großen Pferde dahinritt hinter dem grünen Banner mit den drei silbernen Sternen.

Leichte Schritte schreckten sie plötzlich aus ihrem Sinnen auf;

es war Aisha, die gekommen war, um sie nach ihrer Mutter zu fragen.

„Roumia, wo ist Oom?"

„Auf der Terrasse, aber komm und setz dich zu mir, Aisha."

Aisha schnalzte mit der Zunge gegen die Zähne. „Tz – tz!" Sie wollte sich nicht neben Renée setzen, und diese wußte, es war völlig zwecklos, sie weiter zu bitten. Sie würde unweigerlich das Gegenteil tun. Sie war völlig hemmungslos, eine hemmungslose kleine Träumerin. Manchmal erzählte sie Renée ihre Träume. Ihr Lieblingstraum war der, in welchen sie von einem Manne zu Pferde entführt wurde und, vor ihm auf dem Pferde sitzend, in rasender Geschwindigkeit aus diesem Gefängnis davongaloppierte. Ringsum knallten mit betäubendem Lärm die Flintensalven. Ihr Entführer verteidigte sie, kämpfte um ihren Besitz und liebte sie dann. Tolle, nie endende Liebe unter den Palmenbäumen und in einem prächtigen Palast, wo sie Königin der Liebe und eine Geliebte in jedem Sinne des Wortes sein würde. Trotz seiner lasterhaften Veranlagung empfand Renée eine tiefe Zuneigung zu diesem blutvollen, halbwilden Geschöpf, vor dessen Kraft und Leidenschaft alle Liebe unter der Sonne Europas bläßlich und matt erschien.

Zuweilen kam ihr der Gedanke, sie andere, höhere Dinge zu lehren; bald jedoch sah sie die Zwecklosigkeit eines solchen Versuchs ein; wie hätte sie dieser kleinen Heidin begreiflich machen sollen, was Seele ist!

Plötzlich sah Aisha sich um, ob sie allein seien, und nachdem sie sich davon überzeugt hatte, hockte sie sich vor Renée hin, zog ihren Haik in die Höhe und entblößte ihren Körper. An der Innenseite ihres linken Schenkels hatte sie ein Stück Brot angebunden; sie erklärte nun der verblüfften Renée, wenn ein Mädchen ein Kind haben wolle, müsse es das Brot dort tragen, bis es sehr schmutzig sei. Dann müsse man es an der Herdkante heiß machen und aufessen, ohne etwas zu trinken, dann schlafen gehen. „In der Nacht wirst du sehr durstig. Du verlangst im Traum nach

Wasser. Du siehst einen Mann, der dir Wasser reicht. Er wird dein Entführer sein! Oh! Zahlreich wie die Beeren an einer Traube werden die Männer sein, die sich in mich verlieben!"

Es klang genauso, als hätte Halima gesprochen.

„Aisha", sagte Renée, „wenn du auf mich hören wolltest, würde ich dich wie eine Schwester lieben."

„Kannst du dir nicht einen Liebhaber verschaffen und auch für mich einen?" erwiderte Aisha.

Der kleine Mohammed kam in den Garten, und Aisha ordnete rasch ihren Haik. Mohammed kam näher, stellte sich mit gespreizten Beinen hin und musterte Renée mit herrischen Blicken. Dann befahl er Aisha fortzugehen. Das Mädchen sprang auf und lief zu der Terrasse hinauf. Schrill zankende Stimmen tönten herab. Jemand schlug Aisha. Einen Augenblick später kam das Mädchen die Stufen herunter, lehnte sich an die Wand und fing mit einem langgezogenen, qualvollen Heulen zu weinen an.

„Roumia", sagte Mohammed, „mein Vater hat dein Volk aus unserem Lande vertrieben."

Er zog einen Tuareg-Dolch hervor und schleuderte ihn gegen den Baumstamm, wo er gerade um Haaresbreite über Renées Kopf steckenblieb.

„Mohammed, ich habe dir schon einmal gesagt, daß das ein gefährliches Spiel ist. Dein Vater würde dich bestrafen, wenn er davon erführe."

„Mein Vater läßt den Roumi die Köpfe abschlagen."

„Ja, aber mit mir würde er nicht so verfahren."

„Ich werde ihn bitten, daß er mich mit dir verheiratet!"

Renée fand ihn teuflisch frech und teuflisch schön.

„Ich will eine weiße Frau haben", fuhr der Junge fort. „Ich muß weiße Söhne haben. Sie sind von besserer Zucht, und alle Sultanssöhne müssen weiß werden. Dunkelhäutige Männer sind Sklaven."

„Wer hat dir das gesagt?"

„Es ist wahr!" rief Mohammed kategorisch.

Renée hatte Aisha heimlich beobachtet. Das Gejammer des Mädchens war ihr peinlich. Sie konnte den Anblick körperlicher Schmerzen nicht ertragen, und daß Halima ihre Tochter verprügelt hatte, war sicher. So stand sie auf, um Aisha zu trösten. Im selben Augenblick aber packte sie plötzlich die Versuchung, diesen kleinen Mohammed zu zähmen, ihn ihrem Willen zu unterwerfen. Sie überzeugte sich, daß niemand sie sah, legte schnell einen Arm um den Hals des Knaben und küßte ihn auf die Lippen. Er errötete heftig und flüsterte mit fast gebrochener Stimme:

„Roumia!"

„Komm jetzt, wir wollen sehen, was mit Aisha los ist."

Mohammed folgte ihr, in den Augen einen verlorenen Ausdruck träumerischer Seligkeit, vermischt mit dem Gefühl heimlicher Schuld.

Aisha jedoch wollte sich nicht trösten lassen, sondern sie war drauf und dran, zu beißen und zu kratzen; erst als Renée versprach, ihnen beiden Geschichten aus ihrem kleinen Buch vorzulesen, wurde sie zugänglicher und folgte ihr.

Renée führte sie an eine einsame Stelle des Gartens, ließ sie sich hinsetzen und warten und ging rasch ihr Neues Testament holen. Sooft sich ihr die Gelegenheit bot, erzählte sie ihnen die Geschichte von Jesus, wobei sie tat, als ob sie vorläse, sonst würden sie ihr nicht zugehört haben. Sie hatten wohl Respekt vor dem schöngebundenen kleinen Buche, nicht aber vor ihr.

Mit ihrer klaren, warmen Stimme erzählte sie ihnen von der Geburt des kleinen Jesus. Sie sahen sie nachdenklich an wie Kinder, denen man ein Märchen erzählt, aber sie waren völlig unberührt, denn für sie gab es nur einen Gott, der Gott ist. Immer wieder fühlte sie den unermeßlichen Abgrund zwischen ihrer Religion und den Moralbegriffen des Korans. Und doch, lag nicht gerade hier eine lebenswerte Aufgabe für die französische Frau?! War es nicht die heilige Pflicht der Wissenden, den Unwissenden zu helfen?

„Weiter, Roumia! Mehr!"

Sie erzählte ihnen die Geschichte von König Herodes, vom Mord an den Erstgeborenen. Als sie geendet hatte, sprang Aisha auf. Ja! Sie würde sofort zu Asma laufen und ihr erzählen, daß der Roumi-Prophet in einem Stall zur Welt gekommen sei, und daß er keinen Vater außer Allah habe!

Mohammed blieb sitzen. Er legte die kleine Mütze mit den goldenen Zechinen in den Schoß und wickelte seinen Haarknäuel um den Finger. Dann schaute er Renée verwirrt an und sagte, so schön wie sie könne keine andere Frau sein. Er wolle nie wieder eine Frau ansehen, sondern immer nur an sie denken, und sobald er ein wenig größer sei, würde er sie sicherlich heiraten. Sein Vater würde eines Tages König sein, und eines Tages würde auch er König sein, und Renée würde eine Königin sein, und sie würde viel mehr wissen als irgendeine Berber- oder Araberfrau und würde das Volk große, neue Dinge lehren und das Volk reich und glücklich machen.

Renée erschrak innerlich über die heiße Leidenschaft, die sie in des Knaben Herz entzündet hatte. Seine lieblichen, sanften Augen, in denen bereits jene sonderbare Trauer lauerte, die die Seele seines Vaters erfüllte, hingen an ihr voller Demut und Unterwürfigkeit. Er versprach ihr bei allem, was ihm heilig war, nie wieder einen Dolch in ihre Richtung zu schleudern, sondern sein Dolch würden jeden ins Herz treffen, der es wagte, sie auch nur anzusehen. Sie könne seiner Treue sicher sein, aber vor allem: tiefste Verschwiegenheit; denn niemand solle um ihre Liebe wissen.

24

Renée fand in dieser Nacht keinen Schlaf. Sie lag in der tiefen Stille, lauschte dem schweren Pochen ihres Blutes und versuchte in ihrer Verlassenheit, sich mit ihren Erinnerungen zu trösten. Aber sie war so sehr in ihrem jetzigen Leben befangen, daß nur traurige und finstere Gedanken Einlaß in ihre Seele fanden. Unablässig kreisten ihre Gedanken um dieses marokkanische Abenteuer, ohne daß es ihr gelang, eine Antwort auf das ‚Warum?' zu finden.

Ihre Vorstellungswelt war im Zwiespalt zwischen ihrem Vater und Le Roux. Beide standen vor ihrem inneren Auge, lebten dort ein glühendes, starkes Leben. Le Roux' Heldentaten bildeten das einzige Gesprächsthema in der Kasba, und seine Siege erweckten ein tönendes Echo. Ihr Herz litt um Frankreichs Soldaten, für die sie als Offizierstochter von jeher höchste Achtung und Bewunderung empfunden hatte. Ein großes Bankett während des Rifkrieges fiel ihr ein, bei dem viele Offiziere zugegen waren; ihr Vater, in der Hand ein Glas Champagner, hatte eine Rede gehalten, in welcher er die Ansicht eines französischen Ministers, der vor ihm in seiner Rede die ‚milde Politik Frankreichs gegenüber der einheimischen Bevölkerung' hervorgehoben hatte, widerlegte. Sie erinnerte sich dieser Rede fast Wort für Wort. ‚Alle Schritte, die wir bisher in Marokko unternommen haben, sind ungenügend gewesen. Der Feind muß den Eindruck gewonnen haben, daß wir schwanken, um Zeit zu gewinnen, als befänden wir uns in einer heiklen Lage. Unsere ganze Politik ist falsch. In einem Kolonialkrieg muß der Gegner von Anfang an von der überragenden Macht der Regierung überzeugt sein. Jedes Schwanken ist durchaus verwerflich. Wir müßten sofort eine so unwiderstehliche Truppenmacht zur Verfügung haben, daß sich der Feind schon nach dem ersten Zusammenstoß restlos geschlagen geben muß. Es genügt nicht, ihm jede Hoffnung auf einen möglichen Sieg zu nehmen – nein! Es muß ihm jede Verteidigungsmöglichkeit genommen werden. Ein Feind dieser Art wird, solange man ihn nicht völlig zerschmettert und vernichtet hat, immer noch damit rechnen, bei einer anderen Gelegenheit Sieger zu bleiben. Diese Hoffnungen muß man ihm gewaltsam austreiben, denn sie erzeugen einen dauernden Zustand innerer Wut und Empörung und ermutigen ihn, auch weiterhin seine rebellische Haltung beizubehalten.

Es leuchtet von selber ein, daß in den Herzen eines barbarischen Volkes der Rachegedanke weiterglimmt und eines Tages mit Sicherheit wieder zur Flamme werden muß, wenn nicht auf ihre Ausrottung hingearbeitet wird, wie die Ereignisse in England beweisen. Die Engländer sind aus Gründen der sogenannten Menschlichkeit oder vielleicht aus rassenmäßiger Degeneration oder aus traditioneller Heuchelei heute nicht mehr gewillt, alle die Revolten in ihren Kolonialgebieten so rasch wie nur möglich im Keime zu ersticken. Ich denke da besonders an Indien. Infolge dieser Politik leben sie in beständiger Unruhe, und unterdessen pflanzen ihre Kolonialschwierigkeiten sich fort und erzeugen auch im Mutterland schwere Zwistigkeiten. Eines Tages wird das englische Volk diese ewigen Schwierigkeiten satt bekommen und allen seinen Kolonien die Selbstverwaltung gewähren. Nationen, die das Werk der Kolonisierung auf diese Weise betreiben, verlieren naturgemäß ihre Kolonien. Soll Frankreich aus ähnlichen Gründen in Verfall geraten?'

Jetzt erschienen Renée die Worte ihres Vaters grausam und rücksichtslos. Ihr Glaube an die Unfehlbarkeit ihres Heimatlandes war erschüttert, und eine tiefe, heimliche Angst begann an ihrem Herzen zu nagen.

Ihre Seele empörte sich gegen alle diese Gewalttaten. ‚Warum läßt man dieses Volk, das uns nichts getan hat, nicht in Ruhe? Fort mit euren Reden über Prestige und Zivilisation! Dieses Volk hat ein Recht auf sein eigenes Leben ohne fremde Einmischung. Warum dieser alten Rasse eure gesellschaftlichen und nationalen Begriffe und eure Technik aufzwingen? Wie könnt ihr es wagen, sie als Barbaren zu beschimpfen? Sie haben ebenso wie ihr Herz, Verstand und eine Seele, haben Väter, Söhne, Geliebte, Frauen. Auch sie kann ein großer Gedanke bewegen, auch sie sind großer Taten fähig. O Frankreich! Wo hast du einen Mann wie Abd-el-Kader-Ben-Sliman? Du treibst die Araber vor dir her in die Wüste, und an ihre Stelle tritt unser kleiner, selbstsüchtiger, geldgieriger Kolonist als sogenannter Träger der Zivilisation. Sind sie denn wirklich besser als die Männer dieses Landes, die unter diesem gewaltigen Himmel geboren und gewachsen sind? Le Roux hat recht! Wir bringen Alkohol und Maschinen hierher und sollten doch nur das Beste bringen, was wir besitzen: Religion, Kunst und Wissenschaft. Wir verbieten die Einfuhr von Waffen und Munition und laden statt dessen unsere Gifte ab. Wenn wir diese Menschen im Interesse unserer Zivilisation und unseres Handels brauchen, dann sollten wir mit freundschaftlich ausgestreckter Hand zu ihnen kommen, nicht aber sie mit Gewalt unterwerfen.' Renée erschrak über das Ungestüm ihrer eigenen Gedanken. Sie litt sehr. Es war, als ob ihre Vaterlandsliebe sich im Todeskampfe winde und langsam verende. Sie fühlte sich ihrer alten Welt entfremdet und wußte, daß nach diesem Erlebnis nur wenige ihrer früheren Anschauungen und Gedanken bestehenbleiben würden.

Mitten in der Nacht stand Renée auf. Der Mondschein lockte sie in den Garten und verführte sie dazu, auf die Terrasse hinaufzusteigen. Der leise, balsamische Nachtwind traf ihr Gesicht; sie atmete die kräftige, aufreizende Luft, in der die durchdringend scharfen Gerüche jungfräulicher Landschaft sich mit dem Duft der Rosen und einem ganz leisen Tiergeruch vermischten, einem Geruch von Kamelen, Pferden und Schafen. Sie blickte zum Himmel auf. Eine ungeheure Wolke hing über ihrem Kopf. Alles schien in diesem Land so riesenhaft; die Berge, die Täler, die Ebenen, alles war nach einem gewaltigen Maßstab entworfen, und ihr fiel ein, daß dies auch für Le Roux zutraf, der jetzt in ihren Gedanken etwas Gigantisches annahm. ‚Was für ein Jammer, daß er Frankreichs Feind ist', dachte sie, mit einer innigen Wärme, die ihr bisher fremd gewesen war. Plötzlich hörte sie Stimmen. Sie versteckte sich hinter einer Mauerzinne und sah einen Mann über die Terrasse schreiten, begleitet von einer verstohlen dahinhuschenden Frauengestalt. Sie hörte Halimas Stimme flüstern. Der Mann stieg schweigend durch eine der Schießscharten, packte ein dickes Seil, das dort hing, und ließ sich an der Außenmauer hinunter. Nach einigen Sekunden band Halima das Seil los und warf es dem Manne nach. Dann verließ sie die Terrasse, im Gehen die Hüften bewegend. Die Spangen an ihren Knöcheln klirrten; sie lächelte mit geschlossenen Lippen wie in grimmiger Zufriedenheit.

25

Während Le Roux' Abwesenheit verbrachte de Sonloup seine Tage im barbarischen Kerker der Kasba. Der schmale Lichtstrahl, der ab und zu in diese Finsternis fiel, beleuchtete einen Mann, an dem kaum noch etwas an einen französischen General erinnerte. Eher glich er einem Gespenst, einem jener Toten von den Schlachtfeldern von Verdun, der aus einem Grabe herausgestiegen ist und, sich seiner Nacktheit schämend, eine zerfetzte Hose, einen von Granatsplittern zerrissenen Offiziersrock angezogen und sich spaßeshalber ein verbeultes Generalskäppi auf seinen wüsten, verlausten, strähnigen, gelblichgrauen Haarschopf gestülpt hat. Seine Haut hatte die Farbe des Erdbodens, seine Füße und Hände waren von Schmutz verkrustet. Ein irres Fieber trübte seinen einstmals so klaren, falkenscharfen Blick.

Eiserne Ringe umschlossen seine Knöchel und Handgelenke, so daß das Fleisch sich entzündet hatte und die Knochen zum Vorschein kamen. Unablässig atmete er die warme, dunstige, ekle Luft, die mit Krankheitskeimen gesättigten, säuerlichen Ausdünstungen von nahezu zweihundert in Ketten gelegten politischen Gefangenen, die gleich ihm in diesen höhlenartigen Zellen schmachteten.

Aber während alle anderen Gefangenen von ihren Verwandten gepflegt und versorgt wurden – man durfte an die Zellentür kommen und ihnen Nahrung und Wasser durch die viereckige Öffnung schieben, durch die sogar im Notfall ein schlankes junges

Geschöpf zu den Gefangenen Zutritt erlangen konnte –, kümmerte sich um de Sonloup niemand außer einem Wächter, der ihn mit einer so berechnenden und boshaften Grausamkeit behandelte, wie man sie nur bei Bagnowärtern in Cayenne oder auf der Teufelsinsel findet.

De Sonloup wußte, daß er nun die tiefste Tiefe seines Elends erreicht hatte. Aber mit eisernem Gleichmut und einer fast übermenschlichen Entschlossenheit ergab er sich in die neue Lage. Immer noch erhellte seinen Geist die Hoffnung auf bessere Zeiten. „Die Jungens kommen!" sagte er immer wieder zu sich selbst.

Aber die Wochen verstrichen, und die ‚Jungens' kamen nicht. Nun überschlich ihn allmählich das Vorgefühl einer unabwendbaren Katastrophe. Seine Verzweiflung steigerte sich bis zum Wahnsinn. Er fühlte seine Widerstandskraft schwinden. Er hörte sich mit lauter Stimme reden. Entsetzen zuckte durch seinen gemarterten Körper. Wie Feuer brannten seine Glieder, und um sich zu überzeugen, daß er noch lebe, begann er imaginären Regimentern Befehle zu erteilen, mit einer Kompanie Soldaten zu manövrieren, wie er es in seinen jüngeren Jahren gelernt hatte, oder auch wohl in einem Anfall völliger Hoffnungslosigkeit Gebete an die Jungfrau Maria und an den lieben Gott herzusagen.

Irgendwo in seiner Nähe befand sich ein Leidensgefährte, der ihn zur Raserei brachte. Er wußte nicht genau, wo der Mann lag, aber er hörte ewig seine Stimme, ein näselndes Jammern und endloses Beten. Schließlich schrie de Sonloup ihm zu, endlich still zu sein.

„Fremder! Du bist ein Roumi. Ich merke das an deiner Stimme!" tönte es zurück. „Hier liegt Ibrahim-el-Hadj und erleidet die ungeheure Unbill lebendiger Hölle, weil er keinem anderen Herrn als Allah dienen wollte. Fluch über Abd-el-Kader-Ben-Sliman, der sich selber zum Pascha gemacht hat!"

Und ein greisenhaftes Gekicher folgte diesen Worten.

De Sonloup sank auf den Steinboden nieder und begann wie ein Hund seine Wunden zu lecken. Plötzlich gewahrte er draußen einen Lichtschein und blickte auf. Neue Bedrückung.

Er hörte in dem riesigen Gang vor dem Zellenloch die Ketten rasseln; beim Erblicken des Lichtscheins gerieten die Ketten in Aufruhr. Es war wie bei der Fütterung in einem zoologischen Garten. Das Licht glitt an seiner Zellentür vorbei, zog weiter und kehrte dann wieder zurück. Plötzlich verdunkelte sich die Öffnung in seiner Tür, und eine trockene, schnarrende Stimme rief: „Rabaoui." Sein Rücken straffte sich. „Rabaoui!"

Er stand auf, schritt zur Tür und sah einen Arm und eine Hand, die ihm ein kleines Bündel entgegenhielt. Es war eine Frauenhand; eine alte, welke, zitternde Frauenhand. Er nahm das Bündel. Es fühlte sich schwer an. Der Arm verschwand, kehrte aber fast augenblicklich wieder zurück. Die Hand hielt einen kühlen, feuchten, irdenen Steinkrug. Gierig setzte de Sonloup den Krug an die Lippen und trank. Brunnenwasser, mit Rosenblättern gewürzt! Seine Augen füllten sich mit Tränen. Nachdem er seinen Durst gestillt hatte, blickte er auf. Die gute Samariterin war verschwunden und mit ihr der Lichtschein. Er setzte sich hin und öffnete das Bündel. Als er Brot und gebratenes Fleisch roch, erfüllte Dankbarkeit sein Herz bis zum Rande. Lange Zeit saß er da und überlegte, wer dieser Besuch gewesen sein könnte, möglicherweise eine Sklavin, die seine Tochter ihm geschickt hatte? Vielleicht war es Renée endlich gelungen, die Verbindung mit ihm aufzunehmen. Er suchte nach einem Brief, nach einer Botschaft von ihr. Den ganzen Tag suchte er im Finstern danach. Es war nichts da.

Unterdessen verließ ein altes Weib, in die schmutzigsten alten Lumpen gehüllt, den Haik fest vor das Gesicht pressend, die Kasba durch eines der nördlichen Tore und humpelte in eine schmale Nachbarstraße, wo sie in einer dichten Menschenmasse, die sich um die Verkaufsbuden der Lebensmittelhändler versammelt hatte, verschwand.

Am nächsten Tage in aller Frühe kehrte sie zurück und trug abermals ein geheimnisvolles Bündel unter ihrem Haik. Die Wachen ließen sie passieren. Sie betrat einen inneren Hof, wo im Schatten der Mauer Dutzende elender Geschöpfe zusammengekauert auf der Erde hockten. Es waren zumeist Frauen mit Bündeln, Wasserkrügen und Kindern, welche warteten, bis die Reihe an sie kam, daß sie in den Kerker gehen und ihre Geliebten besuchen durften. Vornehme Damen saßen heimlich unter ihnen; die Frauen edler Kaids und Fürsten aus fernen Gauen, die nach Chechrell gekommen waren, um ihren Herren und Meistern, die der Pascha eingekerkert hatte, Nahrung zu bringen. Viele von ihnen jammerten laut. „Wo ist er, der Pascha und seine vielgerühmte Gerechtigkeit? Wie lange müssen unsere Männer im Gefängnis schmachten? Sind sie nicht bereit, sich dem Pascha zu unterwerfen?"

Aber der Pascha kam nicht.

Fatima hockte sich hin, um zu warten, bis die Reihe an ihr war. Die Klagen der Verwandten, ihre halbverhüllten Anschuldigungen gegen den Pascha schnitten ihr ins Herz. Aber sie wagte es nicht, ein Wort zu seinen Gunsten zu sprechen. Allah! Was würde geschehen, wenn jemand entdeckte, daß Sit-el-Koll hier saß! Hassan, den Wächter, hatte sie bestochen; aber noch vor Abd-el-Kaders Rückkehr würde er von ihr außer dem Geld einen kleinen Topf mit sehr süßem und sehr wohlschmeckendem Mandelteig erhalten, einem Mandelteig, dessen Klebrigkeit ihm den Mund für ewige Zeiten zukleben würde. Noch einige andere würden daran glauben müssen; Sklaven ihres eigenen Harems. Auch diese würden von dem Mandelteig zu essen bekommen. Zu ihnen gehörten die Sklavin Futna, die ihr in einem alten Hause in der Medina beim Anlegen der Bettlerkleidung behilflich war, sowie der Eunuch Nassr, dem das ärmliche Haus gehörte. Sie alle müßten süßen Mandelteig essen, damit Abd-el-Kader nie erfahre, daß die kleine Oom einen kranken Gefangenen im Kerker der Kasba genährt und gepflegt hat.

Hassan stolzierte vor den Gefängnisbesuchern auf und ab, taub gegen ihre wütenden Klagen. Nur wenn sie aufsprangen und zu toben begannen und die Fäuste nach ihm schüttelten, überhäufte er sie mit wüsten Drohungen, jagte die schlimmsten Beleidiger vom Hofe und ließ sie die ganze Nacht draußen vor dem Tore warten, indes ihre eingekerkerten Männer oder Brüder vor Hunger und Durst verschmachteten.

Während diese heftigen Szenen sich abspielten, drängte Fatima sich langsam vorwärts. So kam sie, nachdem sie vier Stunden gewartet hatte, an die Reihe und stieg mit drei anderen Weibern in den Kerker hinab. Je näher sie der Zelle de Sonloups kam, desto aufgeregter wurde sie. Seit sie sich davon überzeugt hatte, daß er es sei, er, der ‚Shack' ihrer Jugend, befand sie sich in einer ständigen Erregung, und in den langen Stunden, da sie wartend dasaß, bis man ihr den Kerker öffnen würde, galten ihm die süßesten, unvergeßlichen Erinnerungen.

Er war so völlig anders zu ihr gewesen als alle die Männer in ihrem Leben – und es waren ihrer recht viele gewesen, obgleich das niemand außer ihr selbst wußte. Viele gefährliche und aufregende Augenblicke hatte sie erlebt, da die Pulse schneller pochten und der Atem fast aussetzte; aber es waren flüchtige Augenblicke gewesen. Nur ihre Gefühle für ‚Shack', den sie niemals richtig verstanden hatte, waren bis zu diesem Tag lebendig geblieben. In ihrem tiefen Mitleid für ihn hatte sie es gewagt, dem Willen ihres Sohnes zuwiderzuhandeln und seinen politischen Plan, durch qualvolle Leiden nicht nur den Willen, sondern auch die Gesundheit des Generals zu zerstören, zu durchkreuzen. Sein Anblick, wenn er nach einiger Zeit wieder zu seinem Volke zurückkehrte, sollte, nach dem Willen des Paschas, jedem Franzosen ein warnendes Beispiel sein und ihm zeigen, welches Schicksal den erwartete, der in die Hände Abd-el-Kaders fiel. Abgesehen davon, bereitete es ihm eine tiefe Befriedigung, die Leiden von Generationen von Arabern auf das Haupt dieses einen Repräsentanten Frankreichs zu häufen.

Obwohl die kleine Oom das alles wußte, ließ sie sich durch nichts davon abhalten, ihre heimlichen Besuche in den Kerkern der Kasba fortzusetzen.

An diesem Tage brachte sie de Sonloup so viel zu essen, daß drei Soldaten davon satt geworden wären. Als er das Bündel entgegennahm, zitterten seine Hände noch stärker als die ihren. Er legte es auf die Erde und brachte seinen Kopf dicht an die viereckige Türöffnung. Jetzt konnte er ihr verschleiertes Gesicht sehen. „Wer du auch seist, sei versichert, daß ein Franzose zwischen Schurkerei und Güte zu unterscheiden weiß und daß er die eine ebenso verabscheut, wie er die andere ehrt. Du hast viel für mich getan, mein Herz ist voller Dankbarkeit gegen dich. Willst du nicht noch weitergehen und mir sagen, ob es meine Tochter ist, die dich schickt?" Noch nie war das Arabische so fließend von de Sonloups Lippen gekommen. Die Frau schüttelte den Kopf. „Tz! Tz!" zirpte es hinter dem Schleier, durch eine kleine Öffnung sah er ein schwarzes, glänzendes Auge schimmern. „Tz! Tz!"

Er grinste jenes erschreckende Grinsen, das seine Enttäuschung auszudrücken pflegte.

„Roumi", begann eine knarrende Stimme, „bedenke, daß jede barmherzige Tat, die du in deinem Leben getan hast, unvergessen bleibt. Alles dies ist die Belohnung dafür. Du siehst jetzt sehr krank aus. Aber das alles wird vorübergehen. Wenn du den Worten Abd-el-Kaders gehorchst, wirst du so glücklich sein wie die Blumen auf dem Felde. Aber sage ihm nie, daß eine Frau dir Speise und Trank gebracht hat, sonst wird er dich zu Tode foltern lassen."

„Kommst du aus dem Hause Abd-el-Kaders?"

„Tz! Tz! Du darfst keine Fragen stellen."

Sie hüstelte ein wenig, streckte den Kopf von links nach rechts und sah ihn dann wieder an. „Leidest du?"

Ihre Stimme klang verändert. Die Wärme, die jetzt darin lag, erweckte in de Sonloup eine geheimnisvolle Sympathie für die Unbekannte.

„Ob ich leide? Ja."

„Ich bedaure dich!" flüsterte sie unter ihrem Haik; ihr Atem berührte sein Gesicht.

De Sonloup fühlte plötzlich das Blut durch seine alten Adern jagen.

„Ich sehe, daß du krank bist und daß die Ketten schwer an deinen Gliedern hängen. Morgen bringe ich dir Arzneien."

„Arzneien! Oh, bringe mir einen Sonnenstrahl! Könnte ich nur einen Tag lang diese Finsternis verlassen und frische Luft atmen!"

„Tz! Tz!"

Sidi Ibrahim begann seine summende Stimme zu erheben. „Allah-el-Akbar."

Längs des Ganges rasselten die Ketten. De Sonloups Stirn bedeckte sich mit Schweiß. Ganz in der Nähe hörte man Hassan husten und ausspucken. Ohne ein weiteres Wort verschwand die Besucherin.

De Sonloup sank auf den Boden nieder und drückte das Bündel, das sie ihm gebracht hatte, an die Brust. Er glaubte zu träumen.

26

An jedem der folgenden siebzehn Tage erhielt de Sonloup frischen Eßvorrat von seiner unbekannten Samariterin. Sie kam immer zur gleichen Stunde, und er gewöhnte sich so sehr an ihre Besuche, daß er bereits lange vor ihrem Kommen an der schweren Tür lehnte, sich an das rostige, mittelalterliche Schloß festklammerte und durch die viereckige Öffnung auf den Gang hinausspähte.

Die Rationen, die sie ihm brachte, waren reichlicher bemessen, als zum Stillen seines Hungers nötig war. Den Rest jeder Mahlzeit warf er meist auf den finsteren Korridor hinaus, um die Aufmerksamkeit der Ratten und des Ungeziefers, seiner ständigen

Gefährten, von sich abzulenken. Gelegentlich schlich sich draußen die dunkle Gestalt eines der Gefängnisbesucher heran, um unter den Abfällen eine erste Auswahl zu treffen, oder auch ein treuer, halbverhungerter Hund, der einem der Gefangenen gehörte, machte den Ratten das Eigentumsrecht an den Brocken streitig.

In einem der Bündel hatte de Sonloup einen großen Krug mit Salböl gefunden und seine zahlreichen Wunden damit eingerieben. Stundenlang hatte es ihn wie flüssiges Blei gebrannt; allmählich aber hatte sich der Schmerz gelegt und war einem wohltuenden Gefühl der Linderung gewichen. Beim zweiten und dritten Male kühlte das Öl seine Wunden, und zudem verscheuchte der starke Geruch das Ungeziefer.

Noch immer wußte er nicht, wer die Fremde war. Aber eines Tages würde er ihren Namen herausbekommen, mit ihr abrechnen und ihr seine Dankbarkeit erweisen. Ihre Besuche waren immer sehr kurz. Sie sprach nie sehr viel, schob ihm nur das Bündel und den Krug herein und entfernte sich dann. Obwohl sie ihm nie ihr Gesicht zeigte, bildete er sich ein, sie müsse schön sein. Zwar sahen ihre Hände alt und verwelkt aus, aber schließlich müssen diese Berberinnen mit ihren Händen schwere Arbeit verrichten. Zuweilen sind ihre Hände runzlig und greisenhaft, und dennoch haben sie das Gesicht und den Körper einer Madonna. Sie gehörte auch nicht den unteren Klassen an, so schmutzig auch ihre Kleider waren, denn sie sprach wie eine Frau, die gewöhnt ist, anderen Frauen Befehle zu erteilen.

Als Fatima am siebzehnten Tage wiederkam, hielt de Sonloup sie an der Tür zurück. Er nahm ihre Hand und drückte sie sanft, zog sie näher an die Öffnung heran und bat sie, ihm ihr Gesicht zu zeigen. Als Antwort darauf umkrampfte sie ihren Haik nur noch fester. „Tz! Tz!"

Dieser leise Laut konnte vielerlei bedeuten. Jetzt, obgleich er nicht lauter war als das Knicken eines Zündholzes, verriet er dennoch deutlich eine heimliche Angst.

„Du hast mir bisher soviel Gutes getan, warum willst du mir nicht dein Gesicht zeigen? Es ist sicherlich das Gesicht eines Engels?"

„Tz! Tz!"

Rasch entzog sie ihm ihre Hand.

„Dann sage mir wenigstens deinen Namen – und warum du mich mit soviel Großmut behandelst?"

„Tz! Tz!"

„Gib mir Gelegenheit, dich für deine Güte belohnen zu können. Du sagst selber, daß ich sehr bald wie die Blume auf dem Felde sein werde, und wenn dieser Augenblick da ist, werde ich dich hundertfach belohnen, dazu aber muß ich wissen, wer und was du bist."

Seine Worte und der freundliche Klang seiner Stimme schienen sie zu rühren.

„Wenn du wieder eine Blume auf dem Felde bist, dann sei gütig zu den Arabern", sagte sie mit tiefer Stimme.

„Ich kann nicht zu meinen Feinden gütig sein, aber zu dir möchte ich es sein, denn du bist schön, und ich liebe dich."

„Tz! Tz!" kam es entgeistert zurück.

De Sonloup hielt das für Schüchternheit und Scheu, und der Mann, den die afrikanische Sonne in ihm fast ertötet hatte, erwachte wieder in ihm.

Am liebsten hätte er die Tür eingeschlagen, die zwischen ihm und ihr stand.

Er klammerte sich an den Rahmen der Türöffnung an, und nur mit Mühe hielt er sich zurück, ihr den Haik vom Gesicht zu reißen.

„Tz! Tz!"

Sie wandte sich ab und war verschwunden. Er fluchte.

In dieser Nacht starb sein Nachbar, der ehrwürdige Sidi Ibrahim-el-Hadj. Sein letztes Allah-el-Akbar verdorrte ihm auf den Lippen und wurde zu einem unheimlichen Gurgeln in seiner Kehle. Sein letzter Todesseufzer begann mit einem hohen, singenden Ton und endete mit einem tiefen, verlorenen Grollen. Die wenigen Verwandten, die bis zum Ende bei ihm ausgehalten hatten, trugen des Nachts seinen Leichnam fort.

27

Im Büro der Rekkas traf die Nachricht von der bevorstehenden Rückkehr des Paschas ein. Unter den vierzigtausend Einwohnern von Chechrell gab es nicht einen, der nicht binnen einer Stunde davon erfahren hätte. Es war, als pflanze ein elektrischer Strom sich durch die Stadt fort.

Si Omar und Sidi Youseff rafften soviel Mann wie nur möglich zusammen und brachen nach dem Djebel Imtras auf, um den siegreichen Abd-el-Kader zu empfangen.

Als Fatima die Nachricht erhielt, trat ein seltsam schmerzlicher Ausdruck in ihre Augen. Nun hatten ihre heimlichen Besuche im Kerker ein Ende, und sie machte sich sofort an die Zubereitung eines Mandelteigs. Futna, die Negersklavin mit den aufgeschlitzten Wangen, half ihr dabei, ohne zu ahnen, was ihr bevorstand.

Als Fatima den Roumi zum letztenmal besuchte, war ihr Herz von Trauer erfüllt. Ein schweres Verbrechen lastete auf ihrer Seele. Die Gewißheit, daß vielleicht noch vor Sonnenuntergang zwei bis drei Menschen an ihrer Mandelspeise sterben würden, ließ sie kalt. Sklaven, Eunuchen und Gefängniswärter waren für sie nebensächliche Geschöpfe. Unerträglich aber war ihr der Gedanke, daß Abd-el-Kader, ohne es zu wissen, seinen eigenen Vater als seinen schlimmsten Feind behandelte, Leiden und Qualen auf seines eigenen Vaters Haupt häufte, ihn folterte, ihn bedrückte und so unablässig die heiligsten Gebote Gottes verletzte. Dieses schreckliche Verbrechen, das Abd-el-Kader ahnungslos beging, brachte Fatima fast von Sinnen. Sie fürchtete die Rache Gottes. Sicherlich würde Gott das Verbrechen an ihrem geliebten Sohn heimsuchen.

Und sie, Sit-el-Koll, war an allem schuld. Bei dem bloßen Gedanken, Abd-el-Kader könne eines Tages entdecken, was sie während seiner Abwesenheit getan hatte, zitterten ihr die Knie. Allahs Strafe war über ihr. Was sollte sie tun?

Ausgestopft wie eine Puppe, den schmutzigen Haik, der ihr das Aussehen eines der ärmsten Straßenweiber verlieh, im Dreck hinter sich herschleifend, schlich sie sich aus Amrus, des Eunuchen, Haus im unteren Teile der Medina und begab sich auf ihre beschwerliche Wanderung in den Kerker, wobei sie auf einem Umweg zur Kasba zurückkehrte. Obgleich der dichte Schleier und die Vermummung sie unkenntlich machten, schwebte sie dennoch in ständiger Angst vor irgendeinem bösen Geist, der jemandem ins Ohr flüstern könnte: „Da geht Lalla Fatima!"

Hassan, der Befehlshaber der Gefängniswache, hatte keine Ahnung, wer sie war. Er zog es vor, die Geschichte zu glauben, die sie ihm gleich zu Anfang erzählt hatte; sie sei die Mutter eines Kaufmanns in den Soûks. Ihr Sohn sei mit den Harkas fortgezogen, und sie habe ihn im Traume auf einem Kamel reiten sehen. Solch ein Traum bedeute seinen sicheren Tod. Sie habe sodann eine Schüssel mit Wasser, in der der Leichnam eines Kindes gewaschen worden war, zu Rate gezogen, und die Genien hätten ihr zugeflüstert, sie müsse, um ihres Sohnes Leben zu retten, den Roumi-General in der Kasba bis zu des Paschas Rückkehr verpflegen. Heute behandelte Hassan sie sehr grob. Zuerst wollte er sie überhaupt nicht einlassen, obgleich sie ihm zu verstehen gab, daß Sidi Omar und sämtliche Krieger aus der Kasba davongeritten waren, um den Pascha zu empfangen. Er stieß sie beiseite, worauf sie ihn mit wilden Beschimpfungen überschüttete und ihn den Mörder ihres Sohnes nannte. Da packte ihn die Wut, und er drohte ihr, sie vor den Kadi zu schleppen. Nun winkte sie ihn beiseite und drückte ihm fünf Duros in die Hand, worauf er sofort ruhiger wurde. Sie versprach ihm, wenn er ihr heute die Tür zur Zelle des Roumi öffnete und sie einließe, würde er am nächsten Tage nochmals fünf Duros und einen kleinen Topf mit köstlicher Mandelspeise von ihr erhalten. Das wirkte. Er stieg, von ihr gefolgt, in den Kerker hinab und öffnete ihr die schwere Zellentür. Darauf entfernte er sich und nahm das Licht mit.

De Sonloup, der mit über den Knien verschränkten Armen am Boden saß, sah sie wie einen Schatten umherschleichen. Ihre Nähe erfüllte ihn mit einem sonderbaren Entzücken. Sie zündete einen Kerzenstumpf an und stellte ihn auf die Erde. Dann setzte sie sich hin. Er sah eines jener schwarzen, stark geschminkten Augen glitzern. Ihr Kopf und ihre Hände zitterten ein wenig. Der Gedanke, sie könne vor Erregung vor ihm zittern, verwirrte ihn; doch zugleich war er auf der Hut wie vor einer möglichen Gefahr.

„Du bist die Freundin meines Herzens", sagte er dennoch voller Freundlichkeit. „Der einzige Mensch auf dieser Welt, der sich um mich armen, alten, eingekerkerten Mann kümmert! Willst du mir nicht jetzt, da wir allein sind, dein schönes Gesicht zeigen und mir sagen, wer du bist und warum du zu mir kommst?"

„Araberinnen zeigen ihr Gesicht nicht! Tz!"

Ihr ewiges „Tz" ärgerte ihn. Was wollte sie von ihm? War sie etwa in ihn verliebt? Er kannte die sonderbare Art mancher Araberfrauen, den Mann zu einem Liebeskampfe aufzureizen, bei dem scheinbares Sichwehren mit Kratzen, Beißen die größte Rolle spielen würde, und war dem durchaus abgeneigt.

„Heute bin ich das letztemal hier!" sagte Fatima plötzlich. De Sonloup blickte auf seine abscheulichen nackten Füße hinab.

„Warum bist du dann überhaupt gekommen? Wenn du mich jetzt verläßt, wäre es besser gewesen, ich hätte dich nie gesehen."

Er näherte sich ihr, seine Ketten hinter sich herschleifend. Als er jedoch die Hand nach ihr ausstreckte, entschlüpfte sie ihm und lachte ein sprödes, schnarrendes Lachen.

„Wie heißt du?" fragte er.

„Tz! Tz!" Sie schüttelte den Kopf. Ein paar Augenblicke saßen sie schweigend da und schauten sich im flackernden Kerzenschein an. Plötzlich zog sie einen Ring von ihrem Finger und zeigte auf de Sonloups Siegelring.

„Gib ihn mir. Ich gebe ihn dir wieder. Ich werde dir dein Leben erzählen."

Langsam nahm der General seinen Ring ab, der lose an seinem Finger hing, und reichte ihn der Fremden. Jetzt lockerte sie ein wenig ihren Haik, machte ihre beiden Hände frei, nahm ein kleines Stück Seidenfaden und band die Ringe zusammen. Dann hauchte sie durch ihren Schleier die Ringe an.

„Du bist eine Araberin", sagte er zu ihr.

Sie hielt inne und saß völlig reglos da.

„Ich weiß, daß du eine Araberin bist", fuhr er fort, „die Berberinnen verschleiern sich nicht so wie du."

Sie achtete nicht auf ihn, sondern fuhr fort, die Ringe anzuhauchen, ließ sie gegeneinanderklirren, hielt sie ans Ohr und rieb sie schließlich zwischen den Handflächen.

„Roumi, du hast einmal eine Fatima gekannt", sagte sie und legte die Ringe vor sich hin. „So wie diese beiden Ringe seid ihr beide vereinigt gewesen. Sie war schön wie eine rote Rose, und du fandest sie im Süden nach einer großen Schlacht. Du warst zu Pferde, als du ihr begegnetest. Ich sehe Palmengärten und ein kleines Haus. In diesem Haus lebst du mit dem Arabermädchen. Du streichelst ihre Glieder und nennst sie deine Gazelle."

„Und hat sie mich geliebt?"

„Ein Arabermädchen lebt nicht mit dem Manne, den sie nicht liebt. Sie hat die Wüste vor sich und kann in viele Zelte gehen. Du bist ihr ein guter Herr gewesen und hast ihr viele Geschenke gemacht. Ich sehe, daß sie ein Kind von dir bekommen hat, einen Knaben mit weißer Haut und blauen Augen."

„Sonderbar!" murmelte de Sonloup.

Seine dichten, buschigen Augenbrauen senkten sich herab. Gedankenlos tötete er ein mit Blut vollgesogenes Insekt, das an seinem Arm emporkrabbelte.

„Kannst du sehen, ob sie noch am Leben sind?"

„Là! Beide sind tot."

Erstaunt und verblüfft blickte er auf. Wann nur hatte er dieses „Là!" schon einmal gehört? Eine rätselhafte Verwirrung überkam ihn.

„Was erzählen dir die Ringe noch?"

Fatima geriet in eine so starke Erregung, daß sie Angst hatte, sich zu verraten. Ein paar Augenblicke lang spielte sie mit den Ringen.

„Roumi, du bist ihr ein guter und gerechter Herr gewesen, aber du gingst von ihr und ließest sie mit einer Wunde zurück, die nie mehr heilen wollte. Von diesem Tage an verfluchte sie dich ebenso wie alle anderen Roumi, die ihren Vater und ihre Brüder getötet hatten."

„Was wurde aus ihr und dem Kinde?"

Fatimas Atem ging pfeifend. Sie machte eine krampfhafte Anstrengung, ihre Gefühle zu meistern. Langsam fuhr sie fort: „Sie und das Kind zogen zu Verwandten in die Wüste. Sie starb in ihrer Schande, denn alle wußten, daß sie mit einem Roumi gelebt hatte. Bevor sie starb, erdrosselte sie ihr Kind."

„Ist das alles, was du sagst, wahr, Weib? Was für finstere Kräfte mußt du besitzen! Glaube nicht, daß ich Fatima ungerecht behandelt habe. Ich habe für sie getan, was ich konnte. Ich ließ ihr Geld zurück, gab ihr den Rat, nach Oran zu reisen und ihr Kind in dieser Stadt bei einem ihrer dortigen Verwandten aufzuziehen. Ich habe sie nicht aus eigenem Antrieb verlassen. Ein Befehl rief mich weg! Ich konnte sie nicht mitnehmen. Einige Jahre später kam ich nach Oran und bemühte mich umsonst, sie und das Kind zu finden. Auch jetzt noch kann ich es kaum glauben, daß sie, wie du sagst, im Elend gestorben ist."

Tränen rollten aus de Sonloups fieberverwüsteten Augen und tropften in seinen verwilderten Bart. Ihm war, als sei dieses Leinwandbündel vor ihm, das eine fremde, wohltätig hilfreiche Frau verkörpern sollte, nur gekommen, um seine Qualen zu vermehren und sie ins Unerträgliche zu steigern.

Sie löste die Schnur, welche die Ringe zusammenhielt, und legte seinen Ring vor ihn hin. Eine Woge von Parfüm stieg ihm in die Nase; Ambra und Moschus vermischten sich mit dem fauligen Gestank seines Kerkers. De Sonloup streckte die Beine aus und stützte sich seitlings auf den Ellbogen. Sie hüstelte trocken; ihre Gestalt schien einzuschrumpfen, schien immer kleiner und kleiner zu werden, bis sie ihm nicht größer vorkam als eines der Bündel mit Nahrungsmitteln, die sie ihm durch das Türloch hereingeschoben hatte.

„Weib", sagte er, „da du die Macht hast, in der Vergangenheit zu lesen, was kannst du mir von der Gegenwart sagen?"

Sie antwortete ihm nicht sogleich. Ihr zitternder Kopf sank ein wenig nach vorn. Beide schwiegen. De Sonloup fühlte ein geheimnisvolles Band zwischen sich und der Besucherin, fühlte, wie sich ein Verlangen in seinem kranken Körper regte: Wäre nicht sein Stolz gewesen, er hätte sie gebeten, näher zu ihm zu kommen und sich an seine Seite zu legen – – doch dann, ganz unvermittelt, empfand er, daß sie alt, sehr alt war, und ein tiefes Mitleid mit ihr überkam ihn.

„O Roumi!" sagte sie. „Fürchte Allahs Rache! Glaube an ihn. Werde ein Muselman! Bereue deinen Unglauben, und Allah wird dich belohnen! Weigerst du dich, den einzig wahren Glauben anzuerkennen, wirst du in den Augen Gottes auch weiterhin ein Ungläubiger bleiben und ohne Beistand sein. Höre auf das Wort des Propheten, und deine Feinde werden deine Freunde sein."

In diesem Augenblick kam Hassan an die Tür und befahl Fatima, die Zelle zu verlassen. Als sie sich weigerte, kam er herein, packte sie und zerrte sie brutal hinaus. De Sonloup blieb in tiefer Finsternis zurück. Ohmächtig lauschte er dem wüsten Streit, der sich draußen zwischen dem Weib und dem Wärter entspann.

Vergebens wartete er am nächsten Tage auf ihre Wiederkehr.

Dritter Teil

DIE EWIGE KLUFT

1

Als die Kavalkade im Staub des Horizonts sichtbar wurde, bemächtigte sich der ganzen Bevölkerung ein unbeschreiblicher Taumel. Tausende und aber Tausende versammelten sich auf den Wegen, die zur Stadt führten, in den Straßen, auf den Dächern. Rasende Menschenmassen stürzten den Kriegern entgegen, die in geschlossenen Reihen herangeritten kamen. Als sie inmitten der Reiter Le Roux erblickten, der mit ernstem Gesicht wie ein Träumer vor sich hin sah und seinen schlichten Rosenkranz durch die Finger gleiten ließ, gerieten sie vor Bewunderung fast von Sinnen. Sie begannen rhythmische Gebete zu singen und mit Schaum vor dem Munde Allah anzurufen.

Le Roux betrat die Kasba durch das Osttor. Von allen Seiten strömten die Menschen herbei und verlangten lärmend, ihn zu sehen, aber er zeigte sich nicht. In einem der inneren Höfe stieg er vom Pferde. Gidi, sein müder Hengst, schüttelte sich wie ein Hund, der aus dem Wasser kommt. Ohne seinen Unterführern auch nur einen Blick zu gönnen, verschwand Le Roux durch eine kleine Pforte.

Stumm umringten ihn seine Sklaven, entkleideten ihn und wuschen ihn. Sorgfältig pflegte er die Wunde an seinem Kinn und zog frisch gewaschene Wäsche an. Dann ging er in seinen Arbeitsraum. Sein Herz klopfte ein wenig schneller. Seine erste Pflicht war die Pflicht des Sohnes. Er ging, seine kleine Oom zu begrüßen.

Sie weinte vor Freude, richtete viele Fragen an ihn und blickte in seine Augen, als wolle sie seine Seele erforschen. Als seine

Züge schließlich jenen müden Ausdruck annahmen, den sie an ihm kannte, entließ sie ihn freundlich.

Le Roux fühlte sich durchaus nicht im Vollbesitz männlicher Kraft, als er zu seinen Weibern kam. Mit jenem gewohnheitsmäßigen Respekt, den er für sie als sein Eigentum empfand, bemerkte er, daß sie sich so hübsch wie nur möglich gemacht hatten. Die runde kleine Asma war, wie ihm schien, vorn ein wenig dicker geworden und benahm sich so schüchtern und spröde wie eine Jungfrau. Zuhra lächelte ihn an, entblößte ihre großen weißen Zähne und küßte ihn viele Male hintereinander auf die Lippen. Halima, die den ganzen Tag nichts weiter getan hatte, als sich herauszuputzen, sah wie eine Königin aus. Sie hatte sich Wangen und Augen geschminkt und die Nägel frisch mit Henna gefärbt. Sie trug eine Unmenge Schmuck und eine erstaunliche Kopftracht, nahm ihn bei den Händen, schwang seine Arme hin und her und lachte ihn an, bis auch er lächelte. Dann zog sie ihn beiseite, und immer noch seine Hände festhaltend, küßte sie ihn voll auf den Mund. Darauf ließ sie ihn los, setzte sich auf einen Teppich, auf dem ein Messingtablett stand, begann zeremoniös den Tee zu bereiten und winkte ihm zu, sich neben sie zu setzen. Er folgte der Aufforderung, wobei er sie mit matten Blicken betrachtete; Zuhra und Asma gesellten sich zu ihnen.

Le Roux dachte an Renée, vermied es jedoch, nach ihr zu fragen, um seine Weiber nicht eifersüchtig zu machen. Er versank in Schweigen, und auch seine Weiber hatten ihm nicht viel zu sagen. Er fühlte sich wohl zu Hause, war froh, bei seiner Familie zu sein, und fand Halima ganz besonders reizend. Ihre Schönheit bezauberte ihn. Aber in seinem Herzen wußte er, wie flüchtig dieser Augenblick war, wie rasch alle diese Gefühle vorübergehen würden. Stärker denn je kam ihm zu Bewußtsein, wie wenig diese Weiber sich für all das interessierten, was in seinem Leben groß und bedeutend war, wie wenig sie im Grunde von ihm wußten.

Halima rührte die Rosenblätter in dem kochenden Wasser um und plapperte dabei tausend unschuldige, dumme Sachen, wiederholte immer wieder, wie glücklich sie sei, weil Abd-el-Kader heil und gesund zurückgekehrt war.

Le Roux lehnte sich seitlings in die Kissen und streckte die Beine aus, nahm ein Glas Tee und trank es leer; das heiße Getränk belebte ihn etwas, und er begann von seiner Reise zu erzählen, schilderte die Schönheiten des Tafilalet, berichtete, er habe eine Brücke in die Luft gesprengt und massenhaft Geschenke mitgebracht. So habe er zum Beispiel einen kleinen, mit Parfüm gefüllten gläsernen Vogel gefunden. Frische Datteln und frischer Honig seien unterwegs und ein wunderschönes schwarzes Füllen für den kleinen Mohammed. Er sehnte sich nach dem Anblick seines Sohnes, wagte jedoch nicht, nach ihm zu fragen; denn das wäre ein Verstoß gegen die Traditionen gewesen, in denen er aufgewachsen war. Schließlich aber gestand er seinen Frauen, daß er an diesem Tage neun Stunden im Sattel gesessen hatte. Eine müde Blässe umschattete seine Augen; mitten im Plaudern schlief er plötzlich ein. Er schlief zehn Stunden lang. In später Nacht schlich sich Halima an seine Seite. Schlaftrunken, von einer wohligen Schlaffheit erfüllt, atmete er ihre aufpeitschenden Parfüme und flüsterte ihr in die rosigen Ohren, daß sie seine Lieblingsfrau sei, daß er stets ihren Lieblingstalisman getragen und ihr die Treue gehalten habe.

2

Die Affäre von Ait-Asir hatte ein paar Tage lang die gesamte Weltpresse in Atem gehalten. Schließlich wurde erklärt: ‚Die Regierung ist Herr der Lage und hat die notwendigen Schritte eingeleitet, um in Zukunft derartige Vorfälle unmöglich zu machen.'

Die Sozialisten waren dafür, die schmutzige Wäsche in aller Öffentlichkeit zu waschen, wurden jedoch von der Regierung und ihren Parteien überstimmt. Unterdessen hielt Le Roux einen ‚Ministerrat' ab, wobei sechs Stunden lang mit gedämpfter Stimme die dringendsten Fragen erörtert wurden. Er selbst saß schweigend dabei, hörte zu, dachte nach, wog ab. Im Westen war die Lage günstig; seine Truppen verwüsteten die Gebiete der Chleuh, und die Stämme waren unbarmherzig zur Unterwerfung gezwungen worden.

Auch einige Vorgänge in der Heimat wurden besprochen; zum ersten Male in der modernen Geschichte fand in Chechrell eine Nationalkonferenz von Imams, Kaids und anderen religiösen Oberhäuptern statt. Jeden Tag versammelten sich an die hundert heilige Persönlichkeiten vor den Wanduhren in der Moulay-Sliman, erläuterten die Gesetze des Korans, versuchten Mittel und Wege zu finden, um einen Gerichtshof einzusetzen, bereiteten Vorschläge und Anträge vor, die sie dem Pascha unterbreiten wollten. Obwohl sie einem europäischen Gehirn lächerlich erschienen wären, waren sie dennoch von einer wunderlichen Weisheit erfüllt.

Der Staatsschatz gedieh. Die Abgaben liefen ohne Stockung ein. Bis jetzt hatte noch niemand öffentliche Gelder unterschlagen oder gestohlen. Le Roux hatte absichtlich die Kontrolle darüber aus der Hand gegeben, um dem Land zu zeigen, daß es ihm fernlag, sich persönlich zu bereichern. Die Vorräte der Kasba, Berge von erbeuteten Reichtümern, beschloß er zum Volkseigentum zu erklären. Er bestimmte eine Art Handelskollegium, das die Sachen entweder zu festen Preisen oder durch Versteigerung loszuschlagen hatte. Etliche Juden aus dem Norden in ihren langen, schwarzen Djeldabas und schwarzen Käppchen waren bereits eingetroffen. Geldverleiher, Wucherer, Juwelenhändler, Bankagenten und Großkaufleute strömten nach Chechrell und wohnten Seite an Seite mit ihren Geschwistern aus dem Ghetto.

Le Roux empfand, wie alle Araber, eine gewisse hochmütige Verachtung für die Juden. Aber er wußte, daß viele von ihnen von hervorragender Intelligenz waren, höfliche, gebildete, schlaue Diplomaten, die nach Chechrell gekommen waren, um von der Bevölkerung zu zehren, um wie die Wespen ihre Nester inmitten eines neuen Handelszentrums zu bauen. Wenn sie zuviel Geld verdienten, wenn sie versuchten, den Araber allzu gierig auszupressen, gab es Mittel und Wege genug, ihnen das Handwerk zu legen und ihnen klarzumachen, daß von alters her die Söhne Ismaels die Herren der Söhne Abrahams sind.

Eine Rekka brachte Le Roux einen Brief aus Fez; er hatte keine Unterschrift, stammte aber von Si Madhi-Ben-Addessalam-el-Tazi, einem der einflußreichsten Bürger von Fez, mit dem er eng befreundet war.

Der Segen Allahs ruhe auf dem Haupt meines geliebten Sohnes Abd-el-Kader! Es ist mir zu Ohren gekommen, daß die Regierung sehr wohl weiß, daß die Vorfälle im Süden mit Deiner heiligen Person zusammenhängen. Der Maghzen hat einen Preis von einer Million Francs auf Deinen Kopf ausgesetzt. Gestern abend waren zwei Generale und viele Offiziere in meinem Haus zu Gast, und ich habe allen Grund anzunehmen, daß man im Frühling zum Angriff gegen Dich übergehen wird. Sei in Deinem Verhalten unserem Feinde gegenüber vorsichtig und schlau wie ein Fuchs, denn sie werden vor nichts zurückschrecken, auch wenn sie momentan zögern, um bei ihrem eigenen Volke den Eindruck zu erwecken, als verfolgten sie keine imperialistischen Ziele, sondern ließen sich ausschließlich von Erwägungen der Gerechtigkeit leiten. Ich rate Dir, keine unnötigen Zusammenstöße zu provozieren, sondern durch diplomatisches Verhalten Zeit zu gewinnen. Schicke also einen Gesandten zu den Franzosen, um ihnen Deine Ansprüche zu unterbreiten.

Diesem Brief war ein Zettel mit einer Liste sämtlicher französischer Garnisonen zwischen Casablanca und Tlemcen beigegeben; die Zahl der Truppen, über die die ‚Zivilisation' verfügte, wurde schätzungsweise mit hundertfünfzigtausend angegeben. Einen kurzen Augenblick lang hatte Le Roux das Gefühl, als habe er den Boden unter den Füßen verloren, dann aber gewann sein militärisches Genie die Oberhand. Wenn es ihm gelang, genügend Munition für seine wohlgeölten Flinten und die übrigen Kriegswaffen, die sauber geputzt und gebrauchsfertig in seinem Arsenal lagerten, zu beschaffen, konnte er das weitere Vordringen der Franzosen nach dem Süden verhindern und sie sogar vielleicht in die Ebenen hinter dem Mittleren Atlas zurückwerfen. Er war sich darüber völlig klar, daß die Franzosen inzwischen über seine Person unterrichtet waren und auch zweifellos wußten, daß ihr Höchstkommandierender im südlichen Territorium sich in seinen Händen befand. Nach eingehender Überlegung sah er ein, daß der Brief aus Fez einige wirklich gute Ratschläge enthielt; vor allem schien ihm der, mit den Franzosen in Verbindung zu treten und Verhandlungen mit ihnen anzubahnen, befolgenswert. Die große Frage war: Wen sollte er für diese schwierige Mission wählen? Besaßen seine Heerführer oder ‚Minister', seine zahlreichen Stammesfürsten, Verbündeten, Vasallen, Satrapen und Agenten wirklich die nötigen Qualitäten für eine solche Aufgabe? Ohne seine kraftvolle Führung, ohne seine ständige Überwachung, ohne seine erstaunliche Überredungskunst würden sie immer noch vor ihren Hütten hocken und von Macht und Reichtum träumen, die ihnen unerreichbar waren. Nein, es gab nur einen, der dieser Aufgabe gewachsen war, und dieser eine war er selbst, er, Abd-el-Kader, der Tag und Nacht an dem Werk der Befreiung arbeitete. Ja, er würde selber nach Fez gehen; würde auf irgendeine Weise die Millionen, die er brauchte, aus der Regierung herauspressen.

Nach kurzem Überlegen stand sein Plan fest.

3

Le Roux hatte seit seiner Rückkehr Renée nur ein einziges Mal gesehen und auch da nur für einen Augenblick. Er sah sie aus der Ferne durch den Garten streifen, und sie hatte ihm zugenickt und ihn traurig angelächelt. Trotz des arabischen Gewandes sah sie doch so ganz anders als eine Araberin aus. In ihrem Haik, den sie wie ein Mann über die Schultern geworfen trug, wirkte sie sehr groß und schlank. Ihre ernste Miene, ihre anmutige, aber bestimmte Art, wie sie ihn aus der Ferne begrüßte, waren Le Roux aufgefallen. Ein unerklärliches Etwas war von ihr ausgegangen und hatte ihn getroffen. Völlig verwirrt war er stehengeblieben, während in seiner Seele ein ihm völlig neues Gefühl erwachte, das sein Herz mit einer leichten, frohen Heiterkeit erfüllte. Es war, als habe die arabische Kleidung ihm diese Roumia auf eine seltsame und glückliche Weise nähergebracht.

Seit jenem Tag suchte Le Roux Nacht für Nacht die Terrasse auf, in der Hoffnung, Renée dort zu finden. Allein sie kam nicht.

Er bedauerte ihre abweisende Haltung, obgleich er sie sehr korrekt fand. Er seinerseits versuchte – ebenso korrekt – sich nicht in ihr Leben einzumischen. Aber er konnte sie nicht vergessen. Bei Tag und Nacht verfolgte ihn ihr reines, trauriges Antlitz. Ja, sie beschäftigte seine Gedanken in solchem Grade, daß er sogar mit seiner Mutter über sie sprach und allerlei unschuldige Fragen an die Oom richtete. Ob die Roumia alles habe, was zu ihrer Bequemlichkeit nötig sei usw. Fatima sprach merkwürdig freundlich von Renée, so freundlich, daß Le Roux insgeheim verwundert war und sie fragte, woher sie soviel Teilnahme für eine Französin aufbringe, sie, die ihn seit seiner Kindheit gelehrt hatte, alle Europäer zu hassen, eine Frage, die Fatima ziemlich verwirrte. Diese Französin habe einen edlen Charakter, sie lehre die Kinder vielerlei Dinge, liebe Tiere und die Blumen, und obgleich sie und Halima immer noch bittere Feindinnen seien, täten Zuhra und Asma und sogar die Sklavinnen alles, um ihr ihre freundliche Gesinnung zu bezeigen.

„Warum kann Halima sie nicht leiden?" fragte Le Roux.

Fatima machte eine unbestimmte Gebärde.

„Ich habe kaum je mit der Roumia gesprochen und habe Halima keinerlei Grund gegeben. . . ." Es klang halb und halb wie eine Entschuldigung.

Fatima zuckte die Achseln.

„Nimm dich in acht, Abd-el-Kader!"

Le Roux wurde sehr nachdenklich, während sich in der Brust

seiner Mutter bittere Gefühle regten. Sie hätte gerne vom General gesprochen und gefragt, ob es möglich sei, ihn aus dem Kerker zu entlassen. Als sie jedoch ihres Sohnes gerunzelte Brauen sah, wagte sie es nicht, und das Wort erstarb ihr auf der Zunge. Er aber fuhr fort, über das liebliche, blasse Gesicht nachzugrübeln.

Eine bisher nie gekannte Furcht packte Fatima. Es war, als breite sich vor ihr eine öde Wüste aus, in die ihr Sohn hineinschritt, und sie, seine Mutter, mußte zurückbleiben, während die Ferne ihn vor ihren Augen verschlang. Sekundenlang fühlte sie in ihm den Fremdling, den Roumi, so stark, daß sie sich an ihn, der sie erstaunt anblickte, festklammerte.

„Oom! Kleine Oom?"

Sie zitterte in seinen Armen und lächelte wunderlich.

„Tz! Tz! Nichts! Der Friede Gottes sei mit dir!"

Mit unendlicher Zärtlichkeit blickte er in das alte, runzelige Antlitz. Er war zu feinfühlend, um nicht ihr sonderbares Benehmen zu empfinden, zu klug, um nicht zu wissen, daß irgendein Geheimnis sie bewegte. Im nächsten Augenblick hatte sie sich wieder in der Gewalt und entschuldigte ihr Benehmen mit Schmerzen in den Gelenken. Abd-el-Kader jedoch, nachdem er sie verlassen hatte, war seltsam verwirrt und beschloß, die Fremde seiner Mutter gegenüber nicht mehr zu erwähnen.

Si Mohammed kehrte auf Le Roux' Befehl aus Tikirt zurück; er brauchte den Rat, die beherrschende Persönlichkeit, die Energie und Erfahrung seines Generals und Ministers. Als Mohammed in der Kasba erschien, außerordentlich gepflegt, strahlende Männlichkeit in seinem weißbärtigen Antlitz und mit lodernden, magischen Augen, hätte niemand erraten können, daß dieser Mann soeben einige der westlichen Stämme mit Weib und Kindern hatte niedermetzeln lassen. Er sowie Sidi Omar wurden sofort zu einer Beratung geladen. In kluger Berechnung unterbreitete Le Roux ihnen seine Gedanken und Pläne zur Begutachtung, was, wie er wohl wußte, ihrer Eitelkeit schmeicheln würde. Natürlich flehten sie ihn an, nicht selber nach Fez zu gehen. Er wisse, sagte er, ihre Besorgnis zu schätzen, könne jedoch ihre Einwände nicht gelten lassen. Er ordnete an, seine Abwesenheit von Chechrell streng geheimzuhalten. Sein Banner solle, um keinen Verdacht aufkommen zu lassen, auf dem Mittelturm der Kasba und auf der Moulay Sliman flattern. Dann verlas er einen Brief, den er sofort nach Fez zur Weiterbeförderung an den Generalresidenten in Rabat schicken wollte. Darin erklärte er seine Bereitwilligkeit zur Eröffnung von Verhandlungen und bat um freies Geleit für den zu entsendenden Emissär.

Si Mohammed war der Ansicht, die Franzosen würden zwar alles versprechen, jedoch ihr Versprechen nicht halten. Le Roux dagegen meinte, sie würden, solange der General sich in seiner Gewalt befand, schwerlich einen Emissär anrühren. Sidi Omar seinerseits war überzeugt, die Franzosen würden herausfinden, daß der Emissär Abd-el-Kader persönlich sei. Le Roux preßte die Lippen zusammen: „Niemals!"

Der Brief an den Generalresidenten wurde mit einer besonderen Rekka abgeschickt.

Zwei Tage später, lange bevor der Brief in Fez eingetroffen sein konnte, geschweige denn in Rabat, ereignete sich etwas Sonderbares. Kurz vor Mittag erhob sich in dem blauen, wolkenlosen Himmel ein dröhnendes Geräusch. Von den Bergen her kam vereinzelt Flintengeknatter. Erregung bemächtigte sich der ganzen Stadt. Weiber und Kinder erschienen auf den Dächern. Die Männer versammelten sich auf den offenen Plätzen und blickten in den Himmel hinauf. Tack-Tack! kam es aus der Höhe. Mit einem starken Fernglas bewaffnet stand Le Roux auf einem der Türme und erspähte nach einiger Zeit in ungeheurer Höhe am blauen Himmel zwei silberne Punkte, nicht größer als Fliegen, die sich sehr schnell fortbewegten. Sie blieben in gleichmäßigem Abstand voneinander und beschrieben einen großen Kreis. Sein Gesicht wurde leichenblaß. Er legte das Glas weg und begann zu zählen. Eins, zwei, drei – bis sechzig. Aber was er erwartet hatte, trat nicht ein. Keine ohrenbetäubende Detonation. Er hob das Glas abermals an die Augen und betrachtete die Flugmaschinen, die offenbar zu einem Erkundungsflug eingesetzt waren; deutlich erkannte er die Farben der Trikolore an ihren Schwänzen. Nach geraumer Zeit sah er sie in nordöstlicher Richtung hinter den Bergen verschwinden. Das Tack-Tack verstummte.

Le Roux wußte, was das bedeutete. Er verließ den Turm. Auf einem riesigen Platz hatte sich eine dichte Menge versammelt. Er hörte ihre Zurufe, als sie seiner ansichtig wurden, wie er auf der Zinne der Mauer entlangschritt. Doch er ging unbeirrt weiter, langsam, bedächtig, seine kleinen Perlen drehend, Gebete murmelnd, bis er hinter einem Mauervorsprung ihren Augen entschwand. Sein bloßer Anblick, die magische Kraft seiner Persönlichkeit hatten genügt, ihre Seelen mit Zuversicht zu erfüllen. Beruhigt kehrten sie in ihre Häuser zurück.

Noch vor Einbruch der Nacht wurde ein öffentlicher Befehl erlassen, der der Bevölkerung von Chechrell untersagte, sich, falls ein ähnliches Ereignis stattfände, in größeren Mengen zusammenzurotten.

Der Marktplatz vor der Stadt, auf dem sich jeden Dienstag bis zu zehntausend Händler in ameisenhaftem Gewimmel zusammenfanden, wurde sogleich von Bewaffneten besetzt. Dreihundert Mann bekamen den Auftrag, im Westen, ziemlich weit außerhalb der Stadt, einen neuen Marktplatz anzulegen, und die Besitzer sämtlicher Fondouks[18] und Gaststätten wurden beauftragt, ihren Gästen mitzuteilen, daß von nun an die Märkte auf dem neuen Platz stattfinden und erst nach zwölf Uhr mittags beginnen würden. Le Roux bestimmte einige hundert Mann, die dafür zu sorgen hatten, daß die Befehle befolgt wurden. Am nächsten Dienstag trat die neue Ordnung in Kraft, und er weihte den neuen Marktplatz ein, indem er von einer Ecke zur andern quer über ihn hinwegritt, begleitet von Sidi Youseff und den sämtlichen Würdenträgern von Chechrell.

4

Ein Sklave brachte Le Roux, der in seinem Arbeitszimmer saß, einen kleinen Zettel. Von Sit-el-Koll! Der Inhalt war in französischer Sprache abgefaßt und lautete:

Wenn Sidi Abd-el-Kader ein paar Augenblicke seiner vielbeschäftigten Zeit für mich übrig hat, werde ich ihm sehr zu Dank verpflichtet sein.

R. d. S.

Er befragte den Sklaven. Ja, Oom habe ihm den Zettel gegeben. Oom konnte nicht lesen. Die Roumia hatte Oom den Zettel übergeben und wahrscheinlich Oom mitgeteilt, was darauf geschrieben stand. Oom wußte wohl, daß die Roumia eine Unterredung mit ihm verlangte.

Le Roux entließ den Sklaven. Er geriet in eine wunderliche Verwirrung. Zweifellos erwartete Oom eine Antwort, die sie dann an die Roumia weitergeben würde. Oom wollte alles wissen. Nachdem er die Bitte der Roumia reiflich überdacht hatte, gab er Befehl, sie zu ihm zu führen.

Die Wächter, die vor der Türe auf ihren Flinten lehnten, schickte er fort, und sämtliche Männer, die zufällig auf den Gängen und in den Höfen herumstanden, mußten sich zurückziehen. Bald darauf wurde Renée von einem Sklaven, einem fetten, schwammigen Negereunuchen mit aufgeschlitzten Wangen, hereingeführt. Sie sah sehr schön aus und wirkte fast nonnenhaft. Le Roux merkte sofort, daß eine geheimnisvolle Veränderung mit ihr vor sich gegangen war. Er empfing sie, mit untergeschlagenen Beinen auf einer mit einem Teppich bedeckten Matratze sitzend, in seinen Händen die Gebetsschnur, und lud sie höflich ein, Platz zu nehmen. Sie hockte sich ihm gegenüber und musterte sekundenlang erstaunt die mit Landkarten bedeckten Wände, den riesigen, mit Papieren beladenen Tisch, die alte Schreibmaschine, das hölzerne Regal voller Papiere und Bücher. An einem Haken in der

Wand unter mehreren Kleidungsstücken hingen drei Pistolen in ledernem Futteral.

Sie schaute Le Roux mit ernstem Blick an, ihr Atem ging schnell wie von raschem Lauf. Jetzt sah sie ihn zum erstenmal bei Tageslicht. Seine scharfgeschnittene, aber feingemeißelte Nase, seine vollen Lippen, die die Gewohnheit rascher Entschlüsse gestrafft hatte und die an der linken Seite ein wenig nach abwärts zuckten, sich gleichsam zu einem Lächeln kräuselnd, ein Mund, der sie an den Mund ihres Vaters erinnerte. Die Sonnenstrahlen, die aus dem weißen Hof hereindrangen, erfüllten das Zimmer mit blendender Helligkeit und warfen einen goldenen Schimmer auf seinen seidig-rötlichen Bart und seine buschigen, geraden Augenbrauen. Der Blitz seiner Augen zwang sie in seinen Bann.

„Eh bien?" murmelte er.

Einen Augenblick lang überkam sie ein Gefühl der Entmutigung.

„Ihre Mutter war so freundlich, diese Unterredung zu vermitteln", sagte sie.

„Eh bien?" unterbrach er sie.

Sein Blick verschleierte sich, und sein Gesicht drückte vollkommene Teilnahmslosigkeit aus.

„Sprechen Sie, Mademoiselle."

Mit einem Ruck richtete sie sich auf und sah ihn mit entschlossener Miene an.

„Ich will nicht viel für mich verlangen. Ich bin nur gekommen, um den Versuch zu unternehmen, Sie zu einem vernünftigen Gespräch mit mir zu bewegen; dazu müßten Sie aber vor allem vergessen, daß ich eine Frau bin, die man Ihrer Ansicht nach in einen Harem einsperren muß, weil sie nicht selber für sich sorgen kann. Und ich möchte Sie daran erinnern, Pascha", sie zeigte nach den Wänden, „daß Sie Frankreich vieles zu verdanken haben; denn es hat Ihnen eine Bildung vermittelt, die niemand aus Ihrer Umgebung besitzt. Ich bin Ihre Gefangene. Gut – jeder Gefangene hat das Recht, Gehör zu fordern. Sie sind bei Ihren Untertanen wegen

Ihrer Gerechtigkeit berühmt, ich aber kann nicht behaupten, daß Sie mich sehr gerecht behandelt hätten."

Sie wartete, daß er etwas sagen würde. Aber er schwieg und zog den Musselin fester über Wangen und Bart, so daß nur seine Augen, diese Augen voll abgründiger Trauer, frei blieben. Seine Wunde fiel ihr ein, sie hätte sich gern danach erkundigt. Und wieder fühlte sie, wie sich jene heimliche Sympathie für diesen Mann in ihr regte. Sie blickte zur Seite.

Er betrachtete ihren weißen Hals und sah in die Haut zwei schmale Falten eingegraben, die wie ein doppeltes Band ihren Hals umschlossen. Sie fielen ihm sonderbar auf. Seine Blicke wanderten zu ihren Händen, zu ihren langen weißen Fingern mit den rosigen Nägeln. Langsam wandte er die Augen ab. Endlich hatte Renée sich wieder in der Gewalt und fuhr fort:

„Es sind jetzt bald fünf Monate her, daß Sie mich und meinen Vater gefangenhalten. Ich habe meinen Vater nicht einmal gesehen, auf meine Fragen antwortet man mir: ‚Es geht ihm gut', immer dasselbe. Ich kann und will nicht glauben, daß es Ihnen Vergnügen macht, Menschen absichtlich zu quälen. Was kann es Ihnen nützen, wenn Sie geflissentlich einen Vater von seiner Tochter trennen? Wir haben Ihnen nie auch nur das geringste zuleide getan. Nur um unserer Nationalität willen betrachten Sie uns als Ihre Todfeinde, nur weil es dem Schicksal gefallen hat, uns in Frankreich zur Welt kommen zu lassen und meinen Vater zu einem General zu machen, der Frankreich in Marokko dient. Warum darf ich nicht mit meinem Vater zusammensein, auch wenn Sie das Gefühl haben, daß Sie uns der Sicherheit wegen in scharfem Gewahrsam halten müssen, auch wenn Sie meinen, für unsere Freilassung ein hohes Lösegeld erpressen zu können. Ich bitte Sie also, Pascha, unsere Lage noch einmal zu erwägen. Sie haben doch schließlich ein Herz. Sie lieben Ihre Kinder. Glauben Sie nicht, daß mein Vater mich liebt, daß auch ich ihn liebe?" Während sie sprach, erwachte in Le Roux' Herzen ein unerklärlich zärtliches Gefühl. Ihre Augen waren noch beredter als ihre

Stimme. Das Fluidum, das von ihr ausstrahlte, bezauberte ihn. Ihre Bitte klang sehr natürlich, aber sie entsprang einer tiefen Unkenntnis der Dinge. Was wußte sie von den Kämpfen, die seine Brust durchtobten, was kümmerten sie diese Kämpfe? Dieser heilige Rachedurst in seiner Seele? Und doch brachte er es nicht über sich, sie schroff zu behandeln, wie es sich für eine Ungläubige gehörte. Diese Roumia übte eine seltsame Wirkung auf ihn aus, eine Wirkung, die er bereits vor Monaten gefühlt hatte, als er Renée in seine eigene Djebirah wickelte und selbst eine ganze Nacht zitternd vor Kälte verbrachte, voller Angst, vom Fieber gepackt zu werden und so seinen bereits zermürbten Körper mit einer neuen Krankheit zu belasten. Was wußte dieses Mädchen von Kriegen zwischen Männern? Hatte sie jemals im Schmutz des Rifs gesteckt oder zwischen den Dornen einer Kaktushecke gesessen, um ihr Leben und ihre Freiheit gegen einen überlegenen Feind zu verteidigen? War sie jemals von Eisenstücken oder Kugeln getroffen worden? Und hatte sie jemals diese helle Freude, diese teuflische Befriedigung erlebt, einen der feindlichen Führer gefangenzunehmen? Wußte sie, was es für ihn bedeutete, den Tiger des Rifs in seinem Kerker gefangenzuhalten, dieses höllisch zerstörende Hirn in dumpfer Finsternis verfaulen, dieses Blut sich in schwarzes Gift verwandeln zu lassen?

Renée wartete auf eine Antwort. Sie kam sehr langsam von seinen Lippen, wie Worte in einem Traum:

„Mademoiselle, ich bedaure sehr, daß er Ihr Vater ist."

Und als er ihre ängstliche Besorgnis sah, fügte er hinzu: „Es geht ihm gut."

„Darf ich ihn sehen?" bat sie mit leiser Stimme.

Er schüttelte den Kopf.

„Là!"

Es klang wie ein klirrendes Eisen.

Sie neigte den Kopf, um den Haß, der sekundenlang in ihren Augen aufflammte, zu verbergen. Leise klapperten die Perlen seines Rosenkranzes. Er betrachtete den weißen Scheitel ihres schönen Haares.

„Da ist noch ein Punkt", fuhr sie bedachtsam fort, als fürchte sie, ihre Gefühle könnten sie in ihrer klugen Erwägung behindern. „Es handelt sich um eine sehr wichtige Sache."

Die Art, wie sie seine Weigerung hinnahm, machte Eindruck auf ihn und rührte an sein Gefühl für das Heroische, obwohl sein ungeheures Selbstgefühl dem anderen nur selten eine Individualität zugestand, aber dieses Mädchen benahm sich so ganz anders, als er erwartet hatte, und nötigte ihm unwillkürlich eine gewisse Bewunderung ab.

Regungslos saß er da wie ein Buddha aus weißem Stein, nur die Perlen klapperten noch immer.

„Si Abd-el-Kader", sagte sie zutraulich, „ich habe die beiden Flugzeuge, die vorige Woche über Chechrell kreisten, nicht nur gehört, sondern auch gesehen. Es ist wohl verzeihlich, daß ich über ihren Anblick froh war, denn sie haben mir gezeigt, daß Frankreich mich und meinen Vater nicht vergessen hat, und einen flüchtigen Augenblick lang war der Kontakt zwischen französischen Herzen, die fern von der Heimat sind, wiederhergestellt. Ich will Ihnen jetzt die reine Wahrheit sagen, ohne Rücksicht darauf, was Sie von mir denken werden. Als ich die beiden Maschinen am Himmel sah, stand mir das Herz still. Ich hatte Angst. Nicht um mein Leben, auch nicht um das Ihre und sicherlich nicht um diese tapferen Piloten, die ihren Weg über Wüsten und Berge gefunden haben. Mein Herz bangte um die Menschheit. Und was ich Ihnen sagen möchte, ist folgendes: Si Abd-el-Kader, in Ihrer Hand liegt das Schicksal eines Volkes, was kümmert es mich, ob Sie ein Muselman oder ein Chinese sind! Aber Sie sind nicht nur Ihrem Volke verpflichtet, sondern auch der Menschheit; beider Interessen gehen Hand in Hand. Sie sollen heute wissen, daß es französische Frauen gibt, die über die flatternde Trikolore hinaussehen können auf ein größeres Ziel. Ich weiß, Sie sind ein Mensch, der sein ganzes Leben lang kämpft, der eine gewaltige

Arbeit leistet, der in erhabener Selbstherrlichkeit das Leben auf seine Weise sieht. Aber ich warne Sie; seien Sie in Ihrem Verhalten gegenüber anderen Menschen und besonders gegenüber Ihren Feinden so vorsichtig wie nur möglich. Es genügt nicht, wie ein wildes Tier über andere herzufallen und ihnen den Kopf abzuhacken, nur um ein Sieger und Held zu sein. Es genügt nicht, für eine Sache, mag sie noch so heilig sein, zu kämpfen. Unheil heraufzubeschwören, ist stets ein Verbrechen, wenn Sie nicht der Stimme der Vernunft Gehör schenken. Sie selbst werden es vielleicht überleben, Tausende aber werden zugrunde gehen. Glauben Sie mir: Frankreich ist stärker als Sie, viel stärker. Frankreich muß und will dieses Land beherrschen; das mag ein Unglück sein, aber es ist so. Es liegt folglich bei Ihnen, Frankreich nicht zu provozieren und es nicht zu mörderischen Handlungen zu zwingen, sondern Frieden und Freundschaft mit ihm zu suchen. Das also sind die Gedanken, die mich bewegen, seit ich diese beiden Flugzeuge gesehen habe."

Le Roux' Brauen waren gerunzelt.

„Schöne Worte! Kindliche Ideale!" murmelte er. „Wenn Frankreich das Recht hat, mir mein Land wegzunehmen, habe ich das Recht, es zu verteidigen. Und die beste Defensive ist sehr oft die Offensive. Vor allem, wer gibt Frankreich das Recht, hierherzukommen?"

„Niemand. Seine Maschinen!"

„Wie?"

„Unsere Männer sind Sklaven ihrer Maschinen, sie werden von Maschinen regiert und von Systemen geleitet. Die Maschine ist es, die die Welt und auch Ihr Land erobern wird."

„Nun – auch ich bin ein Werkzeug."

„Ich weiß, Sie sagten es."

Er lächelte, und sein Lächeln erschien ihr wie das Herandämmern eines sanfteren Tages, so kindlich und frisch war es.

„Roumia", sagte er, „wenn unter zehn Frauen nur eine so wäre wie Sie, würden alle Männer auf Blumen wandeln und nie nach dem Paradies begehren und nicht ihr ganzes Leben lang kämpfen, um am Ende in das Paradies zu kommen."

Sie fühlte sich enttäuscht und stand auf. Auch er erhob sich.

„Ich habe hier nichts mehr zu suchen", sagte sie, „darf ich mich jetzt entfernen?"

Er sah sie zerstreut an und begann mit kurzen Schritten auf und ab zu gehen, seine breiten Schultern schwangen hin und her. Sein Mischlingsblut lief heiß und schnell durch seine Adern. Sowohl der Araber wie der Roumi in ihm quälten und verwirrten ihn auf eine ihm selbst unverständliche Weise. Schließlich blieb er vor Renée stehen und verbeugte sich mit unendlicher Höflichkeit. Er tastete an seinen Perlen herum, schien plötzlich sehr scheu, sehr versonnen.

Jene unerklärliche Leere war in ihm, jenes Nichts, jener Lebensüberdruß, jenes Gefühl der Sinnlosigkeit allen Tuns, das quälende Verlangen, davonzulaufen, in eine ferne, einsame Wildnis zu flüchten, um mit sich allein zu sein und sich in sich selbst zu begraben. Das war der Augenblick einer herannahenden, ohnmächtigen Wut, da er Blut sehen mußte, Häupter, die in den Sand rollten. Sie sah ihn entgeistert an.

„Gehen Sie!" murmelte er. „Gehen Sie! Heute nacht vielleicht auf der Terrasse!"

Sie ging.

5

Stundenlang blieb Le Roux unsichtbar. Zweifel und Befürchtungen bestürmten ihn. Er hockte finster in einem dunklen Winkel und starrte vor sich hin wie ein verwundetes Tier. Sein Mut und sein Selbstvertrauen waren einer jähen Verzweiflung gewichen. Statt an seinen kühnen Plänen zu arbeiten, schäumte er innerlich vor Wut gegen das Leben. All sein Ehrgeiz schien zu einem kleinen Häufchen Staub zerfallen. Wäre es nicht besser gewesen, als friedlicher Hirte zu leben, der seine Herden durch das Bled treibt, als zu solcher Macht, zu solcher Einsamkeit emporzusteigen? Verlohnte es denn schließlich die Mühe? Brauchte ihn jemand hier? War er eine Notwendigkeit? Was tat er für das Volk? Er zwang ihm seine Gedanken, seine Begriffe von einer neuen Freiheit, einem neuen Islam, einem neuen Staat, einer neuen Disziplin, kurz, eigentlich sich selber auf. Hatten sie ihn denn gerufen? Hatten sie ihn erwählt, oder hatte er sich selber an die Stelle gesetzt, an der er jetzt stand? Und warum mußte er sie denn strafen, blutig strafen, um sie unter ein Regime zu zwingen, durch das sie zu einem freien Volk, einem reichen und geeinten Volk werden sollten? Es schien völliger Wahnsinn.

Als die Finsternis herabzusinken begann, verlangte er nach seinem Maultier, und ein wenig später ritt er zur Moulay Sliman, unter dem Arm den zusammengerollten, grünseidenen Gebetsteppich. Die ganze Nacht verbrachte er, in Meditation versunken, betend im Gotteshaus.

Aber nicht einmal die Vision des Paradieses, das stolze Gefühl, Gottes Sendbote auf Erden zu sein, konnte die finsteren Nebel vertreiben, die sich um ihn zusammengeballt hatten. Nicht einmal die hunderterlei Aufgaben, die seiner warteten, nicht das schwierige Regierungsgeschäft, das fast jede Minute seiner Zeit in Anspruch nahm, konnten jetzt das Gefühl der Verlassenheit mildern. Weder Weiber noch Kinder, weder Mutter, Heim noch Familie konnten die tiefe Furcht glätten, die sich über seine sonnverbrannte Stirne zog. Nur der Gedanke an die Roumia befreite ihn in manchen Augenblicken von einer schweren Last, und zuweilen durchzuckte sein Herz ein unendlich süßes Gefühl, und ein Licht fiel auf seinen Weg wie ein Sonnenstrahl, der durch die kleinen Risse schwarzen Gewölks fällt.

In der letzen Zeit mochte er die Terrasse nicht mehr. Der Gedanke, daß jede Frau seines Harems zu jeder Tages- und Nachtstunde sich dort aufhalten durfte, ärgerte ihn. Tradition und ein persönlicher Stolz verhinderten ihn jedoch, eine Änderung zu treffen. Solange die Frauen innerhalb ihres Bereiches lebten, der

Außenwelt heilig und unbekannt, ging es nicht an, ihre Bewegungsfreiheit noch mehr einzuschränken.

Zudem beherrschte nicht er den Harem, sondern Oom, und sie hielt die Augen offen. Sie würde jeden noch so geringfügigen, unangenehmen Vorfall rücksichtslos bestrafen. Die Tatsache, daß auch Renée in diesen Harem eingegliedert war, veranlaßte Le Roux, sehr vorsichtig zu sein und in seinem Verhalten ihr gegenüber den äußersten Takt zu wahren. Sooft er mit ihr zusammenkam, geschah es mit Wissen Ooms, seiner drei Frauen und des ganzen Hauses. Seit seiner letzten Unterredung mit Renée jedoch verspürte er keine Lust mehr, sie ein zweites Mal unter den bisherigen Bedingungen zu treffen. Bei dem Gedanken an sie befiel ihn eine gewisse Schüchternheit und zugleich ein sonderbares Verlangen, mit ihr in aller Heimlichkeit zusammenzukommen. All jene edleren europäischen Elemente seines Charakters, die den hemmungslosen, rohen und barbarischen Eigenschaften der arabischen Rasse schroff gegenüberstanden, veranlaßten ihn, ohne daß es ihm zum Bewußtsein kam, seine Gefühle für die Roumia für sich zu behalten und sich nicht der Gefahr einer Entdeckung durch seine Stammesangehörigen auszusetzen. Ja, er, der fanatische Roumihasser, sehnte sich nach Renées Freundschaft und ihrem Verständnis; aber er hätte sich geschämt, dies irgend jemandem einzugestehen.

Daneben aber erhoben sich auch noch andere Schwierigkeiten. Wenn er die Roumia aus seinem Haushalt entfernte, würde der Teufel los sein. Oom würde sehr schnell die Veränderung in seinem Benehmen merken und sich auf die Seite seiner Weiber stellen, und einen gestörten Haushalt, in dem die Weiber ihn mit zornigen Blicken ansähen, mit weinerlicher Stimme sich beschwerten und ihre wilden Geschlechtskämpfe auskämpften, wollte er um jeden Preis vermeiden. Er brauchte Frieden in seinem Heim. Einen tyrannischen Weg einzuschlagen, seine Mutter und die Mutter seines Sohnes und seine anderen Frauen so zu behandeln, wie es irgendein hemmungsloser Wüstenscheich oder Bergkaid getan hätte, widersprach all den edlen und uralten Traditionen der Abkömmlinge des Sherif-Ben-Sliman. Le Roux beschloß also, Renée auch weiterhin auf der Terrasse zu treffen und mit ihr zu sprechen; man mußte abwarten, wie die Dinge sich später gestalten würden.

Eines Tages fand er sie zufällig im Schatten eines Baumes sitzend und mit einem kleinen Bleistift in ein winzig kleines Tagebuch schreibend.

Er begrüßte sie sehr liebenswürdig, sehr heiter und sagte ihr auf französisch, es würde ihn freuen, sie heute nacht auf der Terrasse zu sehen, falls es ihr recht sei. Er habe ihr etwas mitzuteilen, was ihr vielleicht Freude machen würde. Etwas erschrocken sah sie ihn an, musterte ihn forschend und sagte:

„Ich werde kommen, Pascha."

Langsam entfernte er sich, sein blendendweißer Mantel schwang rhythmisch mit jedem Schritt.

Fatima war an diesem Abend wie eine Spinne. Sie wußte von der bevorstehenden Unterredung. Ihr Sohn hatte ihr davon erzählt.

Wenn sie sich unbeobachtet wußte, flackerte in ihren Augen ein geheimes Mißtrauen auf. Eine wilde, krankhafte Eifersucht nagte an ihrem Herzen.

Als alles still war, als ein steinernes Schweigen, das nur das Plätschern der Springbrunnen unterbrach, die riesigen Säle, die Zimmer, die Höfe und Arkaden erfüllte, stieg Renée zur Terrasse hinauf. Le Roux erwartete sie bereits und schritt wie ein wachehaltender Soldat langsam auf und ab. Das silberne Licht der Mondsichel huschte über seine Gestalt. Einen Augenblick lang überkam Renée ein Gefühl der Angst; doch sobald er zu sprechen begann, umschwebte seine Stimme sie wie ein warmes Element. Er sprach sehr schnell, sagte, daß er sich freue, sie zu sehen, fragte, ob es ihr gutginge, bis seine Worte sich schließlich verwirrten.

„Sagen Sie mir, was Sie mir mitzuteilen haben. Sie meinten, es würde mir Freude machen", sagte sie mit gedämpfter Stimme; „ich brauche so nötig etwas, das mir Freude macht."

„Ich habe gehört, Sie hätten eine verheiratete Schwester . . ."

„Madeleine!" rief sie verblüfft.

„Ja. Sie hat einen Mann und zwei Kinder."

„Man hat sie doch nicht auch gefangen?"

Ihre Angst schien ihm Spaß zu machen; er lachte und winkte ab.

„Was ist mit ihnen?" Renée hielt den Atem an.

„Ich habe Nachricht aus Rabat erhalten, daß sie in der Avenue Maréchal Lyautey ein Haus gemietet haben und dort bleiben wollen, bis Sie wieder zurückkehren."

Sie faltete die Hände. „Ist das wahr?"

„Ich schicke in den nächsten Tagen einen Emissär nach Fez. Wenn Sie sich mit Ihrer Familie in Verbindung setzen wollen, können Sie ihm einen Brief mitgeben. Ich bürge dafür, daß der Brief ankommt."

„Ich danke Ihnen", sagte sie.

Er wandte ihr sein Profil zu. Erstaunt betrachtete sie seine Züge, auf denen ein Ausdruck von Müdigkeit lag, und hatte plötzlich das Gefühl, als kenne sie diesen Mann schon ihr ganzes Leben lang.

„Es wird mir eine Freude sein, Ihnen einen Freundschaftsdienst zu erweisen. Das reinste Gefühl in der Seele eines Arabers ist die Freundschaft."

„Wie, Si Abd-el-Kader, die Gefühle, die Sie mir entgegenbringen, sind Gefühle der Freundschaft?"

Er war über den Ton ihrer Stimme fast ebenso erstaunt wie sie selbst.

Etwas verlegen fuhr sie fort. „Sie haben doch Frauen, Kinder, eine Mutter, die Sie anbetet, Freunde zu Hunderten, eine Stadt zu Ihren Füßen, die Ihnen gehört, ein Land, für das Sie kämpfen; und dennoch fordern Sie zu alledem noch meine Freundschaft? Sie verlangen viel! Erst töten Sie ein Dutzend braver Männer, verschleppen einen Vater und seine Tochter in diese ... Wildnis, und dann sprechen Sie zu mir von Freundschaftsdiensten und reinen Gefühlen!"

Sie lachte fast hysterisch auf.

„Ihre Gefühle sind seltsam, sehr seltsam!"

Sie sah, wie seine Blicke von ihrem Antlitz zum Himmel emporwanderten und die weiten, sternbesäten Tiefen über ihren Häuptern durchmaßen, und wußte im Augenblick, daß er wirklich reiner Gefühle fähig war. Dort war die Mauerzinne, wo etliche Wochen zuvor Halima einem fremden Manne an einem Seil hinabgeholfen hatte, und unvermittelt überwältigte sie ein grenzenloses Mitleid. Er kam ihr plötzlich wie ein Kind vor; und sie fühlte sich trotz ihrer Jugend um viele Jahre älter als er. Kleine Schauer durchrieselten sie. Sie nahm den Haik über ihrer Brust zusammen und zog ihn fester an sich.

„Frauen und Kinder", murmelte er fast unhörbar. „Unsere Frauen sind nicht wie die Ihres Landes. Sie begreifen nicht, daß Liebeshunger sich mit höheren Gefühlen paaren kann, und kennen nur niedrigste Wollust. Die Macht ihrer Leidenschaften treibt sie unablässig in ein und dieselbe Richtung. Ihre Neigung begreift uneigennützige Geistesart nicht. Sie aber! Sie sind klug und gebildet und haben einen gesunden, fast männlichen Verstand. Ich glaube, Sie wissen nicht, was es für mich bedeutet, mit einer klugen Frau zu sprechen."

„Abd-el-Kader!" sagte sie. „Weder meine Religion noch mein Geschlecht verbieten mir, Ihnen diese Freundschaft zu schenken, die Sie suchen. Es wäre im Gegenteil durchaus im Sinne meiner Religion. Ich weiß, daß ein Christ in Ihren Augen verächtlich ist, aber ich glaube, Sie würden anders denken, wenn Sie wüßten, was wahres Christentum eigentlich bedeutet."

Er zog mit wunderlicher Bewegung die Brauen hoch.

„Roumia, ich möchte, daß Sie mich verstehen."

„Das ist möglich, aber Sie wollen auch, daß ich Ihre Handlungen billige."

„Wenn Sie sie erst einmal begreifen, werden Sie sie auch billigen!"

„Und Sie werden ebenso meine Gedanken und meine Gefühle billigen müssen, sobald Sie mich besser verstehen."

„Roumia, in mir leben nicht nur Worte und Gefühle, sondern Handlungen und Taten. Ich tue, was ich muß."

„Ich fürchte, Si Abd-el-Kader, wenn Sie von mir verlangen, daß ich Ihre Taten billigen soll, dann fordern Sie ein Übermaß an Freundschaft von mir."

Seite an Seite gingen sie an das andere Ende der Terrasse. Gemeinsam blickten sie ins Land hinaus, hörten das schrille Gekläff der Hunde den nächtlichen Frieden zerreißen. Ein Glücksgefühl, das sie erschreckte, überschlich Renée plötzlich, ein heimliches Verlangen, für immer hier in dieser seltsamen neuen Welt zu leben und hier die Erfüllung ihres Daseins zu finden.

Nach einem langen Schweigen sagte Le Roux, er müsse sie verlassen, um sich in das Büro der Rekkas zu begeben; er schlafe gewöhnlich nur sehr wenig. Am besten schlafe er, wenn er im Sattel auf dahinschreitendem Rosse sitze. Ja, er dürfe eigentlich nie schlafen, damit nicht ganz Chechrell, damit nicht alle die Stämme gleichfalls einschliefen. In ihrem Schlaf würden sie in die alten Gewohnheiten, in die alte Anarchie zurücksinken. Er sei hier, um für sie zu arbeiten. Er sei der ewige Wächter.

Renée erschauerte bis ins Mark, obgleich die Nacht warm und die Luft köstlich war.

Ja, er würde jetzt gehen. Oom wisse, daß er hier sei. Halima aber könnte böse werden, wenn sie es erführe.

Aber er hatte einen Gedanken. Jene Turmpforte, die von niemandem außer ihm benutzt werden durfte, solle ihr in Zukunft offenstehen, sooft sie Lust habe, den Harem zu verlassen. Er wisse sehr wohl, daß Europäerinnen sich nicht fürchteten, allein auszugehen. Sie brauche nur dreimal an diese Tür zu klopfen, und Assr werde ihr aufmachen und sie überallhin begleiten, wohin sie nur wolle. Er würde sich freuen, sie in seinem Arbeitszimmer empfangen zu können, und hoffe, daß sie ihn besuchen werde. Sie könne sich auf Assr verlassen. Falls sie ordentlich verschleiert sei, könne sie sich von ihm überallhin führen lassen. Die einzige Person, die davon erfahren könnte, sei seine Mutter; aber er würde mit Oom sprechen.

Er ging mit ihr bis zur Treppe, verabschiedete sich von ihr mit der unnachahmlichen Feierlichkeit des wohlerzogenen Arabers und entfernte sich dann durch die kleine Turmpforte, die unsichtbare Hände ihm öffneten.

Zutiefst verwirrt, setzte Renée sich auf die oberste Stufe der steinernen Treppe und versank in grübelndes Nachdenken.

6

Dicht neben dem Bab Haroun, an der Südseite der Kasba, lag das Büro der Rekkas, ein barackenartiges Gebäude, bestehend aus einigen großen, leeren Vorzimmern und Kammern, die zu einem geheimen Gemach führten, in dem Sidi Mohammed(-el-Hadj) hauste wie ein alter Fuchs; auf einem Diwan liegend, übte er zugleich die Funktion eines ‚Innenministers' und ‚Chefs des Nachrichtenbüros' aus. Aus allen Gegenden des Landes trafen die Boten, Diener und Vasallen der Dutzenden von Khalifas ein, die jetzt unter Abd-el-Kaders Herrschaft die einzelnen Bezirke verwalteten. Hochmütige, schweigsame Kaids schritten durch das Bab Haroun, süß lächelnde Juden in ihren schwarzseidenen Djellebas[19], Hirten in Ziegenfellen, unzählige fast nackte Läufer, den Beutel um die sonngebräunten Schultern befestigt. Karawanenführer versammelten sich hier, Kameltreiber, Maultierhändler und die besonderen Geheimboten, die aus den Städten Nordafrikas mündliche Nachrichten oder Zeitungen, Briefe und Post, natürlich ungestempelt, überbrachten. Das Innenministerium glich einer Karawanserei, nur daß die Tiere fehlten.

Der Sonderbote, den Le Roux nach Fez geschickt hatte, ein

schlanker, zwanzigjähriger Bursche, kehrte in der unglaublich kurzen Frist von sechzehn Tagen aus dieser Stadt zurück. Er brachte einen versiegelten Umschlag mit, der den Aufdruck ‚République Française, Protectorat du Maroc' trug, und erhielt seine Belohnung: drei junge Widder, die er verkaufen oder austauschen durfte.

Der Brief wurde ‚registriert' und in das ‚Cabinet' des Paschas geschickt.

Le Roux öffnete ihn. Die zuständigen Behörden bestätigten das Schreiben, das Si Abd-el-Kader-Ben-Sliman an Seine Exzellenz den Generalresidenten gerichtet hatte.

Der Höchstkommandierende im südlichen Territorium beauftragt mich, Si Abd-el-Kader-Ben-Sliman mitzuteilen, daß er bereit ist, jede Botschaft sowie jeden Botschafter zu empfangen, den Si Abd-el-Kader abzusenden wünscht. Der Höchstkommandierende sieht sich jedoch gezwungen, darauf hinzuweisen, daß er den Zweck einer solchen Botschaft nicht einsieht, da die Regierung in Si Abd-el-Kader-Ben-Sliman nur den Störer eines Friedens sehen kann, zu dessen Schutz Frankreich gemäß den Verträgen, die zwischen Seiner Majestät dem Sultan auf der einen Seite und den europäischen Regierungen auf der anderen Seite geschlossen wurden, verpflichtet ist.

Die Regierung kann Si Abd-el-Kader-Ben-Sliman keinerlei Zusicherungen geben, daß die von der Regierung bereits ergriffenen oder zu ergreifenden Maßnahmen zur Wiederherstellung der Ordnung im südlichen Territorium aufgehoben werden.

Falls Si Abd-el-Kader-Ben-Sliman trotzdem einen Botschafter an die zuständigen Behörden schicken will, wird das bei solchen Emissären übliche Verfahren eingehalten werden.

Puidoux, Oberstleutnant,
Chef du Service des Affaires Indigènes

Le Roux las den Brief mehrere Male durch. Die Verachtung, die aus diesen Zeilen sprach, erschien ihm wie sanfte Mutterliebe im

Vergleich zu den Gefühlen, die sie in ihm entfachten. Er überlegte aufs genaueste die militärische Lage. Er wußte, daß die Franzosen mehrere ihrer Posten weiter vorgeschoben hatten. Der Abstand zwischen seinen Stämmen und den französischen Soldaten verringerte sich. Aber Le Roux machte sich keine übermäßigen Sorgen, lagen doch mindestens zwölf Bergketten zwischen Chechrell und Midelt, dem wichtigsten der französischen Vorposten, der zugleich als Operationsbasis dienen konnte, da er an der Straße nach Meknes lag. Aber die Franzosen würden ein ganzes Armeekorps brauchen, um von Midelt aus gegen ihn vorzustoßen, denn die Ait-Atta saßen Tag und Nacht in ihren Bergen; wohlverborgen, unsichtbar, wie die Falken in ihren Felsennestern, und sie verfügten über Kugeln aller Arten, um Löcher in französische Waffenröcke zu schießen. Zweitausend seiner Scharfschützen konnten selbst einem ganzen Armeekorps zu schaffen machen.

Kasba Sidi Omar lag nach Nordwesten zu und wurde jetzt von den Franzosen befestigt. Eine starke ‚groupe mobile' war dort eingetroffen; vielleicht würde sich schon in allernächster Zeit die Gelegenheit bieten, ihnen eine Lehre zu erteilen. Le Roux konnte für diesen Streich auf fünftausend Mann zählen. Er überlegte, ob es nicht zweckmäßig wäre, diesen Posten anzugreifen, während sein Bote in Fez war, zu dem Zweck, einige Millionen von der Regierung zu erpressen. Das würde bedeuten, daß auch er ‚die bereits getroffenen Maßnahmen' nicht aufzuheben gedenke.

Le Roux schickte sofort seinen Bruder in das Gebiet der Ait-Yafelmane mit dem Auftrag, eine Harka unter der Führung des berühmten Banditen Sidi Mohammed-Ben-Zahib-el-Akbar aufzubieten, der zu den allerklügsten und tapfersten Kämpfern gehörte, obgleich er ein sehr kleiner, fast zwergenhafter Mann war, häßlich wie der Teufel, und auf seiner riesigen, krummen Nase eine goldgeränderte graublaue Brille trug.

Schrecken und Hungersnot herrschten unter den westlichen Chleuh. Abd-el-Kaders Strafexpedition war zu einer Orgie wüsten Gemetzels und aller erdenklichen Verbrechen ausgeartet. Nicht einmal Abd-el-Krim(-Ben-Tazi), der elegante Gouverneur, konnte Abhilfe schaffen trotz seiner legendären Autorität. Die Stadt Tifernin wurde völlig verwüstet. Le Roux' Mehallas zogen sich schließlich durch das Haskoura-Gebirge nach den reichen Oasen zurück, die sich an den Ufern des Oued-Dra erstreckten. Die Glaoui hatten ihre Weigerung, sich Le Roux zu unterwerfen, teuer bezahlen müssen. Ihre Ksouri und ihre Kasbas waren zerstört und verbrannt, ihre Männer ermordet, ihre Frauen davongeschleppt worden. Die Edlen und ihre Familien waren nach allen Richtungen geflüchtet. Der bloße Name Abd-el-Kader erfüllte ihr Herz mit bebender Angst. Einige von ihnen bildeten eine Deputation, fuhren von Marrakesch mit der Bahn nach Casablanca und schrien vor den Toren des Sultanspalastes Zeter und Mordio. Der kleine Vater aller guten Marokkaner blinzelte. „Mes enfants! Mes enfants! Ruhe, Ruhe! Die Regierung wird tun, was sie kann."

Unterdessen machte sich Le Roux reisefertig. Er schrieb persönlich einen Brief in arabischer Sprache an die Regierung, unterzeichnete ihn und setzte sein prunkvolles Siegel darunter. In diesem Brief nannte er sich Si Abd-el-Ali-Rassani-el-Hadj, Kebir der Ait Sidi-el-Houari und Khalifa des Paschas von Chechrell.

Sein Brief lautete:

Ehre sei Gott allein!

Ich, der Unterzeichnete, Abd-el-Kader-Ben-Sliman, Pascha von Chechrell und Amir der Stammesbünde des Südens, ernenne hiermit Abd-el-Rassani-el-Hadj zu meinem außerordentlichen Khalifa und übertrage ihm im Namen Gottes, des Weisen und Barmherzigen, unumschränkte Vollmacht, an meiner Statt mit der französischen Nordregierung über alle Fragen, die sich auf das Verhältnis zwischen mir und der gegenwärtigen Nordregierung beziehen, zu verhandeln. Wie aus der kürzlich erfolgten Besetzung der Kasba Sidi Omar hervorgeht, setzen die Franzosen ihren unrechtmäßigen Vormarsch in das Gebiet der Ait-Yafelmane fort.

Durch ihre perfiden Manöver, durch ihre gesetzwidrige Propaganda in einem Bezirk, der zu der Föderation des Südens gehört, fordern sie meine Regierung zu neuen Abwehrmaßnahmen heraus.

Im vorigen Jahre bemächtigte sich Frankreich des Gebietes der Ait-Hadidou und ließ es durch seine Truppen besetzen, eine Politik, die meine Regierung gezwungen hat, die französischen Streitkräfte in Ait-Asir zu vernichten. Im vorigen Jahr schickte es eine Militärmission in das Gebiet der Ait-Hammou, eine Provokation, die wir nicht ungestraft hingehen lassen konnten. Im Verfolge dieser letzten Aktion wurden General de Sonloup und seine Tochter gefangengenommen. Sie befinden sich bis zum heutigen Tage in meiner Gewalt. In diesem Jahre hat Frankreich den Pascha von Demnat, seinen treuen Verbündeten, mit Gewehren und Munition ausgerüstet, um eine Offensive gegen unseren Bruder und Bundesgenossen Si Aziz-el-Djeboul einzuleiten. Frankreich hat auf diese Weise unser Strafgericht herausgefordert, das Ergebnis kann den ‚zuständigen Behörden', deren ‚Ehrenvorsitzender' Seine Majestät der Sultan ist, nicht unbekannt geblieben sein. Wir werden uns stets und unter allen Umständen, nötigenfalls mit Waffengewalt, gegen jede Verletzung unserer nationalen Rechte und unserer Grenzen wehren, einerlei, von welcher Regierung sie ausgeht. Angesichts der willkürlichen Besetzungen und der zahlreichen Provokationen seitens der Franzosen, von denen wir nur einige wenige Beispiele erwähnt haben, ist meine Regierung der Ansicht, daß eine Beibehaltung der geschilderten Methoden einen Zustand herbeiführen würde, der gleichbedeutend mit Krieg ist. Bisher haben wir immer das Sprichwort angewendet: Auge um Auge, Zahn um Zahn, und haben unser Verhalten der Lage angepaßt. Falls die République Française den Wunsch hegt, mit uns in einen Meinungsaustausch einzutreten und von uns Erklärungen entgegenzunehmen, bevor sie sich in einen Kampf verwickelt gegen ein Volk, welches geeint und entschlossen ist, seine Freiheit bis zum letzten Blutstropfen zu verteidigen, hat sie nur dem üblichen Brauch zu folgen. Sollte sie die Rückkehr der zwei obenerwähnten Gefangenen wünschen, so sind wir bereit, jeden diesbezüglichen Vorschlag zu erwägen. Alles ist ehrlich und offen, was wir zu sagen haben.

Abd-el-Kader-Ben-Sliman-Ben-Sherif

Le Roux überlegte sich lange jede Wendung, ließ alle orthographischen Fehler stehen und versuchte, die psychologische Wirkung zu errechnen, die dieser Brief auf seine Gegner ausüben würde.

Dann entwarf er seinen Reiseweg nach Fez.

Er beschloß, über Bordj-Mshounsh zu reisen, die Heerstraße einzuschlagen, das Gebirge zu überschreiten, um dann nach Guersif an der Route Nationale zwischen Oudjda und Taza hinabzusteigen.

7

Mit seiner gewohnten Energie und Umsicht beschleunigte Le Roux die Zurüstungen für seinen Aufbruch. Rekkas wurden entsandt, um dem Gesandten den Weg zu bereiten und den Anwohnern an der Straße von seiner bevorstehenden Durchreise Nachricht zu geben, und ein Bote reiste mit geheimen Briefen nach Fez voraus.

Als Le Roux am Tage des Gebetes aus der Moulay Sliman in die Kasba zurückkehrte, meldete ihm Assr, das Ziegengesicht, daß die Roumia ihn zu sprechen wünsche. Sogleich begannen Le Roux' Pulse rascher zu schlagen. Was konnte sie jetzt von ihm wollen? Seltsam, wie sehr der Gedanke an sie ihn seit ihrer letzten Begegnung verfolgte.

Die letzten Minuten vor ihrer Ankunft verbrachte er in höchster Unruhe. Er machte sich ernstliche Sorgen. Vielleicht gewann die Roumia zuviel Einfluß auf ihn, vielleicht war ihr Einfluß nicht so günstig, wie es zu Anfang geschienen hatte. Ihre Augen hatten eine Art, ihn forschend anzusehen, die seinen Argwohn erregte, ihre Freundschaft schien mit einem abweisenden Hochmut gemischt, der fast an Verachtung grenzte. Als Renée in sein Arbeitszimmer eingelassen wurde, merkte sie zu ihrer Überraschung, daß Le Roux sie mit argwöhnischen, fast feindseligen Blicken empfing.

„Ich stehe Ihnen zu Diensten", sagte er in kurzem, militärischem Tone.

„Was ist, Si Abd-el-Kader?" fragte sie mit einem vorwurfsvollen Blick.

Er gab keine Antwort, sondern schaute sie nur böse an.

„Haben Sie mir nicht erlaubt, den Harem zu verlassen, wann immer ich Sie zu sprechen wünsche?"

„Ich stehe Ihnen zu Diensten", wiederholte er, ohne daß ihm die kindische Ungerechtigkeit seines Benehmens zum Bewußtsein kam.

Sie zog die Stirne in Falten.

„Es handelt sich um den Brief an meine Schwester, den Sie für mich nach Fez befördern wollten. Ich habe ihn hier", sprach sie und hielt Le Roux das Schreiben entgegen.

„Der Brief ist nicht verschlossen", sagte er erstaunt.

„Es wäre unhöflich von mir gewesen, es zu tun. Sie können den Brief lesen, wenn Sie wollen. Er enthält keine Mitteilungen an Ihre Feinde."

Sein Gesicht verriet noch immer Argwohn und Mißtrauen.

„Ich sehe, Sie sind es nicht gewohnt, Ihren Freunden Glauben zu schenken", sagte sie lächelnd.

Er ging zum Tisch und versiegelte den Brief.

„Freunde müssen erprobt werden, bevor man ihnen vertraut", sagte er.

Sie lächelte ein wenig spöttisch, ohne daß er es beachtete.

„Gibt es außerdem noch etwas, was mein Emissär für Sie tun könnte?"

Er stand da und hielt den versiegelten Brief in der Hand. Renée wußte nicht, ob sie ihn bewundern oder hassen sollte; aber schließlich behielten ihre freundlichen Gefühle für ihn die Oberhand.

„Si Abd-el-Kader!" seufzte sie und sank auf den schäbigen Louis-Seize-Stuhl. „Es gibt unendlich viele Dinge, die Ihr Emissär für mich tun könnte. Wenn er mir zum Beispiel eine Antwort auf meinen Brief mitbrächte, wäre ich Ihnen sehr dankbar! Dann ist da – wie soll ich es Ihnen sagen? Ich möchte Sie nicht beleidigen, denn Sie sind äußerst freundlich zu mir gewesen. Sie haben mir meinen Toilettenkoffer und mein Gepäck zurückgegeben, was ich nie erwartet hätte. Nun war da in meinem Handtäschchen etwas Geld, was ich vermisse. Dieses Geld wäre mir gerade jetzt sehr willkommen."

Le Roux errötete heftig.

„Wieviel war es?"

„Ungefähr zweitausend Francs."

„Sie werden es zurückerhalten."

„Besten Dank. In diesem Falle würde ich Sie bitten, das Geld Ihrem Boten zu geben mit dem Auftrag, mir in Fez eine Kiste mit Arzneien, Salben, Verbandszeug und einigen anderen Kleinigkeiten zu besorgen. Ich werde alles auf einen Zettel schreiben. Ihre kleine Frau Asma hat an ihrem Bein eine wunde Stelle, die wirklich einer gründlichen Kur bedarf. Die Salben Ihrer Mutter nützen anscheinend gar nichts, und das arme Ding hat immer Schmerzen. Ich glaube zu wissen, wie sie behandelt werden muß. Ihr kleiner Mohammed hat sich in die Hand geschnitten, wie Sie wissen, und die Wunde ist stark entzündet. Und dann Aisha. Ihr kleiner Leib ist ganz in Unordnung. Sie hat häufig Fieber, eine schädliche Sache in ihrem Alter. Ich kenne ferner eine Arznei, die die Schmerzen, die Ihre Mutter beständig quälen, beseitigen könnte. Ich kann es manchmal kaum ertragen, wenn ich sie nachts vor Schmerzen weinen höre. Oh, und es gibt noch andere, viele andere! Alle brauchen sie dies oder jenes."

Le Roux sah sie erstaunt an.

„Wollen Sie mein Haus in ein Spital verwandeln?"

„Es ist ein Spital!" rief sie. „Nur der Arzt fehlt. Die Krankenschwester will ich mit Freuden selber sein. Ich würde so gern euch allen einen kleinen Dienst erweisen, statt hier meine Zeit zu vergeuden. Denn ich habe alle Ihre Leute liebengelernt.

Vielleicht halten Sie mich für töricht, denn der Prophet Mohammed sagt, alle Krankheit und Schwäche komme von Gott, und so müsse man sie eben bis an sein Lebensende geduldig ertragen und sich so wenig wie möglich einmischen, da sie ein Teil der Strafe ist, die das Schicksal über den Menschen verhängt. Ein bewundernswerter Gedanke. Auch Jesus sagt, daß alle diese Prüfungen dem Willen Gottes entspringen, aber er hat uns auch gelehrt, daß wir den Kranken und Leidenden helfen sollen. Und diesen Gedanken finde ich noch viel bewundernswerter!"

Der Name Jesus klang mißtönig in Abd-el-Kaders Ohr; doch insgeheim bewunderte er Renée.

„Ach", sagte er, „wenn doch unsere Frauen so wären wie Sie!"

Er hielt inne und preßte die Lippen aufeinander. Er sah die Frauen seiner Rasse, schwer beladen, mühsam zu den Brunnen wandern, die Kinder auf den Rücken geschnallt. Er sah sie hinter ihren Männern her barfüßig durch den brennenden Sand schreiten, über das rauhe Gebirge, über die Gefilde ewigen Schnees. Er sah seine Mutter vor sich, wie sie immer noch mit ihren ausgedörrten, zitternden Fingern seine Wangen streichelte, als ob es die Wangen eines Säuglings wären, und stundenlang, ja tagelang in einem dunklen Winkel wartete, um den Mann Abd-el-Kader, der in ihren Augen noch immer das Kind war, mit mütterlicher Zärtlichkeit zu liebkosen. Er sah die jungen arabischen Mädchen, mit ihren dunkelglühenden, lockenden Augen, die durch den Schleier leuchteten. Er erinnerte sich an die stillen Wochen eines schläfrig-leidenschaftlichen Lebens in den von Blumenduft gesättigten Gärten des Südens, an der Seite Halimas, Zuhras, Asmas und vieler anderer. Er dachte an die Frauen der Beni-Zeraoul im Rif, wie sie hinter ihren Männern und Brüdern standen, Gewehre ladend, oder Wasser und Proviant durch den Hagel platzender Granaten schleppten. Und er schämte sich seiner Worte über die Frauen seines Volkes. Er ärgerte sich über sich selber, lehnte sich an die Kante seines massiven Tisches und schüttelte müde den Kopf. Seine Stimme wurde sehr leise.

„Es ist sonderbar, Roumia, welche Gedanken und Gefühle Sie

in mir wachrufen. Die Schönheit Ihrer Seele kommt der Schönheit Ihrer Augen gleich. Ich sehe Ihre Schönheit von Tag zu Tag wachsen."

Er lachte ein trockenes Lachen.

„Wenn ich einem Araber sage, daß er sich einen Gefallen von mir erbitten darf, wird er soviel wie nur möglich verlangen, aber nur für sich selbst. Sie dagegen fordern zwar das gleiche, aber nicht für sich selber, sondern nur für andere. Schade, sehr schade, daß Sie sich nicht zum Islam bekennen. Sie würden eine jener sehr edlen Frauen sein, die der Prophet so innig geliebt hat."

Er begann mit auf dem Rücken verschränkten Armen auf und ab zu gehen.

„Es besteht zwischen uns beiden eine seltsame Ähnlichkeit, Roumia. Auch was ich tue, geschieht nicht für mich selber, sondern für andere. Niemand tut mir einen Gefallen. Unglücklicherweise sind die Forderungen, die ich Ihrem Volke stellen mußte, in seinen Augen zu groß und daher unerfüllbar. Würde ich aber alles, um das ich kämpfe, erhalten, so kämen die Vorteile nicht mir zugute. Ich trage kein Verlangen nach Reichtümern, und wenn ich ein mächtiger Mann werde, so geschieht es nur, weil Allah es um seines Volkes willen so verordnet hat. Jetzt bin ich wie ein einsamer Mensch, der eine lange Reise durch die Wüste unternimmt. Ich weiß nicht einmal, was der morgige Tag mir bringen wird; alles ist ungewiß und dunkel."

Er brach ab und blieb vor einer der Wandkarten stehen. Renée erhob sich von ihrem Stuhl, setzte sich an seinen Tisch und begann eifrig zu schreiben.

8

Niemand beachtete den schwarzbärtigen, in einen grauen Burnus gehüllten Mann, der eines Morgens bei Tagesanbruch die Stadt Chechrell verließ. Er ritt ein stämmiges, gutrassiges Maultier und hatte eine spitze Kapuze über den Kopf gezogen, wie einer der Kaufleute aus dem Süden, die ewig Angst haben, sich zu erkälten. Nach zweistündigem Ritt gesellte sich dieser Mann zu zwei anderen Männern, die schwerbeladene Maultiere bei sich hatten; gemeinsam ritten sie weiter. Noch vor Mittag stieß ein weiterer, acht Mann starker Trupp zu ihnen, und nach kurzer Rast kletterten die elf Männer, auf Maultieren reitend und mehrere Tragtiere am Zügel führend, einen steilen Zickzackweg empor, der in die Berge führte.

Alle hatten sie Befehl erhalten, Si Abd-el-Ali(-Rassani-el-Hadj) nach Fez zu begleiten. Nur einer unter ihnen wußte, daß der Khalifa mit dem schwarzen Bart, den schwarzen Brauen und den langen schwarzen Haaren auf dem Handrücken nicht der Khalifa, sondern Le Roux selber war, und dieser eine war Ali-el-Bahel, der dichtende Hirte. Aber er würde sich eher die Zunge abschneiden, die Nägel ausreißen und die Eingeweide zerfleischen lassen, als sein Wissen zu verraten.

Bis an die Grenzen der Föderation verlief die Reise planmäßig. Die Kaids und Edlen empfingen den angeblichen Khalifa des Paschas in ihren Häusern, erwiesen ihm die gleichen Ehren, wie sie dem Pascha selbst gebührt hätten, und blickten mit tiefer Ehrfurcht zu dem unerschütterlich schweigsamen Fürsten auf, der träumend in ihrer Mitte saß. Sie versicherten ihn ihrer Treue und Liebe zu Abd-el-Kader und flehten Allah an, den Khalifa auf seiner Reise in das Gebiet des Feindes zu beschützen.

In jedem Dorfe machte Le Roux halt, versammelte die Einwohner um sich und redete zu ihnen im Namen Abd-el-Kader-Ben-Slimans über das Werk, über die heilige Sache und über die Zukunft des Islams. Er forderte sie auf, ihre Gebete im Namen des Paschas zu sprechen.

Sobald aber Le Roux in der Nähe von Bordj-Mshounsh auf die große Straße kam, änderte sich alles mit einem Schlage. Seine Begleiter hatte er bis auf sechs Mann, schweigsame, finstere, hochmütige Männer, durchaus vertrauenswürdig, keine andere Sprache beherrschend als den grollenden, dumpftönenden Dialekt der Ait-Atta, entlassen.

Als sie am Rande der Straße, einer hinter dem anderen, die Kapuze über den Kopf gezogen, in nördlicher Richtung weiterritten, wurden sie von einer Spahipatrouille erspäht, welche, die Karabiner im Anschlag, sich langsam von hinten an sie heranpirschte. In der Nähe der sieben Maultierreiter angekommen, forderte der Korporal der Spahis Le Roux auf, anzuhalten, während die Spahis einen Ring um Le Roux und seine Leute schlossen und die Maultiere zum Stehen brachten. Wie stets in schwierigen Situationen kam auch hier das eigentümliche Don-Quichottehafte in der Natur des Paschas zum Durchbruch und ließ ihn die Rolle seines eigenen Gesandten mit vollendeter Geschicklichkeit spielen.

„Nennt ihr das Gesetz und Ordnung, friedliche Wanderer zu überfallen?" rief er mit ärgerlicher, mürrischer Stimme, zog eine schwarze Brille aus der Tasche und setzte sie umständlich auf die Nase.

„Und noch dazu Soldaten!" fuhr er fort, die Spahis musternd. „Söhne Mohammeds in den geschenkten Kleidern der Franzosen! Pfui! Laßt mich ziehen. Ich bin als Gesandter nach Fez unterwegs und ich habe mein Beglaubigungsschreiben. Der Generalgouverneur erwartet mich." Dann zog er ein grünes Taschentuch aus der Tasche und schneuzte sich auf eine wunderliche Art.

Der Korporal wünschte das Beglaubigungsschreiben zu sehen. Le Roux holte einen großen gelben, versiegelten, an den Generalgouverneur adressierten Umschlag hervor, dessen riesiges wächsernes Siegel sichtlich Eindruck machte.

Die Spahis erhielten den Befehl, die Männer nach Waffen zu durchsuchen; außer den üblichen Messern und der altmodischen Flinte, die Ali auf den Rücken geschnallt trug, fanden sie jedoch nichts. So ließ man Le Roux mit seinen Männern weiterreiten, während ihnen die Spahis dicht auf den Fersen folgten.

Ihr Ritt führte sie zu einer Karawanserei, wo senegalesische Soldaten mit dem Ausheben von Schützengräben beschäftigt waren; ein französischer Leutnant sah sie durch sein Fernglas herankommen. Der Spahikorporal galoppierte auf den Leutnant zu und meldete ihm die Ankunft der Fremdlinge, worauf dieser befahl, sie ihm vorzuführen. Er empfing sie stehend unter einem Torbogen, seine ledernen Gamaschen mit einer Reitpeitsche tätschelnd, eine Zigarette im Mund. Da er kein Wort von ihrem Dialekt verstand, übersetzten die Spahis, was Le Roux sagte. Der Leutnant nahm eine hochmütig-überlegene Haltung an, um dadurch Le Roux gegenüber zu betonen, daß er Franzose und folglich ein Herr sei. Le Roux seinerseits behandelte ihn in einer herablassenden, patriarchalischen Art, während er ihm den Grund seiner Anwesenheit erklärte.

Die Bemerkung, die der Leutnant auf seine Kosten in französischer Sprache machte, überhörte er geflissentlich, gab aber dem jungen Franzosen zu verstehen, daß ein Kebir von Ait-Atta für gewöhnlich als eine sehr wichtige Persönlichkeit gelte. Die ‚vieux salauds' und ‚cochons' und ‚sauvages', die der junge Offizier beiseite murmelte, nahm Le Roux für Komplimente.

Allmählich begriff der Leutnant, daß der Trupp sich in politischer Mission auf dem Wege nach Fez befand, und telefonierte an den Kommandanten eines fünfzig Kilometer weiter nördlich liegenden Lagers.

Man hielt Le Roux einige Tage lang zurück, dann wurde ihm erlaubt, seine Reise in Begleitung von vier bis an die Zähne bewaffneten Spahis fortzusetzen. Er wußte sehr gut, was das bedeutete, hielt es jedoch für geraten, die Spahis als ein Ehrengeleit zu behandeln. So erreichten sie die Stadt Misur, wo ein französischer General ihn im Hauptquartier auf jene gönnerhafte Art empfing, die die Franzosen so gern gegenüber den Häuptlingen und Edlen des fernen, geheimnisvollen Südens und des unzugänglichen Atlas, jener Gebiete, die sie zu ihrem Protektorat rechnen, an den Tag legen. Während des ganzen Essens war er von leicht ironischer Höflichkeit, verstand jedoch wenig oder nichts von dem erbärmlichen Gegurgel, das aus Le Roux' Kehle kam.

Fest überzeugt, daß sein Gast kein Wort Französisch verstehe, erging er sich seinen Offizieren gegenüber in den abfälligsten Bemerkungen.

Es entging Le Roux keineswegs, daß sie in ihm eine Art würdevollen, aber hinterlistigen Barbaren sahen, der auf ihre zahlreichen Fragen lediglich erwiderte, er müsse mit dem Generalgouverneur in Fez sprechen.

Nach zweitägigem Aufenthalt durfte er mit seinen sechs Begleitern weiterreisen. Auf Hirtenpfaden durchquerten sie das Land der Beni-Ouraine. Vor ihnen waren die Berge, und zuweilen sahen sie in der Ferne kleine weiße Städte wie weiße, schlafende Katzen in den Tälern kauern. Von den zackigen Dächern der Minaretts funkelten die grünen Lichter wie Katzenaugen.

Ihre Maultiere streckten gierig die Hälse aus, um von den Blättern der Zwergpalmen zu naschen, die in dichtem Wuchs die Erde bedeckten. Es war eine reiche Gegend.

Je mehr sie sich der Ebene von Sais näherten, desto tiefer wurde die Trauer im Herzen Le Roux'. Daß die Roumi dieses ungeheure Marokko beherrschten, lag ihm schwer auf der Seele. Ah! Daß der Tag kommen möge, da es ihm gelänge, all diese unbezähmbaren Stämme wie eine einzige riesige Herde zusammenzutreiben!

An diesem Tage würde der Sultan für die Verbrechen seiner Familie büßen, und den Roumi würde der Tod ereilen. Die Macht war da! Sie schlummerte in jedem Dorf, in jeder Stadt. Es fehlte nur ein Mann; der Mann, der sie zum Leben erweckte. Abgründiger Haß gegen die Ungläubigen und gegen die hirnlosen, verräterischen Bewohner des Nordens packte ihn, ein wildes Verlangen, dieses Volk zu bestrafen, das aus der stolzen Nähe Allahs herabgestiegen war, um seine Knie vor Männern in hohen kalbledernen Schaftstiefeln zu beugen.

Es bedurfte der hellen Stimme Ali-el-Bahels, die das Lob und den Preis der heimatlichen Berge sang, es bedurfte dieses schönen Sohnes des Atlas, der an dem kleinen knisternden Feuer unter dem sanften, gestirnten Nachthimmel seine endlosen Geschichten erzählte, um die düstere Melancholie Abd-el-Kaders zu verscheuchen und seine Hoffnungen wiederaufzurichten.

Ihre letzte Nacht verbrachten sie in den Olivenhainen oberhalb von Fez. Bei Tagesanbruch standen sie auf. Le Roux lehnte sich an einen Baumstamm, das Antlitz der im Sonnenschein glitzernden Stadt zugewandt. Seine Augen waren feucht, seine Miene fast verzückt und wie verzaubert, denn weder der Araber noch der Berber kann Fez sehen, ohne aufs tiefste bewegt zu sein. Seine Leute standen wie gebannt neben ihm.

Bevor er zum Oued-Zeitoun hinunterstieg, um sich zu waschen, machte er einen kleinen Umweg zu einem Steinbruch, wo vor vielen Jahren in seiner Studentenzeit ein fremdes Mädchen ihm unendliche Freude geschenkt hatte. Stumm betrachtete er den Rasenfleck und die kleinen, malvenfarbenen Blumen zwischen den riesigen Aloebüschen, dann begab er sich an seine Morgentoilette. Nach dem Gebet ritt er weiter auf die gewaltigen Steinwälle zu, die an den Hügelwänden auf und nieder kletterten, und betrat durch das Bab Djedid die verbrecherische, abtrünnige Stadt. Seine genaue Kenntnis der Stadt Fez kam Le Roux jetzt sehr zustatten. Er stieg, wie es sich für einen armen Stammesfürsten aus dem Süden geziemte (und das war die Rolle, die er zu spielen gedachte), mit seinen sechs Begleitern in einem im unteren Teil der Medina gelegenen Fondouk ab und mietete für seine Maultiere drei Bögen und zwei Nischen, eine für sich, die andere für seine Leute. Ihr gurgelnder Ait-Atta-Dialekt erregte den Argwohn des Besitzers, doch als Ali-el-Bahel von den Tugenden seines Herrn, von seiner vornehmen Herkunft und von der Wichtigkeit seiner Mission an die Regierung zu singen begann, kam er näher und begrüßte den Gesandten im Namen Allahs. Inzwischen hatte Le Roux die Anwesenheit einiger Männer bemerkt, die ihn sehr genau beobachteten. Zwei oder drei milchweiße, gespenstische Fasi-Gesichter tauchten draußen vor den Mauerbögen im hellen Tageslicht auf und verschwanden wieder, Agenten des Maghzen vielleicht, oder Spione des ‚Service des Affaires Indigènes'. Er war dadurch nicht übermäßig beunruhigt, denn es weilten gegenwärtig über hundertundfünfzig Berber in der Stadt, die in den letzten paar Tagen einzeln eingetroffen waren, verläßliche Männer, die er von Chechrell vorausgeschickt hatte, um die geheiligte Person des Khalifa zu beschützen. Er wußte, daß jeder einzelne von ihnen bereit war, sich für ihn in Stücke reißen zu lassen.

Dennoch beschloß er, sehr auf der Hut zu sein, damit niemand ihn in seiner Verkleidung erkenne. Obgleich das schwarze Haar sein Aussehen völlig veränderte, bestand immerhin eine Möglichkeit, daß seine Augen Verdacht erwecken könnten; so behielt er seine schwarze Brille auf. Sie verlieh ihm einen Anstrich wunderlicher Schlauheit und Klugheit, einen Ausdruck, wie man ihn häufig auf den Gesichtern südlicher Stammeshäupter findet, die ihr halbes Leben in den Moscheen verbringen.

Kurz nach seiner Ankunft erschien unter dem Mauerbogen ein hochgewachsener Mann, scheinbar ein Kaufmann der ärmeren Klasse. Er küßte Le Roux auf die Schultern.

„Khalifa Si Abd-el-Rassani, Allah sei mit dir! Im Namen des Mehdi begrüße ich dich! Wir sind hier, um deine geheiligte Person zu beschützen. Fürchte nichts. Wir schlafen nie."

Le Roux, der in dem Manne einen seiner Offiziere erkannte, klopfte ihm freundlich auf die Schulter und dankte ihm. Der Mann verschwand wie ein Schatten. In seiner Nähe sah er einige Maultiertreiber und ein paar arme Landleute, die anscheinend aus dem Rif stammten; in einem der benachbarten Mauerbögen hauste ein Kaid mit seinem Gefolge. Sie saßen um ein kleines Feuer und bereiteten Kaffee. Das war sicherlich Youseff-Ben-Amar aus Cheraga, einer seiner prächtigsten Reiteroffiziere. Le Roux bewunderte ihr meisterhaftes Spiel, ihre Fähigkeit, sich zu verstellen, ihn gar nicht zu beachten. Keiner von ihnen blickte auch nur einmal in seine Richtung. Sie schienen einer anderen Welt anzugehören. Der Gedanke schoß ihm durch den

Kopf, daß er mit ein paar tausend Mann von diesem Schlage Fez oder jede beliebige Stadt in Marokko im Handumdrehen erobern könnte.

9

Le Roux' Brief, Wort für Wort übersetzt, wanderte durch die Kanzleien von Rabat. Die Behörden wunderten sich über den unverschämten Ton des rebellischen Paschas, und nach endlosen bürokratischen Umwegen landete das Schreiben wieder bei dem Kommandanten im südlichen Territorium, General Merzbourg. Dieser, ein Elsässer von fast zwei Meter Länge, gehörte zu den echten alten ‚Hunden des Bled' und hatte von den höheren Stellen Instruktionen erhalten, nicht allzu scharf vorzugehen und im übrigen in enger Verbindung mit Rabat zu bleiben.

Der drohende Aufstand im Süden wurde im Generalstab mit ängstlicher Besorgnis im Auge behalten. In aller Stille hatte man die nötigen Vorbereitungen getroffen, und nur dem Umstand, daß die Kammer, diese lästige Einrichtung, noch immer tagte, war es zuzuschreiben, daß bisher keine entscheidenden Schritte unternommen worden waren. Man zog es vor, bis zu den Sommerferien zu warten, wo weder Sozialisten noch Radikale oder Kommunisten den Kriegsminister mit Anfragen bombardieren konnten.

Die Sache war dem ‚Bureau des Affaires Indigènes' übergeben worden. Oberst Puidoux und ein Zivilkontrolleur im Range eines Unterpräfekten empfingen Si Abd-el-Ali-Rassani, den Khalifa des rebellischen Paschas. Große Aufregung herrschte im Hauptquartier: ‚Nachricht von de Sonloup!'

Mehrere Tage verstrichen jedoch, ohne daß man aus Le Roux irgendwelche nennenswerten Nachrichten herausholen konnte. Man zitierte ihn jeden Morgen ins ‚Bureau', richtete sorgfältig vorbereitete Fragen an ihn und nahm seine Antworten zu Protokoll. Doch Le Roux behauptete, er sei nicht hier, um Fragen zu beantworten, sondern um selber Fragen zu stellen, und diese Fragen würde er nur an den Generalresidenten persönlich richten. Schließlich schien es dem Obersten Puidoux, einem liebenswürdigen Menschen, der sämtliche wichtigen Personen der einheimischen Bevölkerung von Französisch-Marokko kannte, zu gelingen, den unerschütterlichen Emissär von Chechrell davon zu überzeugen, daß er, der Oberst, mit dieser Sache beauftragt sei und im Namen der Regierung verhandle.

Nachdem Le Roux in allen formellen und verhandlungstechnischen Fragen den Ahnungslosen gespielt hatte, ließ er sich schließlich zu einer allgemein gehaltenen Erörterung der verschiedenen Beschwerden in seinem Brief herbei. Er hatte es fertiggebracht, jeden von seiner völligen Unkenntnis fremder Sprachen zu überzeugen, und bestand auf einem geschulten Dolmetscher als Vermittler.

Das ‚Bureau' fand in ihm sehr bald einen äußerst schwierigen Verhandlungspartner. Offenbar kannte er den rebellischen Pascha sehr gut, kannte auch General de Sonloup und war mit allen Einzelheiten der Probleme des Südens vertraut. Seine unerschütterliche Ruhe, die Langsamkeit seines Denkens, sein Beharren bei unwesentlichen Einzelheiten, sein Außerachtlassen der wichtigeren Fragen, seine stets gleichbleibende Würde und Höflichkeit bereiteten seinen Partnern viel Verdruß. Der Oberst und der Unterpräfekt, die gewöhnt waren, mit den Einheimischen auf eine hochmütige, gönnerhafte Art zu verhandeln, kamen mit diesem Ait-Atta-Häuptling kaum einen Schritt weiter. Sie wußten nicht, worauf er eigentlich abzielte. Eine ewige Fragerei nach den verschiedenen Stämmen, die man zur Unterwerfung gezwungen hatte, ein ewiges Feilschen um Stammesgrenzen! Der Pascha wünsche dies oder der Pasche wünsche jenes, und Le Roux wußte ganz genau, daß keine der Fragen, die er anschnitt, von dem ‚Bureau' erledigt werden konnte. Der Bericht an den Generalresidenten wurde von Tag zu Tag umfangreicher.

Eines Morgens schlenderten Le Roux und seine Begleiter zum

soundsovielten Male in ihrer gemächlichen Art durch die Tore des Dar Maghzen. Oberst Puidoux ließ Le Roux über zwei Stunden warten. Le Roux saß allein im Vorzimmer. Ein Ausdruck des Jubels lag auf seinem Gesicht, und jenes Lächeln, welches bedeutete, daß er sich zu einem entscheidenden Schritt entschlossen hatte. Eine neue Tat wuchs in ihm heran, eine große, entscheidende Tat.

„Voyons, mon cher Si Abd-el-Ali", sagte der Oberst, als Le Roux schließlich das ‚Bureau' betrat, „jetzt ist eine Woche vergangen, und wir haben in bezug auf General de Sonloup noch immer keine Entscheidung erreicht."

Oberst Puidoux schob sein Képi an den Rand des Löschpapiers. Monsieur Regnon saß an der Ecke des Tisches, den scharfen Blick seiner schwarzen Augen auf Le Roux geheftet. Im Hintergrunde des Zimmers saß ein hochgewachsener, hagerer Mann, der scheinbar die Zeitung las. Le Roux sah vier goldene Sterne an seinem Ärmel. Merzbourg!

Le Roux fragte den Dolmetscher, was der Oberst gesagt habe. Der Dolmetscher übersetzte.

„Sage ihm", sagte Le Roux, „daß der Pascha seine Gefangenen so lange behalten wird, bis er Geld bekommt."

„Geld! Das ist alles sehr schön. Wir brauchen auch Geld und können es nicht immer bekommen."

„Der Pascha braucht viel Geld", fuhr Le Roux fort, und die fest zusammengepreßten Lippen verzogen sich zu einem Lächeln. Er sah die Beamten über den Rand seiner Brille hinweg an.

Endlich waren sie an einem entscheidenden Punkt angelangt.

„Der Pascha braucht viel Geld", wiederholte Le Roux.

„Oh, wir verstehen, was Sie sagen!" rief der Unterpräfekt in arabischer Sprache. „Nur weiter!"

Oberst Puidoux klopfte mit seinem Bleistift spielerisch auf das Löschpapier.

„Wieviel Geld will der Pascha haben?" fragte er mit einem unsicheren Hüsteln.

„Der Pascha", gurgelte Le Roux hervor, „wird für seine Gefangenen dreißig Millionen Francs fordern."

Ein tiefes Schweigen folgte.

„Wieviel davon würden Sie selber bekommen?"

„Abd-el-Ali-Rassani wird nichts bekommen."

Der Oberst brummte etwas.

„Ist der Pascha verrückt?" fragte er.

Le Roux schüttelte feierlich den Kopf.

„Hält er uns wirklich für so dumm, daß er erwartet, wir würden ihm die nötigen Mittel liefern, die er braucht, um gegen uns Krieg zu führen?"

„Der Pascha", sagte Le Roux, „würde damit einverstanden sein, daß das Geld bei einer Bank im Auslande hinterlegt wird und dort als Friedensunterpfand liegenbleibt. Der Pascha würde verlangen, daß eine endgültige Grenze von Agadir bis zum Tafilalet, dem Kamm des Atlas folgend, festgesetzt wird, und er würde die hinterlegte Summe als ein Unterpfand dafür betrachten, daß diese Grenzlinie sowohl von den französischen Truppen wie von denen des Sultans respektiert wird. Im Falle einer Grenzverletzung jedoch würde das Geld an den Pascha fallen, und dieser würde sich das Recht vorbehalten, alle Schritte zu unternehmen, die er für notwendig hält, um das Gebiet der Föderation zu verteidigen."

Die ‚hauts fonctionnaires' betrachteten mit weitaufgerissenen Augen diesen unverschämten Houari-Kebir, der mit aller Ruhe eine tausend Meilen lange Grenze zog, ohne auch nur mit der Wimper zu zucken. Sie sahen einander an. Oberst Puidoux biß sich auf die Lippen.

„Der Pascha", fuhr Le Roux fort, „würde seinerseits der Nordregierung die gleichen Bedingungen garantieren."

„Ihr Pascha hat Sie beauftragt, uns das mitzuteilen?" fragte Monsieur Regnon.

„Ganz recht! Wenn die Nordregierung gewillt ist, mit meinem Pascha in diesem Sinne einen Vertrag zu schließen, werde ich ihm eine Rekka schicken, und alle Feindseligkeiten im Süden werden sofort eingestellt."

„Si Abd-el-Ali", sagte der Oberst in freundschaftlichem Tone, „die Forderungen, die Sie im Namen Ihres Paschas stellen, sind nicht nur sinnlos, sondern auch völlig unrechtmäßig. Ich fühle mich verpflichtet, Ihnen das gleich zu sagen, damit Sie sich keinerlei Hoffnungen hinsichtlich des Erfolges Ihrer Mission hingeben. Außerdem weigere ich mich entschieden, mit Ihrem Pascha irgendwelche politischen Fragen zu erörtern. Vom Rechtsstandpunkt aus ist er ein Verbrecher, auf dessen Kopf man eine Million ausgesetzt hat. Es ist äußerst töricht von Ihnen, Si Abd-el-Ali, für diesen Verbrecher Stellung zu nehmen; denn früher oder später muß es mit ihm unweigerlich ein schlimmes Ende nehmen, und er wird alle mitreißen, die sich von ihm haben verführen lassen. Ich könnte Sie auf der Stelle als Aufruhrstifter verhaften lassen, aber das würde dem üblichen Verfahren, das Frankreich seinen irregeleiteten Kindern gegenüber einschlägt, widersprechen. Ich rate Ihnen, sich die Sache sorgfältig zu überlegen, bevor Sie zu Ihrem Pascha zurückkehren. Sie sind ein Kaid und ein einflußreicher Mann bei Ihrem Volke. Wir möchten Ihnen klarmachen, daß unsere Absichten in Marokko durchaus wohlwollender Art sind, auch wenn wir manchmal Gewalt anwenden müssen. Unter dem wohltätigen Regime, das Frankreich eingeführt hat, werden die einheimischen Stammeshäupter zu unseren Freunden. Sie verwalten auch weiterhin ihre Angelegenheiten und bleiben die Herren ihrer Gaue. Das Protektorat ist nur zu ihrer Unterstützung da, ohne sich unmittelbar in ihre örtlichen Angelegenheiten einzumischen. Wenn das neue Regime die Tradition des Islams antastet, so geschieht es nur, um Mißbräuche abzustellen und die Wirksamkeit der bestehenden Einrichtungen zu steigern.

Den Massen bietet das neue Regime eine bessere Rechtspflege und Verwaltung sowie größeren Schutz des Eigentums. Den einheimischen Stammeshäuptern verleiht es eine solidere Macht sowie dauernde Vorteile und vor allem Sicherheit. Es bedeutet ein

Glück für Marokko, daß die Aufgabe der Zivilisierung in den Händen Frankreichs liegt. Bedenken Sie, was geschehen würde, wenn irgendeine andere Macht hier regierte. Frankreich ist vor allen anderen Ländern das Land der Gerechtigkeit, Menschlichkeit und Ritterlichkeit."

Le Roux hörte dem Dolmetscher mit geschlossenen Augen zu. Dann und wann nickte er fast unmerklich. Als der Oberst seine Rede beendet hatte, blieb er weiter in lauschender Haltung stehen, als erwarte er, noch mehr zu hören.

Schließlich sagte er zum Dolmetscher:

„Frage den Monsieur am Tische, welche Nationalität die Marokkaner bekommen würden, wenn Frankreich noch einmal einen europäischen Krieg durchzukämpfen hätte und diesen Krieg verlieren würde."

Monsieur Regnon verstand Le Roux' Worte sofort. Er drehte sich um und schüttelte den Kopf.

„Sie sind nicht dumm, diese Häuptlinge aus dem Süden!"

Merzbourg, im Hintergrund des Zimmers, versteckte sein Gesicht hinter seinem Zeitungsblatt und lächelte.

„Ich hätte gegen die schönen Worte des Herrn Obersten nichts einzuwenden", fuhr Le Roux fort, als hätte er seine Bemerkung über Frankreich vergessen, „wenn man nicht damit rechnen müßte, daß die Lage sich von einem Tag zum anderen neu gestalten kann. Die ständigen Einfälle französischer Truppen in das Gebiet des Paschas erschöpfen die Geduld des Paschas. Zeigt jedoch Frankreich den guten Willen, zu einer Verständigung zu gelangen, indem es die von mir erwähnte Summe hinterlegt, so ist der Pascha bereit, weitere Verhandlungen zu einem Frieden auf gerechter, gesetzmäßiger und vernünftiger Grundlage einzuleiten. Sollten indes die Vertreter Frankreichs auch weiterhin versuchen, unser Volk zu unterdrücken und die Allmächtigen zu spielen, so wird die Lage unverändert bleiben oder sich noch verschlimmern. Was die verhüllte Drohung des Herrn Obersten betrifft, mich verhaften zu lassen, so dürfte er zweifellos wissen, daß der Pascha diesen Schritt als eine Provokation ansehen und sofortige Maßnahmen zur bedingungslosen Freilassung meiner bescheidenen Person ergreifen würde."

Le Roux sprach in abgehackten, gutturalen Sätzen, und der Dolmetscher übersetzte langsam Satz für Satz. Die ‚hauts fonctionnaires' nickten unablässig wie Marionetten. Sie begriffen. Die Sache sah recht bedenklich aus und erforderte reifliche Überlegung; so erklärte man Le Roux, die Unterredung sei für heute zu Ende. Dieser zog seinen Burnus, der nach Maultieren und Schafen roch, fester um die Schultern; Oberst Puidoux stand auf, begleitete ihn höflich an die Tür, und Abd-el-Kader und seine Begleiter schlenderten in die schmale Straße hinaus.

10

Sultan Abd-el-Aziz der Große hatte keine gute Meinung von den Einwohnern von Fez. Er soll sie ‚faule-verdorbene-ausschweifende-lasterhafte-heuchlerische-habgierige-boshafte-tückische Schweine' genannt haben; alles in einem Atem.

Als Le Roux die steile Djama Cherabline[20] hinabstieg, begegnete er einer Unzahl jener milchweißen, gespenstischen Gesichter, und er sah manch einen Mann, den er vom Sehen kannte, eine Blume oder einen Gebetsteppich in den weichen, fetten Händen haltend. Eine Europäerin ging an ihm vorüber. Wieder mußte er an Renée denken. Was würde die Roumia zu seinem Vorschlag an die Nordregierung gesagt haben? Würde sie ihn für gerecht halten? Er glaubte, ja. Diesmal würde sie seine Handlungsweise gebilligt haben. Begeistert über seinen eigenen Mut und seine Zuversicht, richtete er seine Schritte nach der Moulay Idriss, um im Gebet den Beifall Allahs zu suchen. Vor seinem stechenden Blick traten die Fasi[21] beiseite, versteckten sich in den höhlenartigen, finsteren Häusern oder in einem der hundert schmalen Seitengäßchen, die von unsäglichem Gestank erfüllt waren, und warteten, bis er vorüber war. Sie fürchteten den Fremdling in ihren Toren. Zuweilen blieb Le Roux stehen und lauschte den Wassern des Oued Fez, der zu seinen Füßen unter der Erde murmelnd dahinfloß. Tausend kleine Bächlein liefen gurgelnd von Haus zu Haus, durch die Keller, durch die Gärten, durch die Wasserbekken und die Springbrunnen in den Höfen hinter den hohen Mauern. Er erinnerte sich an einen Oulema, der ihm einmal gesagt hatte, es gäbe in Fez nicht eine Stufe, nicht eine Straße, nicht ein Gäßchen, nicht einen Platz, der nicht irgendwann einmal mit Blut getränkt worden wäre. Er erinnerte sich des letzten Vorfalls, jenes Gemetzels im Jahre 1912. Welche Dummheit und Kurzsichtigkeit! Nichts war dabei herausgekommen außer einer feindlichen Invasion. Frankreich hatte sich der Stadt bemächtigt; und die Marokkaner, zu sehr damit beschäftigt, einander an die Kehle zu fahren, eifersüchtig aufeinander, hatten es zugelassen! Jetzt saßen die Roumi in ihrer Mitte und herrschten. Überall auf den Hügeln sah man ihre Lager, ihre Offiziere, ihre Soldaten. Ihre Weiber, ihre Touristen, ihre Händler und Kaufleute marschierten durch die Straßen einer Stadt, welche die heilige Metropole eines afrikanischen Königreichs gewesen war. Heute, am Tage des Schweigens und der Versöhnung, veranstaltete die Artillerie ein Übungsschießen, und die Tirailleurs lagen auf den Bäuchen und schossen nach der Scheibe. Die ganze Stadt konnte es hören, sie sollte es hören. ‚Das ist die Art', dachte Le Roux, ‚wie sie mit uns Friedensverträge schließen. Ihre Flugzeuge kreisen über unseren Köpfen. Meilenweit kann man ihre Funktürme sehen, und auf dem Gelände rings um die Stadt bauen sie ein neues Fez. Straßen mit niedrigen weißen Häusern, Brauereien, Reisebüros, Garagen und Kaufläden voller Waffen, Fahrräder, Möbel, Herren- und Damenkleider, alles vom Billigsten. Bauunternehmer, Grundstücksmakler! Verkaufen Marokko den Marokkanern! Nie soll so etwas im Süden geschehen! Wenigstens nicht, solange ich am Leben bin!'

Innerlich wütend, legte er seine Belghas ab und betrat die

Moulay Idriss. Er wusch sich und wanderte in den riesigen, hohen Gängen des Gotteshauses auf und ab, bis Friede in seine verstörte Seele kam, erst dann begann er mit seinen Gebeten.

Als er nach einer Stunde wieder auf die Straße trat, sah er seinen Weg klar vor sich. Die Liebe zu seinem Volk, zu seinem Vaterland lohte in seiner Seele. Er beschloß, auch fernerhin nicht von dem Weg abzuweichen, den ihm Allah vorgezeichnet hatte. Er würde auf seinem Friedensangebot beharren und darauf bestehen, daß man ihn anhöre und ihm gestatte, seinen Standpunkt gründlich darzulegen. Weigerten sie sich, mit ihm zu verhandeln, so würde er wieder Gewalt anwenden, Gewalt bis zum äußersten. Zu alledem brauchte er den Beistand seines Freundes Si Mahdi-Adessalem; da er sich jedoch sowohl von seinen Freunden wie von seinen Feinden unablässig beobachtet fühlte, war es ihm bisher noch nicht geglückt, ihn zu besuchen, ohne daß das ‚Bureau' davon erfuhr.

In dieser Nacht aber halfen ihm seine Freunde, ungesehen den Fondouk zu verlassen.

Begleitet von ihren schützenden Schatten, begab sich Le Roux langsamen Schrittes zu dem Dar Mahdi. Ein Mann glitt an ihm vorbei und flüsterte ihm etwas zu, worauf Le Roux am Spital Auvert abbog und einer großen, dunklen Mauer folgte, bis er zu einem kupferbeschlagenen Pförtchen kam. Es stand offen. Er trat ein. Jasmin- und Rosenduft erfüllte die Luft. Er befand sich in einem Garten. Ein Sklave führte ihn über die gepflasterten Wege zu den Palastbögen des Hauses; dort stand Si Mahdi mitten im großen Saal. Als er Le Roux erblickte, breitete er die Arme aus, während ihm Tränen über seine rosigen Wangen rollten und in seinen langen, makellos weißen Bart fielen. Auch Le Roux war tief bewegt. Nach der Begrüßung zogen die beiden Männer sich in einen heimlichen Winkel zurück. Eine Stunde lang sahen sie einander an, redeten von ihrem Leben und ihren Familien, von ihrem Befinden und vom Paradies. Dann sprach schließlich Le Roux allein. Wie ein Sohn vor seinem Vater, so legte er dem alten Si

Mahdi die vielen Fragen dar, die ihn berührten. Unterdessen blickte der alte Edelmann voller Respekt und Ehrfurcht in das kraftvolle Antlitz des jungen Führers vor ihm, den Gott auserwählt hatte. Noch bevor Le Roux geendet hatte, bot ihm Si Mahdi zwei Millionen aus seinem eigenen Vermögen an, um der heiligen Sache zu helfen. Trotzdem riet er Le Roux, jeden Weg, der zu einem Frieden führen könnte, genau zu erwägen, bevor er als Feind Frankreichs offen hervortrete. Was die Munition anbetraf, ein Problem, das Le Roux vor allem beschäftigte, so schlug Si Mahdi vor, sich zu dessen Erörterung in einen anderen Raum zu begeben, wo ein Freund von ihm, ein Engländer, ein gewisser Kapitän Trevor-James, auf sie wartete. Le Roux wurde sofort argwöhnisch. Si Mahdi aber erklärte ihm, daß er diesen Engländer, der sogar als Gast bei ihm wohne, seit vielen Jahren kenne.

„Es wäre töricht, mein Sohn, in jedem Roumi einen Feind zu sehen", sagte er. „Vergiß nie, daß alle Feinde Frankreichs, von welcher Hautfarbe und Religion sie sein mögen, von Natur aus unsere Freunde sind. Kapitän Trevor-James spricht Arabisch, ist fast ein Muselman, kennt sämtliche Fürsten Arabiens und Ägyptens und hat viele Bücher geschrieben, um die unwissenden Roumi über den Islam und die islamischen Länder zu belehren. Du kannst ihm völliges Vertrauen entgegenbringen."

Schließlich stand Le Roux auf, und sie durchschritten den großen Saal. Sklaven eilten hin und her, riesige mit Speisen beladene Servierbretter tragend.

‚Le Capitaine Trevor-James', wie einige der französischen Offiziere des Protektorates, die ihn kannten oder ihn zu kennen glaubten, ihn zu nennen pflegten, war ein hochgewachsener, magerer, monokelbewaffneter, hohlwangiger, schwarzäugiger, glattrasierter Nordländer mit den vornehmen Allüren eines Gentleman. Er war durch seine Reisen in den Nahen Osten bekanntgeworden. Viele Leute hielten ihn sogar für einen Entdecker. Da aber der Erlös seiner Bücher zur Befriedigung seiner luxuriösen Gelüste nicht ausreichte, hatte sich dieser gerissene Bursche dadurch ein Vermögen ergaunert, daß er verschiedenen sogenannten ‚unterdrückten Ländern' Munition verkaufte. Niemand wußte, wo er seine Patronen und Waffen herbekam, oder was er dafür bezahlte. Man wußte nicht einmal, daß er mit solcher Ware handelte. Er rechnete mit der Tatsache, daß in allen Ländern und Protektoraten, in denen die Einfuhr von Feuerwaffen durch Gesetz und Vertrag untersagt war, moderne Gewehre und Patronen sehr gesucht waren. Le Roux kam mit diesem erfahrenen Fuchs sehr gut voran. Der Mann selber schlug die Küste von Rio del Oro vor, um dort an einer einsamen Stelle die Kisten aus einem Fischerboot an Land zu schaffen. Viel weniger gefährlich als Rumschmuggel. Das Geld? Das konnte Si Mahdi oder irgend jemand bei einer Londoner Bank einzahlen. Die Engländer fragen nie danach, wo das Geld her ist, wenn es nur kommt.

Le Roux, der natürlich die Rolle seines eigenen Khalifas spielte, glaubte nicht alles, was Kapitän Trevor-James sagte, und beschloß, sich nur so weit auf ihn zu verlassen, als er ihn brauchte. Er war überzeugt, binnen kurzem einige Millionen auftreiben zu können. Ziffern wurden genannt. Sie feilschten miteinander, sie debattierten, und Kapitän Trevor-James bekam einen vorläufigen Auftrag auf eine Million Patronen für das moderne französische Gewehrmodell.

Der Morgen dämmerte, als Le Roux in den Fondouk zurückkehrte. Er kam als Treiber inmitten einer kleinen Karawane, die seine Anhänger organisiert hatten, um ihn zu verbergen.

11

Eine Million Patronen schien nicht wenig; aber Le Roux brauchte mehr. Er brauchte tausend Stück pro Gewehr. Das waren alles in allem mindestens zwanzig Millionen. Er brauchte Granaten für seine Fünfundsechziger- und Fünfundsiebziger-Geschütze und Patronengurte für seine Maschinengewehre. Kapitän Trevor-James meinte, die erste Lieferung könne binnen zwei Monaten erfolgen. Le Roux rechnete mit der doppelten Frist.

Nach einigen weiteren gefährlichen Besuchen bei seinem Freunde Si Mahdi begab sich Le Roux, von neuem Mut und neuem Zorn erfüllt, zu dem ‚Bureau'. Man verweigerte ihm den Eintritt. Ein junger Offizier sagte ihm, sie hätten gemeint, er sei in seine heimatlichen Gaue zurückgekehrt. ‚Bluff!' sagte sich Le Roux und ging in den Fondouk zurück. Am nächsten Tage erschien ein junger Bursche aus dem Süden. Er brachte Nachrichten aus Chechrell, geheime Briefe von Mohammed-el-Hadj und eine Depesche aus der Kasba Sidi Omar. Stundenlang blieb der Bote unter der Schar des Kaids in den Mauerbögen verborgen, bis er sich davon überzeugt hatte, daß die Luft rein sei. Dann näherte er sich schließlich Le Roux und ließ hinter dessen Rücken einen kleinen ziegenledernen Beutel fallen, den Le Roux unbemerkt aufhob. Des Nachts, verborgen hinter den finsteren Schatten von Mensch und Tier, las er die Papiere an einem kleinen Feuer und verbrannte sie sogleich. Eine grimmige Freude erfüllte sein Herz. Die Ait-Yafelmane hatten eine kleine französische Abteilung vernichtet. Was würde das ‚Bureau' dazu sagen?

Am nächsten Morgen verfaßte Le Roux einen umständlichen Brief an den ‚Chef du Bureau', in dem er darauf hinwies, daß man trotz seines langen Aufenthaltes in Fez noch immer zu keinem Ergebnis gekommen sei. Er wage nicht, ohne eine endgültige Antwort zum Pascha zurückzukehren, und finde es befremdend, daß die Regierung keinerlei Angebot für die Befreiung des Generals und seiner Tochter mache.

Er sei das Leben in der Stadt nicht gewöhnt und fühle sich sehr krank (was auch wirklich der Fall war) und müsse sehr schnell in seine Heimat zurückkehren, wo viele dringende Angelegenheiten auf ihn warteten.

Der Brief bezweckte, den Eindruck hervorzurufen, als sei er bereit, in seinen Forderungen erheblich herabzugehen. Insgeheim vermutete er, daß die Regierung Zeit gewinnen wollte, um einen genauen Überblick über die zweifellos kritische Lage im Süden zu bekommen. Es war ihnen offensichtlich bekannt, daß hinter den Vorgängen in der Kasba Sidi Omar der Pascha steckte; zugleich aber sagte er sich, daß der Regierung daran lag, diese Ereignisse zu einem gesetzwidrigen Aufstand und ihn zum Rebellen zu stempeln, der sich nicht an die vertraglich festgelegten Rechte hielt, dieselbe Taktik, die sie im Rifgebiet eingeschlagen hatten. Sie bemühten sich zu beweisen, daß eine Föderation südlicher Stämme von Rechts wegen keine Existenzberechtigung habe und lediglich als Räuberstaat zu bewerten sei. Le Roux erhielt keine Antwort auf seinen Brief. Offenbar war er ihnen eine zu geringfügige Person; man wollte ihn ignorieren. Diese Demütigung traf ihn tief und entfachte aufs neue seinen Rachedurst. Zu jeder Tagesstunde schwor er den Roumi den Tod.

Nachdem schließlich eine Woche vergangen war, wurde er auf das ‚Bureau' geholt. Zuerst führte man ihn in den Garten, wo er eine Stunde lang auf einem unbequemen Stuhl saß und wartete. In einiger Entfernung sah er mehrere französische Offiziere von hohem Rang. Sie beachteten ihn nicht.

Nach geraumer Zeit erschien der große Merzbourg in Begleitung einer Dame, bei deren Anblick Le Roux heftig zusammenfuhr. Er glaubte zuerst, es sei die Roumia. Die gleiche Gestalt, die gleiche Kopfhaltung, nur wirkte sie ein wenig breiter, robuster. Als sie sich ihm näherten, erhob er sich.

„Das also ist unser Kaid", hörte Le Roux den General sagen. „Ein richtiger Räuberhauptmann. Schauen Sie ihn sich gut an, Madame. Er sagt, er kenne Ihren Vater und Ihre Schwester. Wir wollen jetzt sehen, was wir für Sie tun können."

Le Roux stand da und blickte schüchtern zu Boden.

„Darf ich einige Fragen an ihn richten?" fragte die Dame.

„Aber gewiß, soviel Sie wollen."

Sie wandte sich an den Dolmetscher.

„Würden Sie ihn bitte fragen, ob er General de Sonloup und meine Schwester kennt?"

Le Roux nahm seine gewöhnliche, lauschende Haltung an.

„Sage der Roumia, daß ich ihn kenne", antwortete er.

„Wo befinden sie sich?"

„In der Kasba."

„In einem Gefängnis?"

Le Roux schüttelte den Kopf.

„Was tut der Pascha mit ihnen?"

„Sage ihr", sagte Le Roux leise zum Dolmetscher, „daß der Pascha den General und dessen Tochter ebenso liebt, als wäre er sein eigener Vater und sie seine Schwester."

„Mein Mann", sagte die Dame zu General Merzbourg, „würde mit Freuden eine größere Summe für die Freilassung bezahlen."

„Aber Madame", sagte der General, „er verlangt dreißig Millionen und ein Königreich."

„Ich weiß", seufzte sie. „Wir haben nicht soviel."

„Ihr Vater und Ihre Schwester verdienen die größten Opfer, Madame", fuhr der General fort, „aber das hier ist nicht eigentlich eine Geldangelegenheit. Ich fürchte, daß es diesmal um mehr geht, und wie ich Ihren Vater kenne, würde er sicherlich meine Meinung teilen und unsere Handlungsweise als die einzig richtige anerkennen."

„Und wenn man die beiden tötet?"

Der General richtete einen forschenden Blick auf Madeleine.

„Ich glaube nicht, daß das zu befürchten ist; sollte es jedoch soweit kommen, Madame: Sie sind die Tochter eines Soldaten." – Dann fügte er schnell hinzu:

„Es ist für mich interessant zu wissen, daß man sie in der Kasba festhält, das ist in der Tat eine sehr wichtige Nachricht!"

„Wieso, General?"

„Ich fürchte, ich kann Ihnen das jetzt nicht sagen!"

Er blickte zur Seite.

Le Roux stand in würdig bescheidener Haltung da und wartete auf weitere Fragen.

„Fragen Sie ihn", sagte Madeleine zum Dolmetscher, „ob er

eine Kiste Sachen mitnehmen und meinem Vater und meiner Schwester übergeben kann."

Als Le Roux abermals in arabischer Sprache angeredet wurde, schien er aus einem Traume zu erwachen. Er lächelte. Ja, er würde der Dame jeden Gefallen tun.

„Wird gemacht!" sagte der General. „Unser Dienst wird dafür sorgen. Aber glauben Sie ja nicht, daß in Marokko eine Kiste mit schönen Dingen je ihr Ziel erreichen wird. Wir wollen es immerhin versuchen. Vielleicht ist er ein ehrlicher Bursche. Auf jeden Fall wollen wir ihm ordentlich Angst machen, bevor er zu seinem Stamm zurückkehrt."

Le Roux war von der Schwester der Roumia bezaubert. Er hätte ihr gern ein paar liebenswürdige, beruhigende Worte gesagt, denn sie tat ihm ehrlich leid. Der Gedanke, daß sie ihren Vater vielleicht nie wiedersehen würde, rührte ihn ein wenig, obgleich er sich dadurch nicht im mindesten in seinen Plänen beeinflussen ließ. Als er Tränen in ihren Augen sah, befahl er dem Dolmetscher zu sagen, er würde gern einen Brief von ihr an ihre Schwester befördern, und er verspreche ihr, alles, was sie ihm anvertrauen würde, ohne jegliche Vergütung treulich und sicher ihren Verwandten auszuhändigen. Er sei überzeugt, daß der Pascha nichts dagegen einwenden würde.

„Trotz allem immer noch der Grandseigneur!" bemerkte Merzbourg beiseite.

Eine Ordonnanz kam durch den Garten und forderte den ‚Khalifa' auf, zu einer Unterredung zu kommen.

Le Roux folgte ihr mit seinem gemächlichen Schritt.

12

Monsieur Regnon, Oberst Puidoux, ein zwerghaft kleiner, mit Orden geschmückter General und ein Kommandant saßen um den Tisch; der Dolmetscher stand neben ihnen. Monsieur Regnon begann sogleich mit den Fragen. Was Abd-el-Ali in Fez getan habe? Wozu er ein so großes Gefolge mitgebracht habe? Ob er Nachricht vom Pascha habe? usw. usw. Le Roux erwiderte gelassen, er habe mehrere Male den Versuch gemacht, eine neue Aussprache herbeizuführen, jedoch ohne Erfolg. Monsieur Regnon fuhr in seinem Verhör fort, ob Abd-el-Ali ein armer Mann sei? Was er tun würde, wenn ihm jemand eine Million schenke? Ob die Männer seines Stammes unter dem Banner des rothaarigen Paschas dienten? Ob er jemals die Kasba von Chechrell gesehen habe? Le Roux beantwortete keine dieser Fragen. Er sei ein Khalifa, sagte er, und nicht ein kleiner Regierungsbeamter.

„Eh bien", sagte der Oberst durch die Nase, „so sagen Sie uns wenigstens, auf welche Weise Sie mit dem Pascha in Verbindung gekommen sind."

„Wenn die Herren den Brief des Paschas genau lesen wollten, würde mich das sehr freuen", sagte Le Roux. „Dieser Brief enthält meine Mission. Der Pascha wartet immer noch auf die Antwort der Regierung, und die Zeit vergeht. Sie haben in mir den Vertreter einer Regierung zu sehen und nicht das Oberhaupt eines Stammes. Es gibt in der Föderation keine Stämme mehr. Wir sind ein Volk."

„Das wird sich zeigen!" rief der kleine General mit seiner hohen Vogelstimme.

Ein arabischer Schreiber an einem Tisch im Hintergrunde schrieb Le Roux' Antworten auf.

„Will der Khalifa uns die Bedingungen des Paschas wiederholen?"

„Allah weiß", sagte Le Roux, „daß wir von dem Bestreben erfüllt sind, Frieden zu haben und mit unseren Nachbarn in Freundschaft zu leben."

„Wer wir?" fragte der Oberst ungeduldig.

„Die Föderation."

„Welche Föderation?"

„Die Föderation der südmarokkanischen Stämme."

„Eine solche Föderation ist uns unbekannt. Sie wurde nie anerkannt, existiert nicht."

„Das letztemal sagten Sie, daß sie unrechtmäßig sei."

„Auch das."

„Wir erkennen sie an", sagte Le Roux.

„Das ist Unsinn."

„Vielleicht."

„Nun, will der Khalifa fortfahren?"

Le Roux rückte seine Brille zurecht.

„Der Pascha hat seinen Wunsch nach Frieden dadurch dokumentiert, daß er den französischen Behörden die Festsetzung einer Grenze vorschlug. Seine Bitte wurde mit Verachtung behandelt. Ich wiederhole heute meinen Vorschlag. Ja, wir sind bereit, noch heute alles Gewesene zu vergessen und unsere Hand zu einem Waffenstillstand zu bieten. Trotz unserer festen Überzeugung, daß die französische Regierung entschlossen ist, unser Land zu erobern, wünschen wir zu einer Einigung zu gelangen. Die Regierung des Paschas fordert von Frankreich als Beweis für seinen guten Willen die sofortige Zurückziehung sämtlicher Truppen, die das Gebiet der Ait-Yafelmane und der Ait-Hadidou betreten haben, und eine bindende Abmachung, daß die Föderation des Südens als unabhängiger Staat zu gelten habe."

„Unabhängig?" fragte der Haut fonctionnaire, und die Franzosen sahen einander an. „Also noch eine Autonomie mehr!"

Le Roux wußte, daß die Dinge, die er vorschlug, sich gänzlich ihrer Kompetenz entzogen. Trotzdem wählte er seine Worte sehr sorgfältig, da die eigentlichen Vertreter der Regierung ihre Entscheidung aufgrund des Berichtes dieses ‚Bureaus' würden treffen müssen.

„Die Unabhängigkeit des Südens? Warum nicht?" fuhr er fort. „Warum sollte es unmöglich sein, unsere Unabhängigkeit anzuerkennen? Etwa wegen der diplomatischen Folgen, die diese Anerkennung nach sich ziehen könnte? Der Pascha hat nicht die Absicht, ein diplomatisches Korps zu schaffen."

Le Roux lächelte sanft.

„Die einzige diplomatische Beziehung, die der Pascha aufzunehmen wünscht, ist die Entsendung eines Khalifas, der an den Sitzungen des Völkerbundes teilnehmen würde."

„Teufel noch mal!" rief Monsieur Regnon.

Er sprang auf, wirbelte auf dem Absatz herum und setzte sich wieder hin.

„Die Anerkennung unserer Unabhängigkeit ist unsere unerläßliche Bedingung", fuhr Le Roux gelassen fort. „In allen restlichen Fragen werden wir sicherlich zu einer Einigung gelangen. Wir sind bereit, alle Konzessionen zu machen, die sich mit unserer Ehre und mit Frankreichs Würde vereinen lassen."

Er hielt inne, um Atem zu holen, und betrachtete ein Chamäleon, das an der Wand entlanglief und sich hinter einer Lithographie des Maréchal Lyautey versteckte.

„Der Pascha besteht auf dem Abschluß eines Handels- und Wirtschaftsvertrages, der die freie Einfuhr unserer Waren in die Gebiete des Nordens gestattet", fuhr er fort. „Er ist bereit, dem Norden die gleiche Konzession zu machen, abgesehen von Waren europäischer oder amerikanischer Herkunft."

Le Roux trat einen Schritt vor.

„Glauben Sie an unseren guten Willen und helfen Sie uns, in den Besitz jener Freiheit zu gelangen, für die jeder Mann des Südens sein Leben hinzugeben bereit ist.

Es liegt an Frankreich, einen mörderischen Krieg zu verhindern, der auf beiden Seiten zahlreiche Menschenleben kosten wird."

Langsam erhob er die Arme und ließ sie wieder sinken. Ein ziemlich langes Schweigen folgte, während Le Roux' Worte mit annähernder Genauigkeit protokolliert wurden.

„Eh bien!" kam es durch Oberst Puidoux' Nase. „Hat der Pascha noch andere Neujahrswünsche?"

Es bedurfte Le Roux' ganzer Selbstbeherrschung, um den Zorn zu dämpfen, den diese Bemerkung in ihm entzündet hatte. Er sah den Dolmetscher an, dieser übersetzte die Frage, nur ließ er das Neujahr weg. Le Roux dachte bei sich, wenn er alle, die hier im ‚Bureau' waren, umbringen könnte, würde er den Dolmetscher leben lassen, weil er soviel Takt bewiesen habe. Seine traurigen Augen blickten ernst von einem Gesicht zum anderen. „Ja, der Pascha habe noch einen Wunsch. Es würde das eine der ersten Fragen sein, die der Khalifa des Paschas anschneiden würde, sobald ihm die Gelegenheit gegeben würde, an den Beratungen des Völkerbundes teilzunehmen."

„Ah ça, wie interessant!" warf der zwerghafte ordengeschmückte Kampfhahn ein.

Le Roux warf ihm aus verschleierten Augen einen vernichtenden Blick zu.

„Es handelt sich um eine Frage, die den Islam betrifft", sagte er ruhig. „Wenn auch Frankreich und England noch nicht alle heiligen Stätten des Islams in ihrer Hand haben, so beherrschen sie doch die Straßen, die zu diesen Stätten führen. Kein Pilger kann sich ohne die Erlaubnis Frankreichs oder Englands ungestört und friedlich auf den Weg machen, um seinen heiligen Auftrag in Mekka zu erfüllen. Überall sitzt der Roumi, nimmt unseren frommen Pilgern das Geld ab und erpreßt von ihnen amtliche Gebühren für einen Paß oder einen Erlaubnisschein. Oft schickt man einen Pilger zurück, weil er arm ist. Nennen Sie das die Ordnung einer zivilisierten Regierung? Die Regierung des Paschas hat die Pflicht, die Gesetze des Korans treu auszulegen und den Islam davor zu bewahren, daß die Ungläubigen sie mit Füßen treten. Sie muß folglich von Frankreich die völlige Beseitigung aller Beschränkungen fordern, die heute einem Muselman bei einem Besuch der heiligen Stätten auferlegt werden. Und diese Maßnahme hat sich auf alle Marokkaner, nicht nur auf den Süden, zu erstrekken."

Le Roux hatte sich gewaltig angestrengt. Er war müde. Seine leidenschaftliche Natur verzehrte sich in ihren eigenen Flammen. Er schloß seine Ausführungen mit der Hoffnung, sehr bald von der Regierung eine endgültige Antwort zu erhalten. Sei das innerhalb einer Woche nicht möglich, so würde er abreisen, und die Regierung würde dann die Antwort durch einen Emissär übersenden müssen. Oberst Puidoux erwiderte, seiner Meinung nach bestehe nur wenig Aussicht, daß die Regierung auf des Paschas Forderungen eingehen würde. Er sah Le Roux mit eisigen Blicken an und fuhr fort:

„Die Regierung willigt ein, für die Freilassung des Generals und seiner Tochter eine bestimmte Summe zu zahlen, jedoch innerhalb vernünftiger Grenzen, und ist bereit, diese Frage zu erörtern. Bis dahin wird der Pascha entdecken, daß es außer General de Sonloup auch noch andere französische Generale gibt. Der Khalifa möge dem Pascha von Chechrell mitteilen, daß die französische Regierung und der Maghzen auch ohne fremde Ermächtigung jedes beliebige Gebiet von Marokko besetzen werden, das sie für ihre Pläne brauchen. Unser Ziel ist die Befriedung Marokkos; wir wünschen kein Blutvergießen, sondern wir wollen Frieden und Sicherheit schaffen. Unsere Ehre verbietet uns, von irgendeiner Seite uns Bedingungen vorschreiben zu lassen, und die Regierung wird nicht dulden, daß irgend jemand den Versuch unternimmt, seine Macht über die Stämme auszudehnen, die Frankreichs Schutz und der Macht des Sultans unterstehen."

Le Roux machte einen letzten Versuch, obgleich er wußte, daß er verspielt hatte. Er wandte sich zum Dolmetscher:

„Sage dem Herrn am grünen Tisch, die Kolonialbehörden behaupten, daß wir Barbaren sind, die einander umbringen und nur darauf lauern, die Christen abzuschlachten. Sie behaupten, daß wir dem Weltmarkt die landwirtschaftlichen und mineralischen Schätze unseres Landes vorenthalten. Das ist durchaus unrichtig. Wir lieben den Krieg nicht, aber auf der anderen Seite sind wir Anhänger des nationalen Gedankens. Solange wir leben, werden wir diesem Sultan, der nur ein Beamter Frankreichs ist, nie die Treue halten. Ich möchte die Herren an den Schaden erinnern, den sie diesem Lande während des Rifkrieges zugefügt haben."

Regnon unterbrach ihn: „Gehen Sie nach Ouergha und schauen Sie sich dort um. In diesem vorgeschobenen Winkel, wo der Krieg gewütet hat, werden Sie kaum eine Ruine finden. Die Felder sind bebaut. Auf den Hügeln herrscht Wohlstand. Die Bevölkerung, die an ständige Plünderungen und Raubüberfälle, Morde und Konfiskationen gewöhnt war, lebt jetzt in Frieden und blickt voller Vertrauen in die Zukunft. Niemand kann behaupten, daß Frankreich hier nicht abermals seine Größe bewiesen hätte!"

Ein blasses, verlorenes Lächeln umschwebte Le Roux' Lippen und verfing sich in seinem Mundwinkel.

„Wir kennen eure schönen Reden", sagte er. „Wir wissen, wie Frankreich uns die Hand entgegenstreckt. Hinter den süßen Friedensworten sind die Spitzen der Bajonette verborgen."

Er holte tief Atem.

„Unsere Gewehre sind nicht mit Lächeln geladen", murmelte er. „Ich werde dem Pascha von Chechrell alles berichten, was ihr gesagt habt."

Er verbeugte sich und ging zur Tür, die eine Ordonnanz ihm öffnete.

13

Le Roux blieb eine Weile in Fez. Aus dem ‚Bureau' kam keinerlei Antwort, keinerlei Nachricht. Nur eine riesige Kiste, adressiert an General de Sonloup. Die ungesunde Umgebung des Fondouk bekam ihm sehr schlecht. Aber er klagte nicht. Er würde ein ganzes Jahr lang in der Gosse geschlafen haben, wenn er dadurch seinem Volke einen wirklichen Vorteil hätte verschaffen können. Sein Mut sank tief, seine Wunde schmerzte ihn, er konnte nicht essen, ohne daß ein unwiderstehliches Ekelgefühl in ihm aufstieg. Ali-el-Bahel schlief an seiner Seite und erfand immer neue Lob- und Scherzlieder.

Le Roux sprach mit dem Hirten wie mit seinem Sohne. Der

Hirte repräsentierte für ihn das Vaterland, den innersten Geist seiner sagenumwitterten Oueds und des Bleds. Er sprach vom kleinen Mohammed.

Ein tiefer, wütender Haß gegen die Stadt hatte Le Roux gepackt. Diese hunderttausend Fasi taten nichts als feilschen, handeln, spekulieren, Geld verleihen und stehlen. Ihre weißen Gesichter und ihre stinkende Stadt ärgerten ihn. Sein Kämpferblut sehnte sich nach den schöneren Dingen des Südens. Er verbrauchte all die Geduld, die zu bewahren Si Mahdi ihm geraten hatte. Er schenkte der Regierung noch einen Tag und noch einen Tag. Aber nichts geschah. Sie ignorierten ihn. Er beschloß abzureisen.

Zu nächtlicher Stunde verließ er die Stadt. Der Mond breitete ein weißes, wolliges Tuch über die Häuser und blickte in die wunderlichen Winkel der schmalen Straßen. Le Roux begab sich zu der Zaouia der Moulay Idriss, zu der Wand der Opfergaben, wo alle Gläubigen ihr Almosen niederlegen und den heiligen hölzernen Schrein küssen, um sich mit der ‚Baraka'[22] des höchsten marokkanischen Heiligen zu sättigen. Seine Begleiter folgten ihm durch die Finsternis. Hier und dort trat aus einem schwarzen Winkel ein dunkler Schatten hervor und begrüßte ihn. Sie alle wußten, daß er Fez verließ.

Als er die Mauern der großen Moschee erreicht hatte, entließ er sein Gefolge. Sie gingen beiseite, setzten sich hin und zogen ihre Kapuzen über die Köpfe. Ganz allein begab er sich zum Opferschrein.

„Allah! Allah!" kam es aus den tiefsten Tiefen seiner Seele. „Wer am Tage der Schlacht sich zur Umkehr wendet, wird deinem göttlichen Zorn verfallen. Leihe deinem Knecht deinen Arm. Er ist es, der deine Feinde niederwirft."

Eine schreckliche Bitterkeit stieg in ihm auf. Seine Sendung war gescheitert. Mit beiden Händen berührte er das Holzwerk, als versuche er, eine Stütze zu finden, etwas, an das er sich anklammern könnte. Aber die Wand war glatt wie Alabaster; die verzweifelten Küsse von Millionen Menschen hatten sie glattgescheuert.

„Allah! Allah!" kam es aus seiner Brust wie der Seufzer eines Kindes. Er legte die Wangen an das Loch der Opfergaben. Tränen entquollen seinen Augen und benetzten den heiligen Schrein. Sein Mund war schmerzlich verzerrt. Er begann zu schluchzen und preßte sich gegen die Wand, als suche er Einlaß in den Stein und das Holz. Ein blasser Mondstrahl fiel auf seine Lippen, die murmelten: „Allah! Allah!"

Lange Zeit verharrte er im Gebet. Als er schließlich wegging, fühlte er die kalte Baraka des Heiligen, als hafte sie an seiner Haut. Sein ganzer Körper war feucht. In Ekstase umschritt er die Moschee. Er fand seine Männer schlafend. Er weckte sie. Sie gingen zum Bab Fetouh hinab, wo eine Reihe von Maultieren auf sie wartete.

Auf einem der Maultiere lag die Kiste für den General. Dasselbe Tier trug auch einen Arzneikasten, und immer wieder, während der langen, langen Wanderung in die heimatlichen Berge, hing Le Roux' Blick an diesem Maultier.

Vierter Teil

DAS PULVER SPRICHT

1

Abd-el-Kaders Abwesenheit von Chechrell war ein öffentliches Geheimnis geworden. Aber niemand wußte, wo er war. Nachrichten kamen in die Stadt, daß bei der Kasba Sidi Omar ein schweres Gefecht im Gange sei. Man nahm an, Abd-el-Kader habe sich dorthin begeben. Einige der Harkas kehrten von den Grenzen des Oued-Dra eilig nach Chechrell zurück, beladen mit Beute, die sie den Chleuh des Westens abgenommen hatten. Sie zogen sofort unter dem Kommando Abd-el-Krim(-Ben-Tazis) in nordöstlicher Richtung weiter.

Zweimal war Renée an der Turmpforte gewesen und hatte geklopft, aber niemand hatte ihr geöffnet. Wohin war Abd-el-Kader gegangen? Wo hielt er sich in all diesen Wochen auf? Sie glaubte nicht an die Siegesnachrichten, die im Harem verbreitet wurden, sondern war überzeugt, daß irgendwo eine plötzliche militärische Krise eingetreten sei.

Offenbar befanden sich ihre Landsleute auf dem Vormarsch. Sicherlich hatten sie die Fährte ihres vermißten Höchstkommandierenden gefunden. So froh sie war bei dem Gedanken, daß ihre Leute zu ihrer Befreiung heraneilten, so überwog doch der eine sehnsüchtige Wunsch, die Rolle des Vermittlers, des Friedensstifters zwischen der Regierung und Le Roux zu spielen, alles andere. Wie wunderbar, wenn es ihr gelänge, die Waffen zum Schweigen zu bringen!

Komme, was wolle, sie war entschlossen, ihre Zukunft diesem fremden Bergvolk zu weihen, das in der Finsternis der Unwissenheit und des Schreckens lebte. Sie würde ihm, vielleicht gemeinsam mit einigen Gesinnungsgenossen, einen Strahl des Lichtes bringen.

Die Wochen verstrichen in endloser Eintönigkeit, aber jeder Tag brachte neue Sorgen. Immer enger war ihr Leben mit Le Roux' Familie verknüpft. Die dickliche Asma sah ihrer Niederkunft entgegen. Stundenlang saß sie teilnahmslos an ein und demselben Fleck, und nur mit äußerster Mühe konnte Renée sie bewegen umherzugehen. Sie wollte nicht gehen; sie sagte, das sei schlecht für ihr Bein. Ihre maultierhafte Halsstarrigkeit brachte Renée fast zur Verzweiflung, und wenn sie ihr Vorwürfe machte, erklärte Asma ihr wohl zum tausendsten Male, sie hoffe, Abd-el-Kader würde zurückkehren, bevor ihr Kind da sei. Sie wollte einen Jungen haben. Sie wußte, daß es ein Knabe werden würde. Sie hatte den Dung eines Ziegenbocks in Milch gekocht, die Flüssigkeit in den Strahlen des Vollmonds erkalten lassen und sie dann getrunken; infolgedessen würde das Kind ganz sicher ein Knabe sein. Die schöne Halima verbrachte den ganzen Tag mit ihrer Toilette und versuchte immer neue Wirkungen zu erzielen. Mit einer Art sinnloser Wut beobachtete Renée, wie Halimas Hüften bereits rundlicher wurden. Sie sah ihr zu, wie sie sich mit ihren ringgeschmückten Fingern die Ohrringe einhängte, wie sie sich den Mund rot, die Wangen scharlachfarben, die Augen schwarz und blau schminkte, bis sie wie ein hölzernes Götzenbild aussah. Sie versuchte, Halima aus dem Schmutz und Unrat herauszuziehen, der in dem Winkel, in dem sie hauste, angehäuft war. Sie hätte ebensogut versuchen können, den Boden eines Schweinestalles zu polieren. Vergebens bemühte sie sich, gesündere Zustände zu schaffen. Seit die heiße Jahreszeit begonnen hatte, war über die Kasba eine dumpfe Mattigkeit herabgesunken. Faulige Gerüche erfüllten die Luft. Überall stieß Renée auf Schmutz und Staub. Niemand rührte einen Finger, um Sauberkeit zu schaffen. Eines Tages fegte sie selber die Säle und Zimmer und wusch den Boden auf. Halima machte unanständige Bemerkungen, als Renée sich bückte. Zuhra und Asma hockten auf einer Matte, sahen zu und lachten laut. Sharifa und die übrigen Sklavinnen schnalzten mit den Lippen und der Zunge.

„Wartet, bis Abd-el-Kader zurückkommt!" sagte Renée mit drohenden Blicken.

Die Frauen schrien sie an, überschütteten sie mit einem Hagel von Schimpfworten, bis plötzlich Fatima erschien und ihnen mit schriller, streitsüchtiger Stimme alle erdenklichen Namen an den Kopf warf. Nun begannen Halima und Asma sich zu zanken. Sie beschuldigten einander des Ehebruchs. Sie traktierten sich gegenseitig mit Ohrfeigen, spuckten einander an und zerrissen sich gegenseitig die Kleider, bis Sharifa, die Negersklavin, aus voller Kehle zu brüllen begann, sie wisse die Wahrheit, sie würde es dem Pascha sagen.

Daraufhin ließen Halima und Asma voneinander ab, fielen mit vereinten Kräften über die Sklavin her und prügelten sie, bis sie bewußlos war. Renée trennte die wütenden Weiber. Mit einer Energie, die sie bisher noch nie gezeigt hatte, befahl sie ihnen, Frieden zu halten. Aus Kratz- und Hiebwunden blutend, zogen sie sich zurück. Asma übergab sich. Halima, die gerade an ihr vorbeikam, gab ihr von hinten einen Tritt, so daß Asma in die Schweinerei fiel, die sie angerichtet hatte. Das Geheul jedoch ging weiter. Fatima humpelte in eine finstere Ecke, hockte sich auf den Fußboden und verfiel in Grübelei. Sie schien sie alle vergessen zu haben und murmelte Worte vor sich hin wie eine Hexe, die ein heimliches Gespräch mit dem Tode führt.

Ähnliche Szenen wiederholten sich jetzt beinahe Tag für Tag. Es war, als habe ein Teufel sich dieser Weiber bemächtigt. Manchmal, wenn sie alle wieder beruhigt waren, erschien ein riesiger schwarzer Eunuch. Halbnackt kauerte er an der Wand und begann auf einer großen Bambusflöte zu spielen. Hohle, zitternde Klagetöne hallten durch den Hof. Renée erschauerte. Es klang wie die Vorahnung wüsten Zerfalls, wie der erstickte Aufschrei eines lang zurückgedämmten Verhängnisses, als seien darin die Tränen eines führerlosen Volkes, mutterloser Kinder.

Dann wieder gab es Augenblicke, da Renée friedlich in ihrer Mitte saß. Ihre Mienen wurden ernst; in ihren Stimmen lag eine unerwartete Zärtlichkeit, die an Renées Herz rührte. Dann sprachen sie über den abwesenden Abd-el-Kader, über seine Siege, über die Schätze, die er mitbringen würde. Die Phantasie trug sie auf ihren Flügeln in eine feenhafte Zukunft voraus. Renée erzählte ihnen, daß sehr bald aus Fez eine große Kiste mit allen möglichen Balsamen und Arzneien kommen und daß sie versuchen würde, sie von ihren Gebrechen und Leiden zu heilen. Verstohlen sahen sie einander an. Argwohn lauerte in ihren schwarzen, schimmernden Augen. Sie wurden abweisend und unnahbar wie Priesterinnen.

Während Renées Freundschaft mit der kleinen Aisha wenig Fortschritte gemacht hatte, war das Benehmen des jungen Mohammed ihr gegenüber ein völlig anderes geworden. Jeden Tag gegen Abend besuchte er sie. Nachdem er eine Weile im Innern des Hauses herumgelungert hatte, kam er in den Garten hinausgeschlendert, einen scheuen, verlorenen Ausdruck in den Augen. Sowie er Renée sah, ging er geradewegs zu ihr hin und setzte sich nieder. Zuweilen fürchtete sie sich fast vor ihm. Mit einer unmöglich abzuwehrenden Frechheit drückte er den Kopf an ihre Brust. Mit zitternder Stimme sagte er ihr, daß er sie liebe, daß er sie eines Tages heiraten und all ihre Wünche erfüllen würde. Sie würde das arabische Volk groß machen.

Gewöhnlich legte sie den Arm um seinen Hals und hielt seinen Kopf in der Handfläche. Was konnte Schlimmes dabei sein, diesen schönen Knaben zu lieben? War es nicht das Lebensblut Abd-el-Kaders?

Das Leben wurde ihr zu einem großen Geheimnis. Es gab Augenblicke, da das Gesicht des kleinen Mohammed vor ihr die Vision ihres Familienschlosses in Burgund heraufbeschwor: ein Park mit uralten Bäumen, ein altes Château mit drei spitzen, schiefergedeckten Türmen, ein Teich mit zwei Schwänen, dahinter steile Hügel, Weingärten. Und immer, wenn sie in die Halle trat, blickte sie nach dem Bildnis eines Marschalls von Frankreich, eines ihrer Vorfahren: ein mageres, energisches Gesicht, auf den Lippen ein sardonisches Lächeln. Oft, sehr oft fiel ihr dieses Porträt ein, ohne daß sie wußte, warum.

2

Eines Nachmittags betraten zwei Männer, die wie Kaufleute aussahen, die Kasba. Der Bart des einen war frisch mit Henna gefärbt. Hinter ihnen kamen einige Tragtiere durch das Tor gezogen. Der mit dem roten Bart begab sich sogleich in das Büro der Rekkas, wo er sich eine Stunde lang mit Si Mohammed-el-Hadj einschloß. Dann verließ er das Büro und ging durch den Hof, wo sich im Nu eine verwunderte stumme Menge versammelt hatte. Bevor er den Gang erreichte, der zu einem anderen Hofe führte, hatten hundert Lippen hastig den Saum seines Gewandes berührt. In seinen Augen war ein verlorener und müder Blick, die Müdigkeit des Reisenden, der Tage und Nächte unter freiem Himmel verbracht hat. Er blickte zu den Türmen auf. Eine Fahne wehte im Winde. Alles stand gut. Sklaven umringten ihn und begleiteten ihn zu den Ställen. Dort streichelte er seinen Lieblingshengst und sprach sanfte Worte in seine gespitzten Ohren. Der Hengst antwortete mit seinem hitzigen, klagenden Gewieher, stampfte den Boden und ließ ein langgezogenes Schnauben hören. Riesige Hunde stürmten ihm entgegen, sprangen an ihm hoch, stießen ihre kühlen Schnauzen in sein Gesicht und bellten vor Freude.

Hassan-el-Kebir kam hastig herbeigeeilt. Er umarmte den Ankömmling zärtlich wie einen Bruder. Omar-Aziz erschien mit seinen Gefolgsleuten, Offizieren und Klienten. Jeder sprach mit einem Unterton der Freude und Erleichterung.

Le Roux nahm anschließend eine gründliche Inspektion der Kasba vor. Aus den ‚Baracken' der Berber kam ein Hornruf. Die

Männer stürzten an ihre Posten. Rasierte Köpfe huschten an den Mauerzinnen vorbei. Le Roux begab sich in die Waffenkammern. Er überzeugte sich davon, daß die Kriegswaffen alle vorhanden waren, und betrachtete befriedigt die vielen tausend sorgfältig eingefetteten Gewehre. In den großen Vorratsspeichern ruhte sein Blick nachdenklich auf den Kisten und Fässern mit Öl, auf den großen, steinernen, zum Teil ungeheuer tiefen Behältern voller Getreide. Hier stand auf jeden Diebstahl die Todesstrafe.

Gegen Abend zog Le Roux sich in sein Arbeitszimmer zurück, sank auf eine Matratze nieder und schlief sehr rasch ein. Draußen unter den Arkaden hockten die bewaffneten Wachen.

An diesem Abend erhielt Renée zwei Kisten. Pochenden Herzens begann sie sie zu öffnen, während all die Weiber neugierig zuschauten. Niemand konnte ihr sagen, wer die Kisten nach Chechrell gebracht hatte.

In tiefem Schweigen, das nur durch das erstaunte ‚Tz' der Weiber unterbrochen wurde, holte Renée zuerst einen großen gelben, mit Papieren vollgestopften Umschlag hervor, den sie beiseite legte. Ihr Erstaunen wuchs. Sie packte eine Menge Bücher aus, ein großes Paket mit der Aufschrift ‚Pour notre cher papa', massenhaft Zigaretten, ein Grammophon, ein Album mit Platten, einen kleinen Radioempfänger mit einer Gebrauchsanweisung, ein Bündel Seidenstrümpfe, Gesichtspuder, Kölnisch Wasser, Messer, Gabeln, Löffel und hundert kleine Sächelchen, wie sie nur einer Schwester im Augenblick herzlicher Liebe einfallen können. Bei näherem Zusehen fand Renée zwanzigtausend Francs in kleinen Banknoten. Wozu? Etwa Trinkgelder für die Eunuchen?

Sie wog das für ihren Vater bestimmte Paket in der Hand und sah es finster an. Wie sollte sie es ihm übermitteln? Sie wußte nicht einmal, wo er sich befand. Zwecklos, jemand nach seinem Aufenthalt zu fragen. Den wußte nur Abd-el-Kader selbst. Sie richtete sich auf und blickte von einem Gesicht zum anderen. Kein Geschenk für die Frauen. Sie schämte sich ein wenig, daß sie alle diese Dinge selber behalten sollte.

Rasch öffnete sie die zweite Kiste. Obenauf lag die Liste der Medikamente, die sie selber geschrieben hatte. Sie suchte sofort nach den Dingen, die sie brauchte, um Asmas schwärendes Bein zu verbinden. Es dauerte jedoch eine Stunde, bis sie Asma bewegen konnte, ihre Behandlung anzunehmen. Als dann der Verband fertig war, schluchzte Asma und weinte. Ganz erschöpft zog Renée sich schließlich zurück und legte sich nieder. Den großen gelben Umschlag mit den Briefen schob sie unter den Kopf. Sie würde sie morgen im Garten lesen. Mit einem tiefen Seufzer erwartungsvoller Freude schlief sie ein.

Vor Sonnenaufgang war sie bereits im Garten draußen und las ihre Briefe. Botschaften aus einer anderen Welt. Ihre Verwandten und Freunde versicherten ihr, daß die Regierung alles tue, um sie zu befreien. Man teilte ihr mit, daß Le Roux' Emissär dreißig Millionen Francs gefordert und noch andere, ganz unannehmbare Bedingungen gestellt hatte. General Merzbourg, den sie ja kenne, habe die Sache in der Hand. Alle seien sehr besorgt um sie und ihren Vater, hätten aber die Zuversicht nicht verloren. Jetzt, da sie genau wüßten, wo sie sei, fühlten sie sich viel ruhiger. Viele Worte, um eine Gefangene zu trösten. Während Renée den Brief las und abermals las, tauchte Nassrs Kopf diskret über einer Mauerzinne auf. Er schnalzte mit der Zunge gegen den Gaumen, so daß es wie der Ton einer kleinen Trommel klang, bis Renée ihn bemerkte. Er winkte ihr hinaufzukommen. Sie gehorchte.

„Heute nachmittag", sagte er, „wünscht der Pascha dich zu sehen. Du mußt mir folgen."

Sie starrte seine gelblichen Schlitzaugen an, seine lange, krumme Nase, seinen breiten, dünnen Mund mit den gespaltenen Lippen und dem Bart, der unter seiner Unterlippe ansetzte und seltsam losgelöst aussah, weil der Mann fast überhaupt kein Kinn hatte. Es lag etwas Schweres und Verhängnisvolles in der Botschaft, die der Sklave mit dem Ziegengesicht ihr überbrachte. Sie erwiderte, sie würde bereit sein, worauf er sich mit raschen Schritten entfernte.

Die Nachmittagssonne brannte unbarmherzig herab. Renée klopfte dreimal an die alte Tür, die augenblicklich geöffnet wurde. Sie trat ein, und Nassr schloß hinter ihr zu. Vor ihr standen mehrere kriegerisch aussehende Männer. Man sagte, daß der Pascha nicht in der Kasba sei, und sie müsse mit ihnen gehen. Nach längerer Verhandlung mußte sie einen schweren Burnus anziehen, um sich gegen die Sonne zu schützen, und ein großes schwarzes Maultier besteigen, das im Schatten unter dem Torbogen zwischen den Türmen stand. Sowie sie im Sattel saß, trabte das Tier mit schnellem, watschelndem Gange los.

Etwas verblüfft schaute sie sich um. Hinter ihr kam Nassr in raschem Trott, mit der rechten Hand hielt er den Schwanz des Maultieres fest. Dann folgten zwei Bewaffnete zu Pferde. Bald ließen sie die Stadtgrenze hinter sich und ritten auf freies Gelände hinaus, durch Olivenhaine, über wellige Talkuppen. Schließlich bogen sie von dem breiten Weg ab in ein schmales Seitental hinauf und folgten dem Lauf eines kleinen Oued. Die Luft wurde wunderbar kühl. Nach einstündigem Ritt kamen sie zu einem sanft ansteigenden Plateau, überragt von der schneebedeckten Kuppe eines kahlen Berggipfels. Vor ihnen lag ein Berberdorf an dem schwindelnden Rande eines finsteren, von einer dichten Aloehecke umgebenen Abgrundes. Ein Stückchen abseits stand eine weiße Koûba und daneben ein kleiner, von Mauern umgebener, hausartiger Pavillon, auf den sie lossteuerten. Bald hatten sie ihn erreicht. Bewaffnete Diener, sowohl in ihrem Benehmen wie in ihren Worten sehr liebenswürdig und höflich, halfen Renée aus dem Sattel und bedeuteten ihr, in den kleinen Garten zu kommen, der den Pavillon umgab. Kaum hatte sie die Schwelle überschritten, als sie Le Roux erblickte. Er kam langsam auf sie zu, begrüßte sie förmlich und bat sie, einzutreten und etwas Tee zu trinken.

Sie legte ihren Burnus ab und kam der Aufforderung nach. Er folgte ihr.

Dieses kleine Häuschen, sagte er, habe er sich als Schlupfwinkel bauen lassen. Nirgends könne er so ungestört sein wie hier. Manchmal also, wenn er in Ruhe nachdenken müsse, komme er hierher. Sie setzten sich einander gegenüber.

Zuerst dankte sie ihm für die Kisten; nicht nur eine Antwort auf ihren Brief an ihre Schwester, sondern auch eine riesige Kiste voller Geschenke zu erhalten, das sei weit mehr, als sie je erwartet hätte. Sie sah ihn fest an und sprach in einem so entschiedenen Tone, wie sie nur konnte, ohne unhöflich zu sein. Ach, sie mußte dieses qualvolle Mitleid, dieses zärtliche Gefühl unterdrücken, das sie für ihn empfand, mußte ihm statt dessen Vorwürfe machen, daß er seine Frauen für viele Wochen verlassen habe, ohne ein Lebenszeichen zu geben. Das sei natürlich seine Sache; wahrscheinlich habe er seine Gründe dafür gehabt. Aber er habe auch sie grausamerweise ohne jede Erklärung ihrem Schicksal überlassen, nachdem er sie bisher wie einen Gast, ja fast wie einen Freund behandelt habe. Es sei verletzend, wortlos zu verschwinden und sich gar nicht um ihre Gefühle zu kümmern. Sie nannte ihn hartherzig und bat ihn, das nicht wieder zu tun. Le Roux blickte auf den Teppich nieder, errötend und verwirrt wie ein kleines Kind.

„Tun Sie mir bitte einen Gefallen“, fuhr sie fort, „und geben Sie mir Nachricht von meinem Vater. In der Kiste, die ich bekommen habe, ist ein Paket für ihn. Das muß ich ihm geben.“

Sie streckte den Hals vor, und in ihre Augen trat jener so weibliche, katzenhafte Ausdruck, der für gewisse Frauen charakteristisch ist, wenn sie verliebt sind oder im Begriff stehen, sich zu verlieben. Langsam blickte Le Roux auf. Ein paar Sekunden lang herrschte Schweigen.

„Wie geht es meinem Vater? Wo ist er?“ fragte sie mit einer Stimme, in der gerade noch so viel Zorn lag, wie ihre zarteren Gefühle aufkommen ließen.

„Es geht ihm gut“, sagte er.

Sie errötete heftig.

„Sie lügen!“

„Ich kann nur wiederholen, daß es ihm gutgeht", sprach er in wunderlichem Tone.

„Si Abd-el-Kader, wenn Sie wünschen, daß ich Respekt vor Ihnen habe, werden Sie mir die Wahrheit sagen."

Er blickte zur Seite und behauptete von neuem, ihrem Vater gehe es gut. Vielleicht zum ersten Male in seinem Leben hatte er das Gefühl, daß es niedrig, kleinlich, seiner unwürdig sei, nicht die Wahrheit zu sagen, obwohl ihm als Araber die Wahrheit völlig gleichgültig war. Um die Wahrheit zu sagen, mußte man die Wahrheit kennen, und dem Propheten zufolge wußte niemand außer Gott, was Wahrheit ist. Der Prophet ist der einzige Mensch gewesen, der die Wahrheit je gefunden hat. Aus diesem Grunde ist er der Prophet. Aus diesem Grunde hat alle Doppelzüngigkeit, die der Roumi mit dem Wort Lüge bezeichnet, in den Augen des Arabers nichts Verdammenswertes. Aber Le Roux wußte, daß die Roumi jede Lüge für schändlich halten. Ihn kümmerte es gar nicht, was die Roumi dachten, doch die Gedanken dieser Roumia, die da vor ihm saß, kümmerten ihn sehr. Ihr unsichtbarer Einfluß hatte ihn nach Fez und wieder zurück verfolgt. Ihren Beifall zu erwerben, ihre Mißbilligung, ihre Ungnade zu vermeiden, war eines seiner obersten Ziele geworden. Ihre Worte riefen in ihm das Gefühl wach, als füge er ihrem Vater vielleicht doch ein großes Unrecht zu. Er biß sich auf die Lippen und erwog die Lage des Generals. Welche Handlung, so überlegte er, würde in den Augen Allahs vorteilhafter sein, seinen Feind weiter zu foltern oder der Roumia eine Freude zu machen?

„Ich bitte Sie, Si Abd-el-Kader", hörte er Renée sagen, „geben Sie mir meinen Vater zurück, und ich will alles vergessen."

„Morgen", sagte er gelassen.

Morgen bedeutet für den Araber einfach die Zukunft.

„Ich will wissen, wann", forderte sie.

„Ich kann Ihnen nichts Genaues sagen. Alles hat sich verändert. Die Lage ändert sich von Tag zu Tag."

Sein Ausweichen brachte sie in Wut.

„Abd-el-Kader, Ihre Worte sind nicht ehrlich gemeint. Sollten Sie Angst haben, mir meinen Vater zu zeigen?"

Er blickte zu Boden, verwirrt, schuldbewußt wie ein Kind, das man bei einer grausamen Handlung ertappt hat.

Tränen der Wut traten ihr in die Augen.

„Ist meine Verzeihung und meine Freundschaft ein zu kleiner Preis dafür, daß Sie mich meinen armen Vater sehen lassen?"

Er überlegte. Er dachte an das ‚Bureau' in Fez, an die Roumi-Offiziere, an den Obersten, den kleinen General, die ‚Neujahrswünsche', an die Tiefen der Erniedrigung, in die man seine stolze Seele gestoßen hatte. Schließlich begann er zu sprechen.

„Ein Freund, der nicht verzeihen kann, kann auch nicht begreifen und ist kein Freund."

„Bon Dieu!" rief sie. „Was für Beweise erwarten Sie noch von mir für eine Freundschaft, die Sie nicht verdienen?"

Seine Miene war unerschütterlich. In dem Schweigen, das nun folgte, beruhigte Renée sich ein wenig. Sie sah ihn aufmerksam an, sah, wie hohl seine Wangen geworden waren, wie müde seine Augen aussahen, wie sich die Furchen tiefer denn je in seine breite, sonnverbrannte Stirne, über der die fleckenlos weiße Rezza thronte, eingegraben hatten. Was war es nur an diesem Barbaren, das ihr so seltsam naheging? War es seine unnahbare Würde, seine scheinbar völlige Gleichgültigkeit gegenüber alltäglich menschlichen Gefühlen? War es das Feuer, das manchmal in seinen Augen aufloderte und seine Seele verriet? Was war es an ihm, das ihrem Herzen und sogar ihren Sinnen verlockend erschien? Woran dachte er jetzt? In welchen Regionen schwebte sein Geist in diesem Augenblick?

Er richtete den Blick auf sie.

„Ich bin selber in Fez gewesen", sagte er.

Nun war er wieder aus einer anderen Welt zurückgekehrt.

„In Fez?"

„Ja, ich war in Fez, ganz allein. Ich habe niemanden gefunden, den ich mit dieser Mission betrauen konnte."

„Sie wollen sagen, daß Sie alle diese Wochen in Fez waren?"

Er nickte.

„Und Sie haben mir die beiden Kisten gebracht?"

Er nickte.

„Man hat Sie nicht gefangengesetzt?"

„Ich ging verkleidet als mein eigener Emissär. Ich habe Ihre Schwester Madeleine im Garten des Dar Maghzen getroffen. Sie sieht Ihnen sehr ähnlich. Es geht ihr gut. Ich sagte ihr, daß Sie sich wohlbefinden."

Renée stützte das Kinn in die Hand und versuchte, ihr Erstaunen zu bezwingen.

„Es war eine gefährliche Reise", fuhr er fort, „und nichts ist dabei herausgekommen. Der Stolz Ihres Volkes hat alle meine Absichten vereitelt."

„Stolz? Ich weiß aus dem Brief meiner Schwester, daß Sie ein so hohes Lösegeld verlangt haben, daß die Regierung auf Ihre Bedingungen nicht eingehen konnte!"

„Sie wissen nichts", erwiderte er schroff, „aber ich will Ihnen alles erzählen. Zu Anfang, als ich Sie und Ihren Vater auf meinem Gebiet erwischte, bewaffnet und mit einer Generalstabskarte versehen, aus der die klare Absicht hervorging, die Stämme des Südens zur Unterwerfung zu zwingen, als ich Sie auf unserem Gebiet, das Sie unrechtmäßigerweise betreten hatten, gefangennahm, da dachte ich nur daran, der Regierung zur Strafe ein paar Millionen abzunehmen. Seit damals hat die politische Lage sich geändert. Ihre Landsleute haben uns den Krieg erklärt; überall finden Truppenverschiebungen statt. Man hat die Kasba Sidi Omar und Bordj-Oukilla besetzt. Ich habe achttausend Mann an die Grenze geschickt, und der Kampf ist in vollem Gange. Diese militärischen Maßnahmen haben ganz plötzlich eingesetzt, während ich in Fez war. Und warum bin ich nach Fez gegangen? Um eben diese Maßnahmen zu verhindern. Ich ging, Frieden zu suchen, und bin mit leeren Händen zurückgekehrt. Eh bien, das bedeutet Krieg!"

„Warum haben Sie den Behörden keine vernünftigeren Bedingungen gestellt? Dadurch wäre das alles verhindert worden!"

Ein gequälter Ausdruck war in Abd-el-Kaders Blick.

„Roumia, ich habe Sie holen lassen, um Sie um Ihren Rat zu fragen. Hören Sie mich an und sagen Sie mir dann, was ich tun soll!"

Der Ton seiner Stimme erschütterte sie fast.

„Als ich vor drei Jahren mit einer Handvoll Männer – wir waren ungefähr dreihundert – Chechrell eroberte, da sagte mir eine innere Stimme, daß sich in Chechrell mein Schicksal vollenden werde. Und sooft diese Stimme zu mir spricht, horche ich auf. Nun, Chechrell ist mein Schicksal geworden, und ich machte mich an die Arbeit, diesem Vertrauen, das Allah in mich gesetzt hat, gerecht zu werden und seine Forderung, die Stämme unseres Volkes zu einen, zu erfüllen. Mit der Hilfe erprobter Freunde ist es mir gelungen. Eine neue Seele ist in ihnen erwacht. Weil es noch einige Verräter unter uns gibt, die sich an den Maghzen des Sultans verkauft haben, meint ihr Franzosen immer noch, daß wir uns ewig in den Haaren liegen werden, schiebt eure Vorposten weiter ins Land und zwingt die Stämme mit Waffengewalt, sich der Regierung des Sultans zu unterwerfen. Durch die Gefangennahme des Generals wollte ich den Franzosen eine Lehre erteilen. Aus dem gleichen Grunde habe ich den französischen Posten in Ait-Asir vernichtet und die Stämme bestraft, die sich unterworfen hatten. Da alles umsonst war, beschloß ich, nach Fez zu gehen. Anfangs war ich mir über meine Absichten selbst nicht klar. Sobald ich jedoch die heilige Stadt vor mir sah, war mein Herz so tief bewegt, die Zweifel schwanden, und ich schwor mir, alles für mein Volk, für mein Land und nicht für mich selbst zu tun! Wenn ich zwei oder drei Millionen für Ihre Freilassung verlangt hätte, würde ich diese Summe vielleicht bekommen haben. Aber was hätte das genützt? Noch auf dem Wege nach Fez wußte ich nicht im mindesten, was ich zu meinen Feinden sagen würde, ich betete zu Allah, er möge mich erleuchten. Zwei Trümpfe hatte ich in der

Hand, dich, Roumia, und deinen Vater." Er hielt inne, dann, mit ganz leiser Stimme, ohne sie anzusehen, fuhr er fort:

„Überall, wo ich auch war, sah ich dein Gesicht vor mir, Roumia, deine Züge verfolgten mich überallhin. Ich sah dich so deutlich vor mir, wie ich dich jetzt vor mir sehe. In dem düsteren Fondouk, in dem ich wohnte, solange ich in Fez war, tauchten immer wieder deine Augen vor mir auf. ‚Es kann nicht die Roumia sein', sagte ich zu mir. ‚Allah wird nicht das Antlitz einer Roumia senden, um mich zu schützen. Es muß das Antlitz der Lalla Aziza[23] sein!' Aber es war nicht die Lalla Aziza. Du warst es. Und dann sagte ich zu mir: ‚Wenn Allah dir das Antlitz der Roumia zeigt, so will er, daß du ihren Beifall suchst. Er will, daß du etwas leistest, womit sie um deinetwillen zufrieden sein wird.' Ich verbrachte ganze Nächte im Gebet, aber Allah erleuchtete mich nicht mit seiner Weisheit. Jeden Tag ging ich in den Dar Maghzen, ohne zu wissen, was ich zu meinen Feinden sagen sollte. Eines Morgens endlich, als ich im ‚Bureau' saß, hörte ich eine innere Stimme. Sie sagte zu mir: ‚Abd-el-Kader, fordere einen Vertrag! Fordere kein Lösegeld, sondern Friedensgarantien! Fordere die Grenzlinie, welche die Stämme des Südens von der Nordregierung trennt! Fordere nichts für dich selbst! Danke ab! Verzichte auf deinen persönlichen Stolz, auf deinen Ehrgeiz. Fordere nur zugunsten deines Volkes und seiner Zukunft, und wenn du dann zu deinem Volk zurückkehrst, wirst du zu seinen Gunsten ehrenhaft gehandelt haben!' Ich gehorchte dieser Stimme, denn ich wußte, wenn ich die Gebote Allahs erfüllte, würde ich auch die Forderungen der Gerechtigkeit erfüllen. Aber ich bin mit leeren Händen nach Chechrell zurückgekehrt. Der Norden und der Süden liegen miteinander im Kriege!"

„Wer hat den Krieg erklärt?" fragte Renée und beugte sich vor.

„Es ist keine formelle Kriegserklärung erfolgt. Der Krieg hat einfach begonnen. Wir sind nicht würdig, daß man uns den Krieg erklärt. Wir sind Abtrünnige und Banditen, gegen die man eine Strafexpedition entsendet!"

Le Roux unterstrich seine Worte durch eine beherrschte Gebärde; aber aus seinen Augen brach ein wildes Feuer.

„Ich habe die Gegenwehr anbefohlen."

Langsam überzog sich Renées Gesicht mit einer tiefen Röte. Eine jähe Zärtlichkeit stieg in Le Roux auf. Er griff nach ihrer Hand. Mit einer fast unwiderstehlichen Sanftheit fuhr er in seiner Rede fort:

„Gestern nacht bist du mir im Traume erschienen. Ich lag tödlich verwundet am Straßenrand, und du beugtest dich über mich. Deine weiße Hand berührte meine Stirne. Deine Augen blickten vorwurfsvoll. ‚Warum hast du nicht auf meine Worte gehört?' sagtest du, und dann warst du verschwunden. Ich war tief unglücklich. Als ich erwachte, da wußte ich, daß Allah mir diesen Traum geschickt hatte. Er forderte von mir in seiner göttlichen Weisheit und Güte, sorgfältig nachzudenken, bevor ich weitere Schritte unternähme. Nur zwei Wege stehen mir offen, nur zwei! Unbekümmert um alle Folgen vorwärts zu schreiten oder mich zurückzuziehen und anderen, dem Volke selber, die Wahl des Weges zu überlassen. Was soll ich tun? Kannst du es mir sagen?"

Er ließ ihre Hand los, holte seinen Rosenkranz hervor, lehnte sich zurück, und während die Perlen langsam durch seine Finger glitten, war in seinen Augen ein ängstlicher, fast gehetzter Ausdruck.

„Wenn ich Ihnen sagen wollte, was Sie tun sollen, würden Sie es tun?" fragte Renée.

Er lächelte. Daß sie sich so seiner Zustimmung versichern wollte, bevor sie auch nur nachgedacht hatte, belustigte ihn.

„Ich habe das Gefühl, daß du nicht fähig bist, etwas Ungerechtes von mir zu verlangen", erwiderte er.

„Das ist das erstemal, daß ich mich wirklich durch Ihre Worte geehrt fühle", sagte sie. „Und ich hoffe, Sie werden nicht böse sein über das, was ich jetzt sage.

Sie sprechen von Ihrem Volk, Abd-el-Kader. Die Frage ist: ist

Ihr Volk wirklich ein Volk? Ich will zugeben, daß es ein Volk ist. Ich will annehmen, daß Ihre Leute das Recht haben, sich ein Volk zu nennen, ihre nationalen Bestrebungen, ihren gemeinsamen Willen und ihr nationales Erbe zu besitzen. Ich weiß, daß sie vor Ihrem Eingreifen in diesem Sinne kein Volk gewesen sind, daß Sie es sind, der sie zur Erkenntnis ihrer Macht aufgerüttelt hat. Aber Sie sind durch das vergossene Blut der anderen zum Führer geworden, und wer durch Gewalt zur Macht gelangt, darf nicht behaupten, daß die Gerechtigkeit auf seiner Seite sei. Sie haben anderen Ihren Willen aufgezwungen, und jetzt, wo Sie sehen, daß die Folgen verhängnisvoll sind, stehen Sie am Scheideweg! Soll ich weitergehen? Soll ich mich zurückziehen?

Sie sind ein Soldat, aber kein Staatsmann. Ich selber stamme aus einer Soldatenfamilie und kenne die Denkart eines Soldaten. Sie haben noch nie ernstlich erwogen, wieviel Gutes Sie unter der Führung Frankreichs für Ihr Volk tun könnten, weil Sie in Frankreich nur einen Feind sehen. Meiner Ansicht nach bleibt Ihnen nur ein ehrenhafter Schritt: die Vertreter des Volkes zusammenzurufen und ihnen die Lage darzulegen! Sagen Sie ihnen, in welche Katastrophe Sie sie geführt haben, legen Sie die Entscheidung in ihre Hände und sehen Sie zu, was geschehen wird. Wenn sie trotz der Gefahren, die über ihren Köpfen schweben, darauf bestehen, Ihrer Führung zu folgen, dann lassen Sie sich zum Führer wählen, und Sie werden, komme, was wolle, ein wahrhafter Führer sein. Erst dann steht Ihnen die Entscheidung über Krieg oder Frieden zu. Ich sage Ihnen, gegen Frankreich Krieg zu führen, ist Wahnsinn. Wollen Sie, daß Ihr Volk ausgerottet wird?"

Sie stand auf und schritt erregt auf und ab.

„Liebe!" rief sie. „Das ist es, was Ihr Volk braucht, sorgt dafür, eure Wohnungsverhältnisse zu verbessern, eure Lebensweise zu ändern. Eure Kinder und eure Weiber brauchen Pflege! Ihr müßt jemanden haben, der euch einen neuen Koran predigt!"

Sie trat an Le Roux heran.

„Si Abd-el-Kader, Sie müssen es besser wissen! Sie sind in einem französischen Lycée gewesen. Sie haben Bücher gelesen. Sie wissen, daß wir kein ungerechtes Volk sind. Ich bitte Sie von ganzem Herzen, nicht Krieg zu führen. Sie werden größer, Sie werden glücklicher sein, wenn Sie in den Frieden willigen. Sehen Sie sich Ihr eigenes häusliches Leben an! Was ist das für ein unmögliches, liebloses Leben!"

„Liebste Freundin", sagte er fast flüsternd, „warum wollen Sie sich um mich und mein Schicksal bekümmern? Sie sollen sich damit zufriedengeben, die erste Frau Ihrer Nation zu sein, welche die Wahrheit über meine Rasse kennt!"

Ein unbestimmtes Gefühl des Elends überschlich ihn. Eine finstere Leere öffnete sich vor seinem Geist. Wie sinnlos erschien ihm das alles inmitten der ungeheuren Weite des Lebens! Abermals empfand er das heiße Verlangen, alles hinter sich zu lassen, in die Ferne zu flüchten, bei sich selber zu sein, sich in sich selber zu begraben. Verzweifelt richtete er den Blick auf Renée.

„Ich will tun, was Sie von mir verlangen", sagte er fast unhörbar.

3

Während Renée über den steilen Zickzackweg des einsamen, chaotischen, kahlen Tales des Atlas nach Chechrell hinunterritt, setzte sich Le Roux auf einen Felsblock und blickte ihr aus verschleierten Augen nach, bis sie verschwunden war. Trotz ihres Sträubens hatte er ihr zu ihrer persönlichen Sicherheit eine Armeepistole in einem ledernen Futteral umgehängt. „Man kann nie wissen!" bemerkte er trocken.

Nach Renées Rückkehr nach Chechrell blieb Le Roux allein, in Gedanken verloren, zurück; das Mädchen hatte einen tieferen Eindruck auf ihn gemacht denn je zuvor. Ihr Mut, ihre Selbständigkeit, ihre vernünftige Denkart, die Schönheit, Jugend und Frische ihrer Erscheinung, die Sauberkeit ihrer arabischen Kleidung, die sie mit einer französischen Koketterie trug, die jeden Araber gereizt hätte, alle diese Momente wirkten zusammen, um in seinem Herzen eine ungestüme und wunderliche Sehnsucht nach ihrer Nähe zu entfachen. Zweifellos hatte sie die Absicht, ihm ein aufrichtiger Freund zu sein und ihm zu helfen, und die einfache Tatsache, daß sie so viel Teilnahme für ihn und sein Schicksal bewies, erfüllte ihn mit starkem Trost. Jetzt endlich glaubte sie an ihn.

Kurz nach Sonnenaufgang versammelte sich in der Nähe der Koûba der Lalla Aziza[24] eine Schar von Würdenträgern und Edelleuten, die in Begleitung zahlreicher Sklaven und Gefolgsmänner, teils zu Pferde, teils auf Maultieren, aus Chechrell erschienen waren. Es gab nicht einen unter ihnen, der nicht für Le Roux die tiefste Verehrung empfunden hätte. Vom ersten bis zum letzten waren sie seine treuen Parteigänger und Freunde. Die helle Sonne leuchtete auf ihre Turbane und Mäntel aus weißer Wolle herab. Männer von patriarchalischer Erscheinung, Männer in den besten Jahren, Jünglinge mit schlanken Gestalten und glühenden Wangen versammelten sich um das Grab der Heiligen. Und dann teilte ihnen Le Roux unter tiefem Schweigen mit, daß er beschlossen habe, eine Nationalversammlung nach Chechrell einzuberufen, daß man Vorbereitungen treffen müsse, um die Kaids und Edlen gastfreundlich zu empfangen. Er habe mit sich selber Rat gehalten und sei zum Schlusse gekommen, daß ihre ewigen Zwistigkeiten sowie das Fehlen einer nationalen Einigung ihrer Sache in den Augen des Auslands schade.

Sodann setzte er einen Termin für die Versammlung fest und beauftragte sie, an alle ihre Freunde private Boten zu entsenden. Das Büro der Rekkas würde alles übrige besorgen.

Die Edlen kehrten nach Chechrell zurück und verbreiteten sofort die Nachricht von der bevorstehenden Versammlung, die Le Roux für den Tag der Lalla Aziza, den großen religiösen Festtag, angesetzt hatte.

Er selbst blieb noch zwei Tage länger in seinem Pavillon beim Grabe der Lalla Aziza. Allmählich fühlte er seine Körperkräfte zurückkehren. Der Schrapnellsplitter in seiner Hüfte, irgendwo in der Nähe der rechten Niere, hörte auf, ihn zu belästigen; seine Kinnwunde schien sich zu bessern. Das Essen bereitete ihm weniger Schmerzen als gewöhnlich. Die Luft auf dem Hochplateau hatte seine Tatkraft neu belebt.

In Frieden und Einsamkeit wanderte er am Rande der Abgründe umher oder ging in das Dorf, wo er die Männer um sich sammelte und zu ihnen in glühenden, schönen Worten von den heiligen Pflichten sprach, die der Prophet seinen Kindern auferlegt hatte.

Um seine Ankunft geheimzuhalten, kehrte er nach Chechrell erst bei Einbruch der Dunkelheit zurück.

Als die Nacht kam, schritt er auf der Mauerzinne entlang und blickte in den Verbotenen Garten hinab. Die ungewohnten Töne eines Grammophons schlugen an sein Ohr. Die Roumia unterhielt seine Frauen. Auf einer riesigen Matte unter einem großen Olivenbaum sah er eine Gruppe von Weibern sitzen, und plötzlich regte sich in ihm ein wildes, ungebärdiges Verlangen, in das sich etwas wie Haß gegen diese neue Roumi-Erfindung mischte. Würde die Roumia auch seine Frauen umgarnen, so wie sie ihn umgarnt hatte? Einem plötzlichen Impuls gehorchend, verließ er die Mauer, stieg in einen Hof hinab und befahl seinen Sklaven, dafür zu sorgen, daß die Roumia aus seinem Hause entfernt und für die Nacht eingesperrt würde. Dann ließ er Sharifa rufen. Ihr schwarzes Gesicht zuckte vor Angst. Er befahl ihr, Lalla Fatima mitzuteilen, daß er mit ihr zu sprechen wünsche. Er wartete ein wenig, um ihnen allen Zeit zu lassen, sich auf sein Kommen vorzubereiten, und betrat dann seinen Harem.

An diesem Abend verzehrte er ein üppiges, reichliches Mahl mit Halima, Zuhra und einer jungen Sklavin namens Khadsa. Seine anfänglich zurückhaltenden Zärtlichkeiten entwickelten sich bald zu sehr deutlichen Annäherungen. Die Frauen machten ihm aus Leibeskräften den Hof. Auf der mondbeschienenen Mauer über dem Garten stimmten die Musikanten, die er herbeibefohlen hatte, mit Flöten, Tamburinen und Tamtams ihre wilden, klagenden Melodien an.

Wie eine verblichene Vision längst vergangener Ereignisse, wie ein ferner Klang aus längst verflossenen Zeiten rauschte diese Musik auf, ein Abglanz von einstmals verstandenen, aber jetzt vergessenen Dingen. Mit klagender Stimme sang Le Roux das Lied mit, während er mit begehrlichen Händen das warme, weiche Fleisch einer Frau betastete.

Er stieß Khadsa an. Sie sprang auf.

„Sage den Musikern, sie sollen herkommen."

Das Mädchen verschwand, und bald darauf bewegten sich die Schatten von vier Männern durch den Lichtschein unter den Arkaden. Dem Hofe den Rücken zugekehrt, begannen sie zu spielen. Zu dem gedämpften Takt der Tamburine und dem chromatischen Trillern einer Flöte tanzte Khadsa in einem langen, weißen Gewande. Zuerst stand sie regungslos da, dann fing sie an, sich auf den Zehen langsam vorwärts zu bewegen. Le Roux erhaschte den Schimmer ihrer Augen. Plötzlich tat sie einen Sprung, lüftete ihren Schleier und beugte sich über ihn. Er streckte die Hand aus und lachte mit tiefem Unterton. Das Mädchen sprang zurück und versank wieder in völlige Regungslosigkeit. Dann begann sie zu zittern und stieß einen Schrei aus; einen schrillen Schrei, wie ein verwundetes Tier. Langsam verhallte das Echo; sie zitterte noch heftiger. Jeder Muskel ihres Körpers schien gesondert zu zucken. Das Zittern begann in ihrem Gesicht; ging dann auf ihre Brüste, ihren Bauch, ihre Hüften, ihre Schenkel über. Schließlich zitterten sogar die Fingerspitzen. Der Silberschmuck klapperte. Es war, als zirpe ein Heimchen in der Luft. Abermals stieß sie einen Schrei aus, der noch höher, noch kräftiger, noch langgezogener war. Ganz allmählich ging dieser Schrei in einen leidenschaftlich traurigen Gesang über. Jeder einzelne der Töne klang wie ein Schluchzen, während ihr Körper erstarrte. Sie warf den weißen Schleier ab. Lichter schienen aus ihren Augen zu zucken. Ihre Starrheit war schrecklich anzusehen.

Le Roux flüsterte ihr etwas zu. Sie fiel vor ihm nieder. Er nahm sie in die Arme. Er fühlte, wie Halimas Mund nach seinem Ohr haschte und ihre Zunge ihn leckte. Er hörte Zuhra lachen. Das Lachen machte ihn toll. Ein tiefes Vergessen kam über ihn. Er vergaß die Roumia, vergaß alle seine Feinde.

4

Am folgenden Tage wurde Renée wieder freigelassen. Sie verlangte, sofort vor den Pascha gelassen zu werden, erhielt jedoch den Bescheid, der Pascha sei mit vierhundert Reitern nach der Kasba Sidi Omar geritten. Als sie in den Harem zurückkehrte, behandelten die Frauen sie mit einer Art hochmütiger Verachtung. Sie entdeckte, daß man ihr das Grammophon weggenommen und den Radioapparat zerschlagen hatte. Niemand schien zu wissen, wer dahintersteckte. So nahm sie an, Abd-el-Kader habe das Grammophon gehört und sei durch den Klang der Roumi-Musik in Zorn geraten; ein bedauerlicher Zwischenfall, durch den abermals eine Kluft zwischen ihr und Abd-el-Kader entstehen mußte. Offenbar hatte er es vorgezogen, ihr sein Mißfallen dadurch zu zeigen, daß er sie einsperren ließ, statt ihr zu sagen, sie dürfe seinen Weibern nicht mit europäischer Musik den Kopf verdrehen. Oder gab es noch andre Gründe? Sie dachte angestrengt nach und ertappte sich dabei, daß sie ein paarmal errötete. Ihre weiblichen Sinne wurden allzu wach! Am Ende war es doch besser, das Nachdenken aufzugeben.

Eines Tages rüttelte sie an dem Turmpförtchen. Nassr öffnete, und sie ersuchte ihn, sie hinauszulassen; sie wollte auf den Wällen der Kasba spazierengehen. Er sah sehr unschlüssig drein, als sie ihm jedoch ein Geldstück hinhielt, griff er zu ihrem Erstaunen sogleich danach und versteckte es in seinem Turban. Trotzdem aber wollte er sie noch immer nicht durchlassen. Erst auf ihr Drängen hin erreichte sie, daß er sie am Nachmittag passieren ließ. Sie spazierte über die breite Mauer und blickte mit einem Gefühl unendlicher Erleichterung in das freie Land hinaus. Auf der Ebene gegen Süden zu, außerhalb der Stadtmauer, sah sie ein riesiges Lager, Hunderte von großen und kleinen Zelten, und darüber in dunstigem Gewölk schmale, graue Rauchsäulen. Pferde, Maultiere, Kamele, Hunde und kleine Menschengestalten bewegten sich hin und her, alles sah weiß aus im grellen Glanz der Sonne. Nassr sagte, sie seien alle zum Fest der Lalla Aziza gekommen. Mehr könnte er nicht sagen.

Argwöhnisch blickte Renée in die Höfe hinab, wobei sie sorgfältig vermied, allzu dicht an die Zinne heranzutreten, um nicht von unten her gesehen zu werden. Schweren Herzens dachte sie an ihren Vater.

Einer plötzlichen Eingebung folgend, ging sie auf Nassr zu, nahm ihn beiseite und richtete an ihn ein paar vorsichtige Fragen nach ihrem Vater. Er zog die gespaltene Unterlippe ein und schaute weg. Aufmerksam beobachtete sie das Profil seines Ziegengesichtes und erinnerte sich an die rasche, gierige Handbewegung, mit der er das Geld genommen hatte.

„Du weißt, wo er ist?" beharrte sie. „Ich gebe dir noch viel mehr Geld, wenn du mir sagst, wo er ist."

Sein Mund blieb verschlossen; plötzlich jedoch wurde er sehr erregt und sagte ihr, sie müsse gehen.

„Der Pascha ist doch nicht hier."

Seine gelben Augen starrten sie angstvoll an.

„Sidi Omar!" flüsterte er.

„Was ist denn mit Sidi Omar? Du weißt ganz genau, wo mein Vater ist! Ihr alle wißt es, aber ihr wollt es mir nicht sagen, weil ihr euch vor dem Pascha fürchtet. Ich gebe dir noch fünfzig Stück von dem Papiergeld, das du von mir bekommen hast, wenn du mir sagst, wo er steckt, und hundert Stück, wenn du meinem Vater ein Paket übermittelst und mir seine Antwort bringst."

Eine wilde Erregung, ein Gemisch von Furcht und Habgier kochte in Nassr. Sie hörte ihn mit den Zähnen knirschen. Zweihundert von den kleinen Zetteln würde er bekommen, wenn er das Paket nähme und eine Antwort zurückbrächte. Nassr wand und krümmte sich, als versuche er einen Anfall von Veitstanz zu überwinden.

Schließlich stieß er hervor, er würde ihr morgen Bescheid sagen, und begann wie ein Verrückter an seinem Bart zu zupfen.

Renée kehrte in ihre Kammer zurück, und nachdem sie sich vergewissert hatte, daß sie allein war, begann sie das Paket an ihren Vater zurechtzumachen. Obenauf legte sie sämtliche Briefe ihrer Verwandten, fügte einige Zeilen von sich selbst hinzu und dachte nach. Würde Nassr sich bereit erklären, den Auftrag auszuführen?

Sie zählte einen Stoß Fünffrancnoten ab und beschloß, das Paket im Laufe der Nacht zur Turmpforte zu bringen. Sicherlich würde Nassr dasein, denn sie erinnerte sich noch an die schmutzige Matte vor der Pforte, auf der er zu schlafen pflegte.

Im Begriff, das Paket zuzubinden, fiel ihr Blick auf die Pistole, die Abd-el-Kader ihr geschenkt hatte. Sie nahm sie und wog sie in der Hand. „Vielleicht", überlegte sie, „kann sie ihm nützen; wer weiß, ob sie ihm nicht einmal gehört hat." Damit schob sie die Pistole in das Paket, band es zu und legte es beiseite.

Im Laufe der Nacht trug sie es durch den Garten, die Treppe hinauf und versteckte es in einer Lücke der Mauer. Am nächsten Tag schlich sie sich davon, um Nassr zu suchen. Sie fand ihn in äußerster Aufregung. Er wollte das Geld sehen. Er würde, sagte er, das Paket hinbringen, wenn sie ihm noch mehr Geld gäbe, denn er müsse das Geld mit drei anderen teilen. Sie verdoppelte den Betrag, erklärte aber, er werde es erst bekommen, wenn der Auftrag erledigt sei. Dann zeigte sie ihm, wo das Paket versteckt war, und verließ die Mauer.

Am nächsten Tag war das Paket immer noch da. Aber am Tage darauf war es verschwunden. In zitternder Erregung wartete Renée auf die Rückkehr des Sklaven. Er kam nicht. Sie klopfte an die Tür. Er war nicht da. Sie fürchtete sich nicht vor Abd-el-Kader, falls er hinter ihre Schliche kommen sollte, aber sie wollte nicht schuld daran sein, daß Nassr seinen Ziegenkopf verlor. Sie machte sich ernstliche Sorgen und konnte die ganze Nacht nicht schlafen.

Vor Sonnenaufgang erhob sie sich und ging wieder zur Turmpforte. Diesmal war Nassr da. Sie wollte ein paar Zeilen von ihrem Vater sehen. Großes Erstaunen! Sie fragte ihn, wohin er das Paket gebracht habe. Das Paket sei jetzt bei Brahim Haroun, und Brahim Haroun würde es dem Rabaoui-General nicht eher geben, als bis das Geld in seinen Händen sei, und wenn kein Geld käme, würde er Sidi Omar verständigen; dabei hüpfte er von einem Bein aufs andere. Schließlich gab ihm Renée das Geld, ermahnte ihn ernstlich, sein Wort zu halten, und entfernte sich. Als er den schweren, rostigen Riegel zuschob, zitterten seine Hände; dann hörte Renée, wie er durch die geschlossene Tür mit einem Manne sprach und ihm erklärte, die Roumia wolle etwas Geschriebenes haben, als Beweis dafür, daß das Paket abgeliefert worden sei. Die andere Stimme setzte ihm umständlich auseinander, daß der Rabaoui-General nicht schreiben könne. Dann verstummten die Stimmen.

Der Mann entfernte sich. Renée blieb in Ungewißheit zurück.

5

Le Roux befand sich in Mellal, einem Dorfe, das, von Bergen umgeben, auf einer öden Ebene lag. In der Nähe von Bordj-Oukilla am Oued-Ziz, wo trotz des Widerstandes der Stämme die Franzosen festen Fuß gefaßt hatten, waren Kämpfe im Gange. Die Franzosen hatten im Rücken ihrer Truppen nahezu alle Rebellen niedergemacht und die Familien mit Fliegerbomben aus ihren Hütten vertrieben. Die wenigen Überlebenden hatten ihre Häuser verlassen und waren in sternhellen Nächten nach dem Süden und Südosten gewandert, ihre Herden vor sich hertreibend, ihre Weiber und Kinder auf verhungerten Pferden und Maultieren mitführend, um in den Ziegenhaarzelten ihrer Brüder Zuflucht zu suchen. Ein Teil war zurückgeblieben und hatte sich den Siegern unterworfen.

Die ‚groupe mobile', die sich in den Befestigungen der Kasba Sidi Omar festgesetzt hatte, diesem strategisch wichtigen Punkt, der die Zugänge und Verbindungen zwischen dem Norden und dem Süden beherrscht, hielt allen Unbilden zum Trotz standhaft aus. Die Sonne versengte mit ihren Flammen das Felsgestein; wenn die Nachtluft das Gestein abkühlte, fing es zu knacken und zu seufzen an. Schreckliche Gewitter mit wilden Regengüssen entlockten der Erde einen fauligen Geruch. Das Brot der Franzosn wurde feucht, das Wasser schlecht, Fieber und Ruhr plagten sie, und ab und zu setzte von irgendwoher ein unerwarteter Kugelregen ein. Ihre Leiden waren derartig, daß selbst die Tapfersten unter ihnen in Verzweiflung gerieten. Aber Frankreichs Truppen hielten durch.

Französische Kommandanten blickten mit brennenden Augen in ein Land hinaus, das völlig öde vor ihnen lag. Sie sahen nichts als traurige Bodenwellen nackten Gesteins, tiefe, wasserlose Spalten und rissige Erde von Horizont zu Horizont. Die Sonne wurde der Feind, der Schrecken des Menschen. Le Roux schickte einen Boten mit einem Brief in das französische Hauptquartier.

Allah allein sei gepriesen!

Ich muß Euch bitten, mir die Grenzen Eurer Zone und Eure weiteren Absichten mitzuteilen. Ein Vormarsch Eurerseits auf das Gebiet der Ait-Atta würde uns große Nachteile bringen, ganz abgesehen davon, daß er ein Verstoß gegen alles wäre, was in Gottes und der Menschen Augen Gerechtigkeit ist. Wir sind nicht geneigt, ein solches Opfer zu bringen. Wir wissen aber sehr wohl, daß ein Konflikt mit Frankreich uns in eine schwierige Lage bringen würde, und sind folglich bereit, ihm aus dem Wege zu gehen. Wir werden uns freuen, Eure geschätzte Antwort zu erhalten, Eure Vorschläge bezüglich neuer Verhandlungen usw.

Es war ein Brief von einem Fuchs an den anderen Fuchs. Keine militärischen Maßnahmen wurden zurückgenommen. Beide Parteien wichen nicht von der Stelle. General Merzbourg erwiderte höflich:

Der Pascha von Chechrell braucht sich nur den Streitkräften der Regierung zu unterwerfen, und die Lage, in der er sich befindet, wird sogleich eine bessere sein.

Allah allein sei gepriesen! schrieb Le Roux zurück. *Vom Verteidiger des muselmanischen Glaubens an den Höchstkommandierenden der französischen Truppen!*

Frankreich, das gottlose Land der Despotie und Heimtücke, hat noch nie in der Geschichte die Heiligkeit der Verträge und Grenzen geachtet. Wir verfügen über genügende Kräfte, um gegen alle Heuchler zu kämpfen. Wir kennen nur ein Ziel: unsere Freiheit und unseren Glauben zu verteidigen, unser Kampf gilt unserem Unterdrücker: Frankreich.

Unterdessen war es einigen Harkas gelungen, einen französischen Vorposten zu umzingeln. Zwei Wochen lang tobte ein entsetzlicher Kampf. Auf beiden Seiten kämpften sie wie Tiger, Flugzeuge warfen über dem Fort Lebensmittel und Wasser ab. Flugzeuge bombardierten die über die ganze Umgebung verstreuten Berber, die unmöglich vom Erdboden zu unterscheiden waren. Das Fort wurde schließlich, nachdem der Munitionskeller in die Luft geflogen war, von einem verwundeten Zuaven-Unteroffizier, dem letzten Kommandanten, der diese Hölle überlebte, übergeben. Die Seddrati metzelten die vier Verwundeten, die mit dem Zuaven übriggeblieben waren, nieder, schnitten ihnen die Köpfe ab, schlitzten ihnen die Bäuche auf und füllten sie mit Steinen. Dann hackten sie ihnen Arme und Beine ab und trugen ihre Köpfe auf Speeren davon.

Le Roux besetzte das Fort und rüstete es mit drei Kanonen aus. Das Kommando übergab er einem jungen Vetter, der sehr darauf brannte, sich auszuzeichnen.

Nun war der Ball im Rollen. Nichts mehr konnte ihn aufhalten. Das wußte Le Roux. Während er an der Nordostgrenze seinen grausamen Guerillakrieg führte und in jedem Dorf die Flammen nationaler Begeisterung entfachte, wuchs sein Ansehen von Tag zu Tag. Die benachbarten Stämme brachten ihm alles, was er verlangte: Geld, unentgeltliche Arbeit, Material, Pferde, Maultiere, Schafe und Ziegen. Er wollte aber diese Männer noch nicht an den Kämpfen teilnehmen lassen; ihm lag daran, ihnen ein Gefühl restloser Sicherheit einzuflößen und sie als Reserven für die Zukunft bereitzuhalten. Für den Augenblick würden die vorhandenen Kräfte und Führer genügen, um ein weiteres Vorrücken französischer Truppen zu verhindern und jede Verschärfung der Lage zu meistern.

Inzwischen sorgte er dafür, daß die Nachricht von den Ereignissen an der Grenze sich mit Windeseile durch das Innere des Landes verbreitete.

Die Boten Le Roux' predigten den Heiligen Krieg, „Verlaßt euch auf den Verteidiger des Glaubens! Haltet euch für seinen Ruf bereit!"

Le Roux erreichte sein Ziel. Das Feuer begann aufzulodern. Das Land stand in seinem Bann. Die Gedanken des Volkes drehten sich um ihn. In jeder Hütte, in jedem Hause wurde Tag für Tag sein Name erwähnt. Ein neuer König war in ihrer Mitte auferstanden.

Und nun näherte sich der Tag der Lalla Aziza. Seit Jahrhunderten fand an diesem Tage alljährlich eine Pilgerfahrt zum Grabe der Heiligen statt. Es war das Fest der Mütter. Le Roux hatte sogleich nach seiner Besitzergreifung von Chechrell die politischen und wirtschaftlichen Vorteile dieser alljährlichen Pilgerfahrt erkannt. Zu Tausenden kamen die Menschen, lange, einsame, gefährliche Reisen nicht scheuend, um am Grabe der kleinen Heiligen, einer Tochter Mohammeds, zu beten. Während des Festes sah Chechrell so prächtig aus wie die Pilgerstadt Mekka. Tausende von Pilgern, die sich aus Kebirs, Kaids, Nomaden und

Händlern zusammensetzten, versammelten sich und schlugen ihre Zelte auf, die das ganze Tal und die Ebenen bedeckten. Zudem brachten sie nicht nur ihre Weiber mit, sondern ihren ganzen Haushalt, einschließlich der Kinder und Hunde.

In diesem Jahre gewann das Fest noch eine ganz besondere Bedeutung. Es gab weder Mann noch Weib noch Kind im Süden, die nicht von dem sagenhaften Ruhm Abd-el-Kaders gehört hatten. Ja, selbst die Hunde schienen ihn zu kennen. Die Nachricht, daß er sämtliche Häuptlinge und Edlen aus politischen Gründen zum Fest geladen habe, im Verein mit den Berichten von seinen Siegen über die Franzosen, bewirkte eine Massenwanderung zu der heiligen Stätte. In jeder Seele brannte das Feuer. Der Durst nach dem Unbekannten, nach dem Wunderbaren, nach dem Jenseits, der die Menschheit ewig anzieht, lockte dieses Volk heran. Der Islam stand auf, um der Stimme des Propheten zu gehorchen.

6

Vier Tage scharfen Rittes brachten Le Roux wieder nach Chechrell zurück. Lange bevor er mit seinen müden Reitern das Bab Imtras erreicht hatte, umringte ihn bereits eine riesige Menschenmenge, und es kostete ihn Mühe, Gidi, seinen weißen Berberhengst, zu zügeln. Als sie sich der Kasba näherten, blickte er zu den Mauern empor, erfüllt von dem geheimen Wunsch, die Roumia möge da sein, um seinen Einzug mit anzusehen. Tausende von Fremden aus fernen Gauen drängten sich heran, um einen Blick von ihm zu erhaschen, um mit ihren tiefen, kehligen Stimmen in den ungeheuren Begrüßungslärm einzustimmen. Vor den Toren der Kasba stieg Le Roux ab und trat zu Fuß ein. Aber die Menge wollte sich nicht zerstreuen. Der große Platz blieb bis zur Dunkelheit voller Menschen.

Le Roux rief seine ‚Minister' sofort zu einer geheimen Beratung zusammen. Zeit und Ort für die kommenden Ereignisse waren sorgfältig erwogen. Von jeher hatte er sich grundsätzlich mit äußerster Einfachheit, die fast an Armut grenzte, umgeben, um unter seinen Anhängern jede Eifersucht oder Hoffnung auf Begünstigung im Keime zu ersticken. Er wußte, daß Prunk, pomphafte Zeremonien und ein Zurschautragen großen Reichtums unter der Masse des Volkes stets Neid und Mißgunst erregen, die Verbundenheit mit dem Führer untergraben und sie zu Abtrünnigen werden lassen.

Bei der Sitzung stellte es sich heraus, daß auch die Minister über die kommenden Ereignisse nachgedacht hatten. Einige von ihnen hielten es für unklug, wenn Le Roux sich selbst dem Volke zur Wahl stellte. Er sei bereits der Führer, er sei der mächtigste unter all den Granden, warum sich also der Gefahr aussetzen, nicht einstimmig gewählt zu werden und auf diese Weise Zwietracht zu entfachen, für die es nur eine mögliche Lösung geben würde: Waffengewalt! Si Mohammed war der Sprecher der Minister; mit seltenem rhetorischem Geschick und tiefer, fast väterlicher Wärme lenkte er die Aufmerksamkeit des schweigenden Abd-el-Kader auf die vielen Gefahren, die ein falsches Vorgehen bei diesem historischen Anlaß nach sich ziehen könnte. Er schlage daher vor, Le Roux solle sich selbst zum Moulay proklamieren, was gleichbedeutend ist mit Sultan. Als Abkömmling Sherif-Ben-Slimans und aufgrund seines Charakters und seiner Leistungen war er zweifellos zu einem solchen Schritt berechtigt. Außerdem sei hier Gelegenheit geboten, seine Macht, seinen Glanz und seine Größe zur Schau zu stellen. Kein Anlaß sei dafür geeigneter als der Tag der Lalla Aziza. Le Roux' Annahme der Königswürde würde vom Volk als eine Tat des Himmels angesehen werden.

Le Roux ließ seine Perlen durch die Finger gleiten und blickte seinen Ministern scharf in die Augen, und während Si Mohammed vor ihm die Vision eines Königreichs, die Erfüllung seiner geheimsten Träume, heraufbeschwor, dachte er an die Roumia und sein ihr gegebenes Versprechen. Er wußte sehr wohl, wieviel persönlicher Ehrgeiz bei den Vorschlägen seiner Minister mitspielte. Würden sie je begreifen, wie sehr er über den klugen Vorschlag der Roumia nachgedacht hatte, und wie wichtig es ihm jetzt war, sich frei von seinem Volke wählen zu lassen? Er allein wußte, wie sehr die Tatsache, ein gewählter Führer zu sein, seine Macht in den Augen der fremden Völker erhöhen und allen Verhandlungen größeren Nachdruck verleihen würde. Le Roux war kindlich genug zu glauben, daß der Völkerbund mit der Zeit jede vom Volke getragene Regierung ohne Rücksicht auf ihre besondere Form sanktionieren würde. Er wußte von der Nie-wieder-Krieg-Welle, die sich der ‚zivilisierten' Nationen bemächtigt hatte, aber er wußte nicht, daß der Tabak in der Friedenspfeife von Genf mit Dynamit vermischt war.

Er überlegte. Niemand wagte, ihn zu unterbrechen. Plötzlich sagte er sehr schroff und entschieden: „Là!" In den Augen seiner Minister leuchtete eine tiefe Erregung auf. Er ließ ihnen keine Zeit, ihre Argumente vorzubringen.

„Bin ich auch nicht Moulay Abd-el-Kader, so bin ich doch zweifellos der Pascha. Auch ohne Königreich sind meine Worte für euch Gesetz. Laßt euren Ehrgeiz beiseite, Freunde. Die Geschichte ist reich an ermordeten Sultanen. Und solange wir noch unserem Volke nützen können, dürfen wir uns nicht unnötigerweise einem schändlichen Tod aussetzen. Denken wir zuerst an die zahllosen Menschenmassen, die sich in unserer Stadt versammelt haben. Denken wir daran, welche Pflicht wir ihnen gegenüber zu erfüllen haben. Wir kennen ihre Armut und die sich daraus ergebenden Verbrechen. Es ist mein fester Wille, Verbrechen und Willkür in meinem Staat zu beseitigen. Ich beabsichtige daher, sofort den Preis für Brot und andere lebenswichtige Waren festzusetzen, um die Juden zu hindern, höhere Preise zu erzwingen. Jeden, der Brot zu einem anderen Preis verkauft oder kauft, erwartet eine hohe Gefängnisstrafe.

Heute in drei Tagen wird auf dem Hofe des Bab-Youseff eine Versammlung sämtlicher Kebirs stattfinden, auf der ich sprechen werde, da am folgenden Tage während der Prozession und der Gebete keine Zeit mehr dazu sein wird."

Le Roux versank in dumpfes Schweigen, zog die Füße herauf und lehnte sich an die Wand. Seine Augen waren schwer von Schlaf. Eine Stunde lang saßen seine Minister um ihn herum. Sklaven brachten mit Pfefferminz gewürzten Tee und kühles Rosenwasser. Keiner sprach ein Wort. Es schien, als vollzögen fünf Männer eine stumme, religiöse Zeremonie zu Füßen eines Mannes, der für sie wie Gott selber war. Jeder unter ihnen empfand die überragende Macht dieses Führers und Fürsten, der es unternahm, mit Brot und Gerechtigkeit die Seele eines Volkes zu gewinnen.

7

Die Versammlung der Kebirs auf dem Hofe des Bab-Youseff vollzog sich sehr schlicht und würdig. Über zweitausend Mann hatten sich auf dem riesigen, von hohen Mauern umgebenen Hofe eingefunden. Das einzig Ungewöhnliche war vielleicht, daß die Zinnen der Mauern von einem Ende bis zum anderen dicht gedrängt voller Frauen waren. (Die Zinnen wurden als eine Art Frauentribüne verwendet, auf der sich bei diesem Anlaß die Frauen der Kaids versammeln durften.) Bunte Seide in unendlicher Fülle war da zur Schau gestellt: Gelb und Rosa, Weiß, Grün, Rot glitzerten in der Sonne, und ab und zu ein goldener Schimmer, funkelnde Quasten, Perlen und Münzen. Die meisten der seidenen Haiks waren geöffnet, denn nur wenige Frauen konnten der Versuchung widerstehen, bei dieser Gelegenheit ihren reichen Schmuck zu zeigen. Dann und wann, wie durch Zufall, ließ eine von ihnen den Schleier fallen, und einen Augenblick lang kam ein tätowiertes Madonnengesicht mit riesigen, schwarzen, leuchtenden Augen zum Vorschein. Über dem Bab-Youseff, im Schatten der Türme, waren die Frauen des Paschas versammelt. Da kauerte die abgezehrte Gestalt von Sit-el-Koll, regungslos wie eine Tote. Da waren die königliche Halima mit ihrem lauten Geplapper, die kleine Aisha und alle die anderen, fiebernd vor Erregung. Seit Tagen hatten sie ihre komplizierte Toilette für dieses große Fest zurechtgemacht, und Tage würden verstreichen, bevor sie sie wieder ablegten. Sie würden schlafen, aufstehen, essen, tanzen, zum Grabe der Heiligen pilgern und nachher zu den wilden Lustbarkeiten zurückkehren, ohne auch nur ein einziges Mal den Kopfputz zu entfernen. Renée saß unter ihnen, in einen Haik gehüllt; den Schleier hielt sie lose vor das Gesicht. Auch in ihren blauen Augen schien ein Feuer aufzuzucken. Le Roux hatte ihre Anwesenheit dringend gewünscht. Die Bewegungen der Menge faszinierten sie. Ein Hauch unbegrenzter Macht erfüllte die Luft; es war wie der Klang einer menschlichen Symphonie, in der sie, Renée, der einzige Mißton war. Wie das Grollen einer riesigen Trommel stiegen die Stimmen der Männer aus der Tiefe herauf. Hier und dort erblickte sie ein Männerantlitz, das das Herz jeder Frau, die weniger mit ihren Gedanken beschäftigt und nicht so traurig war wie sie, hätte entflammen müssen. Ein wenig Heiterkeit entstand durch den Scheik Abdullah-el-Iswid, ‚den Schwarzen', wie er seiner nachtschwarzen Hautfarbe wegen genannt wurde. Dieser heilige Einfaltspinsel aus den fernen Bergen hinter dem Großen Erg bestand darauf, auf seinem armen, alten Kleppergaul, den er gezwungen hatte, ihn über Hunderte von Kilometern sandigen Bodens zu tragen, in den Hof hineinzureiten, um den Bewohnern des Nordens zu zeigen, daß auch er ein Kavalier sei. Er war empört, als man ihn nicht weiterlassen wollte. Dicke Schweißperlen kollerten von seiner Stirn, er knirschte mit seinen gewaltigen Zähnen und schwor bei Allah, ein heiliger Mann von seinem Rufe müsse bei einer öffentlichen Versammlung unbedingt zu Pferde sitzen.

Schließlich sagte ihm Si Mohammed, er solle jetzt, da alle sein wunderbares Pferd gesehen hätten, das in ganz Marokko nicht seinesgleichen habe, entweder absteigen oder aber sich davonscheren zu den Schwindlern und Maultierzähmern. Abdullah, tödlich beleidigt, glitt aus dem Sattel, während die Edlen ringsumher einander anlächelten.

Unversehens erschien Le Roux inmitten der Kebirs. Mit langsamen, bedächtigen, aber zielsicheren Schritten ging er durch die Menge. So wie das Wasser hinter dem Kiel eines soeben vom Stapel gelassenen Schiffes zusammenschießt, so gerieten die Männer in Bewegung, um ihm zu folgen. Es war, als würden sie in ein Vakuum hineingerissen, das seine breite, ernste Gestalt erzeugte. Unter dem Schweigen der Menge schritt er bis zu der Wand dem Tore gegenüber und stieg dort auf einen steinernen Sockel, so daß er alle um mehr als Haupteslänge überragte. Sein Gesicht war der Roumia zugewendet. Ohne Umschweife begann er zu reden, und obgleich seine Stimme leise und ohne jede deklamatorische Wucht war, trug ihr zwingender, etwas metallischer Klang seine Worte bis an den äußersten Rand der Menge.

Renée fühlte ihre Hände kalt werden, wie immer, wenn sie kaum noch ihre Gefühle beherrschen konnte. Ihr Herz pochte laut. Ihr Atem ging kurz und rasch. Eine verwirrende Inbrunst überschwemmte sie wie eine Flut. Ohne sich über das Warum klar zu sein, wünschte sie in diesem Augenblick Le Roux Erfolg. Sie fühlte sich mit ihm in wunderlichem Einklang, als wanderten unsichtbare Strahlen zwischen ihm und ihr hin und her, als wären sie beide in ferner Vergangenheit einen dunklen Augenblick lang eins gewesen und dann durch das Schicksal getrennt worden. Le Roux sprach zuerst über militärische und politische Dinge. Er schilderte eine Lage, die voller Gefahren und Drohungen war. Dann gab er einen Überblick über die Lage Chechrells und über die Gaue, die seiner unmittelbaren Herrschaft unterstanden. Er erklärte und verteidigte eine Reihe seiner Maßnahmen, die zwar in den Augen vieler ungerecht erscheinen mochten, aber gleichwohl nicht zu vermeiden gewesen seien. Dann beschäftigte er sich mit den Taten der Regierung, hielt eine seiner gewöhnlichen Brandreden gegen den Sultan und die Franzosen und schloß mit einem Überblick über die gesamte Lage. Er vermied es sorgfältig, seinen eigenen Anteil an der Sache auch nur mit einem Wort zu erwähnen, und bemühte sich, bei allen den Eindruck zu erwekken, daß lediglich der unersättliche Imperialismus der Roumi an allem schuld sei. „Allah! Allah! Der Tag ist da, wo wir begreifen müssen, daß die Zeit des Bruderkampfes in unserer Geschichte zu Ende ist. Nicht länger soll der eine den anderen mit neidischen Augen betrachten. Im Kampfe gegen die Ungläubigen können wir uns den Schutz Allahs nur dann sichern, wenn wir die alte Stammesfeindschaft für alle Zeiten begraben und uns zu einer großen Familie zusammenschließen."

„La illaha illa Allah!" dröhnte es aus der Versammlung empor.

„Der Tag ist da, da wir uns zu einer letzten Anstrengung aufraffen müssen. Unser Leben und unsere Freiheit stehen auf dem Spiel. Wir dürfen nicht den Ungläubigen helfen, uns zu besiegen. Wir müssen ein Volk sein. Wir müssen als ein Volk kämpfen. Die Stunde ist da, zwischen Freiheit und Sklaverei zu wählen. Unter einem guten Herrn aus eurer eigenen Mitte werdet ihr frei sein. Unter den Roumi werdet ihr sicherlich Sklaven sein!"

Ein lautes Stimmengewirr erhob sich. Noch nie hatten die Kebirs solche Sprache vernommen. Ihre Herzen und Seelen waren entflammt. Le Roux wußte, daß er sie durch Worte wie Sklaverei und Würdelosigkeit aufstachelte, ja, fast beleidigte, aber er wußte auch, daß der Hinweis auf ein solches Schicksal sie bis ins Innerste aufwühlen würde. Und während ein gewaltiges Murmeln von Tausenden von Stimmen durch die Menge lief, blickte er zu Renée hinauf, senkte dann den Kopf und schwieg. Nach einiger Zeit hob er die Hand, und sogleich trat wieder Schweigen ein.

„Viele unter euch, das weiß ich, werden sagen: ‚Wer ist dieser Sohn Slimans, dieser Araber? Bin ich nicht ebenso gut wie er? Hat nicht Allah bis zu diesem Tage mich beschützt und bin ich ihm nicht ebenbürtig? Übertreffen nicht meine Reichtümer die seinen? Warum also soll ich seinen Befehlen gehorchen? Er ist wie ein Fremdling in unserem Land. Alle Macht, die er besitzt, hat er sich angemaßt. Warum soll er uns verteidigen? Warum soll er der Herr sein und nicht ich?' Da ich das weiß, habe ich mich entschlossen, euch selber entscheiden zu lassen, ob Abd-el-Kader-Ben-Sliman euer erwählter Führer sein soll. Fällt eure Entscheidung gegen mich aus, so müßt ihr einen aus eurer Mitte wählen, der an meine Stelle tritt. Ein Führer muß dasein, und zwar ein Führer, den ihr selbst gewählt habt, denn nur ein von seinem Volke gewählter Führer ist ein Führer im wahren Sinne des Wortes."

Tiefes Stöhnen stieg aus der Menge auf. Eine fanatische Erregung bemächtigte sich der Versammlung. Aber Le Roux stieg ruhig von seinem Sockel, bahnte sich langsam seinen Weg zum Bab-Youseff, Perlen zählend und Gebete murmelnd, und verschwand im Schatten der Torbögen. Dort näherte sich ihm ein uralter Mann in rohgezimmerten Krücken, gestützt auf seine männlichen Verwandten. Dieser Mann war blind. Er war trotzdem ein Kebir und ging auf Le Roux zu.

„Du bist der Moulay Abd-el-Kader!" rief er. „Du bist der Sohn des Propheten!"

Und er fiel nieder, umarmte Le Roux' Knie und küßte sie in heißer Ekstase.

8

Viele der Kebirs, die in Chechrell versammelt waren, hatten bereits lange vor ihrer Ankunft auf der Ebene von Imtras eine Ahnung von den bevorstehenden Ereignissen gehabt und sie während ihrer Reise zum heiligen Schrein in allen Einzelheiten erörtert. Sie sahen in dem Pascha den ersten Mann, der es wirklich verstanden hatte, die ewigen Räubereien und blutigen Streitigkeiten, die zwischen ihnen an der Tagesordnung waren, zu unterbinden. Zwar war des Paschas Faust zuweilen etwas schwer auf ihre eigenen Köpfe niedergesaust, aber sie wußten auch, daß dieselbe Faust an anderen noch härter gehandelt hatte, und sie bewunderten die Wucht und Gerechtigkeit von Abd-el-Kaders Strafgerichten.

Jede Strafe, die nicht abzuwenden ist, kommt von Allah. Folglich mußte er, der solche Strafen verhängte, schlechterdings ein Sendbote Allahs sein, ganz abgesehen davon, daß er der Sohn Ben-Slimans war, eines Abkömmlings des Propheten. Es gab unter dieser Schar wilder, fanatischer Krieger sehr viele, die wortkarg, aber lauschend umherstanden und umhergingen, die Lippen zusammengepreßt, die sonnverbrannten Stirnen gerunzelt, die Nasenflügel gebläht. Dies war nicht ihr Tag. Sie verbargen ihre Gefühle, ihren Groll, ihre Leidenschaften unter einer würdigen Miene. Die große Mehrzahl der Männer drängte sich in einem weiten Kreise zusammen, so dicht, daß es schien, als habe ein unsichtbares Fluidum ihre Körper zusammengeschweißt. In der Mitte dieses Kreises war ein kleiner Fleck frei; dort stand der glattzüngige Mohammed-el-Hadj, ein wahres Muster unerschütterlicher Ausdauer, leichten Denkens und sanfter Herzensgroßmut, ein echter Aristokrat in fleckenlos blendendem Weiß. Bald entlockten seine wunderbar gefeilten arabischen Sätze der Zuhörerschaft tosenden Beifall, bald fielen seine Worte trocken und voller Schärfe in tiefes Schweigen. Dann wieder streckte er seine marmorweißen Hände aus und zählte den Versammelten an den Fingern die Vorteile her, die sie einheimsen würden, wenn sie die Herrschaft des Sultans abschüttelten und sich ihren eigenen Amir wählten. Abd-el-Kader, der Mann, der keine Puppe, sondern ein lebendiger Herr sei und der in ihren Herzen lebe.

Die Frauen auf den Mauern begannen sich langsam zu ihren Zelten und zu ihren Familien davonzuschleichen. Bald waren es nur noch Lalla Fatima und Renée, welche die lebhaften Szenen im Hofe betrachteten.

Plötzlich wandte sich Fatima an die Roumia und meinte mit säuerlicher Stimme, sie habe hier nichts mehr zu suchen. Gemeinsam entfernten sie sich, und die Stimmen der Tiefe erstarben.

Als Renée wieder in den Garten kam, empfand sie die Stille und Abgeschlossenheit als Beruhigung. Innerhalb der Mauern kam sie sich sicherer vor. Draußen mußte man allen möglichen Schrecknissen Trotz bieten. Hier im Garten war der kleine Mohammed. Er war wie ein kleiner Prinz gekleidet und trug eine schöne Mütze mit goldenen Zechinen. Auf den Armen hatte er ein neugeborenes Hündchen, das er Renée schenken wollte. Er war sehr aufgeregt und voller Lebhaftigkeit. Das war ein großer Tag für ihn. Er sollte auf seinem schwarzen Pferde mit Si Omar, dem Hirten Ali-el-Bahel und einer berittenen Eskorte zu der Zeltstadt der Pilger reiten, um sie sich anzusehen. Es gäbe dort den wunderbarsten Eselzähmer der Welt, und er habe seinen Vater heute morgen gebeten, ihm einen zahmen Esel zu schenken. Er würde dann seinerseits diesen Esel an Renée weiterschenken. Bevor er sich entfernte, mußte Renée mit ihm hinter einen Baum gehen. Er streckte die Arme aus und bat mit einem bettelnden Blick um ihre Lippen. Sie beugte sich zu ihm nieder und küßte ihn. Sein Atem roch nach Ziegenmilch und Zwiebeln. Sie befreite sich aus seinen leidenschaftlichen Armen und sagte ihm, er solle jetzt zu seinem Pferde gehen. Im Davonlaufen klapperten seine kleinen gelben Belghas über die Steine. Plötzlich horchte Renée auf. Was war das für ein Insekt, dessen lautes Summen die Luft durchtönte? Wo war dieses Insekt?

Ein Knall wie der Ausbruch eines Vulkans erschütterte die Luft. Noch bevor Renée Zeit hatte aufzuspringen, erfolgten drei weitere furchtbare Detonationen. Eine davon ganz in der Nähe, denn die Kasba erzitterte bis in ihre Fundamente. Renée stieß einen lauten Schrei aus und klammerte sich an einen Pfeiler. Ein Entsetzensschrei, ein tausendstimmiger endloser Schrei stieg zum Himmel auf. Sechzehnmal hintereinander erbebte die Erde, und Donnerschläge hallten durch die Luft. Dann klaffte ein leeres Schweigen auf. Vom Himmel kam ein tiefes, weiches Summen. Von den Bergen sprang ein grollendes Echo zurück. In der schrecklichen Stille dauerte das Summen am Himmel an. Plötzlich ertönte Gewehrfeuer, das kurze, dürre Gekläff einer benachbarten Batterie, untermischt mit einem hundertfachen Tacktack: ein wildes, chaotisches Getöse stieg aus den Straßen empor. Ein schreckerfülltes Geheul kam von den in der Kasba versammelten Männern und brandete an Renées Ohr. Ihre entsetzten und wütenden Stimmen schienen das Mauerwerk zu zerreißen. War das das Ende der Welt?

Von Grauen gepeitscht, stürmte Renée durch den Garten, eilte die steile Treppe zur Mauerzinne hinauf und blickte in die Richtung, aus der das Geräusch der Propeller kam. In großer Höhe sah sie drei silberne Pünktchen sehr schnell nach Norden zu davonfliegen. Sie schüttelte die Fäuste hinter ihnen her. „Bestien!" schrie sie mit gebrochener Stimme. „Hunde! Ich verfluche euch! Ich hasse euch!" Ihre Füße stampften den steinernen Boden; sie biß sich in die Knöchel und bebte in bleicher, heftiger Wut.

Dann lief sie blitzschnell wieder hinunter und eilte durch den Garten in die Hallen. Dort fand sie Halima, Asma, Aisha, Zuhra und die anderen Weiber, in einem dichten Klumpen beisammenhockend und einander mit zitternden Armen fest umschlungen haltend. Lalla Fatima war fast völlig von ihren Leibern verborgen, und Renée hörte die Klagestimme der Alten. „Haallaah illa Aallaah! Mohammed Rasoul Aallaah!"; dazwischen winselte Asma wie ein junger Hund. Halima und Aisha klapperten mit den Zähnen. Renées Herz zerfloß in Mitleid. Sie ging zu ihnen hin, drängte sich in ihren Kreis und stimmte in ihre Klagen mit ein.

Asma stieß einen markerschütternden Schrei aus; kaum war dieser Schrei verklungen, als Fatima noch lautere Klage erhob. Auch Halima fing mit dem Allah Akbar an, und schließlich hatte Renée das Gefühl, als trample irgendein tolles fieberndes Ungeheuer über sie hinweg.

Eines der Tore am entfernten Ende der Halle öffnete sich. Der Lärm zahlreicher aufgeregter Stimmen, vermischt mit lautem Klagegeheul, fegte zu ihnen herein. Männerstimmen sangen Allah Akbar. Ismain, der Negereunuche, trat herein; auf seinen Armen trug er den kleinen Mohammed und legte ihn auf eine Matte im Winkel. Renée sprang auf. Sie wollte ihren Augen nicht trauen. Sie wollte ihre Augen Lügen strafen. Sie neigte sich über den Knaben, küßte ihn, hob seinen Kopf auf. Er verdrehte die Augen. Ein gleichsam verlorenes Lächeln trat auf seine Lippen, als merke er aus weiter Ferne, daß die sanften Hände der Roumia ihn berührten. Sie legte ihn wieder hin und zog ihre Hände zurück: sie waren rot und warm und klebrig. Und plötzlich stürzten die Tränen aus ihren Augen. Sie beugte sich nieder und legte ihre Wange an des Knaben Wange. Ihr war, als verwandelte sich ihr Blut in Galle. Auf ihrer Zunge war ein bitterer Geschmack.

„Mein kleiner Liebling!" flüsterte sie in sein Ohr.

Aber der Knabe war tot.

„Fatima! Halima!" schrie sie, von Entsetzen gepackt.

Die Frauen drehten die Köpfe nach ihr und starrten Renée an wie sprungbereite Tiere.

„Seht!" rief Renée. „Mohammed!"

Halima schnellte in die Höhe und eilte zu ihrem Sohn. Plötzlich stieß sie eine Reihe schriller Schreie aus; auch die anderen Weiber liefen herbei.

Wie aus der Erde geschossen, stand Le Roux vor ihnen. Er näherte sich der Ecke, in der die Weiber um die Leiche des Knaben hockten. Sie standen auf und wichen zurück. Nur Halima blieb, wo sie war; regungslos, mit verschränkten Armen stand sie da, während Le Roux bei seinem Sohne niederkniete. Sein starrer Blick schien sich in der Ferne zu verlieren. Plötzlich wurde Halima von einem tiefen, inneren Krampf geschüttelt. Sie packte den oberen Saum ihres Gewandes und begann ihn zu zerfetzen. Sie riß sich das Hemd auf, packte mit ihren bemalten Nägeln ihre Brüste und zerfleischte sie. Aisha sprang mit schlangenartiger Geschmeidigkeit auf ihre Mutter los.

„Oom! Oom!"

Bald war Halima von Blut überströmt.

Noch immer war Le Roux über sein Kind gebeugt, tierhaft, wie ein Löwe sich über sein totes Junges beugt. Er murmelte unhörbare Worte, nahm des Knaben Gesicht in die Hände, schüttelte es von einer Seite zur anderen, gleichsam erstaunt, daß das so leicht ging.

„Mohammed, Mohammed!"

Seine Stimme veränderte sich.

„Mohammed!"

Immer wieder rief er seinen Namen und jedesmal in einem anderen Ton. Er bekam keine Antwort. Unterdessen standen die Weiber regungslos wie Statuen an ihren Plätzen. Le Roux drehte den kleinen Leichnam um, riß die Kleider des Jungen auf und starrte ihn unentwegt, wie unter einem grausigen Bann stehend, an. Plötzlich taumelte er in die Höhe wie in halber Betäubung. Ein schauerliches Schweigen herrschte im Saal. Aus der Ferne hörte man das Wehgeschrei der Massen.

Le Roux schien nachzudenken. Worüber? Dann sah er Renée an, und alle seine Muskeln im Gesicht zuckten. Nie würde sie diesen starren, tierhaften Blick vergessen, diesen hoffnungslos erstaunten Ausdruck einer großen Seele, die plötzlich in Stücke zerbrochen ist. Geistesabwesend schien er dem jammernden Getöse zu lauschen, das über die Mauern emporstieg. Da erblickte er Ismain.

„'smain!" sagte er. „Gidi!"

Der Eunuche entfernte sich, und mit vorgestrecktem Kopf und langen, feierlichen Schritten begann Le Roux auf und ab zu gehen. In kleinen Zwischenräumen schlug er sich mit der Faust an die Brust. Er hatte die Herrschaft über die Gesichtsmuskeln verloren, seine Wangen, seine Augenlider, sein Mund zuckten ununterbrochen in schreckenerregender Weise. Nach einiger Zeit näherte er sich der Tür und ging mit langsamen, schleppenden Schritten hinaus. Sein Gang war wie das Schreiten eines Gespenstes.

Renée fühlte sich versucht, ihm nachzulaufen, sich vor ihm niederzuwerfen, aber die schwere Tür fiel vor ihr zu. Sie ging in den Garten hinaus; schluchzend, von qualvollem Mitleid geschüttelt, murmelte sie immer von neuem: „Armes Volk!"

Plötzlich straffte sich ihre Gestalt; wie einem inneren Zwange gehorchend, ging sie zur Treppe, die an der Mauer emporführte. Sie hatte das Gefühl, daß sie in diesem Augenblick genauso schreite wie Abd-el-Kader. In der Verwirrung, die sich ihrer Seele bemächtigt hatte, fühlte sie nur eines mit unheimlicher Klarheit: daß sie von diesem Augenblick an eine völlig andere geworden war; daß sie von diesem Augenblick an innerlich nicht mehr zu ihrem Volke gehörte.

Von der Mauerzinne blickte sie durch die Schießscharten hinab. Dichtgedrängte Menschenmassen, Männer, Weiber, Kinder, liefen hin und her, als wollten sie einer herandrängenden Flut entrinnen. Hier marschierte eine große Schar unter klagendem Gesang, auf dem Rücken in Tücher gehüllte Bündel schleppend. Dort stolperte eine Gruppe von Weibern über den Platz, eine von ihnen hielt etwas Kleines in ihren Armen. Hier kamen einige Reiter in vollem Galopp angesprengt und jagten auf das Bab Imtras zu, als würde der zuerst Ankommende mit dem Paradies belohnt werden. Dort saß eine einsame Gestalt mit untergeschlagenen Beinen neben einem Tümpel von Blut und streckte, vergebens um Hilfe flehend, die Hände nach den Vorübergehenden aus.

Die Luft widerhallte von Geschrei, vom Aufruhr der wütenden Berber, vom schrillen Klagegeheul der Weiber. Und dennoch wurde die Stunde des Gebetes nicht vergessen. Gerade in diesem Augenblick ertönten von den Moscheen die Stimmen der Muezzins.

Renée wandte ihr Gesicht ab. Die Türme und Zinnen der Kasba stiegen vor ihr empor, und plötzlich sah sie auf dem großen achteckigen Turm, der die achtundzwanzig anderen Türme beherrschte, einen Mann zu Pferde erscheinen.

Es war ein Schimmel mit einem langen Schweif. Der Reiter richtete sich in den Steigbügeln auf. Er lenkte seines Pferdes Kopf nach Norden, nach Süden, nach Osten, nach Westen. Eine Gestalt näherte sich ihm und reichte ihm ein grünes Banner mit drei silbernen Sternen. Trotz der weiten Entfernung erkannte Renée den Reiter. Sie sah, wie er seine Steigbügel in die Flanken des Pferdes grub, als wollte er das Tier zu einem Sprung in die Tiefe spornen. Der Hengst bäumte sich auf und schlug aus. Schließlich aber kam er zum Stehen, die Vorderbeine auf die niedrige Balustrade gepflanzt. Mit ausgestrecktem Arm hielt Le Roux in der rechten Hand das Banner, hielt es weit von sich ab. Er sprach zu dem Pferde. Das Tier verhielt sich völlig still. Pferd und Reiter verharrten in regungsloser Starre.

Nach einiger Zeit bemerkten die Menschen in der Tiefe den Mann zu Pferd, wie er hoch oben, einsam, regungslos, auf dem höchsten Punkt der Kasba aufragte. Sie scharten sich zusammen, blickten zu ihm hinauf und erkannten ihn. Er rührte sich nicht.

Drei Stunden lang saß er so auf seinem Pferde. Die Stadt zu seinen Füßen versank in Schweigen.

9

Wie gebannt hingen Renées Augen an der stillen Gestalt in der Höhe.

Eine unwiderstehliche Gewalt zog sie zu ihm hin.

„Abd-el-Kader!" rief sie mit lauter Stimme.

Ihr Gesicht nahm einen verzückten Ausdruck an, als ginge über ihrem Leben eine neue Sonne auf. Ein Verlangen, ihm zur Seite zu stehen, ihm die Fahne zu halten, überkam sie. In dieser blutigen Stunde wußte sie nur eines: daß ihr Glück für immer dahin war, weil sie ihn zu sehr liebte. In diesem Augenblick fühlte sie sich von einer unsäglichen Sehnsucht gepackt, ihn zu berühren, ihn zu streicheln, ihn glücklich zu sehen, und wußte zugleich, daß das niemals sein konnte. Ihr Herz flog ihm zu in unendlicher Zärtlichkeit.

In ekstatischer Entrücktheit betrachtete sie die lebende Reiterstatue - lange - lange.

Als sie sich wieder aufraffte, um in das Haus zurückzukehren, war ihr, als klaffe zwischen der Vergangenheit und der Gegenwart ein leerer Abgrund. Die lebende Reiterstatue stand immer noch auf dem Turm. Im Haus fand Renée die Säle leer. Sie ging einen langen Korridor entlang und hörte Stimmen auf dem Hofe, wo die Frauen ihre Wäsche waschen ließen. Sie spähte durch die halboffene Tür und sah Asma mit den Armen an einem waagerechten Balken hängen, die Handgelenke gefesselt, um die Lenden ein großes, blutdurchtränktes Tuch. Weiber umringten sie. Ein winziges Knäblein lag nackt auf einer Matte, strampelte mit den kleinen Beinen und schrie. Sein Geschrei klang wie das eines verirrten Zickleins, das nach der Mutterziege meckert. Asmas Gesicht war verzerrt und verhärmt, als ob sie gefoltert würde. Ihre Augen betrachteten voller Verzweiflung das Neugeborene. Unbemerkt zog Renée sich zurück und ging wieder in den inneren Saal. Nirgends ein Lebenszeichen. An der Stelle, wo Mohammed gelegen hatte, schimmerte eine Blutlache. Sie blieb stehen. Ihre Knie zitterten. Plötzlich hörte sie klagende Stimmen. Sie folgte diesen Tönen, bis sie zu einer tiefen Mauernische im anderen Teile des Gebäudes kam. Dort fand sie die, welche sie suchte. Weinend und wehklagend saßen sie an der kahlen Mauer. Ein Moquaddem aus der Moulay Sliman wusch den Leichnam des kleinen Mohammed, der, das Gesicht ganz mit Safran eingeschmiert, ausgestreckt auf einem Holzbrett lag.

Der Moquaddem wusch die kleine Leiche mit Rosenwasser aus einer Schale, die neben Mohammeds Kopf stand. Zwei Kerzen brannten, die eine am Kopfe, die andere zu Füßen des Leichnams. Renée reihte sich zwischen die Weiber ein und begann gleichfalls zu weinen. Sie fühlte sich ganz zu ihnen gehörig; aber während sie so dasaß und das tote Antlitz betrachtete, gingen ihre Gedanken eigene Wege. Die Wangen waren gelb bemalt, die Augen geschlossen, die Nase mit weißen Baumwollappen verstopft; sie sah

Aisha, die Augen rot umrändert, die Nase schmutzig, die vielen krausen Zöpfe völlig zerzaust, wie sie dicht neben dem Leichnam hockte, sich von Zeit zu Zeit niederbeugte, um des toten Bruders Lippen zu küssen, die Fingerspitzen in die Schale zu tauchen und ein paar Tropfen heiligen Wassers zuerst auf seine und dann auf ihre Augen zu träufeln.

„Möge Allah dich zu sich nehmen und dich glücklich machen! Du gehst uns voran, wir werden dir folgen!" wehklagte Sit-el-Koll, und die anderen wiederholten ihre Worte.

„Köstliche Gärten hat Allah seinen Dienern versprochen, um sie in ihrer Verbannung zu trösten. Seine Versprechungen sind unfehlbar. Friede herrscht dort. Die Gäste seiner Gärten erhalten des Morgens und des Abends ihre Nahrung. Das ist das Erbe der Gläubigen. Allah ist barmherzig und weise. Die Vergangenheit, die Zukunft, die Gegenwart gehören ihm."

„Ich habe ihn geboren", sagte Halima, „ich habe ihn gesäugt. Die Milch aus meiner Brust soll sich in ihm zu Honig verwandeln, und er soll die Lalla Aziza sehen, und sie soll ihn bei der Hand nehmen und ihm den Garten der Ewigkeit zeigen. ‚In Gärten und Freuden sollen die Gottesfürchtigen wohnen. Im Namen Allahs, des Mitleidvollen, des Barmherzigen!'"

Renée lauschte der lauten, klaren Stimme, die aus den Tiefen der zerfleischten Mutterbrust kam. Sie fühlte sich an die Stimme des kleinen Mohammed erinnert, fühlte die unbekannten Tiefen, die unsägliche Finsternis in Halimas Seele und erschauerte.

„Ja, Gott wird ihn in seine Arme nehmen", murmelte sie. Zu ihrem Erstaunen wiederholten nun alle die Weiber ihre Worte. Sie erschrak.

„Heilige Mutter Gottes! Bitte für uns!" murmelte sie auf französisch.

Abd-el-Kader kam herein. Er trug einen alten, weißen Leinwandmantel. Auf seinen Wangen war die Feuchtigkeit vertrocknet, sein Gesicht war mit Schmutz bedeckt. Als er sich seinem Sohne näherte, warf er eine Handvoll Salz auf die Erde. Er legte seine Hand auf des toten Knaben Herz und küßte sie dann. Renée fühlte, wie das Blut in ihrem Halse pochte. Sie wagte kaum zu atmen. Noch nie hatte sie in einem Antlitz einen solchen Ausdruck von Trauer, vermischt mit harter Entschlossenheit, gesehen, wie nun auf Le Roux' Gesicht. Es war, als sei er nicht mehr der alte, als sei ein Teil von ihm verschwunden, als habe irgendeine unheimliche Gewalt alle weicheren Gefühle aus seiner Seele verjagt. Er blieb nur wenige Augenblicke da, holte tief Atem, als wollte er seine Lungen mit der Luft der Totenkammer füllen, und entfernte sich. Renée erhob sich. Wie ein Schatten folgte sie ihm durch den Hof, durch die Arkaden, über die Treppen auf und ab. Alle Türen standen offen, weder Sklaven noch Gefolgsmannen noch Wächter versperrten ihr den Weg. Sie ging Le Roux nach bis zu seinem Arbeitszimmer, blieb draußen stehen und sah ihm zu, wie er sein Gewand ablegte und einen riesigen grauen Burnus über seine Schultern warf. Sie sah sein Gesicht sich schmerzlich verzerren, während er den Burnus über die Rezza zog. Dann verließ er sein Zimmer durch eine zweite Tür. Rasch betrat sie das Zimmer, rasch warf sie eines seiner alten Gewänder über ihre Schultern und folgte ihm. Sie folgte ihm über verlassene Höfe und durch schmale Gäßchen zwischen ragenden Mauern, bis sie schließlich zu einem Tore kam, vor dem eine große Menschenmenge versammelt war, dazwischen mehrere gesattelte Pferde.

Überall schien völliges Chaos zu herrschen. Als Renée sah, wie Le Roux sein Pferd Gidi bestieg, schwang sie sich auf einen schwarzen Gaul, der gesattelt daneben stand. Niemand schien sie zu bemerken oder sich um sie zu kümmern. Inmitten einer dichten Reiterschar, die Le Roux begleitete, ritt sie zum Tor hinaus. Nach kurzer Zeit näherte sich ihnen eine zweite Reiterschar, deren Führer mit Le Roux sprach. Der nickte ernst und ritt weiter. An der Nordecke des Platzes kamen sie an den Rand eines riesigen Kraters; der scharfe Gestank starker Explosionsstoffe schwebte noch immer in der Luft. Le Roux ritt durch die Umstehenden dicht an das Loch heran und blickte hinunter. Risse durchzogen die Erde; überall Blutspuren, Leichenfetzen und Pferdekadaver.

Es war die Stelle, wo der kleine Mohammed getötet worden war. Augenzeugen traten vor und berichteten dem Pascha mit heulender Stimme, wie sich alles zugetragen hatte. Le Roux biß sich auf die Lippen und nickte. Jemand zeigte auf das Pferd, das Renée ritt. Es war Mohammeds Pferd, das wie durch ein Wunder unversehrt geblieben war. Auf ein Zeichen des Paschas faßten zwei Reiter Renées Pferd und führten sie zu ihm hin. Le Roux erkannte sie und winkte den Leuten, beiseite zu gehen. Erstaunt sah er sie an.

„Si Abd-el-Kader", sagte sie, „ich bin Ihnen gefolgt, Sie können mich töten. Ich biete Ihnen mein Leben für das Ihres Sohnes. Nehmen Sie es!"

Er blickte ihr tief in die Augen, tiefer denn je. Dann lächelte er mit zusammengepreßten Lippen, ein Lächeln voll unsäglichen Stolzes, das sogleich wieder verschwand. „Kommen Sie!" sagte er mit halberstickter Stimme. „Reiten Sie an meiner Seite."

„Si Abd-el-Kader, ich gebe mich in Ihre Hand. Was mein Volk Ihnen heute angetan hat, löscht alle Ihre Taten aus."

„Setzen Sie die Kapuze auf, Roumia, reiten Sie neben mir."

Sie zog die große dreieckige Kapuze hoch. Die Hitze erstickte sie fast. Schweigend ritten sie nebeneinander weiter durch einige der schmalen Straßen der Stadt. Vor vielen Häusern saßen die Bewohner wehklagend und betend in langer Reihe an den Mauern. Sie kamen an weinenden Scharen vorüber, die mit seidenen Tüchern bedeckte Holzkisten hoch auf den Schultern nach dem Bab Imtras trugen, nach dem freien Felde, wo die Verwandten der Opfer damit beschäftigt waren, Dutzende von Gräbern auszuheben. Sie sahen Weiber in Gruppen zu zwanzig, dreißig und fünfzig, wie sie die Köpfe zusammensteckten und an den offenen Türen ärmlicher Hütten weinten. Ab und zu sprengten einige Reiter heran, brachten ihre Pferde vor Abd-el-Kader zum Stehen und erstatteten ihren Bericht, nannten ihm Namen, die Namen von Familien oder einzelnen Personen, nannten ihm Zahlen. Er nickte nur immerfort mit dem Kopf, ungeduldig wie ein Mensch, dem man nichts zu erzählen braucht, der alles weiß.

Renée saß mit gebeugtem Rücken auf ihrem schwarzen Pferd. Ein überwältigendes Gefühl der Scham hatte sich ihrer bemächtigt.

„Geben Sie acht! Lassen Sie Abassis Kopf nicht so nahe an Gidi heran", sagte Abd-el-Kader. „Er ist eifersüchtig."

Renée beobachtete die Augen des großen weißen Hengstes, die, weit auseinanderstehend in dem schöngeformten, zierlichen Kopf, sie anblickten, lodernd in rätselhaftem Feuer. Nach einiger Zeit kamen sie abermals an einen riesigen Krater, der früher einmal ein Haufen von zwanzig kleinen Hütten gewesen und jetzt nur noch eine Masse von Unrat, Steinen, Staub, Dünger und Blut war. Vor ihnen lag ein Eselskopf mit bleckenden Zähnen und verschleierten Augen. Der Kopf schien vor Lachen zu brüllen. Die Pferde bäumten sich empor und schrien wie wilde Tiere. Einige Leute aus Le Roux' Gefolge packten Renées Gaul am Zügel und führten ihn an dem Eselskopf vorbei.

In der unteren Stadt herrschte ein ungeheures Getriebe. Die Souks, der Marktplatz, der Sklavenmarkt und die Wirtshäuser waren in hellem Aufruhr. Nackte, verflohte Kinder jagten einander durch die Seitengäßchen und schrien vor Erregung.

Sowie der Pascha sich näherte, kamen von allen Seiten die Leute gerannt und warfen sich vor ihm in den Staub. Zitternde Arme streckten sich zu ihm empor. Hohle, kranke Augen blickten zu ihm auf. Dicke Rauchwolken von einer Feuersbrunst, die die halbe Mella verheert hatte, wälzten sich in die Straßen herab.

Man sah die Juden in Scharen mit ihren schwarzen Käppchen und den schwarzen, langen Kaftanen vorüberziehen; sie hatten ihre Weiber und Kinder und ihre ganze Habe auf Maultiere und Esel verladen und wollten die Stadt verlassen.

Abd-el-Kader erteilte einem seiner Leute den Befehl, sogleich dafür zu sorgen, daß die Flucht der Juden verhindert würde.

Wenn sie sich weigerten zu gehorchen, solle Sidi Youseff Gewalt anwenden. Renée drehte sich um. Die Straßen waren von einer wogenden Menschenmasse erfüllt, die hinter ihnen herzog, und in ihrem Herzen rief Renée diesen Massen zu: ‚Es soll nicht wieder geschehen!' Sie biß die Zähne zusammen, konnten die Bombenflieger nicht jeden Tag zurückkommen? Als sie um eine scharfe Ecke bogen, hörte sie Le Roux' Stimme dicht an ihrem Ohr. Er beugte sich aus dem Sattel, um ihr in die Augen zu sehen.

„Roumia, glauben Sie nicht, daß es ein schwerer Verlust ist, einen Sohn wie Mohammed zu verlieren?"

Der Ton, in dem er das sagte, würgte sie in der Kehle wie eine Faust. Sie starrte ihm in die Augen, in die ein Ausdruck leiser Verwunderung trat. Hatte dieser eine Blick von ihr ihm ihre Gefühle enthüllt? Er zügelte sein Pferd, um ihre Antwort zu hören.

„Sie müssen weiter! Lassen Sie mich Ihnen helfen, wenn ich helfen kann", sagte sie.

Er verstand, was sie meinte, und stieß seinem Pferd die Steigbügel in die Flanken. „Ja!" schien er mit seinen Fersen zu sagen.

Auf diesem langen, traurigen, schicksalsschweren Ritt wurde kein weiteres Wort mehr zwischen ihnen gewechselt. Le Roux' Gedanken eilten bereits über die Ereignisse dieses Tages hinaus. Er fühlte, das war der Augenblick, da er nur auf sich selber und vielleicht auf die Roumia hören durfte, unbeirrt von der Stimme des Volkes oder seiner Minister. Ja, er brauchte ihre Gedanken, die hinter der weißen, geraden Stirn entsprangen, die Worte ihrer Silberzunge und noch etwas mehr, noch etwas, das tiefer und viel wunderbarer war, etwas, das er an diesem Tage in ihren blauen Europäeraugen gelesen hatte.

Als Renée nach einem fast zweistündigen Ritt zu der Kasba zurückkehrte, sah sie, daß die Mauern und Tore von zahllosen Berbern besetzt waren. Ihre rasierten Köpfe schimmerten hinter den Tausenden von Schießscharten. Die Spitzen ihrer Bajonette glitzerten in der Abendsonne.

In dieser Nacht wurde der kleine Mohammed in eine Holzkiste gebettet. Le Roux hatte bestimmt, daß er im Tale der Lalla Aziza begraben werden sollte, in einem einfachen kleinen Grab neben der Koûba der Heiligen. Und er gab Si Omar den Auftrag, Handwerker zu mieten und über dem Grab eine zweite Koûba zu errichten, genauso wie die der kleinen Heiligen.

10

Wenn es in der Absicht des französischen Kommandanten gelegen hatte, Le Roux eine Lehre zu erteilen, so war ihm das gelungen. Wenn er andererseits eine rasche Unterwerfung der Stämme hatte erzwingen wollen, so war das fehlgeschlagen. Denn Le Roux' Macht über das Volk war zu stark geworden. Ihr Vertrauen, ihr Herz gehörten ihm nach den letzten Ereignissen mehr denn je.

Voll ehrfürchtiger Scheu gedachten sie der Gestalt des einsamen Reiters, die hoch über ihnen in den Himmel ragte.

Le Roux, der das Gefühl des Arabers für alles Symbolische besaß, hatte mit jener raschen Eingebung möglicherweise einen Ausbruch wilder Anarchie verhütet. Solange er, ein Wächter seines Volkes, auf dem Turme hielt, hatte alles, was in Chechrell noch atmete, zu ihm aufgeblickt. Sie hatten unten ihre Toten an ihm vorübergetragen, hatten singend und betend zu ihm emporgeschaut.

Tausende von Menschen, die ihn auf seinem weißen Pferde sahen, waren auf ihr Gesicht niedergefallen. Seine stolze Nähe hatte ihre Seelen mit einem wilden, fanatischen Mut erfüllt.

In den drei einsamen Stunden auf dem Turme der Kasba hatte er derartige Qualen erduldet, daß er sich nachher um Jahre gealtert fühlte. Tränen der Vaterliebe, Tränen verwundeten Stolzes, Tränen der Wut, Tränen der Ohnmacht waren in seinen Bart getröpfelt – ungesehen – von niemand bemerkt.

Als er die Verlustliste las, war er ein wenig erleichtert. In Anbetracht der Tatsache, daß die riesigen Fliegerbomben eine dichtbevölkerte Stadt getroffen hatten, war eine Zahl von zweihundert Getöteten nicht allzu groß. Er erinnerte sich jenes Junitages des Jahres 1925, an dem die Franzosen an einem Markttage Moulay Ain Djenane bombardiert und binnen einer Minute über achthundert Händler getötet hatten.

Trotz der Erkundungsflieger im letzten Frühjahr hatte Le Roux nie an ein erfolgreiches Luftbombardement geglaubt. Seiner Meinung nach konnten die riesigen Bombenflugzeuge nicht genügend hoch fliegen, um mit einer schweren Bombenladung die Ayachi-Kette zu überqueren. Auch jetzt noch war er überzeugt, die Franzosen müßten irgendwo auf dem erst kürzlich eroberten Gebiet der Ait-Yafelmane einen Flugplatz errichtet haben.

So schickte Le Roux denn sogleich Rekkas an seinen Bruder, der sich noch immer in jenem Gebiet aufhielt, mit dem dringenden Befehl, um jeden Preis die französische Flugstation ausfindig zu machen und zu zerstören.

Da die Einwohner von Chechrell bei all ihren vielen Fehlern natürlich-stolze Menschen waren, fühlten sie sich durch diesen Luftangriff in ihren heiligsten Gefühlen verletzt. Als die Nacht sich über die Stadt herabsenkte, als der Ruf zum Gebet ertönte, langgezogen und beharrlich, klagender und metallischer als sonst, als die Toten begraben waren, als der Mond über die Schulter des Tizi Ayachi emporstieg und die Sterne wie Fackeln aus der samtenen Finsternis hervorschimmerten, versammelten sich die Männer der Stadt in dem trüben Zwielicht der schmalen Straßen und saßen in großen Gruppen umher, während die Weiber die Dächer füllten. Mit düsterer Stimme erörterten sie das Ereignis des Tages. Berbertrupps, mit modernen Gewehren, blanken Bajonetten und Patronengürteln bewaffnet, patrouillierten durch die Hauptstraßen, und wenn sie sich den Männern näherten, die mit untergeschlagenen Beinen im Kreise hockten, blieben sie einen Augenblick stehen.

„Der Friede Allahs sei mit euch", sagte der Führer von Le Roux' Garde. „Unser Amir schläft nie. Er wacht über euch in der Finsternis. Morgen ist der Tag der Lalla Aziza."

In den frühen Nachtstunden versammelte Le Roux seine ‚Minister', die Edlen der Stadt, die Kadis, Oulemas und dreißig Kaids aus dem Pilgerlager um sich.

„Der heutige Tag mit seinen schweren Verlusten", hub er an, „hat euch den Beweis für meine gestrigen Worte geliefert. Der hinterlistige Roumi hat den Tag des heiligen Festes gewählt, um uns allen unermeßliches Leid zuzufügen. Aber wir wollen ruhig bleiben und voller Selbstvertrauen in die Zukunft blicken. Unsere Toten sollen gerächt werden. Setzt euer Vertrauen in mich und schließt euch von heute an zu einer großen Familie zusammen."

Verwundert lauschten die Männer seiner ruhigen Rede. Sie wußten, wie sehr er seinen Sohn geliebt hatte, und der Verlust eines Lieblingssohnes ist das Schrecklichste, was einen Araber treffen kann.

Mit einer Würde, wie man sie von diesen primitiven, fanatischen Menschen kaum erwartet hätte, umringten die Kaids ihren Führer und boten ihm alles an, was sie besaßen, ihr Leben nicht ausgenommen. Le Roux zog sich in sein Arbeitszimmer zurück.

Mit untergeschlagenen Beinen auf einem Teppich sitzend, diktierte er seinen gelehrten Schreibern zunächst eine Proklamation, die mit dem ersten Gebet in allen Moscheen verkündet werden sollte. Sämtliche Familien, die Verluste an Menschenleben oder Eigentum erlitten hatten, so hieß es darin, sollten dieses melden. Ein Tribunal von Kaids würde sodann jeden Fall einzeln erwägen, und er, der Pascha, sicherte ihnen aus den öffentlichen Geldern und Vorräten eine hinlängliche Unterstützung zu, um über das Schlimmste hinwegzukommen. Er schloß seinen Aufruf mit einer wilden Anklage gegen die Niedertracht einer Regierung, deren letzte Tat ein Verstoß gegen alle menschliche und göttliche Gerechtigkeit gewesen sei. Seine Geduld sei erschöpft: nunmehr würden die Waffen sprechen. Jeder einzelne müsse sich für die heiligen Pflichten, die seiner warteten, bereit halten. Nach dem Fest der Lalla Aziza würde zu geeigneter Frist eine zweite Proklamation erlassen werden. Sodann richtete er einen Appell an die Freigebigkeit aller mit Reichtum gesegneten Leute, besondere Gaben für die ärmsten und am schwersten betroffenen Bürger der Stadt zu spenden. Zu diesem Zweck werde nahe der Stelle, wo sein Sohn getötet wurde, eine offene Truhe aufgestellt werden. Durch ihre Frömmigkeit berühmte Männer sollten den Vorübergehenden aus dem Buche des Lichtes vorlesen. „O ihr Gläubigen! Kommet und betet und gebet Almosen! Gehorchet dem Propheten, auf daß ihr die Gnaden des Himmels genießt! Die Ungläubigen sollen unserer Rache nicht entfliehen! Die Flamme der Hölle soll ihr Aufenthalt sein!"

Lange nach Mitternacht, als er wieder allein war, setzte Le Roux einen arabischen Brief an den Generalresidenten auf, legte ihn jedoch einstweilen beiseite. Nein, dazu brauchte er den Rat der Roumia. Er erhob sich, stieg zur Mauer der Kasba hinauf, machte die Runde um das ganze riesige Festungsgebäude und redete ab und zu einen seiner Berber an, um ihre Stimmung kennenzulernen. Schließlich kehrte er in seine Wohnung zurück. Mit einem Gesicht, starr wie eine Maske, betrat er die Totenkammer. Die Weiber, die halb schlafend beieinanderhockten, zogen sich zurück, und Le Roux setzte sich hin, um die restlichen Stunden der Nacht bei dem toten Knaben zu verbringen, den er mehr als alles auf der Welt geliebt hatte und immer noch liebte, dem Knaben, dem seine ganze Liebe, seine ganze Hoffnung, sein ganzer Ehrgeiz gegolten hatten. Ab und zu sang er ein Gebet und wehklagte mit wunderlicher Stimme über das Schicksal, das Allah ihm beschert hatte. Ab und zu warf er ein paar Salzkörner nach den brennenden Kerzen. Zuweilen stöhnte er auf, und sein Stöhnen war im ganzen Hause zu hören.

11

Vor Sonnenaufgang brachen die Weiber der Stadt in Gruppen nach der heiligen Koûba auf, um einzeln an der offenen Türe vorüberzupilgern, die grünen Seidendecken, die Fahnen toter Helden, die Kerzen, die tausend Opfergaben und Amulette, die den kleinen Friedenstempel erfüllten, zu berühren. Denn die Berührung der Lalla Aziza brachte Glück und Fruchtbarkeit. Mütter erzählten ihren Töchtern die hundertjährige Legende. Es war einmal ein kleines Dorf im Tale, wohin sich ein Saidi, ein sehr heiliger Bauer, mit seiner schönen vierzehnjährigen Tochter geflüchtet hatte. Er war mit ihr dorthin gekommen, um den Verfolgungen eines erbitterten Feindes, eines Kaids, zu entrinnen, und nun behütete er sie eifersüchtig vor allen Menschen. Nach einer Weile brach eine Ziba[25] aus, und sämtliche Männer des Dorfes, einschließlich des Saidis, verließen ihre Häuser, um in einem Nachbargau zu kämpfen. Während ihrer Abwesenheit entdeckten die jungen Frauen des Dorfes einen jugendlichen Hirten, der jede Nacht mit seiner Herde in die Nähe des Dorfes kam; sie sahen, wie schön und kräftig der Jüngling war, und lockten ihn mit ihren Blicken in die Häuser, und schließlich gaben sich ihm sämtliche Frauen des Dorfes hin. Nur die jungfräuliche Aziza hielt sich vor ihm verborgen. Die Männer kehrten aus dem Kriege zurück, und bei ihrem Nahen entfernte sich der Hirte mit seiner Herde tief ins Gebirge. Es geschah nun, daß sieben von den jungen Frauen des Dorfes ungefähr zur gleichen Zeit Mutter wurden. Aber Allahs Zorn lastete auf ihnen. Er belegte sie für ihre Missetat mit einer strengen Strafe und entzog ihnen die Milch, solchermaßen ihr Verbrechen an ihren neugeborenen Kindern rächend. Aziza hörte von ihrem Unglück und ging die jungen Mütter besuchen. Ihr Herz war voller Mitleid mit den hungernden Säuglingen, und sie betete zu Allah, er möge barmherzig sein, den Fluch lösen und die Milch der Mütter wieder zum Fließen bringen. Aber trotz Azizas Gebeten blieben die Brüste der Frauen trocken.

Da verließ Aziza das Dorf und zog sich in die nahe gelegenen Berge zurück. Dort betete sie von neuem und sprach zu Allah, wenn er in seiner Weisheit die Ehebrecherinnen bestrafen wolle, so brauche seine Züchtigung doch nicht auch seine Tochter Aziza zu betreffen, denn sie sei unschuldig, und es sei wahrlich eine schwere Strafe für sie, diese sieben Säuglinge anzusehen und ihnen nicht helfen zu können. Sie bat Allah, ihre jungen Brüste mit süßer Muttermilch zu füllen, damit sie in das Dorf zurückkehren und die hungernden Kinder säugen könne. Über dem Beten schlief sie ein, und als sie kurz darauf erwachte, da waren ihre Brüste schwer wie eine Bürde, und sie fühlte einen seltsamen Brand in ihrem Busen. Sie stieg in das Dorf hinab, und sowie sie die Häuser der schwerbestraften Mütter betrat, begann die Milch alsbald aus ihr hervorzusprudeln, und sie ging auf der Stelle daran, die hungernden Kinder zu nähren, eines nach dem anderen, und nährte sie zwei Monate lang. Und während das Fleisch der Säuglinge fest wurde, begann Lalla Azizas Fleisch zu welken. Eines Tages floß ihre Milch nicht mehr, und nun nährten sich die Kinder von Eselsmilch. Von fern her kamen die Leute ins Tal, um die kleine Jungfrau zu besuchen, die sieben Kinder gesäugt hatte, und brachten ihr Geschenke und Opfergaben. Aber sie wollte nichts nehmen. Sie blieb in ihres Vaters Haus verborgen und starb am ersten Tage des Ramadan.

Lange vor dem zweiten Gebet wimmelten die Hänge des Tales von Pilgern, und rings um die Koûba der heiligen Aziza von der Milch drängten sich die Frauen zu Hunderten. Kaids erschienen mit großem Gefolge, mit Fahnen, Berittenen, Musikern und Sklaven, eifersüchtig ihre Frauen behütend, die hoch oben auf Kamelen oder Maultieren sorgsam verschleiert hinter dichten, mit Quasten verzierten Vorhängen saßen. Jeder Kaid wählte sich seinen gesonderten Platz für seinen Harem, seine Gefolgsleute und Sklaven und errichtete dort sein Zelt.

Und dann erschien des Paschas imposante Leibwache auf ihren Wüstengäulen. Das Pferd Abassi wurde von einem jungen Vetter

Le Roux' geritten, der vor sich auf dem Sattel den Sarg mit der Leiche Mohammeds hielt. Hinter dem schwarzen Gaul ritt Le Roux, und während rings um ihn Hunderte von Stimmen das Allah Akbar sangen, murmelte er Gebete und ließ seine Gebetsschnur durch die Finger gleiten.

Der kleine Mohammed wurde in eine Grube gelegt, um die man bereits den Grundriß der Koûba entworfen hatte. Binnen zwei Minuten war unter Gebeten und Gesängen das Begräbnis beendet, und der Imam setzte einen heiligen Stein in Form eines Halbmondes auf den kleinen Erdhügel. Sofort nach Beendigung der Zeremonie zog sich Le Roux in seinen nahe gelegenen Pavillon zurück, zu dem nur seine allernächsten Vertrauten Zutritt hatten.

Sobald die Sonne höher stieg und auf die ständig wachsende Menge herabbrannte, schwärmten die Männer in riesigen, dichten Reihen aus, richteten das Gesicht nach Osten und fielen auf Knie und Stirnen nieder. Tausende von Menschenleibern bewegten sich gleichmäßig im Rhythmus des Gebetes. So groß war die Menge der Versammelten, daß eine Zeitlang der Gebirgsbach weiter unten im Tale versiegte, der Unzähligen wegen, die oben von seinem Wasser tranken.

Im Nu schoß eine Zeltstadt aus der Erde hervor, und die Weiber der Edlen trafen sich dort in aller Heimlichkeit, nachdem sie dem Ritus gemäß die Koûba berührt hatten. Die Huren von Chechrell waren in voller Zahl erschienen, in ihre buntesten Seidengewänder gehüllt, um den Hals, an den Handgelenken, an den Knöcheln und auf dem Kopf die Zeichen ihres Gewerbes tragend. Trotz der sengenden Strahlen der Sonne tanzten sie zu dem heulenden Lärm eines großen Orchesters von Tamburinen, Tam-Tams und Flöten.

Unterdessen lag Le Roux auf einer Matratze im Zwielicht seines Pavillons, und völlig unbekümmert um die Tausende schweißglitzernder Gesichter, unbekümmert um das Geschrei der in Raserei weitaufgerissenen Münder – „Amir! Amir!" –, versank er in einen tiefen Schlaf, aus dem er erst am späten Nachmittag erwachte.

Inzwischen hatte sich eine Schar von Würdenträgern vor dem Pavillon versammelt, die auf sein Erscheinen warteten. Seine berittenen Berber bildeten im Garten einen großen Halbkreis, in dessen Mitte auf einem Teppich die Minister saßen. Als Le Roux in der Tür des Pavillons erschien, näherte sich Si Mohammed ihm in besonderer Weise. Statt dem Pascha einen seiner väterlichen Küsse zu geben, fiel der alte Mann auf Knie und Ellbogen nieder.

Im nächsten Augenblick kam der Kaid Ottman-el-Hakk heran. Er war direkter Nachkomme Sultan Ottmans II. und stand an Reichtum und Rang an erster Stelle. Auch er näherte sich Le Roux mit einer Art ehrfürchtiger Scheu und warf sich vor ihm nieder.

„Pascha", sagte er, „wir haben deine Worte erörtert. Wir sind getreulich mit uns zu Rate gegangen und haben unseren Entschluß klugen Männern vorgelegt, Männern, die besonders berechtigt sind, über Dinge der Politik und Staatskunst zu urteilen. Wir sind zu der Überzeugung gelangt, daß wir ein tatkräftiges Oberhaupt brauchen, einen Mann, der das Kriegführen versteht, ein mächtiges Oberhaupt, das die Herzen seines Volkes und die Gedanken unserer Feinde kennt. Wir wüßten uns keinen besseren Mann, dem wir unser Leben und unseren Besitz anvertrauen könnten, als Abd-el-Kader-Ben-Sliman, den Allah uns gesandt hat. Du bist unser Amir."

Während Ottman langsam seine würdevolle, ehrfürchtige Ansprache hielt, drängten sich die Kaids in den kleinen Garten, fielen auf ihre Knie und Hände nieder und verharrten in dieser Haltung, als beteten sie.

„Sohn des Sliman", sagte eine tiefe, hohle Stimme aus ihrer Mitte, „du bist der Moulay, der Sultan, unser aller Vater. Im Namen Allahs, des Barmherzigen und Weisen!" Sämtliche Kaids wiederholten diese Worte, und draußen vor dem Garten wurden sie von den Massen und von den bewaffneten Reitern aufgenommen und weiter, immer weiter ins Land hinausgetragen. Sie gingen von Mund zu Mund und erreichten schließlich die Ohren der ganzen Bevölkerung.

Le Roux blickte auf die Rücken der Männer hinab, die sich vor ihm niedergeworfen hatten. Er war tief bewegt.

„Ihr habt mir den Schirm in meine Hände gegeben!" sprach er, und augenblicklich trat tiefe Stille ein. „Ich nehme ihn an. Allah hat ihn mir verliehen, damit ich euch schütze. Ich will ihn in ein Schwert verwandeln, das gegen eure Feinde gezückt ist."

Nach diesen Worten drehte er sich um, zog sich in sein kleines Haus zurück und war für niemanden zu sprechen.

12

Auf dem Heimweg nach Chechrell ritt hinter Le Roux ein Offizier seiner Kavallerie und hielt über des neuen Sultans Kopf einen großen Sonnenschirm von grüner Seide. Le Roux' Gesicht war traurig und nachdenklich. Er hielt den Blick gesenkt. Seine Haltung war schlicht und bescheiden. Seine Seele aber loderte im Gefühl des Stolzes und einer nie zuvor gekannten Macht. Seine Minister, nunmehr rechtmäßige Veziere, ritten hinter ihm. Seine Leibwachen schienen wie elektrisiert; selbst die Pferde schienen zu wissen, daß etwas Großes geschehen war. Der ganze Zug des neuen Sultans preßte sich durch die Menschenmassen, stolz und fremd wie eine Kavalkade aus einer anderen Welt, arrogant, ohne auf die Zuschauer zu achten, den Menschen kaum Zeit lassend, aus dem Wege zu gehen. Noch vor Sonnenuntergang wurde der Amir von Chechrell, Sultan der Stammesföderation des Südens, öffentlich in seiner Würde proklamiert, und die Bevölkerung versank in eine Orgie der Ausschweifungen, der Festgelage und des Vergessens.

„Allah schütze den Moulay!" Das waren die Worte, die über die niedrigen Dächer der Stadt emporbrausten.

Am folgenden Tage wurde in der Kasba für mehr als zweitausend Edle ein Mahl gerüstet. Ganze Schafherden wurden abgeschlachtet und Berge von Tam[26] bereitet. Während Le Roux mit der nüchternen Aufgabe beschäftigt war, gemeinsam mit seinen Ministern die verschiedenen Vezierate zu schaffen und die Ämter zu verteilen, sozusagen seinen Hofstaat in groben Umrissen aufzubauen, brieten Sklaven auf dem Hofe des Bab-Youseff Fleisch und kochten Cous-Cous und Tajin in riesigen Kesseln, und auf jedem der Plätze rings um die Kasba vollführten Hunderte von Reitern eine wilde Fantasia.

Kurz vor Einbruch der Dunkelheit ritt Le Roux mit großem Gefolge durch die benachbarten Hauptstraßen. Die Spitze des Zuges bildete eine berittene Wache auf schabrackengeschmückten Pferden, und ein Orchester, das einen leidenschaftlichen, schrillen Marsch spielte, und hinter dem Amir ritt der älteste Sohn Si Youseffs mit dem symbolischen Sonnenschirm. Reiter sprengten in vollem Galopp zu Le Roux heran, brachten ihre Pferde jäh zum Stehen und feuerten schwarze Pulversalven über seinem Kopfe ab. Sie richteten sich in ihren Steigbügeln hoch, schwangen ihre Gewehre über dem Kopf, warfen sie in die Luft, fingen sie wieder auf und spendeten ihm mit schäumendem Munde Beifall. Die Dächer wimmelten von jungen und alten Weibern, die wie die Rasenden johlten und schrien. Etliche von ihnen warfen Blumen auf Le Roux herab. Seidene Schals flatterten in der Luft. Junge Mütter hielten ihre nackten Kinder über ihre Köpfe empor, als wollten sie sie dem neuen Amir opfern. Es war das Fest der Mütter.

Als Le Roux in die Kasba zurückkehrte, sah er auf der Mauer die Frauen seines Harems versammelt und unter ihnen die Roumia. Sie streckten die Arme aus. Halima stieß aus vollem Halse ein triumphierendes Geschrei aus. Er sah nicht, daß seine Mutter den Kopf schüttelte, daß ihr Greisinnengesicht hinter dem Schleier in heimlichem Entsetzen zuckte; aber er sah, wie die Roumia die Hand an den Kopf hob und ihn, gerade bevor er durch den großen Torbogen ritt, mit einer raschen Bewegung ihrer Finger grüßte. Chechrell tauchte in einer Nacht wilder Orgien unter. Weiber und junge Mädchen schlichen sich aus ihren Häusern. Tausende von Kerzen brannten in den Straßen. In den Teehäusern, auf den Tanzplätzen drängte sich eine Menschenmenge, die keinerlei Hemmung mehr kannte.

Die großen Ereignisse hatten jede Seele erschüttert, und die Drohung, die über der Stadt hing, entfesselte die wilden Instinkte dieses Bergvolkes.

Das Bankett der Würdenträger dauerte bis tief in die Nacht hinein. Tänzerinnen und Musikanten waren zugegen, aber die Aristokraten des Atlas bewahrten ihre Würde. Während über ihnen die Sterne und der Mond hingen und ein grünliches Licht auf ihre weißen Gewänder warfen, aßen sie mit den Fingern, sprachen mit leiser Stimme und rülpsten einander an. Unter einer erhöhten Arkade stand ein Diwan. Oft wanderten ihre Blicke dorthin, aber ihr Amir blieb unsichtbar. Um Mitternacht erschien an seiner Stelle Sidi Mohammed(-el-Hadj), der neue Großvezier, begleitet von einigen neuernannten Staatsbeamten. Er stellte sich neben den Diwan und bildete eine wahrhaft imposante Figur. Dann entrollte er ein Pergament, befahl einem der ‚Amtsträger', mit seiner Fackel näherzukommen, und verlas die erste Proklamation Seiner Majestät des Sultans.

„Die höchste und erste Pflicht für den Gläubigen, der an den alleinigen Gott glaubt, ist der Heilige Krieg gegen die Ungläubigen. Das heilige Buch legt jedem Rechtgläubigen die Pflicht auf, gegen die Ungläubigen zu kämpfen. Wir befehlen jedem Kaid unseres Bundes, von diesem Tage an seine Pflicht zu erfüllen. Wir befehlen ihm, sämtliche waffenfähigen Männer seines Gaues unter seiner Führung zu versammeln und auf der Stelle sich, seine Tabors [27] *und seinen ganzen Besitz zu unserer Verfügung zu halten. Alles Weitere werden die Kaids von unseren Khalifas erfahren. Oh, ihr Gläubigen des einen Gottes! Kämpft gegen die Ungläubigen!*

Allah allein sei gepriesen! *Abd-el-Kader."*

In dem tiefen Schweigen, das auf die Vorlesung folgte, rollte Sidi Mohammed seine Proklamation zusammen und zog sich zurück.

„Djehâd! Djehâd! Djehâd."

Der Heilige Krieg war verkündet. Das war der Augenblick, da Le Roux seinem Zorn freien Lauf lassen konnte, der Augenblick, das Volk in seine Hand zu bekommen und es zu organisieren. Der Feind hatte ihm die Gelegenheit gegeben zu handeln.

Am Tage nach der Verkündung des Djehâd kehrten die Kaids in ihre Gaue zurück, um ihre Tabors aufzurufen.

Le Roux fühlte, daß seit dem Bombenüberfall seine persönliche Stellung sowohl im Hinblick auf sein eigenes Volk als auch gegenüber der französischen Regierung äußerst schwierig geworden war. Seit seiner Ernennung zum Amir empfand er die Verantwortung, die auf ihm ruhte, doppelt schwer. Er hatte seinem Volk versprochen, es zu beschützen. Wie aber, wenn die Franzosen abermals einen Luftangriff unternahmen? Gesetzt den Fall, sie überfielen einige andere Märkte! Was würde die Bevölkerung von der Wirksamkeit seines Schutzes denken? Er hatte ihnen versprochen, den Schirm in ein Schwert zu verwandeln. Nun, der Djehâd war verkündet. Sämtliche waffenfähigen Männer würden sich bewaffnet versammeln. Aber würde auch genügend Pulver für sie dasein? Die Munition von der Küste! Wo blieb sie nur? Er hatte keinerlei Nachrichten aus Fez, keinerlei Nachricht von seinem Agenten in Agadir.

Unterdessen ließ er die französische Regierung ganz offiziell durch das Vezierat von seiner Wahl und seiner Übernahme der neuen Amirwürde verständigen. Da er keinen diplomatischen Dienst zur Verfügung hatte, schickte er die Dokumente durch einen besonderen Emissär an den Generalgouverneur. Den Sultan von Marokko überging er.

13

Der Harem trauerte. Das Entsetzen über den Tod des kleinen Mohammed, die Angst und der Tumult der Ereignisse, die unmittelbar darauf gefolgt waren, hatten die Frauen in einen Zustand der Erschöpfung versetzt. Des Nachts schliefen sie, und überall herrschte ein tiefes Schweigen, das nur ab und zu vom Geschrei des Neugeborenen unterbrochen wurde. Mitternacht war vorüber.

Renée, aufgerüttelt durch die Eindrücke und Empfindungen der letzten zwei Tage, lag völlig wach. Immer noch tönten in ihren Ohren die schrecklichen Detonationen und die gespenstischen Schreie der heimgesuchten Stadt. Eine dumpfe Mattigkeit lastete auf ihr.

Sie beschloß aufzustehen. Einen seidenen Haik lose über die Schultern geworfen, geleitet von den Strahlen des Mondes, ging sie in den Garten hinaus, denn in der Nähe der Springbrunnen war die Luft kühl und erfrischend. Langsam stieg sie die Treppe zur Terrasse hinauf. Oben angelangt, sah sie an der Mauerzinne eine einsame Gestalt stehen, einen Mann, der in die dunkle Ferne hinausblickte. Durch das Klappern ihrer Belghas aufgestört, drehte er sich um, und sie erkannte Le Roux. Seine Wangen schimmerten feucht.

„Si Abd-el-Kader? Noch auf? Ganz allein? Ich dachte, Sie wollten morgen nach Mellal reisen?"

Er lehnte sich an den Mauerwall.

„Ja! Ganz allein!"

Plötzlich wurde sie sich bewußt, daß sie nur sehr notdürftig bekleidet war, und hüllte sich fester in ihren Haik. Sekundenlang ruhten seine Augen auf ihrer hohen, schlanken, ebenmäßigen Gestalt.

„Es ist heute nacht sehr heiß", bemerkte er.

Sie zauderte und schickte sich an, wieder umzukehren.

Da streckte er die Hand aus.

„Gehen Sie nicht, Roumia. Es muß Allah sein, der Sie mir abermals sendet. Kommen Sie und setzen Sie sich hier auf diesen breiten Stein. Dort ist es kühl. Ich möchte mit Ihnen sprechen."

Langsam ging sie auf ihn zu, langsam streckte er ihr die Hand entgegen. Es war das erstemal, und sie schlug ein. Er hielt ihre Hand in der seinen fest, drückte sie, betastete ihre zarten Finger und spielte mit ihnen.

Renée senkte den Kopf.

„Haben Sie aus Ihrem Herzen gesprochen, Roumia, als Sie auf unserem Ritt durch die Stadt zu mir sagten, daß das Verbrechen Ihres Volkes alle meine Verbrechen überwiege?"

„Ich kann Ihnen nicht sagen, wie ich über eine Regierung denke, die eine solche Schandtat zuläßt! Als ich Ihnen mein Leben anbot, da war das ernst gemeint!" sagte sie. „Ich schäme mich für mein Volk, auf dessen Zivilisation ich so stolz war."

Sie hielt inne und fuhr dann schnell fort:

„Und doch! Auch jetzt noch will ich mir meinen Glauben an Frankreich nicht rauben lassen. Vielleicht weiß man nicht, was hier draußen vorgeht, sonst würde man es nicht dulden. Wir beide, Sie und ich, werden dafür sorgen, daß sie es erfahren. Ich werde die Sache Ihres Volkes zu der meinen machen; das verspreche ich Ihnen!"

„Sie sind sehr schön", sagte er; „schade, daß Sie eine Roumia sind."

Ihr Herz flog ihm zu.

„Ob Roumia oder nicht, wir sind Verbündete in diesem Kampf. Das Leben, das Schicksal hat uns zusammengebracht."

Einen Augenblick lang legte er die Hand auf ihre Schulter; und nach kurzem Zögern setzte er sich neben sie.

„Morgen breche ich nach Mellal auf. Binnen einigen Wochen werden nicht mehr achttausend, sondern sechzigtausend Mann im Kampfe stehen. Tut es Ihnen nicht weh, daß ich alle meine Kräfte für die Vernichtung Ihrer Landsleute einsetze?"

„Natürlich tut es mir weh! Aber Sie sind der Angegriffene. Oh, wie ich das alles hasse!" stieß sie hervor. „Könnte ich nur etwas tun, um Frieden zu stiften!"

„Die Franzosen können jederzeit Frieden haben, wenn ihre Bedingungen ehrenhaft sind."

„Immerhin käme es auf einen Versuch an – vielleicht könnte ich doch erreichen, daß wieder Frieden wird! Lassen Sie mich mit meinem Vater sprechen!"

Er dachte nach.

„Gut! Heute über vierzehn Tage sollen Sie ihn sehen!"

Er nahm ihre Hand und legte sie sanft an seine Wange. Sie griff nach der seinigen, und in ihrer Erregung drückte sie auch ihre Wange an diese Männerhand.

„Warum nicht schon morgen?" bat sie.

„Er ist nicht da!"

„Nicht da?"

„Nein. Er ist an einem sicheren Ort in den Bergen."

Seine Augen verschleierten sich. Sie mißtraute ihm plötzlich.

„Warum haben Sie ihn weggeschickt?"

„Damit er nicht wichtige Kenntnisse militärischer oder politischer Art erhält, die er später einmal gegen uns verwenden könnte, und auch, um seine persönliche Sicherheit zu gewährleisten!"

Er war entschlossen, sie mit ihrem Vater zusammenzubringen; aber er wußte auch, daß der Anblick des alten Mannes, der nur mehr eine menschliche Ruine war, sie ihm auf immer entfremden würde.

Er nahm sich vor, den Rabaoui-General aus dem Kerker zu holen und einen geschickten jüdischen Arzt kommen zu lassen, um ihn wieder gesund zu pflegen. Und wenn sie dennoch alles erführe? Wenn sie ihm Vorwürfe machte – konnte er nicht den Tod des kleinen Mohammed in die Waagschale werfen? Renée starrte schweigend vor sich hin.

„Woran denken Sie?"

Sie lächelte sonderbar.

„Vierzehn Tage sind eine lange Zeit", sagte sie endlich leise. „Was soll ich in dieser ganzen Zeit tun? Könnte ich Sie nicht nach Mellal begleiten?"

„Sie? Eine Frau!"

„Warum nicht. Ich kann als Mann mitkommen, wenn Sie mir Kleider geben."

„Unmöglich!"

„Ich dachte, ein Sultan könne alles möglich machen."

„Sie haben keine Ahnung von den Zuständen hier draußen."

„Ich würde eine Ahnung davon bekommen."

„Jeder würde die Roumia erkennen."

„Und was läge daran?"

„Unmöglich!" sagte er. „Là!"

„Könnten Sie nicht den Leuten sagen, daß ich Sie in besonderer Mission begleite, daß ich eingewilligt habe, die Rolle des Vermittlers zwischen Ihnen und General Merzbourg zu übernehmen? Warum nicht? Ich wäre bereit, morgen zu meinen Leuten zu gehen und ihnen die Friedensbedingungen vorzuschlagen, vielleicht nicht Ihre Bedingungen, aber doch solche, die ich für gerecht halte. Und ich würde zurückkommen, um Ihnen die Antwort zu bringen. Damit wären die vierzehn Tage bis zur Rückkehr meines Vaters ausgefüllt."

Er beugte sich zu ihr. Sie blickte in sein Gesicht.

„Ja, Eure Majestät", sagte sie spöttisch, aber in einem Tone, den er ihr nicht übelnehmen konnte, „wir französischen Frauen können vieles, was eure Frauen nicht können. Wir stehen den Männern als gute Kameraden zur Seite und helfen ihnen oft aus den schwierigsten Situationen. Wenn ihr ein großes Volk werden wollt, so müssen eure Frauen zuvor selbständig denken lernen; sie müssen aus ihrem verkümmerten, tierischen Zustand befreit und ihnen ein größerer Anteil am Leben zugebilligt werden. Ich bin bereit, den Rest meines Lebens zu opfern, um euren Frauen zu helfen. Wenn ich auch noch nicht weiß, wie ich das anpacken soll!"

Er hatte ihren Ausführungen mit wachsendem Interesse zugehört; sie schienen ihn jedoch nicht zu überzeugen.

„Ich kenne unsere Frauen", erwiderte er. „Aber trotz ihrer vielen Fehler lieben sie den Mann und bringen ihm Opfer!"

„Sie sind wie die Tiere. Ihr Männer lebt in der Wirklichkeit. Sie führen ein Schattendasein. Sie als gebildeter Mensch sollten mich verstehen."

„Roumia, haben Sie jemals einen Mann geliebt?"

Er legte seinen Kopf auf ihren Schoß.

„Si Abd-el-Kader", sagte sie, ohne sich zu rühren, „ist nicht Ihre Liebe sehr verschieden von der Liebe, die ich empfinden kann?"

„Haben Sie jemals einen Mann geliebt, Roumia?" wiederholte er, ohne sich zu rühren.

„Sie werden mir gestatten, nicht zu antworten."

„Sie müssen antworten!"

Sie fühlte seinen Kopf schwer auf ihrem Schoß. Er drehte sich um und blickte erwartungsvoll wie ein Kind zu ihrem Gesicht auf.

„Wenn Sie unter Liebe das Verlangen nach einer tiefen, ruhigen, unangreifbaren, restlosen Vereinigung mit einem Menschen verstehen, der den Glauben an eine solche Liebe teilt und selbst einer derartigen Liebe fähig ist – dann habe ich noch nie einen Mann geliebt!"

Sie sprach sehr langsam, sehr vorsichtig, denn sie hatte das Gefühl, als würde von ihren Worten jede weitere Beziehung zwischen ihr und Le Roux abhängen.

„Ich bin natürlich manches Mal glücklich gewesen, aber nie in jenem Sinne! Meine Jugend habe ich auf unserem Familienschloß in Burgund verbracht. Ich besuchte dort eine Klosterschule. Meine Mutter starb, als ich noch ein kleines Mädchen war. Dann kam ich nach Afrika. Ich lebte an verschiedenen Orten in Tunis und Algier. Nach der Heirat meiner Schwester kehrte ich nach Paris zurück. Eine Zeitlang blieb ich in Paris. Nur meines Vaters wegen bin ich wieder nach Afrika gekommen, und wenn Sie mich nicht gefangengenommen hätten, wäre ich vielleicht jetzt mit einem Offizier verheiratet. Ich bin froh, daß es nicht so ist."

Seine Blicke hatten jede Bewegung in ihrem Gesicht verfolgt. Jetzt drehte er sich wieder um und lag ganz still da. Lange Zeit blieb er stumm. Schließlich sagte er:

„Roumia, wenn ich Ihnen die Möglichkeit gebe, mich nach Mellal zu begleiten, werden Sie dann mitkommen?"

„Ja."

„Ich werde es möglich machen!"

Sie fühlte, wie sich sein ganzer Körper entspannte. Einige Minuten später hörte sie ihn tief Atem holen. Er war eingeschlafen. Sanft schob sie ihre Hand unter seine weiße Rezza und stützte seinen Kopf. Ihre Gedanken wanderten weit in die Ferne, nach Frankreich. Sie wollte, er wäre mit ihr in ihrem Frankreich. Welch wunderbaren Menschen würde sie dort aus ihm machen. Aus diesem trotzigen Araber, der in ihren Händen zum Kind geworden war.

So saß sie regungslos, bis im Osten der erste Schimmer der Morgendämmerung aufstieg und die Stimmen der Muezzins ertönten, welche die Gläubigen zum Gebete riefen. Le Roux erwachte und schaute sich verwundert um.

„Sie müssen sehr müde gewesen sein", sagte Renée lächelnd.

Er richtete sich auf, hielt sich die schmerzende Seite und lauschte den Stimmen, die aus dem Himmel herabzuschweben schienen. Dann stand er auf, streifte seine Belghas ab und kniete zum Gebet nieder. Renée schlich sich leise hinweg.

Fünfter Teil

DIE OPFER

1

Fatima hatte wiederholt den Versuch gemacht, nochmals zu dem General vorzudringen. Doch die Umstände hatten ihr Vorhaben jedesmal vereitelt. Eines Tages ging sie in die Zaouria der Moulay Sliman[28] und trat durch das Frauenpförtchen ein. Sie bat, mit dem Imam sprechen zu dürfen. Nachdem sie über eine Stunde lang geduldig gewartet hatte, erschien der heilige Mann auf der anderen Seite der Mousharabieh.

„Warum willst du mit mir sprechen, Tochter Allahs?"

Sie erzählte ihm ein Gewirr wunderlicher Lügen.

„O heiliger Mann Gottes, was muß ich tun? Mein Sohn ist ein Kaid der Ait-Abbou. Mein Gatte, der vor zehn Jahren während der großen Ziba verschwand, ist plötzlich zurückgekehrt. Mein Sohn hat seinen Vater einen Betrüger genannt und ihn in den Kerker geworfen. Sein Vater stirbt den Hungertod!"

„Oh, schwerstes aller Verbrechen vor dem Angesicht Allahs! Ein Sohn, der sich gegen seinen eigenen Vater verhärtet! Die Hand Allahs wird mit schwerer Strafe auf das Haupt eines solchen Sohnes niederfallen!"

Der Imam schien tief erschüttert. Er zupfte an seinem schneeweißen Bart und rollte die Augen gen Himmel. Fatima begann mit dem Kopf zu wackeln. Ein schreckliches Schuldgefühl erfüllte ihre Seele. Aber sie liebte ihren Sohn mehr als alles andere auf der Welt und fuhr fort:

„Würde es vor dem Angesicht Allahs auch dann ein Verbrechen sein, wenn der Sohn nicht weiß, daß der Mann, den er ins Gefängnis geworfen hat, sein Vater ist?"

„Keine Unwissenheit wird deinen Sohn vor der Strafe Allahs bewahren!“ sagte der heilige Mann mit dröhnender Stimme. „Das Verbrechen ist begangen, Allah ist allmächtig und sieht alles. Größer noch, fürchte ich, wird die Strafe sein, die auf die Mutter wartet. Denn wenn sie weiß, daß der Sohn seinen eigenen Vater foltert und sie ihm nicht die Wahrheit sagt, ist sie an dem Verbrechen ebenso schuldig wie er.“

„Haalaah il Allaah!“ stöhnte Sit-el-Koll, von Angst gefoltert, und ihre Zähne klapperten.

Der Imam, eine höchst wichtige und vielbeschäftigte Persönlichkeit, der unter Le Roux' Regime den ‚Vorsitz' in dem Konklave der heiligen Männer und Richter führte, ließ eine Schnur aus winzigen Kamelzahnkügelchen durch seine weißen Finger gleiten, rief den Segen Allahs auf das eingeschrumpfte, unglückliche Weiblein herab und ging weiter zum nächsten Bittsteller.

Von diesem Augenblick an überkam Fatima eine tiefe Ruhelosigkeit. Sie wagte nicht, noch einmal mit Abd-el-Kader über den General zu sprechen; Tag und Nacht von ihrem quälenden Geheimnis umgetrieben, dachte sie rastlos über alle nur möglichen Mittel nach, um Allahs Zorn von dem Haupt ihres geliebten Sohnes abzuwenden.

Sie sonderte sich von den anderen Frauen ab. Zerstört waren alle ihre Hoffnungen auf eine hellere Zukunft, verweht ihre Träume, daß Abd-el-Kader einst das Land der Slimans zurückerobern würde. Im finstersten Winkel der Kasba sitzend, bewegten sich ihre Gedanken unablässig um einen Punkt: ihren ‚Shack' vor dem Untergang zu retten, den Zorn Allahs zu besänftigen. Sooft sie Gelegenheit hatte, mit Abd-el-Kader allein zu sein, nahm sie sein Gesicht zwischen ihre Hände und warnte ihn vor der Zukunft.

„Kleine Oom, ich kämpfe gegen die Ungläubigen! Ich habe Allah mein Leben verpfändet. Wie sollte Allah seine schützende Hand von mir abziehen?“

Nie sprach sie mit ihm über die Roumia. Wenn ihr Sohn sich in seine Halbschwester verliebte, so würde das, meinte sie, keine große Sünde sein, da sie in Unwissenheit begangen wurde und Allah in solchen Fällen barmherzig ist. Es kam ihr nicht in den Sinn, daß zwischen ihrem Sohne und der Roumia eine Liebe bestehen könnte, die über das rein Tierische hinausging. Für die Araberin gibt es nur eine Art von Liebe zwischen Mann und Frau. Sooft die Roumia sich aus dem Harem schlich, sooft Nassr sie durch das Turmpförtchen hinausließ und sie dann später auf demselben Wege wieder zurückkehrte – Fatima wußte es und wand sich vor Eifersucht in ihrem Winkel. Sie konnte den Gedanken kaum ertragen, daß es der Roumia gelingen könnte, in Abd-el-Kaders Seele all das zu zerstören, was ihr eigenes Werk war, all die Rachegelüste, all die Bestrebungen und ehrgeizigen Wünsche zu verjagen, die sie in seine Seele gepflanzt hatte, daß es der Roumia gelingen könnte, sich an die Stelle zu drängen, die sie, die Mutter, bisher eingenommen hatte. Mehr als einmal war ihr der Gedanke gekommen, die Roumia zu ermorden, sie zu vergiften und den unerträglichen Qualen, die sie durch sie erdulden mußte, ein Ende zu setzen.

Wenig wußten die Frauen des Harems von der Seele Sit-el-Kolls. Sie wußten kaum, daß die schwarzen, unerbittlichen Augen in dem Antlitz der Alten alle ihre Schritte und all ihr Tun verfolgten, denn Sit-el-Koll schlief nur selten. Ein gewaltiges, düsteres Drama bereitete sich in ihrem welken Busen vor.

An dem Tage, da die Bombenexplosionen die Kasba bis in ihre Grundfesten erschütterten, wußte Fatima, daß Allahs Strafgericht über ihren Sohn hereingebrochen war. Als man ihren kleinen Enkel tot hereinbrachte, hatte sie das Gefühl, auch ‚Shack', sein Großvater, müsse zugrunde gegangen sein. Da sie Allah für einen unerbittlichen Richter hielt, war sie überzeugt, nun würde ihr Sohn an die Reihe kommen. Im Traume hatte sie ihn bereits auf einem weißen Kamel reiten sehen. An diesem selben Abend hatte sie mit ihrem Sohne gesprochen; sie hatte ihn beim Arm genommen und ihn an ihre Prophezeiungen erinnert.

„Blume meines Lebens, Allah mißbilligt deine Handlungen. Ein Rabaoui-General hat uns alles Unheil gebracht. Laß ihn frei und schicke ihn und seine Tochter zu ihrem Volke zurück, sonst wird es noch schlimmer kommen!"

Doch Abd-el-Kaders Gedanken weilten anderswo. Er hatte sich losgerissen, um sein Pferd zu besteigen und auf den Turm hinaufzureiten. Was bedeutete ihm in diesem Augenblick einer Mutter Warnung!

Da beschloß Fatima, für ihren Sohn zu handeln und selbst sein Verbrechen zu sühnen. Aber sie wartete mit der Ausführung ihres Planes, bis Abd-el-Kader und die Roumia nach Mellal aufgebrochen waren.

Seit der Djehâd erklärt worden war, wimmelte es in der Kasba wie in einem Bienenstock. Zu allen Tag- und Nachtstunden kamen und gingen Hunderte von Menschen. Die ‚Veziere' sahen sich außerstande, die Flut einzudämmen. Unter diesen Umständen war es leicht für eine arme, unglückliche Frau, sich unauffällig in der Menge umherzubewegen; so füllte Fatima denn eine große Börse mit Silberduros und verließ den Harem in heiliger Mission.

2

Unglücklicherweise hat das Mitleid mit einem Feinde, noch dazu, wenn dieser Feind ein Ungläubiger ist, nur wenig Platz in der Seele des Arabers. Offenbar war der Prophet der Ansicht gewesen, daß eine Lehre, die ihren Kindern das Mitleid mit dem Feinde als eine der größten aller himmlischen Tugenden verkündete, in den Augen ihrer Anhänger an Wert verlieren würde. Das heilige Buch ist daher eine einzige leidenschaftliche Predigt, die die Gläubigen zum Kampf gegen alle Ungläubigen aufstachelt. Für den Propheten ist nur Gott barmherzig, klug und vollkommen, und kein menschliches Wesen darf je danach streben, wie Gott zu werden. Leiden, gleichviel, welcher Art, machen keinen sonderlich tiefen Eindruck auf den Araber. Von ihm, der selber von Kindheit an tausend schlechten Einflüssen und allen erdenklichen Grausamkeiten ausgesetzt und es gewöhnt ist, die Leiden seiner Mitmenschen zu sehen, kann man nicht erwarten, daß er Mitleid mit seinem Feinde empfinde, mag der arme Teufel noch so sehr zu leiden haben.

Andererseits erwartet auch der Araber für sich selber von seinem Feinde kein Mitleid. Er nimmt sein Schicksal hin und weiß, daß es so vom Allerhöchsten verordnet ist. Mögen seine Feinde ihn noch so sehr quälen, er hat das Gefühl, daß das Schicksal gerecht sei.

General de Sonloup lebte immer noch. Er atmete immer noch. Immer noch klopfte sein Herz, und ab und zu funktionierte auch noch sein Denken. Wenn jemand ihn gefragt hätte, ob er sterben wolle, würde er sicherlich geantwortet haben: ‚Ja! Ich will mit Freuden sterben!'

Stärker jedoch als die Todesbereitschaft war der Wille zum Leben. Es war nicht so sehr die geringe Hoffnung auf Befreiung, die ihn veranlaßte, sich mit übermenschlicher Zähigkeit an dieses Leben zu klammern, sondern sein Glaube an sich selber, an seine Vergangenheit, an die Taten, die er in seinem Beruf vollbracht hatte. Ein Soldat darf nicht fahnenflüchtig werden, sondern hat auf seinem Posten auszuharren.

Sein starkes Pflichtbewußtsein erhielt ihn am Leben. In einem Berbergefängnis zu sitzen, Tag und Nacht gegen die Insekten anzukämpfen, die Gott offenbar dazu geschaffen hat, Menschen und Tiere zu quälen, auch das gehörte zur Pflicht eines Soldaten.

Mochte sich das Ungeziefer an seinem Blut berauschen! Er als Ganzes, Fleisch, Blut, Knochen, Gehirn, gehörte seinem Vaterlande.

Frankreich und er waren eins, und so nahm er sein Schicksal mit einer Art geheimnisvoller und zynischer Ruhe hin.

Bereits seit einigen Wochen litt de Sonloup an einer Entzündung des linken Auges; oft wurde der Schmerz fast unerträglich und entpreßte ihm verzweifeltes Stöhnen. Manchmal blickte der Berber, der die Aufsicht über das Gefängnis führte, durch das viereckige Loch und richtete einige Fragen an ihn. Ab und zu, bei seltenen Gelegenheiten, kamen Si Omar oder Si Mohammed mit einigen Begleitern in den Kerker herabgestiegen, betraten die Zelle des Rabaoui-Generals, ihre Gewänder lupfend und sorgsam die Stellen wählend, wo sie ihre Füße hinsetzten, und ermahnten den General, Mut und abermals Mut zu haben. Zu seinem Entsetzen merkte de Sonloup nach einiger Zeit, daß sich an seinem linken Auge ein Abszeß bildete, während der Entzündungsschmerz nachließ, und eines Tages, als er aus einer der tiefen Betäubungen erwachte, in die er oft verfiel, statt natürlich einzuschlafen, wußte er, daß ihm etwas Außergewöhnliches geschehen war. Er hob seine Hand an das Auge, wagte aber nicht, es zu berühren. Ein schreckliches Gefühl der Einsamkeit beschlich ihn wie eine kalte Schlange. Er wußte, daß sein linkes Auge erblindet war.

„Mon vieux", sagte er zu sich selber, „sie bringen dich soweit, daß du Eitertränen weinst. Mach dir keine großen Sorgen! Du hast immer noch ein Auge. Gott ist zu seinen Tieren sehr gütig gewesen. Er hat ihnen Reserveglieder mitgegeben."

Jene wohltätige Frau, die ihn so brav gefüttert hatte, war nicht mehr wiedergekommen. Jetzt gab es diese köstlichen Pakete nicht mehr! Jetzt gab es keine Bratenstücke mehr und kein arabisches Brot!

„Ach! Einmal noch ins ‚Café de Paris' gehen und ein Champagnersouper verzehren! Ah, aber nur nicht verzweifeln, alte Kröte! Es steht in deinen Knochen geschrieben, in ihrem Mark, in diesem weichen grauen Zeug, das deine verfluchten, schmerzenden Knochen erfüllt, daß du noch einmal eines dieser Champagnersoupers genießen sollst. Einmal noch ein Souper im schönen, alten Frankreich – im schönen, alten Paris!"

Oft dachte er: ‚Wo nur die alte Berberkatze mit ihren Liebespaketen hingekommen ist? Sie muß mir die Zukunft sagen, so wie sie mir die Vergangenheit gesagt hat!'

Er sprang auf, daß seine Ketten rasselten, bewegte die Arme, schlug ein Kreuz.

‚Das ist heilige Luft! Luft, die sich schneiden läßt wie ein Chateaubriand! Höllische Luft! Sie knackt wie eine Auster, die man öffnet! Sie knallt wie Champagner! Oder ist sie wie Burgunder, schwer und einschläfernd, so daß man Lust bekommt, ein Weib zu lieben? Ja! Oh!' Er sank in sich zusammen, lag da, und stundenlang war nichts anderes zu hören als sein schweres, keuchendes Atmen.

Nach und nach schärften sich die Sinne des Generals derartig, daß sie auch die geringsten Ereignisse außerhalb seiner Zelle registrierten. Da er zu matt war, um lange aufrecht zu stehen, pflegte er sich an den unteren Rand der schweren Tür zu legen, um die Luft zu atmen, die aus dem Gange kam, die zwar gleichfalls faulig und dumpf, aber im Vergleich zu der abscheulichen Atmosphäre seiner Zelle wie frische Bergluft war. Dann lauschte er fernen Stimmen und erhaschte einige Neuigkeitsbrocken, über die er stundenlang in seinem verzerrten Verstande nachgrübelte. So bekam er heraus, daß Hassan vergiftet worden war. Er merkte, wann der Pascha auswärts und wann er in der Kasba war. Solange der Pascha in der Kasba war, kam Si Mohammed fast täglich zu Besuch, und die Gefängniswärter waren in steter Bereitschaft. Durch solcherlei Einzelheiten wußte er schließlich, ob Le Roux in Chechrell war oder nicht.

Monate schlichen dahin. Er verlor jedes Zeitgefühl. Er hatte es längst aufgegeben, für jeden verflossenen Tag mit seinem Fingernagel einen Strich in den Staub der Wand zu kratzen. Zweifellos war der Sommer da, denn die Luft war heiß, die Qualen schrecklich; aber auch die braven französischen Jungens mit ihrer heißen Leidenschaft konnten nicht mehr weit sein. Bald würden die Jungens kommen.

Eines Tages, als er sich zu der Türöffnung geschleppt hatte, um Luft zu schnappen, hörte er gedämpfte Stimmen und dazu ein heimliches Fußgetrappel.

Er sah die Füße vor seiner Türe stillstehen. Moussa, der Gefängniswärter, erörterte mit einem anderen unbekannten Manne etwas, das ihn, de Sonloup, sehr ernstlich anzugehen schien. Moussas Kopf schob sich plötzlich durch die Öffnung. De Sonloup richtete sich unter vielen Schmerzen hoch. Sein unvermutetes Erscheinen an der Öffnung erschreckte einen Augenblick lang den Wächter.

Unmittelbar darauf stieß eine Hand ein Paket durch die Öffnung, so daß es vor de Sonloup niederfiel.

So wie ein Tier sich auf seine Beute stürzt, packte de Sonloup das Paket, und auf allen vieren kriechend (er hatte nicht die Kraft, es zu tragen), schob er es in den einen Winkel seiner Zelle, den er ‚Dimanche' getauft hatte. Er hatte nach Kräften versucht, diesen Winkel so sauber wie nur möglich zu halten, und sooft er sich ihm näherte, hatte er das Gefühl, als beschmutze er ihn durch seine Person. In diesem Winkel lagen die Überreste seiner Uniform. Denn General de Sonloup hatte sich seiner sämtlichen Kleidungsstücke entledigt und war jetzt so nackt wie die Mauern, die ihn umgaben.

3

Er hatte keine Ahnung, was das ziemlich schwere Paket enthalten könne. Im Augenblick war es zu dunkel, um irgend etwas zu sehen, er würde viele Stunden warten müssen, bis durch die Türöffnung ein Lichtstrahl hereinfiel, ein Lichtstrahl, der jeden Tag nur eine halbe Stunde lang in die Zelle drang und wahrscheinlich der Widerschein der Sonne war, die auf ein Mauerstück neben dem Eingang zum Gefängnis schien.

Er lehnte sich gegen die Wand, zog das Paket zwischen seine Knie und spielte mit ihm wie ein Affe. Ihm war grauenvoll zumute, denn er konnte sich sehr gut vorstellen, wie er dabei aussah! ‚Mon vieux, noch nicht! Noch nicht! Wir haben es noch weit bis zum Schimpansen. Wie, zum Teufel, bringen es die Affen fertig, sich leidlich sauberzuhalten? Ja, aber sie stinken! Nette Schnur an diesem Paket. Haken an der Wand! Pst! Pst!' Er sah sich mit unheimlichen Blicken um. ‚Noch nicht! Noch nicht! Warum den Würmern den Vorzug vor den Läusen geben? Ruhe, mon vieux! Mut! Nur nicht den Mut verlieren!'

De Sonloup begann zu weinen. Während er so mit sich selber geredet hatte, war plötzlich in ihm der Gedanke erwacht, Renée könne ihm dieses Paket geschickt haben. Er hatte sie längst verlorengegeben. Denn er sagte sich: Wenn diese ‚salauds' ihn so behandelten, was mußten sie dann erst mit seinem großen, feinen, blauäugigen Kind gemacht haben? ‚Mon vieux, tu es fou! Es ist deine Gewohnheit, immer das Schlimmste anzunehmen. Du bist ein Pessimist. Fühlst du nicht, daß ihre Hände diese Schnur geknüpft haben? Oder glaubst du, daß die alte Berberkatze ein Paket so verschnüren kann? Nein – nein! Das kommt von meinem Töchterchen, das ihrem alten Vater ein Präsent geschickt hat!' Und seine Tränen tropften unaufhaltsam auf das Paket.

Er knüpfte die Schnur auf und öffnete das dicke, ölgetränkte Packpapier. Als erstes fiel ihm ein Gegenstand in die Hände, dessen Berührung fast sein Herz stillstehen ließ. Es war ein glattes Lederfutteral.

Eine tiefe Erregung packte ihn. Er zog das Futteral hervor und wog es in seinen Händen, nahm die ledernen Riemen, die daran hingen, zwischen die Zähne und kroch geräuschlos auf allen vieren zur Tür.

An dem unteren Rand der Türe war es gerade hell genug, um etwas unterscheiden zu können. Er kauerte sich zusammen und zog eine Pistole aus dem Futteral heraus. Auf die Ellbogen gestützt, prüfte er die Waffe sorgsam, zog das Magazin heraus, zählte mit den Fingerspitzen sieben Patronen, schob das Magazin zurück und klappte die Sicherung vor.

Von der ungewohnten Anstrengung erschöpft, warf er sich auf den Rücken. Ein ungeheures Triumphgefühl überkam ihn, und noch nie waren auf eine Mauserpistole so viele Segenswünsche herabgeregnet, wie sie de Sonloup an diese Pistole verschwendete!

Erst nachdem er sich ein wenig erholt hatte, kam ihm die volle Bedeutung der Tatsache zum Bewußtsein, daß er nunmehr im Besitz einer guten Waffe war.

Er kroch in den Sonntagswinkel, richtete sich auf und versteckte die Pistole in einem Mauerloch, ungefähr einen halben Meter über seinem Kopf.

Ein Gefühl der Macht loderte in ihm auf. Er fand die Kraft, aufrecht auf beiden Beinen zu dem Paket zurückzukehren. Voll wilder Freude, das eine Auge weit aufgerissen, betastete er den Inhalt. Er fühlte einen dicken, knisternden Umschlag; dann ein kleines Paketchen: Tabakgeruch! Er zerrte eine Zigarette hervor, seine Lieblingsmarke! Eine kleine, runde Blechschachtel. Er öffnete sie, roch daran. Schokolade! ‚Par exemple! Das ist ebensoviel wert wie ein Souper im Café de Paris!' Gierig stopfte er sich ein paar Schokoladenbonbons in den Mund und aß sie mit gefräßigem Hunger, hielt dann plötzlich inne, begann vorsichtig an den Bonbons zu lutschen und machte die Schachtel wieder zu. Immer tiefer wühlte er sich in das Paket hinein. Er fand etwas, das Hemden oder Pyjamas sein mochten; Socken, Unterwäsche und große, runde, schwere Papierrollen, Zeitungen.

Er streckte sich aus und begann nachzudenken. Unmöglich, hier zu lesen. Aber es waren ja Zündhölzer dabei! Und wenn dieser salaud Moussa das Licht sah, hereinkam und ihm alles stahl? Aber hatte nicht Moussa das Paket gebracht? ‚Mon vieux, ja, und ebensogut kann er es mir wieder wegschnappen. Das Paket stammt nicht von ihm. Wer kann dir deine Lieblingszigaretten geschickt haben? Du glaubst doch nicht, daß es in dieser dreckigen Stadt einen erstklassigen Tabakladen gibt. Sie müssen aus Fez oder aus Rabat sein. Steh auf, zünde dir im Sonntagswinkel ein Zündholz an und sieh dir den Umschlag an!' De Sonloup wartete eine Stunde lang; dann vergewisserte er sich mit äußerster Sorgfalt, daß draußen niemand in der Nähe war, ging in den Sonntagswinkel, setzte sich mit dem Rücken zur Zelle, öffnete den Umschlag, zog einige Papiere heraus, die er vor sich ausbreitete, und zündete dann ein Streichholz an. ‚Papa chéri!' sah er von Renées Hand mit einem Bleistift geschrieben, und auf einem ungeöffneten Briefumschlag zuckte eine andere Handschrift ins Licht. „Madeleine!" flüsterte er, und ein Schluchzen stieg in seiner Kehle auf. Das Streichholz verbrannte ihm die Finger und erlosch. In der Finsternis, die ihn umgab, hob er die Briefe an seinen Mund, küßte sie und streichelte sie lange.

‚Noch ein Zündholz?' Man mußte sparsam damit umgehen. Er wartete, überlegte. ‚Alors! Für jede der Liebestauben eins!'

Abermals flammte ein Streichholz auf; bei seinem flackernden, dürftigen Schein entfaltete er schnell Renées mit Bleistift geschriebenen Brief und las ihn voll tiefer Rührung.

Papa chéri!

Je prie Dieu de permettre que cette lettre te parvienne. C'est un homme de confiance qui s'en charge ainsi que d'un paquet qui vient d'arriver pour toi de la part de Madeleine. Elle est venue de Paris . . .

Vierzehn Streichhölzer opferte er; dann wußte er, daß seine Tochter am Leben war und daß es ihr anscheinend gutging. Aber ihr Brief hatte einen Unterton, der ihm nicht gefiel, die Ahnung irgendeines verhängnisvollen Geschehens, die ihn fast erschreckte, überfiel ihn; das war nicht die Renée, die er gekannt hatte.

Stundenlang saß er da und grübelte vor sich hin; schließlich verschnürte er das Päckchen wieder, legte es in den Sonntagswinkel und deckte es mit seinem schmutzigen Waffenrock zu.

Nach einiger Zeit steckte Moussa den Kopf herein und ermahnte den Rabaoui-General mit flüsternder Stimme, sein Paket gut zu verstecken. Wenn einer der Sidis dahinterkäme, würden sie den Rabaoui mit heißen Zangen zwicken und ihm die Fingernägel ausreißen.

De Sonloup merkte sofort, daß Moussa von irgend jemandem

außerhalb des Gefängnisses bestochen worden war. Offenbar begann er, allmählich seinen Posten als Gefängniswärter auch von der geschäftlichen Seite her auszuwerten. Der General wollte einige Fragen an ihn richten, doch bevor er nur den Mund auftun konnte, war der Kerkermeister verschwunden.

Dann kamen ein paar Tage, die de Sonloups Geduld auf eine harte Probe stellten. Stundenlang spielte er mit der Pistole.

Ein paarmal setzte er die Mündung an seine Schläfe; er nahm sie sogar in den Mund, aber es schien, als hindere ihn eine geheimnisvolle Macht daran abzudrücken. Er spielte mit dem Tode. Und dann kam der Tag, wo der ganze Kerker wie von einem Erdbeben erzitterte. Eine Detonation hallte durch die Finsternis. Noch einmal und noch einmal. Er rappelte sich auf und lauschte. Das wilde Getöse dauerte an. Und plötzlich wußte er, was geschah. Ein ekstatischer Rausch überkam ihn; ihm war zumute wie einem Menschen, der, plötzlich wieder lebendig geworden, aus dem Grabe aufersteht. Er rasselte mit seinen Ketten, und bei jeder neuen Explosion stieß er einen wilden, triumphierenden Schrei aus!

„Bravo! Bravo! Vive la France! Vive la France!"

Er zerraufte sich die Haare auf der Brust, stampfte mit den Füßen und vergaß seine Schmerzen. „Par exemple! Das sind keine ‚fléchettes', das sind Hundertkilobomben. Bravo! Bravo! Encore! Encore!"

Kettenrasselnd begann er wie besessen umherzutanzen. Dann blieb er stehen und horchte, tief enttäuscht, daß keine Explosionen mehr zu hören waren. Erschöpft und schweißbedeckt fiel er zu Boden. „Ah! Ich danke euch, meine Freunde! Dank! Dank!" Und mit dem Gesicht im Dreck begann er vor Freude zu weinen. Dann umnebelte sich sein Gehirn, und er versank in einen Zustand der Betäubung.

Ungefähr eine Woche später gewahrte er ein Licht, das von draußen in seine Zelle fiel. Aufschauend bemerkte er Moussa mit einer Laterne, und einen Augenblick später öffnete sich die Tür.

Er kam herein, schloß die eisernen Fesseln an des Generals Handgelenken und Knöcheln auf und entfernte sich wieder. De Sonloup blieb regungslos auf der Erde liegen, überzeugt, daß alles nur ein Traum sei. Nach einiger Zeit hörte er eine Frauenstimme: „Rabaoui! Rabaoui!"

Er blickte auf. Er setzte sich. Rasch drehte die Frau ihr Gesicht zur Wand.

„Allaah! Aallaah! Yasalam!"

Er sah, wie sie ihr Gesicht versteckte. Neben ihr auf der Erde lag ein großes Bündel. Sie bewegte die Arme unter ihrem Haik, machte ihm Zeichen und fuhr mit klagender Stimme fort zu lamentieren: „Allaah! Allaah!"

Befreit vom Gewicht der Ketten stand er auf. Plötzlich kam ihm seine Nacktheit zum Bewußtsein und zugleich etwas anderes, Unfaßbares. Dies war mehr als ein Traum. Das war Wirklichkeit. Flucht, Freiheit, Leben!

Mit ruhiger Stimme bat er sie zu bleiben. Sie wies auf ihr Bündel, das sie mitgebracht hatte.

„Ja, Liebling!" sagte er zärtlich. „Ich verstehe!"

Er griff nach der Pistole und hängte sie sich um die Schulter. Dann ging er in den Sonntagswinkel und schlüpfte in die schmutzigen Fetzen, die einstmals seine Uniform gewesen waren. Sie schlotterten lose und schrecklich um seine skeletthafte Gestalt, und er schauerte zusammen. Schwarze Leere hing vor seinem Blick.

„Mon vieux!" brummte er. „Du wirst doch jetzt nicht in Ohnmacht fallen!"

Er biß die Zähne zusammen. Die Frau wurde ungeduldig und stand immer noch jammernd an der Wand. Er stolperte zu dem Bündel hin, fand dort eine schmutzige Musselinrezza, die er sich auf den Kopf stülpte. Auch eine Gandoura[29] war da; er zog sie an. Sie reichte ihm bis zu den Füßen. Dann hob er einen riesigen, sackartigen Burnus auf, warf ihn über die Schultern und holte sein Paket aus dem Sonntagswinkel.

„Eh bien, mein Schatz, ich bin fertig"; er berührte ihre Schulter.

Sie fiel fast um vor Schreck.

„Ich bin fertig!"

Sie setzte sich in Bewegung. Langsam, sich an der Mauer entlangtastend, verließ sie das Gefängnis. Er wankte hinter ihr her. Mit zusammengebissenen Zähnen folgte er ihr ein paar Stufen hinauf.

Der Hof war leer. Keine Menschenseele war zu sehen in dem dunklen Gäßchen, das zwischen hohen Mauern zum Bab Asfar führte, zu dem gelben, mit den Abdrücken von Hunderten in Blut getauchter Hände bedeckten Tor. Kaum hatten sie die äußere Pforte erreicht, hörten sie wüstes Geschrei und befanden sich alsbald inmitten einer dichten, heulenden Menschenschar. Ohne sich auch nur ein einziges Mal umzusehen, verfolgte Fatima ihren Weg. Sie hielt sich dicht an den Häusermauern und schien die wilden Szenen ringsherum gar nicht zu bemerken. Viele Male war de Sonloup zumute, als müsse er umsinken und den Geist aufgeben. Er bereute sogar, daß er sich nicht in seinem Gefängnis erschossen hatte.

Inzwischen war es Nacht geworden. Lampen und Kerzen brannten in den kleinen Häusern. Immer weiter folgte er der Frau, bis sie schließlich in einem schmalen Gäßchen eine kleine Pforte betraten, in der kaum zwei Menschen aneinander vorbeikonnten. Kaum hatte er hinter ihr die Schwelle überschritten, als das Pförtchen geschlossen wurde. De Sonloup fühlte, wie sie seinen Arm packte und ihn fast gewaltsam in einen kleinen, schmalen Hof und eine sehr steile Treppe hinaufstieß. Ein Mann mit rundem, fettem, jugendlichem Gesicht beugte sich zu ihm herab und half, den Taumelnden hinaufzuziehen. Schließlich kam er in ein kleines Zimmer mit einem winzigen Fenster. Dort fiel er schwer zu Boden. Sie zerrten ihn auf eine Matratze, die auf der Erde ausgebreitet lag. Unmittelbar danach verließ Fatima das Haus und entfernte sich.

4

Die Anstrengungen der Flucht waren so groß gewesen, daß de Sonloup kaum mit dem Leben davonkam. Drei Tage lang befand er sich in einem Zustand halber Bewußtlosigkeit.

Jeden Tag gegen Abend kam Fatima die hühnerleiterartige Treppe heraufgekeucht, und während sie ein bis zwei Stunden neben de Sonloup hockenblieb, ging Amru, der Eunuch und Besitzer des ‚Hauses', zu den öffentlichen Brunnen, um frisches Wasser zu holen.

Gierig trank de Sonloup das Wasser. Manchmal mischte Fatima Milch hinein, goß es in eine Messingschale und zwang den General, die Mischung zu trinken. Sie bereitete ihm auch Arzneien aus Kräutern und flößte sie ihm ein. Allmählich kehrte ihm das Bewußtsein seiner Umgebung zurück. Er begann tiefe Seufzer auszustoßen und um sich zu schlagen. Offenbar hatte er sich noch nicht an seine Befreiung von dem Gewicht der Ketten gewöhnt.

Eines Morgens stemmte er sich auf den Ellbogen hoch und sah sich verwirrt im Zimmer um. Durch ein Loch oben an der Wand sah er den blauen Himmel, und die Sonnenstrahlen fielen schräg auf einen großen Messingkessel. Neben dem Kessel saß ein Mann mit einem glatten, gelblichen, ungesund aussehenden, pockennarbigen Gesicht.

„Wer bist du?"

„Amru, der Eunuch."

„Wo bin ich?"

„In meinem Hause."

„Wer hat mich hierhergebracht?"

„Lalla!"

„Welche Lalla?"

„Lalla!"

Amrus Antworten erfolgten in einer dünnen, schrillen, fast weiblich klingenden Stimme. Jetzt bemerkte de Sonloup auf des

Eunuchen Schoß eine weiße Katze, die dieser sanft streichelte. „Was ist das für ein Wasserrauschen da unten?"

„Oued Chechrell."

„Ah! Bring mir Wasser zu trinken!"

Amru entsetzte sich.

„Niemals Wasser aus dem Oued trinken!"

Er hielt die Hände an seinen Bauch und schnitt ein schmerzverzerrtes Gesicht.

„Wer Wasser aus dem Oued trinkt, muß sterben!"

„Dann bring mir frisches Wasser! Ich will etwas essen!"

„Ouah!"

Amru wälzte sich träge auf die Seite und richtete sich auf Händen und Knien auf.

Während Amrus Abwesenheit sah sich de Sonloup nach seinem Paket um. Es lag neben ihm in der Ecke. Anscheinend hatte niemand es angerührt. Der Briefumschlag war da und auch das Geld. Kleine Noten. Die Pistole hatte er umgeschnallt. Er hatte mit ihr geschlafen, und es war sehr unbequem gewesen. Jetzt aber grinste er. ‚Eine Waffe und Geld, das ist alles, was ein Mensch braucht, um Krieg zu führen!'

Hell schien die Sonne. Die Luft war heiß, aber trocken. Er atmete sie in tiefen Zügen ein. Seine Rippen schmerzten unter der Ausdehnung.

Er betrachtete seine Handgelenke, seine wunden, zerschundenen Knöchel. „Par exemple!" murmelte er. „Viel länger hättest du es nicht ausgehalten!"

Amru brachte Wasser und goß es in eine kleine, polierte Messingschale, die de Sonloup wie ein Verschmachtender leerte. Dann drehte er sie um und betrachtete in dem spiegelnden Messing sein verzerrtes Ebenbild, einen struppigen, wüsten Tierschädel. Angewidert warf er die Schale beiseite und zupfte an seinen Haaren. Sie wimmelten von Ungeziefer.

„Hole mir einen Barbier aus den Souks! Haare schneiden!"

Amru sah ihn entsetzt an.

„Der Barbier würde bloß meinem Scheich die Gurgel durchschneiden. Amru wird dir das Haar schneiden!"

„Dann aber gleich!"

Der Eunuch verschwand. Nach einer Weile kam er mit einem langen, flachen Brotlaib und einer Schüssel voll Cous-Cous und gedämpfter Bohnen zurück, die sehr heiß und sehr appetitlich waren.

De Sonloup setzte sich auf, nahm den Napf zwischen die Knie und begann gierig zu essen. Dann lehnte er sich an die Wand, litt schrecklich unter dem Verdauungsprozeß und trank noch mehr Wasser.

Danach forderte Amru ihn auf, in den Hof hinunterzukommen. Er erhob sich, und der Eunuch half ihm die Treppe hinunter. Der Hof war kaum ein paar Meter breit und von Mauern umgeben, die ihn völlig von der Außenwelt absonderten. In der einen Ecke sprudelte aus einem Loch in der Erde Wasser hervor; einer der hundert kleinen Bäche, die die Häuser der Stadt speisten.

„Kann ich mich hier waschen?"

„Ouah!"

Amru grinste und erzählte, es habe, als er noch Sklave war, zu seinen Pflichten gehört, die Leute zu waschen. Seit sein Herr gestorben sei und ihn als einen freien Mann zurückgelassen habe, gehe er auch jetzt noch sehr oft in fremde Häuser, um die Damen zu waschen. Er habe auch einen kleinen Laden in den Souks, wo er Spezereiwaren verkaufe. Aber der Hitze wegen mache er den Laden nur für ein paar Stunden täglich auf.

Dann brachte er einen Krug mit dunkelbraunem Schlamm, den er als Schmierseife bezeichnete, und erklärte, das sei die beste Seife zum Waschen, durch sie würden auch die sprödesten Körperhaare so weich, daß man sie mit einem Rasiermesser wie den zartesten Flaum wegkratzen könne. Ouah! Den Damen die Haare wegzurasieren, sei viele Jahre lang sein Beruf gewesen. Er sei Amru, der Eunuch. Ouah! Die Männer kümmerten sich nicht darum, was er mit den Damen machte. Er blinzelte de Sonloup aus seinen boshaft lausbübischen Augen zu und ersuchte ihn, seine sämtlichen Kleider abzulegen.

„Vertilgt deine Seife auch diese höllischen Läuse?"

Amrus fette Wangen glänzten, und sein Gesicht verzog sich zu einem breiten Lachen.

„Keine Haare, keine Läuse!" erwiderte er und machte sich dann an einem riesigen Kessel, der über einem Holzfeuer hing, zu schaffen.

De Sonloup zog sich aus und setzte sich auf einen flachen Stein. Amru nahm ein kupfernes Becken, goß warmes Wasser über seinen Körper, rieb ihn von oben bis unten mit dem dunklen glatten Schlamm ein und erzeugte dadurch, daß er ab und zu etwas Wasser hinzufügte, einen dicken, grauen Seifenschaum. Fast eine halbe Stunde lang rieb er drauflos, dann zog er ein Rasiermesser hervor und begann, de Sonloup vom Kopf bis zur Zehe zu rasieren; nur den Schnurrbart und den Kinnbart ließ er stehen. Das Haar ging wie Butter ab. Schließlich stutzte er den wildwuchernden Bart mit der Schere und machte ihn kurz und rund, wie es bei den vornehmen Herren des Atlas Sitte ist. Zu guter Letzt schüttete der Eunuch ganze Eimer voll Wasser aus dem Bach über de Sonloup, der auf der Steinplatte sitzen blieb und sich wie neugeboren fühlte. Dann räumte Amru den Unrat weg und näherte sich dem General.

„Gib mir Geld!"

„Geld? Wofür?"

„Amru wird dem Rabaoui Kleider kaufen."

De Sonloup strich mit einem Gefühl wollüstigen Behagens über seinen rasierten Schädel.

„Kaufe mir, was du willst", sagte er grinsend.

Er sah sogleich den Vorteil ein, genauso gekleidet zu sein wie irgendein Bürger von Chechrell. Die Rezza, eine lange, weiße Djebirah, Belghas! Er schloß das eine Auge und gab sich ganz dem wohligen Gefühl hin, von einem erfahrenen Eunuchen bedient zu werden.

5

Obwohl er sich in einer primitiven Weise wohl fühlte, wußte de Sonloup, daß bis zu seiner völligen Wiederherstellung Wochen, wenn nicht Monate vergehen würden. In der linken Seite fühlte er eine lästige Lähmung, die er sich nicht erklären konnte. Das Essen verursachte ihm Beschwerden, und eine Ruhr, an der er vor Jahren gelitten hatte, kehrte plötzlich wieder.

Auch seine geistigen Funktionen ließen zu wünschen übrig. Oft entstand eine völlige Leere in seinem Denken. Ein Vorhang schien sich über sein Gehirn zu senken, und er saß stundenlang da, ohne einen Gedanken fassen zu können. Sein Haar war schneeweiß geworden.

Es gab Augenblicke, da ihn die Wut gegen dieses niederträchtige Volk und seinen niederträchtigen Führer Le Roux schüttelte. Sie hatten sein Leben zerstört. Nie mehr würde er imstande sein, seinem schönen Frankreich zu dienen. Noch nicht sechzig Jahre alt und schon auf der Liste der ausgemusterten Schindmähren! Es brach ihm fast sein Soldatenherz. Er erinnerte sich an einige seiner Kameraden, die nur ein Auge oder nur ein Bein hatten und trotzdem noch im aktiven Dienst standen und Stern auf Stern an ihre Ärmel hefteten.

Die Frau, die ihm das Leben gerettet hatte, war seine tägliche Besucherin. Sie kam gewöhnlich gegen Abend, und manchmal hatte sie unten an der Treppe einen heftigen Wortwechsel mit Amru, aus dem er entnahm, daß man alles aufbot, um seiner habhaft zu werden. Ein Mann namens Nassr, das Ziegengesicht, und Moussa, der Gefängniswärter, würden vermißt. Sie seien einfach vom Erdboden verschwunden. Man suche sie überall, und der Großvezier habe eine große Summe für ihre Ergreifung ausgesetzt. Fünfzig Bewaffnete suchten den General. „Halte deine Tür wohlverschlossen, und wenn sie kommen, verstecke den Rabaoui im Kanal! Wenn sie ihn hier finden, verlierst du nicht nur deine zwanzig Silberduros, sondern auch den Kopf."

Die herrische Art, in der seine Befreierin mit dem Eunuchen sprach, überraschte de Sonloup nicht wenig. Kurze Zeit später kam sie dann in sein Zimmer heraufgekrochen und setzte sich mit untergeschlagenen Beinen neben die Tür, wickelte unentwegt sich nervös in ihren Haik, hielt ihn fest vors Gesicht und begann de Sonloup anzustarren. Bisher hatte sie noch keine der Fragen beantwortet, die er an sie richtete; sie stieß nur ihr ewiges „Tz" oder ihr „Lé, lé" hervor, wie ein unerfahrenes junges Mädchen, das sich hartnäckig gegen die verliebte Annäherung eines Verführers wehrt.

De Sonloup sah ein, daß es zwecklos war, sie an ihre Besuche im Gefängnis oder an das freundliche Interesse, das sie ihm früher bewiesen hatte, zu erinnern. Selbst sein Dank, den er ihr mit vieler Wärme abstattete, ließ sie anscheinend kalt. Ihre Haltung schien zu sagen: ‚Hier bin ich, weil es mir so paßt; und ich will nicht sprechen, ich will keine Fragen beantworten!'

Irgendwie rührte ihn ihre Nähe. In gewisser Weise erinnerte sie ihn an jenes Mädchen, das er vor fünfunddreißig Jahren in Oued-Tsouf gekannt hatte. Auch dieses Mädchen hatte seine Launen gehabt und war oft ganz unzugänglich gewesen. Ja, auch sie hatte oft auf ihren schönen Beinen dagesessen, in starres Nachdenken versunken, und hatte sich geweigert, zu essen, zu sprechen, zu lieben. Und warum? ‚Es muß eine Eigentümlichkeit der Rasse sein', dachte er.

„Willst du nicht näher kommen?"

„Tz! Lé!"

Statt seiner Aufforderung zu folgen, erhob sie sich wie ein Schatten, stieg die Treppe hinunter und verließ das ‚Haus'.

Den ganzen Tag und die ganze Nacht träumte de Sonloup von der fernen Vergangenheit; er konnte das Gefühl nicht loswerden, daß alle Rätsel und Geheimnisse mit dieser Frau verknüpft waren.

Seine Bemühungen, aus dem verschwiegenen und abgefeimten Eunuchen irgend etwas herauszuholen, blieben erfolglos.

Um sich die Zeit zu vertreiben, las de Sonloup immer von neuem seine Briefe und studierte die Zeitungen, die indes nur sehr wenig verläßliche Nachrichten über Marokko enthielten. Aber de Sonloup wußte auch ohnedies, daß die Truppen Frankreichs im Anmarsch waren. Der Gedanke, nicht an ihrer Spitze stehen zu dürfen, ausgeschaltet zu sein von den Ereignissen, die sich um ihn her vollzogen, quälte ihn unsagbar. Draußen ging das Leben weiter, und er war körperlich ein von Schmerzen geplagter Krüppel, ein wackliges Skelett!

Oft heftete er den Blick seines einen, gespenstischen, rotumränderten Auges auf seine Uniform, trennte die vielen Ordensbänder los und befahl Amru, die Hose und den Waffenrock zu waschen. Amru ließ den Kleidungsstücken seine besondere Schmierseifenbehandlung zuteil werden. Als sie wieder trocken waren, schickte ihn de Sonloup nach Nadel und Zwirn, begann die schlimmsten Löcher zu flicken und nähte die Ordensbänder wieder an, während ihn neue Energien durchfluteten. War er nicht der Herr über Hunderttausende Quadratmeilen marokkanischen Landes? Sein Wort war für die Besatzungsarmee Gesetz. Er und kein anderer war der wahre Sultan des südlichen Territoriums.

Dieser Gedanke gab ihm etwas von seinem alten Machtgefühl zurück. Er griff nach seiner Pistole und streichelte sie zärtlich. Liebkosend glitt seine Hand über das blanke Lederfutteral. Sieben Schuß! Sieben Kugeln! Sie würden, wenn Gott ihm diesen Banditen Le Roux auslieferte, zum Ruhme Frankreichs verwendet werden!

Seine Jubelstimmung hielt den ganzen Tag über an. Gegen Abend kam seine Wohltäterin wieder und setzte sich wie gewöhnlich neben die Tür. De Sonloup fühlte sich in großer Form. Vor seinem Blick schrak Fatima zusammen. „Lalla! Freundliches Geschöpf!" sagte er. „Du wirst heute diesen Raum nicht verlassen, bevor ich weiß, wer du bist!"

Zutiefst erschrocken schaute Fatima ihn an.

Er rieb sich die Hände, und es klang wie das trockene Scharren von Sandpapier.

Als er hörte, wie der Eunuch das Haus verließ, um Essen zu holen, setzte er sich dicht neben seine Besucherin hin.

„Lalla!" sagte er in freundlichem Tone. „Wenn eine Frau das tut, was du für mich getan hast, muß sie gewichtige Gründe dafür haben. Sage mir, wie es dir gelungen ist, in das Gefängnis einzudringen und mich zu befreien!"

Ihr Körper schaukelte hin und her.

Sie machte mit den Fingern die Gebärde des Geldzählens.

„Aber bist du denn reich?"

„Tz! Ich bin mit einem Kaufmann verheiratet."

„Wie kommt es, daß du soviel Interesse an mir nimmst?"

„Ich hörte deinen Namen, als du nach Chechrell kamst – Sonloo!"

De Sonloup beugte sich vor.

„Sonloo, gut. Was bedeutet dir das?"

„Ich sah dich und wußte, daß du es bist."

„Daß ich es bin?"

„Ouah, du – Shack!"

Sie zog ihren Haik beiseite, eine Bewegung, die de Sonloup in eine seltsame, zitternde Erregung versetzte. So alt und krank er war, er erlebte jetzt einen Augenblick, da alle Mannesinstinkte von neuem in ihm erwachten. Fatima lockerte ihren Schleier und zog ihn herab. Schweigend starrten sie einander ins Gesicht . . .

„Fatima?"

Er sprach es fast mechanisch.

„Shack!"

Erschüttert betrachtete er dieses verwelkte, zitronenfarbene Gesicht, aus dem sogar die Tätowierung fast verschwunden war. In ihren Ohrläppchen hingen große, silberne Ringe mit rosaroten Edelsteinen, an die er sich noch allzu gut erinnerte. Aber das helle Lächeln, das einst die weißen Zähne entblößte, war verschwunden. Dies hier war ein ernstes, düsteres Gesicht, das das Lächeln längst verlernt hatte. De Sonloup hatte ein würgendes Gefühl im Halse. Behutsam nahm er ihre beiden Hände in die seinen. Sie senkte den Blick und starrte unverwandt auf den Boden.

„Wie bist du nach Chechrell gekommen?" fragte er.

„Mein zweiter Mann starb. Ich heiratete Ibrahim-Ben-Cheragah. Er brachte mich hierher."

De Sonloup nahm sie um die Schultern und drückte sie an sich. Steif und ohne die geringste Erregung fügte sie sich, wich jedoch seinen Blicken aus. Er sah sie abermals an und versuchte vergebens, die Züge jener kleinen Fatima wiederzufinden.

Sollte er ihren Worten Glauben schenken? Da es ihr gelungen war, ihn aus den Händen des Paschas zu befreien, mußte sie sehr schlau, klug und einflußreich sein und mußte schweres Geld bezahlt haben, um die Leute zu bestechen. Und das alles aus alter Zuneigung für ihn?

Fatima ihrerseits setzte alles daran, ihren ‚Shack' hinters Licht zu führen. Mit einer trockenen, schläfrig knarrenden Stimme erzählte sie von einem Traum, den sie in der Nacht nach seiner Ankunft in Chechrell gehabt habe. Beim Vollmondschein habe sie einen Napf mit saurer Eselsmilch zu Rate gezogen und später, in einem neuen Traume, habe sie ihren ‚Shack' in einem dunklen Kerker gesehen, von fern her sei durch die Wüste ein Mann auf sie zugekommen und habe sie geheißen, den Rabaoui-General zu befreien, denn dann würde Allah gütig zu ihr sein und ihr den Sohn zurückgeben, den sie ihm in Oued-Tsouf geboren hatte.

„Was sagst du da? Er lebt? Unser Sohn lebt?"

Sie zuckte die Achseln und legte ihre geöffneten Hände in den Schoß. „Tz! Tz!"

„Aallaah! Aallaah!" seufzte sie verzweifelt. „Dein Sohn ist nach Oran gegangen und nicht mehr zurückgekehrt!"

„Wann war das?"

Sie zählte an ihren Fingern und gab dann das Zählen auf. Sie konnte sich nicht mehr erinnern. Es sei so viele, viele Jahre her; sie habe alles für ihn getan, was sie konnte.

Sie machte einen tiefgequälten Eindruck, Tränen traten in ihre schwarzen Augen.

„Ich verlange keine Rechenschaft von dir“, sagte de Sonloup und streichelte sanft ihren Arm. „Er hat dir mehr gehört als mir.“

„Aallaah! Aallaah!“ wimmerte sie. „Er war dir sehr ähnlich!“

De Sonloup empfand eine seltsame Erregung. Das Geheimnis um ihn wurde immer unergründlicher.

„Und du hast dich nur deshalb um mich bemüht, weil ein Mann dir im Traum versprochen hat, dir unseren Sohn zurückzugeben?“ fragte er ungläubig.

Er begann scharf nachzudenken. Dies alles kam ihm sehr rätselhaft vor; wie konnte eine einfache Kaufmannsfrau erreichen, was dieser Frau gelungen war?

Plötzlich wurde unten die Türe geöffnet, und man hörte das schrille Husten des Eunuchen. Fatima zog ihren Schleier vors Gesicht und hüllte sich in den Haik, erhob sich und war einen Augenblick später verschwunden.

6

In den nächsten Tagen wartete der General vergebens auf Fatima; je mehr er über die Geschehnisse nachdachte, desto mehr sah er die Unmöglichkeit ein, die Lüge von der Wahrheit zu trennen, und so beschloß er, nochmals einen Versuch mit dem Eunuchen zu machen.

„Amru“, sagte er eines Abends, als dieser ihm einen Napf mit Essen brachte, „du bist ein sonderbarer Kauz. Du kennst mich nicht, und doch sorgst du für mich, als ob ich dein leiblicher Vater wäre. Sage mir, warum kommt Lalla nicht mehr hierher?“

Amru zwinkerte listig mit den Augen und gab keine Antwort.

„Kennst du sie schon lange?“

Er kenne ihren Mann, sagte Amru. Er habe alle die Lallas im Hause ihres Mannes rasiert.

De Sonloup näherte sich dem Eunuchen und kniff finster das Auge zusammen.

„In welchem Hause?"

„In dem Hause, in dem er wohnt."

„In dem wer wohnt?"

„Der Mann der Lalla."

„Zum Teufel mit deinen Lallas!" schrie der General. „Ich will wissen, wer diese Lalla ist!"

Erschrocken bedeckte Amru sein Gesicht und kauerte sich in abwehrender Haltung zusammen. Er wurde wieder der Sklave.

„Hundesohn! Willst du mir meine Frage beantworten?"

Amru fiel auf Hände und Knie nieder, zu Tode erschreckt durch de Sonloups unerwarteten Zornesausbruch.

„Beantworte meine Frage! Wer ist diese Lalla Fatima!? Was tut sie in Chechrell? Wessen Frau ist sie? Antworte!" De Sonloup schüttelte seine abgemagerte Faust nach dem Eunuchen.

„Habe Mitleid mit dem armen Amru! Habe Mitleid, Raboui-Scheich."

„Beantworte meine Fragen!"

„Sie ist Sit-el-Koll!"

„Was?"

„Sie ist seine Mutter!"

„Wessen Mutter?"

„Die Mutter des Moulay Abd-el-Kader. Möge Allah ihn schützen!"

Und der Eunuch umschlang de Sonloups Beine, schluchzte und flehte den General an, ihn nicht zu verraten.

„Sie würde mich töten lassen!" winselte er.

Langsam, sehr langsam strich sich de Sonloup mit seiner zitternden rechten Hand über das Gesicht, von der Stirne bis zum Bart; und wie seine Gedanken an Wucht gewannen, schien ihm das Herz in der Brust zu erstarren. War das Zufall, war das Schicksal?

„Amru", sagte er mit hohler Stimme, „ich werde der Lalla Fatima nicht sagen, daß du zu mir gesprochen hast. Ich werde sehr freundlich zu dir sein. Ich werde dich belohnen. Aber von jetzt an mußt du mein Sklave sein."

De Sonloups kräftiger Wille überwältigte den Eunuchen. Er warf sich auf den Bauch und küßte ihm die Füße. Die weiße Katze sprang von dem hohen Fenster auf die Matratze herab.

Dann brach Amru in einen Schwall von Worten aus. Er fürchte sich vor der Lalla. Sie sei die Herrin der Kasba und habe bereits einmal versucht, ihn zu vergiften. Er habe zwei Katzen gehabt, und wenn nicht eine seiner Katzen von dem Mandelteig gefressen hätte, den Lalla ihm gab, und daran gestorben wäre, hätte er selbst ihn gegessen und wäre daran gestorben. Er sei ganz allein in Chechrell. Er würde mit dem Rabaoui-Scheich gehen und sein ganzes Leben lang sein Sklave bleiben. Er würde ihn rasieren und ihm den Bart schneiden und nicht mehr die Körper der verhaßten Lallas rasieren!

De Sonloup setzte sich auf seine Matratze. Er hörte das Schluchzen des Eunuchen, aber seine Gedanken weilten anderswo. Sein Gesicht war aschfahl.

Zufall? Schicksal?

7

Es war sehr früh am Morgen, als Renée an der Seite Le Roux' auf einem prächtigen Maultier in der Richtung auf Bordj-Oukilla in die Wildnis hinausritt. Über zweihundert Berber, die Leibwache des Amirs, harte Krieger, deren weiße Rezzas mit kleinen grünen Bändern durchflochten waren, umgaben sie. Manch ein hochgewachsener Jüngling folgte ihnen barfüßig, überschwenglichen Stolz in den Augen, denn alle waren sie bereit, für den Moulay zu sterben.

Aus der Ferne ertönte schwacher Kanonendonner und erfüllte Renées Herz mit Furcht. Von Zeit zu Zeit lehnte sie sich gegen die hohe Rückenlehne ihres gestickten Ledersattels und betrachtete das stumme Profil Le Roux' mit der edelgeformten Nase. Seine Blicke waren in völliger Gelassenheit auf den rauhen Pfad geheftet; seine breiten Schultern schwankten keine Sekunde lang. Es war, als sei er mit seinem Sattel verwachsen. Die Landschaft ringsumher machte einen unheimlichen Eindruck. Tiefe Schluchten und hochragende Felsen. Nirgends ein Anzeichen von Wasser; nichts als sonnenversengte Bergwüste. Nur in weiter Ferne erhoben sich einige hohe Gebirgsketten, und tief unterhalb der Schneekappen, die die Gipfel bedeckten, gewahrte man dunkle Flecke spärlichen Pflanzenwuchses und viele kleine weiße Punkte, die offenbar Dörfer waren. Wenn der Schnee schmilzt, sagt der Berber: ‚Das Hemd des Berges wird kürzer.' Renée spürte in dieser Landschaft eine tiefe, traurige Einsamkeit und wußte zugleich, daß der Grund dafür in dem Zusammenklingen ihrer Seele mit der des Mannes neben ihr lag, daß sie sich einsam fühlte, weil sie um seine Vereinsamung wußte, die ihn mit einem Panzer umschloß, der ebenso drohend und starr war wie diese Wildnis; und seit dem Tode des kleinen Mohammed schien es, als hätte er alle Beziehungen zu anderen Menschen gelöst.

In den sieben Tagen, seit sie Chechrell verlassen hatten, war er äußerst höflich zu ihr gewesen. Er hatte sie wie eine Prinzessin behandelt und hatte sie mit allen nur erdenklichen Annehmlichkeiten überschüttet, um ihr das Leben bequem zu machen. Er hatte sogar eine Sklavin für sie mitgenommen, und sämtliche Männer seiner Umgebung waren sehr höflich, fast unterwürfig zu ihr. Sie bewegte sich frei und leicht ohne jede Furcht unter ihnen.

Nur manchmal war ihr zumute wie einem Löwenbändiger, wenn er den Käfig betritt, mag er noch so sehr an seine Tiere gewöhnt sein.

Wenn sie sich erinnerte, wie Abd-el-Kader mit seinem Kopf auf ihrem Schoß geschlafen hatte, und an die fast hündische Zuneigung dachte, die er ihr damals in jener Nacht bezeigt hatte, fühlte sie sich durch seine höfliche und taktvolle Zurückhaltung ein wenig verletzt. Hatte sie ihm ihre Teilnahme auf eine falsche Weise gezeigt? Sie war eine Roumia. Er haßte die Ungläubigen.

Sie wandte den Kopf zu ihm.

„Moulay Abd-el-Kader", redete sie ihn mit seinem neuen Titel an. „Woran denken Sie jetzt?"

„An den kleinen Mohammed", erwiderte er, ohne zu zögern, und dabei wanderte sein Blick, von ihr unbemerkt, zu ihren langen, schönen Beinen, zu den sehnigen Knöcheln und den kleinen Füßen, die in neuen Belghas steckten, denn ihr Haik hatte sich durch die Bewegung des Maultieres hochgeschoben. Seltsamerweise hatte Le Roux den Augenblick zuvor überlegt, wer, falls das Schicksal ihm bestimmt hatte, noch einmal einen Sohn wie Mohammed zu bekommen, die Mutter dieses Sohnes sein könnte.

Aus irgendeinem verborgenen Grund war Halima seinen Sinnen zuwider geworden. Er trug auch nicht mehr ihren Talisman. Asmas neugeborenes Kind war ein schwarzhäutiger, kleiner, häßlicher Araber vom Typus der Ziegengesichter.

Renée blickte zur Seite.

„Auch ich habe Ihren Mohammed geliebt", sagte sie.

„Das weiß ich. Und Sie werden ihn auch weiterhin lieben, ebenso wie ich. Er wird in uns beiden leben, bis wir sterben."

Sie gelangten auf ein hohes, mit Felsblöcken übersätes Plateau, und Le Roux brachte sein Maultier zum Stehen. Er zog eine Karte hervor, entfaltete sie und betrachtete sie aufmerksam; dann griff er nach einem Fernglas und musterte mehrere Minuten lang den Horizont. Schließlich nahm er seinen Bleistift und setzte ein Zeichen auf die Karte, die er selbst gezeichnet und mit Bemerkungen vollgekritzelt hatte, die niemand außer ihm entziffern konnte. Er zeigte Renée die Karte und wies auf einen kleinen Kreis.

„Der Abschnitt von Bordj-Oukilla. Dort hämmern Ihre Landsleute auf die Felsen los in der Hoffnung, einige Ait-Hammou zu töten." Er zeigte nach Norden.

„Sehen Sie jene Berge dort? Ich fürchte, die Ait-Youseff werden ihre Dörfer räumen müssen. Die Stelle, an der wir uns jetzt befinden, wird der Kernpunkt künftiger Ereignisse sein."

Er faltete die Karte zusammen.

„Sind Sie müde? Wenn Sie wollen, lasse ich die Zelte aufschlagen. Es wird bereits heiß. Unter diesen großen Felsen werden wir Schatten haben."

„Ich bin nicht müde."

„Doch. Ich sehe die Müdigkeit unter Ihren Augen. Sie sollen sich ausruhen."

Er winkte Abd-el-Krim, den früheren Gouverneur der Kasba, der jetzt zu seinem Stab gehörte, heran und trug ihm sein Anliegen vor. Renée hatte diesen hochmütigen Korsarensohn noch nie in der Nähe gesehen und betrachtete ihn jetzt heimlich mit bewundernden Blicken.

„Wissen Sie, was ein treuer Freund ist?" fragte Le Roux, der ihren Blick bemerkt hatte. Er zeigte auf Abd-el-Krim und legte die Hand aufs Herz.

„Er und ich, wenn wir beisammen sind, schweigen wir", sagte er mit einem tiefen Klang in der Stimme. „Wir brauchen kein Wort zu sagen, aber wir verstehen einander."

Le Roux lächelte grimmig, als Abd-el-Krim sich zurückzog. „Sehen Sie, wie er geht! Als mich im Lande der Ben-Zeroual ein Schrapnellsplitter traf, durchschlug im selben Augenblick eine Kugel seine Brust. Aber er konnte noch gehen, ich nicht. Mit seiner letzten Kraft brachte er mich in Sicherheit. Ohne ihn wäre ich jetzt nicht hier, und Sie wären vielleicht mit einem netten französischen Offizier verheiratet und hätten reizende Kinder!"

Er schaute ihr ins Gesicht, und in seinen Augen schimmerte ein fröhlicher Spott.

Seine unerwartete Laune brachte sie zum Lachen.

„Das ist ein günstiger Augenblick", fuhr er leichten Tones fort. „Morgen hoffe ich, Ihnen ein kleines Schauspiel bieten zu können. Sie baten mich, Ihnen die Stellen zu zeigen, wo wir einander totschießen. Nun, Sie sollen sie sehen!" Dabei schwang er sich aus dem Sattel, schleuderte den einen Schuh weg und setzte den nackten Fuß auf den Nacken eines knienden Gefolgsmannes.

Sobald er abgestiegen war, ging er zu Renées Maultier, streckte die Arme empor, faßte sie unter den Achseln und setzte sie leicht auf den Boden nieder.

„Ich schenke Ihnen dieses Land“, fuhr er mit einer weitausholenden Gebärde fort. „So weit Sie schauen, soll es Ihnen gehören! Nehmen Sie es hin!“

„Wenn es wirklich mir gehörte“, erwiderte sie, „würde ich den Pulvergeruch nicht dulden.“

8

Das Schauspiel, das Le Roux für Renée vorgesehen hatte, war ein grausames Spiel. Sie hatten ein kleines Plateau hoch oben in den Bergen erreicht. Eine Ziegenherde weidete friedlich im Grase; hier und dort lag ein riesiger Basaltblock, und in geringer Entfernung hinter diesem Felsen fiel das Plateau jählings terrassenartig ab und grenzte an einen gähnenden, mindestens tausend Meter tiefen, schroffen Absturz. Um dieses Plateau zu erreichen, waren sie vier Stunden lang im Schein der Sterne geritten. Die Sonne begann soeben über eine lilafarbene Bergkette im Osten emporzulodern, und Renée blickte wie gebannt von dieser wunderbaren Höhe in die weite Landschaft hinaus. Tief unten zu ihren Füßen lagen Tausende von Hügeln und Schluchten, und die kleinen Felszacken der Hügel schimmerten wie die juwelengeschmückten Brüste Tausender junger Mädchen, während die Täler von Schatten erfüllt waren, die wie purpurnes Wasser wogten. Im Süden war der Äther hellgrün, mit viel dunklem Gold vermischt. Der Himmel war Spiegel der Sahara. In weiter, weiter Ferne schimmerte wie eine feurige Schlange der Zickzacklauf des Oued-Ziz.

Angesichts dieser makellos goldenen, jungfräulichen Landschaft erschien der Gedanke, sie mit Blut zu beflecken, Renée ungeheuerlich.

Sie sah Le Roux dicht in der Nähe, wie er an einem riesigen Felsblock lehnte und durch das Fernglas in das Land hinausschaute. Die Sonne beschien ihn; seine Augen schimmerten wie blaue Kristalle, der untere Teil seines Gesichts war verschleiert, die sonnverbrannte Stirn in Falten gelegt. Jetzt endlich verstand sie ihn ganz. Es war, als offenbare die Sonne ein Geheimnis, das sie seit vielen Monaten zu ergründen versucht hatte. Vielleicht gab es auf der ganzen Welt keinen zweiten Mann, der wie er so vollkommen geeignet war, Herr über die unermeßlichen Strecken dieser Wildnis zu sein. Das Land war wie seine Seele.

In seiner Seele spiegelten sich all diese zahllosen, unbekannten Tiefen, diese dürren Schluchten, diese grandiosen Visionen der Ferne. In seiner Seele lagen alle die Abgründe, in denen Trauer und einsamer Tod lauerten. Auch diese flüsternden Einöden, auf die Gottes tosende Kräfte jahrein, jahraus herniederschmetterten, fanden in ihm ihr Widerspiel. Kein Wunder, daß Abd-el-Kader fünfmal des Tages zu dem jungfräulichen Blau aufblickte und sich mit ihm verband, daß er zu diesem Blau betete, an dieses Blau glaubte.

Renée war plötzlich, als müsse sie sich die Kleider vom Leibe reißen und sich den glitzernden Strahlen der fleckenlosen Sonne darbieten. Ein wildes Verlangen, dieses herrliche Licht anzubeten, in seiner Ewigkeit zu ertrinken und zu verbrennen, erfüllte sie – Afrika hatte sie in seine Gemeinde der Gläubigen aufgenommen. In diesem Augenblick wäre sie bereit gewesen, gemeinsam mit dem Mann neben ihr in den Abgrund zu springen, der dicht vor ihren Füßen gähnte.

Plötzlich ertönte aus der Luft Motorenlärm. Ein kleines Flugzeug kam unterhalb des Berghanges in schnellstem Tempo entlanggefegt und sauste unversehens nieder. Le Roux setzte das Fernglas ab und drehte sich um.

„Keine Angst! Sie suchen nicht uns; sie suchen die Ait-Hammou. Können Sie dort in der Tiefe jemanden erspähen?"

Sie blickte verloren hinab und schüttelte den Kopf.

„Ich glaube auch nicht, daß die Flieger sie sehen können, und doch sind zweitausend von ihnen da unten postiert! Sehen Sie da drüben die beiden Beobachtungsflieger?"

Sie blickte hin, konnte jedoch nichts sehen. Er lieh ihr sein Glas, und nun entdeckte sie sehr bald zwei weitere Flugmaschinen, die, tiefer unter ihr, sehr schnell dahinflogen.

„Was wollen sie?"

„Die Ait-Hammou aufspüren, um sie dann aus ihren Nestern herauszubombardieren!"

„Aber wo sind denn die Ait-Hammou?"

Le Roux schlug mit der Faust auf einen Steinblock.

„Hier in diesen Steinen!"

Renée verfolgte mit den Blicken die Manöver der drei Flieger. Sie tauchten hinab, kletterten empor, kreisten wie riesige Vögel, die nach Beute spähen. Nach einiger Zeit schienen sie etwas gefunden zu haben, denn sie stießen mit unheimlicher Geschwindigkeit zur Erde hinab; Renée hörte das Geknatter von Maschinengewehren und sah hier und dort kleine Rauchwölkchen aufsteigen. Ein paar Sekunden später schlug das Getöse explodierender Bomben an ihr Ohr.

„Wenn ich nur ein paar von diesen Maschinen hätte!" murmelte Le Roux, blickte abermals erregt durch das Glas und reichte es dann Renée. Sie schaute hindurch und sah einen Trupp Soldaten nach allen Seiten auseinanderschwärmen, kleine Männer, die kaum größer aussahen als Ameisen, Legionäre mit den weißbeschirmten Käppis. Sie warfen sich nieder und begannen zu feuern. Der helle Knall der Flinten und das Knattern von Maschinengewehren schlug an Renées Ohr. Sie konnte nicht erkennen, auf wen die winzigen Gestalten zielten; sie schienen aufs Geratewohl nach allen Seiten zu feuern. Plötzlich kam von den Hängen eines Hügels das trockene Gebell einer Fünfundsiebzigerbatterie, und auf einer Hügelkuppe dicht bei den Soldaten wurden kleine Rauchwölkchen sichtbar.

„Was ist das? Wofür kämpfen sie?“

„Ich weiß, wofür wir kämpfen, schöne Renée!“

Sie trat zurück. Ein plötzliches Schwindelgefühl überkam sie. Sie konnte es nicht mehr ertragen, in die Tiefe hinabzublicken.

Das Schießen dauerte bis tief in den Vormittag hinein. Die Sonne hatte den Zenit erreicht und brannte auf das Land hinab. In ihrem grellen Licht war die ungeheure Weite fast ausgelöscht und sah aus wie ein Meer von Quecksilber. Das Ergebnis der Schlacht war, daß es den Franzosen abermals mißlungen war, zur Kasba Igoulman durchzubrechen. Über zweitausend neuaufgebotene Stammeskrieger aus dem nördlichen Tafilalet gingen an diesem Nachmittag in Stellung.

Renée zog sich in ihr Zelt zurück, das im Schatten eines Felsens stand. In der Nähe murmelte ein kleiner Bach, der aus den Schneefeldern herabkam.

Sie rief Husna, ihre Sklavin, und verlangte Wasser. Husna kam und küßte Renées Hände mit ihren aufreizenden, weichen, wollüstigen Lippen. Sie war wirklich sehr schön, jung, groß, frisch, mit einem spitzen Madonnengesicht und großen, glänzenden, etwas weit auseinanderstehenden Augen; Stirn und Kinn waren sauber tätowiert. Ein reizender Hals stieg von ihren breiten Schultern empor, und ihre Haut war so blank und glatt wie Samt. Wo mochte Le Roux sie herhaben? Sie stammte nicht aus Chechrell. War sie das Geschenk irgendeines Stammesfürsten?

9

In den ersten Nachtstunden blickte Renée durch die Öffnung ihres Zeltes. Husna lag anscheinend in tiefem Schlaf auf einem Teppich. In geringer Entfernung stand eine Anzahl großer, halbkreisförmig angeordneter Zelte. Auf dem mittelsten wehte Abd-el-Kaders grünes Banner. Gruppen von Männern saßen um die Feuer herum, der Schein der Flammen beleuchtete ihre Gesichter. Sie schienen weniger miteinander zu reden als zu träumen. „Ein Volk von Visionären!" Die Szene erinnerte sie an das vergangene Jahr, an den qualvollen Marsch durch das Gebirge. Ihres Vaters Worte kamen ihr in den Sinn: „Jeder deiner Gedanken und jede deiner Taten sollen uneigennützig sein! Das Schicksal hat dich hoch über die anderen Frauen deines Landes hinausgehoben! Alle deine Leiden werden in dem goldenen Buche der Ehre verzeichnet sein ..." Nun aber schien es ihr, soweit sie die Geschichte kannte, daß alle Namen in diesem erhabenen Buche mit Blut geschrieben wären. Sie war Abd-el-Kader gefolgt, weil sie den Versuch machen wollte, dem Blutvergießen Einhalt zu tun. Sie hatte sich einen sehr klaren Plan zurechtgelegt, wie sie ihr Ziel erreichen wollte. Sobald sich die Gelegenheit bot, mußte sie ein langes Gespräch mit Abd-el-Kader herbeiführen. Sie lauerte darauf, dieses rätselhaften Menschen habhaft zu werden, wie man auf einen Vogel lauert, den man fangen will. Husna hatte zu Renée gesagt, der Amir würde sie im Laufe der Nacht besuchen. Jetzt war es Nacht. Aber Abd-el-Kader war noch nicht erschienen.

Renée heftete die Blicke auf die bunte Messinglampe in ihrem Zelt. Eine Stunde später sah sie den großen Mond über die Kuppen der schneebedeckten Berge emporsteigen. Draußen erloschen die Feuer. Die Männer gingen in ihre Zelte. Tiefe Stille trat ein. Nach einiger Zeit fiel ein Schatten über den mondhellen Fleck vor dem Zelt. Ein leiser Pfiff wie der eines Fischadlers zur Paarungszeit schlug an Renées Ohr. Sie weckte Husna und eilte an den Zelteingang; dort stand Le Roux, von den Strahlen des Mondes umhüllt.

„Wir wollen spazierengehen."

„Gut; nehmen wir Husna mit?"

„Nein. Aber wenn Sie Angst haben, allein mitzukommen, setzen Sie sich hierher!"

„Warum sollte ich Angst haben?"

Renée verließ das Zelt. Schweigend schritten sie an den Rand der Bergkuppe. Der Anblick des Landes zu ihren Füßen im Scheine des Mondes, wie ein silberner Mantel unter den Sternen ausgebreitet, war überwältigend. Den Kopf vorgeneigt, atemlos, starrte sie nach Süden. Le Roux tastete nach ihrer Hand und verschränkte seine Finger mit den ihren.

Dann hörte sie seine Stimme: „Sehen Sie dort im Südosten diese ganz dunklen Hügel? Dort liegt Bordj-Mshounsh, wo wir uns kennengelernt haben. Weiter nach Süden zu liegt die Wüste von Teboul. Das ist meine unangreifbare linke Flanke. Niemand kann diese Wüste durchqueren! Der Angriff der Franzosen richtet sich mit seiner ganzen Wucht gegen den Landstrich zwischen diesen schwarzen Hügeln und der Kuppe, auf der wir stehen. Hier unten wird das Schicksal meines Volkes entschieden; kein Roumi wird je durch dieses breite Tor mein Land betreten."

„Und wenn es dennoch geschieht?"

Er spielte mit ihren Fingern.

„Solange ich lebe, gibt es kein Wenn!"

Sie drückte rasch seine Hand, als wollte sie sich entschuldigen, weil sie ihre Finger zurückzog. Irgendwie hatte sie das Gefühl, daß es trotz allem den französischen Truppen gelingen würde, durch dieses alte, breite Tor zu marschieren. Aber sie verschwieg ihren Gedanken, ja, er war ihr fast verhaßt.

Sie schritten einen mondhellen Pfad entlang. Ziegen weideten im nächtlichen Grase. Hinter einem Kaktus erhob sich ein Hirte und stand da, auf seinen langen Stab gestützt. Sie kamen an einer Schildwache vorbei. Ein dunkler, rasierter Kopf und ein Bajonett schimmerten aus der Dunkelheit hervor. Renée hatte gar nicht mehr das Gefühl, daß sie an der Seite eines Arabers dahinschritt, er erschien ihr vielmehr wie ein Mann ihrer eigenen Rasse, wie ein Grandseigneur, aber aus einem vergangenen Jahrhundert. In seinem ausgezeichneten Französisch erzählte er ihr von seiner Absicht, einen Protest an den Völkerbund zu richten, ein Problem, über das sie bereits gesprochen hatten. Die Männer seiner Umgebung billigten einen solchen Schritt nicht. Sie seien argwöhnisch und fanatisch und mißtrauten einem Roumi-Bund. Andererseits hätten sie in einem von Le Roux abgehaltenen Staatsrat sehr eifrig darüber diskutiert, ob es möglich sei, Emissäre nach Algier, Ägypten, Palästina, Syrien, Arabien, nach dem Irak und sogar nach Indien zu schicken, um alle Muselmanen für den Djehâd zu gewinnen. Er habe ihre Ideen sehr interessant, aber undurchführbar gefunden. Im Rifkriege habe Abd-el-Krim den großen Fehler gemacht, an die Gerechtigkeit zu appellieren, und alle Appelle seien völlig gescheitert. Er, Le Roux, wolle diesen Fehler nicht wiederholen.

„Schließlich halten alle Europäer uns Marokkaner für Barbaren."

Er nahm wieder ihren Arm, suchte ihre Hand und drückte sie mit festem Griff.

„Und so denkt auch meine vielgeliebte Renée de Sonloup. Nicht wahr?"

„Sie irren sich", erwiderte Renée. „Ich liebe die Marokkaner."

„Gut, es ist durchaus möglich, Barbaren zu lieben!" sagte er sinnend. „Ich selber habe sie mein ganzes Leben lang geliebt."

Und plötzlich drehte er sich um, nahm sie in seine Arme und küßte sie auf den Mund. Dann gab er sie frei.

„Eine sehr geringe Belohnung für das, was Sie gesagt haben", murmelte er lächelnd.

Erstaunt und verwirrt zwang sie sich zur Ruhe. Sie sah seine kleinen weißen Zähne glitzern, seine Augen schimmerten feucht.

„Abd-el-Kader", sagte sie unterwürfig, „meinen Sie nicht, daß wir lieber ins Lager zurückkehren sollten?"

Er zog ihren Arm in den seinen und sprach mit seiner tiefen Stimme: „Wir kehren zurück; uns bleiben nur noch wenige Stunden Zeit, um zu schlafen. Morgen reiten wir zu der Kasba Igoulman, zu Ibrahim-Ben-Youseff. Man nennt ihn das Schlitzgesicht, weil ihm vor zwanzig Jahren ein Säbelhieb das Gesicht in zwei Hälften zerschnitten hat. Aber es ist für Sie unmöglich, sich in seine Kasba zu wagen! Zuviel Schmutz. Ich habe angeordnet, daß Ihr Zelt in seinem Palmengarten aufgeschlagen wird. Sie brauchen sich nicht vor Igoulmans schwarzen Teufelskerlen zu fürchten, obwohl es über fünftausend Mann sind. Kommen Sie –"

Le Roux' seltsam wechselnde Launen verwirrten Renée. Sollte sie jetzt zu ihm von ihrem großen Plan sprechen? Nein! Noch war die Zeit nicht reif dazu.

10

Nach achtstündigem Ritt erreichten sie die Kasba Igoulman, eine Anhäufung kleiner Städte am Oued-Tafrita. Igoulman selbst war eine Bergoase, die Renée an Marrakesch erinnerte, obwohl sie viel kleiner war. Man hatte die Pferde aus Mellal hierhergebracht, und Le Roux hielt seinen Einzug auf seinem Streithengst Gidi, während der Schirm hinter ihm hergetragen wurde. Die Bevölkerung begrüßte ihn mit wildem Geschrei. Ibrahim, das Schlitzgesicht, empfing seinen Sultan vor dem Tore seiner barbarischen Kasba, einer riesigen, aus Stein und Lehm gebauten, von sieben großen Türmen flankierten Burg mit vielzinnigen Mauern. Tobende Krieger vollführten eine tolla Fantasia und feuerten ihre Flinten über des Amirs Haupt ab. Alle elementaren Kräfte dieses wilden Volkes schienen entfesselt. Renée sah sich von fünfzig Mann aus Le Roux' Garde umringt. Sie ritten mit ihr bis zu einem großen hölzernen, schön mit Messing beschlagenen Tor, durch das sie den Garten betrat. Dort wurde sie sogleich von Frauen in Empfang genommen; das Tor schloß sich hinter ihr, und die Frauen führten sie zu einem großen Zelt unter einer Gruppe hoher Palmen.

Als Le Roux vom Pferde stieg, warf Ibrahim, das Schlitzgesicht, sich nieder und küßte des Amirs Knie. Mit langen, langsamen, aber festen Schritten betrat Le Roux die Kasba. Er fragte sogleich nach den Rekkas. Seine Offiziere fingen wie losgelassene Tollhäusler zu brüllen an, und binnen kurzem brachte man Le Roux zwei Ledertaschen.

Nach dem üblichen Tee, den er ganz allein auf einem Teppich unter einem seidenen Baldachin schlürfte, wie es sich für einen echten Sultan ziemt, näherte sich ihm Omar, sein gelehrter Kultusminister, und salaamte auf allen vieren. Omar war mit einer Mappe voller Nachrichten aus Chechrell gekommen. Le Roux nahm die Mappe und befahl Ibrahim, dem Schlitzgesicht, ihn in seine Privaträume zu führen.

Der Gestank, der aus den Höfen heraufwehte, war selbst Le Roux zuviel. Er ließ Ambra verbrennen.

„'brahim!" sagte er. „Ich rieche schlechte Neuigkeiten in deinem Hause!"

Nachdem er sich schließlich in ein riesiges dunkles Gemach zurückgezogen hatte, das eine Matratze, einen Teppich und eine Messingschale enthielt, ließ er Si Omar rufen. Omar erschien mit ängstlicher Miene, und Le Roux forderte ihn auf zu sprechen. Omar setzte sich hin, denn er war noch immer ein intimer Freund Le Roux', und mit seiner gewohnten leisen Stimme, alle Formalitäten außer acht lassend, berichtete er zwei schlimme Neuigkeiten. Die erste war, daß der General aus dem Gefängnis entwichen war. Nassr, Moussa und noch ein dritter müßten an der Verschwörung beteiligt gewesen sein, denn sie seien gleichfalls verschwunden.

Alle Bemühungen, dem General und den Verschwörern auf die Spur zu kommen, seien mißlungen. Die zweite Neuigkeit war sogar noch ernster. Chechrell war am Dienstag, während der Marktzeit, abermals bombardiert worden. Über dreihundert Leute seien getötet und verwundet. Eine einzige Bombe habe über hundert Händler auf dem Markt getötet. Eine andere habe den südlichen Teil der Kasba getroffen, ohne aber viel Schaden anzurichten. Omar habe bereits Auftrag gegeben, die Schäden zu reparieren.

Sidi Mohammed halte die Zügel fest in der Hand und habe mit Gewalt eine allgemeine Flucht der Bürger verhindert.

Etliche Dutzend Juden seien leider niedergemetzelt worden, aber eine Plünderung der Mellah habe man durch einen energischen Zugriff verhindert. Unter den Stammeskriegern, die rings um die Stadt lagerten und auf Waffen warteten, sei keine Ziba ausgebrochen.

Le Roux wurde blaß und strich sich nachdenklich über Wangen und Bart.

Er richtete viele Fragen an Omar und hieß ihn dann, sich zu entfernen. Zwei Stunden lang war er allein; danach rief er seinen Stab zusammen, hielt eine Beratung ab und befahl einen Massensturm auf Bordj-Oukilla. Er beschloß, sechstausend frische Krieger gegen diese Festung zu werfen, um sich in den Besitz der dort befindlichen französischen Munition sowie der Panzerautos zu setzen.

„Wenn zehntausend Berber nicht drei algerische Bataillone, ein Negerregiment und ein Legionärregiment vernichten können, dann will ich selber hingehen und sie alle mit meiner bloßen Faust erschlagen!" rief er in heller Wut.

Seine Entscheidung wurde sofort durch achtzehn Boten hinausgesandt, die im Galopp das Tor seiner Kasba verließen und nach allen Seiten auseinanderstoben, als sei der Teufel hinter ihnen her. Ein großer Schrei erhob sich, fegte wie ein Sturmwind durch ganz Igoulman und erreichte die Zelte der Kaids, die mit ihren Tabors warteten. Eine feierliche Proklamation wurde verlesen:

„Gott sei gepriesen!

Morgen brechen die gesegneten Mehallas auf, um den Ungläubigen entgegenzutreten. So Gott will, werden sie den Feind vernichten. Mit Hilfe Gottes werden sich sämtliche Stämme in der Schlachtlinie von Bordj-Oukilla versammeln. Gegen alle Ungläubigen wird das Feuer eröffnet werden. Gott sei mit allen Berbern, die unter meinem Befehle ste-

hen! So Gott will, wird der Sieg unser sein. Möge ER unsere Macht dauern lassen und den Moulay Abd-el-Kader, den Befehlshaber der Gläubigen und den wahren Befreier der Berber, segnen!

Gott sei gepriesen!"

Le Roux' Wut kannte keine Grenzen. Er ging in seinem einsamen Zimmer auf und ab, riß sich die Rezza vom Kopf und zerfetzte seine Djebirah. Er schlug mit den Fäusten gegen die Wände, warf sich schließlich stöhnend auf die Matratze. Die schrecklichsten Gewissensbisse quälten ihn. Das war die Tragödie, in die die Roumia ihn geführt hatte! So weit war es mit ihm unter dem Einfluß dieses ungläubigen Weibes gekommen, das ihn unaufhörlich von dem einen heiligen Zweck seines Lebens weglockte! Er war ihrer Kultur, ihren blauen Augen zum Opfer gefallen. Er hatte zu ihr von Freundschaft, ja sogar von Liebe geredet, während ihr Kopf zu seinen Füßen niederrollen und auf hohem Pfahl durch die Städte und Dörfer hätte getragen werden müssen als ein Zeichen seiner Treue, seiner Freundschaft und Liebe für sein Volk! Er hatte ihr zugehört, er hatte sich von ihrer Stimme, die ihm weichherzige Nächstenliebe ins Ohr flüsterte, betören lassen, und er hätte doch nur auf die süßen, schmachtenden Stimmen der Frauen in seinem Harem hören sollen!

„Oomi! Oomi! Ich habe dich betrogen! Halima! Asma, Zuhra! Ich habe euch betrogen! Die Roumia hat euch mein Herz gestohlen! Sie hat es mir aus der Brust gerissen und spielt jetzt mit ihm! Mohammed! Mein kleiner Sohn!" stöhnte er. „Verzeih deinem Vater, der dich das Licht dieser Erde hat sehen lassen, der dir die reine Luft unserer Berge und Wüsten zu atmen gab. Dein Vater hat dich betrogen. Er hat den heiligen Schwur gebrochen, den er dir geschworen hatte, als du ins Grab sankst! Er hat die Lippen einer ungläubigen Roumia geküßt! Allahs Fluch lastet auf ihm! Allah! Allah!"

Zerrissen von Wut und Selbstverachtung sprang Le Roux auf. Er taumelte wie ein Betrunkener hin und her. Dann blieb er plötzlich stehen. Es gelang ihm, sich zu beherrschen, und er versank in tiefes Nachdenken. Schließlich rief er einen Mann aus seinem Gefolge zu sich und beauftragte ihn, eine neue Rezza, eine neue Djebirah zu bringen.

Als er auf den Hof hinaustrat, war es Nacht. Er befahl Ibrahim, dem Schlitzgesicht, ihm Zutritt zu dem Garten zu gewähren und sämtliche Frauen mit Ausnahme der weißen Fremden, die im Zelt unter den Palmen wohnte, fortzuschaffen.

11

Renées Zelt stand in der Mitte des Gartens. An dunklen Kamelhaarschnüren hing ihre Leibwäsche. Einige der Frauen hatten sie offenbar für sie gewaschen und zum Trocknen aufgehängt. Le Roux berührte ein weißes Hemd, das noch feucht war. Horchend blieb er stehen und hörte sie eine Melodie singen. Vielleicht ein Liebeslied? Er wußte es nicht, aber es rührte ihn seltsam. Er hatte das Gefühl, als kenne er dieses Roumi-Lied, als erinnere er sich, es schon einmal in der fernen Vergangenheit gehört zu haben. ‚Allah!' dachte er. ‚Wie weit bin ich von dem mir vorgezeichneten Wege abgewichen, daß ich mich von dieser Roumia umgarnen lasse! Selbst ihre Lieder steigern meine Traurigkeit. Es darf nicht sein! Es darf nicht sein! Ich werde ein Ende machen!'

Er schritt zum Eingang des Zeltes, schlug die Kappe zurück und trat ein.

Renée, bei ihrer Toilette überrascht, hüllte sich rasch in ihre Kleider und knüpfte sich eine Seidenschnur um die Mitte. Ihre anfängliche Verwunderung steigerte sich sehr schnell zu nervöser Unruhe und ihre Unruhe zu banger Angst. Sie richtete sich auf und blickte Le Roux voll ins Gesicht. Er stand völlig regungslos da und starrte sie an wie ein Wahnsinniger.

Als es in seinem Gesicht zu zucken begann, überlief sie ein Schauder. Sie konnte kein Wort hervorbringen, aber in ihren Zügen schien eine schreckliche Frage zu stehen. Schließlich, als er beharrlich schwieg, trat sie einen Schritt zurück und begann zu sprechen.

„Was soll das heißen? Sind Sie von Sinnen? Was wollen Sie von mir? Was habe ich getan?"

Ihre Augen wurden ganz schmal, und die Zornesröte stieg ihr ins Gesicht. Le Roux trat einen Schritt vor.

„Moulay", sagte sie, „ich bin allein! Ich bin Ihr Gast!"

Sekundenlang, gleichsam schuldbewußt, blickte Le Roux zu Boden; Schweißtropfen standen auf seiner durchfurchten Stirn. Dann schaute er sie abermals an. Ihr war, als würden seine Blicke sie versengen.

Ihre Knie zitterten. „Si Abd-el-Kader, ich bin allein, schutzlos. Was haben Sie mit mir vor?"

„Was erwarten Sie?"

Seine Stimme klang erstickt wie unter einer Decke hervor. Sie dachte daran, sich zu wehren, davonzulaufen, um Hilfe zu rufen. Aber sie konnte sich nicht rühren. Ihr Körper war schwer und schlaff wie eine träge Masse. Sie zuckte nicht vor ihrem Schicksal zurück, aber in ihren Augen war ein grenzenloses Entsetzen.

„Ich brauche dein Leben!"

Wie ein Tiger sprang er sie an. Sie hatte keine Zeit aufzuschreien. Sie biß die Zähne zusammen. Er packte sie fest um den Hals und zog ihr Gesicht zu sich heran.

„Ungläubige!" sagte er. „Du sollst Abd-el-Kader nicht länger mit deinem Gezwitscher von Frieden und Menschenliebe überlisten! Ich kenne dein heimtückisches Herz! Du hast Abd-el-Kader dein Leben angeboten, um ihm sein Herz zu stehlen!"

„Barbar!"

Sein Griff wurde fester.

„Du hast mir mein Herz gestohlen! Du hast mich von allem weggelockt, was ich am meisten liebe! Du hast mich mit dem Gift der Roumi vergiftet! Aber nie soll es heißen, daß Abd-el-Kader durch ein Weib die Sache seines Landes verloren hat! Ich werde dich hindern, weiter die Luft des großen Arabervolkes zu atmen!"

Er drehte sie der Lampe zu, um zu beobachten, wie ihr Gesicht sich purpurn färbte. Ihre Augen waren geschlossen, ihr Mund ein wenig offen; sie hielt die Zungenspitze zwischen den Zähnen, so daß es aussah, als lächle sie. Fester drückte seine Faust ihr den Hals zusammen, und plötzlich hing sie lose in seinen Armen, völlig hingegeben und willenlos. Ihr Körper begann heftig zu zittern. Aber noch immer lag der Schatten eines Lächelns auf ihren Lippen. Plötzlich zuckte Abd-el-Kader zurück und lockerte seinen Griff. Einen Augenblick lang hatte er geglaubt, in ihrem Gesicht das Antlitz seines Sohnes Mohammed zu sehen. Diese geheimnisvolle Ähnlichkeit erschütterte ihn aufs tiefste. Er stieß einen wehklagenden Schrei aus und nahm Renée in seine Arme. Das Blut wich aus seinen Wangen. Von Angst gepeinigt, legte er sie auf den Teppich nieder, richtete sich auf die Knie auf und lauschte. Sein eigener Schrei schien noch in seinen Ohren nachzutönen, doch langsam wich der tierische Zorn aus seinem Herzen. Er hielt den Atem an. In seiner Seele war eine Qual, wie er sie noch nie empfunden hatte. „Allah! Allah!" stöhnte er und fiel nach vorn, mit der Stirn gegen den Boden schlagend. „Roumia! Renée!" murmelte er in ihr Ohr. „Roumia, Mädchen, wache auf!"

Er nahm ihr Gesicht sanft in beide Hände und bewegte es hin und her. Sah sie nicht genauso aus wie sein toter Sohn? Allah! Er legte die Hände auf ihre Schultern und schüttelte sie. Dann sprang er auf, holte einen Napf Wasser, benetzte ihre Stirn und ihre Augen. Er ließ Wasser auf ihre Lippen tröpfeln. Er legte das Ohr an ihre Brust und lauschte. Ihr Herz klopfte. Er schlug sich mit den Fäusten vor die Stirne, fiel abermals vor ihr nieder, küßte ihre Füße, ihre Beine, ihre Brust, ihre Schultern, ihren Hals, ihren Mund, ihre Stirn.

Endlich öffnete sie die Augen. Sie stieß einen leisen Schrei aus und richtete sich auf.

„Allah sei gepriesen!" sagte er, und Tränen liefen ihm über die Wangen. „Allah sei gepriesen!"

„Was haben Sie mit mir gemacht?" fragte sie verloren und griff sich an den Hals.

Er kniete immer noch neben ihr. Mit zitternder Hand bedeckte sie ihre Brust.

„Bitte, verlassen Sie jetzt mein Zelt", sagte sie.

Er heftete einen Blick auf sie wie ein halbverhungerter Hund, der um Mitleid fleht. Eine matte, schlaffe Trauer kauerte in seinen Augen.

„Roumia!" sagte er mit seiner natürlichen Stimme. „Sie müssen mir verzeihen."

„Verzeihen? Wie können Sie das verlangen?"

„Hören Sie mich an! Hören Sie an, was ich sagen muß, dann werde ich gehen, damit nicht meine Ungerechtigkeit, meine barbarische Art mir Ihr Herz für immer entfremdet! Vergessen Sie nicht, wie sehr man mich verletzt hat!"

„Habe ich Sie jemals verletzt?"

„Nein, nicht Sie, aber Ihr Volk! Ihre Landsleute haben Chechrell abermals mit Bomben belegt. Über dreihundert meiner Untertanen sind tot! Ah! Roumia, mein Herz ist sehr wund! Ich hätte Sie getötet, aber Allah hat mir die Vision Mohammeds gesandt. Seine sanfte, kleine Seele zog in Ihre Brust ein, und sein Antlitz wurde in Ihrem Antlitz sichtbar. Ich hatte das Vertrauen zu Ihnen verloren. Ich glaubte, Sie wären falsch. Mein Kummer hat mir den Verstand geraubt. Aber Allah wollte nicht, daß Sie sterben!"

Er umfaßte ihre Knie und preßte seine Wange dagegen. Sie stand völlig regungslos da und bot all ihre Kräfte auf, um ruhig zu erscheinen.

„Chechrell abermals bombardiert! Noch dreihundert Tote mehr!"

Sie legte die Hand auf seine Rezza.

„Ich will mich nie wieder beklagen", sagte sie nach einer Pause. Da griff er nach ihrer Hand und legte sie an seine Wange.

Sie ließ es zu. Sie hatte ihr Herz schon allzusehr an ihn verloren. Sie hatte das Gefühl, als komme es kaum mehr darauf an, was zwischen ihnen geschähe. Ihr Leben und ihr Schicksal schienen unlöslich miteinander verbunden.

Als erriete er ihre Gedanken, sprach Le Roux mit dumpfer Stimme: „Es kann kein Friede sein zwischen meinem und Ihrem Volk. Morgen werfe ich sechstausend Mann in die Linie von Bordj-Oukilla. Das ist meine Antwort an Ihr Volk, Roumia!"

„Die einzige Antwort?"

„Ja, und wenn sie alle hingeopfert sind, werfe ich neue zwanzigtausend gegen den Feind!"

„Was hat das alles für einen Zweck?" rief Renée bitter. „Sie haben keine Chancen! Man wird Chechrell weiter bombardieren, bis kein einziges Haus mehr steht. Dieser Massenmord muß ein Ende haben, und Sie müssen mithelfen. Sie können nicht erwarten, daß die Franzosen mit klingendem Spiel abmarschieren und Sie sich selber überlassen. Ich erlaube mir, Ihnen zu sagen, daß Sie, wenn Sie nicht so teuflisch mit sich selber, mit Ihrem eigenen Ruhm, mit Ihrer unumschränkten Macht beschäftigt wären, mit Klugheit und Mäßigung viele Vorteile von der französischen Regierung erlangen könnten. Auch jetzt noch, in zwölfter Stunde, könnten Sie sich selber und Ihrem Volk etwas wirklich Gutes erweisen! Statt dessen aber schicken Sie Tausende von Menschen in den sicheren Tod, füllen die Dörfer mit Witwen und Waisen und werden eines Tages als ein fluchbeladener Verbrecher dastehen."

Le Roux betrachtete ihre Augen, die in hellem Feuer loderten. Sie ging auf ihn zu und legte ihre Hände auf seine Schultern, vermied es jedoch, seinem Blick zu begegnen.

„Warum hören Sie nicht zu?" sagte sie mit einem runden, weichen Klang in der Stimme. „Seien Sie nicht so selbstsicher! Seien Sie nicht der Gefangene Ihrer Ruhmesträume! Der Haß in Ihrer Seele macht Sie dermaßen blind, daß Sie sich die Gelegenheit entgehen lassen, ein dauerndes Werk zu schaffen. Warum dieser blinde Haß? Warum müssen Sie meinen Vater im Gefängnis festhalten? Sehen Sie mich an! Ich weiß, daß Sie ihn im Kerker gefangenhalten. Ich fürchte mich nicht. Ich liebe meinen Vater, aber er ist ein Soldat. Ich bin eine Soldatentochter, ich bin es gewöhnt zu wissen, daß ich jeden Augenblick die Nachricht von seinem Tode erhalten kann."

Langsam wandte er den Kopf, sie blickte ihm gerade in die Augen, und ihr Blick drang tief in die Seele dieses Mannes ein. Sekundenlang empfand sie ein seltsames Triumphgefühl, denn sie wußte, daß sie jenen geheimnisvollen Nerv angerührt hatte, durch den alle Menschen wie durch einen unsichtbaren Strahl miteinander verbunden sind.

Ihre Hände glitten von seinen Schultern herab an seinen Armen entlang und faßten seine Hände. Sie kam sich wie eine Mutter vor, so völlig gab er sich ihr hin. Und eine neue Art Liebe zu ihm erfüllte ihre tapfere Seele, für die sie keinen Namen fand.

„Hören Sie mich an! Ich biete Ihnen meine Freundschaft, meine unerschütterliche Freundschaft, wenn Sie wollen. Ich will selber zu General Merzbourg gehen und nichts unversucht lassen, um einen Frieden zwischen Ihrem Volke und dem meinigen herbeizuführen. Ich werde Ihnen treu sein, ebenso wie ich versuchen werde, meinem eigenen Volke treu zu sein. Ich will General Merzbourg Ihre Bedingungen unterbreiten, aber es müssen Bedingungen sein, die mir gerecht, vernünftig und ehrlich erscheinen."

Renée fühlte, wie sehr ihre Worte Le Roux erschütterten. Er machte unvermittelt seine Hände frei, ging an die Zelttür und kehrte langsam wieder um.

„Ich habe ihnen bereits in Fez meine Bedingungen mitgeteilt", sagte er.

„Sie haben zuviel verlangt. Schließlich ist Frankreich ein großes Land. Tausend Jahre waren nötig, um ein Frankreich zu schaffen."

„Ich kenne im voraus alle die Forderungen, die man mir stellen würde. Sie heißen: Unterwerfung, Auslieferung meiner Person, Entwaffnung und volle Kontrolle über die Stämme."

„Woher wissen Sie das? Wäre es nicht vernünftiger, einen letzten Versuch zu machen, bevor man Tausende von Menschen in die Schlacht wirft und neue Bombenüberfälle riskiert?"

„Ich kenne alle die Bedingungen Frankreichs", wiederholte er hartnäckig. „Jeder Araber und jeder Berber kennt sie, und deshalb werden wir nicht aufhören, zu kämpfen und zu sterben."

„Das glaube ich nicht", sagte sie schroff.

„Sie würden sich selbst davon überzeugen, daß ich recht habe."

„Ich glaube es nicht."

„Und man würde Sie als Gefangene zurückhalten."

„Das würde ich nicht dulden."

„Sie könnten es nicht verhindern."

„Ich würde als Ihr Unterhändler die Bedingung stellen, daß ich das Recht habe, zu Ihnen zurückzukehren."

„Sie würden nicht mehr zurückkehren!" sagte er in verzweifeltem Tone.

„Ich schwöre Ihnen, ich würde zurückkehren!"

„Das kann ich nicht glauben."

„Aber Sie müssen es glauben."

„Welche Bürgschaft habe ich?"

„Mich!" sagte sie und breitete die Arme aus.

Einen Augenblick lang sah er sie zweifelnd an; dann, gleichsam bezwungen, sagte er: „Ich glaube Ihnen!"

Sie ließ die Hände herabfallen und lehnte sich an die Zeltstange.

„Und vertrauen Sie mir jetzt?" fragte sie nach einem langen Schweigen.

„Ja."

„Dann gehe ich also?"

„Wie aber?"

„Sehr einfach. Sie und ich, wir beide schreiben einen Brief an General Merzbourg. Eine Rekka wird beide Briefe an den jetzigen Standort des Hauptquartiers befördern. Sie ernennen mich zu Ihrem Unterhändler. Ich werde für mich sicheres Geleit verlangen, und zwar schriftlich; ich werde schwarz auf weiß die schriftliche Gewähr besitzen, daß meine Bewegungsfreiheit in keiner Weise behindert werden darf. Der Höchstkommandierende muß mir volle Handlungsfreiheit zusichern und mir ausdrücklich versprechen, mich nicht gegen meinen Willen bei der französischen Armee zurückzuhalten. Während die Verhandlungen stattfinden, muß ein völliger Waffenstillstand eintreten, kein einziger Schuß darf abgefeuert, keine einzige Bombe abgeworfen werden. Setzen Sie selber die Waffenstillstandsbedingungen fest. Ich bin überzeugt, man wird sie billigen."

Lange Zeit schritt Le Roux schweigend auf und ab, schüttelte den Kopf, strich sich den dünnen Schnurrbart und starrte träumerischen Blickes vor sich hin. Dann blieb er plötzlich stehen und drehte sich um. „Es sei!" sagte er.

12

Am 7. Juli um fünf Uhr nachmittags wurde auf beiden Seiten der Befehl erteilt, bis zum 8. Juli fünf Uhr nachmittags das Schießen einzustellen sowie keinerlei Truppenverschiebungen vorzunehmen.

Die Stammeskrieger krochen hinter ihren Felsblöcken hervor, versammelten sich in kleinen Gruppen und erörterten den Befehl des Amirs. Sie säuberten ihre geheimen Schlupfwinkel und begruben feierlich ihre Toten. Einige von ihnen baten um Erlaubnis, ihre Familien besuchen zu dürfen, die in den Gebirgsdörfern wohnten. Le Roux' auserwählte Soldaten, die in unzugänglicher Höhe nisteten und dort mit größerem oder geringerem Erfolg eine Fünfundsiebzigerbatterie bedienten, sah man riesige Kupfergeschosse in den Armen balancieren und putzen, denn sie waren der Ansicht, eine fleckenlos blitzende Granate bringe mehr Glück als eine schmutzige. Einige von ihnen säuberten die grauen Rohre und schmierten den Mechanismus und die Räder. Um die Stämme zu ermutigen, hatte man die Nachricht verbreitet, die Franzosen hätten um den Waffenstillstand gebeten.

Le Roux begleitete Renée bis in Sichtweite der französischen Offiziere, die neben einem Drahtverhau warteten; drei adelige Jünglinge zu Pferd bildeten Renées Leibwache. Sie führten ein schönes Pferd aus Oudrar mit sich, ein in dieser Gegend seltenes Tier; Sattel und Geschirr waren von feinstem grünem Filalileder, mit Silber und Gold bestickt; ein Geschenk des Amirs an den französischen Höchstkommandierenden.

Ein letzter Händedruck, ein langer, tiefer Blick, ein wechselseitiges, ermunterndes Lächeln – das war der Abschied zwischen Renée und Le Roux.

Renée ritt den Rappen des kleinen Mohammed. An ihrem Sattel hing eine Ledertasche mit einem Brief Le Roux' an den französischen Oberbefehlshaber, einer Landkarte und der Korrespondenz zwischen ihr und Merzbourg. Sie befand sich in einer sehr gehobenen Stimmung. Ihr, einer Frau, war es gelungen, diese Männer davon abzuhalten, einander zu beschießen, einander zu morden. Freilich nur vierundzwanzig Stunden lang, aber was lag daran? In diesen vierundzwanzig Stunden würde sie den Versuch machen, den Kampf ein für allemal zu beenden. Zwei Offiziere näherten sich ihr. Sie begrüßten sie sehr warm und freundlich, schienen aber durch ihr kühles Benehmen etwas irritiert zu sein. Sie versuchten sogar durchzusetzen, daß die drei jungen Edelleute zu Le Roux zurückkehrten.

Aber Renée weigerte sich zu gehorchen. Sie sagte: „Ich bin beglaubigter Botschafter, und diese jungen Männer sind meine Begleiter. Sie werden mitkommen!"

„In diesem Falle müssen wir ihnen die Augen verbinden."

„Gewiß! Sie können auch mir die Augen verbinden, wenn Sie

wollen. Wir sind bereit, uns allem zu unterwerfen, soweit es nicht die festgelegten Bedingungen verletzt."

„Aber Mademoiselle, Sie gehören doch zu uns!"

„Das weiß ich nicht!" sagte Renée und sah ihm fest in die Augen.

„Vorwärts!" rief der Kommandant. „Aber ich bin nicht ganz sicher, ob man Ihre drei Kavaliere nicht gefangensetzen wird!"

Renée hielt immer noch ihren Blick fest auf sein Gesicht geheftet.

„Ich glaube, die Franzosen sind ein zu ritterliches Volk, um die Bedingungen eines Waffenstillstandes zu verletzen!"

„Das wird sich zeigen! Vorwärts!" rief der Kommandant. Schweigend setzte sich die kleine Kavalkade in Bewegung. Vorn und hinten ritten je eine Abteilung Chasseurs. Nach zweistündigem Ritt gelangten sie zu einer Straße, von der man ihr sagte, das sei die Straße, auf der man sie und ihren Vater gefangengenommen hatte. Zu beiden Seiten des Weges hatte man ein befestigtes Lager aufgeschlagen, auf einer erhöhten Fläche, hinter Erdwällen und Stacheldrahtzäunen, war ein Artilleriepark aufgefahren. Auf einem viereckigen Platz machten die Zuaven in ihren weiten roten Chechias[30] Gewehrübungen. Dahinter breitete sich eine große Zeltstadt mit langen Reihen von Sanitätsautos aus. Sie wurde durch das Lager geführt. Ein Bataillon Kolonialinfanterie war aufmarschiert. Die Infanterieoffiziere drehten sich um, lächelten ihr zu und salutierten. Eine große Angst lag schwer auf ihrem Herzen.

Man näherte sich den großen Zelten, und Renée erkannte Merzbourg; ein ungewöhnlich großer, magerer Mann in abgetragener Felduniform. Staub bedeckte seinen kriegerischen Schnurrbart. Sein Habichtsgesicht war verhärmt und von Müdigkeit tief zerfurcht. Neben ihm standen General Olivier, der Befehlshaber der Luftwaffe, Oberst Fehlhagen, Kommandant Charnier sowie ein hochgewachsener Chasseurleutnant, die schlanke Gestalt in eine schneeweiße Leinenuniform mit zwei Reihen blitzblanker

Knöpfe gezwängt. Das war de Breusac. Sie erkannte auch einen eleganten Major von der Fremdenlegion, einen Prinzen aus königlichem Geblüt.

Alle diese Männer waren nicht wenig erstaunt, als sie auf einem prächtigen Rappen herangeritten kam, in einer weißen Djebirah, einen breitrandigen Timbuktu-Hut über der mit einem grünseidenen Band durchzogenen Rezza, an den Füßen weiche, rotlederne Stiefel, die bis über die Knie reichten. Ohne sich ihre Verblüffung anmerken zu lassen, gingen sie ihr entgegen, schlugen klirrend die Sporen zusammen und begrüßten sie mit äußerster Liebenswürdigkeit und unverhohlener Freude. Acht Arme streckten sich aus, um ihr vom Pferde zu helfen. Es war Merzbourg selbst, der ihr schließlich aus dem Sattel half und ihr mit einer Bewegung, als erbäte er eine Gunst, die nicht verweigert werden konnte, die Hände auf die Schultern legte und sie auf beide Wangen küßte. Dann überreichte er ihr einen kleinen Strauß roter Oleanderblüten, die Rosen der Wüste. Darauf trat General Olivier hervor, um dem Beispiel des Höchstkommandierenden zu folgen. Aber während Merzbourg sich hatte bücken müssen, um Renée zu küssen, mußte Olivier sich dazu auf die Zehenspitzen stellen.

Umgeben von der Creme der kolonialen Soldateska, wurde sie in ein großes Zelt geleitet.

„Was sollen wir mit der Eskorte machen?“ fragte Olivier.

„Schickt sie zurück!“ sagte Merzbourg. „Wir brauchen sie nicht!“

„Die Leute bleiben hier“, warf Renée ein. „Ich verlange, daß sie in meiner Nähe bleiben!“

General und Offiziere drängten sich heran, um sie mit einem Gemisch von Erstaunen, Verwunderung und Neugier zu betrachten.

Merzbourg wiegte sich auf seinen flamingohaften Beinen und lachte dröhnend.

„Mein Kompliment, Mademoiselle. Wer will noch behaupten,

daß die heutigen jungen Damen keine klugen Köpfe haben! Sehen Sie sich Mademoiselle an, meine Herren! Wie geschickt sie diese Flucht inszeniert hat. Wie scharfsinnig, einen solchen Plan auszuhecken! Sich Abd-el-Kader als Unterhändler anzubieten! Nur die Tochter eines de Sonloup konnte so etwas erfinden! Bedenken Sie nur, wie schwer es für sie gewesen sein muß, sich in das Vertrauen dieser Barbaren einzuschleichen! Mademoiselle de Sonloup, wir begrüßen Sie im Namen der ganzen französischen Armee!"

Ein Dutzend Hacken klappten zusammen, lautes Lachen ertönte.

Renée setzte sich an einen Tisch. Mit weitaufgerissenen Augen schaute sie von einem Gesicht zum anderen.

„General, ich verstehe Sie nicht."

Sie lachten abermals ein lustiges Lachen. Renée blickte wie hilfesuchend nach de Breusac. Unter den schmalgezeichneten Brauen loderten seine Augen. Zwei Grübchen zeigten sich in den tiefen Falten seiner lachenden Wangen. Sie legte ihre Ledermappe vor sich hin, stützte ihre Arme darauf, faltete ihre Hände und starrte zu den Offizieren empor; auf ihrem Gesicht lag ein Zug äußerster Entschlossenheit. Das Lachen erstarb, und die Männer betrachteten sie stumm.

„Mon général!" sagte sie schließlich und heftete ihren Blick auf Merzbourgs soldatisches Antlitz. „Es ist mir eine große Freude, mich wieder in der Mitte meiner Landsleute zu befinden. Ich bin gerührt durch Ihren herzlichen Empfang, und ich danke Ihnen. Aber Sie irren sich, wenn Sie glauben, daß ich hierhergekommen bin, um der Gefangenschaft zu entfliehen. Das war nicht im mindesten meine Absicht. Es tut mir leid, daß Sie diesen Eindruck haben. Es ist mir unklar, wieso Sie zu der Ansicht gekommen sind, daß ich Abd-el-Kader hintergehen wollte. Ich versichere Ihnen, daß ich kein Flüchtling bin. Ich bin hier, um einen Auftrag zu erfüllen!"

„Narrenpossen!" rief Merzbourg.

„Durchaus nicht, General, das ist bitterer Ernst! Hier handelt es sich um Leben und Tod. Ich bitte Sie zu glauben, daß alles, was ich sage, durchaus aufrichtig gemeint ist. Ich spiele hier keine Komödie."

„Unmöglich!" sagte Merzbourg und legte sein Käppi auf den Tisch. „Sie, eine Französin, die Tochter eines französischen Generals! Sie wollen wirklich behaupten, daß Sie in einer bestimmten Mission zu uns gekommen sind, um im Namen dieser Banditen mit uns zu unterhandeln?"

„Ich bitte Sie, nicht die Französin in mir zu sehen. Ich fühle mich im Augenblick nicht als die Angehörige einer bestimmten Nation."

„Aber, Mademoiselle, was Sie verlangen, ist unmöglich!"

„Es ist möglich!" erwiderte sie, und ihre Stimme klang härter. „Ich bin jetzt nur ein Mensch und weiter nichts. Ich habe Abd-el-Kader meine Ehre verpfändet. Ich bin als sein Unterhändler hier. Sie haben sich verpflichtet, mir die Vorrechte eines solchen zu gewähren und mich nicht in meinen Bewegungen zu hindern."

Sie legte die Hand auf ihre Ledermappe.

„Ich muß meine Mission erfüllen. Die Zeit ist kurz – es sind nur vierundzwanzig Stunden. Wir wollen sofort an die Arbeit gehen."

Sie zog Abd-el-Kaders Brief aus der Mappe, stand auf und reichte ihn dem Höchstkommandierenden. Nach kurzem Zögern nahm er den Brief.

„Jetzt, da Sie bei Ihren Landsleuten sind, können Sie doch in diesem absurden Benehmen nicht länger verharren!" murmelte er in gereiztem Tone.

„Ich erwarte, daß meine Landsleute das Ehrenwort ihrer Landsmännin achten, auch wenn sie es einem Feinde verpfändet hat."

Verblüfft und verwirrt blickten die Offiziere von Renée zu ihrem Vorgesetzten.

„Voyons!" sagte Merzbourg mit barscher Stimme. „Sie dürfen diese ernsten Dinge nicht sentimental behandeln. Wir haben Le

Roux nur deshalb einen vierundzwanzigstündigen Waffenstillstand gewährt, weil wir annahmen, Sie hätten eine schlaue List ersonnen, um diesem Barbaren zu entwischen. Natürlich lag uns sehr viel daran, Sie in Sicherheit zu wissen. Wäre mir auch nur einen Augenblick lang der Gedanke gekommen, daß Sie es mit dieser Geschichte ernst meinen, hätte ich niemals einen Waffenstillstand bewilligt. Ich kann Ihnen auch gleich sagen, daß die Tatsache Ihres Hierherkommens am Verlauf der Ereignisse nichts ändern wird."

Er spielte geistesabwesend mit Le Roux' Brief.

„Bringen Sie uns keine Nachricht von Ihrem Vater?" sagte er dann, und der Ton seiner Stimme klang anders als zuvor, etwas verwundert und zugleich vorwurfsvoll.

„Ich würde Ihnen gerne eine Nachricht geben. Aber ich habe ihn seit unserer Ankunft in Chechrell nicht einmal gesehen."

„Sie wissen nichts von ihm?"

„Nichts."

Merzbourg runzelte die Stirn.

„Sie kommen wahrscheinlich aus Igoulman?"

„Ja."

„Ist es nicht wahrscheinlich, daß auch General de Sonloup sich in Igoulman befindet?"

„Ich weiß es nicht."

„Und wie sind Sie selbst dorthin gekommen?"

„General", sagte Renée, „ich bitte Sie, keine Fragen mehr an mich zu richten. Ich muß dem Volke gegenüber, in dessen Namen ich hierhergekommen bin, um mit Ihnen zu sprechen, die strengste Ehrlichkeit wahren."

„So stehe ich Ihnen also in offizieller Eigenschaft gegenüber?"

„Gewiß, denn ich bin nur hierhergekommen, um über rein offizielle Dinge zu verhandeln. Aber ich nehme an, daß wir trotzdem alle Menschen sind."

Merzbourg preßte die Lippen zusammen und riß Le Roux'

Brief auf. „Ich habe von diesem Halunken schon mehrere Sendschreiben erhalten", sagte er, das Papier entfaltend. „Seine Unverschämtheit kennt keine Grenzen."

Er überflog den Brief, reichte ihn einem Obersten und sagte dann zu Renée:

„Eh bien! Er ernennt Sie zu seinem Unterhändler und verlangt, daß wir unsere Friedensbedingungen schriftlich niederlegen und Ihnen das Dokument übergeben! Pah!" Er ging einen Augenblick lang auf und ab und blieb dann stehen.

„Nun, ich kann unsere Bedingungen sofort formulieren. Völlige Unterwerfung! Alles übrige werden wir selber regeln. Sie können das auch schriftlich haben. Völlige Unterwerfung! Ein guter Franzose schließt keine Friedensverträge mit Banditen und Mördern."

Renée stand regungslos da, fast wie ein Soldat in Habachtstellung. Ihre langen, schlanken Fingerspitzen berührten gerade nur den Tisch. Sie sah sich vor einer steinernen Wand. Die Hoffnung, daß es ihr vielleicht gelingen könnte, auf das Gewissen dieser Soldaten einzuwirken, so wie sie die Seele Abd-el-Kaders beeinflußt hatte, erlosch in ihr. Sie fühlte sich von einer Atmosphäre eiserner Disziplin umgeben. Diese Männer, die da umherstanden, waren hier, um ihre Pflicht zu tun, um Befehle durchzuführen, um alle ihre Kräfte, alle ihre Energie zur Vernichtung eines Feindes einzusetzen. Ein Gefühl der Hoffnungslosigkeit kam über sie. Aber sie richtete sich auf und sprach:

„Ich habe viele Monate unter diesem Volke gelebt, gegen das Sie Krieg führen, und ich kenne diese Menschen, die Sie als Mörder und Banditen bezeichnen, weit besser als Sie!"

Die Offiziere sahen verwundert zuerst sie und dann einander an.

„Mademoiselle!" rief Merzbourg in schmerzlich zornigem Ton. „Muß ich Sie daran erinnern, was voriges Jahr im Roten Tal geschehen ist? Muß ich Ihnen die Namen sämtlicher französischer Soldaten aufzählen, die Le Roux und seine Stammesleute ermordet haben? Muß ich Sie darauf hinweisen, daß Sie auch in bezug auf Ihren Vater sehr wenig Gefühl an den Tag legen? Es gibt nicht einen unter uns, der nicht täglich darum betet, daß bald für de Sonloup die Stunde der Befreiung schlagen möge. Nicht einen! Sie aber, Mademoiselle, Sie haben Ihre Pflicht vergessen!"

Renée fühlte, wie sie blaß wurde.

„Ich bestreite das", sagte sie mit leiser Stimme.

„Und ich sage Ihnen", wiederholte Merzbourg, etwas lauter, „als Franzose zur Französin, daß Sie Ihre Pflicht vergessen haben."

„Ich bin nicht hier, um über meine persönlichen Leiden zu klagen", sagte sie. „Ich bin gekommen, um von den Leiden anderer zu sprechen. Es dauerte lange, bis ich unsere Feinde verstehen lernte, aber je besser ich sie verstand, desto klarer wurde mir, daß niemand das Recht hat, aus Eroberungssucht, bis an die Zähne bewaffnet, in ihr Land einzudringen, seine Bewohner rücksichtslos niederzuschießen und sich des Landes zu bemächtigen, wie Frankreich es tut."

Merzbourg ging langsam auf sie zu und legte seine Hand väterlich auf ihre Schulter.

„Sie haben zweifellos viel durchgemacht, ma chère", sagte er in sanfterem Tone. „Aber haben Sie sich genau überlegt, was Sie soeben sagten? Wissen Sie auch, daß Ihre Worte, wenn sie der Ausdruck Ihrer wahren Gefühle sind, Sie unter die Feinde Frankreichs einreihen? Vergessen Sie nicht, wer Sie sind! Mischen Sie sich nicht in Dinge, die Sie nichts angehen! Starke Männer haben das Glück versucht wie Sie und sind dabei gescheitert. Wir alle freuen uns, Sie, eine reizende junge Dame, in unserer Mitte zu sehen, und sind bereit, alles für Sie zu tun, was in unserer Macht steht. Vergessen Sie jedoch nicht, daß Ihr Vater französischer General ist, daß Sie zu den Nachkommen des Marschalls de Sonloup gehören, der unter den Königen Frankreichs gedient hat. Ma chère enfant, ich muß Sie bitten, die Anschuldigungen, die Sie gegen Ihr Vaterland erhoben haben, zurückzunehmen, Sie beschmutzen sich selber, wenn Sie derartigen Gefühlen Raum geben. Seien Sie vernünftig! Voyons!" Seine Stimme wurde schmeichlerisch. „Besinnen Sie sich. Nehmen Sie Ihre Worte zurück!" Während Merzbourg so zu ihr sprach, sah Renée vor ihrem inneren Auge Abd-el-Kader. Im Geist durchlebte sie noch einmal die schicksalsschweren Augenblicke der letzten Tage und erinnerte sich ihres Triumphgefühls. Sie dachte an seine traurigen Augen, an seine matte, klagende Stimme, die sie zu ihrer Mission ermunterte. „Sei es denn! Tun Sie Ihr Bestes! Ich habe volles Vertrauen zu Ihnen. Eine Liebe wie die unsere kann nicht zu einer Niederlage führen. Gehen Sie zu Ihrem Volke, Renée, in meinem Namen! Aber ich fürchte, Sie werden die Herzen Ihrer Landsleute härter als Stein finden!" Sie erinnerte sich an seine letzten Worte, die er kurz vor dem Abschied sprach: „Kehren Sie zu mir zurück, Roumia! Wie einen wunderschönen Vogel lasse ich Sie frei. Aber kehren Sie zu mir zurück! In jedem Douar, in jeder Stadt des Atlas soll man von Ihrer Tat reden, und Ihr Name soll wie der der Lalla Aziza für ewige Zeiten in den Herzen jedes Arabers und jedes Berbers eingegraben sein, Lalla Roumia!" Und diese Erinnerung stärkte nun ihren Willen, für die armen Teufel, die auf das Ergebnis ihrer Mission warteten, ihr Äußerstes zu tun.

Merzbourg, in dem Bestreben, ihr eine Demütigung zu ersparen, wartete ihre Entgegnung nicht ab. Er war sich seiner etwas väterlichen Haltung in Gegenwart seiner Kameraden bewußt und hoffte, daß seine freundlichen und vernünftigen Worte sie überzeugen würden. Was konnte denn schließlich dieses junge Geschöpf von Marokko wissen. „Hören Sie zu", fuhr er fort. „Bevor wir nicht diese mächtige Organisation von Banditen zerschlagen haben, werden wir weder Frieden noch Sicherheit schaffen können. Immer wieder wird man uns überfallen. Unsere Soldaten werden in beständiger Lebensgefahr sein. Solange es diesen Banditen, die Sie in so schlauer Weise dazu gebracht haben, in ihrem

Namen die Friedensschalmei zu blasen, gestattet ist, unsere Landsleute zu ermorden und unsere Straßen zu zerstören, wird im Protektorat nie Ruhe und Ordnung herrschen. Es gibt keinen Ausweg als Waffengewalt."

Als er sah, wie Renées Lippen sich verzerrten, als versuche sie ein Lächeln zu unterdrücken, hob er plötzlich die Stimme. „Das ist kein Spaß, glauben Sie mir! Wir befinden uns im Kriege. Hier leiden und sterben Menschen für Frankreich!" Renée heftete ihre Blicke auf ihn.

„Und dort sterben Männer für Marokko!" sagte sie in leidenschaftlichem Tone.

Merzbourg warf verzweifelt die Arme hoch.

General Olivier, der bisher zu allem geschwiegen hatte, trat nun entschlossen vor; auf seinem Waffenrock funkelten die Orden.

„Mademoiselle!" sagte er mit eisiger Stimme. „In der Regel spricht man nicht so zu französischen Generalen. Ich muß Sie daran erinnern, daß ich Sie, wenn Sie ein Mann wären, an die Wand stellen und erschießen lassen müßte."

„Ich stehe Ihnen zu Diensten!" sagte Renée und warf dem kleinen Fliegergeneral einen vernichtenden Blick zu. „Ich wäre nicht die erste Frau, die ihr ermorden laßt! Die Mauern von Chechrell sind vom Blute der Weiber und Kinder gerötet."

„Das gehört nicht zur Sache", warf Merzbourg philosophisch ein.

„Warum nicht?" fragte Renée und wandte sich jählings zu Merzbourg. „Gerade um über diese Frage zu reden, bin ich hierhergekommen! Wenn ihr Männer eure Streitigkeiten nicht erledigen könnt, ohne einander niederzuschießen, so kann ich es leider nicht ändern. Aber wenn es sich darum handelt, daß ihr Flugzeuge schickt und eure niederträchtigen Bomben auf völlig wehrlose, unschuldige Menschen abwerft, wenn ihr so grausam seid, Weiber und Kinder, die ihr bereits zu Witwen und Waisen gemacht habt, auch noch niederzumetzeln, dann muß ich euch sagen, daß mein Herz sich dagegen empört! Alles, was in mir französisch ist, empört sich, und ich finde die Worte nicht, um euch und eure Handlungsweise zu verurteilen!"

Sie brach zusammen, sank auf einen Stuhl und schlug die Hände vors Gesicht.

13

Nicht weit von der Stelle, wo Renée die französische Linie überschritten hatte, befand sich ein steiles Tal, dessen grüne Hänge zu den Bergen emporführten. Ein kleiner Bach floß durch dieses Tal. Jeder Zollbreit seines Bodens war von den Bewohnern eines kleinen Berberdorfes bebaut, die sämtlich derselben Familie angehörten, den Beni-Haffes, einer Familie, die seit Jahrhunderten im Besitz des Tales war. Seit der Verkündigung des Djehâd befanden sich die Männer dieses winzigen Stammes im Kampfe; nur Hamza-el-Haffes, das hundertjährige Oberhaupt der Familie, war mit den Weibern und Kindern im Dorfe zurückgeblieben.

In dieses Tal begab sich Le Roux, um den Ausgang des Waffenstillstandes abzuwarten. Er lehnte Si Hamzas Gastfreundschaft ab, entließ seine Freunde, Offiziere und Gefolgsleute und zog sich ein Stückchen weiter ins Tal zurück; dann setzte er sich unter einen kleinen Olivenbaum, dessen Laubkrone besonders dicht war, holte aus seiner Ledertasche ein Stück Brot hervor und begann nachdenklich daran zu kauen. Er lebte jetzt fast ausschließlich von trockenem Brot und Tee. Nach einer Weile kam Si Hamza, begleitet von zwei Jungen, das Tal entlanggehumpelt, und nach der schmerzhaften Zeremonie des Fußfalls stand der Hundertjährige mit wehem Rücken wieder auf, nahm von einem der kleinen Jungen einen irdenen Krug mit frischem Wasser und reichte ihn Le Roux.

Dieser bedankte sich, worauf sich Hamza langsamen Schrittes wieder entfernte, Gottes Segen auf den Moulay herabbeschwörend. Le Roux sah dem alten Manne mitleidig nach. Würde Allah diesem kleinen Völkchen gestatten, noch weiterhin in diesem ärmlichen Dorfe zu hausen? Würde nicht sehr bald die allgemeine Räumung dieser kleinen grünen Täler angeordnet werden müssen? Er sah bereits seine Hirten und Bauern ihre Behausungen verlassen und in die Ebene davonziehen, um Schutz und Sicherheit zu suchen.

Es war wie ein Fluch, der auf seiner Rasse lag, daß sie ewig wandern, ewig in Bewegung sein mußte! Woher nur kam ihm an diesem Tage diese ungewohnte Weichheit? Ihm war, als müsse ihm das Herz vor Weh zerspringen. Warum hatte alles in ihm und um ihn sich so verändert?

Er beobachtete, wie die rasierten Köpfe der beiden kleinen Haffesjungen in einer Bodenspalte verschwanden. Sie gehörten dem negroiden Typus an, mit platter Nase, wulstigen Lippen, fliehendem Kinn. Sie waren noch so jung. Sie standen an der Schwelle des Lebens. All ihre Sorgen lagen noch vor ihnen; sie waren unwissend. Ebenso unwissend wie ihre Mütter und Väter. Voller Wißbegier würden diese Kinder tausend Fragen an die erwachsenen Dörfler richten, und man würde ihnen Antworten geben, die aus Unwissenheit und Finsternis entsprangen. Viel Arbeit und Mühsal mußte sein Volk noch bewältigen, bevor es auch nur einen kleinen Teil der Vorteile erworben hatte, die den Roumi-Kindern offenstanden. Denn die Roumi erzogen ihre Kinder zum Wissen und zum Licht; die Roumi-Eltern besaßen Wissenschaften, technische Kenntnisse und Bücher, in denen alles, was es auf dieser Welt nur geben kann, verzeichnet steht. Die Roumi-Eltern besitzen Flinten und Flugzeuge und Millionen Maschinen als Spielzeug für ihre Kinder!

„Allah, Allah! Eine große Verwirrung ist in mir!" murmelte Le Roux, während er über die vielen, vielen Mängel und Schwierigkeiten seiner Rasse nachdachte.

Als die Nacht hereinbrach, waren seine Gedanken unablässig bei Renée. Wo war sie jetzt? Was tat sie? Sicherlich würde Merzbourg ihr zuhören, sich von ihr beeinflussen lassen. Es erschien ihm unmöglich, daß irgendein Mann ihren Vernunftgründen, ihrer Schönheit und ihrem Mut widerstehen könnte! Zweifellos würde sie Merzbourg davon überzeugen, daß er, Abd-el-Kader, seine Flugzeuge, wenn ihm solche zur Verfügung stünden, niemals zur Hinschlachtung schuldloser Zivilisten benützen würde!

Mit dem Einbruch der Nacht senkte sich eine unsägliche Einsamkeit auf ihn herab. Unerwartete, bisher ungeahnte Gedanken stiegen aus der Tiefe seiner Seele auf und zogen ihn in ihren Bann.

Er starrte in die Nacht hinaus. „Was für Nachricht wird sie bringen? Was wird morgen geschehen?"

Unten im Tal brannten hundert kleine Feuer. Das Dorf war ihm zu Ehren von einigen Kerzen erhellt. In Rufweite schliefen seine zuverlässigen Berber. Der kleine Bach gurgelte. Und als er fernhin, fernhin in das Tal hinabblickte, sah er die öde Landschaft im Lichte der Sterne schimmern. Kurze Zeit später ging der Mond auf und bedeckte sie mit einer milchigweißen Hülle.

Plötzlich näherte sich Le Roux eine schattenhafte Gestalt, ein klagendes Lied auf einer Rohrflöte spielend.

„Bist du es, mein Sohn Ali?"

Des Hirten athletische Gestalt ragte in die Finsternis empor. Sein Kopf schien irgendwo zwischen den Sternen zu sein. Abd-el-Kader blickte zu ihm auf und begann dann im Takte des Flötenliedes weise mit dem Kopf zu nicken.

Ali schnallte seinen Gürtel ab, zog das Pantherfell von seiner Schulter, legte es auf den nach Pfefferminze duftenden Teppich von Gras und kleinen Blumen und kniete nieder. Abermals blies er die Flöte, und sein Körper wiegte sich hin und her nach den seltsamen Kadenzen seiner Musik. Le Roux summte die Melodie mit. Eine wilde Liebe zu seinem Vaterland, zu allem, was dem Lande angehörte, bemächtigte sich seines Herzens. Sein Herz stand in Flammen. Ein jähes Verlangen loderte in ihm auf, das

Verlangen, den Roumi unerbittlich bis zum Ende zu bekämpfen. Ali legte die Flöte weg.

„Großer Moulay! Du wirst inmitten deiner Reiter in das Land Ben-Slimans reiten, und du wirst nach diesem Kriege deinen Frieden finden, und dein Volk wird sich frohen Herzens um dich scharen. Aber sitzen nicht zwei Würmer in deinem Herzen? Sitzt dort nicht neben dem Wurme des Kummers auch der Wurm der Liebe? Verbreitet nicht deine gerunzelte Stirn Angst und Betrübnis unter deinen Untertanen? Auf! Auf! Großer Moulay! Reiße die Würmer aus dem Herzen und wirf sie von dir. Denn in deinem Kämpferherzen ist kein Platz für Kummer noch für Liebe!"

Ali berührte mit seiner Stirne die Erde. Dann griff er nach seiner Flöte und fing wieder zu spielen an, und Abd-el-Kader sang abermals mit leiser Stimme die Melodie mit. Nach einiger Zeit befahl er dem Hirten innezuhalten und winkte ihn zu sich heran. Er küßte ihn auf die Stirne und flüsterte ihm ein paar Worte ins Ohr. Ali stand auf und entfernte sich schnell nach den Feuern hin.

Le Roux blieb allein. Er schlief unter dem kleinen Olivenbaum. Zu früher Stunde erhob er sich, wanderte das Tal hinauf und wusch sich im Wasser des Baches. Nachdem er gebetet hatte, bestieg er sein Pferd und ritt eine kleine Strecke weit, bis er in eine Schlucht mit schroff ragenden Wänden von Quarz und Onyx kam. In dieser Schlucht hatten sich die Führer seines Tabors versammelt. Le Roux hielt mit ihnen einen Kriegsrat ab, der bis zur Mittagsstunde dauerte; danach kehrte er wieder in das grüne, geschützte Tal zurück. Er wußte, daß um fünf Uhr die Krieger auf ihren Posten sein würden. Seine Pläne standen fest. Falls die Bedingungen unannehmbar waren, würde er den ersten Schlag führen. Gegen Kasba Sidi Omar! Ein konzentrischer Nachtangriff!

Die Stunden verstrichen, und allmählich überwältigte ihn ein verzweifeltes Gefühl der Ungewißheit. Würde die Roumia zurückkehren? Er versuchte sich einzureden, daß sie nicht mehr wiederkommen würde. Er versuchte das Unheil vorwegzunehmen, um besser gewappnet zu sein. Er fühlte, wenn die Roumia nicht zurückkehrte, würde etwas in seiner Seele zerbrechen. Sein Herz gehörte ihr, sie hatte es mitgenommen. Wenn sie sein Herz nicht zurückbrachte, würde ein Chaos in seiner Seele sein. Denn ein Mann ohne Herz ist ein hohler, verzweifelter, kranker und gefährlicher Mann ohne Lebenskraft.

Die Sonne verfolgte ihren grausamen, sengenden Lauf. Ihre Strahlen verbrannten das Gestein. Fast hörte man die Felsen seufzen. Jeder klare Blick war ausgelöscht; der Schatten des kleinen Olivenbaumes wirkte pechschwarz im Vergleich zu dem lodernden Glanz außerhalb des engen Kreises. Le Roux lehnte den Kopf gegen den Stamm und schloß die Augen. Von Zeit zu Zeit schluckte er, um seine Kehle anzufeuchten. Ab und zu öffnete er die Lippen und murmelte: „Kehre zurück, Roumia! Kehre zurück! Ich werde dich auf Händen tragen! Ich werde über jeden deiner Schritte wachen! Kein Wort soll von deinen Lippen fallen, ohne mein Herz zu erreichen und sich dort für immer einzugraben." Und abermals murmelten seine Lippen: „Kehre zurück! Kehre zurück!"

Er war überzeugt, daß sie nicht zurückkommen werde. Er überlegte, wie in ihrem Falle eine Araberin handeln würde. Keine Araberin würde unter diesen Umständen freiwillig zurückkehren. Überwältigt von Sorge und Angst, begann er in seinem Herzen der Roumia alles mögliche zu versprechen. „Wenn du zurückkommst, werde ich von nun an dir immer die Wahrheit sagen. Ich werde dir von meinen schwersten Verbrechen erzählen! Ich werde dir deinen Vater wiedergeben, mag er auch mein erbittertster Feind sein. Ich werde ihn um deinetwillen lieben wie meinen eigenen Vater! Hier, in diesem Augenblick, schwöre ich einen heiligen Eid, daß ich das tun will! Nur kehre zurück!"

Le Roux spähte das Tal entlang. Seine Leute erwarteten sie an der bestimmten Stelle. Langsam bewegte sich die Sonne zum Horizont hinab. Die Schicksalsstunde nahte.

Rasend vor Ungewißheit sprang er auf. Wie ein Mensch in Fieberträumen taumelte er durch das Tal auf die offene Wüste zu.

Bei seinem Nahen sprangen fünfzig seiner Leute aus dem Schatten hinter den Felsen empor.

„Gidi!" befahl er.

Sie führten seinen Hengst hinter einer überhängenden Felswand hervor. Le Roux sprang in den Sattel, bedeutete seinen Männern mit einer schnellen Gebärde, ihm zu folgen, und ritt auf die französischen Linien zu.

Abd-el-Krim kam herangaloppiert.

„Sie kommt!"

„Woher weißt du das?"

„Man hat sie gesehen!"

„Wo?"

„Dort!"

„Gib mir dein Glas."

Le Roux blickte durch den Feldstecher. Er sah eine kleine Schar über eine ferne Hügelkuppe reiten. Er konnte nicht unterscheiden, wer die Reiter waren, aber er verließ sich auf den Scharfblick seines Kommandanten.

Er stieg vom Pferde und lehnte sich an einen Felsblock. In einiger Entfernung sah er hinter dem Stacheldraht die Zuaven in eiliger Bewegung.

Es war fast genau fünf Uhr, als die Reiter, drei junge Männer und eine junge Frau, die Linien überschritten. Der eine der Männer führte ein gesatteltes Pferd am Zügel.

„Nicht einmal das Pferd hat er angenommen!"

Ein Schwindelgefühl überwältigte Le Roux.

Er wartete ungeduldig, bis Renée herankam. Er beobachtete, wie sie abstieg und sich ihm näherte, einen Brief in der Hand. Ihre Augen waren vor Müdigkeit geschwollen, ihr Gesicht war hager. Ihr Hals schien ganz dünn geworden zu sein. Mit tiefer Zärtlichkeit blickte er in ihre müden Augen.

„Das ist alles, was ich von ihnen erhalten konnte!" sagte sie.

Langsam nahm Le Roux den Brief.

Als sie ihn ansah, hatte sie das Gefühl, als tröpfelten Tränen in ihre Kehle hinab. In seinen Augen sah sie eine ungeheure, verzweifelte Einsamkeit.

Le Roux zerriß den Brief in kleine Schnitzel und sagte: „Ich danke Ihnen!"

Aus den französischen Linien kam ein Trompetenstoß.

14

Sie ritten nach Igoulman zurück und von dort nach Mellal, wo Le Roux einen großen Kriegsrat abhielt. Er preßte zwölftausend neue Kämpfer in seinen Dienst, und am folgenden Tage brach er mit Renée, begleitet von über zweihundert berittenen Berbern, nach Chechrell auf. Sie ritten durch tiefe Täler und über ungeheure Ebenen mit einer Geschwindigkeit von sechzig und mehr Kilometern die Nacht. Stundenlang trotteten sie Seite an Seite dahin; es waren Stunden des Schweigens, der Eintönigkeit und körperlicher Mühsal. Völlig erschöpft verbrachten sie den größten Teil ihrer Tage in den Dörfern, die an ihrem Wege lagen, und erhoben sich, sobald die Nacht herannahte, um beim Licht der Sterne und des Halbmondes ihre Reise fortzusetzen. Jetzt endlich gestand Le Roux Renée die ganze Wahrheit über ihren Vater. Als er sah, mit welchem Entsetzen sie die Nachricht aufnahm, mit welcher Verachtung sie sich von ihm abwandte, ritt er ganz dicht an sie heran.

„Es stand so geschrieben", sagte er mit einem Blick voll erschreckender Gewalt. „Es ließ sich nicht verhindern. Und jetzt ist es zu spät, das schlimme Schicksal eines der erbittertsten Feinde meines Volkes zu beklagen! Ich kann nur bedauern, daß er Ihr Vater ist, und ich will jetzt versuchen, durch meine künftigen Handlungen Sie für die Vergangenheit zu entschädigen. Keine noch so ehrliche Reue kann das Geschehene ändern. Was Sie betrifft, so kenne ich Sie gut genug, um überzeugt zu sein, daß Sie mutig und tapfer hinnehmen werden, was ihm das Schicksal bestimmt hat. Wenn Ihr Vater ein Auge verloren hat, wenn er krank ist, so besteht doch immer noch Hoffnung für ihn. Ihm blieb ein Auge, mit dem er sehen kann, und seinen Körper, mag er noch so sehr von Krankheit und Schwäche mitgenommen sein, wird gute Pflege wieder gesund machen."

Er hielt inne und betrachtete mit einer fast wunderlichen Traurigkeit die Ohren seines Pferdes.

„Ach, meinen kleinen Sohn wird mir niemand zurückgeben!"

„Abd-el-Kader", sagte Renée, „gesetzt den Fall, Sie hätten schon vor einem Jahr so gedacht, wie Sie jetzt denken, würden Sie dann meinem Vater gegenüber anders gehandelt haben?"

„Vor einem Jahr war ich noch nicht imstande, in Ihrem Herzen zu lesen. Vor einem Jahr waren wir einander fremd."

Seit ihr Vater verschwunden war, hatte Renée völlig die Hoffnung aufgegeben, ihn noch einmal wiederzusehen. Sie war darauf gefaßt, das Schlimmste zu hören: daß er ermordet, daß er tot aufgefunden worden sei. Jetzt aber, da sie wußte, daß Nassr, der Gefängniswärter und noch eine dritte unbekannte Person hinter seiner Flucht aus dem Gefängnis steckten, kehrte die Hoffnung zurück. Dennoch war sie entsetzt bei dem Gedanken, ihren Vater halb blind und als einen bloßen Schatten seines früheren Ichs anzutreffen.

„Ihre Worte", sagte sie, „ändern nichts an der Tatsache, daß Ihre Grausamkeit oft alle Grenzen übersteigt. Wüßte ich nicht, daß Sie sich geändert haben, wenn ich Sie nicht manchmal von ganzem Herzen bedauerte, ich wäre immer noch imstande, Sie tödlich zu hassen."

Das hochmütige, stolze Lächeln glitt über sein Gesicht.

„Ja! Tödlich!" wiederholte sie durch die Zähne.

„Wenn die sanfte Renée so empfinden kann, ist es sicherlich entschuldbar, wenn ich gegenüber einem Feinde, der mir schweres Unrecht zugefügt hat, ebensolche und noch härtere Gefühle hege!"

„Ich aber habe wenigstens etwas Selbstbeherrschung! Ich

würde nie einen Menschen töten, auch wenn ich ihn tödlich hasse!"

„Und wenn Sie ihn töten? Was kann der Tod einem klugen Manne rauben? Der kluge Mann stirbt gern, denn er hat den Glauben. Der Tod ist für ihn nur eine Brücke, über die er aus dieser Welt in das Paradies hinübergeht."

Alles Frauenhafte in ihr strebte zu ihm hin. Er schien unbesiegbar. Aus Angst, er könnte ihre Gefühle erraten, bemerkte sie jedoch trocken:

„Paradies! Vielleicht werden viele über diese Brücke zur Hölle wandern."

„Vielleicht", lächelte er. „Und sicherlich werden in der Hölle die Roumi zahlreicher sein als die Anhänger des Propheten."

Damit holte er seine Perlen hervor und ließ sie durch die Finger gleiten.

Als sie die Ebene von Imtras erreicht hatten, machten sie in einer der kleinen Kasbas halt, die man ausgebessert und befestigt hatte, da sie von großer strategischer Wichtigkeit waren; denn sie beherrschten die nördlichen und östlichen Zugänge zu Chechrell. Mitternacht war bereits vorüber, als sie ihr Ziel erreichten. Le Roux beschloß, ein paar Stunden zu rasten und bei Tagesanbruch aufzustehen, um noch in den Morgenstunden nach Chechrell zu gelangen. Inzwischen wurde eine Rekka abgeschickt, um Si Mohammed von der bevorstehenden Rückkehr des Amirs zu unterrichten.

Renée wurde in einer weißgetünchten Kammer einquartiert, wo Husna ihr sogleich ein Lager bereitete. Le Roux befand sich im Kreise seiner Vertrauten. Als sie sich zu einem Mahle niedersetzten, bemerkte Renée, die von ihrem Zimmer aus die Szene beobachtete, auf Le Roux' Gesicht einen ängstlich-besorgten Ausdruck, wie sie ihn noch nie bei ihm gesehen hatte. Sie schickte Husna zu ihm und ließ fragen, ob sie nicht ein wenig zu ihm und seinen Freunden kommen dürfe. Er stand auf und kam in ihre Kammer.

„Sie sehen sehr bekümmert aus; ist etwas geschehen?"

„Nein."

Er zuckte kurz die Achseln.

„Woran denken Sie?"

Er führte sie über einen Hof, wo Frauen und Kinder, Männer, Schafe, Pferde, Maultiere und Hühner in der Finsternis wirr durcheinanderlagen. Die Männer, Weiber und Kinder schliefen und wußten nichts von der Anwesenheit ihres Amirs. Dann führte er sie in einen kleinen Garten zu einem wasserlosen Springbrunnen.

„Woher besitzen Sie die Macht, meine Gedanken von weitem zu lesen?" fragte er Renée.

„Ich sah, daß Ihre Miene sehr sorgenvoll war."

„Ich dachte darüber nach, welch furchtbare Katastrophe es gäbe, wenn Chechrell bei meiner Ankunft, während die ganze Bevölkerung zu unserem Empfang versammelt ist, bombardiert würde."

Er neigte den Kopf und betrachtete ihre kleinen Füße.

„Ich glaube, Sie hatten recht, als Sie mir die Räumung der Stadt vorschlugen. Ich glaube, ich muß Chechrell aufgeben; aber es fällt mir schwer, das Ergebnis einer so mühsamen Arbeit zu opfern."

„Zögern Sie trotzdem nicht einen Augenblick", sagte sie schnell, „hier gilt es rasch zu handeln. Durch Mangel an Voraussicht und Entschlossenheit könnte abermals eine Anzahl unschuldiger Menschen zugrunde gehen."

„Geliebte", sagte er sanft, „du bist wie die Mutter meines Volkes, und ich bin wie sein Vater. Und morgen ist unsere Reise zu Ende."

Mit zitternden Händen griff er nach ihren Armen.

„Seit ich so viel in deine Augen geblickt habe, ist mir, als hätte ich eine neue Sonne entdeckt. Alles, was zuvor in meinem Leben geschah, lag in tiefem Schatten. Jetzt ist die Finsternis hereingebrochen, welche die Sonne verdunkelt."

Er faßte sie fester und blickte ihr ins Gesicht.

„Du bist wie Marmor", sagte er. „Aber alle Sterne Afrikas zittern in deinen Augen. Warum betrachtest du meine Stirne? Willst du entziffern, was auf ihr geschrieben steht? So lies! Lies! Ich bin wie ein glühendes Eisen zwischen Hammer und Amboß. Ich war einmal hart, sehr hart, jetzt aber bin ich weich, fügsam, gestaltlos und weiß nicht, was ich sein werde, wenn das Schicksal mich geformt und im Wasser künftiger Ereignisse gehärtet hat!"

Sie holte tief Atem.

„Morgen ist unsere Reise zu Ende", fuhr er mit einem leichten Zaudern fort. „Ich muß in die Schatten der Vergangenheit zurückkehren, in meine Finsternis, in das Leben, das mein Leben sein muß. Renée, ich kann meine Worte nicht länger bezähmen. Ich kann meine Gedanken nicht länger vor dir verbergen. Keine Belohnung, die ich dir für deine Tat bieten könnte, wäre groß genug; und würde ich dir alle verborgenen Schätze des Atlas zu Füßen legen, sie wären in deinen Händen nur eine Bettlergabe! Mit leeren Händen muß ich dich zu deinem Volke zurückschikken!"

Tränen rannen aus seinen Augen.

„Mich hat die Wüste geboren, du aber kommst aus den Gärten der Oase. Durch das Laub der grünen Bäume wirst du mich fernhin entschwinden sehen, und du wirst an mich denken, wenn ich fort bin, und wissen, daß ich immer die Erinnerung an dich bei mir trage wie eine Blume, die unvergänglich ist. Allah! Es steht geschrieben, daß wir nie vereinigt sein dürfen!" Er zog sie an sich. Fast triumphierend nahm er sie in seine Arme und küßte sie auf den Mund. Zitternd gab sie sich ihm hin.

Seine Sanftheit, seine seltsame Zärtlichkeit überwältigten sie. Und sie wußte, daß sie nie auf ihn verzichten würde, nie auf ihn verzichten konnte, daß alle Schätze des Atlas ihr nicht so viel bedeuten würden wie dieser seltsame, wunderbare Sohn der Wildnis.

15

Sie näherten sich Chechrell. Große Züge versperrten ihnen den Weg, sich vorwärts schiebende Massen, fahnentragende, rufende, bewaffnete Stammeskrieger, Edelleute, umringt von ihrem bunten Gefolge, ein Meer turbangeschmückter Köpfe, das wilde Wogen warf. In der Luft Schreie: „Moulay! Abd-el-Kader!" Fröhlicher Trommelschall, das Gekreisch hysterischer Hörner. Und von Zeit zu Zeit stieg ein lauter Freudenschrei empor: „Roumia, Roumia!"

Renée konnte nicht verstehen, was das bedeutete, und sah Le Roux fragend an.

„Sie wissen alle von dir!" rief er ihr zu.

„Was?"

„Merzbourgs Lager! Wir sind ein Volk, das Dankbarkeit kennt!"

So leidenschaftlich drängten die Massen heran, daß einer von Le Roux' Offizieren die Leibwache einsetzen mußte. Menschen wurden niedergetrampelt, in die Höhe gerissen, beiseite gepreßt, aber ihr Rufen nahm kein Ende.

In der Nähe des Bab Imtras war es eine Zeitlang unmöglich weiterzukommen. Auf den Mauern der Stadt hockten zu Hunderten die Weiber und schrien wie besessen. Auch die stufenförmig übereinandergetürmten Terrassen und Dächer der Häuser wimmelten von alten und jungen Weibern. Ein Orgasmus jubelnder Freude erfüllte die Luft. Inmitten des Aufruhrs bemerkte Renée dicht neben ihren Pferden ein Handgemenge und machte Le Roux darauf aufmerksam. Ein alter Mann bemühte sich wie toll, sich durch die Menschenmenge hindurchzuzwängen. Auf eine befehlende Gebärde des Amirs wich die Menge zurück. Der alte Mann bahnte sich mit den Ellbogen einen Weg nach vorn, schlug das Pferd eines Wächters mit seinem Stock auf das Hinterteil, so daß es beiseite sprang und er näher kam. Auf dem Kopfe trug er eine alte Rezza, seine lange Djebirah reichte bis zu den schiefgetretenen Schuhen hinab. Er hatte einen rundgeschnittenen, weißen Bart, ein weißes, abgezehrtes, blasses Gesicht und war auf dem einen Auge blind. Ohne Le Roux zu beachten, stellte er sich Renées Pferd in den Weg. „Was soll das heißen?" schrie er Renée mit wütender Stimme an. Er sprach Französisch! „Was tust du an der Seite dieses Burschen?"

Sie erkannte ihren Vater. Le Roux hatte ihn bereits früher erkannt, und wäre er nicht so dicht herangeritten, um sie zu stützen, sie wäre vom Pferde gesunken. So aber fiel sie im Sattel vornüber.

Le Roux befahl seinen Wachen, einen Kreis zu bilden, und sprang zur Erde. Renée streckte einen Arm aus.

„Papa!" sagte sie mit einer fast unhörbaren Stimme. „Papa!"

General de Sonloup packte die Zügel ihres Pferdes, während Le Roux an ihn herantrat und ihn in streng soldatischer Weise grüßte. De Sonloup kniff sein Auge zusammen und warf Le Roux einen strafenden Blick zu. Dann wandte er sich an seine Tochter und ließ die Zügel los.

„Allez! Allez!" sagte er kurz, als ob er einem Untergebenen einen Befehl erteilte. „Ich werde mit euch beiden in der Kasba sprechen."

Le Roux befahl dem Kommandanten der Leibwache, den General mit äußerster Sorgfalt und Achtung in die Kasba zu geleiten und ihn dort sogleich in Si Mohammeds Privatgemächern einzuquartieren. Renée bat er, mit ihm weiterzureiten; binnen kurzem würde sie mit ihrem Vater zusammensein. Dann bestieg er sein Pferd; aber während er langsam an Renées Seite dahinritt, sanken seine Schultern vornüber, als trage er eine unsichtbare Last durch die vom Schicksal gezeichnete Stadt.

Der Anblick der brandenden Menschenmassen auf dem Platz erfüllte Renée mit tiefer Furcht. Sie sah sich nach ihrem Vater um und entdeckte ihn in geringer Entfernung hinter ihnen; er ritt auf einem Maultier, das der Hauptmann der Leibwache bei einem der Zuschauer requiriert hatte. Ringsumher stieg das wilde Getöse des Willkommens zu ihr empor. Wohin sie auch blickte, sah sie tobende Menschen, die fast von Sinnen waren, die in wildem Fiebertaumel rhythmisch sangen und schrien. Etliche von ihnen durchbrachen die Kette der Wachen, stürzten zu ihr heran und küßten den ausgefransten Saum ihres Mantels. Eine Schar von Edelleuten umringte Le Roux, und jeder von ihnen gab sich die größte Mühe, mit seinen Lippen irgendeinen Le Roux gehörenden Gegenstand zu erreichen. Einige von ihnen küßten sogar sein Pferd Gidi. Schließlich betrat der weiße Hengst unter schrillem Gewieher den großen, gewölbten Torweg zwischen den achteckigen Türmen. Seine Hufe schlugen Funken aus dem Granitpflaster, als wäre es mit Elektrizität geladen. Die Pferde in der Nähe schüttelten sich und zitterten, als sie Gidis Gewieher hörten. Sie bäumten sich auf und warfen ihre Vorderbeine in die Luft, als wollten sie die Masse der Wartenden niedertrampeln. Die Männer der Stämme feuerten ihre Flinten ab, und eine Schar von Musikanten, hoch oben auf der Mauer, stimmte eine quäkende Melodie an, die Renée an ihren Besuch in Schottland erinnerte.

Sobald sie einmal den riesigen Festungshof erreicht hatten, machte Le Roux dem Empfang ein rasches Ende. Schnell vorwärtsschreitend, Renée an seiner Seite, steuerte er auf einen Torbogen zu und verschwand.

Unterdessen wurde General de Sonloup mitten durch die Menschenmassen in sein neues Quartier geführt. Er schritt zwischen zwei Reihen vornehmer Würdenträger hindurch, die eine steife Haltung einnahmen und ihn kalt begrüßten. Seine eiserne Selbstbeherrschung, sein bleierner Blick voll unheilvoller, stählerner Entschlossenheit erfüllten ihre Herzen mit Respekt und Furcht. Sein langsamer, fast gespenstischer Gang, seine verachtungsvoll gleichgültige Miene, sein krummer Stock, den er wie einen Marschallstab trug, zwangen sie zum Schweigen.

‚Ich wünsche, daß man mir gehorcht, und man wird mir gehorchen!‘ schien der General zu sagen.

Und so, wie der Hauptdarsteller in einem Drama mit jeder seiner Bewegungen, mögen sie noch so klein und unwichtig sein, alle Augen auf sich lenkt und die Zuschauer zwingt, seine Bewegungen so genau zu verfolgen, daß sie sich mitbewegen, so zwang de Sonloup den Edlen von Chechrell seine herrische Persönlichkeit auf. Mit Bedauern sahen sie ihn ihren Blicken entschwinden, und ein Flüstern ging durch ihre Reihen, sie hätten gerne noch mehr von diesem großen Fürsten der Rabaoui gesehen.

General de Sonloup kam schließlich in einen großen, gewölbten Raum mit einem Fenster, durch das er einen Teil der Stadt und das Tal bis zu den Eichenwäldern und der Ebene von Imtras, von der die zackigen Umrisse der Djebels zum Himmel ragten, überblicken konnte.

Mit einem Blick, in dem etwas wie Irrsinn lauerte, starrte er zum Fenster hinaus. Ihm, ihm gehörte dieses Marokko und durch ihn seinem geliebten Frankreich. All diese in der Sonne glitzernden, ausgedörrten Landstriche, all diese wilden Berge und Täler gehörten Frankreich. Franzosen waren für sie gestorben. Franzosen starben auch jetzt noch für sie. Und er fragte sich, was wohl da drüben geschähe, hinter jenen Bergzacken, wo seine Soldaten kämpften und starben. Eine tolle Sehnsucht packte ihn, bei ihnen zu sein. Ein paar Minuten lang schritt er auf dem holprigen Steinboden auf und ab; dann nahm er seine Rezza ab, schlüpfte aus den marokkanischen Gewändern und schnallte den Gürtel seiner blauen Generalsuniform, die er unter der Djebirah trug, fester. Er betrachtete die goldenen Sterne an seinem Ärmel und fuhr mit den Fingern darüber hin, um den Staub abzuwischen.

Mochte das Ding auch zerlumpt sein! Gott sei Dank, daß er diese Lumpen bis heute aufbewahrt hatte! Er knöpfte den mittleren Knopf seines Waffenrocks auf und bewegte die eine Hand wie suchend unter dem Rock umher. Dann knöpfte er ihn wieder zu und trat abermals ans Fenster. Die Tür sprang auf, und Renée kam herein. Rasch und doch zaudernd ging sie auf ihren Vater zu und breitete die Arme aus. Er aber packte sie bei den Handgelenken und starrte ihr in die Augen.

„Seit wann reiten die Töchter französischer Generale in festlichem Zug mit Rebellen und Mördern?" fragte er mit zitternder Stimme. Bevor sie noch antworten konnte, fuhr er fort, ohne ihre Hände loszulassen.

„In dem stinkenden Loch, in das mich der Schurke warf, habe ich Tag für Tag um deine Sicherheit gebetet. Und du – was hast du getan? Wir wollen dieser Sache auf den Grund gehen. Wo kommst du her? Warum begrüßen dich alle diese Barbaren?"

„Weil ich versucht habe, sie vor Tod und Vernichtung zu retten. Ich bin als Le Roux' Beauftragter ins französische Hauptquartier gegangen."

„Du hast unseren Feinden geholfen?"

„Ich habe versucht, der Menschheit zu helfen! O Vater! Wenn du mich nur verstehen könntest! Ich bin bei General Merzbourg gewesen . . ."

Der General starrte sie an, wie vom Donner gerührt.

„Sie bewilligten Abd-el-Kader einen eintägigen Waffenstillstand, und er schickte mich mit einem Schreiben, das seine Bedingungen enthielt, in das französische Hauptquartier. Sie waren durchaus annehmbar, und ich versuchte mein Äußerstes, Vater. Aber Merzbourg verlangte völlige Unterwerfung und Abd-el-Kaders Auslieferung an die Franzosen. Ah, wir sind ein hartes Volk! Im Namen Abd-el-Kaders habe ich die Bedingungen zurückgewiesen, und jetzt vermute ich, daß Chechrell auf Merzbourgs Befehl von neuem bombardiert werden wird."

De Sonloups Gesicht war aschfahl geworden. Mit zitternden Händen stieß er Renée von sich. Und mit einer dumpfen Stimme, die klang, als tönte sie aus einer Zisterne hervor, sagte er:

„Ich glaube fast, das Ende unserer Zivilisation ist nahe. Du – meine leibliche Tochter – du – eine de Sonloup – hast es gewagt, du – hast so etwas getan! Aber es kann nicht wahr sein!"

„Es ist wahr."

„Dann bist du eine Verräterin an Frankreich."

Verachtungsvoll drehte er ihr den Rücken zu.

Ohne sich zu rühren, mit fester Stimme, sagte sie zu ihm: „Seit dreißig Jahren versucht ihr, dieses Land zu erobern. Ihr habt Tausende getötet. Wer gibt uns das Recht, im Namen der Zivilisation unschuldige Weiber und Kinder durch Bomben zerfleischen zu lassen? Warum kann man dieses Volk nicht ungestört in dem Land leben lassen, das Gott ihnen gegeben hat? Besitzt nicht auch der Marokkaner eine Seele? Hat nicht auch er ein Herz? Ich frage dich im Namen der Menschheit!"

Mit lodernden Augen und geballten Fäusten stand sie vor ihrem Vater.

Ein paar Augenblicke lang starrte er sie an. Wie Sturmwolken wanderten seine Gedanken finster über seine gerunzelte Stirn.

„Menschheit? Einen Liebhaber hast du dir zugelegt! Geh – geh!"

Er hob seinen Stock und ging drohend auf sie zu.

„Geh!" rief er nochmals mit gebrochener Stimme.

Ohne ein weiteres Wort entfernte sich Renée.

16

Dann raffte General de Sonloup seine letzte Kraft zusammen. Nachdem er einen Augenblick gewartet hatte, verließ er mit Hilfe seines Stockes den Raum. Dicht vor der Tür begegnete er dem ehrwürdigen Si Mohammed.

„Führe mich zu deinem Herrn!" befahl er.

Mohammed verbeugte sich mit der Höflichkeit eines Grandseigneurs, gehorchte jedoch nicht. Statt dessen schickte er einen Boten zu Le Roux. Inzwischen standen er und der General stumm beieinander und warteten. Nach wenigen Minuten kehrte der Bote zurück und führte de Sonloup durch die labyrinthischen Gänge des Gebäudes. Myriaden von Fliegen durchgeisterten das düstere Zwielicht, nahmen sich de Sonloups Gesicht zum Ziel, setzten sich in die Höhle seines verlorenen Auges und auf seine Lippen und versuchten sogar in seine Nasenlöcher und in seine Ohren einzudringen. Er roch das Aroma gebratenen Fleisches, den Gestank ranziger Schafsbutter. Ein wütender Hunger packte ihn. Er lechzte danach, seine gequälten Eingeweide vollzustopfen, gleichgültig, womit. Schaudernd schritt er durch einen Hof, auf dem große schillernde Pfützen von Tierblut standen, ein einsamer dreibeiniger Hund verschlang den Kopf eines Huhnes. De Sonloup wischte sich mit seinem Ärmel den Schweiß von der Stirne und kratzte sich dabei mit den kleinen Sternchen, die an den Ärmeln befestigt waren. Einige Male blieb er stehen, hager, abgezehrt, ausgebrannt, blickte nach links und nach rechts in höhlenartige Gemächer, die ihm wie schwarze Gräber entgegenklafften. Ihm war, als hätte er sich bereits in ein Gespenst verwandelt, als spuke er bereits durch die schrecklichen Gänge der Kasba, als suche er nach einem barmherzigen Weg, um aus diesen blutgetränkten Bezirken zu verschwinden.

Schließlich kam er auf einen Hof, an den er sich zu erinnern glaubte. Unter den Arkaden saßen Männer in kleinen, kreisförmigen Gruppen umher. Ihre Flinten mit den aufgepflanzten Bajonetten lehnten an der Wand. Als er an ihnen vorüberging, standen sie hastig auf und grüßten. Dann kam er vor eine massive Tür. Die Tür sprang auf. De Sonloup blieb stehen und holte tief Atem. Auf der Schwelle erschien Le Roux, streckte dem General die Hand hin, verwundert über den Anblick der Uniform. De Sonloup schlich wie ein Schatten an ihm vorbei, trat langsam in das Zimmer und setzte sich auf den schmutzigen alten Louis-Seize-Stuhl. Mit ungewissen Blicken betrachtete er die Wände, die Karten und Skizzen, während Le Roux, nachdem er die Türe geschlossen hatte, zu seinem Schreibtisch ging und sich dem General gegenüber auf einen Stuhl setzte.

De Sonloups Blicke wanderten langsam von einer Karte zur anderen, von einem Gegenstand zum anderen, und hefteten sich schließlich auf Le Roux, der einen unruhigen Eindruck machte. Aus seiner Miene sprach ein fast kindlicher Argwohn, er sah aus wie jemand, der nach Worten sucht und nicht weiß, was er sagen soll. Unter de Sonloups starrem Blick veränderte sich jedoch sein Ausdruck. Sein Gesicht wurde wachsam, sein Auge stolz und unnahbar. So saßen sie einander ein paar Sekunden lang gegenüber wie zwei Männer, von denen jeder des anderen Kraft und Kühnheit abzumessen versucht. Der General musterte forschend jede Einzelheit in Le Roux' Gesicht sorgsam und mit starkem, unverhohlenem Interesse.

Schließlich warf de Sonloup einen Blick auf die Sternchen an seinem Ärmel.

„Eh bien, Le Roux", sagte er mit einer fast brutalen Strenge, „und so reiten Sie also jetzt mit meiner Tochter aus!"

„Es war meine Pflicht, mon général, Ihre Tochter von den französischen Linien zurückzugeleiten, nachdem sie in meinem Namen und im Interesse meines Volkes ihre Mission beendet hatte."

„Bevor wir fortfahren", sagte de Sonloup, „wollen Sie bitte aufstehen. Ich habe Ihnen nicht erlaubt, sich in meiner Anwesenheit zu setzen."

„General, welches Recht haben Sie, mir in meinem eigenen Hause Befehle zu erteilen?"

„Ich habe das Recht des Höchstkommandierenden. Glauben Sie, ich bin gekommen, um eine Gunst von Ihnen zu erbitten?"

„Der Sultan Abd-el-Kader hat die Macht, einem gefangenen Höchstkommandierenden allerlei Vergünstigungen zu gewähren, falls es ihm beliebt."

„Seit wann gibt es zwei Sultane in Marokko?"

Le Roux legte die Hände auf den Tisch und spielte mit einem Bleistiftstummel.

„Wer hat Ihnen das Recht gegeben, eine Regierung zu errichten?"

De Sonloup erhob die Stimme.

„Wo sind Ihre Verträge, Ihre Patente? Wo ist Ihre Befugnis?"

Le Roux ballte die Fäuste.

„Das sind meine Verträge!"

Er schlug auf den Tisch.

„Das ist meine Befugnis!"

De Sonloup hielt inne. Er zog die Brauen hoch. Sein Blick war hart wie Stahl.

„Es gibt nur einen Höchstkommandierenden in diesem Territorium – und der bin ich!"

„Krieg!" sagte Le Roux feierlich.

„Krieg! Und hier auf der Stelle wird dieser Krieg zu Ende gekämpft werden! Hier auf der Stelle!"

Le Roux stand auf und sah de Sonloup argwöhnisch an; da er aber keinerlei sichtbare Waffe an dem General entdecken konnte, lächelte er ironisch.

„Begreifen Sie bitte, daß ich nicht scherze", rief de Sonloup, packte wütend die Lehne seines Stuhles und beugte sich vor. „Ich bin hier, um meine Pflicht zu tun!"

„Ihre Pflicht", sagte Le Roux, „wäre es gewesen, zu Hause zu bleiben und nicht in ein Land einzudringen, das Ihnen nicht gehört!"

„Still", schrie de Sonloup. „Es gibt keine Entschuldigung für Ihre Verbrechen! Sie stehen vor mir als Mörder da! Sie haben vierzehn ehrliche Männer im Roten Tal aus dem Hinterhalt überfallen und niedergemetzelt. Sie haben sich des schwersten Hochverrats schuldig gemacht!"

Stolz erwiderte Le Roux die wütenden Blicke des Generals. „Was ich getan habe –", begann er.

„Still!" brüllte de Sonloup, erhob die rechte Hand und schob sie in seinen Waffenrock. „Diesmal sind wir allein, und die Chancen sind für mich günstig!"

Er zog die Pistole hervor. Le Roux riß sich die Rezza vom Kopf und schleuderte sie nach dem General. Im selben Augenblick gab der General Feuer.

„Das ist für Frankreich!" stieß er zwischen den Zähnen hervor.

„Allah!" murmelte Le Roux, langsam auf den Tisch niedersinkend.

„Und das – ist für meine Tochter!"

Er feuerte ein zweites Mal.

„Allah!" murmelte Le Roux.

Hilflos wandte er sein Gesicht empor und starrte seinen Mörder an.

Einen Augenblick lang herrschte tiefe Stille in dem Raum. Die Pistole entfiel de Sonloups Händen. Er richtete sich auf, schlug die Hacken zusammen und salutierte kurz.

Die Tür wurde aufgerissen. Ein fremdes Gesicht blickte herein, ein Gesicht, verzerrt in einem Krampf des Entsetzens. Andere Gesichter folgten. Plötzlich erhob sich ein Stimmengesumm, das rasch zu einem wütenden Getöse anwuchs. Dann näherte sich Waffengeklirr, der Lärm eiliger Schritte, Schreie auf dem Hof. De Sonloup wandte sich der Tür zu. Er sah die Spitzen der Bajonette glitzern. Langsam schritt er auf sie zu.

„Vorwärts!" sagte er barsch.

Und er kam näher, als wollte er sie beiseite winken.

„Vorwärts!"

Es war der letzte Befehl seines Lebens. Wie aus einer geöffneten Schleuse strömten die Bajonette auf ihn ein. Er konnte gerade noch flüstern: „Vive la France!"

Unter markerschütterndem Geheul schleppten sie seine Leiche aus dem Zimmer.

17

Si Mohammed kam herbeigeeilt, dicht auf den Fersen folgten ihm Si Abd-el-Krim und Si Omar. Im Nu war Le Roux von seinen nächsten Freunden umringt. Tiefe Stille herrschte im Zimmer. Draußen aber stieg ein heulendes Getöse zum Himmel empor, rasende, fanatische Schreie zerrissen die Luft. Sie trugen den Kopf des Rabaoui-Generals in feierlichem Zuge durch die Stadt. Hunderte von Menschen stürzten aus der Kasba hervor und jagten wie besessen durch die Straßen.

„Abd-el-Kader ist tot! La illaha illa Allah!"

Unbeschreibliche Szenen der Verwirrung und des Wahnsinns folgten auf diese Verkündigung. Männer, die die Nachricht nicht glauben wollten, begannen wie tollgewordene Bestien auf die Boten einzuschlagen. Wer die Neuigkeit weitergab, wurde seinerseits angegriffen. In sämtlichen Straßen entwickelten sich Handgemenge und richtige Schlachten. Die Weiber und Kinder stürmten in die Häuser und verriegelten ihre Türen. Die Kaufleute schlossen die Läden ihrer Geschäfte, bewaffneten sich und warteten im Dunkeln auf die Plünderer. Dichte Pöbelmassen wälzten sich zu den Toren und Mauern der Kasba. Schüsse fielen, bis der Pulvergestank viele Menschen halb verrückt machte. Einer von ihnen, die Umstehenden auffordernd, seinem Beispiel zu folgen, stürmte wie ein Bulle mit dem Kopf voran gegen eine der mächtigen Mauern und tötete sich.

Unterdessen lag Le Roux über dem Tisch, eine schlaffe, hilflose Fleischmasse. Seine Augen standen noch offen, und er blickte seine Freunde an. Es war, als versuche er ein letztes Bild des Erdenlebens zu erfassen und festzuhalten, um es auf seine Pilgerfahrt ins Paradies mitzunehmen. Si Mohammed nahm ihn auf, und nachdem er das blasse Gesicht, auf dem bereits die Todesschatten sichtbar wurden, geküßt hatte, hob er ihn mit Hilfe der anderen sanft herab und bettete den Kopf auf seine Knie.

Le Roux blickte von Antlitz zu Antlitz. Seine Lippen bewegten sich. Die Männer hielten den Atem an, um ihm zuzuhören.

„Meine Kinder!" sagte er langsam, mit matter Stimme. „Sie sollen außerhalb der Mauern unserer Städte sitzen! Sie sollen für ewig vor den Toren unserer Herzen bleiben!"

„La illaha illa Allah!" murmelten die Männer rings um ihn. Als Le Roux einen Mann herankommen sah, der wegen seiner ärztlichen Kenntnisse berühmt war, lächelte er müde und winkte ihn mit einer flatternden Handbewegung beiseite.

„Vereinigt eure Kräfte", fuhr er fort, „versammelt eure Rasse! Erfüllt die Herzen der Feinde Allahs mit Entsetzen! Was immer ihr in seinem Dienste opfert, wird euch tausendfach zurückerstattet werden. Er wird euch nie betrügen. Allah ist barmherzig und weise."

Seine Blicke blieben auf Abd-el-Krim haften.

„Freund meines Herzens!" sagte er. „Warum weinen? Als du mich an dem Tage, da wir Seite an Seite am Ouergha kämpften, in Sicherheit brachtest, da hast du nicht geweint. Und du darfst auch jetzt nicht um mich weinen. Là! Weine um andere, wenn du weinen mußt, oder um dich selbst. Wenn mein Herz nicht mehr schlägt, sollst du mich in den Sattel setzen. Mein Pferd Gidi soll mich über die Brücke ins Paradies tragen. Begrabt meinen Leichnam dicht neben meinem kleinen Sohn Mohammed. Laßt meine Hand in der seinen ruhen und schreibt auf den Stein die Worte: ‚Ich habe für Allah gekämpft!'"

Von Schwäche überwältigt, schloß er die Augen. Ein Zittern durchlief seine Glieder. Si Mohammed legte des sterbenden Moulays Haupt sanft auf die Erde nieder.

Da entstand an der Tür eine Bewegung, zahlreiche Füße trappelten, als machten sie jemandem Platz. Renée erschien. Wie eine Schlafwandlerin, in starrer Haltung, die Hände vor sich hingestreckt, näherte sie sich dem Sterbenden. Sie kniete neben ihm nieder, beugte sich über ihn und streichelte seine Stirne. Immer noch rang in ihm das Leben mit seinem letzten Feinde. Als Renée ihn berührte, loderte noch einmal die Flamme empor, die am Erlöschen war. In stummer Unterwürfigkeit ruhte sein brechender Blick auf ihrem Antlitz. Trotz seiner tödlichen Wunden, trotz seiner Erschöpfung richtete er seine mächtigen Schultern empor und stützte sich auf den Ellbogen. Abermals umspielte jenes ihm eigene, stolze Lächeln seine Lippen, und mit einem letzten Aufgebot seiner Kräfte hielt er ihr die Hand hin. Bevor sie sie ergreifen konnte, sank er zurück. Seine Augen verdrehten sich, sein Atem stockte. Blutflecke zeigten sich auf seiner weißen Djebirah und wurden zusehends größer. Ein tiefer Seufzer – – ein Leben war ausgelöscht.

Mit den Fingerspitzen drückte Renée ihm die Augen zu, dann erhob sie sich langsam. Gesenkten Kopfes verließ sie den Raum. Respektvoll traten die Männer beiseite, um sie durchzulassen. Sie schritt durch einen dunklen Gang. Als sie sah, daß die Gemächer und die Höfe verlassen waren, setzte sie sich an eine Mauer hin und ließ ihrem Schluchzen freien Lauf. So blieb sie sitzen, bis sie, gänzlich erschöpft und von Schmerzen wie gelähmt, nicht länger weinen konnte. Dann stand sie schließlich auf. Ihre Züge verhärteten sich, sie biß die Zähne zusammen, kehrte die Stirn gegen die Mauer und betete, wie sie noch nie gebetet hatte. Nun ging sie weiter. Noch blieb ihr eine Pflicht zu erfüllen. Als sie den Harem betrat, wollte sie kaum ihren Augen trauen. Die Sklaven und Diener hatten sämtliche Kisten aufgebrochen, und beladen mit dem Eigentum ihrer früheren Herrinnen, balgten sie sich unter wildem Geschrei, bemüht, einander die Beute wegzunehmen. Keine Spur von Halima, Fatima, Zuhra oder Asma war zu finden, und auch keine Spur von der kleinen Aisha. Renée eilte durch die Säle in den Garten hinaus, lief die Treppe an der Mauer empor und blieb dann wie gebannt stehen. Dort hockten die Weiber dicht zusammengedrängt auf einem der benachbarten Türme und wehklagten mit heiseren, gebrochenen Stimmen. Fatima und Halima hatten sich die Gewänder zerrissen und zerfleischten sich Gesicht und Körper mit ihren Nägeln und ihren schweren Silbergehängen. Dann sah Renée, wie Halima aufstand, sich dem Rande der Brüstung näherte, hin und her schwankend gleich einer Betrunkenen. Sie stieß einen Schrei des Entsetzens aus, als Halima sich vom Turm in die Tiefe stürzte. Jetzt näherte sich auch Fatima der Brüstung. Es schien, als sei die Jugend in den verwelkten Leib des alten Weibes zurückgekehrt. Sie sah aus wie ein singendes Skelett. Ihr Mund stand offen. Zweifellos sang sie.

„Fatima! Fatima!" schrie Renée.

Schon aber hing der eine Fuß Fatimas in der Luft. Sie verlor das Gleichgewicht, und mit einem langgezogenen Aufschrei stürzte sie in die Tiefe, auf die Felsen hinab.

Da überkam Renée eine ungeheure Aufregung. Sie stürmte hin und her, stieg treppauf und treppab durch finstere Tore und Gänge und versuchte wie eine Rasende, den Weg zu der Höhe des Turmes zu finden.

Endlich sah sie tief unter sich das Pförtchen. Sie eilte eine lange Treppe hinunter und fiel unten in die Knie. Rasch raffte sie sich auf, lief durch die Turmpforte und einen spiralförmigen, gepflasterten Weg empor. Sie schlug gegen die steinernen Wände, stolperte, taumelte und fiel hin, schließlich aber erreichte sie die Plattform des Turmes. Dort fand sie noch die kleine Aisha vor. Die anderen waren alle verschwunden. Aisha sang in seltsam wehklagendem Rhythmus ein Totenlied. Sie verrenkte die Hüften. Die silberne Schnalle ihres Gürtels zitterte. Mit den kleinen Füßen rhythmisch gegen den Boden klopfend, die Augen fast geschlossen, schnellatmend wie ein Vogel, näherte sie sich dem Abgrund.

Sie schien es nicht zu wissen, was sie tat. Renée warf sich auf Aisha, packte sie und zerrte sie zu Boden. Sie fielen miteinander hin. Renée kam auf Aisha zu liegen. Wie ein Panther versuchte Aisha sich loszuringen, aber Renée warf sich mit der ganzen Schwere ihres Körpers auf das zitternde Kind. Aisha begann zu beißen und Renées Gesicht mit ihren scharfen Nägeln zu zerkratzen. Aber Renée ließ nicht los. Mit dem Aufgebot aller Kräfte kämpfte sie gegen das junge Mädchen an.

„Aisha! Aisha!" rief sie ihr ins Ohr.

Dann stieß sie einen Schrei aus und versuchte ihre Hand loszureißen, die Aisha mit den Zähnen gepackt hatte. „Aisha! Aisha!"

Das rasende Kind hörte nicht auf, sich zu wehren. Endlich aber wurden seine Bewegungen matter. Renées Kraft blieb Siegerin. Die kleine Wilde streckte die Arme weit von sich. Renée begann zu weinen, und ihre Tränen, vermischt mit Blutstropfen, fielen auf Aishas Gesicht herab.

Der kleine Körper unter ihr wurde steif. Aishas Augen fielen zu. Sie wandte das Gesicht zur Seite, und Renée lockerte das Gewicht ihres Körpers.

Kaum fühlte Aisha sich befreit, als sie beide Arme um Renées Hals schlug. Außer sich und mit bebenden Lippen bedeckte sie Renées Gesicht mit Küssen.

„Ich bin deine Gazelle!" flüsterte sie. „Ich werde dir überallhin folgen! Ich will immer bei dir bleiben!"

Ein unbestimmtes Trostgefühl überkam Renée. Zärtlich küßte sie das Kind und hob es zu sich empor. Dann nahm sie den Zipfel ihres Mantels und wischte Aishas Gesichtchen ab. Die Kleine legte die Arme um Renée und klammerte sich verzweifelt an sie. Ein unsägliches Grauen war in ihren Augen.

„Ich will deine Sklavin sein, Roumia! Ich will deine Sklavin sein!"

„Nein, du sollst meine kleine Freundin sein!" sagte Renée und trocknete auch ihre Tränen.

Sie starrte zum Himmel empor. Vielleicht hatte Gott ihr dieses Kind gegeben, um sie zu trösten, vielleicht hatte er sich eines einsamen Herzens erbarmt.

Fest aneinandergeklammert, lauschten sie dem tollen Aufruhr, der zu ihren Füßen in der Tiefe tobte. Was geschah mit der Stadt Abd-el-Kaders? Wurden die Häuser geplündert? Drangen Mörder ein?

Ein seltsamer rhythmischer Gesang stieg aus dem lärmenden Chaos hervor.

„La illaha illa Allah Mohammed Rasoul Allah! Salla allaho aleih wa sallam!"

Renée und Aisha krochen dicht an die Brüstung heran und starrten in die Tiefe. Ein großer Zug von Berittenen kam in geordneten Reihen über den weitgähnenden Platz auf das Bab Imtras zu. Inmitten des Zuges befand sich ein weißer Hengst. Renée erkannte den stolzen Gang Gidis, seinen schönen, hoch emporgereckten Kopf. Auf seinem Rücken trug er eine bleiche, starre Gestalt mit geschlossenen Augen, einen Mann, dessen Arme lose herabhingen, dessen Körper aber an die hohe Rückenlehne des goldbestickten Sattels festgebunden war.

„Salla allaho aleih wa sallam!"

Die feierlichen Stimmen verstummten keinen Augenblick. Ein Dutzend Arme reckten sich empor, um die starre Gestalt zu stützen, die von einem grünseidenen Schirm überschattet war.

„La illaha illa Allah! La illaha illa Allah!"

Die Stimmen eines verwaisten Volkes, hinter dem weißen Hengst und seiner Bürde einherströmend, stiegen zu den beiden Frauen auf dem Turme empor.

Aisha klammerte sich immer noch an der Roumia fest. Renées Arme aber lösten sich von des Kindes Hals. Sie wanderte in Gedanken mit jenem einsamen Reiter dahin, sie näherte sich mit ihm dem Bab Imtras. In ihrem Herzen sollte er begraben sein. In ihrem Herzen mußte er für immer ruhen.

„La illaha illa Allah! Mohammed Rasoul Allah!"

Und Abd-el-Kader setzte seine Reise fort, um seinem kleinen Sohne Mohammed die Hand zu reichen.

Erklärung arabischer Wörter

[1] Siedlung
[2] Reiterfest
[3] Oberkleid
[4] Truppenteil
[5] Regierungsverwaltung (arabisch eigentlich: ‚Gurke')
[6] Kleiner Haarbüschel
[7] Europäerin, eigentlich Römerin, so genannt seit Römerzeiten
[8] Gewürzte Speise mit Eiern
[9] Arabische Nationalplatte (Semulina) von Weizen, gerieben, mit Gemüsen
[10] Der edle Herr Sliman – kleiner Titel für Sultan oder Emir
[11] Pilger, die in Mekka waren
[12] Sandalen aus farbigem Leder
[13] Führer! Führer!
[14] Eigenname eines Berges
[15] Befestigter Ort
[16] Jagd-Windhund
[17] Größerer Truppenteil (umfaßt einen bewaffneten Stamm)
[18] Herberge mit Innenhof für Tiere und Waren
[19] Kaftan
[20] Eine der Hauptverkehrsstraßen in Fez
[21] Bürger in Fez
[22] Der Segen
[23] Die ‚Dame Aziza' = die ‚Heilige Aziza'
[24] Grab mit Dom der ‚Heiligen Aziza'
[25] Streit
[26] Mischplatten von Fleisch und Gemüse
[27] Gruppen bewaffneter Stämme
[28] Vorhöfe der Moschee Moulay Sliman
[29] Leichtes wolliges Überkleid
[30] Die rote Kopfbedeckung der Zuaven